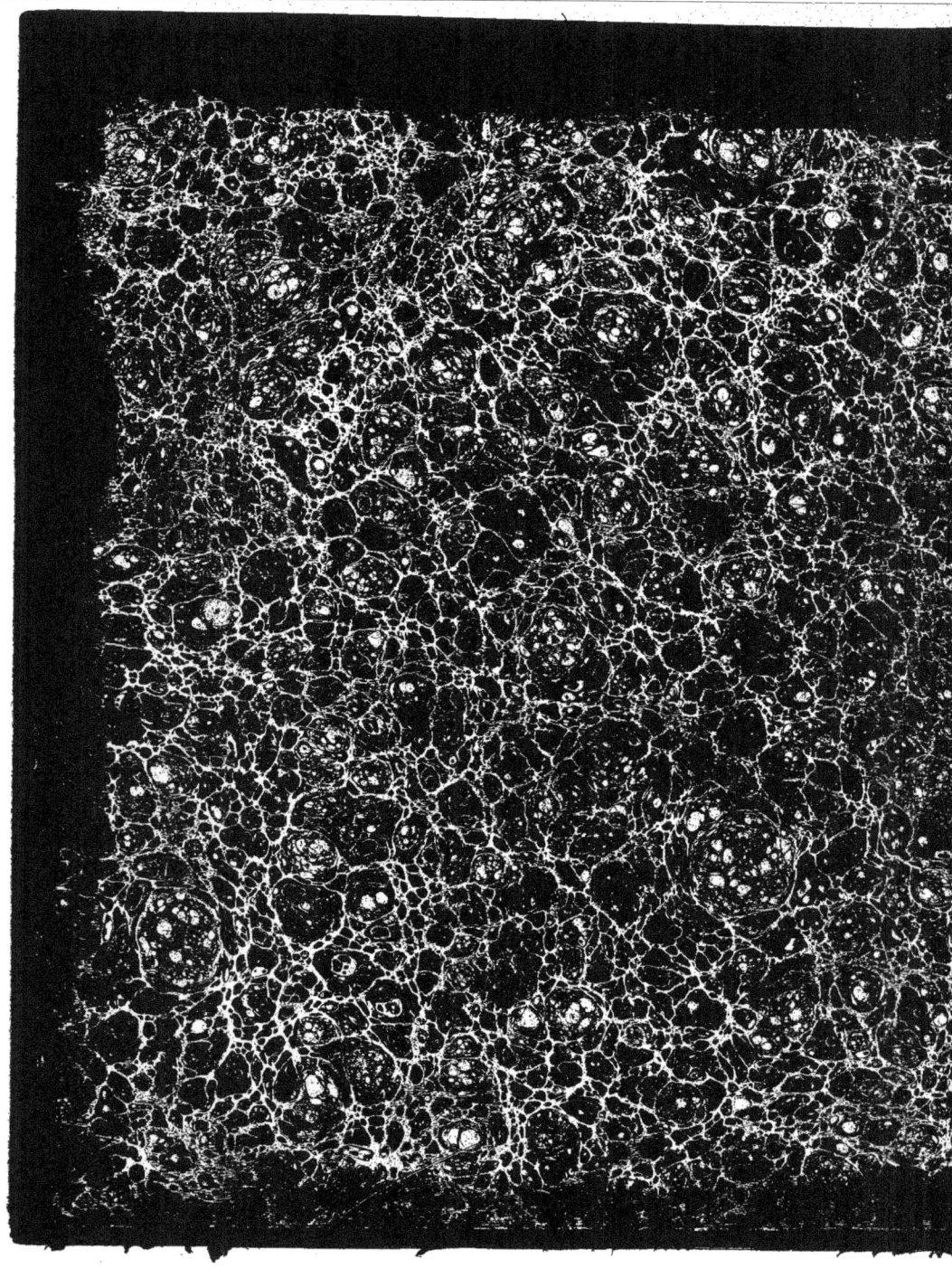

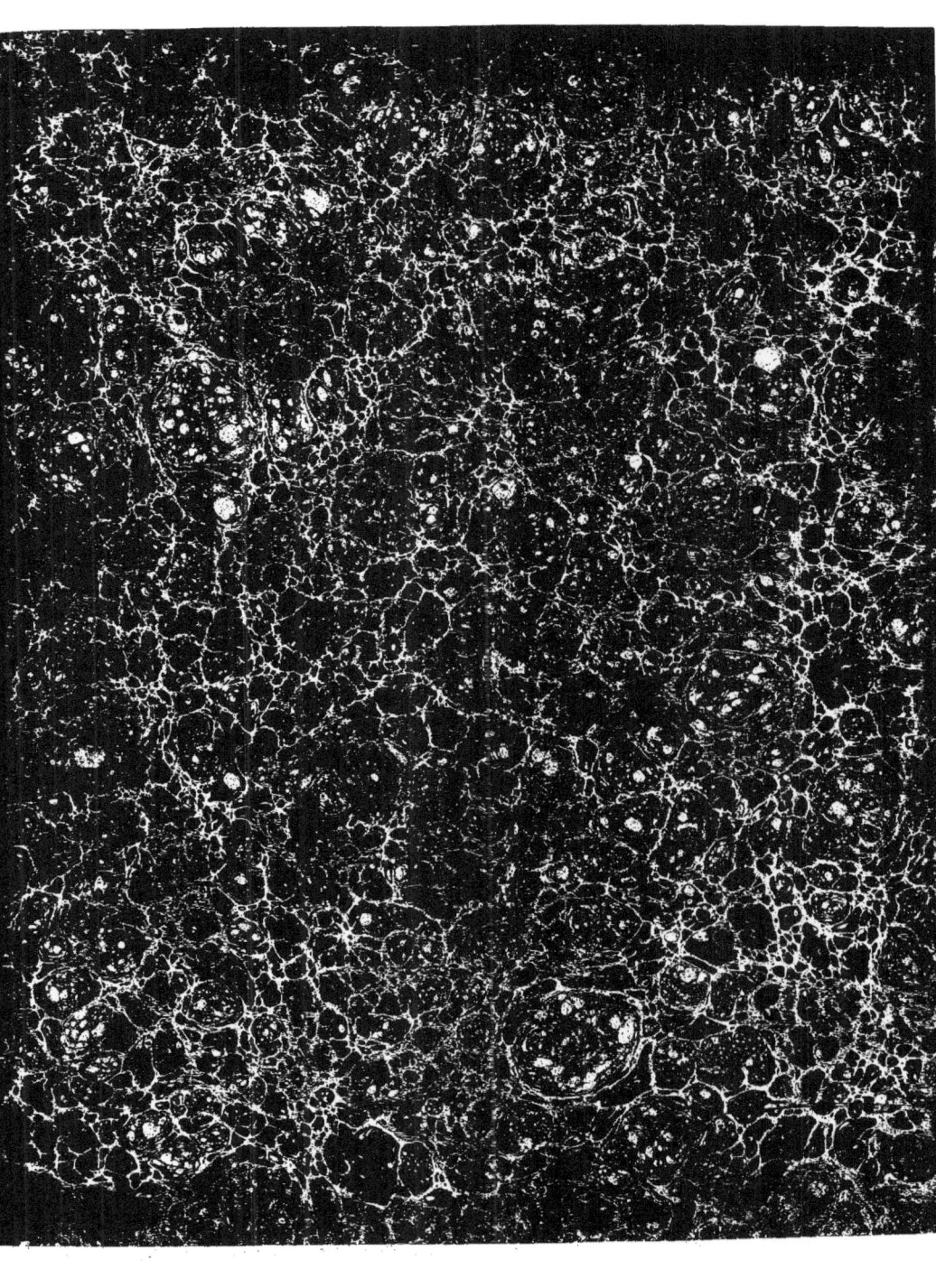

TRAITÉ ÉLÉMENTAIRE
D'ART MILITAIRE

ET

DE FORTIFICATION,

A L'USAGE

DES ÉLÈVES DE L'ÉCOLE POLYTECHNIQUE,

ET

DES ÉLÈVES DES ÉCOLES MILITAIRES;

Par M. GAY DE VERNON,

OFFICIER DU GÉNIE, PROFESSEUR DE FORTIFICATION A L'ÉCOLE
POLYTECHNIQUE.

TOME SECOND.

PARIS,

ALLAIS, Libraire, quai des Augustins, n°. 44.

XIII. (1805.)

TRAITÉ

D'ART MILITAIRE

ET

DE FORTIFICATION.

TROISIÈME PARTIE.

DE LA FORTIFICATION PERMANENTE
OU DES PLACES.

~~~~~~~~~

CHAPITRE PREMIER.

*Des circonstances qui donnent lieu à la fortification permanente ;
de son objet ; définition d'une place forte ; des constructions
propres à la nature de la fortification des places ; des propriétés des places fortes ; exemples, etc. ; de l'organisation
des frontières en places fortes, etc.*

107. Eɴ décrivant, dans la seconde partie, les diverses opérations auxquelles donne lieu une guerre offensive ou défensive et l'exécution d'un plan de campagne, nous avons sans cesse fait observer que les frontières devoient

107. Examen des cir-
constances qui donnent
lieu à la considération
de la fortification per-

manente et qui , dans tous les tems, en ont fait connoître l'utilité et la nécessité.

être organisées sous le double rapport de repousser l'ennemi ou de porter la guerre sur son territoire. Nous avons poussé nos remarques plus loin , en décrivant la marche d'une guerre offensive et défensive ; nous avons vu que les ressources de l'arme du génie devoient sans cesse être employées, et de mille manières, selon les localités et les circonstances : il a été reconnu : 1°. que des points particuliers des positions militaires devoient être occupés par des camps retranchés, par des fortins, etc., où une troupe foible pût se défendre contre un corps ennemi supérieur en nombre et en moyens d'attaque ; 2°. qu'il falloit former sur les frontières des magasins, appuyer et soutenir les lignes d'opérations par des points retranchés, etc.; 3°. enfin, qu'il falloit lier par des *nœuds* les différentes parties d'une frontière et même les différentes frontières entre elles. Indépendamment de ces considérations générales, il peut arriver souvent qu'une armée sur la défensive soit réduite, par les événemens de la guerre, à un tel état de foiblesse qu'elle ne puisse. plus se soutenir devant l'armée ennemie , qui , devenue de 5 à 10 fois plus forte , lui feroit mettre bas les armes si elle ne trouvoit pas sur la frontière une espèce de camp retranché pour s'y retirer et y combattre.

Nous ajouterons aux motifs précédens, qui sont de la compétence de tous les militaires, une autre vue, que les nations policées qui ont eu à soutenir des guerres ont toujours prise en considération. Les différens peuples, dans l'état actuel de leurs rapports politiques, ont leur territoire défendu et couvert par des frontières soit terrestres, soit maritimes : sur ces frontières il existe des villes populeuses et commerçantes qui renferment de grandes richesses ; il y existe des dépôts nationaux dont la conservation mérite la plus grande attention : ces villes doivent protéger et recueillir les récoltes et les produits des campagnes pour les soustraire à l'ennemi.

Chez les anciens, où les états étoient d'une très-petite étendue, la défensive n'étoit pas compliquée comme chez les modernes : cette défensive , au lieu d'être établie aux extrémités du territoire, l'étoit au cœur de l'état ; c'étoit une grande ville où venoient se réfugier les habitans des campagnes avec leurs richesses, lorsque l'ennemi se présentoit en telle force qu'il ne pouvoit être repoussé.

Ainsi les anciens comme les modernes, ont été conduits à l'emploi de la fortification permanente par les mêmes motifs; mais à mesure que les états sont devenus plus considérables et que la science militaire s'est perfectionnée, ces motifs sont devenus bien plus puissans.

De l'objet de la fortification permanente; de la ville de guerre ou place forte ; de la garnison.

La fortification permanente a donc pour objet de retrancher un point déterminé de manière qu'une *armée foible* puisse s'y renfermer et y combattre malgré la disproportion de ses forces et de ses moyens , et qu'une attaque de vive force ne puisse pas s'effectuer. Un champ de bataille , ainsi préparé , procure des résultats capables d'étonner l'homme de guerre qui n'en auroit jamais ouï parler.

Définition d'une place forte.

On nomme *places fortes* ou *villes de guerre*, des champs de bataille fermés et retranchés de manière qu'une petite armée, appelée *garnison*, puisse y être à l'abri d'une attaque de vive force, et combattre longtems et pied à pied contre une armée très-supérieure en forces organiques et en moyens d'attaque.

On peut se former une première idée d'une place forte en imaginant qu'un fortin de campagne devient très-considérable, ou en se représentant qu'un camp retranché, fermé de tous côtés, se contracte et devienne d'une capacité médiocre; pourvu, toutefois, qu'on imagine en même tems que le relief augmente beaucoup et que les contrescarpes et escarpes soient verticales.

L'idée d'une place forte peut se déduire de la fortification passagère.

Les travaux et les constructions employés dans la fortification passagère sont absolument insuffisans pour établir une fortification permanente : le degré de résistance qu'ils procurent ne peut être supérieur à une attaque de vive force et ne donne pas au défenseur l'avantage de tenir tête à l'assaillant, malgré sa supériorité.

Les travaux et les constructions relatifs à la fortification passagère sont insuffisans pour créer la fortification permanente.

Il faut donc employer dans la fortification permanente les constructions en maçonnerie, en fer, en bois et en terre, afin qu'elle ait toutes les propriétés que requiert sa nature et soit exempte des vices de la fortification passagère : dans cette espèce de fortification on prend en considération les élémens du *tems* et de la *dépense*. Et indépendamment des diverses branches des sciences physico-mathématiques sur lesquelles repose la théorie de la fortification, elle fait les applications les plus directes de la géométrie descriptive, et suppose la connoissance des objets traités dans les cours de minéralogie, des travaux publics et d'architecture.

Des constructions propres à la nature de la fortification des places; du tems et de la dépense.

La géométrie descriptive s'applique directement à la fortification.

108. Avant les perfectionnemens qui ont eu lieu depuis 200 ans dans la science militaire, on ne reconnoissoit aux places fortes d'autre propriété que celle de mettre un petit corps de troupes en état de résister à des forces 7 à 8 fois plus considérables : elles étoient considérées uniquement comme des points isolés sans relations extérieures et ne formoient aucun système avec les autres parties de la frontière.

108. Des propriétés des places fortes sous le rapport de l'organisation des frontières et de leurs relations avec les grandes manœuvres des armées.

(Voyez les ouvrages de Maigrin, de Foissac et les Considérations militaires du général d'Arçon.)

Une opinion éphémère et vraiment désastreuse s'éleva il y a environ 25 ans parmi quelques généraux français; ils pensoient que la guerre ne devoit s'exécuter que par la seule tactique des troupes; qu'il falloit raser toutes les villes de guerre et suivre l'exemple donné par Joseph II, empereur d'Allemagne, qui en faisoit, à cette époque, démanteler plusieurs. Une longue paix sembloit avoir enseveli dans l'oubli les vrais principes de la guerre, et effacé de la mémoire les services rendus à l'état par les places qu'avoit construites sur toutes les frontières de France le célèbre Vauban.

Le tems n'étoit pas éloigné où l'utilité des places fortes et de toutes les parties de la fortification permanente, devoit être démontrée et constatée par des faits si nombreux et si frappans, qu'on dédaigneroit même de traiter une question aussi oiseuse et qui ne se seroit jamais élevée si l'étude de la branche de l'art militaire, qui est du ressort de la fortification, avoit été plus répandue parmi les militaires des différentes armes.

La théorie démontre et l'expérience confirme que les places fortes doivent être envisagées sous un point de vue tout différent du précédent : elles doivent entrer dans l'organisation des frontières pour en rendre la conquête presque impossible ; pour faciliter et protéger l'exécution des plans de campagne dans les guerres soit offensives, soit défensives, etc. On les dispose convenablement, et dans leurs rapports réciproques elles conservent les avantages d'un système continu, sans avoir les inconvéniens qui le rendent impraticable ; ce sont des moyens préparatoires et conservateurs qui assurent les succès, réparent les désastres et augmentent le lévier des forces mobiles si une tactique savante les dirige et met les manœuvres en relation avec elles.

Des opérations d'une armée qui agit sur une frontière dépourvue de places fortes. Pour rendre ces vérités sensibles au jeune élève qui commence à s'occuper d'idées militaires, nous présenterons en deux mots le tableau des opérations de deux armées sur deux frontières différemment organisées ; l'une sera dépourvue de points de sûreté et l'autre sera fortifiée d'une manière convenable. L'armée qui agira dans la première hypothèse sera forcée de traîner à sa suite ses équipages, tous ses attirails et ses moyens de subsistance : ces objets devront être placés sur les derrières et couverts par des détachemens assez considérables pour les garantir des entreprises de l'ennemi. Si on suppose maintenant que l'armée est sur l'offensive et qu'elle marche en avant sur une ligne d'opérations qui s'allonge sans cesse, il faudra protéger cette ligne par des corps respectables placés de distance en distance, afin que l'armée soit en relation avec ses dépôts, et assurer ses flancs contre les entreprises de l'ennemi : sans ces précautions indispensables, l'armée ne pourra jouir d'aucune tranquillité, sera continuellement troublée dans ses opérations et forcée après cinq a six jours de marche, si l'ennemi a des moyens d'action, à rétrograder pour rétablir ses communications avec sa propre frontière : mais, si l'armée marche avec méthode et qu'elle fasse successivement les détachemens nécessaires ; bientôt elle sera tellement affoiblie que l'ennemi pourra lutter contre le corps disponible et le combattre avec avantage, etc. Ainsi, dans cette supposition, toutes les opérations d'une campagne se réduiront à de simples excursions, sans qu'il soit possible d'entreprendre des siéges majeurs et d'en venir à des batailles qui assurent la possession du pays ennemi.

Supposons actuellement que l'armée soit sur la défensive ; n'est-il pas évident, dans cette hypothèse, que, sans villes fortes, l'armée n'a aucun moyen de couvrir ses subsistances et de se soutenir en face d'un ennemi dont les mouvemens libres ne seront arrêtés et contrariés par aucun obstacle ; et qu'elle sera forcée de se dissoudre à moins que le pays, par la nature de sa topographie, ne lui fournisse la faculté de faire une guerre de positions en lui procurant les avantages qu'on retire des places fortes lorsqu'on opère dans la plaine ?

Des opérations d'une armée qui agit sur une frontière garnie de places fortes. Passons à la description des opérations d'une armée qui agit sur une frontière organisée en places fortes : si l'armée est sur l'offensive, les places fortes d'où elle partira pour pénétrer dans le pays ennemi renfermeront tous les attirails et les magasins : les convois en partiront aussi journellement et seront escortés par les garnisons qui veillent sur les flancs et les derrières : l'armée sera tranquille sur ses dépôts et ses communications et ne pourra jamais éprouver d'échecs de grande conséquence : au moindre revers, elle pourra se replier paisiblement sous le canon d'une des places les plus voisines et arrêter les succès de l'ennemi : si les divers détachemens qui se tiennent sur les flancs et sur les points les plus importans de la ligne d'opérations, sont attaqués, ils peuvent résister à l'ennemi, se rallier, former un corps, se retirer sur la place la plus proche, et menacer à leur tour le corps ennemi.

Enfin, si l'armée est nécessairement sur la défensive, l'influence des places fortes sur ses opérations sera telle, que l'armée pourra tenir la campagne et se soutenir contre un ennemi puissant qui se proposeroit de faire la conquête de la frontière et de pénétrer dans l'intérieur du pays. En effet, les villes fortes placées avec art sur la partie de la frontière menacée par l'ennemi renfermeront les établissemens relatifs aux subsistances, aux munitions et tous les attirails de la guerre ; elles couvriront les flancs et les derrières de la position couvrante que l'armée aura choisie et d'où elle observera les mouvemens de l'ennemi ; les garnisons serviront d'avant-garde, de flanqueurs, etc. L'armée, débarrassée par-là de tout ce qui pourroit l'inquiéter et gêner ses mouvemens, acquiert une activité, une légèreté et une mobilité qui doivent la rendre redoutable si le général qui la commande connoît l'art de choisir les positions protégées par les places fortes et celui de les occuper par des manœuvres savantes et hardies. Il en est de la guerre défensive comme de la guerre des siéges : elle doit être conduite par l'art des combinaisons et en même tems avec audace : l'armée sur la défensive doit sans cesse tenir l'ennemi dans la crainte et lui cacher, par son caractère d'activité, la science du calcul. Si l'armée ennemie la pousse vivement, elle se repliera sans se compromettre, se mettra en potence sur un des flancs de l'ennemi et lui laissera la faculté de s'avancer : s'il s'avance, elle tombera sur ses derrières, coupera sa ligne d'opération, etc.; et, par une attaque hardie, elle pourra rétablir l'équilibre et reprendre l'offensive : mais il n'est pas vraisemblable que l'ennemi tienne une pareille conduite ; il prendra sans doute le parti de faire le siége d'une place pour en faire sa place d'armes et se mettra en observation pendant tout le tems de l'opération du siége : alors l'armée sur la défensive aura la faculté d'agir ou sur les *lignes*, ou sur l'armée d'observation, et pourra se flatter d'obtenir des succès, vu l'état de foiblesse où les circonstances auront jetté l'armée ennemie ; mais quand bien même ces succès ne seroient pas obtenus, ceux de l'armée opposée se réduiront au plus à la prise de deux places pendant le cours d'une campagne, etc. Ainsi les places fortes sur les frontières rendent possible une guerre défensive, même avec de foibles moyens : elles offrent à un général habile les moyens de réduire l'exécution d'une guerre à un très-petit nombre d'actions générales et décisives; de resserrer extrêmement le théâtre de la guerre et de la faire traîner en longueur : elles servent de retraite et d'appui à une armée malheureuse, en sauvant les débris et l'honneur ; enfin, elles protègent toutes les opérations d'une guerre offensive, etc., sans que les états aient à souffrir ces pertes énormes qui avoient lieu dans les guerres des anciens peuples et dont les résultats étoient des destructions nationales.

On seroit peut-être porté à croire que tant de places fortes répandues sur une frontière doivent, par leurs garnisons respectives, affoiblir extrêmement une armée : mais cette opinion, avancée bien des fois, ne peut soutenir ni l'épreuve du raisonnement, ni celle de l'expérience : la dernière guerre en a pleinement démontré la fausseté : en effet, l'homme qui a de l'expérience dans la guerre et en connoît la conduite, sait que l'ennemi, quelque forte que soit son armée, ne peut agir que sur un front occupé par quatre ou cinq places ; que l'armée sur la défensive se met en relation avec elles et que leurs garnisons lui tiennent lieu des détachemens considérables dont elle seroit forcée de se couvrir, si elle étoit abandonnée à elle-même.

On ajoute que la dépense relative à la construction et à l'entretien des places fortes est une charge énorme pour l'état, etc. : remarquons à ce sujet, qu'indépendamment des forces mobiles considérables auxquelles elles suppléent, elles conservent pendant la guerre des richesses considérables qui deviendroient la proie des armées ennemies; qu'elles mettent les villes à l'abri des contributions, protègent la culture et les moissons et reçoivent dans leur sein tous les produits du territoire dont les détachemens ennemis ne manqueroient pas de se saisir à chaque instant ; enfin, qu'une frontière occupée militairement par des places fortes ne devient pas un désert affreux par la fuite des habitans et les malheurs inséparables de la guerre : la société y reste organisée et le commerce s'y soutient jusqu'à un certain point. Tant d'avantages compensent bien les dépenses de la fortification permanente.

Réflexions générales.   Toutes ces vérités sur les propriétés principales des places fortes ont été développées par plusieurs écrivains qui jouissent d'une réputation bien méritée : nos jeunes lecteurs les liront avec intérêt lorsqu'ils auront pris de la fortification l'idée générale que nous nous proposons de leur donner ; et chaque pas qu'ils feront dans les annales militaires anciennes et modernes leur rendra ces vérités plus frappantes. Les peuples de l'antiquité attachoient une grande importance à la fortification, à l'attaque et à la défense des villes : la conservation de leur liberté et de leur existence politique et physique en dépendoit : aussi les généraux regardoient-ils comme un grand honneur d'être chargés d'un siége ou de la défense d'une ville; et la gloire qu'ils se promettoient d'en retirer leur paroissoit très-supérieure à celle du gain d'une bataille : ils étoient instruits dans les procédés d'industrie et dans tous les détails relatifs à l'attaque et à la défense ; et pendant la paix ils avoient soin d'exercer leurs troupes sous ce rapport. Les modernes ont beaucoup étendu l'usage de la fortification ; mais ils ont négligé l'éducation militaire de l'officier et les exercices des troupes sous le rapport de la construction des ouvrages, de l'attaque et de la défense : chez les anciens tous les travaux étoient faits par les troupes et dirigés par leurs officiers : chez les modernes, les loisirs de la paix sont consacrés uniquement aux exercices qui regardent les combats et les batailles : tout ce qui a rapport à la construction des travaux, à l'attaque et à la défense des villes et des retranchemens reste dans l'oubli le plus complet : il suit de là que, lorsque la guerre arrive, les troupes ne sont pas accoutumées aux travaux ; que l'officier ne se doute pas de l'utilité de la fortification; qu'il lui faut faire un apprentissage dans l'attaque et la defense, et que mille fautes sont commises journellement parce qu'on n'a pas reçu la véritable éducation militaire.

109. L'histoire ancienne et moderne fournissent des exemples sans nombre de l'utilité des places fortes; le siècle de Louis XIV sur-tout est fécond en événemens militaires dans lesquels la fortification a joué le plus grand rôle : mais nous nous contenterons ici de citer quelques faits qui ont eu lieu dans la dernière guerre.

109. Exemples qui attestent l'utilité des places fortes.

A l'ouverture de la campagne de 1792, les troupes françaises débouchèrent de Lille pour entrer dans la Belgique : elles furent repoussées par l'ennemi, qui, profitant d'une terreur panique, les poursuivit jusques sous le canon de Lille; et si cette place n'eut pas protégé l'armée, les désastres auroient été portés à leur comble. Peu de tems après, l'armée s'étant aguerrie sous la protection immédiate des places fortes, elle est conduite de nouveau dans la Belgique dont elle fait rapidement la conquête, parce que cette contrée se trouvoit dépourvue de places fortes. Mais l'indiscipline, le défaut de prévoyance, les trahisons, etc., jettent de nouveau l'armée dans la situation la plus critique : elle est attaquée dans toutes ses positions et ramenée sur la frontière par divisions éparses. Sous la protection des places fortes, elle se réorganise et, quoique dénuée de cavalerie et inférieure de moitié à l'armée ennemie, elle tient la campagne; et si cette armée avoit été commandée par des généraux d'une plus grande étendue de génie, elle auroit pu reprendre l'offensive contre l'armée combinée qui faisoit simultanément le blocus de Condé et le siége de Valenciennes. De ces faits récens ne résulte-t-il pas évidemment que si la frontière du Nord avoit été sans places fortes, deux batailles perdues auroient entraîné la destruction entière de l'armée française et que l'ennemi auroit menacé la capitale même. Mais poursuivons encore la narration de quelques opérations des armées françaises. Dunkerque, le Quesnoi et Maubeuge soutiennent les efforts des armées combinées et donnent le tems à l'armée du Nord de recevoir des renforts et de s'exercer sous les places fortes : dès qu'elle est en état d'agir elle livre les batailles de Hondscoote, Menin et de Vattignies, bat et fait reculer les armées ennemies; et cette campagne qui paroissoit devoir être des plus désastreuses, se termine par la seule perte des places de Valenciennes et du Quesnoi.

Exemple tiré de l'armée du Nord en 1792 et 1793.

Aux Pyrénées, l'armée française est vivement attaquée dans ses positions couvrantes : la place de Perpignan la recueille et la protège; les ennemis sont contenus et bientôt ils sont repoussés au-delà des limites de la frontière.

Exemple tiré de l'armée des Pyrénées orientales.

En Italie, la seule place de Mantoue eut une influence des plus remarquables dans les opérations de là guerre. La nécessité de sa conquête suspend la rapidité des événemens; elle devient l'objet de toutes les combinaisons des généraux qui commandoient les armées belligérantes : son importance fait tenter tous les moyens, épuiser toutes les ressources pour la secourir : mais le génie du général français trouve, dans les efforts même de l'ennemi,

Exemples tirés de l'armée d'Italie.

de nouveaux et de brillans sujets de triomphe : Mantoue se rend, et sa prise porte l'épouvante et la terreur dans la capitale de l'Autriche. La reddition prématurée de cette même place fut, dans les campagnes suivantes, la cause des grands revers qu'éprouva l'armée française et qui ne furent réparés que par la victoire de Marengo.

Nous croyons avoir suffisamment fait sentir, par le raisonnement et par l'exposé rapide que nous venons de présenter, l'utilité de la fortification permanente, ainsi que les rapports qui doivent exister entre les places fortes et les manœuvres des armées.

110. Idées générales de l'organisation d'une frontière en places fortes.

110. L'organisation d'une frontière en places fortes consiste dans le choix des positions qu'il faut occuper et dans le degré de force qu'il faut donner à chaque place particulière. Cette combinaison dépend de la nature du pays, de ses accidens et de ses ressources ; elle dépend encore des rapports qui existent entre les deux frontières opposées. Un pays plat et dont les avenues sont libres doit être occupé différemment qu'un pays très-âpre, fortement accidenté et couvert de montagnes, de bois, de rivières, etc. Entre ces deux cas extrêmes il y a des pays de contexture moyenne qui demandent des organisations modifiées d'après les localités.

Pour traiter avec succès cette partie sublime de l'art, il faudroit être en même tems ingénieur consommé et habile général ; il faudroit réunir le génie d'un Luxembourg à celui d'un Vauban.

Des places fortes disposées sur une frontière unie et parfaitement accessible.

Premier principe.

Nous traiterons d'abord le cas le plus simple, celui d'une frontière située dans un pays uni et dont les avenues sont libres. Si cette frontière n'a pas devant son front des places fortes ennemies, et qu'on veuille se conserver la faculté de prendre subitement l'offensive, les premières places doivent être tracées le plus près possible de la lisière ennemie, comme cela est évident : mais si, au contraire, l'ennemi a des places fortes et qu'on veuille seulement organiser la frontière sous le rapport d'une défensive respectable, il convient de reculer la limite et les premières places, de 15 ou 20 lieues intérieurement, afin d'allonger la ligne d'opérations de l'ennemi et rendre ses communications plus difficiles, etc.

Second principe sur les distances des places.

Puisque les places doivent être en relation immédiate, il faut que la garnison de chaque place puisse se réunir à celles des places collatérales, afin que ces garnisons puissent agir ensemble et rentrer chaque soir pour se reposer et reprendre ensuite le cours de leurs opérations journalières : il faut encore que l'ennemi éprouve la plus grande difficulté à circonvaller une des places de la frontière par la protection que lui portent les places collatérales : ces deux conditions seront remplies si on n'éloigne pas les places les unes des autres de plus de 4 myriamètres (7 à 8 lieues).

Front de première ligne en places du second ordre.

Cela posé, sur le front défensif tracé en conséquence du premier principe, on peut faire un dispositif de places de première ligne distantes les unes des autres d'environ 3 myriamètres $\frac{1}{2}$. Leur capacité et leur degré de résistance seront calculés de manière que l'ennemi soit obligé, pour en faire le siége , de développer et d'employer tous ses moyens en artillerie : chaque place pourroit avoir 7 à 800 mètres de diamètre , contenir 5 à 6 mille hommes de garnison , et faire une défense d'environ 2 mois. Cette première ligne de places aura pour objet d'arrêter l'ennemi et de soutenir ses premiers efforts ; elles seront débarrassées de toute espèce d'établissemens et approvisionnemens étrangers à leur défense.

Sur un front tracé à environ 3 myriamètres en arrière du premier et vis-à-vis le milieu des intervalles , seront placées, en seconde ligne, les places d'armes et de dépôts , destinées à renfermer tous les établissemens et approvisionnemens nécessaires à l'armée : les places fortes du premier ordre pourront avoir de 12 à 1500 mètres de diamètre et contenir une garnison d'environ 10 mille hommes ; le degré de leur résistance sera calculé pour un siége de 3 mois au moins. C'est sous le canon de ces places en seconde ligne que se tiendra l'armée sur la défensive pour observer la contenance de l'ennemi et agir sur lui selon les circonstances et les fautes qu'il pourra commettre. Front de seconde ligne en places du premier ordre.

Enfin , sur un troisième front tracé en arrière et à 3 myriamètres du second , on peut établir une troisième ligne de places du second ou du troisième ordre : elles auront environ 500 mètres de diamètre , pourront contenir de 3 à 4 mille hommes de garnison et leur résistance absolue sera d'environ un mois. Front de troisième ligne en places du troisième ordre.

Mais ces places en troisième ligne , qui sont les dernières ressources , seront liées par des camps retranchés placés en arrière où se rassembleront et s'exerceront journalièrement les troupes nouvellement et extraordinairement levées, pour s'opposer aux progrès d'un ennemi puissant que deux ou trois campagnes heureuses ont mis dans la position de percer la frontière ; et qui, par la conquête de plusieurs places , a assuré sa ligne d'opération. Des camps retranchés qui lient les places en troisième ligne.

On estime qu'une frontière libre et ainsi organisée est un moyen efficace pour garantir un état des entreprises d'un ennemi que des circonstances heureuses ont favorisé : si la frontière avoit un développement d'environ 15 myriamètres (30 lieues) il y auroit en première ligne 5 places du second ordre ; en seconde ligne 4 places du premier ordre , et en troisième ligne 5 places du troisième ordre. Avec un pareil système une armée de 50 mille hommes commandée par un général habile et secondé par des officiers instruits dans l'art de la guerre défensive, pourroit , sans jamais se compromettre , tenir tête à une armée de 120 mille hommes et l'empêcher de faire aucune tentative majeure et alarmante. Application.

En examinant l'autre cas extrême où l'on suppose une frontière hérissée d'obstacles naturels et bordée par des chaînes de montagnes hautes et plus ou moins escarpées, on voit qu'une disposition de trois rangs de places fortes y seroit absurde : la difficulté que l'ennemi éprouve pour conduire tous ses approvisionnemens et les attirails d'un siége , la rareté des communications et leurs directions connues , la faculté de tenir tête à l'ennemi à la faveur des obstacles naturels, sont autant de circonstances qui favorisent le jeu de la guerre défensive et dont la considération conduit à simplifier beaucoup le système défensif. De la disposition des places fortes sur une frontière fortement accidentée ou bordée par une chaîne de très-hautes montagnes.

2.   2

Tous les points dominans qui voient les versans du côté du pays ennemi seront retranchés et préparés de manière que toutes les démarches de l'ennemi soient bien observées : ces postes auront des communications faciles avec l'intérieur afin qu'on puisse y transporter du canon de petit calibre, y faire soutenir les garnisons et se retirer facilement. Cette première ligne de postes surveillans remplace dans ce cas la première ligne de places du second ordre.

En arrière et sur les montagnes secondaires seront assises les places fortes ; elles occuperont les points les plus favorables, ceux où plusieurs débouchés ou vallées viennent se réunir : ces places seront du premier ordre et un seul rang sera suffisant ; elles seront liées par des communications faciles avec les postes de première ligne.

En arrière des places seront établis, au moment de la guerre, des camps retranchés qui completteront la défensive.

De la disposition des places sur une frontière bordée par une rivière ou un fleuve.

Lorsqu'une frontière est limitée par une rivière ou un fleuve, l'objet de la défensive est de surveiller l'ennemi et de l'empêcher de passer la rivière, etc. Dans ce cas particulier un seul rang de places distantes de 4 myriamètres (8 lieues) constitue une défensive complette ; mais il faut éloigner chaque place de la rive ennemie de manière à ne pas craindre un bombardement : cette distance doit être d'environ 5 mille mètres.

De la défensive des frontières dont le sol est bas et couvert d'une grande quantité d'eau.

Les frontières dont le sol est bas et aquatique, demandent une défensive d'un genre particulier : il faut profiter des ressources offertes par la nature ; il faut rompre tous les défilés praticables et les défendre par des redoutes et des batteries environnées d'eau ; il faut couvrir des parties entières par des inondations qui les rendent inaccessibles ; enfin il faut que les places fortes soient en petit nombre, mais qu'elles offrent à l'ennemi toutes les difficultés que l'art peut tirer du bon emploi des eaux. Ici la défensive ne se prête point aux mouvemens journaliers offensifs qu'on exécute sous la protection de la fortification ; mais la perte de ces avantages est compensée par la résistance que procure l'usage bien entendu des eaux.

De la défensive des frontières maritimes.

La défensive des frontières maritimes ou des côtes doit consister; 1°. en une seule ligne de places fortes qui contiennent les ports, défendent les rades et empêchent les débarquemens ; 2°. en des forts et batteries placés dans les intervalles pour défendre les approches des points favorables aux débarquemens et surveiller les mouvemens des ennemis. Dans le tracé et la construction des places maritimes, on doit considérer qu'elles renferment des dépôts, des magasins et des arsenaux dont la conservation est un objet des plus importans, et qu'il faut, par conséquent, les mettre à l'abri des bombardemens et des incendies, que l'ennemi pourroit tenter soit par mer, soit dans des débarquemens momentanés.

Le point saillant où une frontière maritime se lie à une frontière terrestre, doit fixer particulièrement l'attention de l'ingénieur ; il est nécessaire que les défenses de ce point important soient disposées de manière à repousser les attaques combinées de mer et de terre.

La topographie des frontières ne présente pas le plus communément les cas extrêmes que nous venons d'examiner : on rencontre dans leur déve- loppement des plaines, des hauteurs, des bois, des marais, des rivières, des ruisseaux, etc. ; ces accidens naturels se diversifient, se combinent de mille manières et font varier la force naturelle d'une frontière sur ses dif- férens points. La défensive de ces frontières mixtes doit varier comme leur organisation topographique : son projet, sur les localités, doit résulter du coup d'œil du général réuni à celui de l'habile ingénieur. Dans une partie, la dispo- sition de trois lignes de places sera nécessaire ; dans une autre, deux lignes suffiront ; dans celle-ci une inondation rendra les approches inaccessibles ; dans celle-là une grande place soutiendra des camps retranchés liés entre eux et dont elle sera une espèce de réduit. Les places fortes occuperont les rivières, les débouchés, etc. ; et tous ces élémens fortifians, dont les degrés de résistance seront bien calculés, conserverout entre eux la relation la plus intime et permettront aux armées le déploiement des manœuvres offen- sives et défensives.

Il n'appartient qu'à l'homme de guerre, consommé dans la théorie et la pratique de l'art, de traiter sous tous les rapports la défensive des frontières à laquelle est attaché le salut d'un état.

CHAPITRE II.

De l'estimation de la force d'une ville de guerre ; de la fortification régulière, de son tracé et de son profil pri- mitif ; de l'origine de l'art et de ses progrès ; de la fortification à l'époque de l'usage des bouches à feu ; de l'invention de l'enceinte bastionnée et de son tracé ; du front bastionné à lignes de défense rasantes.

Après avoir jetté un coup d'œil rapide sur l'utilité des places fortes et le rôle qu'elles doivent jouer sur le théâtre de la guerre, nous allons entrer dans l'étude directe de la fortification permanente dont nous avons déja donné une idée générale et la définition (107).

111. Puisqu'une place forte est une position retranchée où une garnison est à l'abri d'une attaque de vive force et peut resister pendant un tems plus ou moins long aux attaques réitérées et continues d'une armée 8 à 10 fois plus forte qu'elle ; il résulte de là que la valeur d'une ville de guerre est d'autant plus grande que la durée probable du combat est plus consi- dérable et que le rapport de la garnison à l'armée assiégeante et la dépense

pour construire la place sont plus petits : l'élément de la dépense ne doit entrer en considération que jusqu'à un certain point ; il n'est pas aussi essentiel que les deux premiers. Ainsi on peut dire que la valeur de la force d'une ville de guerre est en raison directe de la durée probable du siége et en raison inverse de la garnison et de la dépense.

Des principes de la fortification déduits de l'expérience des siéges.

De même que la théorie de la tactique et de la fortification passagère reposent sur des faits constatés par l'expérience et l'observation, de même aussi la théorie de la fortification des places s'appuie sur des faits tirés de la pratique des siéges : cette pratique fait connoître la marche de l'attaque et les dispositions nécessaires que l'assiégeant est obligé de faire pour s'approcher de l'assiégé : c'est de cette connoissance, qu'une expérience éclairée confirme, que résultent les principes et les règles pour disposer et construire les défenses les plus propres à ralentir la marche progressive de l'attaque.

De la fortification régulière assise sur un terrain uniforme et horisontal ; du plan de site ; du plan horisontal de projection et du profil primitif.

Supposons d'abord que la question est réduite à sa plus grande simplicité, et que la fortification est établie sur un terrain horisontal et parfaitement uniforme : les dispositions qui résulteront de cette hypothèse seront regardées comme une espèce de formule susceptible d'être modifiée dans l'application aux terrains irréguliers : ces applications dépendent du coup d'œil de l'ingénieur. Ce que nous exposerons sur la fortification dans la troisième partie de ce Traité, comprendra uniquement les notions préliminaires qui doivent précéder l'étude de l'art sous le rapport des applications.

On appelle *plan de site*, le plan sur lequel la fortification est assise ; dans le cas simple que nous considérons, ce plan est horisontal ; il se confond avec la surface du terrain et nous le prendrons pour *plan horisontal de projection :* ainsi que dans la théorie de la fortification passagère, nous déterminerons la projection verticale des différens retranchemens en construisant les *profils primitifs* sur des plans verticaux perpendiculaires aux directions données par la projection horisontale. Nous verrons, par la suite, comment, dans la fortification irrégulière, on fait varier et le plan de site et les profils généraux ; et par quelle méthode ingénieuse on supplée à la multiplication de ces derniers, etc.

De la figure générale de la projection horisontale de la directrice qui détermine le contour d'une ville de guerre.

D'après la première idée que nous avons donnée d'une ville de guerre, on voit que ses défenses doivent faire *front* de tous côtés, puisque la position occupée est accessible de toute part : ainsi la projection horisontale de la directrice qui contourne le terrain enveloppé et qui sert de base aux dispositions, sera une courbe ou plutôt une figure polygonale rentrante en elle-même.

De la constitution du profil primitif.

Dans toutes les dispositions défensives traitées dans la seconde partie, on n'emploie que des constructions légères, dont la promptitude et la facilité de l'exécution font le principal mérite : mais ces foibles ressources ne suffisent pas dans la fortification permanente ; les *profils primitifs* doivent en être constitués d'après sa nature et la fin pour laquelle elle est établie : elle doit résulter d'ouvrages solides et permanens, susceptibles de résister à des attaques d'un genre nouveau et qui, pendant des siècles, se soutiennent contre les injures du tems : ainsi, outre les arts de construction qui travaillent et employent les bois, les terres et le fer, on considère principalement l'art de la maçonnerie, afin d'obtenir les ouvrages les plus résistans, les plus durables et les plus variés dans les formes : ce qui fait voir que si on établit les profils générateurs de manière que les escarpes construites en maçonnerie soient verticales et hautes d'environ 80 décimètres, les vices principaux, qui font la foiblesse de la fortification passagère, disparoîtront ainsi que la possibilité de l'attaque de vive force et de l'escalade.

Ces premières idées générales exposées, il paroît à propos de jetter un coup d'œil rapide sur l'origine de l'art de la fortification et sur les progrès qu'il a faits à différentes époques pour arriver à son état actuel.

112. La fortification doit sa naissance à la civilisation, elle en a constamment suivi les progrès. Lorsque les peuplades éparses se réunirent pour former des nations, elles ne reconnurent d'abord dans leurs relations respectives que la loi du plus fort : chaque peuple organisa une force dont il se servit pour inquiéter ses voisins ou ses rivaux, leur enlever leurs richesses, envahir leur territoire ou les asservir : par cette espèce d'action et de réaction, les états se trouvèrent dans la nécessité de chercher les moyens de se soustraire à la rapacité et à l'ambition ; de repousser un ennemi puissant ou de l'arrêter par des obstacles qui empêchassent le contact, multipliassent les forces de l'assailli et rétablissent l'équilibre.

Ce sont ces obstacles interposés, de quelque nature qu'ils soient, qui portent le nom de *retranchemens*; et l'art de les construire et de les disposer constitue *l'art de la fortification*. La fortification a donc pris naissance avec les sociétés ; elle a suivi pas à pas les progrès de la civilisation et des arts. Les premiers peuples qui eurent à se garantir des entreprises de leurs voisins, s'entourèrent de petits fossés, de pieux, de haies et autres moyens défensifs analogues aux armes offensives en usage dans ces premiers tems ; elles consistoient dans des massues, des bâtons, des pierres, etc. Lorsque les bourgades furent devenues de grandes cités et les asiles où les peuples menacés d'une invasion transportoient leurs richesses, etc., on entoura ces villes de fortes et hautes murailles appelées *remparts* qui, en couvrant ceux qui les défendoient, leur procuroient en même tems l'avantage de repousser l'ennemi.

L'époque où la fortification a pris un caractère vraiment défensif, est celle où chaque peuple, en raison de ses connoissances dans les arts, a élevé autour de ces cités des murailles assez épaisses pour y établir des défenseurs : ces murailles étoient couronnées, dans l'origine, par un mur d'appui peu épais et placé sur le bord extérieur de la sommité du rempart : ce petit mur servoit de parapet et étoit garni de créneaux : mais bientôt on s'apperçut qu'on ne voyoit pas au pied des murailles et qu'il étoit facile à l'ennemi d'y manœuvrer ; il devint donc nécessaire d'inventer une disposition qui permît de voir le pied des remparts et garantît les assiégés de l'action des armes de jet des assaillans. On obtint cet avantage précieux par l'idée

112. De l'origine de l'art de la fortification et des époques où il a fait des progrès remarquables.

Première époque de la fortification fixée à l'usage des murailles surmontées de machicoulis ; du profil primitif.

(Pl. I, fig. 1.)

ingénieuse des *machicoulis :* le machicoulis consiste à mettre en saillie, à 5 ou 6 décimètres du parement extérieur du rempart, un mur de parapet supporté par des corbeaux en pierres de taille placés de 10 en 10 décimètres. On voit encore des machicoulis dans tous les anciens châteaux et dans les ruines des anciennes villes fortifiées : ce moyen combiné avec les créneaux perfectionna beaucoup la fortification : on montoit sur les remparts par des escaliers intérieurs construits en pierres de taille. Les premières villes des Egyptiens, des Grecs, des Romains; celles des Français sous les rois de la première race, et celles des autres nations modernes, étoient fortifiées d'après ce profil primitif : elles étoient sans fossés et la figure de la directrice étoit un polygone simple sans modifications relatives à la défense.

De la nature de l'attaque des villes à la première époque; de la disposition des soldats en tortue ; des mines pour renverser les murailles.

A cette première époque de la fortification, l'attaque se faisoit ou par l'escalade au moyen des échelles et de la disposition en tortue, ou par la mine. La disposition en tortue s'exécutoit ainsi : une partie des assaillans armés de l'arc et de la fronde éloignoit ceux qui défendoient le haut des remparts, pendant qu'une autre partie formoit la tortue avec leurs boucliers : une troisième partie, composée de soldats déterminés, montoit sur la tortue et donnoit l'escalade. Comme cette opération étoit très-difficile et réussissoit

(Voyez la description du muscule dans la milice française.)

rarement, on imagina l'attaque par la mine : sous l'abri d'une petite galerie mouvante appelée *muscule*, que les assiégeans poussoient contre les murailles, les mineurs ennemis démolissoient une partie du pied du mur et pratiquoient dans son intérieur une grande chambre de mine garnie d'étançons qui soutenoient la muraille : lorsque la mine étoit préparée, on la remplissoit de matières très-combustibles dont la combustion entraînoit celle des étançons et la chûte d'une longue partie de la muraille : aussitôt que la mine avoit produit une brèche praticable on donnoit l'assaut, etc.

La prise des villes par l'escalade et la mine ne réussissoit que rarement ; et la défense, à cette époque, étoit si supérieure à l'attaque, que les siéges duroient souvent plusieurs années et ne finissoient que par des stratagèmes et des trahisons. On fut donc conduit naturellement à perfectionner l'attaque industrielle, et c'est peut-être à cette considération qu'on dut les progrès

Nouveaux moyens offensifs inventés pour l'attaque des places; des tortues, du bélier, des tours d'attaque en charpente; des balistes et des catapultes.
(Voyez Daniel, Folard et l'Encyclopédie.)

rapides de l'art de la charpenterie, de la maçonnerie, etc. : on imagina les galeries couvertes pour aller du camp jusqu'au pied des murailles, les tortues ou tours-bélières pour enfermer le bélier dont tout le monde connoît les effets : on inventa les fameuses tours d'attaque en charpente à plusieurs étages et avec des ponts qui se baissoient pour joindre les murailles pendant que la partie supérieure qui dominoit les remparts étoit garnie de soldats qui, par les armes de jet, éloignoient les assiégés qui s'opposoient à l'attaque : enfin, la baliste et la catapulte composèrent, avec le bélier, un système complet.

La catapulte lançoit de gros dards contre les défenseurs; on en fit même par la suite qui pouvoient lancer des poutres plus ou moins grosses.

La baliste projettoit des pierres dont le poids étoit de plus de 50 livres.

Des procédés de l'attaque.

Tous les auteurs s'accordent à dire que la portée de ces armes étoit d'environ 600 mètres (300 toises) : pour les employer dans un siége, on élevoit le plus près possible des remparts, de hautes terrasses sur lesquelles on disposoit les machines, et c'étoit sous leur protection qu'on construisoit et qu'on dirigeoit les galeries d'approche, les tours-bélières, les tours en charpente, etc.

Après l'invention de tous ces puissans moyens d'attaque, l'art de la défense consistoit à faire des sorties fréquentes pour tâcher d'aller incendier les travaux de l'attaque, à lutter contre les balistes et les catapultes de l'attaque par d'autres balistes et catapultes, et à rendre vaines toutes les manœuvres du bélier; etc.

Des procédés de la défense.

Lorsque les différens moyens employés dans l'attaque furent perfectionnés jusqu'à un certain point, la défense perdit de sa supériorité et il fallut perfectionner la fortification et augmenter la valeur des obstacles matériels présentés à l'assiégeant : deux dispositions dans la fortification rendirent à la défense tout son éclat : elle conserva son ascendant sur l'attaque jusqu'à l'invention de la poudre et des armes à feu.

Seconde époque des progrès de la fortification; on y introduit les tours flanquantes et les fossés.

Les hommes éclairés qui dirigeoient la défense des villes ne tardèrent pas à s'appercevoir que les machicoulis étoient une disposition insuffisante pour surveiller le pied des murailles et qu'il seroit très-avantageux de découvrir les flancs des attaques de l'assiégeant : pour y parvenir, on adossa, à l'enceinte, des tours carrées distantes les unes des autres de la portée des armes de trait le plus en usage dans la défense : on donna même à ces tours plus de hauteur qu'à l'enceinte pour qu'elles la dominassent et rendissent l'usage des tours en charpente plus difficile et plus périlleux : par le moyen de ces tours on attaquoit les tours-bélières par le flanc; l'opération de la mine étoit d'une exécution plus lente et plus dangereuse; et l'escalade devenoit presqu'impossible. Aux tours carrées on substitua, par la suite, les tours demi-circulaires.

On ne s'en tint pas à cette simple disposition de tours qui se flanquoient réciproquement : on couvrit l'enceinte par un fossé revêtu et qui étoit plus ou moins large et plus ou moins profond. Les grandes propriétés de ce fossé augmentèrent tellement les difficultés de l'attaque, que la défense reprit dès-lors sur elle tout l'ascendant qu'elle avoit momentanément perdu. En effet les opérations relatives au comblement d'un fossé large et profond et nécessaires pour pouvoir conduire et établir contre les murailles le bélier, etc., prenoient un tems si considérable que souvent l'assiégeant étoit découragé. Aussi les généraux de l'antiquité regardoient-ils le siège d'une ville comme une opération qui devoit les couvrir de gloire, s'ils parvenoient à s'en rendre les maîtres.

Tous les anciens peuples dont les cités renfermoient les familles et les richesses nationales et particulières se sont tous beaucoup occupés de la fortification permanente et des procédés relatifs à l'attaque et à la défense : leurs villes étoient fortifiées en murailles garnies de machicoulis et de tours et enveloppées par un grand fossé.

Les Romains qui furent conquérans par système, faisoient une étude particulière de l'attaque des places : leurs connoissances et leurs procédés en ce genre passèrent en partie chez les Gaulois qui les transmirent aux Francs et autres peuples du Nord. Au siége de Paris par les Normands, en l'an 886, on employa, principalement dans la défense, une quantité considérable de balistes et de catapultes de différentes formes et dimensions.

Telle a été la forme et la constitution générale de la fortification jusqu'à l'usage de la poudre et des armes à feu dans l'attaque et la défense.

De l'usage de la poudre et des armes à feu dans l'attaque et la défense.

Nous avons vu, dans la première partie (9), que l'usage des armes à feu remontoit à 1330; mais ce ne fut que sous Charles VIII, vers l'an 1500, que l'artillerie commença à être employée contre les villes de guerre : au commencement du seizième siècle on en conduisoit une grande quantité pour les siéges.

De l'invention des mines modernes à la fin du 15e. siècle.

L'idée d'employer la poudre dans les mines ne tarda pas à naître ; la première expérience en fut faite en 1487, par un ingénieur, au siége de Sarezanella, qui appartenoit aux Florentins et que les Génois assiégeoient : cet ingénieur fit faire une chambre de mine sous les remparts du château, la fit charger de poudre et y fit mettre le feu; mais le succès ne répondit pas à son attente par quelques causes particulières. Pierre de Navarre, ingénieur espagnol, qui avoit été temoin de cette tentative, jugea qu'elle devoit réussir et renouvella l'expérience en 1495, à Naples, devant le château de l'Œuf qui étoit défendu avec opiniâtreté par les Français : ce château étant cerné du côté de la mer, l'ingénieur se fit descendre avec des mineurs dans l'anfractuosité d'un rocher et fit pousser de là une galerie de mine jusques sous les remparts du château où il fit creuser une chambre qu'il chargea d'une grande quantité de poudre : après avoir fermé la mine avec précaution il y fit mettre le feu : l'effet en fut si considérable et si terrible, qu'une partie des remparts fut jettée dans la mer et que les Français ne purent soutenir l'assaut qui fut livré à l'instant.

Des changemens que l'usage de l'artillerie a forcé d'introduire dans la fortification.

Les effets de l'artillerie sur les murailles découvertes et sur les machicoulis, la difficulté d'en placer sur des remparts étroits et dans des tours rondes ou carrées qui n'avoient au plus que 20 mètres de gorge et autant de saillie, la nécessité de défendre les places par les mêmes armes que celles avec lesquelles on les attaquoit, rendirent nécessaires des changemens considérables dans la constitution du profil primitif : il fallut abandonner les machicoulis et leur substituer des *massifs couvrans* ; il fallut terrasser les remparts pour élargir les terre-pleins afin de pouvoir y manœuvrer les nouvelles armes ; il fallut enfin agrandir et espacer convenablement les tours flanquantes. Ce fut vers l'an 1500 qu'eut lieu cette espèce de révolution dans la fortification : elle constitue la troisième époque de ses progrès.

Troisième époque de la fortification fixée à l'usage de l'artillerie, vers l'an 1500.

Réflexion sur la valeur de la fortification moderne.

Tant que l'artillerie resta dans de petites dimensions et tant que ses manœuvres furent difficiles et mal exécutées elle fut plus favorable à la défense qu'à l'attaque : aussi dans les premiers tems de l'usage de l'artillerie la fortification conserva-t-elle l'ascendant et la valeur que lui procuroient les anciennes armes ; et les rapports de l'attaque et de la défense restèrent-ils à-peu-près les mêmes : les siéges qui eurent lieu à cette époque le prouvent ; et on peut mettre en parallèle les siéges de Rhodes, de Malte, de Candie, etc., avec les plus fameux siéges de l'antiquité, tels que ceux de Tyr, de Lilybée, de Carthage, etc. Mais à mesure que l'artillerie se perfectionna, que les pièces devinrent considérables et susceptibles d'agir avec justesse et une grande force à de grandes distances, et lorsque la bombe fut inventée, etc., l'artillerie devint plus favorable à l'attaque qu'à la défense, et la valeur de la fortification alla en décroissant. Ce qui, indépendamment des causes morales, contribuoit le plus à procurer aux siéges de l'antiquité une durée qu'on ne pouvoit apprécier par aucun calcul de probabilité, et à procurer à l'ancienne fortification des défenses de longue durée, c'étoit l'impossibilité où étoit l'assiégeant de détruire les objets renfermés dans l'intérieur de la place et d'y tourmenter l'assiégé : partout on y étoit en sûreté contre les pierres, les dards, etc. : l'usage de l'artillerie a fait perdre ce grand avantage à la défense, et la bombe a sans cesse et tellement tourmenté l'assiégé dans l'intérieur des places, qu'il a fallu employer toutes sortes de précautions pour se soustraire à ses effets destructeurs.

Autant la position de l'assiégé est devenue critique, autant celle de l'assiégeant s'est améliorée : celui-ci agit de loin et fait converger tous ses feux sur les défenses ; il occupe un grand espace sur lequel il se développe sans aucune gêne pour ses dispositions ; il marche sur la matière la plus propre à ses travaux ; enfin ses subsistances sont assurées et les dépôts de ses munitions de guerre à l'abri de toute atteinte.

Ce sont ces nouveaux rapports entre l'attaque et la défense qui ont fait de la fortification un art de plus en plus compliqué et difficile ; et, quoique plusieurs hommes doués de grands talens et d'une expérience acquise dans un grand nombre de siéges, se soient appliqués à rendre à la fortification son premier lustre, elle a toujours été fort au dessous de la valeur que lui assigne son importance et son degré d'utilité.

Dans le profil primitif de l'enceinte d'une ville de guerre à l'époque que nous considérons, on distingue : 1°. la contrescarpe ; 2°. l'escarpe revêtue ; 3°. le rempart et son terre-plein ; 4° le parapet.

La *contrescarpe revêtue* est la profondeur du fossé du côté de l'ennemi.

L'*escarpe revêtue* est la hauteur de la muraille de l'enceinte jusqu'au niveau du rempart : cette muraille est couronnée par un gros cordon en pierre de taille.

Le *rempart* est la masse de terre adossée au revêtement, laquelle s'élève d'une certaine quantité au dessus de la ligne de terre ; la surface supérieure sur laquelle s'établissent les bouches à feu et se font les dispositions de la défense, se nomme le *terre-plein* du rempart.

Le *parapet* est la masse couvrante revêtue extérieurement, qui, placée sur le bord extérieur du rempart, couvre son terre-plein et y met les défenseurs, etc., à l'abri des coups de l'artillerie assiégeante.

La *ligne magistrale* est la sommité du revêtement de l'escarpe ou l'intersection de la ligne d'escarpe avec la ligne du terre-plein : la ligne magistrale sert de directrice dans la projection horisontale du tracé des différentes parties d'un système.

Description du profil primitif de l'enceinte d'une ville de guerre à l'époque de l'usage des bouches à feu dans les siéges ; de la nomenclature du profil.

(Pl. I, fig. 2.)

De la ligne magistrale.

2. 3

De la crête intérieure
du parapet ou ligne cou-
vrante.

La *crête intérieure* du parapet peut être appelée *ligne couvrante;* on la nomme aussi *ligne de feu de la mousqueterie :* c'est cette ligne qui fixe et qui fait juger du relief de la fortification ; c'est aussi d'après son développement qu'on estime la quantité des feux qu'un retranchement peut fournir : sa considération est des plus importantes, même quand il s'agit d'ordonner la projection horisontale.

De la plongée du pa-
rapet.

Il en est de la *plongée* du parapet dans la fortification permanente, comme dans la fortification passagère : elle se règle de manière que le bord de la contrescarpe soit battu par la mousqueterie : ainsi en menant une droite par la crête du parapet et par un point pris à 10 décimètres au dessus de la contrescarpe, cette droite sera la limite supérieure de la plongée : il ne faut pas que cette ligne soit inclinée de plus de 15° (*an. m.*) sous l'horisontale; 1°. parce que l'angle au sommet seroit trop foible et facile à ruiner ; 2°. parce qu'au-delà de cette limite les lignes de tir ne sont pas efficaces.

113. Quatrième épo-
que de la fortification
considérée dans ses
changemens les plus re-
marquables; de la dé-
couverte et de l'usage
des bastions, vers l'an
1500.

113. Jusqu'à l'an 1500 environ, l'ancien tracé de l'enceinte fut constamment suivi; on s'étoit contenté d'agrandir les tours, etc., et de suivre le profil primitif que nous venons de décrire. Le relief étoit plus ou moins considérable, selon les idées des ingénieurs, et toujours de 60 décimètres au moins au dessus du terrain naturel. Mais ce tracé avoit un vice radical que l'expérience faisoit appercevoir à chaque siége et que les ingénieurs s'occupoient de corriger. Les tours étant fixées à la distance de la portée des armes de main le plus en usage, c'est-à-dire, à environ 250 mètres (125 toises); la courtine *st* comprise entre deux tours étoit défendue par les flancs des tours, pourvu que le relief et la plongée des parapets fussent réglés de manière que la ligne *mn* tracée sur le fond du fossé et perpendiculaire sur le milieu de la courtine, fût l'intersection des deux plans de plongée des flancs; ou que ces mêmes plans de plongée ne se coupassent qu'au dessous du fond du fossé et que leurs tracés fussent comme *m'n'* et *m''n''* : si

(Pl. I, fig. 4.)

maintenant on trace les lignes de tir extrêmes *ik, lo, ep, gh,* etc., on voit qu'il existe nécessairement au pied du front de chaque tour soit carrée, soit circulaire, un espace *abc* qui n'est vu d'aucun point et où l'ennemi peut attacher le mineur et faire promptement une brèche, etc.

La fortification ainsi tracée avoit donc un vice frappant que n'avoit pas l'ancienne avant la suppression des machicoulis, et il devint nécessaire de chercher un tracé qui redonnât à la fortification la propriété de découvrir le pied des murailles sur tout le pourtour de l'enceinte.

Plusieurs fortificateurs s'occupèrent de cette recherche en envisageant la question sous un point de vue plus général : ils se proposèrent de trouver quelle étoit la figure à donner à une enceinte polygonale quelconque pour que les parties les plus exposées fussent défendues et flanquées par des parties moins exposées à l'action des armes de l'assiégeant, et que ces mêmes parties flanquantes fussent elles-mêmes flanquées.

La grande simplicité de la question est peut - être la cause de ce qu'on ignore le nom de l'auteur qui le premier la résolut : la solution consistoit évidemment à renfermer dans l'enceinte le petit espace *abc*, et à terminer la tête des tours par les lignes de tir ; et afin que chaque flanc servît tout entier à la défense de la nouvelle ligne *ab* ou *bc*, on prit, pour lignes de tir extrêmes, celles partant des extrémités *x* des flancs en opposition. Par ce tracé, le front de chaque tour devint un redan dont les faces se dirigeoient à l'extrémité des flancs ; et la figure de chaque tour devint celle d'un quadrilatère *efgk*. Les tours, ainsi modifiées, portèrent le nom de *bastions*, et une enceinte ainsi disposée se nomma *enceinte bastionnée*. On voit que dans la figure bastionnée chaque flanc défend la face du flanc du bastion opposé, ainsi que la demi-courtine qui y est attenante, pourvu que toutefois la plongée de son parapet coupe le fond du fossé dans la ligne perpendiculaire sur le milieu de la courtine.

Si on considère la partie d'une enceinte bastionnée correspondante à la distance *AB* qui sépare deux bastions, et qui se nomme le côté intérieur du polygone, et si on trace les deux capitales des bastions *Vu*, *Vu* passant par les points *A* et *a* et *B* et *f* ; on apperçoit au premier coup d'œil que cette portion d'enceinte se répète symétriquement sur chaque côté intérieur, qu'elle est composée de deux demi-bastions unis par une courtine, que ces élémens sont dans la plus intime relation de défense, et qu'ils sont indépendans des autres parties de l'enceinte : le système de deux demi-bastions liés par une courtine est ce qu'on nomme un *front de fortification*; ainsi une enceinte est composée de plusieurs fronts bastionnés.

Errard, de Bar-le-Duc, est le premier fortificateur qui, en homme de génie, ait saisi l'idée heureuse de l'enceinte bastionnée, et qui en ait fait usage en France

On entend par *systêmes de fortification* les diverses méthodes employées pour faire le tracé d'une enceinte bastionnée : ce qui revient à la construction d'un front sur un côté du polygone qui renferme l'espace que doit occuper la place à fortifier. On sent qu'un front *AB* étant donné, il existe une infinité de manières de disposer les lignes ou les élémens qui composent le front *abcdef* : nous ferons connoître, par la suite, les différens systêmes qui ont été employés et inventés.

Nous avons vu que les fossés, dès la seconde époque de la fortification permanente, sont devenus, comme dans la fortification passagère, un dehors essentiel à l'enceinte : ils augmentent la force de l'obstacle et procurent les terres nécessaires à la construction des retranchemens. C'est avec ces terres, provenant des fossés, que l'on élève les remparts, les parapets, etc. Sous ces deux rapports, les dimensions des fossés doivent être déterminées convenablement, et c'est un objet dont nous nous occuperons par la suite. Pour le moment, nous supposerons que la largeur des fossés de l'enceinte est fixée de 25 à 30 mètres environ.

Pour se faire une idée du tracé de l'enceinte d'une place forte régulière, il faut enfermer l'espace qu'elle doit occuper par une circonférence

On ne connoît pas le véritable inventeur des bastions.

(Fig. 4.)
Du bastion.

Du front bastionné.

De l'enceinte bastionnée employée par Errard, de Bar-le-Duc, en 1554.

Des systêmes de fortification.

Des fossés d'une ville de guerre et de leurs dimensions.

Du tracé général de l'enceinte d'une place

forte régulière et irrégulière.

de cercle, et lui inscrire un polygone régulier dont le côté soit égal à la distance à laquelle on veut placer les bastions; cette distance est réglée d'après la portée des armes à feu de main, et varie depuis 250 jusqu'à 350 mètres : cela fait, sur chaque côté du polygone, on construit un front de fortification d'après le système qu'on a adopté, on fait aussi le tracé du fossé sur chaque front; et l'ensemble de tous les fronts compose la première enceinte bastionnée qui parut après la suppression des tours.

Lorsque la fortification est irrégulière, le tracé se fait de la même manière : après avoir fixé, d'après les localités le polygone irrégulier qui doit enfermer l'espace de la place, on construit un front de fortification sur chaque côté du polygone : mais il faut observer : 1°. que chaque côté du polygone irrégulier doit avoir la longueur assignée au front de fortification par les règles de la défense, ou avoir une longueur double ou triple; 2°. que les angles du polygone doivent être assez ouverts pour que le tracé donne des angles saillans qui ne soient pas au dessous de 60° (an. m.).

Nomenclature des élémens du front bastionné. (Fig. 4.)

Les parties qui composent un front bastionné et plusieurs lignes dont la considération est importante, ont des dénominations qu'il est nécessaire de connoître.

La ligne *AB* est le *côté intérieur* du polygone et la ligne *af* est son *côté extérieur* : l'un ou l'autre sert de base au tracé du front dans chaque système.

Les angles saillans *a* et *f* se nomment les *angles flanqués* des bastions *A* et *B*.

Les droites *ef*, *fg* qui forment l'angle flanqué d'un bastion se nomment ses *faces* : les faces *ab*, et *ef* sont réunies à la *courtine cd* par les *flancs cb* et *de*.

Les angles saillans *b* et *e* s'appellent les *angles d'épaule*; ils sont formés par la rencontre de la face et du flanc.

Les angles rentrans *bcd* et *edc* sont les *angles du flanc*; ils sont formés par l'intersection des flancs et de la courtine.

Les lignes *ad* et *fc* qui vont de l'angle flanqué à l'angle du flanc, s'appellent *lignes de défense*; et l'angle *bcf* formé par le flanc et la ligne de défense, se nomme *angle de défense* : l'angle *fad* formé par le côté extérieur et la ligne de défense, porte le nom d'*angle diminué*.

La ligne *mn* élevée perpendiculairement sur le milieu du côté extérieur ou intérieur est la *perpendiculaire*.

Enfin les lignes *Vu*, *Vu* qui partagent les angles flanqués en deux parties égales sont les *capitales* des bastions *A* et *B*.

De la ligne de défense qui est ou rasante ou fichante.

Les lignes de défense peuvent être ou *rasantes* ou *fichantes* : elles sont rasantes lorsqu'elles aboutissent à l'angle du flanc; elles sont fichantes lorsqu'elles rentrent intérieurement, comme *at*, *fs*, et vont couper la courtine dont une partie *tx* ou *ys* peut alors flanquer la face du bastion posé, mais d'une manière très-oblique.

Tous les angles dont nous venons de parler, ont leur sommet sur la ligne magistrale; les angles intérieurs qui leur sont égaux ont leur sommet sur la ligne couvrante.

Des angles intérieurs formés par la ligne couvrante.

Dans un front bastionné à lignes de défense rasantes, il faut considérer six quantités dont la relation est exprimée par deux équations; de sorte que quatre de ces quantités étant données, il est toujours possible de tracer le front par une construction géométrique ou par une construction graphique.

De la relation qui existe entre les quantités linéaires et angulaires qu'il faut considérer dans le front bastionné à lignes de défense rasantes.

Les six quantités dont on peut trouver la relation sont :

Le côté extérieur $AB = a$; la courtine $cD = b$; la ligne de défense $AD = c$;

Le flanc $CE = f$; la face $AE = d$; l'angle de défense $ADF = k$.

Soit de plus $EF = m$ et $AF = n$.

Cela posé, le triangle EDF donne l'équation

$$m^2 = f^2 + (c-d)^2 - 2f(c-d)\cos k \quad \ldots \ldots (1)$$

Le quadrilatère $CDEF$, en faisant le produit des diagonales égal à la somme des produits des côtés opposés, donne :

$$(c-d)^2 = f^2 + bm \quad \ldots \ldots (2).$$

En comparant les trois triangles semblables CKD, EKF et AKB, on a

$$ac - mc - ad - bd = 0 \quad \ldots \ldots (3).$$

Si entre ces trois équations on éliminoit m, on auroit deux équations entre les six élémens du front bastionné; mais il est plus simple de conserver les trois équations, et d'en chercher une quatrième, qui n'est qu'une conséquence des trois précédentes.

Le triangle ADF donne . . . . $n^2 = c^2 + f^2 - 2 cf \cos k$.

Le quadrilatère $AEFB$ donne . . . . $n^2 = am + d^2$

d'où on obtient :

$$am + d^2 - c^2 - f^2 + 2 cf \cos k = 0 \quad \ldots \ldots (4).$$

Au moyen de ces quatre équations, quatre quantités étant données, on pourra construire les deux autres; ce qui conduit à considérer quinze cas différens dont six sont résolubles par la règle et le compas; sept le sont par la construction de sections coniques et les deux autres par des courbes qu'il faut construire par points.

Premier cas dans lequel a et b sont les inconnues : l'équation (1) donnera m; l'équation (2) donnera b; et l'équation (3) donnera a : ce cas se construit par la ligne droite et le cercle.

Premier cas dans lequel a et b sont inconnues: il peut être résolu par la ligne droite et le cercle.

Second cas où a et f sont les inconnues : les équations (1) et (2) donneront m et f par l'intersection d'un cercle et d'une parabole; a s'obtiendra par l'équation (3).

Second cas dans lequel a et f sont les inconnues : il est résoluble par le cercle et la parabole.

Troisième cas où a et k sont les inconnues : il peut se résoudre par la ligne droite et le cercle.

Quatrième cas; a et d sont inconnues.

Cinquième cas; a et c sont inconnues : résoluble comme le second cas, par le cercle et la parabole.

L'équation (2) donnera m, et ensuite les équations (1) et (3) feront connoître a et $cos.\ k$.

Ces deux cas reviennent au deuxième.

Sixième cas; b et f sont inconnues : résoluble par le cercle et la parabole.

Les équations (1) et (4) donneront les valeurs de m et de f par l'intersection d'un cercle et d'une parabole ; puis l'équation (3) donnera la valeur de b.

Septième cas; b et k sont les inconnues : il est soluble par la ligne droite et le cercle.

Les équations (2) et (3) donneront par la ligne droite et le cercle les valeurs de b et de m; ensuite on aura $cos.\ k$ par l'équation (1).

Huitième cas; b et d inconnues.

Neuvième cas; b et c inconnues : solubles par le cercle et la parabole.

Les équations (1) et (4) donneront m et d ou c par l'intersection d'un cercle et d'une parabole, et de l'équation (1) on tirera la valeur de b.

Dixième cas; f et k sont inconnues : il est résoluble par la ligne droite et le cercle.

L'équation (3) donnera m; l'équation (2) donnera f, et l'équation (1) fera connoître $cos.\ k$.

Onzième cas; f et d sont inconnues : il est résoluble par le cercle et la ligne droite.

En retranchant l'équation (2) de l'équation (4), on aura une équation linéaire entre m, f et d; laquelle, étant combinée avec les équations (2) et (3), donnera les valeurs de m, f et d par la règle et le compas.

Douzième cas; f et c sont inconnues: ne peut se résoudre par des sections coniques.

En éliminant m entre les équations (2), (3) et (4), on aura les équations des courbes les plus simples, et qu'il faudra construire par points.

Treizième cas; k et d sont inconnues : résoluble par la ligne droite et le cercle.

Les équations (2) et (3) donneront m et d par la règle et le compas; puis l'équation (1) donnera $cos.\ k$.

Quatorzième cas; k et c sont inconnues : résoluble par une hyperbole et une parabole.

Les équations (2) et (3) donneront m et c par l'intersection d'une parabole et d'une hyperbole : $cos.\ k$ se tirera de l'équation (1).

Quinzième cas; d et c sont inconnues : ne peut se résoudre par des sections coniques.

Ce cas revient au douzième qui ne peut se traiter par des sections coniques.

Ainsi les 1er., 3, 7, 10, 11, et 13e. cas sont résolubles par la ligne droite et le cercle.

Les élèves traiteront graphiquement quelques cas particuliers dans lesquels ils supposeront l'angle de défense droit. Cette supposition est une donnée nécessaire dépendante des règles de la défense.

CHAPITRE III.

De la théorie de la fortification ; du front bastionné moderne ; de l'épaisseur des revêtemens et de leurs profils ; description de la projection horisontale sur le plan de site de tous les élémens du front bastionné ; des communications de toute espèce , etc. ; description du relief de tous les élémens du front bastionné ; du commandement de tous les ouvrages ; des plans de défilement ; de la profondeur des fossés , etc. ; des bâtimens dépendans de la fortification ; de la construction d'une place forte , etc.

Après avoir exposé les changemens et les modifications principales que la fortification des places a subi à mesure que l'attaque a perfectionné et étendu ses moyens , et comment cette même fortification a été constituée dans les tems modernes pour résister aux puissans effets de l'artillerie ; nous devons prendre une marche différente pour en établir la théorie et pour parvenir de la manière la plus simple , la plus méthodique et la plus rapide à donner à nos jeunes lecteurs les notions générales et les plus justes de cette belle partie de la science militaire. Depuis le commencement de ce Traité élémentaire , nous avons fait voir constamment que l'art de la défense établissoit les procédés généraux et nécessaires de l'attaque pour disposer en conséquence ses moyens résistans. Ce principe est général ; on l'applique aux ordres de bataille pris par une armée sur la défensive , à la fortification passagère et à la fortification des places où il devient d'une considération bien plus majeure. Tous les bons esprits sont d'accord sur ce point important , que l'étude de la fortification permanente ne peut se faire d'une manière profitable et rationelle qu'en établissant les faits d'expérience qui résultent de l'ordonnance de l'attaque et des effets produits par les moyens qui sont à sa disposition : voilà pourquoi l'analyse de la grande quantité de siéges qui ont eu lieu du tems de Vauban et après lui , est un travail nécessaire pour constater les faits principaux sur lesquels reposent les théories de l'attaque et celle de la défense ; et pourquoi l'expérience acquise dans les siéges est si utile à l'homme de guerre que son génie porte à perfectionner la fortification. Nous avons dit que l'élément principal de la valeur d'une place forte étoit *la durée probable du siége*. L'art de la fortification consiste donc à constituer et disposer les ouvrages de manière que cette durée probable du siége soit la plus grande possible , toutes choses étant d'ailleurs égales. Cette manière d'étudier la fortification trace la route qu'il faut suivre pour faire connoître aux jeunes militaires les élémens

Réflexions générales sur les principes de la théorie de la fortification et sur la manière de l'étudier.

de ce bel art ; et nous nous félicitons chaque jour de l'avoir introduite dans les cours que nous faisons depuis 7 ans à l'École Polytechnique. La marche de cette étude consiste 1°. à adopter un système de fortification moderne ; à décrire et tracer une place régulière constituée d'après ce système ; à la préparer et pourvoir de sa garnison et de tous les autres moyens qui concourent à l'établissement d'une défense complette ; 2°. à développer contre la fortification, dont les formes sont connues et tracées, les travaux d'une attaque régulière telle qu'elle a été inventée et pratiquée par Vauban et ses successeurs ; à estimer par approximation et d'après l'expérience acquise le tems nécessaire pour s'approcher des ouvrages, pour les ruiner et s'en saisir, jusqu'à ce que l'assiégeant se trouve corps à corps avec l'assiégé. Par cette méthode on arrive à la connoissance de la durée probable du siége et à celle de la garnison nécessaire pour défendre la place : et comme la description fait connoître la dépense, on obtient les trois élémens qui établissent la valeur d'un système de fortification. En opérant de même pour tout autre système, on pourra comparer leurs valeurs respectives et les classer selon leur ordre de mérite pour la guerre. On se procure encore par cette méthode un second avantage bien important, celui d'apprécier les qualités et les défauts de chaque disposition défensive, et comment il seroit possible d'augmenter les unes et de corriger les autres : mais cette méthode, quoiqu'elle soit la seule propre à faire discerner le bon du mauvais, demande à être appliquée avec un jugement éclairé, et après une étude profonde de l'art de l'attaque et de la défense. Plusieurs ingénieurs d'un grand mérite s'en sont servi avec succès pour déterminer la valeur comparative des différentes parties d'une place forte, et ont déposé dans les archives des directions du génie, des travaux qui attestent la bonté des principes sur lesquels reposent la théorie moderne de la fortification.

Parmi les différens systèmes modernes, nous croyons convenable d'adopter pour terme de comparaison et pour unité de force, le premier système de Vauban corrigé et augmenté par Cormontaigne : cet officier général est de tous les ingénieurs qui ont suivi Vauban, celui qui s'est le plus occupé de perfectionner la fortification : il a fait, sur l'art des mines, des travaux immenses qui sont pour les jeunes officiers de l'arme du génie et de l'artillerie une source féconde d'instruction. Prenant ce système pour base, nous aurons l'avantage de rendre familières aux élèves les formes de la majeure partie des places qui ont été construites depuis 150 ans ; car, à l'exception de quelques places traitées par Cohorn, et des deux places de Landau et Neubrisac construites par Vauban d'après son système des tours bastionnées, toutes les autres ont été tracées d'après le système de Pagan modifié d'abord par Vauban, et ensuite par Cormontaigne qui y fit des additions considérables.

114. Description du front bastionné moderne adopté pour terme de comparaison.

114. Dans la fortification passagère un simple profil primitif et la projection horisontale de la directrice, suffisent pour donner une idée complette de cette espèce de fortification ; mais dans la fortification permanente l'objet ;

quoique simple , est néanmoins plus compliqué : chaque front de l'enceinte est composé, 1°. *d'un corps de place* avec fossé ; 2° de plusieurs ouvrages extérieurs , couverts aussi d'un fossé ; 3°. d'une espèce de retranchement de campagne , appelé *chemin couvert* qui enveloppe et cerne tous les autres ouvrages. Il résulte de là que la connoissance des formes générales ne peut se déduire que du système des *profils primitifs* des élémens du front ; ces profils doivent avoir une certaine relation qui dépend de la théorie du *relief* ; c'est-à-dire , de la quantité dont les lignes couvrantes et les lignes magistrales doivent être élevées au dessus du plan de site. Nous ne pouvons donc pas, dans ce moment, composer le système des profils primitifs , parce que nous n'avons pas encore fait connoître les élémens ou les ouvrages extérieurs qui font partie du front bastionné , mais nous pouvons faire connoître la composition de chaque profil sans parler de la hauteur de la ligne couvrante et de la ligne magistrale au dessus du plan de site.

Le profil moderne d'un ouvrage de fortification permanente est, comme nous l'avons vu, composé d'une contrescarpe revêtue et d'une escarpe aussi revêtue, d'un gros mur de maçonnerie susceptible d'une grande résistance et terrassé par derrière avec les terres qui forment le terre-plein du rempart : le gros cordon en pierre de taille qui couronnoit l'escarpe a été supprimé et remplacé par une simple tablette épaisse de 25 centimètres et saillante de 10 centimètres sur le nud du mur. Le petit mur qui soutenoit extérieurement les masses du parapet a été supprimé , son talus extérieur se fait à terres coulantes ou en gazons. *Description du profil primitif d'un ouvrage moderne de fortification permanente.* (Pl. I, fig. 6.)

Pour construire le profil d'un ouvrage de fortification permanente, on prend pour directrice la ligne de terre Vv' ; on trace la verticale indéfinie opq qui représente l'escarpe ; on porte la hauteur RP de l'escarpe au dessus de la trace du plan de site, et on a la trace p de la magistrale : on mène l'horisontale XY élevée au dessus du plan de site de la quantité mr donnée par le relief, et on fait om égale à op plus à l'épaisseur nm que le parapet doit avoir au sommet : cette quantité mn est fixée par l'expérience à 60 décimètres pour les ouvrages les plus résistans, et peut varier de 60 à 40 décimètres, selon que les parapets sont plus ou moins exposés : nous supposerons la distance om de la ligne magistrale à la crête intérieure du parapet de 80 à 85 décimètres. *De la construction du profil primitif d'un ouvrage de fortification permanente.* (Fig. 6.)

De l'épaisseur du parapet.

La hauteur du parapet au dessus du terre-plein du rempart est fixée, comme dans la fortification de campagne, à 25 décimètres, on la réduit cependant dans certains cas au minimum de 20 décimètres. La hauteur d'appui , la banquette et son talus se profilent comme dans la fortification de campagne et occupent 40 décimètres de largeur. *De la hauteur du parapet ; de sa hauteur d'appui ; de la banquette et de son talus.*

La largeur du terre-plein du rempart varie de 120 à 145 décimètres à partir de la ligne couvrante ; la dimension au dessous de 120 décimètres ne seroit pas suffisante pour la manœuvre du canon, etc. ; et au dessus de 145 décimètres, elle occasionneroit un emploi superflu en terres qui peuvent être rares ou être employées plus utilement ailleurs. *Du terre-plein du rempart et de sa largeur.*

2.

4

On donne au terre-plein du rempart une pente vers la place de 20 centimètres pour faciliter l'écoulement des eaux. Enfin, du côté de la place on laisse les remparts prendre le talus naturel des terres coulantes; on pratique sur les talus des rampes assez multipliées pour monter sur les terrepleins, et y transporter l'artillerie et les munitions : ces rampes doivent avoir 6 à 7 mètres de largeur, et leur pente est réglée de manière que la base ait sept à huit fois la hauteur.

115. La question relative à l'épaisseur qu'il faut donner aux murs de revêtement des escarpes, des contrescarpes et des gorges des ouvrages, a beaucoup occupé les ingénieurs dans tous les tems : c'est une question de mécanique dont la solution tient à l'hypothèse que l'on fait sur la manière dont les terres agissent et produisent contre les murs une *poussée* qui tend sans cesse à les renverser et qui les renverse en effet lorsqu'ils n'ont pas une épaisseur calculée convenablement. La difficulté est de parvenir à estimer cette force, qui varie pour chaque nature de terres, selon qu'elles sont plus ou moins tenaces et plus ou moins spécifiquement pesantes. Jusqu'à présent tous les auteurs qui ont traité de cette matière ont déterminé la poussée en imaginant par le pied intérieur M du mur un plan MN incliné de 45° (*an. m.*) pour les terres ordinaires et remblayées; de 25° environ pour les sables mouvans dont les molécules sont presque sans ténacité; de 30° environ pour les terres vierges et tenaces; en un mot, ils ont donné à ce plan l'inclinaison que prendroient les terres si elles étoient abandonnées à elles-mêmes : ils ont ensuite supposé que la masse des terres située au dessus du plan incliné MN tendoit à glisser sur ce plan, agissoit par son poids contre le mur, et tendoit à le faire tourner autour du pied extérieur O. Prony dans son cours de mécanique à l'École Polytechnique envisage le problème de la poussée des terres sous un autre point de vue; il regarde les terres comme des fluides plus ou moins imparfaits, et le ramène ainsi à une question d'hydrostatique : il déduit de sa théorie une méthode-pratique

très-ingénieuse pour déterminer les épaisseurs des murs de terrasses dans chaque cas particulier.

Aussitôt que les ingénieurs s'occupèrent de cette question, et Vauban paroît être celui qui y a donné la plus sérieuse attention, ils virent tout de suite que de deux murs de hauteur égale et de même volume, celui qui auroit un *talus extérieur* résisteroit plus que l'autre; puisque le bras de levier de la résistance, qui se mesure par la distance du point d'appui O à la verticale passant par le centre de gravité, devient plus grand à mesure que le talus augmente : ainsi dans deux murs qui auroient même base et même hauteur, mais dont l'un seroit vertical et l'autre triangulaire, le bras de levier de la résistance dans le premier cas ne seroit exprimé que par 1; pendant que dans le second il le seroit par $\frac{13}{6}$: si on cherchoit le rapport des deux volumes qui donnent la même résistance, on trouveroit que les deux sections génératrices sont entre elles comme 1 : 0,6125; c'est-à-dire qu'il faudroit, en conservant la même résistance, plus d'un tiers de moins de matériaux pour construire d'après le profil triangulaire que d'après le profil vertical : mais l'expérience ne confirme pas exactement cette théorie, 1°. parce que les revêtemens n'étant pas des corps parfaitement solides, surtout lorsque les maçonneries sont encore fraîches, la poussée agit avant que les mortiers aient pris leur consistance ; aussi arrive-t-il souvent que l'action de la poussée des terres produit dans les murs des soufflemens et des lignes de rupture au dessus du pied de la muraille : 2°. parce que la poussée change souvent de nature par des circonstances locales : si les terres du terrassement sont susceptibles de s'imbiber facilement d'eau et qu'il arrive des pluies abondantes immédiatement après la construction, un mur peut être renversé, quoique son épaisseur ait été calculée convenablement : l'action d'une forte gelée peut encore produire des accidens de ce genre par l'augmentation de volume que prend la couche d'eau interposée entre les terres et la maçonnerie, etc. Enfin un mur de revêtement peut glisser sur ses fondations, n'importe son épaisseur, si on ne prend pas les précautions que comportent certains terrains.

Il résulte de ces considérations générales que l'expérience est le guide le plus sûr dans cette matière épineuse ; et que l'ingénieur doit la consulter sans cesse en étudiant les ouvrages d'art construits par les hommes les plus consommés dans la pratique.   *Réflexions.*

Les avantages des talus sont sensibles sous le rapport de l'économie ; mais les règles de la construction demandent que tous les murs, surmontés ou non d'un parapet, aient une certaine épaisseur au sommet et que le talus n'excède pas le $\frac{1}{5}$ de la hauteur. Ainsi les murs triangulaires ne peuvent s'exécuter puisqu'ils donneroient des talus énormes, surtout pour les petites hauteurs : ils iroient de la moitié au tiers de la hauteur.

Mais si les talus produisent une grande économie pour le moment présent, ils sont dans la suite des tems, sujets à de si grands inconvéniens que les ingénieurs modernes sont d'un avis unanime pour les bannir. On a observé qu'il se dépose sur le talus des paremens des graines d'herbes et d'arbustes qui prennent racine dans les joints, de sorte qu'au bout de quelques années les matériaux des paremens sont désunis et désagrégés par le simple effet de la végétation : il arrive alors que le parement souffle de toute part et finit par s'ébouler. Les réparations de ces dégradations sont très-coûteuses et ne peuvent se faire que par des écorchemens de peu d'épaisseur et des espèces de chemises qui ne se lient point avec l'ancienne maçonnerie : cette construction vicieuse est sensible dans les pays où l'on bâtit en briques. Il est bien peu d'ingénieurs qui n'aient pas gémi, comme nous, d'avoir à faire des dépenses considérables pour refaire à neuf d'anciens paremens dégradés, et d'être obligés d'employer la méthode des écorchemens qui détruisent nécessairement une partie de la résistance des anciens revêtemens. Toutes les places construites par Vauban offrent ce triste spectacle, pendant que d'anciennes tours verticales et dans la même exposition ont conservé leurs paremens dans toute leur intégrité.

Des revêtemens avec retraites en arrière et talus très-peu considérable.

(Fig. 6.)

Plusieurs ingénieurs ont proposé de faire les revêtemens presque verticaux, et de pratiquer dans le parement qui est contre les terres, des retraites successives de 2 décimètres par 10 décimètres de hauteur : de cette construction plus avantageuse il résulte qu'il y a sur les retraites des pressions verticales dont la résultante concourt à la stabilité du mur et il y a économie d'une autre part : à la vérité le bras de levier de la résistance n'est plus aussi considérable que lorsque les talus sont extérieurs ; mais le calcul prouve que cette construction n'est guère plus dispendieuse.

Description des profils du maréchal de Vauban ; des contreforts intérieurs.

(Fig. 2.)

Le maréchal de Vauban, d'après sa grande expérience, chercha à concilier dans les constructions en maçonnerie la dépense et la résistance : il adopta pour cela deux idées : 1°. les talus extérieurs du cinquième de la hauteur ; 2°. l'application derrière les revêtemens de *contreforts* distans de 18 pieds de milieu en milieu, et quelquefois de 15 pieds. L'idée des contreforts fut suggérée à Vauban par la facilité avec laquelle les brèches s'exécutoient dans les simples revêtemens qui entraînoient dans leur chute non-seulement la masse des parapets, mais même une partie du terre-plein du rempart. Vauban fixa d'une manière constante l'épaisseur du sommet de l'escarpe et de la contrescarpe ; dans l'escarpe il prit pour sommet le cordon supposé placé au niveau du terre-plein du rempart : lorsque ce cordon étoit placé plus bas, on partoit du premier point pour trouver l'épaisseur au sommet ; cette épaisseur étoit égale à la première plus au cinquième de la différence de hauteur entre le cordon et le terre-plein. Ce célèbre ingénieur adopta la quantité de 5 pi. pour l'épaisseur constante du sommet des escarpes et celle de 3 pieds pour l'épaisseur du sommet des contrescarpes : les épaisseurs à la base ou sur la retraite varioient suivant la hauteur ; elles étoient égales à la quantité constante du sommet plus au cinquième de la hauteur.

(Fig. 2.)

Il donna à ses contreforts une figure trapézoïde dans laquelle la queue mn étoit les $\frac{2}{3}$ de la racine rs : ces deux dimensions ainsi que la longueur varioient avec la hauteur. Pour la plus petite hauteur de 10 pieds il donna à la longueur du contrefort 4 pieds et 3 à la racine : et quand la hauteur augmentoit de 5 pieds, il augmentoit la longueur d'un pied et la racine de 6 pouces.

TABLE

DES DIMENSIONS

DU PROFIL GÉNÉRAL DE VAUBAN.

Hauteur des revêtemens.	Épaisseur au sommet.	Épaisseur sur la retraite.	Distance des lignes de milieu des contreforts.	Longueur des contreforts.	Épaisseur à la racine.	Épaisseur à la queue.	
pieds.			pieds.	pieds.		pieds.	po.
10	5	7	18 ou 15	4	3	2	0
20	5	9	18 ou 15	6	4	2	8
30	5	11	Idem.	8	5	3	4
40	5	13		10	6	4	0
50	5	15		12	7	4	8
60	5	17		14	8	5	4
70	5	19		16	9	6	0
80	5	21		18	10	6	8

Vauban, en fixant les dimensions de son profil général, a eu sûrement en vue d'équilibrer la poussée des terres par la résistance seule du revêtement et d'avoir un excès de résistance par les contreforts pour surmonter la poussée et résister aux commotions de l'artillerie et à la formation des brèches. Quoique l'expérience d'une longue suite d'années ait prouvé la bonté du profil de Vauban, cependant il est évident qu'il n'est pas calculé d'une manière convenable en regardant l'épaisseur du sommet comme constante; que l'excès de la résistance est trop fort pour les petites hauteurs ; qu'il est assez juste pour les hauteurs moyennes , et qu'il est trop foible pour les hauteurs considérables : il suit de là qu'il faudroit fixer à 3 pieds 6 pouces l'épaisseur au sommet pour 10 pieds de hauteur et la faire varier proportionnellement jusqu'à 5 pieds , épaisseur adoptée pour la hauteur de 40 pieds; ensuite on porteroit l'épaisseur de 5 à 7 pieds pour les hauteurs comprises depuis 40 jusqu'à 100 pieds. Quant aux contreforts on ne voit pas la raison qui a pu déterminer leur forme trapézoïde : il vaudroit mieux faire l'inverse; mais pour la facilité de la construction , il est préférable de les faire rectangulaires.

Observations sur le profil de Vauban.

Un profil général d'escarpe doit être calculé de manière que les revêtemens remplissent trois conditions essentielles : 1°. leurs paremens extérieurs doivent se soutenir le plus longtems possible contre l'action puissante de l'atmosphère

Des profils modernes d'escarpes et de contrescarpes.

et de la végétation ; 2°. ils doivent résister à la poussée des terres et des masses qu'ils ont à supporter, et à la commotion de l'artillerie ; 3°. ils doivent présenter à l'artillerie ennemie une résistance qui rende les brèches d'une exécution très-difficile. Il suit de là que les paremens doivent être verticaux ou presque verticaux ; qu'il faut donner aux revêtemens l'épaisseur nécessaire pour résister à la poussée des terres ; qu'il faut employer la méthode des contreforts intérieurs pour augmenter la résistance et rendre les brèches plus difficiles.

(Voyez la planche I, fig. 6.) D'après ces considérations nous donnerons aux profils généraux $\frac{1}{20}$ seulement de talus : l'épaisseur au sommet de l'escarpe variera proportionnellement de 13 décimètres (4 pieds) à 20 décimètres (6 pieds), depuis 40 décimètres de hauteur jusqu'à 150 ; et de 20 décimètres à 26,^{dt}5 (8 pieds) depuis 150 jusqu'à 300 décimètres de hauteur. Une fois l'épaisseur du sommet fixée, on fera un gradin ou une retraite intérieure de 53 centimètres par chaque hauteur de 10 décimètres; la somme des retraites, jointe au talus du $\frac{1}{20}$ et à l'épaisseur au sommet, donnera l'épaisseur du mur sur la fondation.

Les contreforts ne seront distans que de 5 mètres d'une ligne de milieu à l'autre ; ils seront rectangulaires et auront 15 décimètres d'épaisseur depuis 40 décimètres de hauteur jusqu'à 150 ; 20 décimètres depuis 150 jusqu'à 200 décimètres de hauteur ; et 25 décimètres depuis 200 à 300 décimètres de hauteur : la longueur des contreforts sera à-peu-près égale à l'épaisseur du revêtement sur la fondation et on fera une retraite de 5 décimètres pour chaque hauteur de 20 décimètres. En appliquant ces principes à un profil d'escarpe pour un revêtement de 100 décimètres de hauteur, on donnera 17 décimètres d'épaisseur au sommet et 34,^{dt}5 à la base ; le contrefort aura 30 décimètres de longueur à la base et 28 au sommet.

(Fig. 6.) Quant aux profils des contrescarpes, des gorges des ouvrages et des murs de terrasses, il convient d'y supprimer les contreforts dont la construction est difficile et assujettissante : on donnera au talus le $\frac{1}{20}$ de la hauteur et 12 décimètres d'épaisseur au sommet, en observant de former les gradins intérieurs comme dans les profils d'escarpe.

Observations sur les revêtemens d'escarpe qui sont exposés à être battus en brèche ; des revêtemens en décharge. Il est reconnu nécessaire de construire d'une manière particulière les revêtemens qui sont dans le cas d'être battus en brèche : c'est un objet important dont les ingénieurs se sont occupés dans ces derniers tems : on peut, dans ces parties, multiplier les contreforts ; on peut même lier ces contreforts par des arceaux en pierres de taille et faire même ce qu'on nomme des *revêtemens en décharge*. L'expérience a prouvé, principalement au siége de Dillembourg, que des voûtes enchassées dans des masses de remparts offroient une grande résistance au canon, et que les brèches s'y formoient avec beaucoup de difficultés : cette espèce de construction jouit de plus du grand avantage d'annuller presque totalement la poussée des terres ; elle procure encore, sous d'autres rapports, des avantages précieux : Coëhorn construisoit son gros orillon d'après un genre de construction analogue.

Tous les officiers du génie sont d'accord sur l'utilité des revêtemens en décharge, employés même pour les contrescarpes : mais il n'a pas encore été arrêté définitivement de profils d'après cette idée : on peut s'en faire une idée générale en se représentant des contreforts rectangulaires qui servent de pieds droits à des voûtes en décharge mises les unes au dessus des autres, depuis le fond du fossé jusqu'à la tablette : un mur de médiocre épaisseur forme le parement de l'escarpe et cache l'artifice de la construction à l'assiégeant. Dans les contrescarpes il n'y a pas de mur de parement et le dessous des voûtes forme des abris extrêmement importans pour les manœuvres journalières de la défense et pour l'exécution de la guerre souterraine ; au lieu que dans les escarpes, les voûtes sont remplies de terres fortement damées.

Pour mieux développer cette idée ingénieuse et d'une exécution facile , (Voyez la planche I, fig. 8.) supposons qu'il soit question d'un mur d'escarpe d'une hauteur ordinaire et à l'abri de l'escalade : si on suppose la hauteur de la contrescarpe de 60 décimètres, celle de la maçonnerie de l'escarpe peut être fixée à 80 pour être bien couverte par le chemin couvert. Le mur d'escarpe E aura 13 décimètres d'épaisseur et sera monté verticalement ; les contreforts ou pieds droits $P, P, P,$ auront d'épaisseur 12 à 13 décimètres et 60 de queue : par conséquent ils ne dépasseront pas le massif du parapet qui les recouvrira en entier : les lignes de milieu des pieds droits seront distantes de 63 décimètres, afin que les voûtes de décharge aient 50 décimètres de largeur ; leur hauteur sous clef sera de 50 décimètres et l'épaisseur des voûtes sous clef sera de 10 décimètres : d'après ces données , il y aura deux étages de voûtes en décharge : afin de cacher à l'assiégeant l'artifice de la construction ; les têtes des voûtes sont encastrées de 3 décimètres dans le mur d'escarpe : ces têtes de voûtes , ainsi que les pieds droits , doivent être indépendans du mur de parement , afin qu'ils conservent toute leur solidité lorsque l'artillerie de brèche aura fait écrouler cette chemise. Des galeries d'écoute $V, V,$ etc., passent sous le rempart et traversent les terres des voûtes inférieures ; elles ont pour objet de surveiller le mineur ennemi, etc. Dans l'étage supérieur on peut construire en bois des casemates G qui contiendront 3 embrasures soit pour de la mousqueterie ou pour de la petite artillerie : ces embrasures ont l'inconvénient de faire deviner à l'ennemi la construction du revêtement ; mais elles ont aussi le grand avantage de défendre le terre-plein du chemin couvert par un feu des plus efficaces , qui en rend l'attaque de vive force impossible et celle de pied à pied bien plus périlleuse et plus longue : on communique aux casemates par des galeries construites en bois au moment du siège, qui partent du pied du talus intérieur du rempart, etc.

Les avantages des revêtemens en décharge sur les constructions ordinaires Des avantages des revêtemens en décharge. des escarpes et des contrescarpes sont nombreux : 1°. la dépense de la construction n'est pas d'un quart plus considérable ; 2°. les brèches sont plus difficiles à former soit par le canon, soit par la mine : en employant le premier moyen , l'assiégeant fera d'abord tomber la chemise dont l'éboulis ne formera au pied de l'escarpe qu'une très-petite rampe ; tout le reste du revêtement sera vertical et soutenu par les voûtes qu'il faudra ruiner lentement par petites portions parce qu'elles sont enchâssées dans des terres bien battues : il sera par conséquent bien difficile de former une rampe inclinée même de 45°. Si l'assiégeant, pour abréger, veut attacher le mineur, la difficulté ne sera pas moins grande ; dès qu'il voudra travailler pour se loger dans les flancs des pieds droits des voûtes, il sera prévenu par le mineur assiégé qui, toujours aux écoutes, peut dans tous les instans l'étouffer par de petits camouflets et autres moyens dépendans de la guerre souterraine.

Enfin les contrescarpes ainsi construites, procureront des avantages dont la théorie de l'attaque et de la défense fera connoître toute l'importance.

116. Description du tracé graphique de tous les élémens du front bastionné moderne composé de l'enceinte et de plusieurs ouvrages extérieurs.
(Pl. II.)

116. Le profil général étant décrit et connu dans tous ses élémens, nous allons suivre la même marche que dans la seconde partie et faire la description du tracé du front bastionné moderne sur le plan de site, considéré comme le plan de projection.

La composition du profil général fait voir que les formes de l'objet sont extrêmement simples et qu'il suffit de connoître la projection horisontale de la *ligne magistrale* pour avoir celle de toutes les lignes qui terminent les différens plans qui composent la surface des ouvrages de fortification ; puisque cette fortification est engendrée par le profil général qui se meut le long de la directrice et normalement à cette ligne : la figure de cette directrice sur le plan horisontal se déduit, comme dans la fortification passagère, des règles de l'attaque et de la défense.

Du côté extérieur du polygone de l'enceinte.

L'enceinte a pour figure primitive un polygone dont les côtés ont une longueur déterminée d'après les règles de la défense dont nous parlerons dans la suite ; cette longueur est comprise entre les deux limites de 260 à 360 mètres. Comme cette dernière dimension donne le tracé le plus avantageux nous l'adopterons pour le côté extérieur du polygone qu'il faut fortifier d'après un système bastionné à lignes de défense rasantes. Ce tracé se fait par une méthode simple et applicable à tous les cas qui se présentent dans la pratique.

Du tracé du front bastionné par la perpendiculaire ; de la grandeur de cette perpendiculaire.

Les extrémités du côté extérieur du polygone sont les sommets des angles flanqués ; sur le milieu du côté on élève la *perpendiculaire* sur laquelle on porte intérieurement le $\frac{1}{6}$ du côté = 60 mètres ; on joint ce dernier point avec les sommets des angles flanqués par deux lignes qui sont les *lignes de défense.*

De la grandeur des faces des bastions et du tracé des flancs et de la courtine.

Sur les lignes de défense et à partir des angles flanqués on porte une quantité égale au $\frac{1}{3}$ du côté = 120 mètres, et on a les angles d'épaule et les faces des bastions.

Remarque sur le tracé des flancs.

Des angles flanqués, comme centres, et avec un rayon égal à la distance de l'angle flanqué à l'angle d'épaule, on décrit des arcs de cercle qui coupent les lignes de défense en deux points ; et les trois droites qui unissent ces deux points entre eux et avec les épaules donnent la courtine et les deux flancs : on peut obtenir le tracé des flancs et de la courtine en abaissant, des angles d'épaule, des perpendiculaires sur les lignes de défense : dans le premier tracé l'angle de défense est un peu au dessous du droit.

Comme la ligne couvrante est parallèle à la magistrale et que, par le profil général, elle sera distante de 9,^m5, on tracera la projection de cette ligne.

Il faut remarquer qu'en prolongeant la ligne de défense, elle va couper la ligne couvrante du flanc, de sorte que la partie intérieure de cette ligne ne découvre pas la face du bastion : on peut donc, si on le juge convenable, supprimer cette partie du flanc et porter en avant et à 8,^m5, la magistrale de la courtine. Ce nouveau tracé diminue la dépense et augmente la capacité intérieure de la place ; mais d'une autre part il diminue l'espace du fossé compris entre les flancs et la courtine, et enlève au flanc une partie qui, quoiqu'elle ne voie pas la face du bastion, découvre avantageusement le chemin couvert opposé. Ces dernières raisons nous paroissent devoir faire préférer le premier tracé au second.

Lorsque le côté du polygone devient plus petit et s'abaisse à 320 mètres environ, on diminue la perpendiculaire et la longueur des faces des bastions de manière que le tracé produise toujours des flancs de 30 mètres, mesure prise sur la ligne couvrante : on doit aussi avoir égard à l'ouverture de l'angle du polygone et conduire le tracé de façon que les angles flanqués ne soient jamais au dessous de 60° : cet angle est le plus petit angle saillant qui soit admis en fortification, comme nous le dirons plus amplement.

En traçant des parallèles à la ligne magistrale et en les traçant aux distances déterminées par le profil général, on a la projection de toutes les parties des parapets et des remparts : la seule ligne qui reste indéterminée, est le pied du talus intérieur du rempart et par conséquent les rampes : cette projection ne peut se faire que lorsque le relief au dessus du plan de site est connu : nous supposerons donc, pour le moment, que la hauteur du terre-plein est de 35 décimètres et que sa base est de 45, afin que les élèves puissent completter la projection des deux fronts qui sont l'objet de leur étude : on donnera 6 mètres de largeur aux rampes et leur base sera de 7 fois la hauteur. En répétant la même construction sur chaque côté du polygone, on aura la projection du corps de place, ou de l'enceinte principale sur le plan de site.

La fortification moderne regarde, ainsi que l'ancienne, les fossés qui enveloppent l'enceinte, comme le moyen le plus efficace d'arrêter l'impétuosité de l'assaillant et de le forcer à combattre pied à pied et à recourir à l'attaque industrielle dont les procédés sont toujours lents.

Les fossés, dans les premiers tems de la fortification moderne, étoient presque toujours secs ; ils servoient de lieu de rassemblement aux troupes de la garnison pour faire des sorties sur les travaux de l'assiégeant et pour en repousser les attaques de vive force : mais depuis l'invention des chemins couverts, qui sont plus propres aux manœuvres de l'assiégé, on peut inonder les fossés par des eaux courantes ou stagnantes sans perdre les avantages d'une défense active.

Les dimensions des fossés étoient fixées autrefois d'une manière presque arbitraire et seulement sous le rapport d'obtenir les terres nécessaires au

2.

remblai du relief : mais la théorie de l'attaque et de la défense fournissent maintenant des règles pour déterminer ces dimensions : il faut que la largeur d'un fossé soit double au moins de la hauteur du relief de l'ouvrage dans les endroits où la brèche est praticable : quant à la profondeur, elle se déduit de plusieurs considérations ; de celle du déblai et du remblai ; de la règle qui veut que le fond du fossé foit défendu efficacement sur tout son développement ; enfin de la position des batteries de brèche, etc.

La largeur du fossé est d'environ 30 mètres vis-à-vis les faces des bastions.

Pour un relief ordinaire d'environ 110 décimètres les fossés devront en avoir 30 de largeur vis-à-vis les faces des bastions. Nous verrons par la suite qu'il seroit plus avantageux de réduire cette largeur à 20 mètres, pourvu toutefois que la plongée des parapets donne des lignes de tir qui soient efficaces sur le bord de la contrescarpe.

Pour faire le tracé de la contrescarpe, on décrira des angles flanqués comme centre et avec un rayon de 25 mètres des arcs de cercle, et des angles d'épaule intérieurs, on mènera des tangentes à ces arcs, lesquelles seront la projection horizontale de la contrescarpe.

Des grandes poternes voûtées disposées sous le milieu des courtines pour communiquer dans les fossés ; de leurs propriétés et de leurs dimensions.

Afin de pouvoir communiquer à volonté de l'intérieur de la place dans les fossés, on établit, sous le milieu des courtines, des poternes, c'est-à-dire, des descentes construites selon les règles de la coupe des pierres, et qui, partant du talus intérieur du rempart, s'enfoncent sous le terre-plein et vont déboucher dans le fossé à 20 décimètres au dessus du fond du fossé ou au niveau des eaux lorsqu'il en existe.

Toutes les poternes des places fortes existantes ont été construites d'après des dimensions trop foibles ; elles sont si étroites qu'on ne peut y faire passer de l'artillerie sans démonter toutes les pièces des affûts, etc., et que les troupes y défilent avec beaucoup de peine et de lenteur : pour remédier à ce vice essentiel nous donnerons aux poternes 32 décimètres de largeur et 25 de hauteur sous clef.

Les poternes sont disposées de manière à pouvoir être fermées extérieurement avec des portes de fer et intérieurement avec des portes en bois de chêne : tout ce qui tient au mouvement de ces portes doit être exécuté avec beaucoup de soin.

De la tenaille ; de son utilité ; de son tracé et de sa poterne.

La nécessité où fut Vauban de couvrir les débouchés des poternes dans les fossés, lui fit imaginer de placer un ouvrage entre les flancs et devant la courtine, auquel il donna le nom de tenaille : cet ouvrage masque non-seulement la poterne, mais il couvre les flancs et presque toute la courtine : tracée et organisée convenablement, la tenaille jouit de plusieurs propriétés importantes que nous exposerons dans la suite : cependant il est bon de remarquer que la tenaille, de quelque manière qu'on la dispose, masquera toujours le feu des flancs, et qu'elle produira dans le fossé qui est en avant d'elle un espace privé de feux et que l'enceinte ne peut éclairer.

Le tracé primitif que Vauban suivit pour la tenaille, lorsqu'il l'eut inventée, fut de la tracer comme un petit front placé parallèlement à la courtine et dont les deux petits flancs étoient parallèles à ceux de l'enceinte : mais il abandonna ce tracé et lui substitua l'angle rentrant formé sur la perpendiculaire par les lignes de défense : sa tenaille est éloignée des flancs et de la courtine vis-à-vis l'angle rentrant de 8 à 10 mètres.

Le tracé moderne de la tenaille est celui de Vauban auquel on ajoute un pan coupé parallèle à la courtine ; on trouve la position de sa magistrale en portant 24 à 25 mètres sur la perpendiculaire, à partir de la magistrale de la courtine et 10 mètres pour avoir la ligne de gorge : par ce tracé on forme derrière la tenaille une espèce de place d'armes très-avantageuse pour déboucher dans le fossé : on donne au parapet de la tenaille 50 décimètres d'épaisseur. On peut arrondir les profils parallèles aux flancs de l'enceinte et briser intérieurement, et sur la longueur de 3 à 4 mètres, les extrémités de la ligne couvrante.

La tenaille est traversée dans son milieu par une grande poterne qui passe sous son terre-plein : lorsque le fossé est plein d'eau, ce passage voûté sert de havre aux bateaux. De la poterne de la tenaille.

L'expérience des siéges apprit bientôt aux ingénieurs qu'un corps de place enveloppé par un fossé et une contrescarpe n'étoit pas à l'abri des attaques de vive force ou de surprise de la part d'un ennemi rusé, vigilant et entreprenant. Des partis ennemis se glissoient dans les fossés, se portoient aux portes pour y attacher le pétard, et donnoient à un corps d'armée les moyens de s'emparer de la place par surprise ou par l'escalade, etc. Du chemin couvert ; de son objet ; de ses propriétés et de son tracé.

Dans une attaque régulière, les rassemblemens, pour agir au dehors, ne pouvoient avoir lieu que dans les fossés, à moins qu'on ne débouchât par quelque pont sans cesse tourmenté par l'assiégeant qui en connoissoit la position : les troupes ne pouvoient se former sur la contrescarpe qu'avec beaucoup de peine et sous la vue de l'ennemi ; et lorsqu'on exécutoit quelque sortie, la retraite ou rentrée dans la place se faisoit avec beaucoup de peine et souvent avec des difficultés capables d'entraîner la perte de la ville : ainsi, il n'y avoit ni tranquillité, ni surveillance exacte en dehors de l'enceinte, et les manœuvres relatives à une défense active étoient presque inexécutables : enfin l'enceinte ne fournissoit pas un feu de mousqueterie assez nourri et assez rasant. Ce furent ces observations qui firent imaginer les *chemins couverts*, appelés primitivement *corridors :* cette disposition défensive consiste à envelopper tout le pourtour de la contrescarpe par un retranchement de campagne continu et formé par un simple parapet dont la forme est celle d'un *glacis* que va couper le terrain naturel à une certaine distance de sa ligne couvrante et qui ne fournit aucun couvert à l'assiégeant : on place derrière le parapet du chemin couvert une banquette sur laquelle on plante une forte palissade. La ligne couvrante du chemin couvert se nomme *la crête du glacis.*

Les chemins couverts ont des propriétés nombreuses et frappantes : 1°. par les petits postes qui y sont établis, et par les rondes qu'on y fait on est averti de tout ce qui se passe au dehors ; 2°. ils procurent une défense plus libre et plus opiniâtre ; 3°. ils donnent les feux de mousqueterie les plus efficaces ; 4°. on y rassemble à chaque instant les troupes destinées à agir au dehors ; 5°. ils protègent et recueillent ces mêmes troupes lorsqu'elles se retirent ; 6°. enfin ils couvrent par leur relief l'escarpe de l'enceinte.

De la pente du glacis.

Les chemins couverts ont été toujours tracés parallélement à la contrescarpe ; on donne à leur terre-plein 10 à 12 mètres de largeur y compris la banquette et son talus ; on élève la crête du glacis de 22 à 28 décimètres au dessus du plan de site, et on donne au glacis une pente telle que son prolongement passe au dessous de la ligne de feu du parapet de l'enceinte, afin que sa surface soit rasée par les feux du corps de place : cette description deviendra plus claire lorsque nous ferons celle du relief.

Des places d'armes rentrantes et saillantes. (Voyez le front, fig. 2.)

On ne tarda pas à s'appercevoir que les longues branches du chemin couvert faisoient, vis-à-vis le milieu de la courtine, un angle très-obtus et que ces branches et les capitales des deux bastions étoient mal défendues par la mousqueterie : mais on s'apperçut en même tems qu'on pouvoit se procurer dans ce rentrant un espace précieux pour y faire des rassemblemens et soutenir avec vigueur les parties saillantes qui sont les premières attaquées : pour remplir cet objet on mit dans le rentrant un redan dont les faces avoient environ 20 mètres et faisoient un angle de 90 à 100° avec les branches du chemin couvert : cette partie du chemin couvert s'appelle *place d'armes rentrante* , et on nomme *place d'armes saillante* la partie saillante qui est comprise entre l'arrondissement de la contrescarpe et les prolongemens des faces du bastion.

Des traverses du chemin couvert ; de leur objet et de leur emplacement.

Dans l'ancienne manière de conduire les attaques d'une place, on commençoit par se saisir des saillans pour enlever ensuite les places d'armes rentrantes : cette marche, dans l'attaque, a donné lieu à la division des branches du chemin couvert par des traverses défensives qui le partagent en portions susceptibles d'une défense successive. Deux traverses défensives furent mises dans le prolongement du parapet des faces des bastions pour fermer la place d'armes saillante ; deux autres traverses furent aussi placées dans le prolongement des faces de la place d'armes rentrante pour la fermer : ces traverses ont leurs profils dans le plan de la contrescarpe : enfin on mit deux ou trois traverses intérieures le long de la partie de la branche comprise entre les places d'armes : ces dernières traverses et celle de la place d'armes saillante laissent un passage de deux mètres entre elles et la contrescarpe.

Les traverses des places d'armes rentrantes ont cinquante décimètres d'épaisseur au sommet ; on n'en donne que trente au plus aux autres, afin qu'on puisse les détruire à coups de canon, lorsque l'ennemi veut s'en couvrir.

Des défilés des traverses et des crochets pratiqués dans la crête du glacis pour les couvrir. (Fig. 2.)

Pour qu'on puisse communiquer et circuler dans tout le développement du chemin couvert, se porter de la place d'armes rentrante à la place d'armes saillante, on laisse entre les traverses et le glacis un passage de deux à trois mètres qu'on nomme *défilé* : chaque défilé se couvre par un crochet de deux à trois mètres qu'on fait faire à la crête du glacis, et on supprime la banquette dans l'espace occupé par le passage : la figure deuxième fait voir cette disposition, etc.

On a toujours établi les relations d'une ville de guerre avec l'extérieur par de grandes portes construites dans les remparts de certains fronts, par des ponts-levis et des ponts dormans qui traversent le grand fossé : ces constructions furent toujours placées dans les parties les plus fortes et les mieux défendues, et par conséquent sur la perpendiculaire du front : dans cette position le pont et la porte étoient couverts par la place d'armes rentrante dans laquelle on construisoit un corps de garde. Mais malgré ces précautions, il arrivoit souvent que les places étoient surprises par les portes. Plusieurs succès de ce genre firent imaginer aux ingénieurs d'envelopper le corps de garde par un redan revêtu et garni de petits flancs : ils lui donnèrent le nom de *ravelin :* cet ouvrage, extérieur à l'enceinte, quoique d'une très-petite capacité dans l'origine, fit sentir son influence dans l'attaque régulière lorsqu'elle étoit dirigée contre les fronts qui avoient des portes. En conséquence, on se décida à en augmenter les dimensions et à en mettre sur tous les fronts. Dès-lors la demi-lune devint un des élémens constituans du front bastionné.

Les avantages de la *demi-lune*, que nous développerons dans la suite d'une manière plus approfondie, sont sensibles au premier aspect : elle fournit des feux croisés et dominans sur les capitales des bastions qui en étoient dépourvues ; elle soutient les chemins couverts du corps de place et en rend l'attaque plus lente et plus périlleuse ; elle produit deux rentrans garnis de places d'armes saillantes qui sont rapprochées des capitales des bastions et en défendent les approches d'une manière plus efficace ; elle couvre le débouché de la poterne, de la tenaille ou du corps de place lorsque la tenaille n'existe pas ; elle couvre les flancs et la courtine du corps de place ; enfin la demi-lune est devenue, entre les mains des ingénieurs modernes, un moyen de défense de la plus haute valeur : nous en ferons connoître les grands résultats.

Le tracé de la demi-lune dans le système que nous décrivons, se fait d'après le principe que son saillant doit avancer dans la campagne le plus qu'il est possible, et qu'elle doit couvrir les épaules des bastions : ainsi, à partir des angles d'épaule formés par la ligne couvrante, on prend trente mètres et on joint ces deux points par une droite sur laquelle on construit un triangle équilatéral, dont les deux côtés sont la magistrale de la demi-lune : il est évident que par cette construction très-simple elle aura la plus grande saillie puisque son angle flanqué sera de 60° ; sa capacité intérieure sera aussi la plus grande possible.

Le fossé de la demi-lune a moins de largeur que celui du corps de place ; sa contrescarpe est parallèle à la magistrale : on fixe à 18 ou 20 mètres cette largeur et on arrondit le saillant comme ceux des contrescarpes de l'enceinte.

Dès que Vauban et les ingénieurs qui sont venus après lui eurent admis la demi-lune à grandes dimensions et reconnu ses propriétés, ils sentirent la nécessité d'y faire un *retranchement intérieur* afin qu'elle pût être défendue avec opiniâtreté sans courir les risques d'un assaut de vive force :

De la demi-lune ; de son origine ; de ses propriétés et de son tracé dans le front du système décrit.

Du tracé de la demi-lune.

Du fossé de la demi-lune et de son tracé.

Du réduit de la demi-lune ; de son objet et de son tracé.

ce retranchement a pris le nom de *réduit de la demi-lune* : son tracé se fait de la manière suivante. De l'angle d'épaule intérieur de chaque bastion on mène des parallèles aux faces de la demi-lune ; ces parallèles seront la projection de la magistrale des faces du réduit : on donnera 10 mètres de largeur à son fossé ce qui réduira à 18 mètres environ la largeur totale de la demi-lune de l'escarpe à la contrescarpe.

Du tracé de la gorge de la demi-lune et de celle du réduit ; des flancs du réduit.

On termine ordinairement la demi-lune et la gorge du réduit au prolongement de la contrescarpe du corps de place ; mais des observations, dont nous parlerons lorsque nous ferons l'analyse du système décrit, déterminent à supprimer une portion du terre-plein de la demi-lune et du réduit, et à les terminer à la ligne de tir *mnp* qui passe par l'angle flanqué du bastion et par la projection de l'extrémité de la hauteur d'appui du parapet de la demi-lune. On fait au réduit des flancs de 15 mètres au moins ; on les trace ainsi : par le point *r* où l'escarpe de la demi-lune prolongée rencontre la face du bastion et par le point *o* de la gorge du réduit on mène la droite *rox* sur laquelle on prend *ox* de 13 mètres, et au point *x* on mène la droite *ty* faisant avec *rx* un angle de 100° ; cette droite est la magistrale du flanc de réduit.

Du chemin couvert de la demi-lune, des deux places d'armes rentrantes; du tracé de ces élémens.

La contrescarpe de la demi-lune est enveloppée par un chemin couvert qui se raccorde et se lie avec celui du corps de place par deux grandes places d'armes rentrantes dont les faces sont de 40 mètres au moins.

On donne au chemin couvert de la demi-lune la même largeur qu'à celui du corps de place et on le trace de la même manière et parallélement à la contrescarpe.

Pour faire le tracé de la place d'armes rentrante, on commence par construire la projection de la face placée du côté du bastion, en se proposant de faire cette place d'arme la plus spacieuse qu'il est possible : pour cela on prend sur la ligne couvrante du bastion 10 ou 12 mètres et par le point *v* on construit une ligne *vhg* qui fasse l'angle de 100° avec la contrescarpe ou avec la branche du chemin couvert ; cette ligne sera la face gauche indéfinie de la place d'armes : on fera *sk = sh* et on mènera *kg* faisant l'angle de 100° avec la contrescarpe ou la branche du chemin couvert de la demi-lune. Cette construction donnera aux faces mesurées sur la contrescarpe environ 54 mètres. On tracera ensuite les grosses traverses *T*, qui fermeront les places d'armes rentrantes *X*, *X*, et les sépareront des places d'armes saillantes des bastions *P*, *P*, etc. ; les places d'armes saillantes des demi-lunes *S*, *S*, etc. seront fermées, comme nous l'avons dit, par des traverses de 5 décimètres d'épaisseur et situées dans le prolongement du parapet de la demi-lune : Enfin les branches du chemin couvert de chaque demi-lune seront occupées par deux traverses intermédiaires de petite épaisseur. Tous les crochets qui couvrent les défilés seront tracés comme le fait voir la planche II.

Du réduit de la place d'armes rentrante ; de son objet et de son tracé.

La place d'armes rentrante joue un si grand rôle dans le système moderne pour la défense du chemin couvert, qu'on la renforce par un réduit qui en augmente beaucoup les propriétés : le tracé de ce réduit ne pourra se concevoir que lorsque nous aurons décrit les procédés de l'attaque ; il se fait en prenant pour directrice la ligne couvrante : à partir de l'intersection de chaque face avec la contrescarpe on porte 22 mètres de *a* en *b* et 15 mètres sur la branche collatérale du chemin couvert de *c* en *d* et on trace les droites *bd*, *bd* qui sont les lignes couvrantes du réduit : elles servent de directrices pour tracer l'escarpe et la contrescarpe : en donnant au fossé 6 mètres de largeur, il restera 5 ou 6 mètres entre la traverse et la contrescarpe. On brise l'extrémité de la ligne couvrante de la face du réduit qui est du côté de la demi-lune pour se procurer un petit flanc *F* de 7 à 8 mètres qui voit à revers une partie de la face de la demi-lune : enfin on termine la gorge du réduit du côté de la demi-lune par la ligne de tir *efi* qui passe par l'angle flanqué de la demi-lune et l'extrémité du petit flanc *F*.

On voit que la manière ordinaire de tracer les défilés des traverses par de petits crochets pratiqués dans la crête du glacis, interrompt nécessairement le cours des banquettes, annulle par conséquent le feu du chemin couvert dans ces parties : pour obvier à cet inconvénient on peut donner aux défilés et aux crochets qui les couvrent 52 décimètres de largeur : par ce moyen on pourra faire en fascines deux gradins et une banquette de 50 centimètres pour faire feu ; et il restera entre la traverse et le dernier gradin 15 décimètres pour établir la barrière du passage, ce qui sera suffisant.

Remarque sur les défilés des traverses et sur la forme des places d'armes rentrantes.

Lorsqu'on fait les places d'armes à-peu-près rectangulaires, elles sont très-exposées aux ricochets de l'artillerie assiégeante : Saint-Paul a raison de proposer, pour corriger ce défaut, de leur donner la forme circulaire *a'b'c'* qui est beaucoup plus avantageuse. Un chemin couvert bien constitué et organisé convenablement procure à une place les moyens de faire une défense longue et brillante ; il force l'ennemi à se conduire avec prudence et à ne marcher que pied à pied et par des procédés d'industrie longs et périlleux. Quoique la fortification ait fait à cet égard beaucoup de progrès depuis Vauban, elle est encore dans un véritable état de foiblesse par comparaison à la vigueur de l'attaque.

Réflexions sur les chemins couverts.

De même que pour donner à la demi-lune toute la valeur dont elle peut être susceptible, il faut l'armer d'un réduit intérieur, de même pour que les bastions jouissent des propriétés qui assurent à l'assiégé l'usage de tous ses moyens, il faut construire dans l'intérieur de leur terre-plein un retranchement intérieur qui puisse mettre l'assiégé à même de soutenir un ou plusieurs assauts et qui force l'ennemi à une attaque circonspecte et de pied à pied.

Des retranchemens construits dans l'intérieur des bastions ; de la propriété de ces ouvrages et de leur tracé.

Le tracé du retranchement du bastion peut se faire de plusieurs manières : si le bastion est très-ouvert on pourra sur la ligne *FF'* qui joint les intersections de la ligne couvrante des demi-lunes avec l'escarpe du bastion, construire un front ; cette ligne aura environ 150 mètres, etc. On pourra encore tracer un redan dans l'intérieur du terre-plein comme on le voit en *G* ; la gorge de ce redan est enveloppée par un parapet qui se lie avec celui de la partie postérieure du bastion et fait fonction de second retranchement : on descend du terre-plein du bastion dans le fossé de la gorge du retranchement par une poterne : il faut que la partie *ee* de la face du bastion soit de 18 mètres au moins pour flanquer le terre-plein de la demi-lune et le fossé du réduit : des ponts *PP*, construits en madriers, seront établis pour communiquer librement dans le terre-plein du bastion ; ils seront conservés le plus longtems possible. Enfin un dernier retranchement *K*, construit en terre et en bois, sera élevé à la gorge du bastion pendant le tems du siége, pour soutenir l'assaut dans le retranchement permanent *G*.

Lorsqu'on veut prendre des commandemens considérables dans la campagne pour lire dans des lieux bas, des fonds, des gorges, des vallons ; on élève sur le terre-plein des bastions, des *cavaliers* plus ou moins hauts qui tiennent lieu du retranchement intérieur. Ces cavaliers sont de petits bastions intérieurs qui ont leurs faces et leurs flancs parallèles à ceux du bastion ; ils sont tracés comme celui du bastion de la planche II. Afin d'isoler la partie du bastion qui n'est pas couverte par la demi-lune, on fait à l'extrémité de la face du cavalier une coupure parallèle à la face de la demi-lune ; pour la tracer il faut mener sa ligne couvrante à 18 mètres de l'angle d'épaule intérieur du bastion, puis tracer l'escarpe et la contrescarpe ; cette dernière ligne ira en convergeant de la contrescarpe du cavalier à l'extrémité de la ligne couvrante de la face de la demi-lune : le fossé de la coupure débouche dans le grand fossé de l'enceinte. Comme il y auroit en *M*, au fond du fossé de la coupure et du cavalier, un angle mort ; on fait une retirade *R* qui le fait disparoître : la figure en détaille le tracé.

Nous ferons connoître plus au long les propriétés des cavaliers et des retranchemens intérieurs ; il nous suffit, pour le moment, de faire remarquer qu'indépendamment de la force qu'ils donnent aux bastions, et des feux dominans qu'ils procurent dans la campagne, ils servent d'excellentes traverses qui parent les courtines des ricochets; ils sont d'excellens parados pour les flancs; enfin sous leurs terre-pleins, on peut faire de grands souterrains qui sont de la plus grande utilité.

Tous les élémens qui composent l'ordonnance du front bastionné doivent avoir des communications de différens genres, afin que les défenseurs se portent à volonté dans tous les champs de bataille particuliers, et que toutes les manœuvres de la défense s'exécutent. L'art de disposer un système de communications est une partie très-importante de la fortification, et sous ce rapport la science est encore susceptible de beaucoup de perfectionnemens.

La première espèce de communications consiste dans les poternes ; nous avons dit qu'il en falloit une sous chaque courtine et sous chaque tenaille et, qu'il convenoit de leur donner des dimensions suffisantes.

On place deux autres poternes dans l'intérieur du réduit de chaque demi-lune ; elles passent sous les flancs et vont déboucher dans le fossé à côté de l'angle d'épaule. Deux autres poternes sont semblablement établies dans les réduits des places d'armes rentrantes pour descendre de leur terre-plein dans le fossé : on ne donne à ces quatre poternes que 12 à 15 décimètres de largeur et 20 de hauteur : ainsi sur chaque front il y a six poternes. Il faut que les débouchés de toutes les poternes dans les fossés ne soient vus d'aucun point de la crête du glacis parce que l'ennemi pourroit de là inquiéter les défenseurs.

Nous avons déja dit qu'on pratiquoit des rampes larges et d'une pente douce pour monter sur les ramparts du corps de place : elles doivent avoir de 40 à 50 décimètres de largeur ; elles se tracent de manière à ne pas diminuer la largeur des terre-pleins. On place des rampes aux extrémités des courtines, sur leur milieu, sur les faces des bastions lorsqu'ils sont vides, à la gorge des cavaliers pour monter du terre-plein des bastions sur leur terre-plein particulier, etc.

Des rampes.

Les autres rampes que l'on construit dans les autres parties du front n'ont que 35 décimètres de largeur, et leur pente se règle selon les localités en donnant à la base 3 ou 4 fois la hauteur.

De tous les moyens employés pour communiquer des fossés aux terre-pleins des ouvrages, les rampes sont les plus avantageux ; et il convient de s'en servir toutes les fois que les localités le permettent : quand bien même la pente des rampes seroit seulement de 3 fois la hauteur, elles seroient encore préférables à des escaliers en pierres de taille qui sont brisés par les bombes et les obus et finissent par être impraticables. Au dernier siége du fort Saint-Philippe par les Espagnols et les Français, il n'y avoit à la fin du siége aucun escalier en pierre de taille qui fût praticable ; les bombes les avoient entièrement ruinés.

Réflexions sur les rampes.

Le moyen le plus usité pour communiquer des fossés aux terre-pleins des ouvrages et aux chemins couverts, consiste dans les *pas de souris* qui sont des escaliers en pierre de taille de 10 décimètres de largeur : il y a des *pas de souris simples* et des *pas de souris doubles* ; les premiers ont une seule rampe qui part d'un pallier ; les seconds sont composés de deux rampes qui, partant d'un même pallier, se dirigent l'une à droite, l'autre à gauche.

Des pas de souris ou escaliers pour monter des fossés dans les ouvrages ; de leur emplacement, etc.

On place des pas de souris dans les points où ils sont indispensables : 1°. au milieu de la gorge de la tenaille pour monter sur son terre-plein, il y a un double pas de souris qui a le même pallier que la poterne : lorsque le fossé est plein d'eau chaque pas de souris a son pallier situé au niveau des eaux : on peut faire un blindage pour couvrir le débouché de la poterne et le pas de souris ; 2°. à la gorge du réduit de la demi-lune on fait un enfoncement dans lequel on place un double pas de souris pour monter sur le plan de site, et de là, par des rampes, sur le rempart de la demi-lune ; 3°. à l'extrémité des flancs du réduit de la demi-lune pour monter dans la première partie du fossé on met des pas de souris simples et de petites rampes pour monter dans le fossé de la face du réduit ; 4°. aux extrémités des faces de la demi-lune on place des pas de souris simples pour monter du fossé du flanc du réduit sur le terre-plein de la demi-lune, et un pas de souris double dans l'arrondissement de la contrescarpe ; 5°. dans les rentrans des réduits des places d'armes rentrantes on dispose ou des pas de souris doubles ou des pas de souris simples ; 6°. dans les arrondissemens de la contrescarpe on en place de doubles pour monter dans les places d'armes saillantes; 7° aux extrémités de la contrescarpe des places d'armes rentrantes pour monter dans leur terre-plein on fait ou des pas de souris simples ou de petites rampes. Ainsi il y a sur chaque front 16 pas de souris.

Les défauts des pas de souris résident : 1°. dans le peu de largeur qu'on leur donne et qu'il faudroit porter à 14 décimètres au moins; 2°. dans une construction qui, lorsque les marches sont brisées par les bombes, rend la communication difficile et dangereuse pour des gens armés, principalement lorsqu'il faut exécuter une retraite un peu précipitée devant un ennemi entreprenant et qui connoît bien la guerre des sièges; 3°. dans la dépense considérable qu'ils occasionnent, sur-tout dans les pays où la pierre de taille est rare. Tous les officiers du génie et de l'artillerie qui ont de l'expérience dans la guerre des sièges pensent unanimement que les escaliers et palliers en pierres de taille sont une disposition vicieuse et qu'il faut leur substituer des rampes assez larges pour pouvoir y faire passer du canon, etc.

Des caponnières défensives; de leur objet et de leur emplacement.

Les caponnières sont des dispositions défensives faites au travers des fossés dans certaines parties pour communiquer avec sûreté aux pas de souris ou aux rampes : elles ont pour second objet de donner des feux rasans de mousqueterie lorsque l'assiégeant chemine dans les fossés. Les caponnières sont de simples épaulemens en terre garnis de banquettes intérieures et dont le parapet est un glacis qui se raccorde avec le fossé du côté de la marche de l'ennemi : ainsi les caponnières lient les communications du corps de place avec celles des ouvrages extérieurs et, sous ce rapport, elles rémplissent l'objet le plus important et méritent de fixer l'attention de l'ingénieur : elles ne conviennent qu'aux fossés secs ou à ceux qu'on inonde à volonté.

(Pl. II , fig. 3.)

La figure 3 représente le profil d'une caponnière double qui couvre sur les deux flancs : l'objet principal des caponnières fait connoître leur emplacement dans chaque système : dans celui que nous décrivons il est facile de voir qu'il est nécessaire d'établir plusieurs caponnières sur chaque front : 1°. une double caponnière C, de 5,^{m}8 entre les deux lignes couvrantes, doit assurer la communication qui va de la poterne de la tenaille au pas de souris ou à la rampe placée dans le renfoncement de la gorge du réduit de la demi-lune ; 2°. deux caponnières simples C' couvriront le passage des débouchés de la tenaille aux pas de souris ou rampes placés dans le fossé des flancs du réduit de la demi-lune ; 3°. deux autres caponnières simples C'' traverseront le grand fossé perpendiculairement à la face du bastion pour couvrir les pas de souris ou rampes des réduits des places d'armes rentrantes ; 4°. deux caponnières simples C''' traverseront le fossé de la demi-lune pour couvrir de ce côté les pas de souris ou rampes des réduits des places d'armes rentrantes ; 5°. deux caponnières simples C^{iv} traverseront le fossé du réduit de la demi-lune pour couvrir les débouchés de la partie du fossé correspondante aux flancs.

Des communications lorsque les fossés sont pleins d'eau.

Lorsque les fossés d'une place sont pleins d'eau, les communications avec les ouvrages extérieurs sont difficiles à établir et à conserver : on construit à cet effet des ponts en bois établis sur chevalets ou sur bateaux, qui vont des communications de l'enceinte à celles des ouvrages extérieurs : mais ces ponts sont continuellement endommagés et ne peuvent subsister que jusqu'au moment où l'ennemi prend des vues sur les fossés : aussi les fossés secs sont-ils une disposition favorable à une défense qui n'est pas purement passive ; ils donnent à l'assiégé la faculté de faire à chaque instant des actes offensifs, lorsque la force et l'activité de la garnison le mettent dans cette heureuse position. Les fossés pleins d'eau conviennent aux places qui ont une garnison peu nombreuse et dont la défense repose principalement sur l'action de l'artillerie et de la mousqueterie.

Dans les fossés secs ou pleins d'eau à volonté on fait un petit fossé dans le milieu appelé *cunette*, pour l'écoulement des eaux pluviales, etc. : dans les parties où il doit être fait des caponnières, on construit un aqueduc en maçonnerie qui passe sous la caponnière et donne cours aux eaux.

De la cunette construite au milieu des fossés.

Dans certaines parties du chemin couvert on pratique des ouvertures et des rampes douces et commodes pour sortir en force du chemin couvert et se porter sur les glacis et dans la campagne : la cavalerie et l'artillerie doivent passer facilement par ces espèces de portes : ces passages de sortie ont 40 décimètres de largeur et sont fermés par de fortes barrières placées dans la direction de la crête du glacis ; nous avons décrit cette espèce de barrière dans la seconde partie (90). Ces ouvertures et leurs barrières sont couvertes et défilées des vues de l'ennemi par les profils du glacis auxquels on donne une direction circulaire et rentrante vers le chemin couvert des parties collatérales. Les portes extérieures des chemins couverts se placent sur les faces des places d'armes rentrantes et sur les branches des chemins couverts des demi-lunes entre la seconde et la troisième traverses : par ce moyen la retraite des sorties est efficacement protégée par les saillans des chemins couverts de la demi-lune et du bastion.

Des portes et barrières du chemin couvert pour se porter au dehors ; de leur emplacement et de leur tracé.

Les caponnières construites en terre, comme celles que nous venons de décrire, ne sont pas des communications assez sûres pour l'assiégé lorsque l'ennemi est établi sur la crête du glacis : il plonge alors dans les fossés et voit de revers la grande caponnière double C et même les simples caponnières C' à cause de la suppression d'une partie de la gorge du réduit de la demi-lune ; laquelle gorge défile par son relief cette partie du fossé, lorsqu'elle se termine au prolongement de la contrescarpe du corps de place. On pense avec raison qu'il faudroit considérer la double caponnière C comme un ouvrage permanent et lui substituer une galerie voûtée G qui, s'enfonçant sous le fossé d'environ 15 décimètres, seroit couverte de terre et seroit par là à l'épreuve de la bombe. L'extrados de cette galerie ainsi recouvert de terre, sailleroit au dessus du fond du fossé d'environ 20 décimètres, et serviroit de parados aux demi-caponnières C, construites à ciel ouvert et qu'il seroit facile de blinder, si on le jugeoit convenable.

Réflexions sur les caponnières.

(Pl. I, fig. 4.)

Comme les bois ne manquent pas dans les villes de guerre menacées d'un siège, on peut construire la double caponnière en galerie de bois blindée par des chapeaux surmontés de longerons qu'on recouvriroit de madriers et de terre : les parois P, P, de la galerie sont faites avec deux rangs de grosses

(Fig. 5.)

pièces de bois plantées verticalement et percées de créneaux m, m ; les petits glacis r, r affleurent les créneaux. Cette masse ne sort hors de la surface des glacis que d'environ 16 décimètres ; de sorte que si les batteries ennemies établies sur la crête du chemin couvert menacent de la culbuter, on pourra fortifier les flancs P, P par des gabionnades : ces gabionnades masqueront les créneaux m, m qui alors ne peuvent plus être d'aucun service, mais qu'on pourroit facilement démasquer si leur utilité se faisoit sentir.

Outre les communications inhérentes à la fortification et dont nous venons de parler, on construit sur plusieurs fronts d'une place forte des portes, des ponts et des barrières pour établir les relations extérieures : comme ces ouvertures altèrent la force de la fortification, il faut les placer sur les fronts les moins exposés et sur la partie de ces fronts qui est la plus forte. Nous reviendrons dans la suite sur cet objet.

Le système complet de communications que nous venons de décrire, fait voir que, de l'intérieur d'une place forte, on peut transporter dans tous les ouvrages extérieurs tout le matériel de la défense ; que les troupes peuvent circuler partout librement ; qu'elles peuvent se rassembler dans le chemin couvert et en sortir en force pour agir au dehors ; qu'enfin les mêmes troupes peuvent rentrer dans les chemins couverts sans craindre d'être poursuivies trop vivement par un ennemi hardi et entreprenant : d'où il suit que, sous ce rapport, la fortification bastionnée moderne se prête à une défense active soit extérieure, soit intérieure.

En examinant la marche des lignes de tir dans la projection horizontale du front bastionné qui fait le sujet de nos études, il est facile de découvrir la loi du flanquement et de la défense réciproque de tous les élémens qui le composent : 1°. toutes les parties du chemin couvert se flanquent par des lignes de tir rectangulaires, lesquelles se croisent efficacement sur les capitales, etc ; 2°. les chemins couverts sont battus directement et flanqués par des lignes de tir presque rectangulaires qui partent des ouvrages principaux ; 3°. les fossés des places d'armes rentrantes sont défendus par la face de la demi-lune et par celle du bastion ; et ceux de la demi-lune et de son réduit sont flanqués par les faces des bastions ; 4°. les fossés de l'enceinte sont flanqués par les flancs des bastions : il n'y a que la partie du fossé qui est devant l'escarpe $efgh$ de la tenaille qui soit abritée des feux de l'enceinte par le relief de cette tenaille ; mais l'assiégé est tellement en force dans ce rentrant, que l'ennemi ne peut concevoir l'espérance d'y faire un rassemblement qui puisse donner des craintes.

117. Après avoir décrit la projection horisontale du front bastionné et avoir fait connoître, sur le plan horizontal, l'ordonnance et la relation de tous ses élémens, il faut procéder à la description du *relief :* cette partie n'est pas moins essentielle que la première ; c'est de leur réunion que résulte la connoissance complette d'un système. Quelque bien disposée que soit la projection horizontale des parties d'un système, sa valeur reste indéterminée tant que le relief n'est pas fixé ; et si ce relief n'est pas traité d'après les

règles de la théorie, le système ne remplira pas les conditions prescrites par la défense et ne procurera pas les résultats auxquels on se propose de parvenir par la fortification.

C'est par le tracé et la construction d'un nombre convenable de profils généraux, que l'on fixe le relief d'un système dont la projection horisontale est connue ; le tracé de ces profils et leurs rapports se déduisent tant des règles de la défense que de celles qui dépendent de l'art de la construction matérielle. Nous avons vu (114) comment on trace le profil primitif d'un ouvrage, et que, pour faire cette construction graphique, il faut : 1°. tracer la ligne de terre ou la trace du plan de site ; 2°. connoître la hauteur de la ligne couvrante au dessus du plan de site ; 3°. connoître la profondeur du fossé au dessous du plan de site.

Des profils généraux pour déterminer le relief, et des principes d'où se déduisent leurs rapports.

Il reste maintenant à connoître la relation qui doit exister entre les lignes couvrantes de tous les élémens : or, cette relation devant être telle que tous les ouvrages qui constituent le système aient des vues efficaces sur la campagne et une action convenable les uns sur les autres, il s'ensuit que les ouvrages les plus avancés ne doivent pas masquer les feux des ouvrages en arrière ; qu'ils doivent être disposés en amphithéâtre, et que ce n'est que par le *commandement* que l'on obtient ce résultat.

Le commandement dans la fortification prend un caractère particulier (104); mais pour en concevoir la définition, il faut savoir ce qu'on entend par le *plan de défilement* d'un ouvrage : le plan de défilement d'un ouvrage est le plan horizontal qui passe par sa ligne couvrante : ce plan, dans la fortification régulière, est parallèle au plan de site ; de sorte que sa trace sur le plan vertical de projection est parallèle à la ligne de terre. Le commandement d'un ouvrage sur le plan de site est exprimé par la cote numérique de la verticale comprise entre le plan de défilement et le plan de site ; et le commandement d'un ouvrage sur un autre est aussi la cote numérique de la verticale comprise entre leurs plans de défilement : il suit de là que le commandement, dans un front de fortification, se représente par le système des cotes numériques des commandemens des ouvrages qui le composent au dessus du plan de site, et que le relief se représente par le système des cotes numériques du fond des fossés au dessous du plan de site combiné avec le système des cotes relatives au commandement. Ainsi, pour avoir le relief total d'un ouvrage, il faut chercher la cote numérique qui exprime son commandement, et l'ajouter à celle qui représente l'enfoncement de son fossé.

Du commandement des ouvrages ; de sa définition ; des plans de défilement, etc.

Nous allons faire la description du commandement et du relief de tous les élémens du front bastionné, d'après l'idée générale que nous venons d'en donner, et nous construirons ensuite les profils généraux nécessaires pour completter l'idée de son ordonnance.

Description du commandement et du relief du front bastionné.

(Pl. III *bis.*)

Puisque tous les feux des ouvrages doivent être démasqués et agir sur les travaux de l'assiégeant, il résulte que le commandement des ouvrages les plus avancés doit être le plus petit qu'il est possible : mais à mesure que les ouvrages rentrent dans l'intérieur du champ de bataille, le commandement

Principe général pour déterminer la relation des plans de défilement.

doit augmenter selon une certaine loi qui varie dans chaque système et dans chaque cas particulier de la fortification irrégulière : nous nous occuperons de cette relation dans le chapitre V, où nous ferons l'analyse du système. En conséquence de ces vues générales nous réglerons, ainsi qu'il suit et d'une manière approximative, le commandement de tous les élémens du front bastionné.

Commandement du chemin couvert de la demi-lune.

On met le terre-plein du chemin couvert de la demi-lune dans le plan de site même, et son plan de défilement est élevé de 22 à 25 décimètres au plus au dessus du plan de site.

La cote qui exprime le commandement de cet ouvrage le plus avancé sera de . . . . 22 à 25 dt.

Commandement du chemin couvert du corps de place.

Le chemin couvert du corps de place a pour l'ordinaire le même plan de défilement et par conséquent le même commandement que l'ouvrage précédent ; mais comme il est moins avancé, il convient d'augmenter un peu son commandement et de fixer sa cote à 30

Commandement du réduit de la place d'armes rentrante.

Le réduit de la place d'armes rentrante doit commander son chemin couvert d'environ 10 décimètres : ainsi la cote de son plan de défilement sera de 40

Commandement de la demi-lune et de son réduit.

Le commandement de la demi-lune sera exprimé par la cote de 45

Et la cote du commandement de son réduit sera de . . 55

Commandement du corps de place.

Le commandement du corps de place sera le plus considérable et sa cote sera de 65

Commandement du retranchement du bastion et du cavalier.

Enfin le commandement du retranchement du bastion pourra être de 85

Lorsque le retranchement du bastion sera un cavalier, son commandement sera relatif à la position particulière des points extérieurs qu'il devra découvrir et battre.

Du commandement de la tenaille et de son plan de défilement.

Le plan ou les plans de défilement de la tenaille se déterminent d'après des données particulières qui dépendent de l'attaque et de la défense ; en attendant que ces circonstances puissent être décrites, nous nous contenterons de savoir en général que la tenaille ne doit pas masquer les feux des flancs qui défendent les fossés des faces des bastions.

Des glacis et de leur pente.

Les parapets des chemins couverts se font en glacis : ces glacis sont des plans inclinés qui passent par la crête et vont couper le plan de site à une distance plus ou moins grande en raison de la roideur de leur pente : il est évident que tout glacis doit être soumis au feu de l'ouvrage qu'il couvre et que, par conséquent, son plan prolongé doit passer par la ligne de feu de ce même ouvrage, ou lui être inférieur d'une certaine quantité, comme il sera dit dans la suite : ainsi le tracé des glacis et leur pente sont déterminés par le commandement : en effet, si on imagine que le plan du glacis de la face d'un ouvrage tourne autour de sa crête, il doit aller passer par la ligne de feu, si ces deux lignes sont parallèles, ou par le point de cette ligne le plus éloigné, si ces deux lignes ne sont par situées dans le même plan.

La profondeur des fossés ou leur enfoncement au dessous du plan de site se détermine : 1°. par cette considération, que les contrescarpes de la demi-lune et du corps de place ne doivent pas avoir moins de 45 à 50 décimètres de hauteur : cette règle se déduit de la théorie de l'attaque et de la défense ; 2°. par la solution de la question du déblai et du remblai relative à la construction de tous les ouvrages : dans cette importante question on regarde la profondeur des fossés de l'enceinte et de la demi-lune comme une quantité inconnue et que l'on parvient à connoître, comme nous le dirons dans la suite, par l'équation qui exprime le balancement du déblai et du remblai : la profondeur de tous les autres fossés est fixée ainsi qu'il suit :

De la profondeur des fossés ou de leur enfoncement au dessous du plan de site.

De la question du déblai et du remblai.

La profondeur du fossé du réduit de la place d'armes rentrante sera de . . . . 50 à 55 dt.

Celle du réduit de la demi-lune sera de . . . . 40 à 45

Celle du retranchement du bastion sera de . . . . 40 à 45

On supposera que le balancement du déblai et du remblai a donné, pour la profondeur du fossé de l'enceinte et de la demi-lune au dessous du plan de site . . . . 50 dt.

Il faut remarquer que le fossé du réduit de la demi-lune étant moins profond que le grand fossé d'environ 20 à 25 décimètres, ce ressaut sera partagé en deux parties, comme le plan l'indique ; mais de telle manière que la partie *A*, du fossé correspondant aux flancs soit élevée au dessus du grand fossé de 15 décimètres environ.

Remarque sur la partie du fossé du réduit de la demi-lune qui correspond aux flancs.

Trois profils généraux suffiront pour faire connoître le relief de tous les élémens du front : le premier profil sera pris sur *ABC* perpendiculairement à la face du bastion retranché ; le second sur *DEF* perpendiculairement à la face de la demi-lune ; le troisième sur *GH* perpendiculairement à la face du réduit de la place d'armes rentrante.

De la construction des profils généraux de tous les élémens du front bastionné.

(Pl. II et III.)

Nous avons vu (114) que pour construire le profil d'un ouvrage il falloit connoître : 1°. la ligne couvrante au dessus du plan de site ; 2°. la hauteur de la ligne magistrale au dessus du même plan ; 3°. l'épaisseur du sommet des parapets ; 4°. la profondeur du fossé au dessous du plan de site.

La hauteur de l'escarpe au dessus du plan de site dans chaque élément du front est fixée d'après le principe que toutes les maçonneries doivent être dérobées aux vues de l'assiégeant : ce qui fait voir que la sommité des escarpes ne doit pas s'élever au dessus du plan de défilement du chemin couvert : ainsi on mettra la magistrale dans ce plan.

De la hauteur de la ligne magistrale ou du sommet de l'escarpe au dessus du plan de site.

La distance de la magistrale à la ligne couvrante est comme dans la projection horisontale, égale à l'épaisseur du sommet du parapet plus à la différence qu'il y a entre la hauteur de la ligne couvrante et celle de la magistrale : d'après ce principe, et le précédent, les épaisseurs des parapets étant fixées à 60 décimètres pour le corps de place, à 55 pour la demi-lune, à 50 pour son réduit, à 46 pour le réduit de la place d'armes rentrante, on aura pour les distances des magistrales aux lignes couvrantes

De la distance de la ligne magistrale à la ligne couvrante ; des épaisseurs des parapets.

de ces divers ouvrages , 9,^{mt}5 pour le corps de place, et 8^{mt}. pour le retranchement du bastion ; 8^{mt}. pour la demi-lune, et 7^{mt}. pour son réduit ; enfin 6^{mt}. pour le réduit de la place d'armes rentrante.

De la plongée des parapets.

La plongée des parapets se règle de manière que son prolongement aille rencontrer le pied de la banquette du chemin couvert ou au moins le milieu de son talus. La relation des plans de défilement de tous les ouvrages par rapport au plan de site étant connue , et les dimensions horisontales étant données sur la projection horisontale , on a tous les élémens nécessaires pour construire tous les profils généraux , et toute coupe et élévation quelconque sur un plan vertical dont la trace sur le plan horisontal est déterminé. On appliquera aux escarpes et contrescarpes les principes que nous avons exposés sur les épaisseurs à donner aux revêtemens et sur la forme de leurs profils (114).

Conclusion.

Il suit des descriptions précédentes que l'objet dont nous nous occupons est maintenant complettement décrit ; que sa forme est parfaitement déterminée, ainsi que la liaison et les rapports de toutes les parties qui le composent.

118 Des accessoires essentiels à la fortification consistant dans les bâtimens et couverts de toute espèce construits dans l'intérieur d'une ville de guerre.

118. Après avoir décrit l'enveloppe retranchée d'une ville de guerre, nous devons dire un mot sur les *accessoires* qu'elle doit renfermer dans son intérieur : ces dépendances dans l'état actuel de l'attaque sont devenues un objet des plus majeurs : leurs bonnes ou mauvaises dispositions, constructions, etc., influent si puissamment sur la défense , qu'elles méritent d'être traitées avec le plus grand soin : de la conservation du personnel et du matériel de la défense pendant toute la durée du siége, dépend évidemment la certitude qu'on peut compter sur la durée probable du siége estimée d'après la résistance de la fortification. La classe des constructions accessoires à la fortification comprend : 1°. les grandes portes dont nous avons dit un mot et sur lesquelles nous reviendrons, et les corps-de-garde ; 2°. les souterrains construits sous les terre-pleins des bastions , des courtines , etc. ; 3°. les bâtimens militaires, les casernes, les magasins aux vivres, les fours de munitions , les hangards ; 4°. les magasins à poudre ; 5°. les blindages et autres couverts qui ne sont pas permanens et ne se construisent qu'au moment du siége.

De la nature de la construction des édifices relatifs à la défense d'une place.

L'usage extrêmement considérable que l'on fait de la bombe et des obus dans l'attaque , exige que les bâtimens qui sont exposés à son effet soient solidement construits et couverts par des voûtes à l'épreuve ; sans cette précaution , dès les premiers jours du siége, ils sont ruinés, inhabitables et jettent la crainte et la consternation dans la troupe et les habitans : au contraire , lorsque les abris résistent et annullent les effets des bombes, elles ne sont plus redoutables, etc. Afin qu'une voûte soit à l'épreuve, on lui donne environ 10 décimètres d'épaisseur sur les reins et on donne à l'extrados la forme d'une chape ou d'un comble très-applati : aussitôt que le siége se déclare on enlève les charpentes des bâtimens et on met 10 décimètres d'épaisseur de terre ou de fumier sur les voûtes : il seroit à desirer que l'extrados des voûtes fût recouvert d'un mortier sur lequel la gelée et l'humidité n'eussent aucune action. Lorsque les bâtimens ne sont pas voûtés, on étançonne le premier étage avec de fortes pièces de bois et on recouvre le plancher d'une couche de terre de 15 à 18 décimètres d'épaisseur : mais les bâtimens ainsi disposés sont d'un usage mal-sain ; ils sont pénétrés par l'humidité et finissent bientôt par être inhabitables.

Les casernes sont de grands édifices destinés en tems de paix à loger la garnison ; ordinairement elles sont composées d'un rez-de-chaussée voûté et de deux étages ordinaires. Toutes les casernes d'une place forte devroient être construites et disposées sous le rapport de la défense ; d'où il suit : 1°. qu'elles devroient occuper les emplacemens les plus éloignés des attaques et les moins exposés ; 2°. n'être composées que d'un rez-de-chaussée voûté à l'épreuve ; 3°. être assez spacieuses pour contenir le tiers de la garnison. Par cette disposition générale des casernes, un tiers de la garnison pourra jouir du repos et de la tranquillité : lorsqu'il y a dans la place des emplacemens sains et à l'abri des feux des attaques, il faut y faire camper les troupes de préférence aux autres lieux mal-sains, humides et privés de courans d'air.

L'emplacement le plus convenable aux casernes est le long des courtines ; mais on doit laisser une large rue entre elles et le rempart.

On conçoit combien il est important de placer les magasins des vivres, les hangards et les fours de munitions dans les lieux les plus sûrs et les moins exposés : leur capacité est calculée d'après la force de la garnison et la durée probable du siége : il est indispensable de les voûter à l'épreuve et de ne leur donner qu'un rez-de-chaussée.

Les magasins à poudre exigent un genre de construction particulier ; il faut que les barils de poudre y soient disposés de la manière la plus commode et la plus sûre ; qu'ils soient parfaitement à l'abri de toute humidité et voûtés à toute épreuve. Les grands magasins doivent être dérobés aux vues de l'ennemi ; mais sur chaque front il doit y avoir un petit magasin voûté pour recevoir les munitions de guerre nécessaires au service journalier.

On ne sauroit trop construire de souterrains dans une place ; on peut en mettre sous les bastions pleins et sous les courtines : ces souterrains ne doivent pas être considérés comme devant servir d'habitation aux troupes, mais comme très-utiles sous d'autres rapports. Il faut toujours faire des souterrains à droite et à gauche des poternes sous les remparts ; ils servent de magasins de dépôt pour les munitions de guerre destinées aux ouvrages extérieurs.

Les blindages sont des abris préparés au moment d'un siége pour mettre les troupes à couvert de la bombe : on les construit avec de grosses et longues pièces de bois mises en talus les unes contre les autres, de manière que l'extrémité supérieure s'appuie contre un mur solide et que l'autre extrémité est enfoncée dans le terrain. Ces abris, comme habitation, n'ont aucune valeur, mais établis le long des fronts d'attaque, ils y sont très-utiles pour recueillir la garde journalière et les troupes de supplément qu'on est dans le cas de commander fréquemment.

L'hôpital militaire est aussi un bâtiment indispensable dans une place

Des casernes ; de leur usage et de leur emplacement.

Des magasins aux vivres et des fours de munitions.

Des magasins à poudre.

Des souterrains.

Des blindages.

De l'hôpital militaire.

2.

7

forte assiégée; il doit être placé dans le lieu le plus retiré, être voûté et parfaitement aéré.

De la distribution et de la construction des bâtimens militaires.

L'art de distribuer et de construire les bâtimens et édifices qui dépendent de la fortification, forme une branche de l'architecture militaire que les élèves cultiveront avec succès à l'école d'application, et dont ils reçoivent les principes généraux à l'École Polytechnique : le caractère et la convenance de cette branche de l'architecture doivent être fortement prononcés ; l'art ne doit s'y occuper que de solidité, de résistance et de salubrité ; et les formes sont dictées par la destination de chaque espèce d'édifice.

119. Idée générale de la construction de toutes les parties d'une place forte.

119. La construction d'une place forte repose sur la partie de l'architecture militaire qui est du domaine des travaux publics ; on distingue : 1°. le mouvement des terres, c'est-à-dire, le déblai des fossés dont on doit former toutes les masses du remblai ; 2°. les fondations de toutes les escarpes et contrescarpes qu'il faut établir sur un fond solide ou sur pilotis, grillages en charpente, etc., selon la nature du terrain ; on doit sonder avec soin toutes les parties du terrain jusqu'au dessous du fond des fossés, avant que d'établir le projet des fondations et de le faire entrer dans le devis général de la dépense ; 3°. la construction des poternes, souterrains, escaliers, pas de souris, rampes, cunettes, etc. ; toutes ces constructions exigent des dessins détaillés et faits sur une grande échelle suivant les règles enseignées dans les préliminaires de la géométrie descriptive et dans la coupe des pierres ; 4°. la construction des ponts éclusés, des batardeaux, des reversoirs, des déversoirs, etc., c'est-à-dire, de tous les ouvrages relatifs aux manœuvres d'eau, s'il doit y en avoir : ces ouvrages exigent des dessins très-détaillés qui fassent connoître la coupe exacte et la réunion de toutes leurs parties ; 5°. le tracé et la construction de toutes les galeries souterraines qui composent un système de mines, si la place en doit contenir ; 6°. enfin, la formation des parapets, des banquettes, des barbettes, etc.

On voit par cet exposé rapide combien le jeune officier du génie doit acquérir de connoissances et d'expérience pour se mettre en état de conduire les travaux immenses auxquels donne lieu l'établissement d'une place forte.

Du balancement du déblai et du remblai ; du mouvement des terres et de leur portée moyenne.

Le balancement du déblai et du remblai des terres, dans la construction d'un front de fortification et dans celle d'une place forte, est la donnée d'après laquelle on évalue la profondeur du fossé de l'enceinte et de celui de la demi-lune : pour y parvenir, on détermine le centre de gravité de la partie située au dessus du plan de site du profil générateur de chaque élément du front ; on fait la projection horisontale du chemin décrit par ce centre de gravité ; on multiplie chaque surface génératrice du remblai par le chemin décrit par son centre de gravité ; on ajoute tous ces volumes pour avoir le total du volume en remblai ; de ce volume on déduit les volumes des fossés qui sont déterminés ; et le reste, divisé par la surface du fossé de l'enceinte et de la demi-lune, donne pour quotient la profondeur que doivent avoir les fossés du corps de place et de la demi-lune, pour que le déblai satisfasse au remblai. Si le calcul donnoit une hauteur de contrescarpe moindre que

45 à 50 décimètres il faudroit diminuer un peu la largeur des fossés, ou augmenter un peu les dimensions du profil du corps de place : si encore la nature du terrain ne permettoit pas de s'enfoncer suffisamment, il faudroit employer un autre moyen pour se procurer les terres nécessaires à la formation du remblai, par exemple faire des *glacis coupés ;* c'est-à-dire, qu'on prolonge les plans du glacis au-delà de leur pied, ce qui produit un déblai plus ou moins considérable avec lequel on forme le remblai du glacis, etc. ; il se forme alors un ressaut au pied du glacis qui est avantageux à la défense.

Il faut avoir égard, dans l'estimation du remblai, à l'espace occupé par les revêtemens des escarpes et des contrescarpes.

Quoique l'équation relative au balancement du déblai et du remblai contienne beaucoup de termes, elle est cependant très-aisée à établir au moyen d'un plan et par des profils correctement tracés d'après des échelles convenablement choisies.

La question relative au mouvement général des terres du déblai pour les transporter en remblai n'est pas aussi facile à traiter : elle consiste à établir le projet de la *portée moyenne des terres ;* c'est-à-dire, à former un plan sur lequel soient cotés les volumes partiels du déblai et les chemins que ces volumes doivent parcourir pour telle et telle partie correspondante du remblai : cette simple indication fait voir qu'il y a une infinité de manières de parvenir à la formation du remblai : mais comme la dépense doit être prise en considération, il faut que, parmi toutes les solutions, l'officier cherche celle qui donne un minimum de travail et par conséquent de dépense : c'est ce travail qu'on nomme la *portée moyenne des terres.*

Il est nécessaire de recourir à l'analyse pour chercher des indications qui puissent guider dans ce travail épineux. Les élèves liront avec attention le Mémoire de G. Monge sur cette intéressante matière. L'analyse indique qu'il faut partager le déblai en un très-grand nombre de volumes, et imaginer que le remblai est aussi partagé en un même nombre de volumes respectivement égaux et correspondans aux premiers ; et qu'il faut supposer que chacun de ces volumes est concentré dans son centre de gravité dont la position est connue : elle fait voir que la correspondance des volumes du déblai aux volumes du remblai doit être établie de manière que la route que le centre de gravité de chaque déblai partiel doit suivre pour aller au centre de gravité du remblai, ne croise jamais une autre route, et que quand tout le mouvement est opéré, la somme des produits des volumes, par les chemins décrits par leurs centres de gravité, doit être un minimum. On peut, avec ces principes généraux, faire le plan qui représente le projet de la *portée moyenne des terres* et en constater la dépense d'une manière approximative.

(Voyez le Mémoire sur le déblai et le remblai de G. Monge; Mémoires de l'Académie, 1782.)

Cette vue générale sur la manière dont le déblai doit être conduit, fait voir que le remblai des remparts et des parapets doit provenir du déblai de la partie des fossés attenant à l'escarpe et de celui des fondations : on en marquera en conséquence la largeur, et ce déblai sera le premier exécuté pour découvrir les fondations et les asseoir : on pense bien qu'il faudra gagner le fond des fondations par des gradins ou des pentes très-douces. A mesure que les revêtemens prennent de la hauteur on remblaye derrière et on exhausse le terrassement : il est peut-être convenable de déposer les terres des parapets sur le bord intérieur du rempart pour n'en charger l'escarpe que lorsque les maçonneries ont pris leur tassement , etc. Le restant des terres du grand fossé sera partagé en volumes destinés à remblayer le réduit de la demi-lune , les traverses du chemin couvert et les glacis. Il faudra élever les terre-pleins remblayés ainsi que tous les parapets , de 20 centimètres de plus que ne l'indiquent les profils à cause du tassement des terres qui est assez longtems à s'effectuer complettement.

La construction des parapets , banquettes , hauteurs d'appui , rampes , barbettes , etc. , est trop simple pour qu'il soit nécessaire d'entrer dans aucun détail sur ce sujet , qui , d'ailleurs , a été suffisamment traité dans la seconde partie : nous remarquerons seulement qu'on étoit autrefois dans l'usage de faire en maçonnerie la hauteur d'appui des parapets et du chemin couvert ; il est préférable de les faire en gazons ou en fascines pour éviter les éclats dangereux que les boulets occasionnent en ricochant de toute part.

On ne fait plus aussi de barbettes aux saillans des ouvrages : cette disposition est devenue inutile depuis l'invention de l'affût de place qui permet de tirer par dessus les parapets , avec moins de danger pour les canonniers.

De la construction relative aux maçonneries des revêtemens, et des autres parties de la fortification. — La construction des maçonneries exige de la part de l'officier la connoissance de toutes les espèces de matériaux employés dans chaque pays aux travaux publics ; il doit avoir égard à leurs propriétés sous le rapport de la solidité , sous celui de leur résistance aux variations de l'atmosphère et à l'action de l'artillerie. L'officier doit étudier avec soin la composition , la préparation , les propriétés et les divers usages de toutes les espèces de mortiers et cimens qui servent à lier les matériaux, pour n'en composer qu'une seule masse , à jointoyer les paremens pour empêcher les filtrations des eaux , à recouvrir les extrados des voûtes , les terrasses, etc. , afin que les eaux ne s'insinuent pas au travers , etc.

Les matériaux dont on construit les ouvrages de fortification sont pris dans les substances siliceuses , calcaires , alumineuses , et dans les composés de ces substances, qu'on extrait des carrières et que l'on prépare et façonne convenablement avant que de les employer : ces matériaux se divisent en *moellons bruts* , en *moellons essemillés* ou *piqués d'assises-réglées* , en *pierres de taille d'assises réglées* , *etc.* A ces espèces de matériaux il faut joindre les briques de toute sorte d'échantillons dont l'usage est fréquent dans les pays où la pierre est rare , et dont le bon emploi dans la fortification est un moyen de procurer aux murailles un plus grand degré de résistance sous le rapport de l'action de l'artillerie.

Des fondations en gros moellons. — Les fondations des revêtemens et des contreforts se tracent en faisant une retraite extérieure qui varie de 30 à 100 centimètres et une intérieure d'environ 20 centimètres : on les enfonce jusqu'au fond solide et on les construit en grosses pierres brutes posées à bain de mortier avec le plus grand soin.

Lorsque la fondation est à 3o centimètres au dessous du fond du fossé et qu'elle est bien arrasée, on forme les retraites et on trace le pied du parement du revêtement ; on forme aussi les retraites des contreforts ; et le tout s'élève en même tems de manière à ne former qu'un seul et même corps de maçonnerie.

Le plus communément les paremens, et principalement ceux des escarpes, se montent en pierres de taille par assises réglées en boutisses et paneresses : on établit avec beaucoup de soin les angles saillans qui sont construits avec les pierres de taille d'un gros échantillon et les plus saines : il seroit convenable d'arrondir le sommet des angles saillans, la pose des pierres seroit un peu plus assujettissante, mais la solidité y gagneroit. Lorsque les paremens ont du talus, on taille les pierres des angles saillans ou rentrans d'après des buveaux déterminés par les procédés ordinaires de la coupe des pierres.

Des revêtemens en moellons et des paremens en pierres detaille.

Les paremens en moellons d'assises réglées ne conviennent point aux escarpes, cette espèce de pierre a trop peu de queue pour procurer de bonnes liaisons, etc. Il en résulte que le parement est une sorte de chemise qui se dégrade promptement et que le plus petit coup de canon sépare du reste de la maçonnerie : on peut tout au plus se permettre d'employer les moellons d'assises réglées et dont les joints sont piqués aux revêtemens des contrescarpes qui ont peu de hauteur.

Des paremens en moellons d'assises réglées.

Toutes les fois qu'un revêtement n'a pas son parement construit en pierres de taille, on lui fait un *soubassement* en pierres de taille élevé d'environ 20 décimètres dans les fossés secs, et de trois décimètres environ au dessus des eaux dans les fossés qui en sont remplis : ce soubassement n'a que 10 centimètres de saillie taillée en chanfrin. Pour les contrescarpes construites en moellons le soubassement, dans les fossés pleins d'eau, a la même hauteur que celui de l'escarpe ; mais, dans les fossés secs, on ne lui donne que la hauteur de deux assises réglées.

Du soubassement.

La pierre de taille employée dans les paremens des revêtemens ne doit être taillée que sous le seul rapport de la solidité ; les arêtes des lits et des joints doivent être vives et les plans de joints et de lits parfaitement dressés sur la plus grande épaisseur que comporte l'échantillon de chaque pierre : le reste de la surface extérieure doit être simplement dégrossi à la pointe.

Remarque sur la taille de la pierre employée dans les paremens des revêtemens.

Lorsque la rareté de la pierre de taille et des moellons oblige de construire en briques les revêtemens et leurs paremens, les murailles n'en sont pas moins bonnes sous la plupart des rapports : la propriété qu'ont les briques de prendre parfaitement le mortier procure une construction très-solide et d'autant plus avantageuse dans la fortification que l'artillerie la ruine plus difficilement : les boulets pénètrent dans les murs en briques, s'y enfoncent et s'y logent ; d'où il suit que les ébranlemens produits par des salves sont moins considérables, et que les brèches sont plus difficiles à faire : mais les murailles en briques ont le grand inconvénient d'avoir des paremens qui ne peuvent pas résister longtems aux influences de l'atmosphère et qui se dégradent très-promptement ; et une fois que les écorchemens sont formés,

Des revêtemens et paremens construits en briques ; des chaînes de pierres de taille et des boutisses.

il est presqu'impossible de les réparer solidement à cause de la difficulté qu'on éprouve à lier une nouvelle maçonnerie avec une ancienne.

Des parties construites en pierres de taille dans les revêtemens construits en briques.

Avant de monter un revêtement en briques, on fait, en sortant des fondations, un soubassement revêtu en pierres de taille comme il a été dit ci-dessus, et sur ce soubassement on monte le parement en briques : mais pour soutenir ce parement, on fait, si on le peut, de distance à autre des chaînes horisontales et même verticales en pierres de taille mises en boutisses : si la rareté de la pierre ne permet pas cette disposition, on se contente de larder le parement de longues boutisses placées en quinconce, etc. Mais, dans tous les cas, il est indispensable de faire tous les angles saillans en pierres de taille ainsi que les angles rentrans si cela est possible.

De la construction la plus convenable aux murs d'escarpes qui peuvent être battus en brèche.

On doit distinguer avec soin, dans la construction des ouvrages de fortification, les parties susceptibles d'être battues en brèche : leur construction doit être plus soignée et d'un genre particulier : d'après les observations précédentes, on pourroit adopter en principe que ces escarpes auroient le parement extérieur construit en pierres de taille par assises réglées disposées en boutisses et paneresses ; que derrière le parement il y auroit une excellente maçonnerie en briques bien liée avec le parement et de 12 décimètres d'épaisseur ; qu'enfin le parement intérieur et les contreforts seroient construits en moellons ordinaires et bruts, garnis de débris de briques; le tout employé à bain d'un excellent mortier auquel on substitue le ciment pour les paremens qui doivent être baignés par les eaux.

Des tablettes de couronnement substituées au gros cordon des anciennes fortifications.

Au gros cordon qui couronnoit autrefois les escarpes on a substitué une simple tablette qui saille hors du parement d'environ 12 centimètres : le pied du talus extérieur du parapet s'appuie sur cette tablette à 30 centimètres environ de son bord. Les contrescarpes sont aussi couronnées par une tablette.

Des dessins relatifs à la construction.

Chaque partie de la fortification exige, sous le rapport de la construction, des épures suffisamment développées pour guider les appareilleurs, les tailleurs de pierres, les charpentiers et les conducteurs des travaux. Tout détail qui, pour sa construction, exige les procédés de la géométrie descriptive, doit être traité à part et par les méthodes graphiques les plus simples et les plus applicables à la pratique.

Nous n'étendrons pas plus loin ces vues générales sur l'art de la construction qui constitue la principale partie de la science de l'ingénieur : nous avons dû nous restreindre à quelques indications qui établissent le contact immédiat du cours de fortification avec les cours des travaux publics et d'architecture : dans ces deux cours, les connoissances fondamentales dans l'art d'employer les matériaux aux constructions de tous genres, sont exposées de manière à ne rien laisser à desirer sur cette intéressante et utile partie de la géométrie descriptive appliquée. Quant au jeune officier et aux autres commençans qui ne font pas partie de l'École Polytechnique, ils peuvent lire les ouvrages de Bélidor, etc.

CHAPITRE IV.

Considérations générales sur l'attaque et la défense d'une place forte ; de l'armement de la place, etc. ; description de l'attaque et de la défense considérées dans leurs trois principales périodes, etc.

120. QUOIQUE nos jeunes lecteurs soient encore peu avancés dans l'étude de la fortification ; cependant les préceptes que nous leur avons offerts sur l'attaque et la défense en général, ont dû les convaincre de la nécessité de connoître la théorie générale de l'attaque pour pouvoir faire des progrès dans l'étude de la défense : ainsi, après avoir décrit les formes générales et la force matérielle résistante des ouvrages qui composent le système défensif d'une place forte, nous devons, pour donner à l'enseignement la marche la plus naturelle, faire la description des opérations d'un siége, c'est-à-dire, de tous les travaux et procédés qui composent la *fortification offensive* et mettent une armée dans la position de s'emparer d'une place forte.

120. Considérations générales sur la théorie de l'attaque et de la défense des places.

Dans cette branche de la science militaire comme dans toutes les autres, il y a une relation immédiate entre l'attaque et la défense ; c'est sur cette relation que repose l'art qui dirige l'officier du génie et l'officier d'artillerie dans les applications. On conçoit, en effet, que la défense, qui a pour unique objet de procurer aux *armes actives* les moyens de détruire, de ralentir et contrarier sans cesse les travaux de l'attaque, ne peut disposer ses *moyens résistans* que d'après la marche nécessaire d'une attaque régulière développée d'après une théorie que la raison, la tactique générale et des faits nombreux ont confirmée. Nous allons en conséquence supposer qu'il s'agit de vaincre une garnison enfermée dans une place forte constituée comme nous l'avons exposé dans le chapitre précédent ; et nous décrirons tous les procédés employés dans cette grande opération ; c'est-à-dire, que nous ferons connoître la manière de déterminer l'élément principal de la valeur d'une place, appelé la *durée probable du siége :* cette méthode est depuis bien des années regardée, par les bons esprits, comme la meilleure que le jeune officier puisse suivre pour étudier avec fruit la fortification et toutes les autres branches de l'art de la guerre.

De la relation qui existe entre l'attaque et la défense.

Dans l'attaque régulière du front bastionné moderne, nous ferons abstraction de la guerre souterraine et de la résistance que pourroient procurer des fossés avec manœuvres d'eau : nous mettrons aussi à l'écart les causes morales qui peuvent retarder ou avancer la marche des attaques, comme l'impéritie de l'assaillant ; les sacrifices extraordinaires auxquels il se détermine selon les circonstances et l'activité entreprenante de l'assiégé, etc. Nous supposons une garnison d'un courage ordinaire, toujours contenue dans ses défenses par des dispositions offensives qu'elle ne peut empêcher, et que l'histoire des siéges démontre pouvoir être faites par un assiégeant nombreux, fourni de grands moyens d'attaque et qui, pour arriver à son but, se décide à faire les sacrifices en hommes et en tems qu'exige l'entreprise.

En même tems qu'on fera la description des travaux de l'attaque, on traitera succinctement des manœuvres de la défense ; c'est-à-dire, de la manière dont l'assiégé doit faire usage de la fortification pour forcer l'assiégeant à une marche lente et circonspecte.

De l'attaque et de la défense divisées en trois périodes principales.   L'attaque et la défense ont, dans la guerre des siéges, trois périodes principales : pendant ces périodes les opérations et les moyens de l'assiégeant et de l'assiégé se diversifient et prennent un caractère qui dépend de leurs positions respectives.

La *première période de l'attaque* comprend les opérations préparatoires du siége et l'investissement de la place jusqu'à l'ouverture de la tranchée.

La *première période de la défense* comprend la conduite de l'assiégé depuis le moment où il craint d'être assiégé jusqu'à l'ouverture de la tranchée.

La *seconde période* comprend les opérations qui se développent depuis l'ouverture de la tranchée jusqu'à l'établissement de l'assiégeant au pied des glacis.

La *seconde période* comprend la conduite de l'assiégé depuis le moment de l'ouverture de la tranchée jusqu'à l'établissement de l'assiégeant au pied des glacis.

La *troisième période* comprend les opérations qui ont lieu depuis la troisième parallèle jusqu'à la reddition de la place.

La *troisième période* présente la conduite de l'assiégé depuis la troisième parallèle jusqu'à la capitulation.

121. De l'armement de la place et de son état de siége.   121. On entend par l'*armement* d'une place forte les dispositions qui la constituent en *état de siége ;* cet armement est une partie aussi difficile qu'importante du service de l'officier du génie et de l'officier de l'artillerie; elle consiste à calculer et à former les états de situation qui font connoître pour chaque place : 1°. la force de sa garnison portée au maximum et au minimum; 2°. la quantité de bouches à feu, de fusils de munition et de rempart, d'espingoles, de grenades, de chausses-trapes, de faulx, de piques, etc., nécessaires pour soutenir le plus long siége dont une place soit susceptible; 3°. les munitions de guerre dont il faut la pourvoir ; 4°. les munitions de bouche calculées pour la garnison et pour les habitans qui doivent rester dans la place ; 5°. les approvisionnemens en bois de toute espèce pour palissader les chemins couverts et les autres ouvrages, faire les blindages, les tambours en charpente, les batteries, les petits magasins à poudre, les galeries, etc. Tous ces états de situation demandent beaucoup d'expérience et de connoissances dans l'attaque et la défense de la part des officiers des deux armes. Les deux points les plus difficiles à établir sont la force de la garnison et la quantité de bouches à feu ; ils sont subordonnés à l'estimation de la durée probable du siége et à la nature des fortifications et

du site sur lequel elles reposent : ces rapports généraux de la fortification matérielle avec les autres armes et tous les autres accessoires essentiels à la défense, ne peuvent se déduire que de la relation qui existe entre l'attaque et la défense : en conséquence nous supposerons que tous les approvisionnemens existent dans la place et qu'elle est mise en état de siége. Toutes les parties de la fortification seront rafraichies ; les banquettes des parapets seront formées ; les plongées seront dressées ; les barbettes seront construites ; quelques grosses pièces d'artillerie seront mises en batterie sur les cavaliers et aux saillans des bastions ; les chemins couverts seront palissadés et les barrières montées à tous les passages de sortie ; les souterrains seront aérés ; les poudres et les autres munitions de guerre seront convenablement distribuées dans les magasins particuliers ; les approvisionnemens de bouche seront convenablement et sagement administrés ; le service de l'hôpital général sera monté et quelques hôpitaux particuliers seront organisés.

On formera une compagnie d'ouvriers la plupart charpentiers, forgerons et serruriers qui travailleront sans relâche aux palissades et barrières des chemins couverts, aux blindages et appentis ; ces ouvriers prépareront les bois propres aux tambours en charpente, aux galeries, aux petits magasins à poudre, aux batteries, etc. Enfin la garnison sera instruite par son chef dans toutes les parties du service ; elle sera exercée journellement au dedans et au dehors des ouvrages pour la rendre habile dans la tactique relative à la guerre des siéges et lui rendre familières toutes les espèces de combats et de chicanes qui ont lieu dans la défense des places : de cette manière on entretient l'activité du soldat, on lui donne de la confiance et on l'accoutume à des fatigues qui, en conservant sa santé, stimulent son courage.

Un chemin couvert, tel que celui que nous avons décrit, n'est pas une disposition rassurante contre une attaque de vive force, il ne protège pas assez efficacement la retraite de l'assiégé du dehors au dedans et du chemin couvert dans les places d'armes rentrantes et dans les fossés : on lui donne ces propriétés à un certain degré en l'armant d'une forte palissade qui règne sur tout le développement de la crête du glacis et le long de la ligne de feu de toutes les banquettes, et en fermant tous les grands passages de sortie par des doubles barrières et les défilés des traverses par des barrières simples. La palissade simple se plante verticalement sur les banquettes et à 5 décimètres du pied du talus de la hauteur d'appui ; les pointes dépassent la crête d'environ 4 décimètres : par ces dispositions l'assiégeant ne peut pénétrer dans le chemin couvert ; l'assiégé y circule librement et sa retraite par les défilés est protégée ; mais il s'en faut bien qu'elle le soit assez efficacement. L'expérience a prouvé que les barrières des défilés des traverses intermédiaires ne font que gêner la circulation sans être d'aucune utilité : il suffit de fermer, par des barrières, les défilés des places d'armes saillantes et rentrantes. Un chemin couvert, ainsi préparé et sous l'action immédiate du feu des ouvrages principaux, est regardé depuis longtems comme l'invention la plus propre à procurer une défense active, opiniâtre et assortie au caractère des troupes françaises : mais sur ce point, comme sur bien

De l'armement des chemins couverts en palissades et barrières.

2.

8

d'autres, la fortification se présente à l'homme de guerre dans un état de foiblesse que l'art, en se perfectionnant, parviendra sans doute un jour à faire disparoître. Ce chapitre sera divisé en trois sections.

SECTION PREMIÈRE.

De l'attaque et de la défense pendant la première période du siége.

PREMIÈRE PÉRIODE DE L'ATTAQUE.

De la conduite du général qui se dispose à faire un siége ; de l'investissement ; des lignes ; des reconnoissances ; des moyens d'attaque ; description générale de tous les travaux ; de l'ouverture de la tranchée.

122. De la conduite d'un général qui se propose de mettre le siége devant une place forte ; des moyens préparatoires, etc.

122. Nous n'entrerons point dans la discussion des raisons politiques et militaires qui décident un général d'armée à faire le siége d'une place forte dont la conquête lui est importante : nous supposerons qu'il a jetté ses vues sur une des places qui sont situées immédiatement sur le théâtre de la guerre.

Dès que ses vues sont arrêtées, il doit garder le plus profond secret ; il doit faire des marches et des contremarches pour détourner l'attention de l'ennemi qui l'observe et l'engager à dégarnir la place de troupes et de munitions, ou à négliger de la pourvoir des objets nécessaires à sa défense ; car, indépendamment de la valeur matérielle des fortifications, la place fera une défense d'autant plus foible qu'elle sera plus dépourvue de toutes les choses qui concourent à procurer une bonne défense.

Des moyens d'attaque en général.

Par *moyens d'attaque*, on entend l'organisation et la réunion de tous les objets nécessaires pour entreprendre un siége. Ces moyens se composent de masses actives et exécutantes et de masses inertes exécutées et préparées : les premières consistent en hommes et en chevaux ; les secondes en machines de guerre, canons, boulets, bombes et autres projectiles ; en fascines, piquets, saucissons, gabions, pelles, pioches, etc. Tous ces matériaux sont soumis à l'action du soldat, selon la volonté du chef. Le général doit se pourvoir en quantité suffisante de tous ces objets de nécessité absolue : des tableaux en sont dressés par les chefs des services militaires ; ils sont rassemblés dans des dépôts en arrière de l'armée ; et les transports en sont ordonnés, etc.

Des parcs de l'artillerie et du génie.

Tous les objets qui constituent le matériel de l'attaque composent le grand parc de l'artillerie et le parc du génie : l'un et l'autre s'organisent, comme il sera dit ci-après, sur des points convenablement choisis à portée des attaqués et hors de la portée du canon.

De la force de l'armée assiégeante.

La force de la garnison d'une place, la nature et l'étendue de ses fortifications, la crainte d'une armée ennemie qui peut venir secourir la place,

servent de base pour la formation du tableau de l'effectif de l'armée assiégeante. Nous supposerons que le général a formé convenablement son armée
sous tous les rapports et que les dépôts situés en arrière sur la ligne d'opérations contiennent tous les objets qui doivent entrer dans la composition
des parcs de l'artillerie et du génie.

Les compagnies d'artillerie et d'ouvriers, celles de mineurs et de sapeurs
qui doivent suivre les parcs seront rassemblées : les sapeurs et les mineurs
suivront le parc du génie sous les ordres des officiers chargés de l'organisation du parc : les autres brigades du génie seront au quartier-général de
la grande armée, prêtes à marcher au premier ordre : elles auront deux
fourgons bien attelés et escortés par une vingtaine de sapeurs à cheval ; ces
fourgons contiendront : 1°. tous les instrumens propres aux reconnoissances,
aux levés, aux tracés des ouvrages ; 2°. les cartes, les plans, etc. ; 5°. des
pelles, des pioches et des haches, etc.

123. La première opération et le premier acte offensif que l'armée assiégeante doit faire contre la place est son *investissement ;* elle doit le faire
dans le plus grand secret et avec la plus grande promptitude : *investir une
place,* c'est se porter sur la position qu'elle occupe avec un corps de 5 à
6 mille hommes, presqu'entièrement composé de dragons et de cavalerie
légère : ce corps cerne la place, en occupe toutes les avenues et lui coupe
toute communication à l'extérieur. Par cette opération la place est réduite
à ses propres forces et privée de tous les avantages qu'elle pourroit retirer
de ses relations extérieures.

123. De la première opération préparatoire appelée l'investissement ; des manœuvres relatives à cette opération, etc.

Le général chargé de l'investissement d'une place doit connoître l'étendue
des fortifications, la force de sa garnison et principalement la nature du
pays qui l'environne : il tire ces renseignemens des ingénieurs qui doivent
l'accompagner et l'aider de leurs lumières : le corps investissant comprendra
toujours deux compagnies d'artillerie à cheval, et plus ou moins d'infanterie
légère, selon que le pays sera plus ou moins accidenté et couvert de haies,
de bois, etc. Les brigades du génie et les sapeurs à cheval marcheront et
suivront le corps investissant.

Composition, mouvemens et manœuvres du corps investissant.

Sitôt que le général de division chargé de faire l'investissement de la
place, est arrivé avec la plus grande rapidité à la distance d'environ 1 my-
riamètre et demi (5 lieues) de la place, il partage son corps en plusieurs
détachemens qui circulent tout autour de la place et se saisissent de toutes
les avenues : à un signal donné par quelques coups de canon, tous les détachemens s'avancent vers la place et enlèvent tout ce qui se présente en
hommes, bestiaux, subsistances, etc. : on se saisit de tous les postes avantageux, des villages, des châteaux, des parcs, etc.

L'investissement a deux objets principaux : 1°. de fermer et de masquer
tous les passages, afin qu'aucun secours ne puisse entrer dans la place
et que personne ne puisse en sortir ; 2°. de faciliter aux officiers du génie
la reconnoissance des environs de la place et de ses fortifications. Pour

Des cordons diurnes et nocturnes et de la reconnoissance de la place.

remplir ce double objet, le général établit tout autour de la place une chaîne de postes éloignés de la ville d'environ 24 mille mètres qui, au moyen des patrouilles, forment le *cordon diurne*. Lorsqu'il y a des villages ou postes importans à la distance d'environ 1800 mètres de la place, on s'en saisit, on s'y retranche et on y met de l'infanterie ou des dragons, pour prévenir les entreprises de la garnison ; pour l'empêcher d'enlever des postes, de faciliter l'entrée des secours et de ramasser des subsistances et des fourrages.

Les postes établis pendant le jour hors de la portée du canon sont insuffisans pour intercepter, pendant la nuit, les secours qui cherchent à pénétrer dans la place, et pour mettre les ingénieurs à portée de reconnoître de près les accès immédiats de la fortification : c'est pourquoi, aux approches de la nuit, tous les détachemens quittent les postes du jour pour s'approcher de la place à la distance d'environ 1200 mètres ; ils forment le *cordon nocturne* presque continu qui se saisit de tout ce qui essaie de pénétrer dans la place et repousse en même tems toutes les entreprises que fait la garnison pour faciliter l'introduction des secours et donner avis de sa situation à l'armée ennemie. La formation du cordon nocturne demande beaucoup d'habileté et une grande activité de la part du général ; elle dépend de la nature du site, de la force de la garnison et des détachemens que l'armée ennemie peut envoyer pour troubler l'opération : aussi est-il nécessaire que l'armée qui doit faire le siége se place de manière à empêcher l'ennemi de faire des mouvemens dangereux pour le corps investissant. Dès que le jour commence à paroître, les ingénieurs se mettent à observer, prennent des notes, et tout le monde se retire peu-à-peu dans les postes assignés pour le jour. Ces manœuvres de jour et de nuit se répètent jusqu'au moment de l'arrivée de l'armée, qui a lieu ordinairement après trois ou quatre jours de marche.

124. De la reconnoissance des environs de la place sous le rapport des lignes de circonvallation et de contrevallation ; de l'usage des aérostats, etc.

124. Pendant les trois ou quatre jours que dure l'investissement, les ingénieurs sont sans cesse occupés de reconnoître les environs de la place et la nature des fortifications.

Sous la protection des troupes, ils s'approchent de jour et de nuit le plus près possible pour découvrir la forme du terrain, sonder sa première couche et juger de l'état des fortifications : on tâche de faire quelques prisonniers pour les questionner et on recueille des gens du pays tous les renseignemens qui peuvent donner des notions sur ce qu'on ne peut voir. Il est hors de doute que quelques stations aérostatiques faites sur divers points et à la distance de 1500 mètres procureroient aux ingénieurs les connoissances les plus précieuses sur la nature des fortifications, leurs formes et leurs relations avec le terrain extérieur : par ces observations, on connoîtroit exactement l'emplacement de tous les magasins, de tous les autres bâtimens et les communications établies dans les fossés ; l'armement de la place seroit mis à découvert de même que toutes les additions de fortification entreprises par l'assiégé.

Dès le premier moment, les brigades du génie se distribueront le travail d'une reconnoissance sur tout le développement, afin d'établir le plan général qui représentera les environs de la place jusqu'à la distance de 3000 mètres au moins : l'échelle du plan sera de 1 millimètre pour 10 mètres : sur ce plan seront tracés tous les accidens du terrain avec la plus grande exactitude, tels que les cours d'eau, les marais, les inondations, les escarpemens, les bois, les carrières, etc. : on observe avec soin la nature du terrain pour connoître la difficulté qu'on éprouvera à y conduire des tranchées et à y construire des ouvrages en terre : on examine si les bois sont à portée et peuvent fournir les fascines, les gabions et les palissades dont il faudra une quantité considérable ; enfin on reconnoîtra la qualité des routes et des chemins qui aboutissent aux places de dépôt, et on ordonne les réparations des parties qui sont défectueuses et dégradées : enfin 10 ou 12 mille pionniers seront rassemblés et gardés à vue dans les villages pour travailler aux lignes.

Du plan général pour établir le projet des lignes sur une échelle de 1 millim. pour 10 mètres.

Tout ce travail de reconnoissance et de topographie devra être terminé dans les quatre jours que dure l'opération de l'investissement ; et le projet des lignes de circonvallation et de contrevallation sera soumis au général en chef par le commandant des ingénieurs, lorsque l'armée arrivera pour asseoir ses camps autour de la place.

125. La *circonvallation* est une ligne défensive extérieure qui cerne la place et remplace le cordon diurne composé de forces mobiles : son objet est de couvrir les camps partiels établis autour de la place, d'empêcher qu'aucune troupe ennemie ne puisse, par un coup de main, pénétrer dans la place, et qu'aucun secours et aucun espion ne s'y glissent pendant la nuit : la circonvallation a souvent un objet plus majeur, celui de repousser une armée de secours qui se présente pour faire lever le siège : alors elle a un caractère particulier et analogue à cette importante destination.

125. De la circonvallation, de son objet, et de sa distance à la place.

Pour qu'une armée assiégeante puisse s'enfermer dans des lignes et pousser le siége plus vivement, il faut que deux conditions essentielles aient lieu : 1°. que, par la configuration du terrain, par les obstacles naturels, et par le tracé et l'ordonnance des lignes, leurs points d'attaque soient en petit nombre ; c'est-à-dire, que l'armée de secours ne puisse espérer de les forcer que par deux ou trois points ; 2°. que l'armée assiégeante conserve ses communications pour se procurer ses vivres et ses munitions de guerre.

La circonvallation s'établit circulairement à 3000 mètres à-peu-près de la place, afin que les camps soient hors de la portée du canon tiré à toute volée.

Lorsque la garnison de la place est nombreuse, qu'elle peut opérer loin des fortifications et agir sur les camps partiels, on établit contre elle une autre ceinture défensive appelée *contrevallation* et dont les défenses sont tournées vers la place : son objet est de rassurer les camps contre les entreprises de la garnison, de faciliter et protéger les opérations relatives à l'ouverture de

De la ligne de contrevallation.

la tranchée : la contrevallation se met à 2400 mètres de la place ; l'espace de 600 mètres est nécessaire pour asseoir les camps.

Il est rarement nécessaire que la contrevallation soit une ligne continue ; elle ne doit le plus souvent consister qu'en quelques points avantageux fortifiés pour couvrir les camps trop exposés et sur-tout les parcs de l'artillerie et du génie ; mais elle doit comprendre les villages et postes avancés vers la place qu'il est important d'occuper pour y établir des bivouacs, etc.

Le projet général des lignes est tracé sur le plan général des environs de la place ; et le mémoire militaire sur la nature, la force, etc. des fortifications, sur la convenance, les avantages présentés par le terrain extérieur ; sur la facilité, la commodité des transports, etc., exprimera l'opinion du conseil des ingénieurs sur la partie de la place qu'il convient d'attaquer.

Ce travail important est présenté au général de l'armée avant l'arrivée des colonnes et du parc d'artillerie : il prononce sur la manière dont la circonvallation doit être établie et sur le côté de la place qui sera attaqué : d'après ces deux décisions, le projet général des lignes sera modifié et arrêté, et l'emplacement des parcs de l'artillerie et du génie sera déterminé sur le plan général dont une copie sera donnée au commandant général de l'artillerie.

De la distribution des camps autour de la place et de l'emplacement des parcs de l'artillerie et du génie.

Le commandant du génie et le chef de l'état-major de l'armée traceront sur le plan général les camps particuliers des différens corps de l'armée : la disposition de ces camps est relative à la nature du terrain et aux opérations du siége. Le camp de chaque espèce d'*arme* est placé sur le terrain qui lui est propre à 200 mètres en arrière de la circonvallation : dans chaque camp partiel on met assez d'infanterie pour flanquer la cavalerie et border les retranchemens : lorsque l'infanterie manque pour cet objet, les dragons y suppléent.

Les parcs d'artillerie et du génie seront placés à portée des points d'attaque désignés par le général ; ils seront dérobés aux vues et à la connoissance de l'assiégé. Les parties de la circonvallation et de la contrevallation qui couvriront les parcs seront d'une bonne défense, et les flancs seront couverts par quelques ouvrages détachés. Les parcs seront défendus par de l'infanterie de ligne et par des dragons ; les villages situés en avant de la circonvallation seront occupés par de l'infanterie et de la cavalerie légères. Toutes les communications, pour arriver aux parcs, seront libres et mises en bon état.

De la communication des différens quartiers entre eux.

On nomme *quartiers* d'une armée assiégeante les différentes positions que les corps de troupes occupent autour de la place pour intercepter tout secours extérieur et pour défendre les lignes qui couvrent ces positions : on sent de quelle importance il est d'établir des communications faciles entre tous les quartiers, afin de pouvoir faire passer d'un quartier à l'autre et du parc à chaque quartier, les corps de troupes, l'artillerie et les munitions que les circonstances requièrent : ainsi, si une rivière ou un ruisseau sépare des quartiers on fera des ponts sur chevalets, ou sur bateaux ou sur pontons ; il faudra sur chaque point 3 ou 4 ponts placés à 100 mètres les uns des autres; et chaque pont devra être couvert par un redan palissadé garni de son réduit intérieur : si les quartiers sont séparés par des inondations, des marais, il faudra construire deux digues en fascines assez élevées pour qu'elles ne soient pas surmontées par les plus hautes eaux : enfin, si ce sont des escarpemens, des pentes roides qui séparent les quartiers, il faudra tracer et construire des chemins à pentes douces et commodes : en général les différens quartiers doivent être considérés comme un système défensif circulaire dont toutes les parties doivent se lier, se protéger, se soutenir et recevoir le renfort des corps de réserve.

Les lignes qui composent une circonvallation se tracent d'après les principes que nous avons exposés dans la seconde partie : la forme topographique du terrain et la manière dont le général se propose de couvrir le siége décident du système qu'on doit développer sur chaque position particulière; ce seront ou des lignes continues, ou des ouvrages détachés, ou des abattis, ou des inondations dont les digues seront défendues par des ouvrages; enfin, toutes ces positions défensives et partielles seront liées par les communications dont nous venons de parler : mais le principe auquel l'officier général du génie doit s'attacher, c'est de profiter des obstacles naturels pour rendre les lignes inaccessibles sur plusieurs parties de leur développement : ce grand résultat s'obtient en profitant des cours d'eau, en rendant les marais impraticables, en formant des inondations, en rendant les bois impénétrables, en profitant des escarpemens, etc.; enfin en employant quelques pièces d'artillerie et en les disposant en batteries fixes de la manière la plus avantageuse. Le système circonvallant ainsi réduit, par l'art de la fortification, à un petit nombre de points attaquables, on fortifiera ces fronts en appuyant leurs ailes aux parties inaccessibles qui les déborderont et les flanqueront : les fronts partiels se développeront ou sur des lignes droites flanquées de distance à autre par des ouvrages saillans fortement constitués, ou sur des courbes concaves à l'extérieur : tout ce qui a été dit dans la théorie de la fortification de campagne reçoit ici une application directe tant pour les tracés généraux, pour les accessoires et les détails de la construction que pour l'armement des lignes et la manière de la défendre.

Les mémoires militaires et de reconnoissances mettent le général du génie à même d'arrêter sur le plan général, au moment même où il reçoit les derniers ordres du général d'armée, le projet des lignes. Il charge à l'instant plusieurs officiers du tracé et de la construction de toutes les parties des lignes : leur développement total sera d'environ 25 à 30 mille mètres, non compris la contrevallation. A mesure que le tracé des ouvrages particuliers se fait, les sapeurs disposent les travailleurs tirés de l'infanterie de ligne et font exécuter les mouvemens de terres conformément aux profils arrêtés par les officiers du génie : on réunit aux troupes, pour les soulager et accélérer le travail, les 12 à 15 mille pionniers qui ont été rassemblés et gardés à vue depuis l'investissement. Pendant que les travaux en terre se modèlent sous la conduite des soldats du génie, quelques détachemens de paysans et de soldats, conduits par les sapeurs les plus intelligens, vont

Des principes d'après lesquels on trace la circonvallation ou les lignes.
(Pl. III, fig. 2.)

Du tracé des lignes et du tems employé à leur construction.

dans les bois préparer les palissades, les barrières, les abattis, etc. : tous ces matériaux sont conduits dans les lignes à mesure qu'ils sont préparés.

Avec 20 mille ouvriers, soit soldats-travailleurs, soit gens du pays, on peut, en 8 ou 10 jours, construire les lignes et leur donner le degré de résistance que leur nature comporte : elles seront armées de barrières ou chevaux de frise, de palissades, etc., et garnies de barbettes et d'épaulemens à embrasures, ainsi qu'il a été expliqué (84).

De la formation du parc d'artillerie; des approvisionnemens et amas de matériaux qui doivent précéder l'ouverture de la tranchée.

Quand on n'emploieroit pas 8 ou 10 jours pour la construction des lignes, ce tems seroit néanmoins nécessaire : 1°. pour faire les reconnoissances et les levés relatifs à l'ouverture de la tranchée; 2°. pour rassembler et mettre en ordre au grand parc d'artillerie les bouches à feu de toute espèce et de tout calibre, les boulets, bombes, etc., les poudres et autres objets qui concernent le service de l'artillerie; 3°. pour former le parc du génie vis-à-vis les fronts d'attaque et à la distance d'environ 1500 mètres de la place; ce parc contient les outils de la tranchée, les instrumens pour son tracé, les piquets, les cordeaux, etc., les pots-en-tête et les cuirasses pour les sapeurs et les officiers du génie; 4°. pour faire au petit parc de l'artillerie des approvisionnemens en fascines pour la confection des saucissons nécessaires à la construction des batteries et y rassembler aussi une certaine quantité de gabions; 5°. pour former dans le voisinage du parc du génie deux ou trois amas considérables de fascines, de gabions, de piquets et de fagots de sape : ces différens matériaux, dont on fait une consommation énorme pendant le cours d'un siége, se préparent dans les bois par les gens du pays et par la cavalerie qui parvient en quelques heures à apprendre à faire les fascines et les gabions et qui les apporte aux dépôts. Les sapeurs instruisent les soldats à fabriquer les gabions, les fascines et les piquets; ils président à ce travail et reçoivent les objets à mesure qu'ils sont façonnés : tous les jours on paie les objets fournis à raison de 3 à 4 centimes pour chaque fascine suivie d'un piquet, et de 10 centimes pour chaque gabion : cette dépense est bien placée puisqu'elle donne de l'activité à ceux qui sont chargés de ce travail.

La tranchée ne doit s'ouvrir qu'après avoir rassemblé les matériaux nécessaires à la confection des tranchées et des batteries, afin d'éviter une langueur dans les travaux dont l'assiégé profiteroit et qui feroit périr du monde très-inutilement. On conçoit et l'expérience confirme que 10 jours sont nécessaires pour tous ces préparatifs préliminaires et indispensables.

Réflexions sur le service des soldats du génie.

La description détaillée des opérations d'un siége fait connoître combien il est utile d'avoir un corps de sapeurs très-instruits et assez nombreux pour conduire et surveiller les travaux, et pour instruire en même tems les soldats de la ligne dans les constructions simples auxquelles ils sont employés à la guerre.

De la quantité de troupes nécessaires à la défense des lignes.

La circonvallation ayant 20 mille mètres au moins de développement, il faut 40 mille hommes pour la défendre; il en faut 10 mille au moins pour surveiller la contrevallation et servir de corps de réserve pour la circonvallation : ainsi, il faut une armée d'environ 50 mille hommes pour surveiller à l'extérieur pendant les opérations d'un siége. Il y a des cas particuliers où la circonvallation d'une place exige un développement de travaux peu considérable, et où, par conséquent, il faut beaucoup moins de monde pour défendre les lignes : outre le corps d'armée qui surveille l'ennemi extérieur, il faut de plus un corps particulier, presqu'entièrement composé d'infanterie, pour exécuter les opérations du siége. On nomme *armée d'observation* le premier de ces corps, et *armée de siége* le second. Ces deux corps d'armée réunis forment ordinairement une masse de 60 à 70 mille hommes.

De l'armée d'observation et de l'armée de siége.

En 1793, les armées combinées, sous les ordres du roi de Prusse, mirent le siége devant Mayence avec plus de 100 mille hommes. La même année, les armées combinées d'Angleterre et d'Autriche investirent Valenciennes avec 120 mille hommes. Le prince Cobourg mit le siége devant le Quesnoi avec 60 mille hommes. Le duc d'York ne put investir Dunkerque et Bergues avec 50 mille hommes.

En 1794, les places de Valenciennes et du Quesnoi furent cernées et assiégées par un détachement de l'armée française d'environ 20 mille hommes; mais dans cette circonstance l'armée assiégeante n'avoit affaire qu'à la garnison.

La même année les Français mirent le siége devant Charleroi, avec une armée forte de 80 mille hommes.

En l'an 4 (1796) le général Bonaparte fit investir Mantoue par 20 mille hommes : mais le siége ne fut entrepris que par 9 à 10 mille hommes. Le blocus de cette même place fut effectué par 15 à 18 mille hommes.

Cette variation dans la force des armées assiégeantes dépend de la position topographique de la place, de la force et de la vigueur de la garnison, et des circonstances où se trouvent les armées belligérantes.

126. Beaucoup d'auteurs militaires se sont occupés de l'importante question de savoir quelle conduite doit tenir un général d'armée qui entreprend de faire le siége d'une place : chacun a adopté une opinion particulière en cette matière, en s'appuyant sur des autorités également entraînantes et sur la conduite de généraux célèbres qui ont agi tantôt d'une façon, tantôt de l'autre.

126. De la conduite du général d'armée pendant le siége d'une place.

On se propose d'examiner si les lignes circonvallantes sont nécessaires et utiles; si l'armée doit s'y renfermer en masse pour y résister à une armée de secours; ou si elle doit tenir la campagne en attitude d'observation, marcher à la rencontre de l'armée de secours et la combattre.

La première partie de la question est résolue par tout ce que nous avons dit précédemment : les lignes sont utiles et même nécessaires pour intercepter tous les secours; mettre l'armée du siége en état de résister à des partis plus ou moins forts qui tenteroient de pénétrer dans la place; elles sont indispensables dans le cas où une armée, trop foible pour se séparer en deux portions, peut espérer de repousser l'armée de secours en défendant des lignes bien constituées, qui offrent à l'ennemi peu de fronts accessibles, et sur lesquelles on a accumulé des obstacles formidables; enfin les lignes peuvent recueillir une armée d'observation qui auroit été battue, lui procurer la faculté de se remettre de l'échec qu'elle aura essuyé et de continuer le siége ; mais il faut supposer que les subsistances de l'armée soient assurées et que l'ennemi ne puisse pas la priver de toutes ses communications.

Avant d'énoncer des préceptes généraux, il convient d'examiner quelques faits majeurs consignés dans les annales militaires ; cet examen pourra servir de guide dans la solution de la seconde partie de cette intéressante question.

Considérations générales sur les lignes. La méthode de faire des lignes et de s'y enfermer nous est venue des anciens qui la pratiquoient constamment et qui employoient dans leur construction le tems et le travail nécessaires pour les rendre, pour ainsi dire, inexpugnables : cette pratique fut négligée et resta dans l'oubli jusqu'au 16e. siècle où les princes de Nassau et les meilleurs généraux de ce tems la remirent en vigueur avec les plus grands succès : à l'exemple des anciens, ils donnoient à leurs lignes tout le soin dont l'art étoit susceptible ; mais comme peu-à-peu on se rallentit sur les soins qu'exige la construction des lignes et qu'on devint plus habile et plus hardi dans l'art de les attaquer, il arriva que les lignes furent souvent forcées, qu'elles perdirent graduellement de leur première réputation; et de nos jours elles sont tombées dans une espèce de proscription.

Du siége d'Arras investie par Condé, en 1654. Les lignes furent forcées par Turenne. En 1654, Arras fut investie par le grand Condé et par l'archiduc Léopold : l'armée, composée de Lorrains, d'Espagnols et d'Italiens, fut enfermée dans des lignes construites avec beaucoup de soin et hérissées d'obstacles...... Turenne marche au secours de la place ; mais voyant combien il étoit difficile de forcer les lignes, il forme le projet d'investir les ennemis dans leurs lignes mêmes et de les priver de subsistances en coupant toutes leurs communications extérieures : malgré les belles dispositions cernantes que ce grand général fit prendre à son armée, les ennemis parvenoient toujours à se procurer des vivres ; et ils poussoient si vivement le siége qu'après une station d'un mois, Turenne résolut de combattre et de forcer les lignes. Si tous les quartiers eussent été gardés comme celui où commandoit Condé, il est probable que l'attaque n'eut pas été tentée; mais Turenne sut profiter de la négligence et de l'inhabileté du général qui commandoit le quartier des Espagnols : les défenses qui couvroient ce quartier faisoient un saillant facile à embrasser, Turenne résolut d'y pénétrer avec le régiment de son nom.

Trois fausses attaques ayant été dirigées sur les autres quartiers pour les contenir, Turenne enleva l'épée à la main celui des Espagnols et força Condé à se retirer sous Cambrai avec les débris de son armée : l'archiduc se réfugia à Douai sous la protection d'un escadron qui le fit passer au travers des bagages des Français.

Du siége de Valenciennes investie par Turenne, en 1656. Les lignes furent forcées par le grand Condé. Le 15 juin 1656, Turenne investit subitement Valenciennes et couvrit son armée, forte de 25 mille hommes, par des lignes de circonvallation. Le maréchal de la Ferté campoit sur le mont Azin, et par un seul quartier tenoit la citadelle investie à la rive gauche de l'Escaut : la maison du roi et les Lorrains avoient leur quartier entre l'inondation supérieure et la Rouelle, et Turenne investissoit depuis la Rouelle jusqu'à l'inondation inférieure.

Des ponts de bateaux et des digues en fascines furent établis sur les inondations pour la communication des quartiers : ces ponts et ces digues furent construits avec beaucoup de peine, parce que l'ennemi, au moyen des écluses de Bouchain, fit gonfler les eaux à plusieurs reprises.

Pendant que Turenne poussoit le siége avec la plus grande activité, le prince de Condé et don Juan d'Autriche rassemblèrent sous Douai une armée forte d'environ 20 mille hommes et vinrent camper, vers le 18 juillet, vis-à-vis le quartier des Lorrains et de la maison du roi, à demi-portée du canon ; leur gauche étoit appuyée à l'Escaut et la droite à un ruisseau. Turenne voyant les Espagnols si près de ses retranchemens, ne s'occupa plus que de les défendre : il suspendit les travaux du siége, fit contenir la garnison par un corps de 7 à 8 mille hommes, et distribua son armée derrière les retranchemens : un corps de réserve composé d'infanterie et de cavalerie fut destiné à se porter aux points les plus menacés.

Condé, après avoir reconnu les lignes de fort près ne jugea pas prudent de diriger ses attaques contre le quartier de la maison du roi, ni contre celui où Turenne étoit en personne : les excellentes dispositions de cet illustre adversaire ne lui faisoient pas présager une heureuse réussite : mais, s'étant apperçu que le maréchal de la Ferté, qui défendoit le mont Azin, étoit mal retranché et se tenoit peu sur ses gardes, il forma le projet de l'attaquer la nuit l'épée à la main. Cet habile général passe l'Escaut, et à la petite pointe du jour il fond sur les retranchemens du maréchal de la Ferté, qu'il force en un instant et fait une quantité considérable de prisonniers parmi lesquels se trouva le général : en vain Turenne essaya de faire passer la réserve sur les digues ; tous les bataillons qui purent déboucher furent chargés et défaits par Condé. Le général Marsin attaqua le quartier de Turenne avec un corps de 4 mille hommes, mais il fut repoussé et obligé de se retirer.

Turenne voyant que le maréchal de la Ferté étoit pris et que ses troupes fuyoient vers Condé, sortit de ses retranchemens, se mit en bataille et fit sa retraite sur le Quesnoi.

La campagne de 1706 offre, en Italie, un événement militaire de la nature de ceux que nous considérons et qui mérite de fixer notre attention. L'analyse de cette campagne, comparée avec celle de l'an 8 (1800), composeroit un fond précieux d'instruction pour les jeunes officiers et les élèves : ils y verroient comment deux grands hommes de guerre purent, par la force de leur génie et de leur caractère, arriver au dénouement de la campagne par une affaire majeure qui les rendit maîtres de toute l'Italie : mais nous avons fait connoître, dans la première partie, les raisons qui nous arrêtent dans ce vaste champ de gloire.

Du siége de Turin investie par les Français, en 1706.

Les lignes furent forcées par le prince Eugène.

(Voyez la pl. III, fig. 1 et 2.)

Nous croyons devoir remonter à l'origine des mouvemens et des manœuvres du général ennemi pour arriver jusqu'aux lignes de Turin et y combattre l'armée française.

Le prince Eugène prit, au mois de mai 1706, le commandement de l'armée autrichienne et se porta sur l'Adige avec 20 mille hommes : au même moment, Vendôme remettoit le commandement de l'armée française au jeune duc d'Orléans sous la direction du général Marsin.

Le 13 de mai, le maréchal de la Feuillade avoit investi Turin avec 64 bataillons, 80 escadrons et se disposoit à en faire le siége avec 164 pièces d'artillerie de siége : la place fut circonvallée et les lignes fortifiées par tous les moyens de l'art.

Le terrain de la rive droite du Pô étant fortement accidenté, toute cette partie fut circonvallée par quelques légers retranchemens tracés sur les pendans des montagnes et par quelques redoutes ou fortins situés sur les sommets : depuis le Pô jusqu'à la Doire on fit une circonvallation et une contrevallation dont les retranchemens furent très-soignés : la partie adjacente à la Doire couvroit les attaques et contenoit le parc d'artillerie, les fours de munition, etc. Dans la fourche formée par la Doire et la Sture on traça une circonvallation et une contrevallation : les retranchemens de la première ligne étoient presqu'en ligne droite ; ils furent peu soignés, parce qu'on n'imaginoit pas qu'ils pussent être attaqués : enfin le cours de la Sture et quelques retranchemens élevés à sa rive droite complettèrent la circonvallation.

Le duc d'Orléans occupoit la rive droite de l'Adige vis-à-vis Rivoli et observoit les mouvemens du prince Eugène : son armée étoit d'environ 20 mille hommes.

Le prince Eugène, voyant que le duc d'Orléans faisoit des mouvemens timides et n'avoit pas une armée capable de l'arrêter, forme le projet de renforcer son armée, de passer l'Adige et le Pô, de remonter la rive droite de ce fleuve, de faire sa réunion avec le duc de Savoie campé à la Motte avec 12 mille hommes, enfin d'aller attaquer l'armée française dans ses lignes avec une force d'environ 45 mille hommes dont 6 mille de cavalerie. Ce
(Voyez la fig. 1.)
ne fut qu'au commencement de juillet que le prince Eugène put se mettre en mouvement avec une armée de 32 à 35 mille hommes : il passe l'Adige et le Tartaro, fait replier tous les postes français, exécute le passage du Pô à Policella, et remonte le fleuve pendant que le duc d'Orléans, avec 40 bataillons et 57 escadrons, côtoie la rive gauche et tâche de ralentir sa marche pour donner le tems au duc de la Feuillade de s'emparer de Turin.

Le prince Eugène surmonte tous les obstacles ; le 19 août il s'empare du poste important de Stradella ; le 28 il passe le Tanaro à Isola au dessous d'Asti et fait sa réunion avec le duc de Savoie au camp de Stellon.

Le 30 août son armée, forte à-peu-près de 45 mille hommes, est mise dans son ordre de bataille au camp de Stellon, et deux ponts sont construits sur le Pô. Le duc d'Orléans rentre en Piémont avec les 25 mille hommes qu'il commandoit et se réunit à l'armée du siége.

Le 4 septembre l'armée du prince Eugène passe le Pô entre Carignan et Montcallier et tourne autour des quartiers des Français en se dirigeant sur la Doire du côté de Pianesse : le 6 toute l'armée passe la Doire et prend une position offensive entre la Sture et la Doire ; sa droite étoit appuyée sur Pianesse et sa gauche à la Vénerie.

Le prince Eugène, après avoir reconnu les quartiers des Français, se décide à attaquer les retranchemens encore imparfaits élevés entre la Doire et la Sture. Il espéroit les emporter facilement à cause de leur foiblesse, dominer par là les retranchemens de la rive droite de la Doire, et après avoir forcé la ligne, prendre à revers toutes les attaques et couper la retraite à l'artillerie de siége et aux bagages.

Cependant depuis le 30 août les Français attaquoient vivement et livroient des assauts continuels aux ouvrages des fronts d'attaque de la citadelle ; mais ils étoient soutenus avec vigueur par la garnison animée par la présence d'une armée de secours commandée par un général qui, par son habileté et son génie, avoit un ascendant marqué sur ses adversaires.

Dès que l'armée d'observation fut rentrée dans les lignes, le duc d'Orléans proposa, dans le conseil de guerre, d'en sortir pour aller combattre les ennemis ; il observoit que l'armée, forte de 97 bataillons et 120 escadrons, étoit trop disséminée dans les lignes, etc. Le comte de Marsin s'étant opposé à cette belle résolution, il fut décidé qu'on attendroit les ennemis, qu'on renforceroit les retranchemens entre la Sture et Lucento, et qu'on les armeroit de 40 pièces d'artillerie.

L'attaque des lignes eut lieu le 7 septembre, à la pointe du jour : après les combats les plus terribles, elles furent forcées de la gauche à la droite ennemie ; le prince Eugène s'empara de deux ponts sur la Doire. Les efforts de la garnison réunis aux premiers succès du général ennemi, mirent le plus grand désordre dans l'armée française. Le siége fut levé, les magasins brûlés, l'artillerie enclouée et abandonnée ; et l'armée fit sa retraite sous Pignerol, par Canoret et Montcallier, après avoir perdu 8 mille hommes et tout l'attirail du siége.

Attaque des lignes le 7 septembre 1706. (Voyez la légende et la pl. III.)

Cet événement, dont le succès surpassa les espérances du général qui en avoit calculé les probabilités, le rendit maître de l'Italie entière : la fameuse bataille de Marengo, après une suite d'opérations dont les annales militaires modernes n'offrent point d'exemples, rétablit de même les Français dans la possession de cette contrée.

Au siége de Philisbourg, en 1734, l'armée d'observation resta dans ses lignes, et le prince Eugène ne put parvenir à les forcer : il est bon d'observer que l'armée assiégeante avoit ses communications assurées et que les maréchaux d'Asfeld et Berwick avoient constitué les lignes de la manière la plus forte.

Siége de Philisbourg, en 1734 : l'armée de secours ne peut forcer les lignes.

Au mois de septembre 1793, le prince de Cobourg, général de l'armée autrichienne, se porta avec 60 mille hommes sur Maubeuge : il forma le blocus de cette place et de son camp retranché par une espèce d'investissement composé de lignes de circonvallation et de contrevallation : l'armée française forte de 40 mille hommes marcha sous le commandement du général Jourdan contre le prince de Cobourg : il fut attaqué à Wattignies, forcé dans cette partie de ses lignes et obligé de lever le blocus.

Blocus de Maubeuge par le prince Cobourg, en vendémiaire an 2 (1793). Les lignes furent forcées par l'armée française.

Siége de Charleroi,
en 1746 : l'armée s'en-
ferme dans les lignes.

Siége de Charleroi,
investie par les Fran-
çais, en prairial an 2,
(1794) : l'armée de se-
cours fut repoussée.
(Voyez la pl. XX,
Tom. 1)

En 1746, le prince de Conti, général de l'armée française, investit Charleroi, fit construire des lignes par 20 mille paysans et s'y enferma ; ces lignes ne furent pas attaquées.

Le siége de Charleroi fait par l'armée française, en 1794, étoit couvert par l'armée disposée dans des quartiers ou camps retranchés, dont le système composoit une ligne de circonvallation. Au moment même où la place venoit de se rendre, l'armée de secours forte de 100 mille hommes attaqua l'armée française dans ses camps ou positions. Nous avons vu, par la description de la bataille de Fleurus, que l'armée ennemie fut repoussée avec des pertes énormes.

Il y avoit dans cette action une circonstance topographique particulière très-favorable à l'armée française ; l'investissement n'ayant lieu qu'à la rive gauche de la Sambre, elle eut la faculté de se concentrer dans une position semi-circulaire, etc.

Nous allons maintenant exposer quelques faits où l'armée qui fait le siége couvre cette opération par une armée d'observation qui, se tenant hors des lignes, suit les mouvemens de l'ennemi : cette pratique est aujourd'hui le plus généralement suivie.

Siége de Dunkerque,
investie par Turenne,
en 1658.
L'armée du prince de
Condé est repoussée par
l'armée d'observation.

Turenne, à la tête des armées combinées de France et d'Angleterre, investit Dunkerque en 1658 et ouvrit la tranchée devant cette place : pendant que le siége se poussoit avec activité, Condé et don Juan rassemblèrent, sous Furnes, une armée composée d'Espagnols et autres troupes et résolurent de faire lever le siége.

Le 15 juin les ennemis ayant fait une forte reconnoissance avec 30 escadrons, Turenne se porta sur les dunes et sy retrancha.

Le 16 l'armée espagnole, forte de 15 mille hommes dont 9 mille de cavalerie, vint se former en ordre de bataille à 4 mille mètres des retranchemens de Turenne. Ce général, voyant que les ennemis se disposoient à l'attaquer, résolut de les prévenir : son armée étoit de 16 mille hommes dont 6 mille de cavalerie : il laisse 4 mille hommes dans les tranchées et avec 12 mille hommes il sort à midi de ses retranchemens, surprend don Juan dans sa position sur les dunes ; et malgré les prodiges de valeur que fit Condé, il ne put arrêter le désordre que les Espagnols, poursuivis vivement par les Anglais et la cavalerie française, portèrent dans toute la ligne. La victoire remportée par Turenne sur les dunes fut complette ; elle lui procura l'avantage de pouvoir continuer le siége de Dunkerque.

Nous remarquerons, au sujet de cette bataille, qu'il n'y avoit dans les armées que 10 à 12 pièces d'artillerie de bataille ; que Turenne, dans la formation de son ordre de bataille, avoit mêlé des pelotons d'infanterie parmi les escadrons de cavalerie ; et que le prince de Condé, dans son ordre de bataille, avoit couvert sa cavalerie par de l'infanterie et la fit soutenir par des mousquetaires cachés dans des fossés.

Siége de Mons, in-
vestie par le prince Eu-

Nous avons vu dans la relation de la bataille de Malplaquet (66) que le prince Eugène et Malboroug préférèrent d'aller à la rencontre de l'armée française et lui livrer bataille à Malplaquet, que de l'attendre dans leurs lignes, etc.

Si le prince Eugène, en 1712, n'eut pas tenu son armée d'observation trop près des lignes de Landrecies, le maréchal de Vilars n'auroit pas coupé sa ligne de communication à Denain et pris ses magasins de Marchiennes, etc.

Le maréchal de Saxe couvroit le siége de Tournai par une armée d'observation qu'il tenoit dans les lignes ; mais dès qu'il vit l'armée ennemie s'avancer vers ses quartiers, il en sort, marche à sa rencontre et livre la bataille de Fontenoi, etc.

Les armées ennemies coalisées couvroient, en 179², le siége de Valenciennes par deux corps d'armée en observation : ces corps masquoient tous les débouchés par lesquels l'armée française auroit pu arriver sur la place.

Le siége de la place de Mantoue, en l'an 4 (1796), étoit vivement poussé par une division de l'armée française et couvert par une armée d'observation, lorsque tout à coup les ennemis marchent de tous côtés pour faire lever le siége et envelopper l'armée française : la circonstance étoit extrêmement critique : Bonaparte, au lieu de s'enfermer dans des positions circonvallantes où il auroit eu à se soutenir contre des forces très-supérieures, préfère de lever le siége et d'abandonner l'artillerie pour aller combattre les forces divisées du fameux et adroit Wurmser. Mais il n'appartient qu'aux génies du premier ordre de concevoir d'aussi vastes plans au moment même du péril, et de les exécuter avec la précision et la rapidité qui assurent les succès.

L'exposition de ces différens faits de guerre prouve que ce sont les circonstances qui doivent décider du parti que doit prendre un général pour couvrir les opérations d'un siége : cependant il est, en général, vrai de dire qu'il est presque toujours dangereux d'attendre une armée de secours dans les lignes, puisque les plus grands généraux y ont été forcés.

Nous pouvons ajouter que la mauvaise disposition des lignes, les vices de leur tracé et le peu de soin qu'on met dans leur construction, influent puissamment sur le sort de l'armée qui les défend.

Concluons de ce qui précède : 1°. que les lignes ont un état de foiblesse qui tient à leur grand développement et à leur forme circulaire ; lorsqu'elles sont forcées dans un point, toutes les autres parties sont prises en flanc et à dos et la place est secourue, etc.

2°. Que l'action générale se passant si près des opérations du siége, cette proximité met l'armée d'observation dans l'impossibilité de protéger la levée du siége par une retraite convenablement ordonnée : il arrive de là que tout l'attirail du siége tombe nécessairement entre les mains de la garnison, pour peu qu'elle soit active.

3°. Que les lignes sont nécessaires pour arrêter tous les petits secours et prévenir les coups de main. Si le général prévoit que l'armée de secours

---

Marginal notes:

gène et Malboroug, en 1709.

L'armée d'observation repousse l'armée de secours à Malplaquet.

Siége de Landrecies, en 1712.

L'armée de secours fait lever le siége.

Siége de Tournai, en 1745.

L'armée d'observation livre et gagne la bataille de Fontenoi.

Siége de Valenciennes, en 1793 ; il étoit couvert par une armée d'observation.

Siége de Mantoue, investie par l'armée française, en 1796 : le général lève le siége pour aller combattre l'armée de secours.

Réflexions générales.

Conclusions générales sur les propriétés des lignes et sur la conduite du général qui fait un siége.

ne sera pas nombreuse, et s'il ne peut pas diviser son armée en deux parties qui seroient trop foibles pour agir séparément, il doit alors rester dans les lignes et les faire continuellement perfectionner, et renforcer : il tiendra au dehors de gros partis pour avoir des nouvelles des ennemis : aussitôt qu'il apprendra que l'armée de secours se rassemble, il formera une avant-garde active qui se portera en présence de l'armée ennemie pour l'observer et la harceler : des champs de bataille seront reconnus entre la place et les points de rassemblement des forces de l'ennemi; il sera même fait quelques dispositions défensives sur les positions qui en seront susceptibles. Aussitôt que l'avant-garde et les autres corps détachés donneront avis de la marche et des mouvemens de l'armée de secours, le général prendra son parti; ou il restera dans les lignes et s'y formera en ordre de bataille, en rappelant les troupes du siége et ne laissant dans les tranchées que ce qui est nécessaire pour contenir la garnison; ou il sortira des lignes pour aller à la rencontre de l'armée de secours, la surprendre dans sa marche et la combattre; ou il levera le siége, dirigera l'artillerie et tout l'attirail sur quelque place voisine et marchera avec toutes ses forces pour écraser l'armée de secours; il reviendra ensuite pour recommencer le siége, etc.

On voit, par cette simple exposition, que la tactique relative aux siéges est une partie de l'art de la guerre très-difficile et très-complexe, et qu'il n'est pas étonnant que beaucoup de généraux, justement célèbres, aient échoué dans des opérations de cette nature.

127. Des reconnoissances relatives au choix du front d'attaque; des opérations antérieures à l'ouverture de la tranchée.

127. Pendant le tems que les lignes s'exécutent, que l'armée s'établit dans ses quartiers et que tout s'ordonne dans les parcs de l'artillerie et du génie; les brigades du génie circulent de nuit et de jour autour de la place et en font la reconnoissance sous le rapport du choix des fronts d'attaque. On lève, à cet effet, le plan des fortifications et du terrain jusqu'à la distance de 1500 mètres, le plus exactement qu'il est possible : ce plan se construit sur une échelle de 5 centimètres pour 100 mètres. Comme il y a peu de places dont on n'ait des plans plus ou moins exacts, on se sert avec avantage de ces renseignemens que l'on vérifie par des opérations nouvelles exécutées au graphomètre, ou au cercle répétiteur, ou même à la planchette. A mesure que les ingénieurs établissent le plan pour le choix des fronts d'attaque, ils font des mémoires militaires sur toutes les circonstances qu'ils peuvent découvrir, sur la nature du terrain, sur les avantages que sa forme présente, sur la force présumée des différens fronts qu'ils ont reconnus, sur les eaux qui existent autour de la place, etc.; enfin ils ajoutent à tout ce qu'ils peuvent voir par eux-mêmes les rapports des gens du pays et des prisonniers. C'est ici où l'usage d'un aérostat procureroit les renseignemens les plus précieux; en s'élevant à une certaine hauteur, on liroit dans l'intérieur de la place, on y verroit les nouveaux retranchemens auxquels travaille la garnison, on plongeroit dans les fossés et on jugeroit de la force des contrescarpes, de l'armement des chemins couverts; enfin on découvriroit les manœuvres d'eau, etc.

Quand on a rapporté sur le plan général relatif au choix des fronts d'attaque, tous les accidens du terrain et toutes les parties de la fortification dont on a pu découvrir la forme et fixer la position, et quand le mémoire des reconnoissances est rédigé, on est en état de faire le choix des fronts d'attaque.

Du plan général pour le choix des fronts d'attaque et de la manière de faire ce choix.

Ce choix consiste à déterminer la partie de la place par où l'on se propose de pénétrer : ce choix n'est pas indifférent ; par la manière dont il est fait on connoît si l'ingénieur a un coup d'œil assez savant pour combiner tous les élémens qui peuvent assurer et accélérer le succès d'une aussi grande entreprise.

Une armée, quels que soient sa force numérique et ses moyens, ne peut pas attaquer et renverser tout le périmètre d'une place : il faut qu'elle se restreigne à un ou deux fronts contre lesquels elle ouvre la tranchée et développe tous les procédés de l'attaque : lorsqu'on fait deux attaques distinctes, l'une est *véritable* et l'autre est *fausse :* souvent on se conduit ainsi pour fatiguer la garnison et faire marcher plus vîte l'attaque *vraie.*

Tous les fronts d'une place ne sont pas également forts et disposés de manière à faire éprouver une égale résistance ; il est donc très-important de choisir le plus foible : mais dans ce choix il faut faire entrer non - seulement la valeur intrinsèque de la fortification , mais encore la nature du terrain sur lequel les tranchées doivent se développer et la position du front par rapport à la facilité des transports et des approvisionnemens : ce dernier renseignement fait quelquefois pencher à préférer un front plus fort.

Le général, après avoir pesé dans sa sagesse les rapports et les opinions des chefs du génie et de l'artillerie, prononce définitivement sur les fronts à attaquer.

Les fronts d'attaque étant une fois fixés , les officiers du génie font un plan particulier qui comprend les fronts d'attaque et les ouvrages collatéraux qui ont des vues et de l'influence sur la marche des attaques : tous les accidens du terrain, vus ou présumés, sont dessinés avec le plus grand soin; on y trace aussi, le plus exactement possible , les chemins couverts , les largeurs des fossés et les épaisseurs des parapets. On marque sur le terrain , avec la plus grande exactitude, les prolongemens des faces et des capitales de tous les ouvrages : ces lignes se déterminent par le coup d'œil ou par des opérations trigonométriques : sur chaque prolongement on plante à la distance de 50 mètres deux piquets appelés *piquets de repaire ;* et on mesure la distance de ces piquets aux saillans des chemins couverts les plus avancés : la position des piquets de repaire est marquée sur le plan où ils ont la même *cote* que sur le terrain : ce plan vérifié et détaillé est ce qu'on nomme le *plan directeur des attaques.*

Du plan directeur des attaques; détermination des prolongemens des faces des ouvrages et de leurs capitales.

Le polygone formé par les piquets de repaire, lequel embrasse les prolongemens des faces et des capitales de tous les ouvrages du front d'attaque, sert de base à tous les procédés graphiques auxquels donnent lieu les opérations successives du siége.

2. 10

Il faut observer que les opérations trigonométriques et les reconnoissances doivent être simulées tout autour de la place, afin que l'assiégé ne devine pas quels sont les véritables points d'attaque.

Des méthodes employées pour prendre les prolongemens des faces des ouvrages et de leurs capitales.

La seule manière de déterminer les prolongemens des faces des ouvrages et des capitales est de les tracer sur le plan directeur, ce qui indique à-peu-près les points du terrain par lesquels ils passent; puis on vérifie si les prolongemens observés coïncident avec ceux obtenus par le plan directeur: ces derniers seront corrigés d'après les observations les mieux faites et souvent répétées : c'est principalement au lever et au coucher du soleil que les plans des parapets, différemment éclairés, font distinguer les arètes et par conséquent les prolongemens des lignes couvrantes, auxquelles on s'attache, lorsqu'on ne peut pas distinguer les lignes magistrales. Quant aux capitales, les angles saillans des ouvrages et la pointe formée par les palissades des saillans de leur chemin couvert, les donnent d'une manière suffisamment exacte : mais, si on veut les avoir plus rigoureusement, on le peut au moyen de simples opérations faites avec le graphomètre et même

(Planche IV.)

la boussole. Soit EA la base comprise entre les prolongemens des faces du bastion (B) et tracée à la distance d'environ 7 à 800 mètres, on observera, avec le graphomètre, les angles $eEA = e$ et $aAE = a$ que ces prolongemens font avec la base EA et on aura pour la valeur de l'angle au sommet $= z = \dfrac{180^\circ. - a - e}{2}$, et pour l'angle que la capitale fait avec la base $= x = \dfrac{180^\circ. + a - e}{2}$.

Si l'opération se fait avec la boussole, on aura pour l'angle que l'aiguille de la boussole fait avec la capitale $= y = \dfrac{e' - a'}{2}$ ou $\dfrac{a' - e'}{2}$ en appelant a' et e' les angles que l'aiguille de la boussole fait avec les prolongemens des faces : cela posé, on cherchera avec l'instrument sur la base EA le point C de la capitale.

La détermination rigoureuse des prolongemens des faces est très-importante; celle des capitales ne l'est pas autant, parce qu'il est indifférent que l'on chemine sur les capitales mêmes ou sur des lignes dont les directions diffèrent peu des leurs.

Du dépôt général du génie relatif aux attaques; et du dépôt de l'artillerie.

Vis-à-vis le centre du front d'attaque et dans un lieu distant de la place d'environ 1200 mètres et abrité des feux, on formera le *dépôt général* du génie : on y rassemblera les outils nécessaires à l'ouverture de la tranchée et des amas considérables de fascines, gabions, piquets, etc. Le dépôt de l'artillerie sera placé dans le voisinage de celui du génie; on y conduira les fascines, les gabions, les piquets, etc. nécessaires au tracé et à la construction des batteries; et on y construira les saucissons, etc.

Du projet de l'ouverture de la tranchée.

Tous les renseignemens préliminaires étant établis de la manière la plus convenable, le commandant du génie trace sur le plan directeur des attaques le projet de l'ouverture de la tranchée : on entend par-là la *première parallèle* et les *boyaux de communication* tracés en arrière pour arriver des dépôts particuliers à cette parallèle.

128. Interrompons un moment la description des procédés de l'assiégeant pour nous occuper de son but , de sa situation , et découvrir les moyens auxquels il doit recourir.

128. De l'objet que se propose l'assiégeant et des moyens qu'il est forcé d'employer pour y arriver.

Dans le siége d'une place forte , le général d'une armée a pour objet de s'emparer d'une position qui gêne ses opérations ou qui peut les favoriser. Comme l'assiégé est 8 à 10 fois plus foible que l'assiégeant , celui-ci s'en emparera lorsqu'il se trouvera corps à corps avec l'assiégé et comme en rase campagne. Mais comme la constitution matériel.e du champ de bataille de l'assiégé s'oppose au contact des deux armées ennemies , il faut que l'assiégeant se procure la possibilité de ce contact en renversant tous les obstacles qui le séparent de l'assiégé et en se frayant des chemins pour arriver jusqu'à lui.

L'assiégeant , en employant même toutes ses forces , ne pourroit réussir dans une attaque de vive force : si elle a réussi et peut réussir quelquefois , cela tient à des circonstances qui n'existent pas ordinairement ; à une garnison qui ne se garde pas bien et qui peut être surprise ; à une fortification accessible dans certains points ; à la lâcheté ou à la trahison d'un gouverneur : et il arrive souvent que, dans une place surprise , la garnison par sa vigueur parvient, en combattant avec ordre dans les rues et sur les places, à chasser l'ennemi : c'est ce qui arriva à la fameuse surprise de Cremone : le prince Eugène pénétra dans la place , y prit le gouverneur ; et malgré les grands avantages remportés au commencement de l'action , la garnison parvint à le pousser hors de la place avec de grandes pertes.

L'attaque de vive force est impossible.

(Voyez Folard, Feuquières et M. de Cessac, sur la surprise des places et des postes.)

M. de Bavière surprit Ulm , capitale de la Souabe , en y introduisant des officiers et des soldats déguisés.

La place de Mayence auroit pu être surprise en 1793 par un corps de grenadiers : mais le général Custine n'eut pas besoin de ce coup de vigueur ; la place lui fut remise par suite des intelligences qu'il s'étoit ménagées dans la ville.

Revenons à notre sujet : si l'assiégeant tentoit une attaque de vive force et d'emblée contre une place forte , il parviendroit probablement à pénétrer dans les chemins couverts et à s'en emparer : mais il faudroit ensuite descendre dans les fossés et dresser des échelles contre l'escarpe sous le feu des batteries intactes et d'une mousqueterie couverte et inabordable : le succès de cette opération est évidemment impossible et l'élite d'une armée seroit sacrifiée si on la tentoit.

La conquête d'une place ne devant pas entraîner , du côté de l'assiégeant, des sacrifices en hommes trop considérables , il est d'une nécessité absolue d'employer une *attaque industrielle* dont l'exécution exige , à la vérité , l'emploi d'un tems plus ou moins considérable, mais qui ménage le sang des assaillans. Avec du tems et du travail l'attaque industrielle a , dans tous

L'attaque par industrie est la seule possible ; des moyens qu'elle emploie.

les tems , procuré à l'assaillant le moyen d'employer directement sa force active contre l'assiégé. Les moyens dont se sert l'attaque , depuis l'invention et l'usage de l'artillerie , consistent : 1°. à choisir un ou deux fronts d'attaque ; 2°. à éteindre les feux des batteries de ces fronts ; 3°. à faire des chemins qui conduisent à couvert jusqu'au pied des remparts ; 4°. à ouvrir ces remparts et y faire des brèches praticables : quand tous ces travaux sont exécutés , de manière que l'assiégé ne puisse pas empêcher l'assiégeant d'y circuler depuis les camps , il est évident qu'alors celui-ci , 7 à 8 fois plus fort que l'assiégé , pourra le forcer à mettre bas les armes et envahir la place.

Des espèces de batteries employées dans les siéges et de leur emplacement en général.

L'expérience a fixé à 600 mètres environ la distance à laquelle les batteries de canons et de mortiers doivent être placées pour procurer des tirs justes et des effets efficaces.

Les batteries d'obusiers se placent à 300 mètres des objets qu'elles doivent battre.

Les pierriers se placent près des ouvrages et à 60 mètres au plus.

La bonne portée des grenades est de 30 mètres au plus.

Observation sur les effets des batteries directes et à ricochets.

Nous avons vu (52) qu'on distinguoit les batteries directes qui tirent à plein fouet et les batteries d'enfilade qui tirent à ricochets. Autrefois on ne faisoit usage , pour combattre les batteries de la place , que de batteries directes. Le célèbre Vauban est le premier qui ait imaginé les batteries d'enfilade et à ricochets : cette espèce de tir consiste à prendre le prolongement de la ligne couvrante des faces et branches des ouvrages , et à placer sur ces directions des batteries composées de canons , de mortiers et d'obusiers, lesquelles tirent à petites charges et sous de petits angles d'inclinaison ; au moyen de quoi les projectiles tombent sur les terre-pleins sous de petits angles de chûte , y font des bonds ou ricochets successifs et prennent en rouage toutes les pièces d'artillerie montées sur les remparts. L'expérience a constamment démontré que les batteries d'enfilade et à ricochets produisent un si grand effet , qu'en très-peu de tems elles font taire le feu de la place. On tire les bombes à ricochets en montant les mortiers sur des affûts de canon , ou en attachant la bombe à la bouche même des canons.

Des moyens avec lesquels on parvient à faire des brèch s praticables et à renverser toutes sortes de murailles.

Les batteries armées de canons de gros calibre et la mine sont les deux moyens par lesquels on parvient promptement à mettre en brèche les plus solides revêtemens et toutes sortes de murailles.

Les canons de 24 et de 36 tirés à la distance de 100 mètres avec le maximum de charge , ébranlent et renversent les plus gros revêtemens : on commence à dessiner deux espèces de rainures verticales qui renferment la partie du mur que l'on veut culbuter ; ensuite on sape le pied du mur , au quart de sa hauteur , par une profonde rainure horisontale , puis on tire par salves à différentes hauteurs jusqu'à ce que le revêtement et le parapet soient éboulés dans le fossé : pour rendre la brèche praticable on lance sur son sommet une grande quantité d'obus qui en rendent l'accès plus doux et plus abordable.

Nous ne parlerons, pour le moment, de l'arme de la mine que comme du moyen le plus expéditif de faire des brèches et de renverser toute sorte de murailles : c'est le premier aspect sous lequel cette arme a été envisagée. Pour attacher le mineur à un revêtement on commence par faire, à coups de canon, un trou au pied de la muraille dans lequel il s'insinue et d'où il part pour s'enfoncer par un rameau de mine dans l'épaisseur du revêtement, jusqu'à ce qu'il rencontre les terres et même plus avant, selon la hauteur de l'escarpe : alors deux mineurs se retournent d'équerre et font deux rameaux le long du mur, qu'ils prolongent plus ou moins d'après les règles de l'art : à l'extrémité de chaque rameau, les mineurs placent un fourneau destiné à recevoir la charge calculée convenablement : ils mettent ensuite le bout du saucisson au centre des poudres, placent l'augelet, bourrent les rameaux et font déboucher l'autre bout du saucisson dans le fossé : on y met le feu au moyen d'un artifice, etc.

(Voyez le Traité des mines , par Vauban , édition de Foissac.)

Quand on attache le mineur au revêtement d'une escarpe, on couvre l'entrée de la mine par de longs madriers recouverts de fer blanc, que l'on appuie contre la muraille, et on masque le vide du côté du flanc par un massif de sacs à terre, etc.

En jettant les yeux sur les planches du Traité des mines, par Vauban, le jeune officier et l'élève concevront tout de suite les manœuvres et les travaux relatifs à l'exécution d'une mine offensive : ils examineront aussi la planche où sont dessinés avec une grande rectitude tous les outils à l'usage du mineur, etc.

Lorsque les mines sont bien calculées, elles renversent presque toujours la partie des revêtemens que l'on a eu le projet d'abattre, et ensuite on achève de rendre la brèche praticable à coups de canon et avec les obusiers.

Il suit de ce que nous venons d'exposer, que l'exécution d'un siége se réduit à faire au corps de place des brèches praticables et des chemins pour conduire les troupes destinées à pénétrer dans la place en colonne d'attaque. C'est l'ordonnance, la nature et la construction de tous les travaux offensifs que l'on fait devant une place assiégée qui constituent la théorie de l'attaque.

Conséquence.

129. L'expérience des siéges a prouvé que la première station offensive que l'assiégeant doit faire contre l'assiégé, consiste en un retranchement continu, tracé concentriquement à environ 600 mètres des saillans les plus avancés, et qui embrasse le front d'attaque et les parties collatérales qui ont des vues sur les approches de ce front. A la distance de 600 mètres on ne craint guère les sorties de la garnison, ni les feux de la place, et à cette distance les batteries de l'attaque peuvent produire de bons effets. Ce premier ouvrage s'appelle la *première parallèle*, dont les ailes sont souvent appuyées à des redoutes.

129. Description générale de la forme et de l'ordonnance de tous les travaux au moyen desquels on s'empare d'une place forte; de la première parallèle.

(Pl. IV.)

La forme de tous les travaux offensifs de l'assiégeant se déduit de l'objet même qu'ils doivent remplir : 1°. ils doivent couvrir les troupes et être à l'épreuve de l'artillerie; 2°. être tracés et construits promptement; 3°. être.

Du profil général de tous les travaux offensifs de l'attaque.

défendùs avec des forces supérieures à celles de l'assiégé : il suit de là que le profil général de tous ces ouvrages est un profil sans fossé, dont le terre-plein est enfoncé sous le terrain naturel d'une quantité suffisante pour que les travailleurs soient promptement couverts par la masse du déblai disposée en parapet.

Des premières batteries soit à ricochets, soit directes; des cheminemens en boyaux tracés en zig-zags.

On part de la première parallèle : 1°. pour établir sous sa protection les batteries de canons, mortiers et obusiers destinés à éteindre les feux de la place qui ont action sur la marche des attaques ; 2°. pour cheminer en avant par des *boyaux* défilés des ouvrages les plus avancés et tracés en zig-zags, et conduire l'assiégeant à 300 mètres des saillans.

De la seconde parallèle; des nouvelles batteries.

Lorsque l'assiégeant se trouve porté à la distance de 300 mètres des saillans, il trace et construit une *seconde parallèle* dont les ailes sont appuyées à des redoutes garnies d'artillerie : sous la protection de cette seconde parallèle, il établit les batteries à ricochets ou directes que les circonstances rendent nécessaires : il en débouche pour cheminer en avant, toujours par des boyaux défilés et tracés en zig-zags, et pour parvenir au pied des glacis.

De la troisième parallèle; des nouvelles batteries.

Dès que l'assiégeant a atteint le pied des glacis et qu'il est parvenu à la distance de 60 à 80 mètres des saillans, il fait une *troisième parallèle* plus fortement constituée que les précédentes, et sous la protection de laquelle il établit de nouvelles batteries d'obusiers, de mortiers et de pierriers dont les effets sont bien plus efficaces que ceux des batteries en arrière.

Du couronnement et de la prise du chemin couvert.
Des contrebatteries et des batteries de brèche.

On part de la troisième parallèle pour cheminer sur les glacis et faire le couronnement du chemin couvert ; cette opération en assure la possession.

Le couronnement de la crête du glacis et la prise du chemin couvert mettent l'assiégeant dans une position d'où il découvre les remparts et les flancs qui défendent les fossés : il doit donc établir des *contrebatteries* pour ruiner les flancs et en éteindre les feux, et des *batteries de brèche* pour renverser la partie des remparts qui lui donnera le plus de facilité pour pénétrer dans les ouvrages ; il pourra se servir de la *mine* pour arriver à ce dernier résultat, etc.

Des descentes de fossés à ciel ouvert ou souterraines.

Pendant que les brèches se font et qu'on les rend praticables, on s'enfonce dans les glacis et on construit des espèces de galeries soit à ciel ouvert, soit souterraines, qui conduisent des débouchés au fond des fossés et vis-à-vis le milieu des brèches : ces galeries se nomment *descentes de fossés* ; lorsqu'elles sont à ciel ouvert, elles sont blindées et recouvertes de peaux de bœufs fraîches.

Des passages de fossé.

Au moyen des descentes et des ouvertures faites dans la contrescarpe on prend pied dans les fossés ; on y débouche et chemine en construisant un gros épaulement qui pare des feux du flanc opposé et va joindre le pied de la brèche, etc. L'opération du passage d'un fossé est relative à la nature de ce fossé : s'il est sec, il suffit de construire un gros épaulement en terre, en sacs à terre, en sacs de laine, etc., et de le couvrir en peaux de bœufs lorsqu'il contient des matières combustibles ; lorsque le fossé est plein d'eau, ou susceptible d'être inondé par des courans, il faut construire un pont qui puisse se mettre à flot et se soutenir contre les courans : ce pont s'appuie sur la brèche ou y est amarré ; il porte un gros épaulement recouvert avec soin de peaux de bœufs.

Lorsque tous les travaux, dont nous venons de faire connoître la série, sont exécutés, l'art a tout disposé pour mettre en contact l'assaillant avec l'assiégé : les assauts et combats définitifs ont lieu et amènent le dénouement du siége.

Des assauts.

Il résulte du coup d'œil général que nous venons de jetter sur l'ensemble des travaux d'un siége, qu'on peut les distinguer en trois classes : la première comprend les *parallèles* qui soutiennent successivement les batteries et les cheminemens, et contiennent les troupes qui repoussent les sorties que fait continuellement l'assiégé pour mettre les travailleurs en fuite et raser les travaux ; la seconde classe comprend toutes les espèces de batteries ; enfin la troisième renferme les communications de toute espèce consistant en boyaux, en descentes de fossés et en passages de fossés, au moyen desquelles on transporte les troupes depuis la première parallèle jusqu'au pied des brèches, et l'artillerie dans toutes les batteries.

Classement des travaux d'un siége.

130. L'art d'attaquer les places s'est perfectionné comme toutes les autres parties de l'art de la guerre ; il s'est modelé dans tous les tems sur la constitution matérielle des places et sur les effets des armes employées pour leur défense. Après l'invention et l'usage de l'artillerie, il se fit, dans l'art d'attaquer les places, une grande révolution : l'ancienne méthode fit place à la moderne qui se perfectionna lentement, mais qui est parvenue enfin à cette belle ordonnance dont nous venons d'esquisser le tableau général. Les premières méthodes d'attaque consistoient à choisir un ou deux fronts d'attaque par lesquels on se proposoit d'entrer dans la place : on construisoit à la distance d'environ 500 mètres plusieurs fortins situés de la manière la plus avantageuse, dans lesquels on renfermoit l'artillerie destinée à foudroyer la place : ensuite on ouvroit la tranchée, sous la protection des fortins, par des boyaux en zig-zags qui s'avançoient vers la place de manière à être toujours défilés des saillans des chemins couverts : après avoir atteint ces saillans on parvenoit, à force de peine, de tems et de sacrifices, à couronner le chemin couvert et à établir les batteries de brèches, ou à attacher le mineur : on avoit l'attention de faire, à chaque boyau de cheminement, des logemens qui s'étendoient à droite et à gauche et dans lesquels on plaçoit des pelotons de mousquetaires pour soutenir les travailleurs, et qui, eux-mêmes, étoient soutenus par les troupes disposées dans les boyaux en arrière.

130. Réflexions générales sur les progrès de l'art d'attaquer les places.

Cette ordonnance avoit des vices qui retardoient considérablement la marche des attaques : 1°. les batteries des forts ne tiroient que directement et à plein fouet, et parvenoient difficilement à éteindre les feux de la place ; elles restoient fixes pendant tout le tems du siége et ne protégeoient pas les cheminemens en zig-zags ; 2°. les sorties n'étant pas contenues par aucune force considérable et bien disposée ; l'ennemi parvenoit aisément à prendre les travaux en flanc et à les culbuter avant que l'assiégeant fût arrivé de la queue de la tranchée pour couvrir les travailleurs et repousser ces sorties ; 5°. le couronnement du chemin couvert se faisoit toujours de vive force et coûtoit beaucoup de monde à l'assiégeant : enfin tous les assauts avoient lieu par des attaques de vive force et sous l'action des feux mal éteints du corps de place.

Dès les premiers siéges que le célèbre Vauban dirigea, il s'apperçut des vices de l'ordonnance des travaux de l'attaque et chercha les moyens de la perfectionner : il s'attacha à deux points principaux : 1°. il sentit la nécessité de ne jamais abandonner les travailleurs à eux-mêmes et de les faire soutenir par des corps de troupes toujours à portée de repousser les sorties : c'étoit, pour ainsi dire, créer une nouvelle tactique des siéges infiniment supérieure à l'ancienne : Vauban résolut cette première partie de la question par l'invention des *parallèles* ou *places d'armes*, qui s'établissent à fur et mesure que les cheminemens avancent vers la place : ces parallèles embrassent toutes les parties du front d'attaque et contiennent les troupes qui protègent les travailleurs ; 2°. Vauban changea totalement la disposition des batteries ; il inventa les fameuses et terribles batteries à ricochets, fit abandonner l'usage des fortins dans lesquels toute l'artillerie étoit rassemblée et montra que les attaques de vive force pouvoient être remplacées par des attaques industrielles, etc.

(Voyez le Traité de l'attaque des places, par Vauban, édition de Foissac.)

Cet illustre ingénieur, par l'application de ses méthodes à plusieurs siéges remarquables, prouva qu'elles étoient d'une application générale et susceptibles de toutes les modifications que comportent les localités et l'irrégularité de la fortification.

Ce fut au siége de Gravelines, en 1658, et à celui de Lille, en 1667, que Vauban commença à faire connoître les avantages de sa nouvelle méthode : au siége de Maëstricht, en 1673, il développa complettement sa théorie, et avec un tel succès, qu'il prit cette place importante en 10 jours de tranchée ouverte.

En 1697, au siége d'Ath, sous le maréchal de Catinat, Vauban fit usage pour la première fois des batteries à ricochets : elles produisirent des effets si surprenans qu'elles jettèrent la consternation parmi les assiégés.

Les méthodes pratiquées par Vauban, sur la fin de sa carrière militaire, ont été suivies par ses successeurs sans modifications considérables : les succès qu'elles ont procurés et la gloire qu'elles ont fait rejaillir sur les armées françaises ont étonné, l'Europe et leur ont mérité l'assentiment général.

Nous donnerons, dans l'application des principes généraux, la description de la forme particulière de tous les travaux de l'attaque.

131. Des dispositifs préliminaires à l'ouverture de la tranchée devant un front ordinaire.

131. Les dispositifs pour l'ouverture de la tranchée consistent à préparer convenablement tous les objets nécessaires pour cette importante opération, conformément au projet de l'ouverture de la tranchée : nous supposerons que le front attaqué est un front ordinaire composé de deux bastions et de trois demi-lunes, y compris les deux demi-lunes collatérales qui ont vue sur les attaques.

Du dépôt général du génie, placé au centre des attaques, on tirera, secretement et pendant la nuit, des outils, fascines, gabions, etc., dont on formera cinq *dépôts partiels* sur les prolongemens des cinq capitales du front d'attaque et qu'on rapprochera à la distance de 8 à 900 mètres de la place. À la chûte du jour les ingénieurs iront rapporter sur le terrain et marquer avec des piquets les intersections *a, a, a*, etc. de la première parallèle avec les capitales et les prolongemens des faces des ouvrages : ils partiront, pour cela, des piquets de repaire *P, P, P,* etc.

Le commandant du génie et le chef de l'état-major de l'armée se concerteront pour régler : 1°. la quantité de soldats-travailleurs nécessaires à l'ouverture de la tranchée; 2°. la quantité de troupes en infanterie et cavalerie qui doivent couvrir le travail. Le nombre des travailleurs s'estime à raison d'un homme par 15 décimètres (5 pieds) : ainsi en divisant le développement de la parallèle tracée sur le plan directeur, par 15, on a le nombre des travailleurs; il faut y ajouter les travailleurs nécessaires pour exécuter les boyaux de communication qui doivent lier les dépôts à la parallèle. Les troupes protectrices du travail s'estiment à raison d'un bataillon pour 4 ou 500 mètres, selon la force et la vigueur de la garnison; on ajoute à l'infanterie un ou deux régimens de dragons et deux escadrons de cavalerie légère : ainsi pour le front d'attaque que nous considérons il faut 8 bataillons d'infanterie, et même trois régimens si la garnison, est très-forte, et 2500 travailleurs au moins.

Tels sont les préliminaires qui forment la première période du siége et qui précèdent l'opération de l'ouverture de la tranchée : cette période ne peut être évaluée à moins de 10 jours.

PREMIÈRE PÉRIODE DE LA DÉFENSE.

De la conduite du gouverneur pendant la première période de l'attaque, etc.

152. Nous ne ferons que jetter un coup d'œil rapide sur les dispositions que doit faire le gouverneur d'une place pendant la première période du siége.

Dès que ce chef est instruit par les partis qu'il envoie journellement en campagne et par les mouvemens de l'armée ennemie, qu'il est menacé d'être investi, il doit faire entrer dans la place tous les bestiaux, fourrages, grains, etc., des campagnes environnantes; faire sortir de la place et conduire dans l'intérieur, sous bonne escorte, toutes les bouches inutiles, les femmes, les enfans, les vieillards. Ici tout intérêt et considérations personnelles cèdent au bien du service de l'État. Le gouverneur doit s'approvisionner de tous les matériaux nécessaires pour soutenir un long siége : de gabions, fascines, bois de blindage, etc.

2.   11

Des travaux extérieurs. Tout le terrain à la distance de 1200 mètres sera applani ; les haies seront rasées, les fossés comblés, les maisons démolies ou brûlées ; enfin l'ennemi ne doit trouver aucun couvert sous la portée du canon.

De l'organisation et de l'instruction de la garnison. La garnison sera organisée d'une manière analogue à la défense : il sera institué, à l'exemple de M. de Chamilli, à Grave, et du général Meunier, à Cassel, des compagnies de grenadiers et de chasseurs composées des hommes les plus braves, pour agir au dehors et faire des actions d'éclat. Les troupes manœuvreront journellement, de jour et de nuit, et feront des simulacres de toutes les espèces d'actions qui ont lieu pendant la durée d'un siége : les propriétés de la fortification seront rendues familières à tous les officiers par des instructions qui leur seront données avant les manœuvres. Le gouverneur, par sa conduite intelligente, active et insinuante, gagnera la confiance de tous ses frères d'armes ; comme eux il supportera les fatigues, partagera les dangers et vivra sobrement : c'est par la pratique des vertus militaires qu'il portera l'enthousiasme et l'amour de la gloire dans tous les cœurs : il ne parlera à ses compagnons d'armes que du service signalé qu'ils vont rendre à leur pays en lui conservant une place confiée à leur courage, à leur fidélité envers le chef de l'État.

Il sera aussi organisé une division d'artillerie légère, servie par une compagnie d'artillerie à cheval et destinée à faire le service au dehors, etc.

Des travaux dans les fortifications. La place, pourvue de munitions de guerre et de bouche, en raison de la défense qu'elle doit faire, sera augmentée de toutes les fortifications légères propres à éloigner les démarches de l'assiégeant. Des postes extérieurs seront occupés de jour pour inquiéter l'ennemi et l'empêcher de reconnoître la place de trop près ; enfin toutes les parties de la fortification seront réparées, rafraîchies, et son armement (121) sera completté sous tous les rapports : les passages seront garnis de barrières ; les palissades seront réparées et les communications de toute espèce établies sur tous les points.

Des manœuvres extérieures contre les corps investissans. Aussitôt que les corps investissans paroîtront à la vue de la place, ils seront reconnus par la cavalerie et l'artillerie à cheval, soutenues par de l'infanterie légère et de l'infanterie de ligne disposées par échelons et embusquées de manière à surprendre les troupes ennemies qui, probablement, se compromettront dans ce premier moment. Dans les sorties on ne se compromettra jamais vis-à-vis d'un ennemi puissant, mais on manœuvrera avec adresse et de manière à le faire tomber dans des pièges, à se faire respecter et à donner une haute idée de la vigueur et du courage de la garnison. Les opérations extérieures seront confiées à un officier supérieur actif, intelligent et parfaitement instruit dans la guerre de postes et de surprises : il harcellera sans cesse l'ennemi, l'attaquera tantôt sur un point, tantôt sur l'autre ; il surprendra les postes de nuit en faisant des embuscades dont l'ennemi ne pourra avoir connoissance faute de pouvoir reconnoître le terrain : enfin cet officier tâchera d'avoir des intelligences au dehors pour concerter et faciliter l'entrée des secours et des convois, et forcer les postes de l'investissement, etc. L'officier chargé de la défense extérieure doit pincipalement surveiller l'ennemi dans ses reconnoissances autour de la place ; il doit embusquer des tirailleurs qui enlèvent toutes les personnes qui s'avancent pour tâcher de découvrir la forme du terrain et la nature des fortifications.

Enfin le gouverneur d'une place investie doit s'attacher à découvrir les fronts que l'assiégeant se propose d'attaquer et le jour de l'ouverture de la tranchée : s'il parvient à se procurer cette connoissance, il fera des dispositifs pour contrarier l'opération. Beaucoup d'indices contribueront à faire présumer à l'assiégé quels sont les fronts d'attaque choisis par l'assiégeant ; ce seront l'emplacement du grand parc de l'artillerie, les dépôts des matériaux, la direction et la nature des communications, enfin l'ordre du campement derrière les lignes. Lorsque les lignes sont trop près de la place, la queue des camps se trouve sous l'action de l'artillerie ; alors il faut tirer à toute volée pour forcer l'assiégeant à éloigner ses lignes et ses quartiers.

Dans l'intérieur de la place tout est en mouvement pour organiser les accessoires de la défense et mettre de l'ordre dans toutes les parties administratives : les souterrains sont aérés et mis en bon état ; les magasins, les casernes, etc., sont blindés et couverts de terre et de fumier ; les poternes sont démasquées, etc. ; enfin le service le plus régulier est établi dans la garnison : ordinairement le service se fait par tiers ; c'est-à-dire, qu'un tiers de la garnison est sous les armes en présence de l'ennemi, pendant que le second tiers se tient prêt à marcher et que le troisième tiers se repose. Lorsque la garnison est assez forte pour que le service puisse se faire par quarts, cet ordre est préférable : dans ce cas, la moitié de la garnison se repose, pendant qu'une partie de l'autre moitié est en présence de l'ennemi et l'autre partie en situation de prendre les armes.

De l'ordre intérieur.

Des réglemens sur le service de la garnison.

SECTION II.

De l'attaque et de la défense pendant la seconde période du siége.

SECONDE PÉRIODE DE L'ATTAQUE.

Description de tous les travaux de l'attaque jusqu'à la troisième parallèle ; des diverses manœuvres de l'assiégeant ; des batteries ; du journal des attaques, etc.

133. Avant de décrire les manœuvres relatives à l'ouverture de la tranchée nous allons faire connoître les profils des tranchées, la manière de les tracer et d'en protéger la construction.

133. Description détaillée de tous les travaux de l'attaque dirigée contre le front bastionné moderne.

Définition de la tranchée.

Le nom de *tranchée* est un mot générique par lequel on entend, dans l'attaque des places, tous les travaux qui s'exécutent devant une place pour en approcher et s'en rendre maître, en perdant le moins d'hommes et en employant le moins de tems qu'il est possible.

Des profils des tranchées et de la manière de les tracer à la fascine et au gabion.

(Voyez la pl. IV, et la pl. IV *bis*.)

Nous avons fait connoître (126) la composition générale des profils des tranchées : ils consistent dans une masse couvrante formée avec le déblai d'un fossé intérieur qui sert de terre-plein, et dans lequel on descend par un talus de 15 décimètres de base appelé le *revers de la tranchée*. Le fond de la tranchée se creuse toujours à 10 décimètres au dessous du terrain naturel et on donne au parapet 15 décimètres de hauteur : la largeur du fond de la tranchée varie selon l'épaisseur qu'on donne au parapet ; elle est toujours de 20 décimètres au moins dans les profils des parallèles et de 16 dans ceux des boyaux de communication : tous les profils de tranchée ont une *berme* qu'on fait de 5 décimètres dans ceux des parallèles et de 3 seulement dans ceux des boyaux. Dans les parallèles, la berme sert de banquette pour les fusiliers et on y monte par un degré qui a aussi 5 décimètres de largeur : au lieu de faire un gradin on peut donner 10 décimètres de largeur à la berme pour avoir une banquette qui puisse contenir 2 rangs de fusiliers et former un talus intérieur de 15 décimètres de base. On ne fait point de banquette aux boyaux de communication.

Du tracé à la fascine.

Les tranchées se tracent à la fascine tant qu'on n'est pas dans la sphère d'action des feux de mousqueterie ; c'est-à-dire, tant qu'on est à plus de 300 mètres des saillans : le tracé se fait en plaçant des fascines dans des directions déterminées : ces fascines se recouvrent alternativement de 2 décimètres à-peu-près et tracent le pied du talus intérieur du parapet : les travailleurs sont placés derrière les fascines, à raison d'un par fascine, pour travailler au déblai et former le parapet.

Du tracé au gabion et à la sape volante.

Lorsque les feux de mousqueterie commencent à se faire sentir, on abandonne le tracé à la fascine pour tracer au gabion ; c'est-à-dire, que les ingénieurs placent rapidement des gabions, qu'ils mettent contigus, sur la direction des tranchées pendant que les travailleurs les remplissent aussitôt de terre, à raison d'un gabion par homme, et se mettent, par ce procédé expéditif, à couvert des feux de mousqueterie : aussitôt que les gabions sont remplis, on les couronne par 3 fascines qui lient solidement les gabions entre eux, et on achève de donner au parapet l'épaisseur convenable : cette méthode de tracer se nomme *tracé à la sape volante*.

Du tracé au gabion et à la sape pleine.

(Pl. IV *bis*, fig. 2.)

Enfin lorsqu'on est trop près des feux de la place pour pouvoir tracer à découvert et à la sape volante, on trace *à la sape pleine* : ce moyen industrieux d'exécuter des tranchées sous le feu des ouvrages étoit peu connu avant Vauban qui en recommande l'usage dès la seconde parallèle.

Des procédés et des moyens employés pour exécuter la sape pleine ; du chemin qu'elle fait dans 12 heures.

La *sape pleine* s'exécute avec des escouades de sapeurs armés du pot-en-tête et de la cuirasse à l'épreuve : chaque escouade est composée de 4 hommes qui conduisent la tête de l'ouvrage alternativement : les sapeurs emploient, dans le tracé à la sape pleine, le gabion ordinaire, le gabion farci, les fagots de sape ou les sacs à terre.

Le *gabion farci et roulant* est un gros gabion construit comme les gabions de tranchée; il a 20 décimètres de long et 15 de grosseur : on le remplit ou de fascines, ou de laine, ou de bourre, afin qu'il soit à l'épreuve du fusil de rempart : on attache au gabion farci un bâton armé d'un croc au moyen duquel le sapeur peut le faire rouler devant lui et le fixer dans telle position qu'il veut. Le gabion farci a remplacé le *mantelet* inventé par Vauban.

Du gabion farci ou du mantelet.

On nomme *sac à terre* un petit sac de grosse toile rempli de terre et fortement lié avec une ficelle : il a 55 centimètres de long et 30 de diamètre : on s'en sert pour remplir les vides ou interstices que laissent les gabions entre eux ; et encore très-fréquemment pour couronner des parapets en forme de créneaux.

Des sacs à terre et de leur usage.

Le *fagot de sape* est un bout de saucisson de 20 décimètres de long, traversé dans son milieu par un piquet pointu par un bout et qu'on peut saisir de l'autre : on se sert des fagots de sape pour renforcer les joints des gabions de tranchée, etc.

Du fagot de sape et de son usage.

Une escouade de sapeurs qui veut tracer une tranchée sous la direction d'un officier du génie, armé de son pot-en-tête et de sa cuirasse, s'y prend de la manière suivante : le premier sapeur perce la tranchée ordinaire au point de départ, couvre l'ouverture avec le gabion farci en l'éloignant suffisamment pour pouvoir poser le premier gabion qu'il remplit de terre en déblayant un fossé de 49 centimètres de profondeur sur autant de largeur et en laissant une berme de 40 centimètres : après que le premier gabion est posé, le sapeur entre à genoux dans le fossé et pose le second gabion en couvrant le joint par deux sacs à terre posés l'un sur l'autre ou par un fagot de sape; il remplit ce second gabion : il avance de même pour placer un troisième, un quatrième gabions, etc. Dès que le premier sapeur a posé son troisième gabion, le second sapeur peut entrer dans la sape; il couronne les gabions avec 3 fascines ; il approfondit et élargit le travail de 17 centimètres : lorsque le second sapeur est arrivé au troisième gabion, le troisième sapeur entre dans la sape et augmente ses dimensions de 17 centimètres : enfin le quatrième sapeur entre dans la sape aussitôt que le troisième est assez avancé et en augmente les dimensions de 17 centimètres. Dans cet état, la sape a la même profondeur que la tranchée et 10 décimètres de largeur ; elle est livrée alors aux ouvriers ordinaires qui achèvent de lui donner les dimensions et la forme prescrites par le profil.

De la manière dont une escouade de sapeurs exécute le tracé à la sape.

Une escouade de sapeurs ne travaille que 2 heures de suite et chaque sapeur passe à son tour à la tête : l'ouvrage se paie à raison de 2 francs le mètre courant, et même davantage, selon le péril et la difficulté du terrain.

Une sape qui marche avec activité dans un terrain ordinaire peut cheminer de 70 à 80 mètres dans 12 heures de travail.

Nous verrons que lorsqu'on est près de la crête du glacis, il n'est plus possible de cheminer que sur des directions prises en flancs, de sorte que la tranchée est alors un fossé couvert par deux parapets : dans cette position on trace la tranchée à la *sape pleine double* ; c'est-à-dire, que deux

Du tracé à la sape pleine double.

escouades de sapeurs marchent parallélement à une distance déterminée par la largeur que la tranchée doit avoir dans le fond ; ils se couvrent en tête par leurs gabions farcis qu'ils disposent de la manière la plus convenable : ainsi, s'il est question de tracer une tranchée de 20 décimètres de largeur dans le fond, les sapeurs mettront leurs files de gabions à 40 décimètres de distance. Quand les sapeurs ont fait le déblai de la sape, il reste dans le milieu un noyau que les ouvriers ordinaires déblaient pour achever la tranchée.

Réflexion sur l'emploi de la sape.

Le tracé à la sape, soit volante, soit pleine, se fait dès le moment que les feux de mousqueterie deviennent efficaces ; ce qui a lieu, eu égard aux fusils de remparts, à la distance d'environ 300 mètres. Le tracé à la sape volante est plus expéditif que celui à la sape pleine dont la marche est très-lente : mais en observant que la sape pleine marche nuit et jour et sans interruption, pendant que la sape volante ne peut s'exécuter que de nuit, on ne sera pas surpris de ce que Vauban conseille de l'employer de préférence, et de ce qu'il assure qu'elle fait avancer les attaques avec rapidité. Le meilleur moyen est d'entremêler les deux procédés ; de marcher sans cesse à la sape pleine et de tracer à la sape volante dans tous les momens où le feu de la place le permet.

Principe sur le tracé des ouvrages de l'attaque.

Il ne nous reste plus maintenant qu'à faire connoître le principe général sur lequel est fondée l'application de la théorie de l'attaque, et qui assure son exécution en rendant tous les efforts de l'assiégé impuissans. Tous les ouvrages offensifs de l'assiégeant pouvant être subitement et dans tous les instans attaqués par l'assiégé qui sort librement de ses chemins couverts, et ces ouvrages étant tracés et exécutés par des officiers et des travailleurs qui ne peuvent combattre, il s'ensuit que ces ouvrages sont abandonnés dès que l'ennemi paroît. Ils seroient donc rasés et détruits par l'assiégé, si des troupes, convenablement placées, ne couvroient pas les opérations du tracé et ne repoussoient l'assiégé à l'instant qu'il paroît.

On doit, en conséquence, établir ce principe général, *que tout ouvrage tracé et exécuté sous l'action de l'assiégé, doit être couvert ou protégé convenablement par des troupes, afin que les travailleurs et les officiers qui les commandent ne soient pas enlevés ou mis en fuite.*

134. De l'opération de l'ouverture de la tranchée ; de la manière dont elle se conduit, travail de la première nuit.

134. Reprenons la suite des opérations du siège : le projet de l'ouverture de la tranchée est arrêté (127), les dispositifs préliminaires sont faits, les troupes et les travailleurs sont commandés, les officiers du génie ont marqué sur le terrain par des piquets remarquables les intersections de la parallèle avec les capitales et les prolongemens des faces des ouvrages, les dépôts particuliers sont formés (131), enfin le jour de l'ouverture de la tranchée est arrêté. Comme cette opération seroit contrariée par l'ennemi et pourroit coûter beaucoup de monde s'il parvenoit à en avoir connoissance, il faut la faire de nuit et avec le plus grand secret, et simuler plusieurs opérations de la même nature sur différens points de la place pour détourner son attention du vrai point d'attaque.

En conséquence du principe précédent l'ouverture de la tranchée doit être couverte sur tout son développement par des troupes qui repousseront l'ennemi et donneront de la confiance aux travailleurs. Aussitôt que la nuit sera assez prononcée pour cacher les mouvemens des troupes, les 8 bataillons défileront pour aller prendre position à 100 mètres en avant de la parallèle. Ces troupes *I*, *I*, etc., se coucheront ventre à terre et enverront des détachemens avancés disposés en échelons avec ordre de ne pas faire feu, mais de charger à l'arme blanche et de se saisir de toutes les patrouilles qu'ils rencontreront.

Manœuvres des troupes qui doivent couvrir l'ouverture de la tranchée.

(Pl. III, fig. 1.)

Le projet du tracé de la parallèle fera connoître son développement qui est d'environ 3200 mètres ; et les officiers du génie, de service pour cette nuit, se distribueront le travail : nous supposerons ici qu'on puisse disposer de dix ingénieurs, deux se porteront à chaque dépôt *D*, *D*, etc., avec les ouvriers nécessaires pour l'exécution du tracé dont ils sont chargés : dès que les troupes ont pris poste, chaque ingénieur met sa brigade de travailleurs sur une seule file à la tête de laquelle il se dirige vers le piquet de repaire *a* placé sur la capitale sur laquelle il marche : les deux brigades accolées étant arrivées en *a* tourneront l'une à droite et l'autre à gauche ; après quoi chaque ingénieur tracera, avec les fascines portées par les travailleurs, la portion de parallèle dont il est chargé : à mesure que l'ingénieur pose une fascine, il fait coucher le travailleur le long de cette fascine avec injonction de ne pas remuer jusqu'à nouvel ordre. Lorsque toutes les brigades intermédiaires, qui vont à la rencontre les unes des autres, se sont raccordées et que les ailes sont aussi tracées correctement, le commandant du génie donne l'ordre du travail : alors chaque ingénieur se porte à sa brigade, commande doucement *haut les bras*, et chaque travailleur creuse la parallèle en observant de laisser la berme et de former le talus intérieur ; les officiers de troupes veillent soigneusement à cela. Dans la même nuit, un ingénieur est chargé de tracer et faire exécuter les communications de la parallèle aux dépôts placés sur les capitales des bastions. Au jour, la parallèle, quoique très-imparfaite, offrira un abri derrière lequel les troupes se retireront. De nouveaux ouvriers, portant chacun deux fascines, viendront relever ceux de la nuit ; et malgré la grande vivacité du feu de la place, on donnera au parapet son épaisseur, on formera les banquettes et on rectifiera toutes les parties défectueuses : il faudra deux jours pour perfectionner la première parallèle.

De la manière de tracer la parallèle et de l'ordre à établir pour exécuter promptement le tracé.

On appelle *journal des attaques* le mémoire et le plan qui font connoître jour par jour les progrès du siège. La durée du siége est le tems qui s'écoule depuis l'ouverture de la tranchée jusqu'à la reddition de la place : la durée probable du siége s'estime par le tems qu'on présume devoir être employé à la construction des travaux, abstraction faite des circonstances morales qui peuvent influer sur les résultats : l'analyse d'un grand nombre de siéges met à même de prononcer là-dessus avec une certaine exactitude.

Du journal des attaques, et de la manière dont se fait l'estimation de la durée probable du siége.

135. Dès le matin qui suit l'ouverture de la tranchée, on reconnoît les emplacemens des batteries à ricochets ; on marque les intersections des

135. De l'objet de l'assiégeant après l'ou-

verture de la tranchée; des batteries à ricochets; de leur emplacement; de leur tracé et de leur construction.

prolongemens des faces des ouvrages avec la parallèle. L'arme de l'artillerie vient ici se combiner avec l'arme du génie pour arrêter les emplacemens des différentes batteries : elles doivent (128, 129 et 130) être à ricochets pour éteindre les feux de tous les ouvrages qui ont vue sur la marche des attaques. Les batteries se tracent et s'exécutent sous la protection de la première parallèle : comme l'assiégeant emploie des matériaux indestructibles par leur nature, et qu'il est libre dans ses manœuvres et dans le choix du tems, les feux de la place et les actions de vigueur de la garnison peuvent bien rallentir mais non empêcher le tracé et la construction des batteries : l'expérience l'a constamment prouvé.

On pourroit placer les batteries dans la parallèle même; leur construction seroit, par cet emplacement, plus prompte et moins périlleuse, mais elles y gêneroient beaucoup le service : on préfère de les porter à 60 ou 80 mètres en avant et d'y communiquer par des boyaux. Si les terrains sont irréguliers, les avantages du site décident de l'emplacement de chaque batterie; quelquefois il est convenable de les mettre en arrière de la parallèle. Lorsque les localités ne permettent pas de placer convenablement une batterie à ricochets, on attend pour le faire qu'on soit avancé vers la place et même qu'on soit à la seconde place d'armes.

Du tracé et de la composition d'une batterie à ricochets.

Quand le projet des batteries est arrêté sur le plan directeur des attaques, on en fait le tracé effectif sur le terrain : pour cela, aussitôt que l'obscurité le permet, l'officier d'artillerie rapporte sur le terrain le point du prolongement de la ligne couvrante sur lequel la batterie doit être établie; il élève à ce point une perpendiculaire sur laquelle il trace avec des gabions la ligne intérieure de l'épaulement; il met parallèlement un autre rang de gabions pour marquer l'épaulement; enfin il fixe la longueur de l'épaulement à droite et à gauche du prolongement de la crête du parapet : alors les canonniers et les travailleurs tirés de la ligne font le déblai du fossé extérieur et forment le coffre de la batterie : lorsque le feu de la place est très-vif et que la mitraille et la mousqueterie agissent sur les canonniers et travailleurs, ceux-ci se couvrent par une gabionnade faite en avant de la batterie, et construisent la batterie sous cet abri.

La longueur de l'épaulement d'une batterie dépend de sa composition en bouches à feu : l'objet de chaque batterie étant de prendre en rouage par des ricochets les pièces d'artillerie des remparts, d'y tourmenter et contrarier les manœuvres, comme aussi d'inquiéter l'assiégé dans les chemins couverts, dans les fossés, etc., on compose une batterie ainsi qu'il suit : 1°. on met 2 ou 3 pièces de siége de 12 ou de 16 intérieurement à la ligne couvrante pour ricocher sur le terre-plein; 2°. on place 2 mortiers extérieurement à la ligne magistrale pour tirer dans les fossés; 3°. on met 2 obusiers à grande portée intérieurement au prolongement de la crête du glacis pour tirer à ricochets dans les chemins couverts et y briser les palissades, les barrières, etc. Le front d'une telle batterie sera de 45 à 50 mètres.

Lorsqu'on peut élever les plates-formes des canons de 7 à 8 décimètres au dessus du terrain naturel, le tir en est meilleur, mais aussi la construction est plus longue et plus périlleuse : pour l'ordinaire les plates-formes des canons s'établissent sur le terrain naturel, ainsi que celles des obusiers; mais le sol des plates-formes des mortiers est toujours placé plus bas que le terrain naturel, ce qui fait avancer l'ouvrage plus rapidement. Lorsque les batteries sont placées à la distance de la première parallèle et que le tir est par conséquent très-allongé, on peut enfoncer les plates-formes sous le terrain naturel d'une quantité égale à la hauteur de la genouillère : dans la construction d'un semblable profil, le terrain naturel fait le fond de l'embrasure et on commence le revêtement des joues en saucissons en même tems que le déblai : comme dans ce cas les terres du remblai du coffre se prennent en dehors et en dedans de la batterie, la construction est plus rapide et moins périlleuse. Ce sont les localités et la puissance des feux de la place qui décident l'officier d'artillerie sur l'espèce de profil qu'il doit adopter.

On se rappellera ici tout ce que nous avons dit sur les batteries dans la seconde partie, chapitre VI (84, 85 et 86); et pour tous les détails importans qui regardent la quantité et les dimensions des objets nécessaires à la construction des batteries, le nombre des travailleurs et l'ordre du travail, nous renvoyons aux excellens renseignemens qu'on trouve dans l'Aide-mémoire du général G.; ouvrage précieux que l'officier d'artillerie et l'officier du génie doivent avoir sans cesse dans les mains.

L'expérience a fait constamment voir qu'un travail de 40 heures suffisoit pour construire une batterie à ricochets : ainsi la seconde nuit on trace et on pousse avec vivacité le remblai de l'épaulement ou du coffre; le second jour on travaille au revêtement des merlons, des genouillères, etc., et on prépare tous les bois des plates-formes; la troisième nuit toutes les plates-formes seront presqu'achevées, les pièces d'artillerie seront conduites à toutes les batteries, et les magasins à poudre seront construits; dans la matinée du troisième jour, les plates-formes seront perfectionnées, les munitions seront transportées, les batteries seront armées et les embrasures démasquées. A midi il sera donné un signal pour faire feu de toutes les batteries sur les défenses de la place : comme le tir à ricochets s'exécute avec de petites charges, qu'il faut tâtonner jusqu'à ce qu'on apperçoive le boulet ou l'obus raser la crête du parapet et plonger dans le terre-plein en décrivant la branche descendante de sa trajectoire, il faut commencer à tirer de jour pour régler les charges et fixer les directions du tir sur les plates-formes : il faut de plus que toutes les batteries soient démasquées à-la-fois, afin que l'assiégé soit forcé de diviser son feu sur chacune d'elles et ne puisse pas le réunir contre une seule : sans ces précautions le premier feu seroit peu efficace et presque de nul effet; et ceci donneroit de la confiance à l'assiégé qu'il faut étonner et intimider dès le commencement de l'action. C'est ce qui arriva au siège d'Ath, où Vauban fit démasquer a-la-fois toutes les batteries à ricochets et fit taire en quelques heures le feu de toutes les défenses de la place.

De la hauteur du sol des batteries; de leur construction; du tems nécessaire à leur établissement, et de l'époque où elles peuvent entrer en action.
(Voyez l'Aide - mémoire, pag. 630 et suiv.)

(V. la seconde partie, chap. VI, [84, 85 et 86].)

156. De la marche des tranchées en avant de la première parallèle ; des directions qu'elles doivent suivre; des cheminemens en zig-zags sur les capitales.

156. Pendant que les batteries s'exécutent, les officiers du génie s'occupent de déboucher de la première place d'armes pour cheminer et s'avancer vers la place. Comme ces cheminemens peuvent se faire sur différentes directions, il faut choisir les plus avantageuses, c'est-à-dire, celles qui conduisent aux saillans les plus avancés par la voie la plus courte, qui sont les plus faciles à tracer, le moins exposées aux feux de l'ennemi, et qui masquent le moins les batteries placées en arrière : or il est évident que la capitale d'un saillant est la seule ligne parmi celles qu'on peut mener de la place d'armes à l'ouvrage, qui remplisse ces conditions : 1°. elle est la plus courte; 2°. elle ne peut pas être défendue par la mousqueterie de l'ouvrage, à moins que l'angle ne soit obtus et qu'on ne biaise beaucoup les lignes de tir; et elle ne peut l'être par l'artillerie, que par une seule pièce placée dans le saillant ; 3°. les masses de terre élevées sur les capitales, et qui n'ont à droite et à gauche qu'une certaine étendue, ne sont point traversées par la projection horisontale des lignes de tir des batteries, soit directes et à plein fouet, soit à ricochets, à moins cependant qu'on ne soit très-près des saillans : le relief de ces masses de terre ne masque donc jamais le feu des batteries : les capitales sont donc en général les directions les plus favorables au cheminement des tranchées.

De la forme d'un cheminement sur une capitale ; du cheminement en zig-zags.

La manière la plus simple de cheminer sur une capitale, seroit de faire la tranchée en ligne droite, en se couvrant sur chaque flanc par un parapet : la tranchée seroit alors comme une sape pleine double, dans laquelle on se couvriroit de front par des traverses simples ou en tambour sur lesquelles on feroit des gabionnades dont le relief défileroit la partie de la tranchée en arrière, etc. Il faudroit bien employer cette méthode de cheminement si l'on ne pouvoit faire autrement ; mais il est évident qu'elle est vicieuse et son exécution lente et périlleuse : le front étroit de la tranchée seroit toujours à découvert; il seroit battu de toutes parts, et la tranchée seroit enfilée et exposée aux ricochets continuels des boulets, des bombes et des obus. Pour se procurer une forme de cheminement plus avantageuse et plus expéditive, on a imaginé, dès la naissance de l'art, d'attaquer les places modernes, de s'avancer vers les saillans par un dispositif de tranchées dont toutes les parties sont défilées des saillans les plus avancés ; or, ce que nous avons dit sur le défilement (104) démontre que la forme d'un pareil cheminement est une disposition de *boyaux en zig-zags* : chaque boyau traverse la capitale et s'en éloigne de 30 à 50 mètres au plus; son prolongement passe à la distance de 30 à 40 mètres du saillant collatéral le plus avancé ; et par cette direction chaque boyau se trouve défilé et la tête plus avancée vers le saillant qu'on veut atteindre : cet avancement est en raison de l'angle plus ou moins aigu que chaque boyau fait avec la capitale ; et cet angle dépend de la position des parties collatérales de la fortification dont il faut se défiler : plus on est loin de la place, plus les angles que les boyaux font avec la capitale sont aigus. Mais à mesure qu'on avance, ces angles augmentent, et lorsqu'on est parvenu à 60 ou 80 mètres des saillans, il n'est plus possible de cheminer en zig-zags, et il faut prendre la marche directe ou debout dont nous venons de parler.

Le débouché de chaque boyau en zig-zag vers la place se couvre en prolongeant en arrière le boyau suivant de 4 ou 5 mètres : ces retours facilitent aussi la communication.

On trace les boyaux de communication ou les cheminemens à partir de la première parallèle, en traçant le projet sur le plan directeur, et en le rapportant de nuit sur le terrain.

De la manière de tracer les boyaux de communication sur le plan directeur et sur le terrain.

Supposons qu'il s'agisse du cheminement sur la capitale de la demi-lune du front d'attaque ; on prend le point b de départ à 30 ou 40 mètres de la capitale, et on trace la direction défilée bm sur laquelle on fixe la longueur bc du premier boyau : du point c on trace la ligne défilée cn, sur laquelle on prend cd pour la longueur du second boyau : enfin du point d on trace la ligne défilée do sur laquelle on prend de pour la longueur du troisième boyau dont la tête se trouve à la distance d'environ 300 mètres de la place où il faut établir la seconde place d'armes.

Pour rapporter sur le terrain le tracé fait sur le plan directeur, et dont l'officier du génie prend un croquis coté avec exactitude, il y a deux moyens qu'il faut toujours employer ensemble si l'on veut arriver à un résultat certain : le premier consiste à tâcher d'appercevoir pendant la nuit, en se baissant jusqu'à terre, les saillans les plus avancés, et à diriger les boyaux tracés à la fascine ou au gabion, en dehors de ces saillans : mais il est plus sûr de faire avancer à nuit tombante, quelques pelotons de grenadiers qui se couchent ventre à terre, pendant que l'officier du génie va planter les piquets c, d, e, qui marquent l'extrémité des boyaux qu'on doit exécuter pendant la nuit : cet officier fait coucher des sous-officiers de sapeurs auprès des piquets. Au moment du tracé, ces sous-officiers se lèvent et servent de point de mire pour placer les fascines ou les gabions et les travailleurs. La seconde manière consiste à prendre sur le plan directeur la longueur des boyaux et à faire une pelotte avec des ficelles de même longueur ; à mesurer aussi sur la capitale les longueurs ax, xy, yz, etc. : avec ces renseignemens on va, à la nuit, planter les piquets x, y, z, etc. et le piquet de départ b. On attache la première ficelle au piquet b, et la faisant passer par le piquet x, son autre extrémité donne le point c : ce point c sera facilement mis dans l'alignement bx, ou parce qu'il sera aisé, même dans une nuit obscure, de jalonner la ligne bx, ou par le moyen de deux lanternes sourdes placées en x et en c. En se rappelant les longueurs des boyaux et la quantité dont ils dépassent la capitale, on pourra se passer de f celles dont l'usage peut paroître impraticable. L'emploi de cette méthode ne doit pas empêcher l'ingénieur de vérifier si les directions des boyaux passent en dehors des saillans qu'il faut tâcher de reconnoître malgré l'obscurité.

Pendant les seconde, troisième, quatrième et cinquième nuits, les batteries à ricochets et directes seront exécutées et tireront sur toutes les défenses du front d'attaque, etc. : dès la seconde nuit, les ingénieurs déboucheront de la première parallèle pour tracer à la fascine et exécuter les premiers boyaux de communication sur les capitales des deux bastions ; ces deux cheminemens suffiront pour le moment : on débouchera aussi des deux extrémités V de la

Progrès des attaques. Suite du journal des attaques ; travaux des seconde, troisième, quatrième et cinquième nuits.

parallèle pour commencer la grande communication Vu qui doit lier la première à la seconde place d'armes : ces deux communications des ailes seront profilées comme la première parallèle avec banquette, pour faire feu. Comme les batteries tirent depuis le troisième jour, il sera possible, pendant la quatrième et la cinquième nuits, de s'avancer plus rapidement et d'exécuter pendant la cinquième les extrémités u des derniers boyaux qui placent l'assiégeant à 300 mètres des saillans au plus : il faut que la distance aux saillans du chemin couvert soit moindre que la distance à la première parallèle, afin que si l'assiégé sort pour tomber sur les têtes u des cheminemens, les grenadiers qui partent de la première parallèle y soient plutôt arrivés que lui.

137. Dans le tracé et la construction de la première parallèle on a pu couvrir et assurer l'opération par un dispositif de troupes : mais cette manœuvre ne pouvant pas se répéter complettement, lorsqu'on est arrivé aux points où les feux de mousqueterie sont efficaces, il faut alors que tous les cheminemens et autres travaux soient protégés par les dispositions en arrière : cette réflexion fait voir que les têtes des cheminemens doivent s'arrêter lorsque la protection des travaux en arrière cesse d'être efficace ; c'est-à-dire, lorsque l'ennemi peut tomber sur les têtes des tranchées avant l'arrivée des troupes de la parallèle en arrière. Il suit de là que lorsque les têtes de cheminemens sont arrivées à 300 mètres de la première parallèle, il est nécessaire d'établir une seconde place d'armes pour protéger les travaux ultérieurs.

Les communications entre la première et la seconde parallèle consistent entre 3 ou 4 boyaux tracés à la fascine : il sera peut-être possible de faire les amorces de la seconde parallèle dès la cinquième nuit : ces amorces seront tracées au gabion, c'est-à-dire, à la sape volante : elles seront très-avantageuses pour y placer des pelotons de grenadiers, etc.

Lorsqu'on trace et construit les derniers boyaux de communication pour atteindre l'emplacement de la seconde parallèle, les sorties des assiégés deviennent fréquentes et dangereuses : pour les repousser on place en tête et sur les flancs du tracé, des détachemens de grenadiers qui se couchent ventre à terre et contiennent les sorties en attendant que les troupes de la parallèle soient arrivées : aussitôt que les sorties se présentent, les ingénieurs font retirer paisiblement les travailleurs pour démasquer le feu de la parallèle : pendant cette manœuvre, la cavalerie C tourne les tranchées et arrive au galop pour prendre en flanc la sortie et lui couper retraite ; les troupes de la parallèle en sortent en même tems au pas de charge et attaquent la sortie de front et à l'arme blanche, etc. : lorsque ces manœuvres sont habilement exécutées, l'assiégé parvient rarement à endommager les travaux.

On voit que 5 jours sont rigoureusement nécessaires pour atteindre l'emplacement de la seconde parallèle : si les sorties sont vigoureuses et que quelques batteries à ricochets n'aient pas pu être établies dès la première parallèle, les travaux que nous venons de décrire ne seront peut-être perfectionnés qu'au bout du sixième et même du septième jour : mais il est impossible que l'assiégé rallentisse davantage la marche de l'assiégeant, qui, de jour en jour, va devenir plus impérieuse.

Dans les siéges importans, qui peuvent durer un mois et au-delà, il est convenable de construire au centre des attaques, derrière la première parallèle, une redoute qu'on peut nommer *redoute théorique* ; on peut lui donner 3o mètres de face : sur son terre-plein, on construit un logement blindé à l'épreuve, pour y renfermer les plans, les instrumens, les pots-entête, etc., des officiers du génie et d'artillerie : ces officiers y travaillent journellement pour faire les projets des attaques, rapporter les levés des ouvrages exécutés et pour faire les toisés et les décomptes des travailleurs : enfin, c'est dans cette redoute que les officiers généraux de jour se rendent pour donner les ordres et établir le concert qui doit régner entre toutes les armes.

La sixième nuit, les ingénieurs, après avoir reconnu les points d'intersections de la seconde parallèle avec les capitales, en font le tracé à la sape volante le plus correctement qu'il est possible.

L'ordre à observer dans le tracé et la construction de cette parallèle est à-peu-près le même que pour la première place d'armes ; seulement les travailleurs portent chacun un gabion qu'ils donnent de la main à la main à l'officier du génie ou au sous-officier de sapeurs qui trace sous ses ordres, afin qu'ils les placent jointifs sur la direction que doit avoir la parallèle (133) : les brigades de travailleurs vont à la rencontre les uns des autres, raccordent et rectifient les portions du tracé fait pendant la nuit : aussitôt que la parallèle est tracée et rectifiée, les travailleurs se lèvent et remplissent les gabions avec la plus grande activité ; deux gabions sont affectés à deux hommes, l'un fouille et l'autre jette la terre.

Afin que l'assiégé ne trouble pas l'opération par des sorties toujours dangereuses à cette distance, on couvre le tracé et sur-tout les ailes de la parallèle par des détachemens de grenadiers qui se portent à 5o pas de la parallèle et se couchent ventre à terre : ces détachemens doivent tenir tête aux sorties, les charger vigoureusement et donner le tems aux troupes placées dans les boyaux de communication d'arriver et de se joindre à eux pour faire rentrer l'ennemi dans le chemin couvert.

Lorsqu'on a pu établir, dès la première parallèle, les batteries des ailes qui ricochent les faces des demi-lunes et autres ouvrages collatéraux, on a soin que le prolongement des ailes de la seconde parallèle soit tel qu'il ne masque pas le tir de ces batteries ; mais si le tracé de ces mêmes batteries a été retardé jusqu'à la seconde parallèle, il faut qu'elle embrasse les prolongemens des faces de tous les ouvrages collatéraux qui influencent les attaques : son développement, dans le premier cas, sera d'environ 1800 mètres, et dans le second, de 2400 mètres : ce développement fait voir qu'il faudra pour ce tracé environ 4500 gabions et 2400 travailleurs : les flancs des attaques étant très-exposés à être insultés par les sorties qui partent des parties collatérales, on termine les ailes de la parallèle par deux redoutes pentagonales qu'on trace comme la parallèle à la sape volante : ces redoutes sont armées chacune de 5 à 6 pièces de petit calibre qui tirent à cartouches pour balayer les approches des flancs.

A la pointe du jour, la parallèle sera en état de recevoir des pelotons de grenadiers, et les travailleurs seront relevés par de nouveaux travailleurs dont chacun portera deux fascines pour couronner les gabions : si, pendant la nuit, on n'avoit pu achever quelques parties du tracé de la parallèle, elles seront faites à la sape pleine : pendant le cinquième jour, on fera le couronnement en fascines et on profilera la tranchée.

Les dimensions de la seconde parallèle sont les mêmes que celles de la première, à l'exception de la largeur du fond qui est de 23 à 25 décimètres; ce qui donne un remblai plus considérable pour augmenter l'épaisseur du parapet.

Lorsque toutes les batteries à ricochets n'ont pu être établies dès la première parallèle et lorsqu'il est nécessaire de les rapprocher pour en obtenir de plus grands effets, on s'occupe de ce travail important aussitôt que la seconde parallèle a pris de la consistance.

On peut faire occuper à ces nouvelles batteries trois positions différentes par rapport à la place d'armes ; on peut les construire dans la parallèle même, ou les porter en avant, ou les placer en arrière : ce sont les circonstances et les localités qui décident les officiers d'artillerie et du génie sur le choix de ces emplacemens.

Si les batteries à ricochets sont mises dans la parallèle, leur exécution sera plus prompte et moins périlleuse, mais elles gêneront beaucoup les manœuvres ; en les portant en avant, leur tir est moins allongé et moins efficace, leur tracé est retardé d'un jour et leur construction est plus exposée aux feux et aux insultes de l'assiégé ; enfin si on les met en arrière de la parallèle, il faudra les en éloigner assez pour que leur tir ne soit pas masqué par cette parallèle, et cela ne pourra avoir lieu que dans un terrain irrégulier qui offrira quelque position avantageuse : en général le meilleur emplacement de ces secondes batteries est un peu en avant de la seconde parallèle ou dans la parallèle même, de façon que leur tir ne gêne pas les cheminemens.

Pendant les septième et huitième nuits, on trace et on construit les nouvelles batteries ; on achève et on arme les redoutes des ailes de la parallèle ; on achève aussi les deux grandes communications qui lient les deux parallèles. Dans la matinée du huitième jour, les batteries seront armées et feront feu sur les défenses.

Le 7 au soir, les officiers du génie conduiront les escouades de sapeurs dans la seconde parallèle et déboucheront à la sape pleine sur les cinq capitales à-la-fois. Ce cheminement se fera régulièrement nuit et jour à la sape pleine (133) en zig-zags défilés des saillans ; mais dans tous les instans favorables, les officiers du génie, pour accélérer le travail, traceront à la sape volante, sous la protection des nouvelles batteries, les cheminemens qui, au huitième jour, atteindront par deux ou trois zig-zags les points des capitales distans des saillans de 120 à 130 mètres à-peu-près.

Les cheminemens en avant de la seconde parallèle ne peuvent plus être protégés par des pelotons de grenadiers placés ventre à terre à la tête et sur les flancs des tracés; les troupes restent dans la seconde parallèle et dans les boyaux à mesure qu'ils sont perfectionnés; elles n'en sortent que pour repousser les sorties lorsqu'elles se présentent et couvrir les travailleurs. Il suit de là que lorsque les têtes des cheminemens sont parvenues à la distance de 120 à 130 mètres des saillans, elles ne reçoivent plus de la parallèle une protection assez immédiate pour n'être pas insultées avant que les troupes soient arrivées pour couvrir les sapeurs : il est donc nécessaire de soutenir les cheminemens par *des demi-places d'armes* occupées par des grenadiers et où l'on dépose les matériaux des tranchées ultérieures. Les demi-places d'armes doivent embrasser les prolongemens des branches du chemin couvert et contenir les prolongemens des flancs des bastions.

Des demi-places d'armes ; de leur nécessité et de leurs propriétés; de leur emplacement et de leur développement.

Les extrémités des demi-places d'armes sont armées de batteries d'obusiers et de mortiers qui ricochent les branches du chemin couvert et les flancs des bastions.

Des batteries d'obusiers et de mortiers dont on arme les extrémités des demi-places d'armes.

La neuvième nuit, on tracera les demi-places d'armes à la sape volante ou à la sape pleine ; on continuera les cheminemens en zig-zags sur les capitales des demi-lunes collatérales jusqu'à la distance de 100 mètres des saillans et on fera une amorce de parallèle dont on retournera l'extrémité vers la redoute de l'aile de la seconde parallèle afin de s'en flanquer : au jour, on perfectionnera le travail ; on fera les batteries d'obusiers qui seront dans le cas de tirer le lendemain matin ; on continuera les cheminemens en boyaux raccourcis et défilés jusqu'à la distance de 80 mètres des saillans ; à nuit tombante, on amorcera la troisième parallèle sur les trois capitales du centre.

Suite du journal des attaques. Travail de la neuvième nuit et du neuvième jour.

Le 9 au soir, tout sera disposé pour exécuter, pendant la dixième nuit et le dixième jour, le tracé de la troisième parallèle; les matériaux seront transportés dans les demi-places d'armes et dans les boyaux ; les demi-places d'armes seront garnies de grenadiers ainsi que les ailes de la seconde parallèle et les amorces des ailes de la troisième qui ont été augmentées pendant le neuvième jour ; enfin deux corps de cavalerie se tiennent sur les flancs et vont se placer, pendant la nuit, derrière les ailes de la seconde parallèle pour prendre en flanc les corps ennemis qui tenteroient de pénétrer entre la seconde et la troisième parallèle : pendant cette nuit, les escouades de sapeurs seront renouvellées toutes les heures afin que le travail soit exécuté avec la plus grande activité : il faudra 8 escouades qui marcheront à la rencontre les unes des autres et qui, au jour, auront tracé 600 mètres d'ouvrage; c'est-à-dire, au moins la moitié de la parallèle : l'ouvrage se continuera pendant le dixième jour ; et le soir, tout le tracé de la parallèle sera terminé.

De la troisième parallèle et de son tracé.

Suite du journal des attaques. Travail de la dixième nuit et du dixième jour; des manœuvres de l'assiégeant pour établir la troisième parallèle au pied des glacis.

Travail de la onzième
nuit et du onzième jour.

Enfin, la onzième nuit et le onzième jour, l'assiégeant confectionnera la parallèle et la disposera sous le point de vue de ses opérations ultérieures. Il est évident que le tracé de la parallèle sera fait à la sape pleine dans 24 heures : puisque chaque brigade de sapeurs fera 160 mètres de sape dans cet intervalle de tems. Il est même possible, si la défense n'est pas active et si le feu de la place permet de tracer pendant la nuit à la sape volante, de terminer la parallèle le dixième jour au soir.

SECONDE PÉRIODE DE LA DÉFENSE.

De la conduite du gouverneur pendant la seconde période du siége.

138. De la conduite
du gouverneur de la
place depuis l'ouverture
de la tranchée jusqu'à
l'établissement de la
troisième parallèle.

138. Dès que le gouverneur de la place voit arriver le moment de l'ouverture de la tranchée, il doit se tenir sur ses gardes, avoir des postes embusqués qui surprennent ou éloignent tout ce qui approche de la place : pendant les trois premières heures de chaque nuit il éclaire tout le pourtour de la place, à la distance de 600 mètres, en jettant avec des mortiers des balles ardentes ou pots à feu qui font appercevoir si l'ennemi travaille sur les fronts qu'il conjecture devoir être attaqués. Un gouverneur intelligent et qui connoît les propriétés de sa place et les rapports de force des différens fronts, a bien des moyens pour découvrir les fronts que l'assiégeant choisira : mais la connoissance du moment de l'ouverture de la tranchée est plus incertaine et plus difficile à se procurer.

De la disposition de
l'artillerie de la place,
relative à l'ouverture de
la tranchée.

Outre les pièces disposées sur tous les ouvrages pour tirer à barbette, il faut donner à l'artillerie en général une disposition relative à l'ouverture de la tranchée ; il faut conduire sur les fronts et dans les chemins couverts des parties susceptibles d'être attaquées, toute l'artillerie disponible ; les petites pièces et les obusiers seront placés dans les chemins couverts pour tirer à ricochets par dessus les palissades ; de même les grosses pièces qu'on voudra tirer à ricochets, seront placées sur les terre-pleins en arrière des parapets, pour que le boulet ou la bombe passe par dessus.

Des manœuvres de
l'assiégé au moment de
l'ouverture de la tran-
chée ; de ses sorties hors
de la place, etc.

Aussitôt qu'on s'appercevra, à la lueur des balles ardentes, que l'assiégeant manœuvre et travaille à s'établir sur quelque point, on y dirigera le feu le plus vif en tirant de toutes parts à plein fouet et à ricochets : des officiers du génie iront avec des patrouilles soutenues par des détachemens, recon- noître de près si les dispositions de l'ennemi sont réelles ; et lorsqu'on sera assuré que l'assiégeant ouvre la tranchée, on fera de nouveau le feu le plus vif et le mieux dirigé : on fera sortir les flancs du travail, de l'artillerie légère avec des obusiers, soutenue par de l'infanterie et de la cavalerie, pour prendre en flanc et écharper les troupes qui couvrent le tracé, et mettre le désordre parmi les travailleurs. Les deux tiers de la garnison seront sous les armes et employés à faire une vigoureuse sortie qui pourra avoir le plus grand succès : après avoir fatigué l'assiégeant par un feu de deux heures, la cavalerie et l'artillerie à cheval, soutenues par un corps d'infanterie légère, déboucheront des parties collatérales et se dirigeront sur les flancs du travail pour contenir et repousser la cavalerie ennemie ; au même instant, l'infanterie de bataille sortira des chemins couverts, flanquée par de l'artillerie légère et sans trop se compromettre, attaquera de front les corps ennemis qui couvrent le travail : après avoir fait essuyer à l'assiégeant plusieurs décharges de mousqueterie et d'artillerie tirant à mitraille, la cavalerie légère se glissera par les flancs et les intervalles, pour attaquer les travailleurs et les mettre en fuite en parcourant en fourrageurs tout le développement de la ligne. Si cette manœuvre est conduite avec l'audace et l'intelligence nécessaires à son succès, elle fera faire de grandes pertes à l'ennemi et réduira son travail de la nuit à peu de chose : aussitôt que la sortie sera rentrée dans les chemins couverts, le feu de la place reprendra toute son activité, ainsi que les batteries extérieures établies pour écharper les flancs de l'attaque : des manœuvres de cette espèce ne pourront se faire que pendant cette première nuit. Nous avons vu que l'assiégeant prend tellement ses mesures et a tant de forces à sa disposition, qu'on ne peut lutter avec lui et qu'on peut seulement retarder ses travaux et lui faire perdre du monde.

Une fois que la première parallèle est tracée et exécutée, l'assiégé ne doit plus agir que par son feu sur les travaux de l'assiégeant, et ce feu est réduit à celui des batteries. Les obusiers et les mortiers montés sur des affûts de canon, doivent être posés dans les places d'armes saillantes pour tirer à ricochets sur les capitales ; les gros mortiers occuperont les courtines du front d'attaque et des fronts adjacens ; leur tir sera dirigé tantôt sur un point, tantôt sur un autre ; toutes les pièces de gros calibre seront montées sur des affûts de place ou sur des barbettes construites sur les terrepleins des ouvrages du front d'attaque et des fronts adjacens : cette manière de faire agir l'artillerie est évidemment la plus avantageuse dans les premiers momens du siége.

Des manœuvres de l'assiégé après l'ouverture de la tranchée ; de la manière dont il doit user de son feu.

Le gouverneur fera dresser, par le commandant du génie, le *plan directeur de la défense*, sur lequel sera écrite la légende des ouvrages, etc. : les prolongemens des faces et des capitales des ouvrages du front d'attaque seront tracés sur ce plan général ; et tous les matins on y rapportera le levé des ouvrages construits pendant la nuit par l'assiégeant : outre ce plan général de la place et de ses environs, il sera fait sur une plus grande échelle le plan particulier des attaques qui ne contiendra que le front d'attaque et les ouvrages collatéraux qui ont des vues sur leur marche : c'est sur ce plan qu'on marquera avec exactitude les prolongemens des faces et des capitales, le dispositif des batteries, les changemens successifs qui y seront apportés, etc. ; on y dessinera avec exactitude l'ouverture de la tranchée ; la position exacte de tous les travaux de l'assiégeant, etc. ; enfin on y tracera le projet des nouveaux ouvrages qu'il convient d'entreprendre pour augmenter la valeur de la fortification.

Du plan directeur de la défense.

Aussitôt que le jour a permis de juger de la position et de l'étendue

2. 13

de la première parallèle, l'assiégé connoit, par le plan directeur de la défense, la position des batteries à ricochets que l'assiégeant est dans la nécessité d'établir; il dispose en conséquence toutes les bouches à feu de manière que chaque emplacement soit battu par le plus grand nombre possible de batteries à barbettes tirant a plein fouet et de batteries de mortiers et d'obusiers : c'est la seule époque où il faut faire agir sans relâche toute l'artillerie : il ne faut point ménager les munitions de guerre pendant les 36 heures que l'assiégeant mettra à construire ses batteries, soit directes, soit à ricochets : bientôt les circonstances changeront et il faudra user de l'artillerie et des munitions avec autant de précautions et de parcimonie qu'on doit avoir de prodigalité dans ce moment.

Dès l'époque de l'ouverture de la tranchée, l'assiégé doit pressentir la position critique où il se trouvera lorsque l'assiégeant aura construit ses batteries : il ne sera plus possible alors de faire usage du canon mis sur les affûts de place et les barbettes : il faudra mettre le canon dans des embrasures et le couvrir par des traverses et des parados construits avec des gabions de 15 décimètres de haut et de 10 de diamètre : chaque gabionnade est formée par deux étages de gabions dont le premier contient quatre rangs et le second en contient trois; les gabions sont liés entre eux par des fascines, etc. Les traverses et les parados placés sur les terre-pleins et adossés contre les batteries, arrêtent le boulet dans sa branche descendante et annullent une grande partie des ricochets. Les emplacemens où il faut construire des embrasures sont désignés par ceux des batteries de l'ennemi; il faudra les combattre de plusieurs points et sur-tout des parties collatérales et de celles que l'assiégeant ne pourra pas enfiler par des ricochets efficaces. On mettra la plus grande activité dans la construction des embrasures et des traverses, afin de changer le système défensif de l'artillerie aussitôt que l'assiégeant aura démasqué ses batteries : on lutteroit en vain et avec de grandes pertes contre l'artillerie assiégeante avec une artillerie presque découverte et prise en rouage. Comme dès la seconde nuit l'assiégeant débouche de la première parallèle pour cheminer en avant, il faut sans cesse battre de toutes parts, par des tirs de plein fouet, les têtes des boyaux, prolonger et croiser les capitales par les ricochets des mortiers et des obusiers placés dans les places d'armes saillantes : on obtiendra de grands effets, puisque le feu est encore intact et dirigé tout entier contre ces cheminemens.

Dès l'instant que le front d'attaque est déterminé, l'assiégé s'occupe de perfectionner la fortification : les parapets sont recoupés et répaissis, les banquettes formées, les plongées bien dressées, etc. ; les palissades, les fraises et les barrières du chemin couvert sont mises dans le meilleur état; les communications à travers les fossés consistant en caponnières, en ponts, etc., sont établies de la manière la plus avantageuse.

Si les demi-lunes et les bastions du front d'attaque ne sont pas retranchés, il faut travailler à ces retranchemens avec la plus grande activité : ces retranchemens seront construits en terre; ils seront fraisés, palissadés, etc.

Il faudra en revêtir l'escarpe en fascines ou saucissons et la contrescarpe en madriers soutenus par des pilots, etc. : il en sera de même des places d'armes rentrantes; si leur capacité le permet, on y fera un réduit en terre qui aura 10 à 12 décimètres de commandement au dessus de la crête du glacis : mais si les circonstances et la nature des ouvrages ne permettent pas de faire ces additions en terre, on y suppléera par des réduits ou tambours construits en fortes palissades jointives derrière lesquelles on élevera une banquette dont on fortifiera la hauteur d'appui par un placage de gazons ou de terre grasse pétrie avec de la paille hachée.

Lorsque les places d'armes rentrantes ont un réduit, l'escalier de leur gorge est parfaitement assuré et il n'y a aucune addition à y faire : on s'occupe alors uniquement de couvrir les escaliers des places d'armes rentrantes par des *tambours en charpente :* on en use de même à l'égard des places d'armes rentrantes lorsqu'elles ne sont pas susceptibles de contenir un réduit. Le tambour en charpente dont on arme les places d'armes rentrantes et saillantes est un redan construit avec de gros madriers de chêne de 20 centimètres d'épaisseur et de 40 décimètres de hauteur : on les plante debout et jointifs de manière qu'ils sortent hors de terre de 22 décimètres. On pratique dans les madriers des créneaux distans de 2 pieds ; et aux extrémités des faces du tambour et contre la contrescarpe on pratique des portes pour le passage des troupes. Le sommet du tambour est garni intérieurement d'un petit auvent de 20 décimètres de largeur pour garantir des grenades : cet auvent les fait glisser dans le fossé pour le tambour de la place d'arme saillante, et pour celui de la place d'armes rentrante dans un petit fossé creusé à l'à-plomb de son bord.

Lorsque la palissade ordinaire dont un chemin couvert est armé est regardée comme insuffisante pour protéger la retraite des troupes du chemin couvert et pour ôter à l'assiégeant l'espoir de l'emporter de vive force, l'assiégé peut armer son chemin couvert d'une *double palissade* plantée sur le terre-plein, laquelle se raccorde avec la palissade des traverses et forme un second retranchement : derrière cette palissade on forme une banquette et des gradins pour y monter ; et on renforce la hauteur d'appui par des fascines plantées debout contre les vides et par un placage de gazons ou de terre grasse, etc. : cette palissade contient des barrières simples placées extérieurement contre les traverses, pour la retraite des troupes.

Les avantages de cette double palissade ne compensent pas ses inconvéniens : 1°. elle gêne et embarrasse beaucoup les manœuvres et la circulation dans les chemins couverts ; 2°. elle y augmente et multiplie les éclats dangereux produits par les ricochets et les obus ; 3°. comme il faut la faire dès le commencement du siége, elle sera culbutée en grande partie lorsque l'attaque du chemin couvert aura lieu ; 4°. l'assiégeant, arrivé sur la crête du glacis, la plonge, la prend en enfilade et à revers pendant que les sapeurs la coupent à couvert des feux de la place ; 5°. enfin lorsque l'assiégeant est descendu de vive force dans le chemin couvert, la double palissade lui est plus utile qu'à l'assiégé : si les traverses intermédiaires laissent un passage

Des tambours en charpente dont on arme les places d'armes rentrantes et saillantes pour couvrir les pas de souris.

(Pl. IV, fig. 3.)

De la seconde palissade plantée sur le terre-plein du chemin couvert; de ses avantages et de ses défauts.

entre elles et la contrescarpe, la retraite de l'assiégé sera suffisamment assurée.

Des dispositions dans l'intérieur de la place. Nous avons fait connoître dans la première période de la défense toutes les précautions à prendre dans l'intérieur de la place : elles sont complettées lorsque le front d'attaque est connu par l'ouverture de la tranchée : des blindages sont promptement exécutés sur ce front d'attaque, ainsi que les magasins à poudre pour le service journalier ; les poudres et toutes les munitions de guerre et de bouche sont éloignées du front d'attaque et distribuées sur tous les points les moins exposés au feu de l'assiégeant ; on détermine les quartiers que la garnison doit occuper, et son service est réglé pour les travaux et les combats, de manière qu'elle puisse supporter les fatigues et les privations auxquelles elle va être condamnée ; enfin il faut sur-tout veiller à ce qu'elle habite, pendant les heures de repos, des lieux sains et à l'abri de la contagion.

Des ouvrages extérieurs que l'assiégé peut faire ; des flèches et des lignes de contre-approches. Non-seulement l'assiégé doit s'occuper des retranchemens intérieurs, des coupures, etc. qui peuvent augmenter la résistance des ouvrages permanens, mais il doit encore se porter à l'extérieur pour agir plus efficacement sur les approches de l'assiégeant et éloigner ses parallèles du corps de place : les deux espèces d'ouvrages qu'on construit pour obtenir ces résultats, se nomment *flèches* et *contre-approches* : les flèches se construisent à la queue des glacis et sur les capitales ; elles sont formées de deux faces d'environ 3o mètres de longueur dont les directions sont enfilées et flanquées par les faces des bastions et des demi-lunes : le tracé de ces flèches se fait avec des gabions dont on met deux ou trois rangs pour que la construction aille plus vîte : il faut fraiser ces flèches sur leur fossé, et palissader leur gorge pour obliger l'ennemi à les attaquer de vive force avant de faire le tracé de la troisième parallèle. Comme les flèches occupent les points les plus bas du glacis elles masqueront très-peu les feux de la place et gêneront beaucoup l'assiégeant dans le tracé de ses boyaux, qui devront en être défilés.

Les contre-approches sont des ouvrages lancés sur les flancs des attaques par le moyen desquels on peut enfiler les boyaux de l'assiégeant et les battre avec du canon tirant à mitraille et même avec des fusils de rempart. Une ligne de contre-approche débouche du chemin couvert suivant une direction défilée des tranchées de l'assiégeant, pour arriver à l'emplacement d'une batterie qu'on veut construire pendant la nuit ; elle se fait avec des gabions de 10 décimètres de hauteur, si l'on veut tirer à barbette ; et avec des gabions de cette dimension et de celle de 20 décimètres, si on veut que la batterie soit à embrasures et couverte sur son flanc par un épaulement : le boyau de communication, pour arriver à cette batterie, se construit comme une tranchée ; on le fait simple ou double selon qu'il faut se couvrir sur un ou sur deux flancs. Souvent la contre-approche ne consiste que dans un seul boyau que l'on garnit de fusiliers pour enfiler les tranchées. Aussitôt qu'une contre-approche n'est plus utile, elle est rasée et les matériaux en sont enlevés.

C'est une partie très-importante de la guerre des siéges que celle qui considère les manœuvres extérieures qu'une garnison doit faire pour rallentir les travaux de l'attaque : cette partie de la tactique générale est absolument négligée pendant la paix , et peu de gouverneurs se sont illustrés par là : on cite comme des exemples à suivre , les belles manœuvres de Chamilly au siége de Grave ; celles de Guébriant à Aire , etc. Un gouverneur qui pense qu'il doit toujours rester enfermé dans sa place et n'agir sur l'ennemi que par le feu des retranchemens , voit la fortification sous un point de vue trop rétréci ; il en néglige une des principales propriétés ; il ne nourrit pas dans sa garnison cette activité que donnent les actions offensives : enfin le gouverneur qui demeure toujours blotti dans ses ouvrages et ne sait pas , sous la protection de la fortification , manœuvrer assez habilement au-dehors , pour , sans se compromettre , désoler l'ennemi , raser ses travaux , etc. , ne se conduit pas en général ; il abandonne absolument la défense à l'officier d'artillerie et du génie.

Des sorties ou de la tactique relative à la défense extérieure d'une place assiégée.

La garnison française de Mayence et de Cassel , quoique assiégée par plus de 120 mille hommes , faisoit des sorties continuelles qui arrêtoient à chaque pas la marche des attaques. Toutes les armes se combinoeint pour attaquer les ennemis au-dehors , les repousser et raser leurs ouvrages : Chamilly , au siége de Grave , fit souvent combattre sa cavalerie sur les glacis. Mais que penser du dernier siége de Mantoue où 8 mille français ouvrirent la tranchée et parvinrent à établir les batteries de brèche devant une garnison de plus de 6 mille hommes qui ne tenta qu'une seule sortie où elle fut même repoussée ?

Les sorties doivent être dirigées d'après les principes généraux de l'attaque : or, les manœuvres que nous avons détaillées pour la forte sortie contre la première parallèle , font voir que tant que l'assiégeant n'a pas dépassé la seconde parallèle , il a pour lui l'avantage de la position et du nombre , et que , par conséquent , à cette distance , les sorties doivent être rares et faites avec de grandes forces et beaucoup de prudence : ce sont des combats où l'assiégé , cachant son ordre de bataille et la ligne des centres d'action , tâche de surprendre l'assiégeant , met en fuite les travailleurs , encloue les canons et rase une partie des travaux de l'attaque , etc. Rien n'est plus propre à enflammer le courage d'une garnison , que de lui faire faire quelque action d'éclat qui produise la conquête de quelques pièces d'artillerie ramenées en triomphe dans la place , et mises en batterie contre l'ennemi.

On a plus de moyens pour s'opposer à l'établissement de la seconde parallèle qu'à celui de la première , parce que sa position est connue , ainsi que le moment de son tracé : on répétera donc contre elle les mêmes manœuvres que celles que nous avons décrites , mais avec de plus grands avantages : comme la distance de la parallèle ne permet de la couvrir que par quelques pelotons de grenadiers qui souffriront beaucoup de la mousqueterie du chemin couvert , les troupes seront aisément culbutées par la sortie , et repoussées au-delà du tracé où l'assiégé se formera en bataille et

Des manœuvres et des sorties à l'époque du tracé de la seconde parallèle.

tiendra tête aux renforts, pour donner le tems aux travailleurs, conduits par les ingénieurs, de raser les sapes et principalement le tracé des redoutes des ailes : mais il en sera ici comme à la première place d'armes ; l'assiégé ne pourra retarder le tracé de la parallèle que de peu de tems, et bientôt il se verra presque réduit à l'action de ses feux.

De l'emploi des feux à l'époque de la seconde parallèle.

Quoique les premières batteries de l'assiégeant aient, à l'époque que nous considérons, éteint en grande partie les feux des batteries de l'assiégé, cependant il faudra qu'il tâche de remettre en batterie le plus de pièces qu'il lui sera possible pour agir contre le tracé des nouvelles batteries que l'assiégeant va établir pour avoir des feux plus efficaces : souvent en abandonnant les premières batteries il donne un moment de relâche, dont il faut profiter pour ranimer les feux de la place : les parties collatérales que l'assiégeant n'a pu ricocher et contre-battre doivent être armées d'une manière redoutable et ne cesser de tirer de plein fouet et à ricochets sur les attaques.

Si, à mesure que l'assiégeant fait des progrès, les feux d'artillerie de l'assiégé s'affoiblissent, d'un autre côté il acquiert une nouvelle force par les feux de mousqueterie dont le bon emploi, dès la seconde parallèle, peut forcer l'assiégeant à la tracer à la sape pleine. D'excellens tireurs, soutenus par le feu du chemin couvert, s'avancent sur les flancs des attaques pour écharper et enfiler les boyaux, etc. ; des pelotons de chasseurs sortent de nuit pour s'embusquer et tirer contre les travailleurs qui tracent à la sape volante; ils tombent sur eux à l'improviste et les mettent en fuite : pendant le jour, des fusiliers placés dans les saillans du chemin couvert tirent sans cesse sur les têtes des sapes ; et afin que le feu soit plus efficace pendant la nuit, on marque de jour les directions du tir avec des fourchettes de fer plantées en terre : un pareil feu, quoique rare, produit de plus grands effets qu'un feu roulant de chemin couvert que l'ennemi apprend bien vite à mépriser ; il le rend plus circonspect et plus timide.

Des sorties à l'époque des demi-places d'armes.

Après l'établissement de la seconde parallèle, les sorties prennent un caractère différent : avant cette époque les sorties ne peuvent obtenir aucun résultat ; l'ennemi, les observant et les voyant venir de loin, a le tems de se préparer à les recevoir et les repousse avant qu'elles aient pu atteindre les travaux : mais à l'époque du tracé des demi-places d'armes, l'assiégé est si proche des travaux de l'assiégeant qu'il doit les attaquer sans cesse par de petites sorties qui jettent l'épouvante parmi les travailleurs : comme l'ennemi s'accoutume bientôt à cette petite guerre, de tems à autre on fait des sorties réelles dans lesquelles on tâche de renverser les travaux, de les combler, d'enclouer les canons, etc.

Enfin à l'époque où l'assiégé va se voir cerné par une troisième parallèle, il doit redoubler d'efforts et d'activité : il faut qu'il examine avec soin les propriétés de la fortification dont les influences deviennent à chaque pas de l'assiégeant plus efficaces et plus immédiates : en effet, plus l'assiégeant avance, plus il éprouve de difficultés à se défiler ; les directions de ses boyaux font des angles presque droits avec les capitales, et par conséquent il chemine avec plus de lenteur, de circonspection et de dangers; sa marche doit par conséquent devenir plus industrieuse, etc.

SECTION III.

De l'attaque et de la défense pendant la troisième. période du siége.

TROISIÈME ET DERNIÈRE PÉRIODE DE L'ATTAQUE.

Description des travaux, des procédés et des man.œuvres de l'assiégeant depuis la troisième parallèle jusqu'à la reddition de la place.

139. Lorsque l'assiégeant a perfectionné la troisième parallèle, qu'il l'occupe en force et qu'il a couronné son parapet de créneaux en sacs de terre, il ne craint plus les sorties de l'assiégé, lequel est enveloppé de manière qu'il ne peut sortir de son chemin couvert ni arriver des parties collatérales sur les flancs des attaques : l'assiégeant s'occupe d'établir de nouvelles batteries qui feront un effet plus complet que celles qui sont en arrière dont le tir est devenu inquiétant pour les troupes qui sont dans la parallèle. Ces batteries, dans l'état de perfection où est parvenue l'artillerie, ont pour propriétés principales d'annuller en grande partie les feux de mousqueterie, de protéger le genre de cheminement auquel l'assiégeant se voit forcé, et d'inonder tellement de projectiles les défenses de l'assiégé qu'il y soit inquiété et tourmenté au point de ne pouvoir faire un grand usage de la mousqueterie. Il arme ces batteries de mortiers, d'obusiers et de pierriers; et lorsque la distance est trop grande pour faire usage du pierrier, il y supplée en chargeant le mortier avec des grenades pour en couvrir les places d'armes rentrantes et autres parties du chemin couvert.

139. Des batteries d'obusiers, de mortiers et de pierriers dont l'assiégeant se sert après avoir établi la troisième parallèle.

Les batteries de la troisième parallèle sont placées à-peu-près d'équerre sur les prolongemens des faces et des flancs des ouvrages et sur ceux des branches du chemin couvert, afin de les enfiler, de les ricocher et de culbuter toutes les batteries que l'assiégé chercheroit à conserver; et afin de ne pas masquer les débouchés et gêner les cheminemens sur les arêtes des glacis. Ces batteries peuvent être placées dans la parallèle, mais il est préférable de les porter un peu en avant pour leur donner une meilleure direction et pour qu'elles ne contrarient pas les manœuvres des troupes et les autres dispositions de l'attaque.

De l'emplacement des batteries.
(Planche IV, fig. 2.)

Dans le front d'attaque que nous considérons, il y aura quatre grands emplacemens B, B, B, B, à droite et à gauche des capitales, qui seront disposés en batteries : chaque batterie aura deux faces unies par une courbe;

sur chaque face on placera les obusiers et dans le milieu on mettra les mortiers ou les pierriers.

Suite du journal des attaques ; travail des douzième et treizième nuits.

Comme la construction de ces nouvelles batteries donnera du relâche à l'assiégé, ce moment lui sera favorable et il remettra une partie de son artillerie en activité : l'assiégeant ne pourra donc déboucher de la troisième parallèle que lorsque les nouvelles batteries seront entrées en action : elles pourront agir à la fin du treizième jour. Ce ne sera donc que la quatorzième nuit que l'assiégeant, sous la protection de ses batteries, pourra déboucher de la troisième parallèle.

140. Considérations générales sur la manière de conduire l'attaque à partir de la troisième parallèle.

140. Nous allons entrer dans quelques considérations générales sur la manière de conduire l'attaque à partir de la troisième parallèle : à cette époque, la force et l'ordonnance du front attaqué et la position de l'assiégeant, par rapport à l'assiégé, influent sur le choix des moyens qui peuvent faire arriver le plus rapidement au dénouement du siége.

De l'objet que se propose l'assiégeant à partir de la troisième parallèle.

L'assiégeant, lorsqu'il a consolidé sa parallèle et que ses batteries sont en pleine activité, a pour but de se rendre maître du chemin couvert pour prendre des vues sur les escarpes : cette opération est très-délicate et demande à être dirigée avec beaucoup d'adresse.

Du couronnement du chemin couvert, et des causes qui décident l'assiégeant dans le choix des moyens propres à l'effectuer.

On est maître du chemin couvert lorsqu'on est parvenu à le couronner par une tranchée sur laquelle l'assiégé ne peut pas entreprendre ; cette tranchée est garnie de traverses qui en défilent les différentes parties des feux plongeans des ouvrages principaux. Pour pouvoir effectuer ce couronnement, l'assiégeant considère que c'est à partir de la troisième parallèle qu'il met le pied sur le terrain de la fortification ; qu'alors commence la défense positive de la place, en raison de la bonne ou mauvaise ordonnance des ouvrages : il apprécie aussi la force et le courage de la garnison ; enfin une armée de secours qui menace l'armée d'observation, ou la mauvaise saison, peuvent le décider à faire des sacrifices et à tenter un coup de vigueur pour abréger le siége.

De l'attaque du chemin couvert de vive force ; des moyens préparatoires que l'opération exige.

Les motifs exposés déterminent quelquefois l'assiégeant à faire le couronnement du chemin couvert de vive force, c'est-à-dire, à la sape volante : ce procédé étoit toujours suivi avant Vauban ; mais ce célèbre ingénieur le fit abandonner pour l'attaque pied à pied : l'état actuel de la fortification et de l'artillerie, rend l'attaque de vive force plus facile que du tems de Vauban, et son succès est presqu'assuré. Cela tient aux vices de la fortification et à la grande puissance des feux d'artillerie qui sont tellement multipliés, qu'ils forcent l'assiégé à abandonner les défenses sans pouvoir résister : cependant, avec des précautions, l'assiégé peut rendre une attaque de vive force très-périlleuse et obliger l'ennemi à marcher pied à pied.

Lorsque l'assiégeant a résolu de couronner le chemin couvert de vive force, il se conduit en conséquence dès le tracé de la troisième parallèle : il la porte à 60 ou 70 mètres des saillans, en observant de lui donner une forme un peu convexe vis-à-vis les rentrans ; il approche le plus possible les batteries de ces mêmes rentrans, afin d'y placer des pierriers, de tirer sans cesse dans les places d'armes rentrantes et saillantes, et de les rendre inhabitables à l'assiégé; il dispose en *gradins* les portions de la parallèle qui sont à droite et à gauche des capitales, afin que les troupes d'élite qui doivent attaquer le chemin couvert puissent en déboucher avec facilité. Ces portions construites en gradins ont environ 12 mètres de longueur, pour qu'une compagnie puisse en sortir de front.

Aussitôt que la parallèle est achevée, ainsi que les batteries, on transporte sur le revers de la parallèle et dans les boyaux en arrière, tous les matériaux nécessaires pour faire le couronnement du chemin couvert : on commande les troupes qui doivent attaquer, ainsi que les travailleurs, à raison d'un par gabion. Toutes ces dispositions préparatoires étant terminées, les batteries feront pendant toute la journée du 13 un feu terrible sur toutes les défenses pour briser les palissades, les tambours en charpente, etc., et en chasser l'ennemi. A l'entrée de la nuit et lorsqu'il reste encore assez de jour pour conduire l'opération avec ordre et sans confusion, des pelotons de grenadiers sortent de la parallèle, s'avancent vers les saillans et inondent de grenades les places d'armes saillantes et les branches du chemin couvert; au même instant les troupes d'élite débouchent de la parallèle et attaquent brusquement le chemin couvert : des sapeurs, conduits par les officiers du génie, coupent la palissade et en facilitent l'entrée aux troupes : celles-ci poursuivent l'assiégé jusque dans les places d'armes rentrantes, et se développent dans tout le chemin couvert pour faire feu contre tout ce qui paroîtra sur les défenses : une partie de ces troupes profitera de tous les abris, tels que les défilés des traverses, les profils des passages de sortie et des premières gabionnades du couronnement, pour s'en couvrir et soutenir ceux qui restent à découvert.

Aussitôt que l'ennemi est repoussé et que l'attaque a réussi, les travailleurs sortent de la parallèle et vont couronner les saillans du chemin couvert : c'est-à-dire, que les ingénieurs tracent à la sape volante une tranchée à 6 mètres de la crête du glacis, en embrassant les angles saillans, et en s'étendant autant qu'ils le peuvent le long des branches du chemin couvert : à mesure que le tracé s'exécute, les travailleurs remplissent les gabions et se couvrent avec célérité. Comme ces logemens sur les saillans sont enfilés et pris en flanc par les défenses collatérales, on s'en défile par des traverses placées de distance à autre, et dont les défilés sont aussi couverts par d'autres traverses placées sur le revers de la tranchée, et alongées suffisamment pour servir de parados lorsqu'on est vu à revers. Les logemens ne sont, pour le moment, étendus qu'autant que cela est nécessaire pour enfiler et prendre à revers les palissademens du chemin couvert.

Pendant qu'on couronne ainsi les saillans, d'autres travailleurs tracent et exécutent les communications avec la troisième parallèle auxquels on donne la forme que nous décrirons dans un moment. Au bout de deux ou trois heures de travail, les logemens auront pris assez de consistance pour recevoir des troupes fraîches qui les soutiendront, pendant que les troupes d'élite se retireront peu-à-peu du chemin couvert.

Des manœuvres relatives à l'attaque du chemin couvert de vive force.

Pendant la nuit, on consolidera les logemens et tous les travaux tracés, et on achevera à la sape pleine les parties qui n'auront pu être faites à la sape volante : ces travaux seroient très-périlleux s'ils n'étoient soutenus par le feu actif de toutes les batteries : et c'est la raison pour laquelle il ne faut dans cette nuit étendre les logemens le long des branches, qu'un peu au-delà des traverses des places d'armes saillantes, sans quoi ils masqueroient le tir des batteries de mortiers, de pierriers et d'obusiers, dont il faut avant la nuit régler la direction : on aura soin de bien épauler les extrémités des logemens par des retours en fortes gabionnades.

Réflexion sur l'attaque du chemin couvert de vive force. Lorsque l'attaque du chemin couvert de vive force réussit, elle avance tellement les travaux, que la nuit suivante, c'est-à-dire la quinzième nuit, l'assiégeant se rendra maître de tout le chemin couvert. La description des manœuvres relatives à cette opération fait voir qu'elle est de nature à ne réussir que dans quelques circonstances particulières, et que l'assiégé est dans une position à la faire manquer, avec de grandes pertes du côté de l'assiégeant. L'attaque pied à pied est donc la seule de laquelle la théorie doit connoître, lorsqu'il s'agit de l'estimation de la durée probable du siège.

De l'attaque du chemin couvert pied à pied ou par industrie; des cheminemens à partir de la troisième parallèle. Poursuivons la marche régulière de l'attaque pied à pied, à partir de la troisième parallèle, et nous supposons celle-ci tracée à 180 mètres du saillant et sans altérations dans sa forme concave. Les cheminemens en avant de cette parallèle ne peuvent plus se faire par des boyaux défilés ; il faut recourir au cheminement direct sur les capitales ou sur d'autres directions moins exposées aux feux de flanc et de revers, et qui masquent moins les feux des batteries de la parallèle : les cheminemens seront tracés à la sape pleine double; les diverses parties seront défilées et couvertes des feux directs par des traverses tournantes ou en tambour que l'on surmontera d'une gabionnade pour leur donner un relief convenable.

Des débouchés de la troisième parallèle en portions circulaires ; de leurs propriétés. Au lieu de déboucher de la troisième parallèle directement sur les capitales, on a imaginé de le faire par des *portions circulaires* de 50 à 60 mètres de corde et de 25 de flèche à-peu-près : la convexité de ces portions circulaires est déterminée de manière qu'elles soient défilées des saillans; elles sont disposées en gradins et garnies de créneaux. Les propriétés des portions circulaires sont sensibles: 1°. par leur forme convexe elles procurent d'excellens feux croisés dans les rentrans, et se présentent de front aux branches du chemin couvert; 2°. elles reçoivent les pelotons de grenadiers qui repoussent les sorties et soutiennent les sapeurs; 3°. elles procurent un emplacement précieux pour déposer tous les matériaux des tranchées, etc.

Suite du journal des attaques ; travail de la quatorzième nuit et du quatorzième jour. Le 14 au soir, on débouchera de la troisième parallèle, pour tracer à la sape pleine les trois portions circulaires par des escouades de sapeurs qui vont à la rencontre les unes des autres : la nuit suffira pour tracer et ébaucher les portions circulaires; et pendant le jour, elles seront perfectionnées et en état de recevoir les troupes. Les portions circulaires porteront l'assiégeant à 45 ou 50 mètres des saillans.

Travail de la quinzième nuit et du quinzième jour. Le 15 au soir, on débouchera des portions circulaires pour marcher sur les trois capitales par des *sapes doubles et debout* : les pelotons de grenadiers garnissent les portions circulaires, et les batteries tirent sans cesse dans les ouvrages et les chemins couverts. Pendant cette nuit, il sera possible de faire 15 à 20 mètres d'ouvrage pour se porter à 30 mètres des saillans : les sapeurs couvrent les débouchés et le cheminement de cette nuit par une ou deux traverses en tambour; ils les exécutent en tournant à droite et à gauche autour d'un massif qu'ils couronnent d'une gabionnade pour lui donner le relief convenable. Pendant le quinzième jour, les travaux de la nuit seront perfectionnés, etc.

Lorsque les têtes des sapes sont arrivées à 30 mètres des saillans, elles ne sont plus suffisamment protégées par les portions circulaires; de plus, elles sont presqu'à la portée de la grenade, qui est de 26 mètres; elles en seroient prodigieusement incommodées si on ne prenoit pas le moyen d'empêcher l'assiégé d'inonder les tranchées de cette espèce de projectile. Pour remplir le double objet de protéger les cheminemens et de les mettre à l'abri de la grenade, il faut faire des demi-places d'armes qui embrassent les saillans, et chasser l'ennemi des places d'armes saillantes et des branches du chemin couvert : ce dernier résultat peut s'obtenir par deux voies différentes : 1°. en terminant les demi-places par des *cavaliers de tranchée* qui, par leur relief, plongent et enfilent les branches du chemin couvert; 2°. en armant les ailes de ces demi-places de *batteries de pierriers* qui rendent les chemins couverts inhabitables : les cavaliers de tranchée font partie de la théorie de Vauban, qui les a employés avec le plus grand succès; mais dans ces derniers tems on a vu qu'on pouvoit se dispenser de ce travail long et pénible, et y suppléer par des batteries de pierriers placées aux ailes des dernières demi-places d'armes, etc.

Le cavalier de tranchée est une haute gabionnade construite avec plusieurs étages de gabions, de la sommité de laquelle on plonge et on enfile une branche de chemin couvert : on fait des gradins intérieurs pour monter du fond de la tranchée sur la banquette, et on garnit le sommet du parapet de créneaux en sacs à terre. On couvre chaque cavalier de tranchée des feux des ouvrages collatéraux, par un *retour* de même hauteur que lui, et assez long pour servir de parados, s'il est nécessaire : on dispose le retour en banquettes, et on l'arme comme le cavalier, lorsque cela est utile.

Lorsque chaque branche circulaire des dernières demi-places d'armes a atteint le prolongement de la crête du glacis, on élève une perpendiculaire sur ce prolongement, laquelle indique la direction la plus avantageuse à donner au cavalier de tranchée; sa longueur doit être au moins de la largeur du chemin couvert : mais cette direction ne peut se prendre ainsi que lorsque l'angle saillant est aigu ou droit, et que les ouvrages collatéraux ne la prennent pas à revers : si le contraire avoit lieu, il faudroit tracer le cavalier à-peu-près parallélement à la crête du glacis, et de manière que le retour pût en bien défiler l'intérieur.

La figure 5 de la planche IV *bis* fait voir, mieux que le discours, comment on peut élever le cavalier et son épaulement; on arrange les gabions selon que le cavalier doit avoir deux, trois ou quatre gabions de hauteur : on met

De la situation de l'assiégeant lorsqu'il est à 30 mètres des saillans, c'est-à-dire, à la portée de la grenade; des dernières demi-places d'armes.

Des cavaliers de tranchée et des batteries de pierriers.

Description du cavalier de tranchée. (Planche IV *bis*, fig. 5.)

Du tracé des cavaliers de tranchée et de leur construction.

un, deux ou trois rangs de gabions dans le fond de la tranchée, lesquels on remplit de terre : sur cette base on met les couches successives de gabions nécessaires pour atteindre à la hauteur requise. Après que la masse est élevée on forme les gradins intérieurs et la hauteur d'appui; etc. Lorsque l'angle saillant autour duquel on tourne est très-obtus et fort débordé par les ouvrages collatéraux, il est souvent impossible d'élever les cavaliers de tranchée : il faut dans ce cas leur substituer des batteries de pierriers et de mortiers chargés de grenades.

La seizième nuit, les sapeurs arrivés à 5o mètres des saillans, quittent les cheminemens debout pour embrasser les saillans par les dernières demi-places d'armes, et tracer les cavaliers de tranchée. Ces travaux sont perfectionnés au jour, et les demi-parallèles sont garnies de grenadiers.

La dix-septième et la dix-huitième nuits seront consacrées : 1°. à élever les cavaliers de tranchée; 2°. à les unir par une quatrième parallèle si le rentrant est considérable et si la vigueur de la garnison oblige à prendre cette marche.

Lorsque l'ordonnance de la fortification et l'attitude de la garnison obligent à faire une quatrième parallèle, il faut remarquer que la durée probable du siége sera augmentée nécessairement : cette parallèle masquera par son relief le tir des batteries de la troisième parallèle, de sorte qu'il faudra nécessairement transporter ces batteries dans la quatrième parallèle ; opération qui demandera au moins deux jours, qui donnera du relâche à l'ennemi et de la facilité pour ranimer son feu. Dans cette marche de l'attaque il conviendra de cheminer sur la capitale du rentrant pour communiquer de la troisième à la quatrième parallèle.

Souvent on fait une quatrième parallèle dans la vue de faire le couronnement du chemin couvert de vive force : cette opération devient alors plus facile sous la protection des cavaliers de tranchée et des batteries de la quatrième parallèle, etc. Lorsque l'attaque du chemin couvert se fait de vive force, on dispose la quatrième parallèle en gradins, et on prend les précautions que nous avons décrites, etc.

Le 18, les feux des cavaliers de tranchée ou des batteries de pierriers étant en pleine activité, il sera possible de pousser en avant les cheminemens et d'atteindre les trois saillans du front d'attaque pendant la nuit du 19. Ces cheminemens peuvent se faire sur les capitales par des sapes doubles debout, comme précédemment ; mais il est préférable de déboucher à côté des cavaliers par des sapes simples qui se réunissent à 6 mètres des saillans, et renferment un massif trapézoïde qui couvre une partie de la dernière demi-place d'armes et sert d'emplacement pour déposer les matériaux des tranchées : les sapeurs dirigés sur chaque saillant, après s'être réunis, coulent parallèlement à la crête du glacis, et s'étendent le plus qu'il leur est possible, en se couvrant de traverses tournantes assez multipliées.

Pendant le dix-neuvième jour et la vingtième nuit, on embrassera les saillans de manière à découvrir, par les trouées des fossés, les escarpes et les flancs collatéraux; on appuiera les ailes du couronnement à de hauts et longs retours qui les couvriront des feux des ouvrages collatéraux : on pourra dépasser de beaucoup le saillant de la demi-lune, mais vis-à-vis des bastions ; le couronnement pourra à peine atteindre le prolongement de la magistrale.

Comme les logemens sur la crête du glacis sont enfilés et vus souvent de revers, on s'y couvre par des traverses tournantes suffisamment multipliées et couronnées par une gabionnade, et par des massifs placés vis-à-vis des défilés des traverses et assez alongés pour servir de parados.

Des traverses tournantes et des massifs placés sur le revers des tranchées pour couvrir les défilés des travaux et servir de parados.

Lorsqu'on ne lie pas les cavaliers de tranchée ou les ailes des dernières demi-places d'armes par une quatrième parallèle, on cerne la place d'armes rentrante par une *portion circulaire concave*, laquelle joint les saillans des bastions avec ceux du saillant de la demi-lune : au centre de cette portion circulaire on dispose une grande batterie de pierriers et de mortiers dirigée contre la place d'armes rentrante, contre la demi-lune et son réduit et contre les bastions : mais lorsqu'on fait une quatrième parallèle, on pousse le cheminement debout jusqu'au saillant pour couronner les faces de la place d'armes rentrante et joindre les autres parties du couronnement.

De la portion circulaire concave qui embrasse la place d'armes rentrante.

Aussitôt qu'on s'est saisi des saillans et des rentrans on peut tout de suite préparer une petite batterie d'un ou de deux obusiers de 6 po. pour tirer contre les tambours en charpente qui couvrent les pas de souris et pour les culbuter.

Des batteries d'obusiers de 6 pouces construites aux saillans et aux rentrans pour culbuter les tambours en charpente.

Pendant les vingt-unième et vingt-deuxième nuits, on fera les portions circulaires concaves ; on saisira le saillant de la place d'armes rentrante ; on achevera le couronnement de tout le chemin couvert ; enfin on fera les grandes batteries de pierriers et de mortiers.

Suite du journal des attaques ; travail des vingt-unième et vingt-deuxième nuits.

Dès le vingt-unième jour, on prépare les emplacemens des différentes batteries, etc.

141. Après que le couronnement du chemin couvert est effectué et consolidé, l'assiégeant se trouve dans une position offensive inquiétante pour l'assiégé : il a chassé ce dernier du chemin couvert et l'a forcé à se retirer dans les réduits des places d'armes rentrantes ; il découvre les escarpes de la demi-lune et celles des bastions. Par suite de cette position, l'assiégeant doit se proposer trois choses : 1°. de contre-battre les feux des flancs du corps de place qui enfilent les fossés ; 2°. de renverser les escarpes de la demi-lune et des bastions par des batteries de brèche ou par la mine ; 3°. de faire des communications propres à le conduire aux brèches pour donner des assauts aux ouvrages et se trouver corps à corps avec l'assiégé, etc.

141. De la position de l'assiégeant lorsqu'il a couronné le chemin couvert ; de l'objet qu'il se propose ; de la nature des travaux ultérieurs.

Les deux premières conditions seront remplies par des *contre-batteries* et par des *batteries de brèche* : les unes et les autres sont construites dans le couronnement vis-à-vis des objets qu'elles doivent battre : leurs terre-pleins sont couverts par des traverses assez hautes et assez longues pour parer des coups de flancs et de revers ; ils sont plus élevés que le fond de la tranchée placée derrière, afin de mieux découvrir et de plonger plus bas les escarpes.

Des contre-batteries et des batteries de brèche.

(Fig. 6.)

Lorsque le relief et le tracé de la fortification ne permettent pas de

Observations sur l'em-

placement des batteries
de brèche, et sur l'in-
clinaison de la ligne de
tir.

découvrir assez bas les revêtemens pour les battre en brèche de la crête
du glacis ; il faut nécessairement descendre les batteries de brèche dans le
chemin couvert où leur construction sera plus longue et plus périlleuse. Il
faut observer que la ligne de tir d'une batterie ne peut être inclinée sous
l'horisontale d'une quantité considérable ; l'angle de tir, sous l'horison, pour
les batteries de brèche qui tirent au maximum de charge, ne peut pas
excéder 7 degrés (*an. m.*).

De la construction
des batteries.

On se sert du parapet de la tranchée pour faire l'épaulement des batteries ;
leurs terre-pleins s'élèvent avec le déblai de la communication qui passe derrière ;
enfin les plates-formes, les embrasures, etc., se construisent comme pour
les batteries dont nous avons parlé (135).

Des descentes de fossé
et des passages de fossé.

On satisfait à la troisième condition au moyen de deux genres de communication qu'on nomme *descentes de fossé* et *passages de fossé*. On
distingue deux espèces de descentes de fossé ; les unes *à ciel ouvert* et les
autres *souterraines :* ces descentes sont des galeries qui partent d'un certain
point du glacis et vont par une pente douce déboucher au fond du fossé
vis-à-vis de la partie de la brèche par où on veut monter à l'assaut : lorsque
le fossé est plein d'eau, la descente débouche au niveau de l'eau.

De la pente que doi-
vent avoir les descentes
de fossé.

Lorsqu'on établit le sol des descentes sur une pente unie ou la règle à
raison de 6 à 8 centimètres par mètre, et lorsque cette pente est plus rapide,
on dispose le sol en *degrés :* mais cette disposition est incommode ; et
comme on est libre de faire l'ouverture de la descente où l'on veut, la
première manière est préférable.

De la manière de blin-
der les descentes de fos-
sé à ciel ouvert ; des-
cription de la blinde.
(Pl. IV, fig. 7.)

Comme l'ennemi jette une grande quantité de grenades, de pierres et
d'artifices dans les travaux, il est nécessaire de blinder les parties des descentes
qui sont à ciel ouvert : pour cet effet on couvre la galerie par des claies
et plusieurs couches de fascines qui sont supportées par un dispositif de
blindes. La *blinde* est un simple chassis composé de deux montans unis par
deux traverses ; les bouts des montans dépassent les traverses d'environ 3o
centimètres et sont aiguisés en pointe : les montans et les traverses équarrissent 18 sur 18 : le chassis a 22 décimètres de haut sur 12 de large.

La manière de disposer les blindes le long d'une descente de 20 décimètres
de large, est bien simple : on plante contre chaque profil de la descente
une file de blindes verticales que l'on espace de manière que l'intervalle
qui sépare deux blindes soit couvert par une autre blinde posée horisontalement et dont les angles intérieurs reçoivent les pointes des blindes verticales
dont elle fait la réunion : ce système, consolidé par des chevilles et des
tasseaux, supporte les claies et les fascines ; et le tout est recouvert de peaux
de bêtes fraîchement écorchées.

De la descente de
fossé en galerie souter-
raine ; de sa construc-
tion, etc.

Lorsque le fossé, au fond duquel on veut parvenir, est profond, on voit
que le déblai seroit énorme s'il falloit faire la descente à ciel ouvert : dans
ce cas, on éloigne plus ou moins le débouché de la galerie de la crête du
glacis ; et après avoir fait dans ce glacis l'ouverture de la descente et l'avoir
conduite à ciel ouvert autant qu'il aura été possible, on la conduit sous

terre en galerie de mineur en lui donnant 15 décimètres de largeur : cette construction est la même que celle des rameaux de mine dont il sera parlé dans la suite : on y emploie des chassis de 22 centimètres de haut sur 15 de large que l'on met tous d'équerre sur la direction de la galerie et à la distance de 10 décimètres les uns des autres : à mesure qu'on place les chassis on fait un coffrage en madriers qui soutiennent les terres latéralement et dans la partie supérieure.

Lorsque la descente de fossé est parvenue à la contrescarpe, on perce celle-ci pour entrer dans le fossé, et il est à propos de disposer ce débouché en une place d'armes spacieuse destinée à recevoir les matériaux du passage du fossé et à faciliter le débouché de la colonne qui doit donner l'assaut. Si on veut ouvrir et renverser la contrescarpe par un fourneau de mine, il faudra le faire jouer avant que la tête de la galerie n'ait atteint la contrescarpe.

De l'ouverture de la contrescarpe et du débouché de la descente dans le fossé disposé en place d'armes.

Il est quelquefois possible de se passer de descente et de parvenir à déboucher dans le fossé par un moyen plus expéditif : il consiste à faire une mine surchargée sous la banquette du chemin couvert ; on la calcule de manière à renverser la contrescarpe et à joindre ses débris à ceux de la brèche : l'effet de cette mine sera de produire un entonnoir dans lequel on descendra à la sape pour déboucher dans le fossé.

De la descente de fossé exécutée à la mine.

On entend par *passages de fossé*, les travaux qu'il faut faire au travers d'un fossé pour joindre la brèche d'un ouvrage et y donner l'assaut. Quelquefois, et par des circonstances particulières, on ne fait dans le fossé aucune disposition ; on fait déboucher les troupes de la place d'armes et on les fait monter à découvert sur la brèche et donner l'assaut : mais ce cas est rare ; et pour peu que l'ennemi fasse de résistance et que le flanc opposé puisse fournir des feux, l'attaque doit échouer avec de grandes pertes. Pour se conduire avec plus de méthode, il faut joindre le débouché de la contrescarpe à la brèche par un épaulement qui masque le feu du flanc opposé et le conduire jusqu'au haut de la brèche : alors on peut donner l'assaut et s'établir de vive force dans l'ouvrage.

Des passages de fossé.

Lorsqu'un fossé est sec, et qu'il y a de la terre dans le fond, son passage se construit à la sape : dans le cas contraire, l'épaulement se fait avec des sacs à terre qu'on fait passer aux sapeurs de main en main depuis l'ouverture de la descente : lorsque les sapeurs arrivent aux débris de la brèche, ils s'en servent pour faire l'épaulement., etc. : ainsi un passage de fossé sec n'est qu'une tranchée ordinaire exécutée à la sape pleine et à laquelle on donne un épaulement considérable, ou un épaulement construit avec des matériaux transportés depuis les portions circulaires.

Du passage d'un fossé sec.

Lorsqu'il s'agit de passer un fossé rempli d'une eau stagnante, la difficulté n'est guères plus grande que lorsque le fossé est sec : à partir du débouché de la contrescarpe, on jette un amas considérable de fascines chargées de pierres, de décombres, de terre, etc. ; chaque couche de fascines est lardée de petits piquets : à mesure qu'une partie du pont s'élève à fleur d'eau, on

Du passage d'un fossé rempli d'une eau stagnante.

fait un épaulement du côté du flanc. Ce travail se continue jusqu'à ce qu'on ait atteint la brèche sur laquelle on se loge à la sape pleine, etc. Lorsque l'épaulement est construit en fascines ou en sacs à laine, il faut le couvrir de peaux de bêtes fraîchement écorchées, afin que l'ennemi ne le brûle pas.

Les passages de fossé les plus difficiles à exécuter sont ceux où il existe des courans d'eau que l'assiégé produit à volonté par le jeu de ses écluses; où ceux qui sont remplis d'eaux stagnantes, mais que l'assiégé peut faire gonfler à volonté.

Dans le premier cas, le pont doit être construit de manière à résister aux courans que l'ennemi peut faire naître à chaque instant; et dans les deux cas il doit être flottant. Ce pont sera construit en fascines posées par couches successives liées entre elles par de petits piquets : après qu'on a posé trois ou quatre couches de fascinage, on place dans le sens de la longueur cinq ou six files de lougrines de 2 décimètres d'épaisseur, traversées de 12 en 12 décimètres par de grands fuseaux de 10 décimètres de long : ces fuseaux entrent dans les couches de fascines et consolident l'ouvrage : l'épaisseur du fascinage devra être assez considérable pour que le pont puisse supporter de la grosse artillerie et une colonne d'infanterie : à mesure que le pont se construit, on forme son épaulement aussi en fascines ou en sacs à laine.

A proportion que le travail avance on le soutient contre le courant par des ancres jettées en amont et par des pilots à arc-boutant enfoncés avec le mouton à main : ces deux espèces de soutiens doivent être employés à-la-fois, si le courant est considérable. Les bouts du cable de chaque ancre seront amarrés, l'un aux lougrines du bord d'amont, l'autre à la surface supérieure du pont, de façon qu'on pourra filer ces cables et donner à toute la masse du pont la faculté de suivre le niveau des eaux selon qu'il s'élevera ou s'abaissera. Au lieu d'un pont de fascines, on peut construire le long de la contrescarpe un *radeau* surmonté d'un épaulement : cette construction étant achevée, on lui fait faire un mouvement de conversion pour en conduire la tête vers la brèche et on la fixe au moyen des ancres et des pilots dont nous avons parlé. Enfin il y a des cas où il est possible de jetter dans peu d'instans, mais avec les précautions convenables, un pont sur *pontons* surmonté d'un parapet fait avec plusieurs rangs de gabions farcis de laine, de 22 décimètres de hauteur. C'est à l'ingénieur qui dirige les travaux à prendre le parti le plus convenable d'après les localités et la nature de la défense.

Nous venons de compléter la description détaillée de tous les travaux d'un siège, nous allons poursuivre sans interruption le journal des attaques du front bastionné que nous avons pris pour terme de comparaison.

Dès le 22, on a commencé les batteries de brèche contre les faces de la demi-lune et les contre-batteries contre les flancs du corps de place et contre les parties des faces des bastions qui enfilent les fossés de la demi-lune : ces dernières batteries seront armées de pièces de 24, afin qu'elles puissent battre en brèche après avoir contrebattu l'artillerie ennemie : la longueur des faces de la demi-lune permet toujours d'établir ces batteries dans le couronnement du chemin couvert : il suffira d'en exhausser un peu le sol, lorsque cela sera nécessaire. Mais lorsque les batteries de brèche contre les faces de la demi-lune ne plongeront pas assez bas, il faudra descendre dans les places d'armes saillantes et dans les branches du chemin couvert pour y construire les batteries.

Le 22, on tracera les ouvertures des descentes de fossé : pendant la vingt-troisième nuit, on perfectionnera les contre-batteries et les batteries de brèche ; on fera les ouvertures des descentes de fossé relatives aux bastions et à la demi-lune.

Le vingt-troisième jour et la vingt-quatrième nuit seront employés à achever tous ces travaux, à armer les batteries et à continuer les descentes de fossé.

Le vingt-quatrième jour, toutes les batteries seront achevées et armées ; les contre-batteries pourront tirer dès le matin ; mais les batteries de brèche ne pourront entrer en action que le 24 au soir ou le 25 au matin ; et même si on a été forcé de descendre dans le chemin couvert les batteries de brèche contre la demi-lune, leur construction ne pourra être achevée que dans la vingt-sixième nuit.

Pendant que les batteries et contre-batteries agissent contre les défenses, on continue les descentes de fossé et on fait avancer tous les matériaux pour le passage du fossé de la demi-lune.

La vingt-cinquième nuit, on débouchera dans le fossé de la demi-lune vis-à-vis de la brèche et on fera une place d'armes dans la contrescarpe : la vingt-sixième nuit sera employée à faire les passages des fossés de la demi-lune et à reconnoître la brèche, etc. : pendant le vingt-sixième jour, on achevera les passages de fossé et on rendra la brèche praticable en tirant sur son sommet beaucoup d'obus, etc.

Travaux des vingt-cinq et vingt-sixième nuits et du vingt-sixième jour.

Pendant le vingt-sixième jour et la vingt-septième nuit tout sera disposé pour donner l'assaut à la demi-lune : le 27, à la pointe du jour, les troupes d'attaque déboucheront des places d'armes de la contrescarpe, monteront avec vivacité sur la brèche, chasseront l'ennemi du saillant et le forceront à se retirer dans le réduit : durant cette attaque de vive force les ingénieurs suivis des sapeurs, traceront à la sape volante un logement autour de la contrescarpe et le joindront aux épaulemens des passages de fossé : à mesure que ce travail sera perfectionné, les troupes se retireront sous son abri, etc.

Assaut à la demi-lune le 27 au matin ; travaux de la vingt-septième nuit et du vingt-septième jour.

Pendant la vingt-huitième nuit, on étendra les logemens dans le terre-plein de la demi-lune jusqu'aux fossés des coupures ; on fera des fougasses pour renverser les contrescarpes des coupures de la demi-lune ; on coulera par des sapes le long et dans l'épaisseur des parapets pour prendre à revers les réduits des places d'armes rentrantes ; on continuera de battre en brèche les faces des bastions ; on cheminera dans les fossés de la demi-lune en zig-zags pour aller déboucher dans le fossé du corps de place ; on descendra par de larges coupures placées vis-à-vis des défilés des traverses, dans les

Travaux de la vingt-huitième nuit et du vingt-huitième jour.

places d'armes rentrantes ; enfin on couronnera la contrescarpe : pendant le vingt-huitième , jour on descendra par de larges coupures dans les fossés des réduits des places d'armes rentrantes et on attachera le mineur aux escarpes du réduit.

Travaux de la vingt-neuvième nuit et du vingt-neuvième jour ; assaut aux réduits des places d'armes rentrantes.

On travaillera aux batteries de brèche contre le réduit de la demi-lune avec la plus grande activité pendant la vingt-neuvième nuit ; on achevera les travaux de mine pour renverser les coupures de la demi-lune et les escarpes des réduits des places d'armes : au jour , on fera jouer les fourneaux , on donnera l'assaut aux réduits et on s'y établira ; on continuera toujours les descentes du fossé du corps de place , et on les dirigera convenablement pour déboucher vis-à-vis des brèches faites par les trouées des fossés de la demi-lune.

Travaux et progrès pendant les trentième et trente-unième nuits et le trente-unième jour.

Durant la trentième nuit , on achève les batteries de brèche contre le réduit de la demi-lune ; elles entreront en action à la pointe du jour ; on consolide les logemens dans les places d'armes rentrantes ; on pousse vivement les descentes de fossés du corps de place ; et des fossés des coupures de la demi-lune on , descend dans le fossé du réduit. Pendant la trente-unième nuit , on continue de battre en brèche le réduit de la demi-lune et on rend les brèches praticables ; on débouche dans le grand fossé et on travaille aux places d'armes de contrescarpe et aux épaulemens des passages de fossé. Le 51 , à la pointe du jour , il sera possible de donner l'assaut au réduit de la demi-lune et de s'établir dans son terre-plein pendant la journée.

Observation sur les brèches faites aux bastions par les trouées des fossés de la demi-lune.

Lorsque les batteries établies dans le couronnement de la place d'armes saillante de la demi-lune ne produisent pas des brèches assez étendues et de nature à faire réussir l'assaut , et qu'on prévoit que l'ennemi fera une grande résistance aux passages du fossé du corps de place et à l'attaque des bastions , il faut développer de plus grands moyens en artillerie : il faut , dès qu'on est maître des réduits des places d'armes , établir de nouvelles batteries de brèche contre les faces des bastions , soit dans le couronnement du chemin couvert contre la traverse de la place d'armes ou dans le chemin couvert même , soit dans le terre-plein du réduit , le long de sa gorge : on y placera deux ou trois pièces de 12 ou de 16 , pour contre-battre les feux de la courtine et de la tenaille. Il faut encore remarquer que , quoique les brèches faites aux faces des bastions par les trouées des fossés de la demi-lune soient praticables depuis le 27 ou le 28 au plus tard , néanmoins il est impossible , si les bastions sont retranchés , de les aborder , parce que l'on n'a pu travailler aux passages du grand fossé tant que l'ennemi a possédé la demi-lune et le réduit de la place d'armes rentrante. Les flancs du réduit de la demi-lune prenant ces brèches à revers , on ne peut tenter l'assaut par industrie au corps de place que lorsque le réduit de la demi-lune est pris.

Observation sur les retranchemens des bastions qui prolongent la défense au-delà du trentième jour.

Si les bastions du front d'attaque n'étoient pas retranchés convenablement , l'assiégé ne seroit pas dans une position à pouvoir soutenir un assaut de vive force : il seroit donc forcé de capituler au moment où l'assiégeant auroit assuré son débouché dans le fossé , c'est-à-dire , du 30 au 31ᵉ. jour de tranchée ouverte ; mais sous la protection des retranchemens des bastions, l'assiégé doit soutenir et peut repousser avec avantage les assauts au corps de place tentés de vive force ; et en manœuvrant avec habileté, il forcera l'assiégeant à l'attaque de pied à pied, et la défense sera prolongée.

Pendant les trente-deuxième et trente-troisième jours, on travaillera avec activité aux passages du grand fossé et aux épaulemens; on rendra les brèches d'un facile abord, en tirant une grande quantité d'obus sur la crête et sur les ressauts formés par les éboulemens : s'il est nécessaire d'attacher le mineur à quelque partie, on le fera dès le 31 pour faire jouer la mine le 33 : enfin, pendant la nuit du 33 au 34 tout sera disposé pour livrer les assauts aux bastions.

Travaux pendant les trente-deuxième et trente-troisième jours.

Tout étant préparé pour attaquer les bastions, le 34, à la pointe du jour, les troupes déboucheront de la descente, se formeront dans le fossé derrière l'épaulement, monteront hardiment sur la brèche, attaqueront l'assiégé de vive force dans les terre-pleins et s'y maintiendront pendant que les ingénieurs formeront sur le haut de la brèche un logement derrière lequel les troupes se retireront à mesure qu'il pourra les abriter. Pendant toute la journée on travaillera au logement sur la brèche et à la communication en arrière.

Assauts aux bastions le 34 à la pointe du jour.

Le soir du trente-quatrième jour on débouchera du logement sur la brèche dans le terre-plein de chaque bastion, et on couronnera à la sape pleine la contrescarpe du retranchement : pendant le trente-sixième jour on travaillera aux batteries de brèche contre le retranchement ou on y attachera le mineur.

Travaux des trente-cinquième et trente-sixième jours.

Dans cet état de choses, l'assiégé ne peut plus résister à l'assiégeant ; il n'a plus aucun obstacle à lui opposer ; dans peu d'heures il se trouvera corps à corps avec lui et subira les loix rigoureuses de la guerre s'il ne se hâte de capituler : cette capitulation aura lieu le 37 au matin : ainsi la durée probable du siège du front bastionné moderne, livré à sa force absolue, doit être estimée à 36 jours de tranchée ouverte.

Capitulation forcée le trente-sixième jour ou le trente-septième au plus tard.

La durée probable du siège est de 36 jours de tranchée ouverte.

TROISIÈME ET DERNIÈRE PÉRIODE DE LA DÉFENSE.

De la conduite du gouverneur de la place pendant la troisième et dernière période de l'attaque.

142. L'époque de l'établissement de la troisième parallèle amène celle où la défense doit prendre une nouvelle énergie. A ce moment, où l'assiégeant met le pied sur le terrain de la fortification, le gouverneur, doit sous sa protection devenue bien plus efficace, déployer toute l'activité de sa garnison et les ressources de son génie. Jusqu'alors il a économisé ses munitions et autres moyens défensifs; mais maintenant il ne doit plus rien ménager pour disputer pied à pied toutes les parties du terrain renfermé dans son champ de bataille. La valeur intrinsèque et relative de toutes les pièces de

142. De la conduite du gouverneur depuis l'époque de la troisième parallèle jusqu'à la capitulation.

fortification est maintenant dans son plus grand jeu : la description générale de l'attaque vient de faire connoître que l'ordonnance des différentes parties du système que nous considérons, est telle que la marche de l'assiégeant devient, à mesure qu'il avance, plus lente, plus difficile et plus périlleuse : il est à chaque pas obligé de recourir à des procédés d'industrie nouveaux et de plus en plus compliqués. C'est en étudiant bien les propriétés protégeantes et conservatrices de la fortification, et en les faisant connoître aux officiers de troupes, que le chef qui dirige une défense peut espérer de ralentir la marche impérieuse de l'attaque, et de faire éprouver les plus grandes pertes à l'ennemi.

Des oppositions de l'assiégé à l'établissement de la troisième parallèle ; de l'emploi de l'artillerie et des sorties.

L'assiégé doit épuiser tous ses efforts pour retarder le tracé et l'établissement de la troisième parallèle. Si l'assiégeant se hasarde de la tracer à la sape volante, la plus petite sortie culbutera les travailleurs et les mettra en fuite ; parce que l'ennemi ne peut pas couvrir le tracé par un dispositif de troupes, sans les exposer à être écrasées par le feu des ouvrages.

Pendant que l'assiégeant amorcera la parallèle à la sape pleine, on dirigera sur les têtes des sapes quelques pièces d'artillerie qu'on aura soustraites à sa connoissance ; elles seront principalement placées dans les ouvrages collatéraux : les places d'armes saillantes et les demi-lunes collatérales seront armées d'obusiers qui écharperont le tracé de la parallèle : toutes les pièces qui pourront être mises en action tireront à cartouches à balles sur le terrain de la parallèle : d'excellens tireurs garniront le chemin couvert et feront un feu continuel et bien dirigé sur les têtes des sapes ; ils seront relevés toutes les demi-heures pour mettre leurs armes en état.

On jettera des pots à feu qui éclaireront le travail de l'ennemi, etc.

Aussitôt que l'assiégé verra que l'ennemi a tracé des portions de la parallèle un peu considérables, il se disposera à faire une vigoureuse sortie pour raser les travaux : il fera déboucher des parties collatérales de l'infanterie et même de la cavalerie pour couvrir les flancs de la manœuvre : des troupes d'élite se porteront du chemin couvert sur chaque portion de la parallèle, pour mettre les travailleurs en fuite ; elles tiendront ferme sur les flancs, pendant que les travailleurs culbuteront les gabions, raseront le tracé et se retireront promptement sous la protection des troupes qui battront en retraite aussitôt que l'ennemi s'avancera des demi-places d'armes, etc. On ne s'en tiendra pas à une seule et vigoureuse sortie, on en fera continuellement de petites qui seront de simples alertes, mais qui suffiront pour mettre les sapeurs en fuite ; c'est la proximité du travail qui donne à l'assiégé ce grand avantage de troubler le tracé des travaux par des sorties continuelles et qui peuvent être faites sans presque aucun danger. Souvent les sorties seront de simples simulacres pour engager l'ennemi à sortir de ses parallèles et lui faire essuyer un feu tout préparé, etc.

De la position de l'assiégeant après l'établissement de la troisième parallèle ; des nouvelles batteries que l'assiégé doit mettre en jeu.

Après que l'assiégeant a établi et consolidé la troisième parallèle, il ne compte plus sur l'efficacité de ses batteries en arrière, et il s'occupe d'en établir de nouvelles : ce moment est donc précieux pour l'assiégé ; il jouit pendant deux jours d'une espèce de tranquillité sur ses remparts, etc. ; il doit profiter de ce moment de relâche dans l'attaque pour remettre en batterie le plus de pièces qu'il peut sur tous les points, et faire le feu le plus vif et le plus continu sur tous les travaux : c'est le moment de ne plus ménager ni artillerie, ni munitions ; ce moment ne reviendra plus, il doit donc en profiter : l'assiégé ne perdra pas de vue que son devoir et son honneur consistent à rendre le plus tard possible une place dont les ouvrages ne seront que des tas de décombres, dont l'artillerie sera ruinée et dont les munitions de guerre et de bouche seront consommées. A cette époque il faut que tous les parapets soient restaurés, etc., que les palissades et les tambours en charpente soient remis en bon état; que les retranchemens, les coupures, etc., soient achevés; enfin que la fortification soit remise, pour ainsi dire, dans son premier état de fraîcheur.

L'assiégé construira dans les saillans des ouvrages collatéraux, des batteries blindées qui produiront les plus grands effets sur la troisième parallèle et sur les cheminemens ultérieurs ; il en conservera l'usage jusqu'à la fin du siège : pendant tout le tems que l'ennemi mettra à construire ses nouvelles batteries, l'assiégé dirigera sur leur emplacement les mortiers et les obusiers ; il transportera des mortiers dans les places d'armes rentrantes, pour les tirer avec des charges à grenades, etc.

Si l'assiégeant s'occupe beaucoup de perfectionner la troisième parallèle, s'il y fait des gradins et y met des batteries de pierriers, etc. c'est une preuve qu'il veut tenter de vive force le couronnement du chemin couvert. L'assiégé doit faire ses dispositifs en conséquence : il éclairera pendant la nuit la parallèle ; il mettra de bonnes troupes dans les places d'armes rentrantes et les fossés : les parapets du chemin couvert et des ouvrages seront garnis de fusiliers, les chemins couverts collatéraux seront tenus par des détachemens de grenadiers, toutes les batteries qui voient les débouchés de la parallèle et dans le chemin couvert, seront chargées à cartouches à balles ; enfin des pelotons de grenadiers seront placés dans les fossés de la demi-lune et des bastions pour inonder le chemin couvert de grenades.

De la conduite de l'assiégé dans une attaque du chemin couvert de vive force.

Aussitôt que l'ennemi débouchera de sa parallèle, tous les feux de mousqueterie et d'artillerie se dirigeront sur lui : les troupes qui occupent les saillans et les branches du chemin couvert se retireront après avoir fait une décharge à bout portant au moment où l'assiégeant arrivera sur la crête du glacis : s'il y a une seconde palissade, les troupes se retireront derrière et continueront leur feu; dans le cas contraire, elles feront leur retraite les unes dans la place d'armes rentrante, les autres dans le fossé par le tambour de la place d'armes saillante. Après la retraite des troupes du chemin couvert, tous les feux de la place se dirigeront sur l'ennemi qui aura pénétré dans le chemin couvert et sur les travailleurs; les grenadiers lanceront les grenades de toutes parts, etc. ; enfin, après que les feux auront mis le désordre parmi les troupes et les travailleurs, les troupes d'élite de l'assiégé sortiront des rentrans et attaqueront l'assiégeant dans le chemin couvert, pendant que les grenadiers des ailes s'avanceront au pas de course sur le glacis et prendront à revers l'opération du couronnement qu'ils culbuteront ; et les travailleurs acheveront aussitôt de raser le couronnement ébauché.

Observation sur l'attaque de vive force du chemin couvert.

Dans des opérations de cette nature tout est à l'avantage de l'assiégé ; aussi est-il rare de les voir réussir lorsque l'assiégé manœuvre convenablement. Nous avons vu que Vauban avoit aboli cette manière de faire le couronnement du chemin couvert, à cause des grands sacrifices qu'elle exige.

Des manœuvres de l'assiégé contre l'attaque de pied à pied du chemin couvert.

Revenons à la défense contre l'attaque pied à pied du chemin couvert. Tous les mortiers et les obusiers, dont il faut avoir une grande quantité, ne cesseront de tirer sur les batteries et sur les cheminemens ; on transportera des pierriers dans les places d'armes saillantes, s'ils peuvent porter les pierres jusqu'aux portions circulaires ; les foibles sorties, entremêlées de quelques-unes fortes et vigoureuses, doivent avoir lieu à tous les instans de la nuit contre les têtes des sapes ; d'excellens tireurs ne cesseront de faire feu sur ces têtes avec des fusils de rempart : des batteries couvertes et à embrasures biaises seront construites à l'avance pour le moment où l'ennemi élevera les cavaliers de tranchée ; elles produiront un grand effet.

De l'usage des grenades.

Aussitôt que l'assiégeant sera à la portée de la grenade, on en fera pleuvoir une grêle sur les travailleurs et les troupes qui garderont la tranchée : lorsqu'on appercevra les ouvertures des fossé, on y dirigera des bombes, des obus et des boulets incendiaires.

Dès que l'ennemi se saisira des saillans on se retirera de traverse en traverse jusques dans les places d'armes rentrantes ; on fera sauter à coups de canon les traverses les unes après les autres, afin que l'ennemi ne s'en couvre pas, soit pour exécuter ses descentes de fossé, soit pour établir des batteries dans le terre-plein du chemin couvert.

De l'emploi de l'artillerie lorsque l'assiégeant couronne le chemin couvert.

Le moment où l'ennemi couronne le chemin couvert pied à pied, est celui où il faut faire un usage bien entendu de l'artillerie, et où le plus parfait concert doit régner entre les armes de l'artillerie et du génie : il faut ouvrir des embrasures biaises sur la courtine du front d'attaque et sur celles des fronts adjacens pour écharper les logemens sur les saillans des bastions ; il faut ouvrir de semblables embrasures dans les demi-lunes collatérales et dans leurs réduits, pour enfiler ou prendre à revers les ailes du couronnement et les emplacemens des contre-batteries : on pourra blinder ces batteries et forcer l'ennemi à descendre ses contre-batteries dans le chemin couvert : les batteries des flancs seront couvertes par des traverses et des parados ; elles seront même blindées : ces batteries seront démasquées au moment même du couronnement pour tirer de plein fouet pendant la construction des contre-batteries. On tâchera de faire des batteries blindées dans les angles flanqués des bastions, pour prendre à revers le couronnement du chemin couvert de la demi-lune, etc.

De la défense des fossés.

La défense des fossés s'établit en raison de leur nature : si les fossés sont secs, la défense y sera offensive comme dans toutes les autres parties de la fortification : en même tems qu'on agit sur l'ennemi au moyen de l'artillerie et de la mousqueterie principalement, on fait des sorties sur les passages en débouchant des fossés collatéraux et de derrière la tenaille ; ces sorties doivent être fortes lorsqu'on prévoit qu'on pourra raser l'épaulement et enlever les sapeurs ; pour l'ordinaire elles seront faites avec peu de monde, mais elles seront fréquentes : ces manœuvres hardies retarderont beaucoup les progrès du travail. Aussitôt que le débouché d'une descente est connu, il faut chercher un point de la fortification d'où on puisse le battre avec une batterie blindée que l'ennemi ne puisse pas contre-battre.

Le cas d'un fossé plein d'une eau stagnante ne présente à l'assiégé aucun point de vue favorable : sa défense ne peut consister que dans l'artillerie qu'on trouvera moyen d'établir contre le débouché de la descente et dans les feux du flanc qui lui est opposé : comme l'épaulement peut être construit en terre, l'assiégé ne peut l'incendier ; aussi les fossés remplis d'une eau dormante ne sont bons que lorsqu'un corps de place est mal ordonnancé et susceptible d'être enlevé de vive force, après. que la brèche est praticable, et sans qu'il soit nécessaire de faire un épaulement.

Les fossés qu'on peut remplir d'eau à volonté, et sur-tout ceux où l'on peut introduire, au moyen d'*écluses de chasse et de fuite*, des courans d'eau plus ou moins considérables, sont les plus avantageux ; ils présentent à l'assiégé beaucoup de moyens de défense : 1°. l'assiégé peut d'abord employer le feu ordinaire et les sorties pour troubler l'assiégeant dans la construction de son pont et de son épaulement ; 2°. il peut composer des artifices tellement *incendiaires* qu'il pourra parvenir à brûler l'épaulement et même le pont, si celui-ci est flottant et composé de matières spécifiquement plus légères que l'eau ; 3°. il aura dans le jeu des eaux une dernière ressource qui pourra jeter l'ennemi dans le découragement. En effet, si l'assiégeant a construit un pont massif, au moment où il atteindra la brèche on ouvrira les écluses de chasse et on fermera les écluses de fuite ; les eaux chargeront tellement le pont, et le choqueront avec une telle force, qu'il sera probablement entraîné avec une partie des débris de la brèche : si le pont résiste à cette manœuvre, elle sera suivie d'une autre que l'on répétera plusieurs fois et autant que cela sera nécessaire. Après que les eaux auront gonflé et seront parvenues à leur plus grande hauteur, on ouvrira les écluses de fuite et on fermera celles de chasse pour les rouvrir de nouveau et produire ainsi successivement des torrens très-rapides qui nettoieront le pied de la brèche et auxquels le pont, quelque bien construit qu'il soit, aura de la peine à résister. Les difficultés que l'assiégeant éprouvera seront encore plus grandes lorsqu'il s'agira de construire un pont flottant dans un fossé sec qui, à tout instant, est attaqué soit par des troupes, soit par des courans d'eau.

On entend par *assaut*, l'opération par laquelle l'assiégeant s'empare d'un ouvrage de fortification en y pénétrant par la brèche : ceci indique que l'assiégé doit sans cesse s'occuper des moyens de rendre la brèche d'un accès difficile : il doit jetter à son pied une grande quantité de matières combustibles auxquelles il met le feu au moment convenable, couvrir la brèche de chausse-trapes, faire rouler des bombes et des obus ; enfin il fera sous la brèche des fourneaux de mine qu'il fera jouer au moment que la colonne assaillante se présentera au haut de la brèche.

Des assauts et de la défense des brèches.

Des manœuvres de l'assiégé au moment d'un assaut.

Les manœuvres relatives à la défense d'une brèche sont de deux sortes : la première s'emploie dans le cas où une brèche n'est pas retranchée en arrière, c'est-à-dire, soutenue et protégée par un retranchement qui ne peut pas être enlevé de vive force ; la seconde est pour le cas où la brèche est soutenue par un bon retranchement. Dans le premier cas, la défense se fait de vive force avec des troupes armées et disposées convenablement : des corps armés de grenades et de fusils couronnent la brèche au moment où l'ennemi débouche dans le fossé et lui opposent la plus grande résistance ; ils sont soutenus par un corps formé en ordre profond, composé d'hommes robustes couverts d'armes défensives et portant des armes de longueur, telles que la pertuisane, la faulx, etc. : au moment où la colonne d'attaque paroît sur le haut de la brèche, les premières troupes se retirent et le corps principal la charge avec fureur et tâche de la repousser dans le fossé : cette manœuvre doit se répéter avec des troupes fraîches autant de fois que l'assaillant recommence une attaque.

Dans le cas où l'ouvrage attaqué est garni d'un réduit ou d'un retranchement capable d'arrêter l'assaillant, on manœuvre différemment et d'une manière analogue à la défense d'un chemin couvert attaqué de vive force : on garnit le parapet du retranchement de fusiliers, et s'il est possible de quelques petites pièces chargées à mitraille dirigées sur le débouché de la brèche ; les fusiliers auront derrière eux deux rangs pour charger les armes ; des pelotons de grenadiers et de fusiliers se tiendront sur les flancs et derrière la brèche pour soutenir les premiers efforts de la colonne ennemie : mais aussitôt qu'elle sera parvenue au sommet de la brèche et qu'ils auront fait leurs dernières décharges, ils se retireront lestement dans le réduit ou le retranchement : alors tous les feux du retranchement agiront sur l'ennemi et sur les travailleurs qui feront le logement dans le terre-plein. Si on voit que l'ennemi est ébranlé par les feux du flanc qui voit la brèche de revers et par celui du retranchement, on fera déboucher par les flancs de la brèche des troupes qui attaqueront les travailleurs et l'ennemi, les chargeront à l'arme blanche et les culbuteront dans le fossé. Si cette attaque réussit, on rasera le couronnement de la brèche et on jettera dessus de nouvelles matières combustibles, des chausse-trapes, etc. ; enfin c'est dans une défense de cette espèce que les fourneaux de mine sont avantageux, parce que l'assiégé a tout le loisir de les faire jouer à-propos ; au lieu que dans la défense de vive force, il arrive souvent qu'ils agissent trop tôt ou trop tard.

Réflexions sur la défense des brèches de vive force et par industrie.

Il est rare que les défenses de vive force aient lieu, sur-tout au corps de place, parce que la position de l'assiégé est bien plus critique que celle de l'assiégeant : si ce dernier ne réussit pas, il se retire et fait de nouvelles dispositions pour recommencer une nouvelle attaque, et ainsi de suite jusqu'à ce qu'enfin il ait réussi ; l'assiégé, au contraire, ne peut retarder la perte de l'ouvrage que de quelques momens ; et s'il ne réussit pas dans sa défense, il ne pourra faire sa retraite qu'avec la plus grande peine et les plus grands dangers. Lorsque l'action se passe au corps de place, la retraite de l'assiégé est suivie de la perte de la place et ce toutes les horreurs de la guerre. Il suit de là qu'un ouvrage de fortification, sans réduit intérieur n'a plus de valeur résistante lorsqu'il peut être abordé par une brèche praticable ; et que l'assaut de vive force ne doit y être soutenu que par suite de calculs étrangers à la fortification.

Mais la défense par industrie doit toujours avoir lieu dans un ouvrage garni d'un retranchement intérieur : par elle un habile gouverneur parvient à soutenir un ou plusieurs assauts sur la brèche de l'ouvrage principal, et prolonge plus ou moins la durée probable du siége sans compromettre le sort des défenseurs.

Enfin, après avoir successivement abandonné les parties avancées de la fortification, les défenseurs ne seront plus séparés de l'assiégeant que par le dernier retranchement des bastions ; et le chef de cette valeureuse garnison se verra forcé d'accepter une capitulation honorable. A la tête des troupes, il sortira de la place par les brèches et au travers des décombres, témoignages glorieux de son courage, de ses talens et de la valeur de la garnison.

CHAPITRE V.

De la relation entre l'attaque et la défense ; considération générale sur ce sujet ; principes généraux sur l'attaque et la défense ; analyse du front bastionné qui a été décrit ; théorie du commandement ; détermination du relief de toutes les parties du systême ; de la force des fronts attaquables, eu égard aux fronts collatéraux ; parallèle des attaques du front bastionné dans ses divers états ; principes sur la figure générale d'une enceinte, etc.

143. LA relation entre l'attaque et la défense s'établit par approximation, au moyen des procédés généraux que nous venons de décrire : leur ordonnance est basée sur des principes incontestables de tactique et déduite d'un grand nombre de faits militaires qui l'ont toujours confirmée. C'est donc en établissant la relation la plus prochaine entre l'attaque et la défense d'un front d'attaque choisi dans tel ou tel systême, qu'on parvient à connoître la *durée probable du siége* et par conséquent l'élément le plus important de la valeur de ce front d'attaque. Mais, cet instrument ou moyen d'analyse, quoique d'une approximation générale, demande à être employé avec habileté dans les cas particuliers : la manière de s'en servir constitue une partie essentielle du coup d'œil militaire de l'ingénieur.

143. De la relation entre l'attaque et la défense pour comparer entre eux les fronts d'attaque des systémes de fortification.

Considérations sur la marche de l'attaque et de la défense en général.

Pour se faire une idée exacte de cette méthode d'analyser les systêmes de fortification dans la vue de les comparer, il est nécessaire de tirer quelques résultats généraux de l'examen de la marche de l'attaque et de la défense.

Pendant la durée du siége d'une place, forte on distingue deux périodes remarquables dans l'attaque et la défense : la première s'étend depuis l'ouverture de la tranchée jusqu'à l'établissement de la troisième parallèle ; la seconde commence à la troisième parallèle et finit au moment de la capitulation définitive.

Des propriétés des travaux de l'attaque pendant la première période.

Dans le cours de la première période du siége, les travaux de l'attaque enveloppent le polygone défensif par des parallèles concentriques dont les feux convergent vers les défenses : c'est sous la protection de ces feux puissans que les cheminemens marchent avec rapidité en se présentant toujours de front. Cette faculté qu'a l'assiégeant de cerner les défenses, lui permet de saisir les prolongemens des faces des ouvrages et d'établir des batteries à ricochets dont les effets combinés avec ceux des batteries à feux courbes et des batteries directes, ont bientôt ruiné les batteries *à ciel ouvert* de l'assiégé ; elles le contrarient tellement dans ses terre-pleins que nonseulement le service y est très-périlleux, mais encore souvent impossible : toutes les constructions en maçonnerie qui peuvent être apperçues du dehors sont ruinées incontinent, et dès la première parallèle, par les batteries directes ; tous les feux des défenses étant à ciel ouvert, l'assiégeant les éteint avant qu'ils puissent agir sur les travaux de la seconde période, etc. ; enfin, l'ennemi enveloppe et repousse avec facilité toutes les manœuvres extérieures de la garnison.

Des propriétés générales de la fortification pendant la première période du siége.

En examinant les procédés de la défense pendant la première période du siége, on voit que les feux de toute espèce divergent sur les travaux de l'ennemi ; qu'il ne peuvent les battre que directement ; que les sorties ne peuvent être que rares et timides ; que les feux courbes, si avantageux à l'assiégeant, le sont peu à l'assiégé ; que l'assiégeant construit et répare ses ouvrages avec facilité ; que l'assiégé est toujours gêné dans ses manœuvres et ses mouvemens, pendant que l'assiégeant jouit d'une liberté favorable à toutes ses opérations ; qu'enfin, dans l'état actuel du matériel de la défense, l'assiégé ne peut conserver des feux assez nombreux et assez efficaces pour agir pendant la dernière période du siége.

Des propriétés des travaux de l'attaque pendant la seconde période du siége.

Nous remarquerons qu'à mesure que l'assiégeant s'approche des saillans du front d'attaque, la disposition de ses travaux lui est moins favorable : les parallèles diminuent en développement et perdent de leur propriété cernante ; elles s'applatissent et leur front tend à devenir égal au front attaqué : les boyaux se raccourcissent ; les angles que font leurs directions avec les capitales s'ouvrent de plus en plus, et le cheminement devient plus lent, etc. A la troisième parallèle, où commence la seconde période, les propriétés des travaux de l'attaque sont tellement altérées que cette troisième parallèle est presque rectiligne et même convexe du côté de la place ; et que les cheminemens en zig-zags défilés ne peuvent plus avoir lieu : il suit de là que lorsque l'assiégeant met le pied sur le terrain de la fortification, il éprouve de grandes difficultés pour établir ses travaux et que la défense devroit naturellement prendre de l'ascendant sur l'attaqué : mais si l'assiégeant perd de ses avantages du côté de la forme de ses travaux, il en acquiert de nouveaux, qui compensent les premiers, par la puissance des feux courbes dont il inonde les défenses; et à la faveur desquels il parvient à déjouer toutes les manœuvres de l'assiégé.

Toutes les propriétés de la fortification se développent à mesure que le siége avance ; et lorsque l'ennemi commence à en occuper le terrain, elles prennent le dernier degré d'intensité : après la troisième parallèle, les travaux de l'attaque sont écharpés, pris en flanc et à revers ; les cheminemens ne sont plus que directs; et si l'assiégé pouvoit faire usage de son artillerie et la manœuvrer, la défense auroit sur l'attaque beaucoup d'ascendant.

Des propriétés de la fortification pendant la seconde période du siége.

144. Des considérations que nous venons d'exposer, on doit conclure : 1°. que la marche de l'attaque est nécessairement impérieuse et que la défense ne peut en arrêter les progrès ; que les feux courbes, soit à ricochets, soit à trajectoires élevées, employés dans l'attaque, anéantissent tous les feux des défenses quand ils sont à ciel ouvert et qu'ils rendent ces défenses presqu'inhabitables (cette supériorité de feux s'accroît depuis le commencement de l'opération jusqu'à la fin); que les feux directs rasent, dès la première parallèle, ou au moins dès la seconde, toutes les constructions en maçonnerie qui sont vues de la campagne (les maçonneries couvertes ne sont même pas à l'abri d'être fortement endommagées par les feux courbes) : 2°. que la marche de la défense est essentiellement timide ; que ses feux sont peu inquiétans pour l'assiégeant ; qu'ils sont peu destructifs de ses travaux ; qu'ils sont très-divergens et presqu'entièrement éteints au moment où ils pourroient être très-efficaces ; que l'assiégé ne peut découvrir aucune de ses constructions en maçonnerie ; que l'assiégé, enfin, doit soustraire son artillerie aux feux courbes de l'assiégeant et chercher les moyens d'abriter les défenseurs dans les terre-pleins des ouvrages, etc.

144. Résultats ou principes généraux sur l'attaque et la défense.

145. Nous pouvons maintenant faire l'analyse du front bastionné que nous avons décrit dans le chapitre III (118 et 119) ; nous établirons par-là la relation immédiate et médiate de tous les élémens du système, et nous mettrons à découvert leurs propriétés et leurs défauts.

145. Analyse du front bastionné; complément de la description faite dans le chapitre III (114, 115, etc.).

Nous appelons *défense éloignée*, celle qui se rapporte à la première période du siége, et *défense rapprochée*, celle qui se rapporte à la seconde période du siége (143).

De la défense éloignée et de la défense rapprochée.

L'enceinte étant l'obstacle principal qu'il faut conserver le plus longtems qu'il est possible, sa constitution doit être forte et très-résistante; aussi est-elle composée d'escarpes verticales solidement maçonnées, etc. : la maçonnerie ne doit pas se découvrir de la campagne; et c'est pour cette raison que la sommité en a été mise dans le plan de défilement du chemin couvert.

De l'enceinte, de sa constitution et de sa figure.

Les maçonneries de l'enceinte sont bien couvertes pendant la défense

Réflexion sur la ma-

nière dont l'enceinte est couverte ; défaut à cet égard.

éloignée ; mais elles ne le sont pas convenablement pendant la défense rapprochée : au moment où l'ennemi se loge sur le saillant de la demi-lune, il découvre les escarpes des faces des bastions et les ruine, etc. Cette disposition est très-vicieuse et demande une correction.

Des propriétés de l'enceinte sous le rapport de son tracé ; de la longueur du côté du polygone, etc.

L'enceinte bastionnée, telle que nous l'avons tracée (116), remplit la plupart des conditions prescrites par l'art de la défense ; mais sa forme est plus favorable à la défense rapprochée qu'à la défense éloignée ; en effet, elle procure, pendant la fin de la dernière période de la défense, sur tout le développement du front, un flanquement immédiat de feux de mousqueterie et d'artillerie ; mais au-delà du chemin couvert, vu la grande obliquité des faces des bastions, les feux d'artillerie se croisent sur les capitales d'une manière peu efficace et les feux de mousqueterie y sont nuls.

Nous voyons maintenant la raison qui a fait fixer la longueur du côté du polygone entre les limites de 260 et 360 mètres ; car il faut que cette longueur produise des bastions assez spacieux pour y construire un retranchement, et des flancs assez considérables pour bien défendre les fossés et le couronnement du chemin couvert ; il faut encore que la mousqueterie de ces flancs agisse efficacement sur les cavaliers de tranchée et sur le couronnement de la place d'armes saillante : le flanc doit toujours avoir plus d'étendue que la contre-batterie ennemie, et l'angle flanqué ne doit jamais être au dessous de 60 degrés (an. m.).

Des raisons qui ont fait admettre l'angle de 60 degrés pour le plus petit angle saillant qu'on puisse employer.

Dès l'origine de l'art, les angles saillans aigus ont été bannis de la fortification ; on n'en admet point au dessous de 60 degrés. Trois inconvéniens majeurs les ont fait proscrire : 1°. ils produisent à l'extérieur un secteur considérable privé de feux ; 2°. ils rétrécissent tellement le terre-plein qu'il est impossible de disposer l'artillerie dans l'angle saillant ; 3°. ils sont facilement ruinés par l'artillerie dès l'instant qu'on les découvre.

De la disposition des flancs.

Les flancs tracés à-peu-près perpendiculairement aux lignes de défense ont une très-bonne direction pour défendre le fossé et la crête du glacis de la place d'armes saillante, mais leurs prolongemens sont facilement saisis par l'assiégeant ; de l'emplacement des demi-places d'armes il les ricoche et en anéantit l'artillerie par des feux verticaux, etc. : il est donc indispensable que les feux d'artillerie des flancs soient couverts et conservés intacts jusqu'au couronnement du chemin couvert.

Du tracé de la courtine.

Nous avons déjà dit que le premier tracé de la courtine (116) étoit préférable, parce qu'il donnoit une plus grande place d'armes entre la tenaille et le corps de place pour faire déboucher les sorties, etc. : nous ajouterons que la partie du flanc, retranché par le second tracé, défend avantageusement le couronnement de la place d'armes saillante, en biaisant un peu les directrices.

De la largeur du terre-plein de l'enceinte.

On a fixé la largeur du terre-plein du corps de place à 12 ou 14 mètres à partir de la ligne couvrante, afin d'avoir 7 à 8 mètres pour la manœuvre de l'artillerie, et 6 ou 7 mètres pour les transports et les mouvemens des troupes.

Le retranchement permanent du bastion est un des élémens constituans du front bastionné moderne : dans ce système, où l'ennemi ne peut pénétrer dans la place que par les faces du bastion, il ne peut tourner le retranchement par sa gorge : sous la protection de ce réduit l'assiégé soutient un ou plusieurs assauts ; il force l'assiégeant à une attaque de pied à pied et par conséquent à emporter le réduit de la demi-lune, qui voit la brèche de revers, avant que de tenter l'assaut au bastion, etc.

Nous avons dit, dans la description du tracé, que la tenaille avoit pour objet principal de couvrir une partie de l'enceinte et la communication avec le fossé. Ses autres propriétés sont : 1°. de procurer une espèce de place d'armes d'où on débouche pour se porter dans tous les dehors ; 2°. de donner un feu rasant sur le terre-plein du réduit et de favoriser la retraite des troupes qui défendent la demi-lune.

L'introduction de la tenaille dans le système bastionné a modifié l'enceinte et doit la faire envisager sous un point de vue différent : par son relief elle détruit le principe général qui a fait découvrir la figure bastionnée et qui veut que *toutes les parties des fossés soient vues et flanquées par l'enceinte* : nous avons dit (118) que ce masque produisoit une partie morte que les flancs ne pouvoient découvrir, de sorte que le principe cité n'est plus observé et qu'il est converti en celui-ci : *Une enceinte étant hors d'insulte et à l'abri d'une attaque de vive force, on a couvert et garanti une partie de cette enceinte de l'action des batteries de la brèche, pour flanquer et défendre les parties qui sont exposées à l'artillerie de l'assiégeant.* Cet espace *mort* que le relief de la tenaille produit devant un escarpe est un vice dans le système dont un assiégeant hardi peut profiter : il peut y porter des troupes en débouchant du fossé de la demi-lune qui couperont la retraite aux défenseurs de son réduit, et pourront marcher à l'assaut du bastion ou de la courtine, si on a pu y faire une brèche par la trouée entre la tenaille et le flanc.

Si l'enceinte et la tenaille étoient les seuls élémens constituans du système, les progrès de l'assiégeant seroient très-rapides : sa marche sur les capitales des bastions éprouveroit peu d'obstacles, puisque les feux croisés d'artillerie y sont rares et peu efficaces et les feux de mousqueterie presque nuls : ce vice augmente à mesure que l'assiégeant avance parce que les lignes de tir deviennent de plus en plus obliques : à la distance des demi-places d'armes l'assiégeant pourroit contre-battre les flancs et en ruiner les feux, etc. ; et par une seule opération il feroit au même instant le couronnement de tout le chemin couvert, battroit en brèche les faces des bastions et la partie de la courtine vis-à-vis les trouées des tenailles et rendroit nuls, par-là, les retranchemens des bastions, etc.

Toutes ces considérations font sentir l'importance de la demi-lune, la nécessité de couvrir par elle les épaules des bastions et les trouées entre la tenaille et les flancs, et l'avantage de porter son saillant le plus avant possible dans la campagne : le tracé de la demi-lune doit être tel que l'assiégeant soit forcé d'en détailler l'attaque avant ce procéder à celle de

l'enceinte ; par cette disposition l'assiégé mettra toute son attention et emploiera toutes ses forces à la défense de ce dehors.

Cormontaigne est, après Vauban, l'ingénieur qui s'est le plus occupé des
propriétés de la demi-lune à grandes dimensions : il a fait voir que dans
les polygones élevés, les demi-lunes entroient en relation de défense ; qu'elles
formoient des rentrans occupés par les bastions ; et qu'alors le système bastionné se présentoit sous de nouvelles vues favorables à la défense : nous
développerons par la suite ces belles propriétés qui depuis quelques années
ont beaucoup occupé les officiers du génie. Dans le tracé de la demi-lune
du front décrit, ses faces tombent presque d'équerre sur celles des bastions ; son réduit est bien constitué et permet de la défendre pied à pied :
on y fait des coupures un peu en arrière du prolongement des faces de
la place d'armes rentrante, afin d'arrêter l'ennemi et de l'empêcher de couler
par une sape dans l'épaisseur du parapet pour prendre à revers cette même
place d'armes et son réduit. Comme les flancs du réduit, par la manière
dont ils ont été tracés, voient à revers les brèches des bastions, l'assiégeant
est dans l'obligation d'attaquer ce réduit et de le mettre en brèche, soit
par la mine, soit par des batteries : mais le premier moyen donnant lieu à
une guerre de chicane qui pourroit retarder l'opération, l'assiégeant est forcé
de monter du canon de 24 ou de 16 dans la demi-lune pour y construire

(Pl. II.)

De l'épaisseur du terre-
plein de la demi-lune. une batterie de brèche : c'est cette manœuvre de l'ennemi qui décide à ne
donner au terre-plein de la demi-lune que 10 mètres de largeur, afin de
l'obliger à déblayer le parapet pour former son épaulement et avoir l'espace
nécessaire au terre-plein de sa batterie : mais alors il est vu de revers et
par le saillant du bastion et par la place d'armes saillante de la demi-lune
collatérale. Les fossés du réduit sont flanqués par une partie des faces des
bastions qui ne peut être contre-battue que du terre-plein même de la
demi-lune, et sur laquelle on peut construire des batteries blindées qui produiront un grand effet sur le passage du fossé du réduit.

Principe sur la lar-
geur des terre-pleins des
ouvrages qui en cou-
vrent d'autres. En général, toutes les fois qu'un ouvrage en couvre un autre, il faut réduire
le terre-plein du premier à sa plus petite largeur, afin que l'assiégeant ne
puisse s'y établir qu'en déblayant le parapet pour construire l'épaulement de
sa batterie. Le célèbre Coehorn a fait usage de ce principe dans son système.

Du tracé de la gorge
de la demi-lune et de
celui de son réduit. On a terminé la gorge de la demi-lune et de son réduit par les lignes
de tir menées par les angles flanqués des bastions et les extrémités des faces
de la demi-lune, afin qu'aucune partie du terre-plein ne soit vue et écharpée
par les feux de mousqueterie du couronnement des places d'armes saillantes
des bastions.

Remarque sur les dé-
fauts des demi-lunes à
grandes dimensions. Toutes les demi-lunes ont deux défauts essentiels : 1°. elles donnent des
vues par leurs fossés sur l'enceinte aussitôt que l'ennemi s'est établi sur la
crête du glacis ; 2°. leurs fossés ne sont flanqués que par une partie de la
face du bastion qui est contre-battue et mise en brèche par la même batterie. Ces défauts existent d'une manière plus prononcée dans les demi-lunes
à grandes dimensions ; étant plus saillantes, leurs places d'armes sont plutôt
couronnées ; leurs faces étant plus longues, les batteries plongent plus

aisément jusqu'au pied de l'escarpe des bastions : à cela nous ajouterons que l'angle flanqué des grandes demi-lunes étant le plus aigu possible , il est plus facile de les ricocher et d'embrasser dans l'attaque les prolongemens des faces des demi-lunes collatérales. A la vérité, quoique les bastions soient battus en brèche avant la prise de la demi-lune et de son réduit, il n'est pas possible d'y donner l'assaut , parce que les bastions sont retranchés et que les flancs des réduits voient la brèche de revers. Cependant ces brèches sont très-inquiétantes pour l'assiégé et le fatiguent par une surveillance continuelle , etc. Ainsi, sous le simple rapport de sa valeur absolue , le système bastionné n'a pas reçu un degré bien sensible de perfectionnement par l'emploi des grandes demi-lunes. Il est indispensable de lui faire subir sur ce point une modification qui fasse disparoître ce vice radical, etc.

Nous pouvons apprécier maintenant la relation du réduit de la demi-lune avec l'enceinte : il défend la brèche du bastion et suspend la marche de l'attaque , tant que l'obstacle qu'il présente n'est pas vaincu. Aussi plusieurs officiers ont-ils judicieusement pensé qu'il falloit construire sur les flancs du réduit des batteries à l'abri du ricochet et des feux verticaux , parce qu'autrement ils ne pourroient servir qu'à la mousqueterie qui ne peut produire des effets assez considérables.

De la relation du réduit avec l'enceinte.

En nous rappelant ce que nous avons dit sur les dimensions des fossés (116), nous pourrons en trouver l'explication complette : leur largeur doit être telle que la contre-batterie de l'attaque soit toujours inférieure à celle du flanc opposé ; mais cette même largeur doit être assez considérable pour que les débris de la brèche n'en occupent au plus que la moitié , afin que l'opération du passage de fossé soit plus longue et plus difficile : quant à la profondeur du fossé, après avoir satisfait au balancement du déblai et du remblai , il faut avoir égard : 1°. à l'efficacité des lignes de tir des flancs sur les passages de fossé ; 2°. à la difficulté que l'assiégeant doit éprouver pour conduire ses descentes de fossé ; 3°. à l'emplacement des batteries de brèche : lorsque les contrescarpes sont peu hautes, les descentes de fossé se font à ciel ouvert et s'exécutent promptement; c'est ce qui fait admettre 5o décimètres pour la plus petite hauteur qu'on puisse donner à la contrescarpe d'un ouvrage principal : mais lorsque les fossés peuvent être profonds et avoir des contrescarpes d'environ 6o à 7o décimètres , ils présentent deux grands obstacles à l'assiégeant : il est forcé de faire ses galeries souterraines et souvent d'en accoler deux pour déboucher en force dans le fossé; il est forcé encore de descendre ses batteries de brèche sur le terre-plein du chemin couvert, afin de découvrir les escarpes assez bas pour pouvoir les ruiner.

Des dimensions des fossés de l'enceinte en largeur et en hauteur.

Lorsque le fossé du corps de place est profond ou qu'il contient de l'eau, on ne creuse pas celui de la demi-lune à son niveau : on tient ce dernier à une hauteur telle qu'il soit bien défendu par l'enceinte , qu'il soit toujours sec et que le rapport de la largeur et de la hauteur du relief soit convenable. Lorsqu'il y a ressaut du fossé de la demi-lune à celui du corps de place, on fait des rampes ou des pas de souris , couverts par des caponnières , pour établir la communication.

Du fossé de la demi-lune.

Du fossé du réduit de la demi-lune.

On a tracé dans le système le fossé du réduit de la demi-lune moins profond que celui de la demi-lune et de l'enceinte ; et la partie vis-à-vis les flancs est un peu plus basse que celle vis-à-vis les faces : cette disposition procure une espèce de place d'armes qui favorise la retraite des troupes qui défendent la demi-lune ; elle empêche l'assiégeant de les tourner par le fossé du réduit lorsqu'elles veulent se retirer par la gorge. Les coupures faites dans la demi-lune ôtent à l'assiégeant la faculté de plonger dans la partie du fossé où débouche la poterne.

Du chemin couvert.

La théorie de l'attaque nous a démontré la nécessité : 1°. de pouvoir faire sortir librement les défenseurs du champ de bataille pour agir à l'extérieur ; 2°. de couvrir les maçonneries et de les dérober à l'action des batteries assiégeantes : on obtient ces résultats par l'emploi des chemins couverts : de plus, cette ceinture défensive dont on enveloppe la contrescarpe, augmente de beaucoup la valeur du système : le couronnement du chemin couvert, soit de vive force, soit par industrie, est une opération qui coûte à l'assiégeant beaucoup de tems et de sacrifices.

De la largeur du terre-plein du chemin couvert.

La largeur du terre-plein du chemin couvert est en général d'environ 10 mètres ; quantité si petite que la plupart du tems l'ennemi, logé sur la crête, plonge les remparts assez bas pour pouvoir les battre en brèche : lorsque les fossés sont assez profonds pour forcer l'assiégeant à descendre les batteries dans le terre-plein, il est avantageux d'avoir des chemins couverts étroits afin qu'il ne puisse y construire les batteries qu'en déblayant le parapet ; et si le revêtement de ce parapet est fondé sur une maçonnerie de 10 décimètres d'épaisseur, la construction des batteries sera longue et très-périlleuse : mais dans le cas où un chemin couvert étroit donneroit à l'ennemi la possibilité de voir les $\frac{2}{3}$ de la hauteur du rempart, il est préférable d'augmenter suffisamment la largeur du terre-plein : et si cette largeur produisoit des glacis trop doux, il faudroit augmenter un peu le relief de l'enceinte ou de l'ouvrage.

Des glacis et de leur pente.

Les procédés de l'attaque font connoître que c'est en cheminant sur les glacis que l'assiégeant doit consommer le plus de tems et de monde : c'est une période du siége où l'influence de la fortification se fait sentir plus puissamment : ainsi les glacis doivent remplir plusieurs conditions : 1°. leur pente doit être telle que leur plan prolongé ne doit laisser au dessous de lui aucune ligne de tir : si la charnière d'un glacis est parallèle à la ligne couvrante de l'ouvrage, ce n'est pas par cette dernière que le plan du glacis doit passer, mais par la ligne de feu la plus basse, etc.; 2°. il faut que la pente d'un glacis ne soit pas trop forte, afin que les lignes de tir soient efficaces et ne soient pas inclinées de plus de 7 à 8 degrés ; 3°. cette pente doit être réglée de façon que, lorsque les cheminemens sont parvenus à la distance de la grenade, l'assiégeant ne puisse plonger dans les chemins couverts qu'en donnant à ses cavaliers une hauteur qui les expose à une destruction presque certaine : en réglant cette pente à raison de 8 à 10 centimètres par 2 mètres, la hauteur des cavaliers sera au moins de 28 décimètres et leur exécution très-hasardée.

Cormontaigne a appliqué au chemin couvert le principe que tout ouvrage accessible, pour pouvoir être défendu, devoit être soutenu par un retranchement intérieur : l'emplacement le plus favorable aux *réduits* qui soutiennent les chemins couverts est évidemment le terre-plein des places d'armes rentrantes qui sont flanquées par la demi-lune et le bastion et placées dans le point le plus rentrant : nous avons tracé les faces des réduits de manière à les défiler du logement qui embrasse la place d'armes saillante ; en conséquence l'assiégeant ne peut saisir le prolongement de ces faces pour les ricocher ; et la place d'armes est plus spacieuse et mieux défendue par la mousqueterie du réduit. Le petit flanc de 8 à 10 mètres, qui voit de revers la brèche de la demi-lune, en rend l'assaut presqu'impossible si on construit sur ce petit flanc une batterie couverte de deux pièces de petit calibre. Ainsi les réduits de place d'armes rentrante forcent l'assiégeant à une attaque de pied à pied, en conservant à l'assiégé la faculté des retours offensifs contre l'assiégeant, lorsqu'il aura pénétré de vive force dans le chemin couvert ; par leur relation avec les demi-lunes, ils en suspendent l'assaut jusqu'à ce que l'assiégeant ait fait l'attaque des réduits eux-mêmes et s'y soit établi, etc.

Des réduits de place d'armes rentrante.

Toutes les traverses interposées le long des branches du chemin couvert ont pour propriété générale et principale de couvrir les différentes parties du chemin couvert des ricochets qui ont lieu dès la première parallèle : les traverses qui ferment la place d'armes saillante assurent, avec le tambour en charpente, la communication avec le fossé ; elles doivent tenir à la contrescarpe et sont mises dans le prolongement des parapets : celles des places d'armes rentrantes les ferment et en font un retranchement continu : elles tiennent aussi à la contrescarpe parce que leur défilé est suffisant pour la retraite des troupes : quant aux traverses intermédiaires de la demi-lune, dont les défilés sont saisis par l'ennemi dans les deux espèces d'attaque, il convient de laisser un passage entre elles et la contrescarpe pour faire retirer ou déboucher les troupes. Comme l'assiégeant se couvre des traverses pour faire ses descentes et pour établir ses batteries de brèche dans le terre-plein, elles ne doivent avoir que 5o décimètres d'épaisseur, à l'exception de celles des places d'armes rentrantes qu'il faut faire à l'épreuve du canon.

Des traverses du chemin couvert.

Il suit de là qu'il est inutile de faire des banquettes aux traverses, excepté à celles des places d'armes rentrantes : on peut même supprimer leurs palissades et leurs simples barrières qui ne font que donner des éclats dangereux et embarrasser les manœuvres : les derniers sièges de Valenciennes, du Quesnoi, etc., ont prouvé que ces palissademens et les barrières des défilés ne peuvent être maintenant d'aucune utilité.

Il est reconnu depuis longtems que les chemins couverts ne sont pas organisés d'une manière assez forte ; et plus l'attaque s'est perfectionnée, plus cet état de foiblesse s'est manifesté. Plusieurs exemples tirés de la dernière guerre ont fait reconnoître la nécessité de faire dans les chemins couverts des dispositions qui puissent mettre le défenseur dans le cas de résister et de contre-balancer pendant plus de tems la grande puissance de l'attaque actuelle.

Réflexions sur les chemins couverts, eu égard à l'état actuel de l'attaque.

2.

Des communications.   C'est par les communications qu'on établit la relation entre les différens élémens d'un système de fortification (116) : c'est par elles qu'on transporte de l'intérieur du champ de bataille dans tous les points les objets de la défense, tels que les troupes, l'artillerie, les munitions, etc.

Il suit de là que toutes les communications doivent être faciles, commodes et disposées sous le rapport de la retraite des troupes : quand les communications de retraite ne sont pas parfaitement assurées, les troupes ne se livrent pas avec confiance à une défense opiniâtre. Ce principe n'appartient pas uniquement à la guerre des sièges, il est d'une application nécessaire à toutes les dispositions relatives à la guerre offensive et défensive. Les communications doivent consister en rampes, en larges poternes, en caponnières blindées, en larges galeries souterraines, en barrières et passages de chemins couverts, etc. Il convient d'assortir les rampes et les passages aux manœuvres de la cavalerie que l'on n'emploie pas assez dans la défense des places où elle peut être très-utile pour porter sans cesse le désordre parmi les travailleurs, etc.

De l'ordonnance générale de tous les élémens du front bastionné.   Tous les élémens du front bastionné dont nous venons d'examiner les principales propriétés, sont ordonnancés dans la projection horisontale, de façon que l'assiégeant est dans l'obligation de les attaquer les uns après les autres, sous peine de se voir pris à revers dans ses assauts et forcé de revenir sur ses pas. Ils se protègent sans que leur conservation individuelle puisse être compromise : cette ordonnance ou relation de défense est basée sur le principe général (93, seconde part.) qui veut que *toute partie de fortification qui flanque une partie plus exposée, ne soit pas dans le cas de s'occuper de sa propre défense.*

146. Du relief de tous les élémens du front bastionné pour completter la description donnée dans le chap. III (117) ; de la théorie du commandement.

(Pl. II *bis.*)

146. En décrivant le relief du front bastionné dans le chapitre III (117), nous avons rapporté toutes les raisons qui ont décidé à fixer le relief de tous les élémens d'après une certaine loi. Or, nous savons que l'ordonnance en projection verticale doit se déduire des règles de l'attaque et de la défense, comme celle de la projection horisontale : la relation de défense ne peut exister entre les élémens du système qu'autant qu'ils se protègent et qu'ils agissent sur les travaux de l'assiégeant le plus efficacement qu'il est possible : cela revient à considérer les lignes de tir en projection verticale et à déduire le relief de l'efficacité des lignes de tir considérées dans le plan vertical. Nous avons à ce sujet deux principes à poser pour nous servir de guide.

Premier principe sur l'inclinaison des lignes de tir pour qu'elles soient efficaces.   Nous avons exposé dans la seconde partie (105) que les feux trop inclinés sous l'horison perdoient de leur efficacité après une certaine limite. Les feux de mousqueterie peuvent plonger sous l'horisontale d'environ 30 degrés ; mais nous avons vu, dans la première partie, chapitre VII, que l'artillerie ne pouvoit pas exécuter les feux à lignes de tir directes lorsqu'elles s'abaissoient de plus de 10 degrés au dessous de l'horison : ainsi nous admettrons en principe qu'une ligne de tir de feu d'artillerie, directe et plongeante, ne sera efficace qu'autant qu'elle sera comprise dans l'angle de 9 degrés à-peu-près ; c'est-à-dire, dans l'angle dont la tangente égale le ¼ du rayon.

Le second principe que nous poserons fixera la hauteur à laquelle une ligne de tir directe doit passer au dessus d'une ligne couvrante pour ne pas incommoder les défenseurs qui doivent simultanément faire usage de leur feu : cette hauteur doit être au moins de 10 à 12 décimètres.

Second principe sur la hauteur à laquelle une ligne de tir directe doit passer au dessus d'une ligne de feu de mousqueterie qui la précède, pour ne pas incommoder les défenseurs.

Puisque tous les ouvrages d'un système doivent concourir à la défense générale, il faut que leur commandement respectif soit tel qu'ils puissent agir par l'action de leur feu sur tous les travaux de l'attaque : d'où il suit que les ouvrages les plus avancés doivent avoir le moins de commandement, afin qu'ils ne masquent pas les feux des ouvrages en arrière, et qu'ils en soient dominés lorsque l'assiégeant s'en sera emparé.

Troisième principe sur le commandement.

Ce dernier principe est sujet à beaucoup d'exceptions : il est diversement modifié dans chaque système et n'est généralement vrai que pour le commandement des ouvrages principaux sur leurs chemins couverts : ainsi dans le système que nous considérons, la tenaille a peu de relief quoiqu'elle soit précédée par la demi-lune, etc. ; les réduits intérieurs des ouvrages principaux ont peu de commandement au dessus d'eux et leurs feux ne peuvent pas être simultanés : dans les systèmes à tours bastionnées de Vauban, les contre-gardes couvrent entièrement les tours, etc. : dans le système de Carnot, les couvre-faces masquent absolument l'ouvrage principal, etc.

Le troisième principe n'est pas général : il souffre beaucoup d'exceptions.

Nous déduirons des principes précédens la relation générale qui doit lier les commandemens respectifs des élémens du front bastionné. Nous distinguerons dans le système trois ouvrages principaux : 1°. le chemin couvert ; 2°. la demi-lune ; 3°. l'enceinte. Les ouvrages secondaires sont la tenaille et les réduits intérieurs des ouvrages principaux. En examinant la manière dont les ouvrages principaux se présentent à l'attaque, on voit que le chemin couvert de la demi-lune est le premier ouvrage attaqué et qu'il doit avoir par conséquent le minimum de commandement au dessus du plan de site ; que le chemin couvert du corps de place, y compris la place d'armes rentrante, doit avoir un commandement un peu plus considérable ; que la demi-lune doit commander tout le chemin couvert ; qu'enfin le corps de place dominera le tout.

Idée générale du commandement des élémens du système bastionné.

Avant que Vauban et Coehorn eussent fait dans la fortification et la guerre des siéges la même révolution que les princes de Nassau avoient opérée dans la tactique et l'art de la guerre de campagne, les ingénieurs ne suivoient aucune règle pour fixer le relief : ils donnoient à l'enceinte un commandement considérable sur la campagne, ils le portoient à plus de 100 décimètres au dessus du plan de site. Par cet énorme relief on découvroit nécessairement tous les travaux de l'assiégeant ; mais il en résultoit deux vices majeurs : 1°. que les lignes de tir directes étoient si fichantes pendant la défense rapprochée qu'elles ne pouvoient être efficaces ; 2°. que les maçonneries, en s'élevant beaucoup au dessus du plan de défilement du chemin

De la manière dont on considéroit le relief de la fortification avant Vauban et Coehorn.

couvert étoient en prise dès la première parallèle aux batteries assiégeantes, etc. Coehorn et Vauban corrigèrent en partie ce vice radical et diminuèrent le commandement de l'enceinte sur le plan de site pour obtenir des feux plus rasans et plus efficaces.

Vauban rabaissa le commandement du corps de place à 70 décimètres et obtint, par cette correction, des profils plus rasans et moins exposés à être foudroyés de loin par l'artillerie assiégeante : mais comme il faisoit revêtir en maçonnerie le talus extérieur du parapet, il découvroit à l'assiégeant 40 décimètres en hauteur de maçonnerie : de plus, il mettoit aux angles saillans et aux angles d'épaule des guérites en pierres de taille construites avec beaucoup de luxe.

Il résultoit de ces dispositions que l'assiégeant, dès la première ou la seconde parallèle, pouvoit raser les défenses et faire crouler les parapets dans les fossés; et qu'il étoit singulièrement facilité dans ses reconnoissances par les guérites, qui donnoient avec la plus grande exactitude les prolongemens des faces et l'écartement des ouvrages collatéraux.

Pour achever la correction du profil général de l'enceinte et des autres parties du système, les ingénieurs qui sont venus après Vauban, l'ont assujetti aux principes que nous avons déduits de l'attaque : 1°. ils dérobent entièrement les maçonneries à la vue de l'assiégeant en mettant le sommet de l'escarpe ou la tablette dans le plan de défilement du chemin couvert; 2°. ils construisent en terre, avec talus extérieur, toute la partie du relief qui est au dessus de ce plan; 3°. pour soustraire autant qu'il est possible la fortification aux batteries de l'assiégeant et rendre les feux très-rasans, ils ont souvent réduit le commandement de l'enceinte à 50 décimètres. Mais, par cette réduction non calculée, il arrive que les feux des ouvrages principaux ne peuvent agir de plein fouet sur les travaux de l'attaque dès la seconde parallèle, qu'en annullant les feux des ouvrages qui les précèdent.

Il faut dans tout ouvrage de fortification permanente, ainsi que nous l'avons fait observer, même pour les ouvrages de campagne, distinguer deux plans de feu; l'un est relatif à la disposition de l'artillerie, l'autre à la mousqueterie. Avant que l'assiégeant ait mis en action ses batteries, ces deux plans se confondent et passent par la ligne couvrante; mais à l'instant où l'artillerie ennemie est démasquée, le plan des feux d'artillerie s'abaisse de 10 à 12 décimètres, afin que l'artillerie soit couverte, etc. Cette observation fait voir que lorsque l'origine des lignes de tir est déterminée, il faut élever au dessus d'elle la ligne couvrante de 10 à 12 décimètres.

Supposons maintenant que le commandement de l'enceinte du front bastionné soit de 50 décimètres au dessus du plan de site, et voyons si les lignes de tir d'artillerie pourront conserver leur efficacité en agissant simultanément avec les feux de mousqueterie du chemin couvert. Prenons un profil sur un plan vertical perpendiculaire à la face du bastion et construisons sur ce plan de projection la trace de la ligne de tir d'artillerie : puisque l'origine a de la ligne de tir doit être placée dans la verticale ab, distante de 20 décimètres de la ligne couvrante et 10 décimètres plus bas, ce point sera élevé de 40 décimètres au dessus de la ligne de tir et on aura $ab = 40$ décimètres : mais cette même ligne de tir doit passer par le point c élevé de 12 décimètres au dessus de la crête du parapet ; donc on aura $cd = 36$ décimètres ; et comme $bd = 500$ décimètres à-peu-près, on aura, en nommant x la distance du point où la ligne de tir rencontre la ligne de terre à la crête du parapet, $40\, x - 36\, x = 500$ dt. $\times 36$ et $x = 450$ mètres : cela indique que l'artillerie cessera de battre efficacement les travaux à la distance de la seconde parallèle.

Si nous attribuons maintenant à l'enceinte le commandement de 65 décimètres que nous avons admis dans le chapitre III (117) sur la description, nous trouverons $x = 94$ mètres : ce qui fait voir que ce relief est le plus foible qu'on puisse adopter : il faudroit le porter à 70 décimètres pour que les lignes de tir rencontrassent le pied de la troisième parallèle : dans cette hypothèse les lignes de feu conserveroient leur efficacité en raison de leur inclinaison sous l'horison, puisque l'angle seroit celui dont la tangente est le $\frac{1}{20}$ du rayon. En supposant que la pente du glacis est de 8 centimètres pour 2 mètres, la ligne de tir seroit un peu fichante sur la surface du glacis; ce qui est convenable.

Du relief d'une enceinte rasante dont le commandement est de 65 décimètres au dessus du plan de site.

Supposons maintenant qu'il s'agisse d'ordonnancer le relief d'un système de fortification tracé en projection horisontale : la méthode que nous allons suivre pour le front bastionné peut s'appliquer, avec les modifications nécessaires, à tous les systèmes. Après avoir distingué les élémens composant le système, en ouvrages principaux et en ouvrages secondaires, on déterminera quels sont ceux dont les feux doivent être simultanés et efficaces, non-seulement pendant la défense éloignée, mais encore pendant la défense rapprochée. Il sera donc indispensable de tracer le pied du glacis sur lequel s'établit à-peu-près la troisième parallèle et de déterminer les lignes de tir de manière qu'elles s'appuient sur le pied de cette parallèle. Cela posé, considérons la partie du front bastionné et la partie de l'attaque comprises entre la capitale du bastion B et celle de la demi-lune D : la face du bastion battra la partie mp de la parallèle, et la face de la demi-lune battra l'autre partie pn : ce qui montre que les lignes de tir du bastion doivent passer par dessus le réduit de la place d'armes rentrante, sans en gêner les feux de mousqueterie : il en est de même de la demi-lune par rapport à son chemin couvert.

De la méthode de déterminer le relief de tous les élémens du front bastionné; c'est-à-dire, la relation qui doit exister entre les plans de défilement de ses élémens.

(Pl. V, fig. 2.)

Les chemins couverts étant dans le système les parties les premières attaquées, ils doivent n'avoir que le plus petit commandement; mais comme l'attaque saisit celui de la demi-lune avant celui du bastion, il est convenable de donner un peu plus de commandement au chemin couvert du corps de place qu'à celui de la demi-lune : c'est pour cette raison que nous les avons fixé, dans la description, respectivement à 25 et 30 décimètres, en observant de les raccorder dans le crochet de la traverse de la place d'armes rentrante du côté de la demi-lune.

Commandemens du chemin couvert de la demi-lune et du corps de place.

(Fig. 3 et 4.)

Faisons actuellement deux sections verticales, l'une perpendiculaire à la face de la demi-lune, projettée en vz, et passant à-peu-près par le milieu z de la parallèle; l'autre perpendiculaire à la face du bastion, passant par le milieu de la face de la place d'armes rentrante et dont la trace est rx; construisons sur ces deux profils les traces verticales des lignes de tir dont la position est connue, puisqu'elles doivent passer par les points q et z de la parallèle ou du pied du glacis et par des points élevés de 10 à 12 décimètres au dessus de la crête du glacis.

Pour calculer vn, afin d'avoir la hauteur de l'origine de la ligne de tir, on a la proportion 140 : 110 :: x : 36 dt., et $x = 46$ décimètres à-peu-près; donc vo, c'est-à-dire, la hauteur de la ligne couvrante $= 55$ décimètres au moins.

On calculera de même la hauteur rm de l'origine de la ligne de tir du corps de place et on aura pour la hauteur du plan de défilement au dessus du plan de site; $rf = rm + 10$ dt. $= \dfrac{230 \times 40}{146} + 10 = 73$ décimètres.

Ainsi, d'après ces calculs très-simples, le commandement du corps de place sur la demi-lune sera de 18 décimètres.

Du commandement du réduit de la place d'armes rentrante.
(Fig. 4.)

Le plan de défilement de la place d'armes rentrante se détermine en élevant la verticale ys qui contient la trace de la ligne couvrante jusqu'à ce qu'elle rencontre en S la ligne de tir mo; puis on prendra $SK = 10$ décimètres, et par le point K on mènera la trace du plan de défilement : la hauteur ky se calcule ainsi : $ky = 63$ dt. $\times \frac{166}{210} - 10$ dt. $= 33,^{dt}5$: c'est-à-dire, que le réduit de la place d'armes rentrante ne commandera le chemin couvert du corps de place que de 4 décimètres au plus et de 8 celui de la demi-lune, lorsque ses feux et ceux du bastion seront simultanés; si on ne veut pas conserver cet avantage, on pourra placer la trace du plan de défilement en x, milieu de SK, et on aura $yx = 39$ décimètres environ pour l'expression du commandement.

Du commandement du réduit de la demi-lune.

Le réduit de la demi-lune devant la commander et l'être lui-même par le corps de place, on peut faire passer son plan de défilement par le milieu du commandement du corps de place sur la demi-lune; ce qui donnera 64 décimètres pour la hauteur du plan de défilement au dessus du plan de site.

Du commandement du retranchement du bastion ou du cavalier.

Si le retranchement du bastion ne doit pas avoir une hauteur qui dépende de la forme extérieure du site, il suffit de lui donner 10 à 12 décimètres de commandement sur le bastion; la cote de son plan de défilement sera de 85 décimètres.

Du relief de la tenaille.
(Voyez la pl. II.)

Dans le chapitre sur la description (117) nous n'avons rien pu dire de précis sur le relief de la tenaille; nous avons seulement fait observer qu'elle occasionnoit le long de son escarpe un espace mort qui peut être dangereux; et qu'elle ne devoit pas masquer les feux des flancs qui défendent les approches de la brèche. Ainsi le relief de la tenaille doit être conduit de manière à satisfaire aux trois conditions essentielles qui l'ont fait admettre dans le système : 1°. elle ne doit pas masquer les feux des flancs qui défendent les brèches et les fossés des faces des bastions attaqués; 2°. la tenaille doit couvrir, autant qu'il est possible, la maçonnerie de la courtine et des flancs; 3°. le terre-plein de cet ouvrage doit être défilé des points dominans occupés par l'assiégeant lorsqu'il est maître du chemin couvert et de la demi-lune.

Les élèves et le jeune officier ne pourront concevoir parfaitement ce que nous allons énoncer sur le relief de la tenaille que lorsqu'ils auront étudié le chapitre X dans lequel nous traiterons des élémens du défilement : ils reviendront alors sur leurs pas pour reprendre l'analyse de la tenaille et en faire le tracé graphique.

1°. Pour que la tenaille ne masque pas les feux des flancs qui défendent les faces du bastion, on regardera la partie $R'r$ de la ligne de défense qui va du flanc à la brèche du bastion opposé, comme une ligne de tir d'une batterie à feux couverts : on mènera les lignes mq' et mq, qui seront prises pour la projection horisontale de la ligne couvrante de la tenaille : cette ligne couvrante projettée en mq' doit être inférieure de 12 décimètres au plan de feu d'artillerie passant par le flanc $R'T'$ et par la ligne de tir $R'r$; ce qui aura lieu si après, avoir déterminé le point m à 12 décimètres au dessous de la ligne de tir $R'r$, on mène mq' dans l'angle formé par l'horisontale et la parallèle au plan de feu. Il faut maintenant déterminer le point m en faisant une projection sur le plan vertical passant par $R'r$: sur ce plan on tracera la ligne de tir $R'r$ dont la position est connue par le relief du flanc et la profondeur des fossés ; on projettera la verticale en m, laquelle ira rencontrer la ligne de tir en un point au dessous duquel on portera 12 décimètres pour avoir le point m appartenant à la ligne couvrante de la tenaille : si par le point on trace une horisontale, on pourra la regarder comme la trace du plan de défilement de la tenaille : mais par cette construction la tenaille ne couvriroit pas les flancs exposés à la contre-batterie ennemie autant qu'il est possible de le faire.

2°. Pour que les flancs soient couverts le plus possible par le relief de la tenaille, on tracera mq' parallèlement au plan de feu, comme nous l'avons dit ci-dessus ; cela n'empêchera pas que la première condition ne soit remplie.

3°. Enfin, il faut que le terre-plein de la tenaille soit défilé des logemens de l'ennemi dans le réduit de la demi-lune et au saillant du bastion : pour cela, nous ferons tourner le plan passant par la ligne couvrante mq' jusqu'à ce qu'il passe au dessus du logement de l'ennemi le plus dominant : ce plan rampant sera pris pour plan de défilement et le terre-plein devra lui être parallèle pour que la troisième condition soit satisfaite, comme nous le verrons dans la suite.

La même opération étant répétée sur mq, l'ordonnance de la tenaille sera complète : on voit que le terre-plein formera une gouttière placée dans la perpendiculaire. Aux lignes mq' et mq qui ne sont pas les vraies lignes couvrantes, on pourra leur substituer, sans erreur sensible et sans nuire à l'ordonnance, la figure de la ligne couvrante donnée par la projection horisontale.

Observation sur l'efficacité des lignes de tir sur les chemins couverts.

(Voyez la pl. V, fig. 1.)

Il est une observation importante à faire lorsqu'on détermine le commandement des ouvrages, c'est qu'il faut que les lignes de tir soient efficaces sur le chemin couvert : pour cela, la ligne de tir d'artillerie Oa menée à 10 ou 12 décimètres au dessus de la contrescarpe M, ne doit pas être inclinée de plus du sixième ; c'est-à-dire, que l'angle nos ne doit pas être au dessus de 9 degrés : lorsque cela arrive, il faut ou diminuer le relief au dessus du plan de site, ou augmenter la largeur du fossé. Dans le front que nous examinons, le relief de la demi-lune pourroit être de 60 décimètres et celui du bastion de 76, sans que les lignes de tir cessassent d'être efficaces sur le chemin couvert.

147. De la force relative d'un front de fortification en raison de sa relation avec les fronts collatéraux qui ont une influence sur la marche des attaques.

147. Indépendamment de la *force absolue* d'un front de fortification, laquelle dépend de sa constitution et de son ordonnance en projections horisontale et verticale, il a une *valeur relative* qui résulte de sa relation avec les fronts collatéraux, lesquels ont nécessairement une influence plus ou moins marquée sur les attaques. En effet, nous avons vu, dans le chapitre précédent, que dans la conduite des attaques contre le front bastionné, les demi-lunes collatérales agissoient si puissamment sur les ailes des attaques qu'il étoit indispensable de les ricocher ; qu'il falloit aussi couvrir de feux courbes leurs chemins couverts et leurs places d'armes rentrantes ; qu'il étoit enfin nécessaire de couvrir les cavaliers de tranchée, les logemens et les contre-batteries par des traverses ou des épaulemens plus ou moins étendus selon que la saillie des demi-lunes est plus ou moins grande. Pour se bien convaincre de cette vérité, il est nécessaire de comparer la durée probable du siége du front bastionné considéré dans les trois principaux états de perfection par lesquels il a passé.

Attaques du front bastionné composé de petits bastions et privé de tenaille et de demi-lune ; estimation de la durée probable du siége.

En supposant le front composé de petits bastions, sans tenaille et demi-lune et tel qu'il existoit avant Pagan et Vauban, nous remarquerons : 1°. que quels que soient les angles du polygone, il est toujours possible de s'épauler des fronts collatéraux qui ne peuvent pas prendre à revers et nuire beaucoup aux travaux et logemens sur les glacis ; 2°. que les feux sur les capitales sont peu efficaces, comme nous l'avons déja observé dans les chapitres III et IV : par conséquent la marche des cheminemens sera nécessairement plus rapide pendant la défense éloignée et la durée probable de cette partie du siége plus courte.

Journal d'attaque.

La dixième nuit au plus tard, la troisième parallèle sera achevée et les batteries de mortiers et d'obusiers seront établies.

La douzième nuit, les cavaliers de tranchée seront en état, etc.

La quatorzième nuit, le chemin couvert sera couronné sur tout son développement, puisque l'assiégé n'est pas retranché dans la place d'armes rentrante.

La seizième nuit, les batteries de brèche et les contre-batteries entreront en jeu ; les premières feront une grande brèche aux épaules des bastions et à la courtine par laquelle tous les retranchemens intérieurs pourront être tournés.

La dix-huitième nuit, à la pointe du jour, l'assaut général pourra être donné.

Ainsi la durée probable du siége ne peut pas être portée à plus de dix-sept jours.

De la durée probable du siége estimée à 17 jours.

L'attaque du front, supposé couvert par une petite demi-lune, marche nécessairement avec moins de célérité; les demi-lunes portent des feux croisés sur les capitales qui rallentissent les travaux; les logemens sur les saillans des bastions sont enfilés ou écharpés par les feux des demi-lunes collatérales; mais comme leur saillie est peu considérable, il est très-facile de se garantir de leurs feux.

Attaque du front couvert par une petite demi-lune.

La douzième nuit, la troisième parallèle et ses batteries seront confectionnées.

Journal d'attaque

La quatorzième nuit, les cavaliers de tranchée seront commencés; mais leur construction sera plus périlleuse et plus lente, etc.

Comme les demi-lunes font une saillie peu considérable, il sera possible de saisir en même tems les trois saillans.

La dix-huitième nuit, le chemin couvert sera entièrement couronné, etc.

L'action des demi-lunes collatérales qui enfilent les logemens sur les saillans des bastions, rendra l'établissement des contre-batteries plus long et plus périlleux, etc.

Le 21, les batteries de brèche et contre-batteries seront en pleine activité, etc.

Dès le 19, on sera descendu dans le terre-plein de la place d'armes rentrante pour y établir une batterie de brèche contre l'épaule du bastion, laquelle, en même tems, battra en brèche la courtine par la trouée de la tenaille, etc.

Le 23, les brèches seront praticables, et comme on peut tourner les retranchemens par la brèche faite à la courtine, l'assiégé ne pourra soutenir l'assaut, etc.

La durée probable du siége peut donc être fixée à 23 jours : elle ne surpasse celle du front dans son premier état que de 5 jours.

De la durée probable du siége estimée à 23 jours.

Venons maintenant au front bastionné que nous avons décrit pour nous servir de terme de comparaison : c'est le troisième état auquel est parvenu le système après Vauban et entre les mains de Cormontaigne. Remarquons que nous avons supposé que l'angle du polygone étoit tel que les demi-lunes collatérales enfiloient seulement et ne prenoient pas à revers les cavaliers de tranchée et les ailes du couronnement du chemin couvert et qu'on pouvoit embrasser leurs faces pour les ricocher : ce grand écartement des demi-lunes collatérales n'a lieu que dans l'eptagone et les polygones inférieurs : mais les demi-lunes se trouvant très-avancées dans la campagne forment des rentrans considérables; elles enfilent et dominent plus efficacement les cavaliers et les logemens; on saisit avec plus de peine les saillans des bastions en même tems que celui de la demi-lune du centre; il est impossible de couronner tout le chemin couvert par une seule opération, à cause du grand

Attaque du front à grandes demi-lunes tel que celui qui a été décrit et analysé.

effet de la demi-lune, de son réduit et du réduit de la place d'armes rentrante, etc. Il a fallu détailler tous les élémens les uns après les autres, etc;
enfin ou n'a pu battre en brèche que les faces des bastions, ce qui a
rendu leurs retranchemens utiles et a procuré la faculté de soutenir plusieurs
assauts au corps de place, etc. Cette ordonnance a porté l'estimation de la
durée probable du siége à 36 jours.

Cette augmentation dans la durée probable du siége du front bastionné
moderne est due, toutes choses d'ailleurs égales, 1°. à la grande saillie des
demi-lunes ; 2°. aux réduits placés dans tous les ouvrages principaux.

148. Réflexions sur l'ouverture des angles supérieurs à ceux de l'eptagone; de la relation de défense qui s'établit entre le front d'attaque et les fronts collaté-raux.

148. Il est maintenant aisé de concevoir que l'ouverture des angles, lorsqu'ils sont supérieurs à ceux de l'eptagone, donne aux fronts collatéraux,
relativement au front attaqué, une position qui doit puissamment influer
sur les dispositifs de l'attaque. Il s'établit, à raison de cette influence, une
relation de défense entre le front d'attaque et les fronts collatéraux; l'effet
de cette relation est d'augmenter d'autant plus la force absolue du front
d'attaque que les angles sont plus considérables.

Des principaux avantages qui résultent de la grande ouverture des angles du polygone dé-fensif.

Les procédés de l'attaque théorique font découvrir au premier aspect les
avantages qui résultent pour la défense, d'une plus grande ouverture dans
les angles du polygone défensif : les angles flanqués deviennent de plus en
plus obtus ; les parallèles prennent de plus grands développemens pour
pouvoir saisir les prolongemens des faces des demi-lunes collatérales; souvent
on est forcé d'attendre, pour établir les batteries à ricochets, l'époque de
la seconde parallèle : dans cette dernière position, ces batteries prêtent le
flanc aux parties collatérales qui les tourmentent et en démontent les
pièces, etc.

Mais ce qu'il importe de bien remarquer, c'est que l'angle flanqué des
bastions peut devenir obtus au point que les prolongemens des faces tombent
sur les saillans des demi-lunes et en sont interceptés : lorsque cette circonstance arrive il devient difficile de ricocher les faces des bastions; les
demi-lunes ont peu d'écartement et entrent en relation de défense immédiate ; elles couvrent absolument le corps de place; elles forment entre elles
des rentrans si considérables qu'elles enveloppent et prennent en flanc et
à revers les travaux de l'assiégeant dès qu'il débouche de la troisième parallèle, etc.

Attaque d'un poly-gone bastionné supé-rieur à l'eptagone.

Dans les polygones supérieurs à l'eptagone, les demi-lunes collatérales ont
une si grande action sur les ailes des attaques qu'il devient indispensable
à l'assiégeant de les comprendre dans le front d'attaque pour s'en saisir
avant que de couronner les saillans des deux bastions. Sans cette attaque
préliminaire, les cavaliers de tranchée et les contre-batteries seroient tellement
enfilés et pris à revers que leur exécution est regardée, par la théorie,
comme impraticable : il faudra donc alors que la troisième parallèle embrasse
les demi-lunes collatérales et que le front d'attaque comprenne 5 saillans :
d'où il résultera un développement de tranchées si considérable et tant de

logemens meurtriers à exécuter, que l'assiégeant doit, dans cette circonstance, chercher à pénétrer dans la place par un front d'attaque différent du front bastionné ordinaire.

Du front d'attaque compris entre les capitales des demi-lunes de deux fronts contigus.

Pour abréger les travaux, l'assiégeant doit préférer au front d'attaque ordinaire celui qui est compris entre les capitales des demi-lunes de deux fronts contigus : par ce choix, les ouvrages collatéraux seront deux bastions qui, ayant peu de saillie, n'auront qu'une légère influence sur les ailes de l'attaque : l'assiégeant s'enfoncera dans le rentrant formé par les deux demi-lunes pour pénétrer dans la place par un seul bastion dont les deux faces seront simultanément battues en brèche aussitôt que l'assiégeant aura couronné les saillans des deux demi-lunes.

Attaque du nouveau front considéré dans le dodécagone.
(Pl. V , fig. 4.)

Nous allons décrire succinctement l'attaque régulière contre le nouveau front en supposant qu'il fait partie du dodécagone. Les travaux des deux premières périodes s'exécuteront comme dans le premier cas ; mais les faces des bastions collatéraux et celle du bastion attaqué ne pouvant pas être ricochées efficacement, il en résultera sur les 5 capitales, des feux croisés et directs dont les effets retarderont nécessairement la marche des attaques.

Journal de l'attaque.

La douzième nuit, la troisième parallèle sera achevée, et on commencera toutes les batteries de canons, d'obusiers et de mortiers pour enfiler les faces de tous les ouvrages, contre-battre les faces du bastion et tourmenter l'ennemi dans ses terre-pleins.

La quatorzième nuit, toutes les batteries entreront en action ; on débouchera en portions circulaires sur les 3 capitales et en cheminemens directs sur les capitales des places d'armes rentrantes.

Les quinzième, seizième, dix-septième et dix-huitième nuits seront nécessaires pour cheminer à 30 mètres des saillans des demi-lunes, et pour les embrasser par des demi-places d'armes dont les ailes seront armées de cavaliers de tranchée : on éprouvera beaucoup de difficultés pour élever les cavaliers de tranchée qui seront pris en flancs et de revers par les réduits des demi-lunes et par les bastions collatéraux : si leur construction est impossible, on mettra dans leur emplacement des batteries de pierriers couvertes par de hauts et forts épaulemens.

Les dix-neuvième et vingtième nuits, on joindra les ailes des demi-places d'armes ou des cavaliers de tranchée par une quatrième parallèle bombée vers la place d'armes saillante : on la garnira de pierriers pour inonder les 3 places d'armes, etc.; on achevera les communications de la troisième à la quatrième parallèle, etc.

La vingt-unième nuit, on se saisira des deux saillans et on couronnera une partie des branches du chemin couvert, en tâchant de dépasser autant qu'il sera possible le saillant des demi-lunes : on se couvrira par des traverses tournantes et en parados.

Les vingt-deuxième et vingt-troisième nuits, on descendra par de larges coupures dans le terre-plein des places d'armes saillantes : on couronnera la contrescarpe et on commencera des batteries de brèche et contre-batteries contre les demi-lunes et le bastion ; on commencera la cinquième parallèle qui doit joindre les extrémités du couronnement des places d'armes saillantes.

Les vingt-quatrième et vingt-cinquième nuits seront employées à achever les batteries et la cinquième parallèle, à laquelle on donnera une figure un peu concave; à faire les communications de la quatrième à la cinquième parallèle, et à garnir la parallèle de pierriers.

Pendant les vingt-sixième et vingt-septième jours, on battra en brèche les demi-lunes et on contre-battra les faces du bastion; on débouchera de la cinquième parallèle pour élever des cavaliers de tranchée sur les prolongemens des branches du chemin couvert des trois places d'armes: si ce travail ne peut pas s'effectuer, on débouchera de la cinquième parallèle, ou en portions circulaires, ou en sapes debout doubles pour joindre les saillans des trois places d'armes et couronner tout le chemin couvert; on commencera les contre-batteries.

Les vingt-huitième, vingt-neuvième et trentième nuits, on achevera les contre-batteries qui entreront en jeu le 29 au soir; on descendra par des coupures dans le terre-plein des places d'armes rentrantes; on attachera le mineur à leurs réduits; on ouvrira les descentes de fossé; enfin on commencera les passages de fossé aux deux demi-lunes.

Les trente-unième et trente-deuxième nuits seront consacrées à achever les passages des fossés des deux demi-lunes et à travailler aux descentes de fossé du bastion.

Pendant la trente-troisième nuit, on préparera tout pour l'assaut aux demi-lunes; à la pointe du jour, on se logera dans le terre-plein des demi-lunes et dans celui des réduits des places d'armes rentrantes.

Les trente-quatrième et trente-cinquième nuits seront employées à construire des batteries de brèche contre les réduits des demi-lunes; à rendre praticables les brèches du bastion; à commencer les deux passages du grand fossé.

Pendant les trente-sixième et trente-septième nuits on achevera les passages du grand fossé; on donnera l'assaut aux réduits des demi-lunes.

La trente-neuvième nuit, on se préparera à donner l'assaut au bastion, à la pointe du jour.

Le quarantième jour, on donnera l'assaut au bastion; on se logera dans son terre-plein.

Pendant les quarante-unième et quarante-deuxième jours on s'établira solidement dans le terre-plein du bastion; on travaillera aux batteries contre le retranchement du bastion où on attachera le mineur.

Le quarante-quatrième jour, la brèche du retranchement du bastion sera praticable et la capitulation aura lieu.

Comme tout favorise l'assiégé à l'époque de l'attaque du bastion; comme il peut se porter en force sur un front étroit où l'ennemi ne peut se développer, on pourroit estimer la durée probable du siége à quelques jours de plus: mais cela tient à la défense opiniâtre de l'assiégé, à sa bonne conduite, à sa valeur et aux causes morales que nous mettons à l'écart:

nous estimons qu'un ouvrage est en la puissance de l'assiégeant, aussitôt que, par suite des travaux de l'attaque, on a pu mettre l'assaillant en contact avec l'assiégé.

Il suit de ce qui vient d'être exposé, que lorsque les angles du polygone défensif s'ouvrent assez pour forcer l'assiégeant à attaquer par un seul bastion, la défense se prolonge de 8 jours; que l'attaque est plus difficile à conduire, et que les pertes de l'assiégeant sont bien plus considérables.

Les propriétés et valeurs relatives des fronts d'attaque dans les polygones élevés vont toujours croissant comme leurs angles; et lorsque plusieurs fronts se développent sur une ligne droite on obtient des résultats beaucoup plus prononcés. Dans cette hypothèse, les circonstances de l'attaque et de la défense tournent d'une manière plus frappante en faveur de l'assiégé : 1°. les capitales de demi-lunes se trouvant parallèles, entrent en relation de défense d'une manière plus immédiate; elles forment un front avancé et redoutable qui couvre parfaitement l'enceinte; et les travaux de l'attaque ne pouvant plus être enveloppans, sont parallèles au front attaqué; 2°. les prolongemens des faces des bastions tombent sur les demi-lunes et ne peuvent être saisis que très-difficilement; l'angle flanqué est si obtus qu'il passe hors de la sphère des attaques : les faces des bastions ne pourront donc pas être ricochées, etc.; 3°. l'attaque devra comprendre 4 demi-lunes, parce que les deux collatérales prennent à revers et dominent les cavaliers de tranchée et les logemens sur les saillans des demi-lunes du front d'attaque; 4°. pendant la défense rapprochée, l'assiégeant sera forcé de cheminer dans un rentrant considérable où il sera vu de flanc et de revers par les bastions collatéraux et plongé par leurs retranchemens ou cavaliers; il sera cerné et enveloppé dans un espace très-resserré dans lequel il éprouvera toutes sortes de chicanes, et où tous les feux du front d'attaque et principalement des parties collatérales s'accumuleront, etc.

Enfin l'assiégeant ne pourra contre-battre les flancs du bastion du front d'attaque qu'après s'être emparé de tout le chemin couvert dans le terreplein duquel il sera forcé de descendre ses contre-batteries et ses batteries de brèche, pour se soustraire aux vues de revers et plongeantes des bastions collatéraux.

En faisant le tracé graphique de l'attaque d'un front adjacent à deux fronts situés en ligne droite, on verra facilement que la durée probable du siège sera beaucoup augmentée; qu'elle s'élevera au moins à 50 jours de tranchée ouverte et qu'on pourroit la porter à 60 jours, en faisant un usage bien entendu des batteries blindées.

Si après avoir passé d'une portion d'enceinte convexe à une portion en ligne droite, nous allons de celle-ci à une portion disposée dans une courbe concave à l'extérieur, nous découvrirons aisément par toutes les raisons exposées ci-dessus que tous les élémens des fronts bastionnés se disposent de plus en plus d'une manière favorable à la défense. Si l'assiégeant attaque un des fronts des ailes, il tournera le flanc aux fronts du centre et le dos

Conséquence.

De la valeur des fronts disposés en ligne droite. (Pl. V, fig. 6.)

De la durée probable du siège d'un front d'attaque contigu à des fronts collatéraux disposés en ligne droite.

De la valeur des fronts tracés dans une courbe concave à l'extérieur.

aux fronts de l'autre aile ; ce qui rend cette attaque impraticable : l'assiégeant
devra donc attaquer les fronts du centre ; mais alors en arrivant à la position des demi-places d'armes il s'enfonce dans un rentrant où il est
enveloppé et où ses dispositions sont croisées par des feux de flanc et de
revers qu'il ne peut ni ricocher ni contre-battre : l'assiégeant ne pourra
ricocher ni les faces des bastions, ni même celles des demi-lunes, si la
convexité est un peu considérable. Dans une pareille disposition, l'assiégeant
occupe la position centrale d'une courbe dont le périmètre, défendu par
l'assiégé, est à l'abri d'une attaque de vive force : d'où il suit que tous
les feux des défenses convergent vers les attaques, pendant que les feux de
l'attaque divergent et ne peuvent contre-battre sans prêter le flanc ou le
dos : aussi est-on en droit de regarder des fronts ainsi disposés comme
inattaquables.

149. Conséquences et principes sur la figure générale de l'enceinte eu égard à la défense.

149. On déduit de l'exposition précédente cette conséquence importante,
que la figure la plus favorable à la défense, qu'on puisse donner à une enceinte, est celle qui est la moins convexe à l'extérieur, celle dont les fronts
partiels forment entre eux les angles les plus obtus. Il faut par conséquent
dans le tracé des enceintes et des ouvrages détachés, développer les fronts
attaquables dans des courbes très-applaties, employer de préférence la ligne
droite ; enfin, et lorsque les localités s'y prêtent, rendre des fronts inattaquables en les disposant dans le milieu d'une courbe concave à l'extérieur.

Indépendamment de la démonstration tirée de la théorie de l'attaque,
ces vérités deviendront sensibles aux élèves par une simple application des
principes généraux de la tactique.

On attaque un front avec d'autant plus d'avantages qu'on le cerne plus
aisément ; et que pendant toutes les périodes du siége, l'assaillant se trouve
constamment en position d'envelopper les défenses, sans que ce dernier
puisse jouir des mêmes avantages à l'égard des travaux de l'attaque.

L'enceinte à figure convexe procure ces facultés à l'assiégeant : il en
profite pour enfiler et ricocher de loin et de près tous les ouvrages, pour
envelopper les sorties, faire au même instant le couronnement du chemin
couvert ; enfin, pour entrer dans la place par deux bastions, etc.

Ces précieuses facultés passent du côté de l'assiégé dans l'hypothèse de
l'enceinte à figure applatie, ou en ligne droite, ou concave : les attaques
de l'assiégeant ne sont plus si cernantes ; il marche sur un front presque
égal au front d'attaque ; il ne peut ricocher les faces des ouvrages ; il est
forcé de n'attaquer qu'un seul bastion, etc. Pendant la période de la défense rapprochée l'assiégeant s'enfonce dans un rentrant où il se trouve, à
son tour, enveloppé et cerné par l'assiégé ; ses travaux sont enfilés, pris
à revers, etc. ; enfin, l'assiégé conserve jusqu'au dernier moment cette
position avantageuse.

Vauban avoit pressenti la théorie que nous venons d'exposer ; sa grande
expérience dans la guerre des siéges l'avoit convaincu de la difficulté de

diriger des attaques contre des fronts disposés en ligne droite : il recommande expressément de les éviter, etc.

Ce célèbre ingénieur a fait des tracés admirables qui ont servi de modèles à ses successeurs : celui de la couronne d'Haurs, à Givet, est un des plus remarquables : il sut si bien saisir toutes les circonstances de ce site varié et faire plier les principes de la fortification régulière aux accidens du terrain, qu'aucune face des bastions n'est ricochable ; leurs prolongemens tombent les uns sur la rivière, les autres sur des anfractuosités, etc. En appliquant à un site semblable les principes que nous venons d'exposer, il seroit possible de développer le tracé général dans une courbe concave à l'extérieur : l'ennemi ne pouvant alors attaquer les ailes de la couronne placées sur les bords de l'escarpement, seroit forcé d'attaquer le centre de la disposition, etc. Nous pourrions encore citer avec éloge le superbe tracé de la double couronne de Belle-Croix, à Metz, dont l'ordonnance, tracée par le célèbre Cormontaigne, ne laisse rien à desirer pour l'instruction des élèves de l'artillerie et du génie.

CHAPITRE VI.

Considérations générales sur les systémes de fortification ; descriptions et analyses succinctes des principaux systémes inventés et pratiqués depuis l'usage de l'artillerie et la découverte des enceintes bastionnées.

150. Nous avons dit (chap. II, 113) que ce fut dans le quatorzième siècle que la fortification bastionnée prit naissance ; qu'elle consista d'abord en de petits bastions qui furent substitués aux anciennes tours, etc. : mais, pendant quelque tems, il ne fut établi aucune règle fixe sur les dimensions et les rapports des différentes parties du front. Errard, de Bar-le-Duc, du corps des ingénieurs rassemblés par Sully, fut le premier qui jetta les fondemens de l'art en cherchant à s'appuyer sur quelques principes déduits de la tactique relative à la guerre des siéges : il régla l'étendue du front sur la portée du mousquet ; il mit un ravelin dans la place d'armes rentrante et adopta une manière régulière de tracer l'enceinte.

Le système d'Errard, représenté dans la figure 1, ne convient qu'à l'hexagone ; il est vicieux sous tous les rapports : les bastions y sont petits et étranglés ; les flancs sont dirigés contre la courtine et contre eux-mêmes ; ils ne défendent les fossés que très-obliquement ; le tracé n'est pas d'une application générale ; enfin les batteries de brèche peuvent ouvrir l'enceinte dans un point quelconque.

Dans le même tems, les ingénieurs italiens cultivoient avec succès l'art de la fortification ; ils firent plusieurs tracés d'enceinte savamment disposés

150. Considérations générales sur les systêmes de fortification.
(Consulter le Traité de Saint-Paul, l'Essai sur la fortification, par Bousmard et l'Architecture des forteresses, par Mondor.
(Voyez la pl. VI.)

Du système d'Errard ; analyse de ce système.
(Fig. 1.)

et supérieurs aux tracés pratiqués en France. Plusieurs ingénieurs, entre autres Deville et Marollais, proposèrent des systêmes mieux ordonnés que celui d'Errard.

(Fig. 2 et 3.)

Dans ces tracés le côté extérieur étoit d'environ 300 mètres ; les lignes de défense étoient fichantes et les flancs perpendiculaires à la courtine : mais leurs constructions étoient embarrassées et ne pouvoient se prêter aux applications particulières.

De la découverte de l'orillon, de son objet et de son tracé.

Les enceintes bastionnées ne furent pas plutôt généralement employées, qu'on imagina de faire subir au bastion une modification qui a été le sujet de beaucoup de discussions : le chevalier Deville fut un des premiers fortificateurs qui introduisit l'orillon. L'*orillon* est une espèce de traverse extérieure qui s'avance sur la ligne de défense un peu au–delà du flanc pour défiler une pièce d'artillerie de la contre-batterie opposée : cette pièce d'artillerie ne pouvant être contre-battue voit la brèche de revers et la défend au moment de l'assaut. Les premiers orillons étoient très–considérables ; ils occupoient les $\frac{2}{3}$ du flanc ; et par ces dimensions énormes ils affoiblissoient extrêmement le flanc retiré. On distingue dans un orillon trois lignes qui forment son contour : 1°. le prolongement de la face du bastion au–delà de l'angle d'épaule : cette quantité varie dans les différens systêmes ; elle est de 10 à 12 mètres dans le systême de Deville, de 17 dans celui de Coehorn, et réduite à o dans ceux de Pagan et de Vauban ; 2°. le devant de l'orillon qui est ou circulaire ou droit ; 3°. le revers de l'orillon ; c'est–à–dire, la ligne intérieure qui va de l'angle flanqué du bastion opposé au point du flanc qui marque l'épaisseur de l'orillon, et qui se prolonge plus ou moins dans l'intérieur du bastion, selon la position du flanc retiré.

De la correction de l'orillon, par Vauban. (Fig. 5.)

Vauban reconnut bien vite que la grande épaisseur des orillons affoiblissoit les flancs ; il corrigea ce vice en réduisant leur épaisseur à 18 mètres au plus ; il donna 14 mètres à la ligne de revers, etc. : Coehorn, dans son premier systême, fait l'orillon de 30 mètres d'épaisseur ; mais dans son second systême il le réduit à 15 mètres.

De la fausse braie ; de son tracé et de son objet. (Fig. 3.)

Les fortificateurs de la fin du seizième siècle, entre autres Marollais, imaginèrent de doubler la force du corps de place en doublant son rempart : ils construisoient des fausses braies ; c'est-à-dire, qu'à la première enceinte *P* ils adaptoient une seconde enceinte *P'* qui avoit un rempart *R* d'environ 8 à 10 mètres : la fausse braie s'élevoit à la hauteur de la crête du parapet.

Analyse de la fausse braie.

Il est bien facile de voir que la fausse braie dont la dépense est si considérable, est une disposition sans valeur réelle, sur-tout dans l'état actuel de l'attaque : si l'enceinte *P* n'est pas revêtue, la place n'est plus à l'abri d'une attaque de vive force, etc. : si l'enceinte *P* est revêtue, l'escalade deviendra possible dans beaucoup de circonstances. Mais, voyons les effets de la fausse braie sur les attaques : pendant la défense éloignée, elle n'a aucune action sur l'assiégeant, parce qu'elle ne commande pas la crête du glacis : pendant la défense rapprochée, elle peut servir contre l'attaque du chemin couvert de vive force au moment où l'assaillant pénètre dans le chemin couvert , mais dès que le couronnement sera effectué , l'assiégé sera enfilé et plongé dans la fausse braie sur les faces et les flancs , et forcé de les abandonner par le simple effet de la mousqueterie. Aussitôt que les batteries de brèche et les contre-batteries seront établies , l'escarpe *P* sera culbutée , dès les premiers coups de canon , sur la fausse braie qui deviendra inhabitable dans tout son développement : enfin , elle donne à l'assiégeant l'avantage de rendre en peu de tems les brèches praticables : la fausse braie n'a donc d'autre effet que de rendre l'attaque du chemin couvert de vive force un peu plus périlleuse.

Après la découverte du gros orillon , on nomma *flanc couvert* , la partie du flanc qui étoit derrière l'orillon : on imagina de faire le flanc couvert à plusieurs étages que l'on retiroit dans l'intérieur du bastion : on pensa ensuite qu'il falloit casemater ces flancs pour éviter d'être écrasés par les débris et les éclats des flancs supérieurs qui tomboient dans les terre-pleins inférieurs.

Il en est des flancs à plusieurs étages comme de la fausse braie ; ceux qui sont supérieurs à la contre-batterie sont vus et culbutés de la position des demi-places d'armes et ruinés à l'époque du couronnement du chemin couvert : les flancs ou places d'armes basses étant inférieurs à la contre-batterie ne peuvent en retarder l'exécution et sont annullés aussitôt qu'elle est mise en jeu.

Les feux casematés ne doivent être employés qu'autant qu'ils ne peuvent être contre-battus de la campagne et des points de la fortification dont l'assiégeant se rend le maître avant l'époque où ces feux entrent en action. C'est ainsi que Vauban en a fait usage dans son second et troisième système.

La combinaison et l'emploi des bastions , des orillons , des fausses braies et des flancs retirés à plusieurs étages ou casematés , donnèrent lieu à cette multiplicité de systèmes qui parurent au quinzième siècle ; ils formèrent plusieurs classes sous la dénomination de *méthodes française* , *italienne* , *espagnole* , *hollandaise* , etc.

Toutes ces méthodes participoient des défauts du système d'Errard : 1°. leurs tracés produisoient des bastions dont la capacité intérieure étoit très-resserrée et ne permettoit pas les déploiemens des manœuvres de l'artillerie et des troupes ; 2°. les flancs étoient mal dirigés et leurs feux presqu'entièrement absorbés par un énorme orillon; 3°. toutes les parties du front pouvoient être indifféremment mises en brèche , parce que le corps de place n'étoit couvert que par un foible ravelin.

151. Vers l'an 1640 parut dans la carrière de la science le comte de Pagan , jeune officier-général du plus rare mérite : il avoit concouru à la direction de plus de vingt siéges , sous le règne de Louis XIII , et avoit porté dans les actions militaires l'œil d'un guerrier observateur et savant. L'artillerie que l'on conduisoit à cette époque devant les places assiégées étoit considérable et avoit donné tout-à-coup à l'attaque une grande supériorité sur la défense. Pagan sentit que le matériel de la défense n'offroit plus une résistance

Du flanc couvert; des flancs retirés à plusieurs étages et des flancs casematés.

Analyse des flancs à plusieurs étages et des flancs casematés.

Réflexions sur les feux casematés.

151. Des progrès de la fortification à l'époque où Pagan fit connoître son système.

2. 19

proportionnée à la violence de l'attaque et qu'il étoit urgent de proposer une nouvelle méthode de fortifier.

Pagan adopta le système bastionné et chercha un tracé dégagé des procédés minutieux des systèmes pratiqués jusqu'alors; ces procédés ne pouvoient être d'aucun poids aux yeux d'un militaire éclairé par une longue expérience.

Du front bastionné de Pagan. *(Pl. VI, fig. 4.)*   Le tracé du front bastionné de Pagan diffère peu de celui de Vauban et de celui que nous avons adopté pour terme de comparaison (114 et 115). Il fixa le côté extérieur du polygone d'après la portée du mousquet et dans les limites de 240 à 390 mètres; il prit ce côté extérieur pour la base de son tracé, et traça les lignes de défense rasantes au moyen de la perpendiculaire élevée sur le milieu du front : puis, prenant sur les lignes de défense les faces des bastions d'une grandeur convenable pour avoir des bastions spacieux et de bons flancs, il abaissa des angles d'épaule des perpendiculaires sur les lignes de défense : il obtint par ce tracé simple et applicable à tous les cas, l'ordonnance de la projection horisontale du front bastionné régulier. Pour un côté extérieur de 390 à 512 mètres Pagan donnoit 58 mètres à la perpendiculaire et de 120 à 100 mètres aux faces des bastions : il en résultoit des flancs d'environ 45 mètres, capables de lutter contre la contre-batterie.

De l'orillon et des flancs couverts.   Pagan, comme ses prédécesseurs, surchargea les flancs des bastions d'un énorme orillon qui occupoit la moitié du flanc; et derrière cet orillon, de forme carrée, il faisoit 3 flancs couverts retirés dans l'intérieur du bastion; le premier de ces flancs étoit inférieur à la contre-batterie; les deux autres la commandoient.

De la demi-lune et des retranchemens des bastions.   Pagan connut l'importance de la demi-lune; il substitua au ravelin un ouvrage plus considérable qu'il regarda comme un des élémens constituans du front : il en dirigea les faces aux angles d'épaule des bastions; mais il lui donna peu de saillie.

Enfin cet ingénieur, qui avoit de grandes idées, étoit trop expérimenté dans la guerre des siéges pour ne pas reconnoître l'utilité des retranchemens des bastions : il mettoit de petits bastions dans les grands.

Analyse du système de Pagan.   Quoique le système de Pagan soit un grand pas vers le perfectionnement de l'art, il renferme cependant de grands défauts : 1°. la ligne de défense y est trop longue pour que les feux de mousqueterie puissent agir efficacement sur les cavaliers de tranchée et sur le couronnement de la place d'armes saillante; 2°. les flancs sont dénaturés par l'orillon et par les flancs couverts à trois étages qui obstruent l'intérieur des bastions, etc.; 3°. La demi-lune a de trop petites dimensions : tout le chemin couvert peut être couronné par la même opération; on peut battre en brèche la courtine par la trouée comprise entre la demi-lune et les épaules des bastions pour ensuite tourner les retranchemens des bastions.

152. Des systèmes de Vauban et de Cœhorn.   152. Immédiatement après le comte de Pagan, vers l'an 1650, parurent sur la scène militaire deux ingénieurs du premier ordre également célèbres dans l'attaque et la défense des places. Cœhorn et Vauban furent rivaux en talens et en gloire; tous deux servirent leur pays avec un égal dévouement; tous deux ont reculé les bornes de leur art. Vauban, servant sous un gouvernement conquérant et ambitieux, dut s'occuper beaucoup plus de perfectionner les méthodes d'attaquer les places que des moyens défensifs : aussi a-t-il porté, par ses découvertes, la partie de l'attaque au plus haut période! Coehorn, dont le pays étoit presque toujours sur la défensive, suivit une marche opposée à celle de son émule, et chercha à perfectionner le matériel de la défense : il admira Vauban dans ses moyens ingénieux de conduire les attaques et les perfectionna, en imaginant le petit mortier portatif pour lancer à de petites distances une quantité prodigieuse de grenades, et chasser l'assiégé de derrière ses parapets. La patrie de Coehorn et les différens points sur lesquels il eut à exercer ses talens dans l'art de fortifier, se trouvant assis sur un terrain aquatique et susceptible de procurer des eaux dans les fossés, il dut s'occuper de la recherche d'un système analogue à cette circonstance locale. Cette manière de voir la fortification et de la faire consister à appliquer à chaque site le système défensif le mieux assorti au terrain, lui est commune avec Vauban, et prouve l'étendue du génie de ces deux illustres ingénieurs. Les circonstances où s'est trouvé Coehorn ont restreint son talent à un cas particulier; mais il l'a traité de manière à faire présumer que, dans tout autre site, il auroit montré la même habileté que dans les défenses de Manheim, de Berg-op-zoom et des autres places de la Hollande. Sa défense de Namur, en 1692, lui valut des éloges de la part de Vauban qui dirigeoit le siége d'après sa nouvelle tactique : ces éloges enflammèrent son amour pour la gloire et dirigèrent son talent uniquement vers cette carrière; il la parcourut avec de si grands succès et un applaudissement si général que les nations impartiales l'ont toujours cité comme le digne rival de Vauban. Si l'ingénieur français eut la gloire de l'invention des batteries à ricochets, Coehorn sut compléter la théorie de l'attaque par l'idée heureuse des petits mortiers à grenades pour cribler l'assiégé pendant l'époque de la défense et de l'attaque rapprochées : les Français ont, à la vérité, fait peu d'usage de cette idée ; mais il en sut tirer un grand parti dans nombre de siéges.

Coehorn, dans son système, s'éloigne absolument de ses prédécesseurs ; il marche dans une route nouvelle et y fait sans cesse l'application des principes les plus lumineux : *se couvrir et se flanquer de la manière la plus efficace par des ouvrages spacieux et favorables à une défense active et opiniâtre ; disposer les ouvrages les plus avancés et sur lesquels l'ennemi doit s'établir, de manière qu'il n'y trouve pas un espace suffisant à ses batteries et qu'il soit forcé d'y faire des transports considérables en matériaux*, etc., sont les principes fondamentaux sur lesquels s'appuie Coehorn dans l'ordonnance des élémens de son système tant en projection horisontale qu'en projection verticale : il adopte encore une troisième disposition générale, qui consiste à conduire les terre-pleins des chemins couverts et les fonds des fossés secs de façon qu'on ne puisse pas y fouiller à 7 ou 8 décimètres sans rencontrer l'eau.

Des principes d'après lesquels Coehorn ordonne son système.

L'application de ces principes généraux se trouve favorisée par un site aquatique qui fournit de l'eau dans les fossés où le fortificateur juge à propos d'en introduire.

Idée générale du système de Coehorn.
(Pl. VI, fig. 6.)
(Voyez l'Essai général de fortification, par Bousmard.)

Nous ne donnerons qu'une idée bien succincte du système de Coehorn, tel qu'il a été pratiqué à Manheim et sur plusieurs points de la Hollande ; une description détaillée nous éloigneroit des limites que nous nous sommes prescrites. Les élèves qui desireront avoir une idée complette de ce beau système pourront consulter la description et l'analyse qui se trouvent dans l'Essai général de fortification, par Bousmard ; ouvrage dont l'opinion à proclamé le mérite.

De la projection horisontale du système ; du tracé de l'enceinte ; de celui de l'orillon.

Coehorn trace son polygone bastionné sur le côté intérieur de l'hexagone auquel il donne 297,^{m}5 ; il prolonge les rayons de 146 mt. ; il fait la demi-gorge du bastion égale au quart du côté et décrit les flancs concaves en prenant pour centre le sommet de l'angle flanqué : par cette construction, le côté extérieur du polygone se trouve être d'environ 448 mètres. Ce tracé procure de grands bastions aigus *B*, *B*, dans lesquels cet habile ingénieur fait plusieurs dispositions : à l'angle d'épaule il place un gros orillon *o*, construit en maçonnerie et surmonté d'un parapet qui se termine au mur vertical *pqr* : sous la partie *mr* est construite une casemate pour 6 pièces de canon dont les embrasures sont à fleur du terrain naturel : la partie du revêtement de l'orillon que l'ennemi peut appercevoir est édifiée avec un art particulier ; ce sont des voûtes en décharge formées par des contre-forts qui vont contre-butter les pieds droits des souterrains ; les contre-forts sont liés et unis entre eux par des murs concentriques et convexes du côté intérieur. Cette construction est admirable pour résister aux batteries de brèche, à la poussée des terres et pour arrêter le mineur ennemi : la même espèce de revêtement se continue à la face du bastion sur la longueur de 8 à 10 toises : tout le reste du bastion, faces et flancs, est en terre : l'épaisseur du rempart au niveau de l'eau est de 14 à 15 mètres ; il est disposé uniquement pour la mousqueterie avec une banquette et un terre-plein d'environ 3 mètres. La gorge de la face du bastion est un mur auquel est adossée une galerie crénelée, derrière laquelle est un fossé sec de 32 mètres de largeur : de ce fossé sec, élevé d'environ 5 décimètres au dessus du niveau de l'eau, on monte sur le terre-plein du bastion par des escaliers en pierres de taille ; on débouche de la galerie par des portes, etc.

Du bastion capital.

L'intérieur du grand bastion en terre est occupé par un retranchement intérieur nommé *bastion capital*, dont la face est tracée à 32 mètres de la gorge du bastion en terre et le flanc à 30 mètres du flanc du grand bastion. Le flanc est terminé par le prolongement de la ligne de défense rasante : cette disposition procure un fossé sec entre les deux flancs parallèles : les bastions capitaux et les courtines sont revêtus en maçonnerie ; mais sa hauteur ne surpasse pas la crête la plus basse des parapets des ouvrages en terre : le long des faces du bastion capital règne une galerie de mines.

La partie *rst* est fermée par un mur élevé de 40 décimètres et couverte, ainsi que la face *mr* de l'orillon, par un fossé plein d'eau ; ce fossé est traversé par deux ponts dormans *p*, *p* garnis de leurs ponts-levis ajustés sur deux portes construites dans le mur *st* : entre ces deux portes et dans le mur *rs* sont des embrasures pour des canons.

La tenaille est à flancs et à courtine brisée : comme la ligne de défense est très-longue, les flancs de la tenaille sont destinés à donner des feux efficaces sur le fossé des saillans des bastions bas : la tenaille n'est aussi disposée que pour l'usage de la mousqueterie. Il y a devant le flanc et l'orillon un fossé plein d'eau ; et contre l'orillon, à l'origine de la face de la tenaille, il y a un passage voûté pour communiquer au grand fossé.

On communique au fossé sec de la courtine par une poterne placée sous le milieu de cette courtine, et au fossé sec des flancs par une poterne placée sous la brisure de la même courtine : de ce fossé sec on entre par des portes dans les souterrains et les casemates de l'orillon, et de ces casemates dans la galerie crénelée de la gorge du bastion bas. Une galerie souterraine, dont le fond est de 10 décimètres au dessous du niveau des eaux, se conduit en capitale au travers du fossé sec et établit la communication entre la galerie crénelée et la galerie de mines du bastion capital : sous la brisure de la courtine est une casemate pour défendre le fossé sec des flancs ; elle est traversée par la poterne.

Des communications.

Le grand fossé est rempli d'eau ; il a 48 mètres de large vis-à-vis de l'angle flanqué, et la contrescarpe se dirige sur l'épaule du bastion opposé.

Du grand fossé plein d'eau.

Dans le tracé de la demi-lune, Coehorn s'éloigne des idées de ses prédécesseurs : il lui donne de grandes dimensions et une grande saillie : sa gorge couvre toute la maçonnerie des orillons. A l'extrémité d'une demi-gorge de 110 mètres il mène les faces de manière à avoir un angle flanqué de 70 degrés. Cette demi-lune basse est en terre, et disposée uniquement pour la mousqueterie ; ainsi l'épaisseur de son rempart n'est que de 14 mètres.

De la demi-lune soit basse, soit capitale.

La demi-lune capitale se trace à 32 mètres de la gorge de la demi-lune en terre ; elle est disposée pour de l'artillerie sur la moitié de ses faces, à partir de l'angle flanqué. La gorge de la demi-lune capitale est garnie d'une caponnière crénelée et construite en murs de briques ; elle est couverte par des madriers et par de la terre qui forment le terre-plein d'un second étage de feux dont le parapet est une continuation des murs de la caponnière : en avant de la caponnière est une palissade avec banquette, etc.

A l'extrémité des faces des demi-lunes basse et capitale, le fossé sec est traversé par un fossé plein d'eau défendu par une caponnière couverte et avec banquettes, qui donnent un double étage de feux : à la gorge des extrémités des faces de la demi-lune de terre est une galerie crénelée ; les portes en sont placées derrière la caponnière et devant le fossé plein d'eau : son objet est de défendre le fossé, d'y procurer des débouchés et de faciliter la retraite. On passe de l'intérieur de la demi-lune capitale derrière les caponnières, etc.

Le fossé sec de la demi-lune est traversé en capitale par une caponnière crénelée, construite et disposée comme celle déja décrite qui traverse le fossé sec des bastions : elle se rend dans une grande caponnière qui occupe l'angle flanqué sur la longueur d'environ 20 mètres, laquelle est aussi crénelée et couverte en madriers et en terre : on communique de l'intérieur de la demi-lune capitale à ces caponnières par une poterne, etc.

La demi-lune capitale est revêtue en bonne maçonnerie jusqu'à 40 décimètres au dessus du niveau des eaux.

De la contre-garde du bastion.

Le bastion est couvert par une contre-garde dont la gorge est le bord du grand fossé : l'épaisseur de la contre-garde n'est que de 18 mètres au niveau des eaux ; ainsi elle n'est disposée que pour de la mousqueterie : son fossé, de 28 mètres de large, débouche dans celui de la demi-lune ; l'un et l'autre sont pleins d'eau.

Du chemin couvert.

Enfin, toutes les dispositions décrites sont enveloppées par un chemin couvert large de 24 mètres, libre dans toute son étendue, à l'exception des rentrans qui sont disposés en grandes places d'armes rentrantes garnies d'un réduit construit en briques et crénelé : la gorge du réduit est dans le prolongement de la crête du chemin couvert, et l'intervalle compris entre cette gorge et la contrescarpe est fermé par une traverse à l'épreuve : les traverses et le réduit sont couverts par une palissade inclinée : tout le chemin couvert est palissadé à l'ordinaire. Afin de mieux défendre l'approche des réduits et des traverses des places d'armes rentrantes, Coehorn enfonce des *coffres défensifs* dans le glacis des faces de la place d'armes rentrante : ces coffres ont 25 décimètres de large sur 20 de hauteur ; ils sont placés à 15 mètres de la crète parallélement aux faces et sortent hors de terre d'environ 80 centimètres pour pouvoir défendre par leurs créneaux les approches de la place d'armes : on descend dans les coffres par des coupures couvertes faites à 6 mètres de l'angle rentrant.

Du relief et du commandement des élémens du système de Coehorn.
(Pl. VI, fig. 7.)
De la profondeur des fossés.

Le relief et le commandement des élémens du système de Coehorn se rapportent au plan du niveau des eaux : ce plan est supposé inférieur de 13 décimètres à celui du terrain naturel.

Les fossés secs et les terre-pleins sont placés à 50 centimètres au dessus du niveau des eaux, et produisent par conséquent peu de déblai pour la construction des ouvrages. Les fossés pleins d'eau sont creusés d'environ 20 à 25 décimètres au dessous du niveau des eaux ; leur largeur et leur profondeur varient d'après le balancement du déblai et du remblai : le terre-plein de la demi-lune capitale et celui des chemins couverts s'élèvent un peu au dessus du niveau des eaux.

La figure 7 représente la relation de tous les plans de défilement ; elle fait voir que les bastions capitaux et les orillons dominent tout le système de manière à produire des feux efficaces d'artillerie et de mousqueterie sur tous les points extérieurs ; que les ouvrages capitaux ont leurs maçonneries couvertes par les ouvrages en terre ; qu'ils défendent ceux-ci par des lignes de tir à effets certains, vu la largeur des fossés secs : les flancs de la tenaille sont tenus très-bas pour démasquer les feux des flancs en arrière ; ses faces sont plus hautes pour couvrir et défiler les flancs : enfin, le milieu des faces des bastions bas et de la demi-lune en terre est moins élevé que les saillans, pour démasquer les feux d'artillerie des ouvrages capitaux, etc.

L'analyse complette du système de Coehorn nous jetteroit dans de trop longs développemens : nous nous contenterons de quelques observations générales ; et nous invitons les élèves à faire une application des connoissances qu'ils ont acquises pour déterminer la durée probable du siége de ce système.

Analyse du système de Coehorn.

En comparant ce système avec celui que nous avons pris pour terme de comparaison, nous remarquerons : 1°. que les ouvrages capitaux sont les seuls dont l'artillerie a une action directe sur les attaques ; et comme ces ouvrages ont peu de saillie dans la campagne, les feux ne se croisent pas aussi efficacement sur les capitales que dans le premier système ; 2°. le tracé donnant dans tous les polygones des bastions aigus, il en résulte qu'on peut ricocher toutes les faces des ouvrages, et que leur parallélisme parfait facilitera les opérations de reconnoissances pour l'emplacement des batteries à ricochets ; 3°. les demi-lunes capitales ont peu d'influence sur le couronnement des places d'armes saillantes, parce qu'elles ne s'avancent pas plus que les réduits des demi-lunes du système ordinaire, et que les contre-gardes font avancer considérablement les saillans : il résulte de cette dernière remarque que le front d'attaque sera, dans tous les cas, un front ordinaire composé de deux bastions et d'une demi-lune ; 4°. les trois saillans du front d'attaque sont placés sur une ligne presque droite, et les places d'armes rentrantes en sont peu distantes : il suit de là que le couronnement du chemin couvert pourra se faire par une seule opération, etc. : mais ce couronnement devra comprendre cinq saillans et quatre places d'armes rentrantes pour procurer à l'attaque les moyens de prendre en enfilade et à revers toutes les parties du front attaqué.

Comparaison du système avec celui pris pour unité de force.

Dans ce système il faut établir la première parallèle à 600 mètres des ouvrages capitaux, saisir exactement les prolongemens des faces des ouvrages et établir des batteries à ricochets, même contre les demi-lunes collatérales : chaque batterie à ricochets doit être composée selon l'objet qu'elle doit remplir : les terre-pleins des ouvrages capitaux doivent être ricochés par des canons ; les fossés secs, les chemins couverts et les coffres des places d'armes rentrantes doivent l'être par des bombes ou des obus.

De l'ouverture de la tranchée et des premières batteries à ricochets ; des cheminemens jusqu'au couronnement du chemin couvert.

L'action de l'artillerie et de la mousqueterie n'étant pas plus forte sur les cheminemens que dans le système bastionné ordinaire, la marche des attaques sera la même et éprouvera les mêmes obstacles dans les deux cas : comme les demi-lunes basses et les contre-gardes ne sont pas disposées pour l'artillerie, les cavaliers de tranchée s'établiront avec plus de facilité et le couronnement du chemin couvert des quatre places d'armes saillantes pourra s'exécuter un peu plus rapidement.

Si, maintenant, on examine les effets produits par les batteries de la première et de la seconde parallèle, et par celles disposées dans la troisième parallèle qui enfilent tous les ouvrages et les fossés secs, il est évident,

Réflexions sur les effets de l'artillerie assiégeante.

d'après les effets connus et constatés de l'artillerie moderne, que les casemates qui défendent les fossés des bastions seront culbutées par les batteries à ricochets ; que la galerie crénelée à la gorge des bastions en terre sera dégradée et probablement ruinée ; que les caponnières et coffres seront hors de service ; que les terre-pleins des flancs et de l'orillon seront inhabitables et que les réduits des places d'armes seront culbutés. A la vérité il faudra une plus grande quantité d'artillerie pour attaquer ce système que pour celui auquel nous le comparons, puisqu'il faudra environ 120 pièces, dont 50 obusiers et mortiers ; mais aussi il en faudra employer une plus grande quantité pour sa défense, parce qu'il faudra placer beaucoup d'artillerie dans les fossés secs pour agir sur l'assiégeant par des tirs élevés : c'est le seul moyen qu'a l'assiégé pour enfiler le couronnement du chemin couvert.

Des moyens que l'attaque doit employer pour poursuivre le siége après le couronnement du chemin couvert.

Aussitôt que l'assiégeant a perfectionné le couronnement du chemin couvert, qu'il a construit ses longues traverses tournantes et ses parados, il s'occupe de contre-battre les flancs et de battre en brèche les ouvrages capitaux : ces deux résultats obtenus, il marche par les procédés ordinaires, au moyen des passages de fossé et des épaulemens, pour arriver aux brèches et donner les assauts. Mais dans le système en question, où les ouvrages capitaux et les flancs sont couverts par des ouvrages en terre, il faut ou détruire ces ouvrages en terre, c'est-à-dire, y faire des trouées par lesquelles on puisse découvrir les ouvrages capitaux, ou s'en saisir pour y établir les batteries de brèche.

Des bombes tirées horisontalement pour produire des fougasses dans les masses de terre.

Lorsque Coehorn imagina l'ordonnance de son système, il ne pensoit pas qu'il fût possible de détruire ses ouvrages en terre ; il voyoit l'ennemi dans la nécessité de les attaquer par les procédés ordinaires et il les avoit organisés de manière à y faire une défense active et de chicanes à la faveur des caponnières défensives, des galeries crénelées et des casemates. Cormontaigne est le premier qui ait fait soupçonner le grand effet des bombes tirées horisontalement : depuis, on a souvent observé que les bombes et les obus qui crevoient dans des masses de terres, y produisoient des effets considérables, et dénaturoient en peu de tems les parapets des retranchemens : on charge les obus de 4 livres de poudre et on les lance par salves dans les masses des parapets ; en y crevant, ils produisent, par l'excès de charge, des entonnoirs qui facilitent l'accès des retranchemens, etc. Ce moyen a été souvent employé dans la dernière guerre pour attaquer les retranchemens.

On conçoit cependant qu'il est possible de monter sur des affûts ordinaires les mortiers et les gros obusiers, et de tirer les bombes horisontalement comme les boulets ; d'ailleurs on peut tirer les bombes en les ajustant sur la bouche des canons ordinaires : en chargeant les mortiers et obusiers au $\frac{1}{5}$ ou au $\frac{1}{4}$ de la charge totale, les bombes et les obus, à la distance de 200 à 300 mètres, s'enfonceront de 12 à 15 décimètres ; et si les bombes et les obus sont chargés de 10 à 15 livres et que les lignes de moindre résistance soient horisontales, ils produiront des entonnoirs de 20 à 30 décimètres de diamètre : si donc des batteries, armées de mortiers et obusiers à tirs horisontaux, tirent par salves réglées contre des ouvrages en terre, il sera peut-être possible de raser une portion d'ouvrage en peu de tems et de découvrir par les trouées ce qui est derrière lui : mais dans l'état actuel de nos connoissances sur les effets de l'artillerie, on ne peut pas compter sur l'efficacité de ce moyen : il conviendroit de faire des expériences pour lever tous les doutes sur cette matière importante et pour examiner si, pendant la nuit, des travailleurs qui ont des terres et des fascines à leur disposition, ne peuvent pas rétablir les brèches faites par les bombes, etc. Si cette manière d'employer les bombes étoit introduite dans l'attaque, il seroit nécessaire d'augmenter les épaisseurs des parapets et de les revêtir d'une matière capable d'arrêter l'action de ces fougasses lancées à volonté par l'assiégeant.

En admettant que, par les bombes horisontales, on puisse faire en deux ou trois jours, des trouées dans des ouvrages en terre de 18 mètres d'épaisseur, l'attaque du système de Coehorn marchera très-rapidement.

Le douzième jour de tranchée ouverte on débouchera de l'origine des cavaliers de tranchée et de la quatrième parallèle, pour saisir les saillans des places d'armes saillantes et les embrasser : le quinzième jour on saisira les saillans des quatre places d'armes rentrantes, on couronnera tout le chemin couvert et on commencera les batteries des trois saillans : les 16 et 17 seront employés à perfectionner tous les travaux du couronnement et à tracer toutes les autres batteries sur les extrémités des branches et sur les faces des places d'armes rentrantes pour contre-battre l'artillerie ennemie et raser les portions des ouvrages en terre qui masquent les flancs et les ouvrages capitaux : il faudra, pour remplir cet objet, plus de 100 pièces d'artillerie, dont 60 seront des mortiers et gros obusiers. Des batteries seront disposées : 1°. contre l'angle flanqué de la demi-lune basse pour raser son rempart, découvrir les caponnières et les ruiner, et pour culbuter les traverses et les réduits des places d'armes rentrantes ; 2°. contre les extrémités des faces de la même demi-lune, au moyen des trouées des fossés des contre-gardes, pour les raser, découvrir la demi-lune capitale et la battre en brèche en substituant des canons aux mortiers et obusiers ; 3°. contre les faces *extérieures* des deux contre-gardes pour découvrir les flancs à trois étages, les contre-battre, les culbuter les uns sur les autres, et battre en brèche la tour de pierre dont les débris masqueront le débouché placé sous la face de la tenaille. Il faut remarquer qu'il est convenable de ne pas raser les faces *intérieures* des contre-gardes et d'en conserver les terres pour les cheminemens, etc. ; 4°. contre les faces basses des bastions, par les vides compris entre les contre-gardes et les demi-lunes et par les trouées des fossés des demi-lunes, à l'effet de découvrir les bastions capitaux et la brisure de la courtine, afin de les battre en brèche ainsi que l'orillon qui succombera nécessairement contre les effets croisés des batteries placées dans les places d'armes rentrantes et vis-à-vis des trouées des faces extérieures des contre-gardes.

Le 18, toutes les batteries seront perfectionnées ; et pendant le 19 et le 20, elles tireront sans cesse pour faire les trouées et les brèches dont nous

Première méthode d'attaque par l'usage des bombes horisontales.

Durée probable du siége. Travaux des quatorzième, quinzième, seizième et dix-septième jours.

Travaux des dix-huitième, dix-neuvième et vingtième jours.

2.

20

venons de parler. Dès le 17, on aura descendu dans les chemins couverts par quatre ouvertures ou coupures blindées placées derrière les traverses des places d'armes rentrantes, dans l'intention de faire quatre comblemens ou passages de fossé dont deux sont dirigés vers les faces intérieures des contre-gardes, lesquelles, étant intactes, couvrent l'opération; et deux autres vis-à-vis de la naissance des troûées à l'angle flanqué de la demi-lune.

Le 19, les passages des fossés de la demi-lune seront achevés, et on coulera dans l'épaisseur de la partie intacte de son rempart par des sapes en crémaillère, pour gagner les troûées des extrémités des faces et pouvoir déboucher vis-à-vis des brèches des faces de la demi-lune capitale : le 20, on donnera l'assaut à la demi-lune capitale et on coulera par des sapes en crémaillère dans l'épaisseur du rempart des faces intérieures des contre-gardes pour en gagner les extrémités.

Le 21, on commencera les passages du grand fossé; on établira des batteries sur le terre-plein de la demi-lune capitale pour achever de ruiner l'orillon et la brisure de la courtine : le 23, les passages de fossé et leurs épaulemens seront achevés; et comme les bastions capitaux sont mis en brèche sur leurs faces et leurs flancs, et que les brisures des courtines sont aussi ouvertes, l'assaut définitif pourra avoir lieu le 24 au plus tard.

Si on n'admettoit pas la possibilité de faire des troûées dans les ouvrages en terre par les bombes horisontales, il faudroit procéder par les méthodes ordinaires et employées jusqu'à ce jour : on pourroit, en usant de la mine, faire les troûées nécessaires dans les remparts de la demi-lune basse et des contre-gardes pour découvrir la demi-lune capitale, les flancs à trois étages et l'orillon; mais ce moyen seroit plus long que le premier; il porteroit la durée du siége au moins à 30 jours et probablement à 36. Si le moyen de la mine offensive n'étoit pas praticable, on suivroit les procédés les plus ordinaires, on attaqueroit la demi-lune basse et les contre-gardes; on s'y établiroit et on y construiroit des batteries de brèche et des contre-batteries pour faire brèche à la demi-lune capitale et contre-battre les flancs à trois étages des bastions : ensuite on donneroit l'assaut à la demi-lune capitale sur laquelle on construiroit des batteries de brèche contre les orillons pour achever de les faire crouler : après ces progrès on pourra faire les passages du grand fossé et y conduire de l'artillerie pour battre en brèche le bastion bas, mais il sera plus simple de combler le fossé de l'orillon et d'attacher le mineur à la face et à la brisure de la courtine : aussitôt que les mines auront joué, la capitulation aura lieu, etc. Par ce genre d'attaque, on ne peut pas estimer la durée du siége à moins de 40 à 45 jours.

Coehorn, dans son système, a montré comment on pouvoit conserver à une place sur un site aquatique les avantages des fossés secs qui procurent une défense active et brillante; il a établi cet axiome remarquable; que chaque site devoit être fortifié par des moyens analogues à sa nature topographique : si, dans le système de Coehorn, on pouvoit se procurer des courans d'eau susceptibles d'agir avec violence contre les passages de fossé, cette disposition concourroit à élever considérablement sa valeur. Cependant, l'analyse que nous venons d'esquisser fait voir que les accessoires qui consistent en galeries crénelées, casemates, caponnières et coffres, ne contribuent pas à augmenter la durée du siége : tous ces moyens sont anéantis au moment même où l'on devroit en faire usage. Le projet d'attaque fait encore appercevoir quelques défauts essentiels dans l'ordonnance du tracé : 1°. le gros orillon ou tour de pierres est mal placé à l'épaule du bastion bas, parce qu'il est battu et ruiné dès le couronnement du chemin couvert et qu'il masque les feux des flancs opposés qui devroient battre le fossé sec du bastion, lequel se trouve sans défense au moment où l'assiégeant y pénètre ; 2°. les demi-lunes et les contre-gardes laissent entre elles une trouée très-dangereuse et forment des rentrans peu considérables ; ce qui donne à l'assiégeant la faculté de couronner les places d'armes rentrantes presqu'en même tems que les saillantes ; 3°. le chemin couvert est occupé peu solidement ; les réduits des places d'armes rentrantes sont ruinés et nuls au moment du couronnement ; 4°. les communications avec les ouvrages extérieurs sont difficiles au travers d'un fossé plein d'eau et les retraites très-périlleuses à exécuter.

Pour corriger tous les défauts essentiels que nous venons d'énoncer, il faudroit placer l'orillon à l'épaule du bastion supérieur ; convertir les bastions bas en une enceinte de mousqueterie qui renfermeroit des fossés secs de 40 mètres de largeur ; prolonger les faces des contre-gardes jusqu'au prolongement de la gorge de la demi-lune basse ; tracer la demi-lune sur les contre-gardes pour masquer la trouée et faire son angle flanqué de 60 degrés, afin de lui donner la plus grande saillie ; voûter à l'épreuve toutes les communications, les galeries, les caponnières, et mettre leur sol au dessus du niveau des eaux ; enfin retrancher les places d'armes rentrantes par des réduits à l'abri d'une attaque de vive force.

Coehorn, dans son second système, a corrigé la plupart des vices du premier par des dispositions mieux entendues et qui facilitent le développement d'une défense active et d'une défense de chicane. La première enveloppe est une enceinte bastionnée capitale dont les flancs, couverts par l'orillon, sont à trois étages de feux, et dont la courtine et les épaules sont couverts par un fossé plein d'eau. Les bastions bas et la courtine, liés ensemble, forment la première enceinte basse dont la gorge renferme le grand fossé sec ; elle est garnie de galeries comme dans le premier système : les contregardes sont unies ensemble pour former la troisième enceinte ; les saillans et les rentrans crénelés sont occupés par des réduits crénelés et couverts de palissades inclinées (ces réduits devroient être fortement constitués et avoir des fossés pleins d'eau) : enfin, les trois enceintes concentriques sont enveloppées par le chemin couvert. Coehorn donne à l'enceinte capitale un relief plus considérable que dans le premier système, afin que les glacis et la campagne soient défendus efficacement par les feux directs de cette enceinte principale.

Les avantages de ce système sur le premier sont palpables ; il exige, pour son attaque, une artillerie considérable ; mais il est, comme le premier système, très-

Des second et troisième systèmes de Coehorn.

(Pl. VI, fig. 8.)

exposé aux ricochets : ce n'est pas trop élever sa force que de porter la durée
probable du siége à 40 jours de tranchée ouverte, en employant la première
mèthode; et à 60 jours en suivant les procédés les plus usités.

Le troisième système de Coehorn étant inférieur sous tous les rapports
au second, nous nous dispenserons d'en faire la description et nous nous
contenterons de renvoyer à l'ouvrage de Bousmard. Les second et troisième
systêmes de Coehorn n'ont pas été exécutés, parce qu'il ne les a probablement composés qu'après avoir appliqué le premier à la plupart des places
qu'il a eu à fortifier.

Réflexions sur les sys-
tèmes de Coehorn.

Il est évident que les deux systèmes de Coehorn sont moins dispendieux
que le système bastionné auquel nous les comparons, puisque leur construction ne demande, pour tous les ouvrages extérieurs à l'enceinte capitale,
que des mouvemens de terres dont la dépense est bien inférieure à celle
des maçonneries : et comme la force de ces systèmes est au moins équi-
valente à celle du système bastionné moderne, ils doivent avoir la préférence
sur lui toutes les fois qu'il s'agira d'établir des fortifications sur des sites
de la nature de celui pour lequel Coehorn les a ordonnancés.

Des systêmes de Vau-
ban.

Vauban naquit en 1633; dès sa plus tendre jeunesse il habita les camps : la
vue des premières places fortes et les premiers siéges où il se trouva décidèrent
de son goût pour l'arme du génie et pour l'art de la fortification. Dès-lors
il s'occupa des mathématiques, de toutes les parties du dessin, de l'art des
constructions, de la manière de représenter les projets des ouvrages, des
devis, etc. ; et en peu de tems ses heureuses dispositions, secondées par
un amour dévorant du travail, en firent un ingénieur du premier ordre.
Vauban assista à plus de 50 siéges; il y acquit une expérience qui le mit
à même de perfectionner la théorie et de hâter la marche des progrès de
la fortification, et sur-tout la partie relative à l'attaque des places. Vauban
vécut sous un roi séduit par l'amour de la domination et la passion des
conquêtes, et dont les armées étoient presque toujours sur le pied offensif :
il dut donc s'occuper principalement de l'art d'attaquer les places ; et la
révolution qu'il opéra dans la tactique de la guerre des siéges fut complette,
ainsi que nous l'avons observé plusieurs fois : plein d'humanité, il s'occupa
sans relâche des moyens d'épargner le sang et de rendre les siéges moins
meurtriers en protégeant les forces organiques par les ressources de l'art.
Mais Vauban n'eut pas seulement des places ennemies à conquérir, des
camps retranchés à forcer, des attaques de postes à diriger, il lui fallut
créer la défensive des frontières de son pays par des places, des forts et
des camps retranchés; il lui fallut restaurer les anciennes places, en bâtir
de nouvelles, faire travailler aux places maritimes, et les mettre toutes dans
le cas de résister aux attaques des ennemis de la France. Les forces de son
génie ne se déployèrent pas moins dans cette partie de la fortification que
dans celle de l'attaque : il examina d'abord en quoi consistoit le matériel de
la défense, et voyant qu'il étoit parvenu en peu de tems à s'emparer des
places qu'il avoit attaquées, il chercha les moyens d'en augmenter la résistance. Son premier système ne fut point exclusif ; il le modifioit suivant

les localités et en combinoit les élémens tantôt d'une façon, tantôt de l'autre, pour avoir les résultats qu'il vouloit obtenir.

Vauban prit la fortification au point de perfection où Pagan l'avoit laissée, et trouvant que les dispositions générales de ce grand homme de guerre et de cet habile ingénieur étoient telles qu'il pouvoit les desirer, il ne s'attacha qu'à y faire les modifications qu'il jugeoit nécessaires : il supprima les flancs à triple étage, réduisit l'orillon à n'avoir que l'epaisseur convenable et fit ses flancs retirés concaves ; il prit, comme Pagan, le côté extérieur pour base du tracé de l'enceinte, fit la fortification rasante comme lui ; mais il réduisit le plus grand côté du polygone à 350 mètres pour diminuer la longueur des lignes de défense. Il ordonna le tracé de l'enceinte en donnant à la perpendiculaire, non pas une longueur fixée pour chaque espèce de polygone, mais une partie déterminée de la longueur du côté dépendante de l'espèce du polygone ; savoir, le $\frac{1}{8}$ si le polygone étoit un carré, le $\frac{1}{7}$ s'il étoit un pentagone et le $\frac{1}{6}$ si c'étoit un hexagone ou un polygone quelconque plus élevé. Lorsque la position des lignes de défense est ainsi déterminée, on prend les $\frac{2}{7}$ du côté pour la grandeur des faces des bastions et ensuite on trace les orillons et les flancs retirés concaves. Sur la fin de sa vie, Vauban supprima les orillons et traça les flancs en ligne droite.

Mais les principaux perfectionnemens que Vauban apporta au système de Pagan, consistent dans les dehors : on lui doit l'invention de la tenaille, dont nous avons discuté les propriétés (145) ; il augmenta les dimensions de la demi-lune dont il dirigea les faces à 10 mètres au dessus des épaules des bastions ; mais il lui fit des flancs qui en diminuoient la valeur en découvrant la trouée comprise entre la tenaille et l'orillon ou le flanc droit ; il déterminoit l'angle flanqué de la demi-lune en décrivant de l'angle du flanc comme centre et avec sa distance à l'angle d'épaule, un arc de cercle qui coupoit la perpendiculaire au sommet de l'angle flanqué : dans l'intérieur de la demi-lune, il fit d'abord un réduit qui ne consistoit qu'en un mur crénelé ; mais dans la suite ce réduit fut constitué en véritable retranchement.

Enfin Vauban organisa son chemin couvert, le munit de traverses et augmenta la capacité des places d'armes rentrantes.

L'analyse de ce système est celle que nous avons décrite (147) : elle porte la force du système à 25 jours au plus de tranchée ouverte : les propriétés et les défauts de ce système découlent de ce que nous avons dit sur le système que nous avons adopté pour terme de comparaison ou unité de force.

Après que Vauban eut appliqué sa nouvelle theorie aux siéges de plusieurs places, même de celles, qu'il avoit fortifiées d'après son premier système, et qu'il eut reconnu et constaté par plusieurs faits les avantages des batteries à ricochets, il fut étonné et convaincu de la foiblesse des places fortes ; et il en fut d'autant plus frappé, qu'à cette époque les armées de Louis XIV étoient forcées de faire une guerre défensive contre les armées combinées de la plupart des puissances liguées contre lui, et que les circonstances politiques de l'Europe faisoient pressentir que la France ne tarderoit pas à être dans la nécessité de couvrir ses frontières et de défendre ses places fortes.

Du premier système de Vauban.
(Pl. VI , fig. 5.)

De la tenaille; de la demi-lune et de son réduit.
(Fig. 5.)

Du chemin couvert.

Analyse du système.
(Voyez 147.)

Des second et troisième systèmes de Vauban , appelés systèmes à tours bastionnées.
(Fig. 8 et 9.)

Ce fût au commencement de la guerre de 1688, que Vauban pensa sérieusement à perfectionner la fortification des places, pour faire perdre à l'attaque une partie des grands avantages qu'elle venoit de conquérir sur la défense. Il proposa de construire, à Béfort et à Landau, des fortifications, ordonnancées d'après un nouveau tracé qui porte le nom de second système. Ayant ensuite fait adopter par Louis XIV la construction d'une place neuve sur le Rhin, il fortifia Neuf-Brisach d'après un troisième système qui n'est que le second modifié dans le tracé du corps de place.

Le maréchal de Vauban, dans ses deux derniers systèmes, s'est proposé de corriger plusieurs vices existans dans la fortification pratiquée jusqu'alors : elle étoit ricochée dans toutes ses parties faciles à reconnoître ; toutes ses défenses étoient ruinées à l'époque de la défense rapprochée et il ne restoit plus de feux efficaces pour défendre les terre-pleins des ouvrages extérieurs : les places se rendoient avant que l'assaut fut livré au corps de place, parce qu'il n'existoit plus d'artillerie pour défendre les fossés de l'enceinte et que les conséquences d'un assaut pouvoient être terribles pour l'assiégé : enfin tous les ouvrages avoient des terre-pleins si peu spacieux qu'on ne pouvoit y faire des retranchemens pour protéger la retraite et conserver la faculté des retours offensifs.

Vauban imagina, pour remédier à tant de défauts : 1°. de séparer les bastions de l'enceinte et de les faire spacieux, afin de pouvoir y soutenir plusieurs assauts et y faire une défense active par le moyen des retranchemens qu'on pourroit élever dans leurs terre-pleins ; 2°. d'admettre dans son système des batteries casematées que l'ennemi ne pourroit détruire du chemin couvert, et qui défendroient les fossés de l'enceinte ; 3°. de constituer son enceinte de manière que l'assiégeant ne pût en ricocher les batteries.

(Fig. 8.).

Il remplit ces différentes vues dans le second système : 1°. par une enceinte composée de tours bastionnées unies par une courtine ; 2°. par des bastions pleins et détachés ou contre-gardes qui comprennent une large tenaille entre leurs flancs ; 3°. par une demi-lune et un chemin couvert disposés à l'ordinaire : les tours bastionnées sont voûtées à l'épreuve ; elles ont sous leur terre-plein de grands souterrains dont le sol est à 20 décimètres au dessus du fond du fossé : ces souterrains règnent le long des flancs dans chacun desquels on a percé deux embrasures pour enfiler les fossés : les tours bastionnées sont couronnées par une plate-forme en pierres de taille et par un parapet construit en briques et percé d'embrasures.

La demi-lune de 90 mètres de capitale a ses faces dirigées à 20 mètres au dessus des angles d'épaule ; elle est à flancs.

Les communications consistent en poternes, en ponts de bois et en rampes.

Dans ce second système le maréchal de Vauban ne donna que 234 mètres au côté intérieur contenant la courtine ; ce qui donne un côté extérieur d'environ 330 mètres.

(Fig. 9.)

Vauban trace son troisième système en prenant pour base le côté extérieur qu'il fait de 350 mètres, etc. Par là il agrandit les dimensions de tous les élémens ; et il ne se contente pas d'avoir dans les flancs de ses tours bastionnées des casemates à 2 pièces de canon, il s'en procure d'autres en bastionnant la courtine et en construisant, sous les petits flancs, des casemates pour 2 autres pièces de canon : on descend dans ces souterrains par des poternes qui débouchent du talus du rempart. Dans ce système la demi-lune a 110 mètres de capitale et ses faces aboutissent à 30 mètres des épaules : cette demi-lune est garnie d'un réduit dont les flancs, de 8 à 10 mètres, voient à revers la partie des faces des contre-gardes qui sont vis-à-vis des trouées des fossés. Toutes les communications ont lieu comme dans le second système.

Le relief et le commandement de tous les élémens du système se règlent ainsi : le chemin couvert est élevé au dessus du plan de site d'environ 26 décimètres ; la demi-lune le commande de 20 décimètres : le corps de place commande la demi-lune de 20 décimètres et son réduit de 10 décimètres : enfin le terre-plein des tours bastionnées est élevé de 13 à 14 décimètres au dessus du terre-plein des petits bastions et de la courtine : ce qui fait voir que le relief du corps de place au dessus du plan de site est de 66 décimètres. Dans le second système où la demi-lune n'a pas de réduit, le relief du corps de place au dessus du plan de site n'est que de 56 décimètres.

Des propriétés générales des deux systèmes sous le rapport de l'attaque et de la défense.

En examinant l'ordonnance des deux derniers systèmes de Vauban, on reconnoît leur supériorité sur le premier, par la grandeur des bastions détachés ou contre-gardes qui sont susceptibles de recevoir de bons retranchemens ; par la grandeur et la saillie des demi-lunes qui, dans le troisième système, renferment un excellent réduit et qui couvrent presqu'entièrement le corps de place : on la reconnoît à la faculté qu'a l'assiégé de soutenir l'assaut à la demi-lune et aux contre-gardes, sans courir les dangers de voir la place emportée de vive force. Ces propriétés remarquables rapprochent le troisième système de celui que nous avons pris pour terme de comparaison, principalement lorsqu'on considère l'influence des demi-lunes collatérales sur les attaques et le couronnement du chemin couvert.

Attaque des systèmes ; durée probable du siége.

Puisque l'ordonnance du troisième système se rapproche de très-près du système bastionné qui a fait la base des études, nous devons aussi rapprocher leurs attaques : on doit supposer que l'assiégé a fait des coupures dans les demi-lunes et qu'il a fait aussi des coupures dans les contre-gardes et enveloppé l'escalier de leur gorge par un bon chemin couvert. Cela posé, la marche théorique de l'attaque sera exactement la même dans les deux systèmes comparés jusqu'à l'établissement des cavaliers de tranchée : comme la saillie des demi-lunes, dans le système comparé, est moins considérable, les cavaliers de tranchée seront tracés et construits avec moins de pertes et plus rapidement ; les saillans des trois places d'armes rentrantes pourront être saisis presqu'en même tems ; et les places d'armes rentrantes n'étant pas retranchées, l'attaque et le couronnement du chemin couvert seront des opérations moins périlleuses et plus rapides : il en sera de même de la construction des batteries de brèche et des contre-batteries ; ces travaux seront plus aisés à établir que dans le système pris pour terme de comparaison. Il suit de ces observations que le trentième jour de tranchée ouverte,

Travaux de la trenl'assaut sera donné aux contre-gardes et qu'on se logera dans leurs terre-pleins par une sape dont la figure dépendra de celle du retranchement : on épaulera fortement le logement du côté des coupures.

La trente-unième nuit, on attachera le mineur aux coupures des contre-gardes ou à leurs réduits ; ces retranchemens seront forcés le 32 à la pointe du jour ; on coulera des sapes dans l'épaisseur des parapets des flancs pour prendre la tenaille à revers.

Comme les demi-lunes ont des flancs et ne couvrent pas les trouées entre les flancs et les tenailles, on fera, dès le couronnement de la place d'armes rentrante, des batteries de brèche contre la courtine : ces brèches seront praticables le 27.

Pendant les trente-troisième et trente-quatrième jours, on construit des batteries à la gorge des contre-gardes pour battre en brèche les parties de la courtine attenant les flancs des tours bastionnées ; les débris de ces brèches masqueront les batteries casematées et les annulleront ; on chemine vers la trouée de la tenaille et on commence les passages du grand fossé avec double épaulement.

Les passages du grand fossé et leurs doubles épaulemens atteindront le pied des brèches le 36 au plus tard ; et si l'assiégé ne s'est pas empressé de battre la chamade, le trente-cinquième jour, le 36, à la pointe du jour, l'assaut définitif sera donné par 4 colonnes qui agiront simultanément en se portant sur les 4 brèches, etc.

Il résulte de cet apperçu sur l'attaque du troisième système de Vauban, que sa force est en équilibre avec celle du front moderne auquel nous l'avons comparé. La défense du second système, dont les élémens sont moins complets et moins bien ordonnés, ne s'éleveroit pas au dessus de 30 à 32 jours de tranchée ouverte.

Il n'est pas indigne de remarque que les valeurs des systèmes des trois plus célèbres ingénieurs sont à-peu-près les mêmes ; les différences dans les rapports de leurs forces respectives tiennent à des nuances que la théorie a de la peine à saisir et que les circonstances morales ou d'autres peuvent faire disparoître ou augmenter, etc. Cependant, il paroit évident aux ingénieurs les plus expérimentés que le troisième système de Vauban doit l'emporter sur celui de Cormontaigne.

L'ordonnance du troisième système de Vauban présente des dispositions générales dignes de l'ingénieur le plus consommé dans l'art de la guerre : son corps de place est couvert par un système de dehors auxquels on communique avec facilité ; ils renferment une grande capacité qui permet d'y faire les retranchemens et dispositions intérieures nécessaires pour y créer la défense la plus active et annuller toutes les attaques de vive force. Toute la valeur du système repose dans ces grandes contre-gardes soutenues de très-près par le corps de place et précédées de grandes demi-lunes qui en couvrent les épaules et les flancs et dont les réduits prennent à revers les brèches faites aux faces de ces contre-gardes par les trouées des fossés. La disposition

générale pêche cependant dans un point très-essentiel : les flancs des demi-
lunes qui ne peuvent avoir aucune utilité bien réelle, découvrent les trouées
qui existent entre les tenailles et les flancs et par conséquent la partie de
la courtine qui est vis-à-vis : c'est le seul point du corps de place qui soit
vu du couronnement du chemin couvert.

Les moyens nouveaux et secondaires qu'employa Vauban et qui consistent
dans les tours bastionnées et dans les batteries casematées, ne répondent
pas à la beauté des dispositions générales. Les tours bastionnées sont ruinées
dès la première période du siége ainsi que leurs plates-formes ; elles ne
peuvent être, au bout de quelques jours, qu'un tas de décombres que
l'assiégé est obligé d'enlever. Les batteries casematées ne sont aussi d'aucun
usage : 1°. parce qu'elles sont contre-battues de la gorge des contre-gardes
ou masquées par les débris des brèches; 2°. parce qu'étant dans des souterrains fermés, leur tir est incertain et peu suivi, à cause de la suffocation
des canonniers occasionnée par la combustion de la poudre. Il suit de la
foiblesse de ces deux moyens, que le fossé du corps de place n'est pas
flanqué, et que la place doit capituler aussitôt que les contre-gardes sont
occupées par l'assiégeant et que les brèches au corps de place sont praticables, etc. Il est vraisemblable que dans l'attaque du front ordinaire, il
seroit nécessaire d'attaquer les deux demi-lunes collatérales ; leur influence
sur les ailes des attaques est telle qu'elle peut décider à diriger les attaques
contre deux demi-lunes et une seule contre-garde : dans ce cas l'assiégé
pourra défendre le fossé du corps de place en opposant une grande résistance
à la construction des épaulemens : la tour bastionnée du front d'attaque
n'étant contre-battue d'aucun point, l'assiégeant ne pourra faire autrement
que de masquer les batteries casematées de ses flancs par les débris de
deux fourneaux de mines logés dans la gorge de la contre-garde.

L'espèce d'analyse que nous venons de faire du troisième système de
Vauban indique que par de légers changemens on le porteroit à un degré
de force supérieur à tous les systèmes pratiqués jusqu'à ce jour. Le premier
changement pourroit consister : 1°. à augmenter la capacité des tours
bastionnées pour pouvoir leur donner un parapet en terre ; 2°. à établir
une circulation d'air dans les batteries casematées pour que le service y
puisse être continu; 3°. à supprimer les flancs des demi-lunes pour qu'elles
couvrent les trouées de la tenaille. Le second changement seroit plus considérable et n'altéreroit cependant pas l'esprit de l'ordonnance du système : il
consiste : 1°. à supprimer les tours bastionnées et les petits bastions pour
leur substituer des bastions ordinaires comprenant une tenaille; ces bastions
et la trouée de cette première tenaille sont absolument couverts par les contre-
gardes; 2°. à augmenter les dimensions de la demi-lune et à la tracer comme
dans le système de Cormontaigne; 3°. à retrancher les places d'armes rentrantes par de bons réduits; 4°. à faire dans les bastions du corps de place
des retranchemens pour forcer l'ennemi à faire en entier les passages du
fossé du corps de place.

De la manière dont on pourroit perfectionner le troisième système de Vauban.

En examinant les propriétés acquises par le système de Vauban en vertu

De la valeur du sys-

2.   21

tême de Vauban modi-
fié et rectifié.

des changemens et des modifications que nous venons d'indiquer, il est facile de reconnoître sa supériorité sur le système qui nous sert de base : lorsque, dans le premier, l'assiégeant a pris les contre-gardes, il a devant lui un corps de place bastionné intact, et qu'il ne peut battre en brèche qu'au travers d'un fossé étroit et profond : à la même époque, l'assiégeant, dans le second système, sera maître des bastions et n'aura plus à vaincre qu'un foible retranchement, dernier espoir de la garnison qui ne peut risquer d'y soutenir l'assaut. Ainsi la durée probable du siége est au moins de 6 jours de plus dans le système de Vauban, que dans l'autre ; et vu la faculté qu'a l'assiégé de tourmenter l'ennemi dans ses travaux sur les contre-gardes, on peut, sans craindre de se tromper, porter cet excès de défense à 10 jours.

153. Du système de
Cormontaigne ; de ses
avantages et de ses dé-
fauts.

153. Le système qui, après ceux du célèbre Vauban, a été le plus usité et qui l'est encore, est celui de Cormontaigne, que nous avons choisi pour le sujet particulier de nos études : son auteur puisa l'idée du tracé de son corps de place dans le système du comte de Pagan ; il emprunta du système de Coehorn les demi-lunes dont les terre-pleins sont étroits, et les réduits de places d'armes rentrantes, de Glasser et de Rosard : les grandes demi-lunes saillantes dans la campagne et garnies de réduits à flancs, les retranchemens permanens des bastions sont des moyens de perfectionnement qui lui sont dus. Il étoit encore réservé à la gloire de cet habile ingénieur, de découvrir les propriétés nouvelles que le front bastionné moderne acquiert, lorsqu'il est adjacent à des fronts collatéraux qui font avec lui des angles très-obtus, ou qui se développent sur une même ligne droite. Mais si les demi-lunes saillantes procurent une meilleure ordonnance générale, elles augmentent considérablement un vice déja existant dans le système : elles sont elles-mêmes plus exposées à l'action des batteries à ricochets ; elles ouvrent de plus loin la trouée par laquelle on bat en brèche les bastions du front d'attaque. Il arrive de là que les brèches au corps de place sont praticables 10 ou 12 jours avant que l'assaut y soit possible, si toutefois cet assaut n'est jugé pouvoir s'exécuter qu'après la prise du réduit de la demi-lune ; ce qui n'est pas absolument démontré : or, une brèche existante au corps de place pendant plusieurs jours est un sujet continuel d'inquiétudes pour la garnison et un prétexte plausible pour un gouverneur de rendre la place.

154. Des systèmes qui
ont paru depuis Vauban
et Coehorn.
(Voyez l'Architec-
ture des forteresses, par
Mandar.)

154. Depuis Vauban et Coehorn il a paru un grand nombre de systèmes dont la plupart ne méritent pas de fixer l'attention sous le rapport des progrès de la science ; mais leur étude peut cependant être utile aux commençans pour leur faire connoître plusieurs moyens ingénieux renfermés dans cette multitude de compositions. Tous ces systèmes sont divisés en trois classes principales par rapport à la forme de leur enceinte : la première classe comprend ceux dont l'enceinte est circulaire ; la seconde est composée des systèmes bastionnés : elle est la plus nombreuse ; enfin la troisième classe

renferme ceux dont l'enceinte est un polygone angulaire dont les saillans sont aigus et les angles de défense droits.

Dans le même tems que Vauban et Coehorn s'occupoient de perfectionner la forme et l'ordonnance de la fortification, plusieurs auteurs s'en occupoient aussi : Blondel, en 1685, proposa un système bastionné avec des flancs à plusieurs étages, il est d'une composition très-médiocre et très-inférieure aux systèmes de Vauban.

Système de Blondel (1683).

Landsberg, célèbre ingénieur au service de la Hollande et digne successeur de Coehorn, avoit acquis une grande expérience dans la guerre des siéges ; sa théorie, jointe à une longue pratique, le mit à même de faire des réflexions sur la composition de la fortification en usage de son tems. Dans ses nombreux systèmes, Landsberg adopte tantôt la figure à tenailles, tantôt la figure bastionnée ; il dispose toutes les parties principalement pour l'artillerie ; il est de l'opinion que la mousqueterie influe peu sur la défense des places : enfin il adopte et propose les redoutes casematées et les casernes défensives pour établir une défense intérieure, en observant de couvrir toujours ces moyens défensifs par des parapets.

Systèmes de Landsberg (1712 à 1758).

Sturm, dans ses systèmes, qui ne sont que des modifications de ceux de ses prédécesseurs, prend pour base l'enceinte à tenaille : il la couvre de plusieurs dehors dont l'ordonnance est plus ou moins complexe. Il fait usage, dans ses systèmes, des batteries en charpente recouvertes en terre, des galeries blindées et des coffres.

Systèmes de Sturm (1720).

Glasser se distingue en cherchant à renforcer l'enceinte bastionnée ; il la couvre par des demi-lunes avec réduits, par des contre-gardes à terre-pleins étroits, par une enveloppe continue et par un chemin couvert dont les places d'armes rentrantes sont retranchées : mais ce qui distingue le plus ses compositions, ce sont les feux casematés qu'il emploie pour défendre les fossés. Les saillans des fossés des bastions et de la demi-lune sont traversés en capitale par des caponnières casematées que l'ennemi ne peut contre-battre que des fossés mêmes et qui défendent les brèches. Glasser eut l'idée ingénieuse de couvrir l'artillerie des casemates par des parapets en terre mis dans la casemate. Ces systèmes font honneur à leur auteur ; ils présentent un degré de force très-considérable.

Systèmes de Glasser (1728).

Rosard, ingénieur au service de Bavière, avoit puisé ses premières connoissances en fortification dans le corps du génie français : il a composé deux systèmes bastionnés qui se rapprochent de ceux de Glasser. Il retranche avec soin les bastions ; il élève sur les courtines des cavaliers dominans ; il couvre son corps de place par des demi-lunes retranchées, par des tenaillons et des contre-gardes (cette disposition d'ouvrages extérieurs est très-vicieuse); il retranche les places d'armes rentrantes de son chemin couvert : cet habile ingénieur dispose sur les capitales un système de lunettes avancées couvertes par un avant-chemin couvert, auxquelles on communique par des galeries souterraines : les flancs du corps de place sont les seules parties qui soient casematées, et de manière que la fumée ne puisse causer aucun inconvénient.

Système de Rosard (1731).

Frédéric-Auguste II, roi de Pologne, cultiva la science de la fortification avec succès : il est l'auteur de plusieurs systèmes dont la composition s'éloigne beaucoup de ceux de ses prédécesseurs. Auguste abandonne le système bastionné pour le système à tenailles ; il retranche la gorge des tenailles pour se procurer une défense intérieure ; dans l'angle rentrant des tenailles, l'auteur place des redoutes casematées à plusieurs étages pour flanquer les tenailles à l'extérieur et à l'intérieur : l'enceinte est différemment couverte dans les différens systèmes de l'auteur, d'ailleurs très-compliqués. Les batteries casematées à un seul étage sont employées, dans ses systèmes ingénieux, pour défendre les fossés et agir contre les batteries de brèche ; les redoutes des angles rentrans sont casematées à trois étages : il est probable que ce sont les premières casemates de cette espèce qui ont été introduites dans les systèmes.

Belidor, dont les connoissances sur toutes les parties de l'ingénieur étoient des plus étendues, a composé plusieurs systèmes : ils ont pour base l'enceinte bastionnée couverte par des dehors plus ou moins composés et dans lesquels il emploie les flancs bas casematés : sur les capitales des bastions et en avant du chemin couvert, l'auteur place des lunettes détachées, à flancs retirés, et couvertes par un glacis aussi détaché. Les systèmes de Belidor ne sont pas jugés susceptibles de procurer une défense supérieure à celle du système de Cormontaigne.

M. de Filey, ingénieur du premier ordre et lieutenant-général dans l'armée française, fit connoître, en 1762, son système sur la fortification : il lui donna le nom de mézalectre. La base de ce système est la figure bastionnée que M. de Filey modifie d'une manière particulière et qu'il couvre par des demi-lunes et des contre-gardes ; la modification porte sur la courtine qui est brisée en forme de bastion et dont le saillant s'enfonce dans la demi-lune : les flancs de la courtine ainsi disposée défendent rectangulairement les faces des bastions et les flancs des bastions défendent la demi-lune. Les rentrans formés par le mézalectre sont couverts par une tenaille dont le parapet est un mur crénelé : les bastions ont leur gorge retranchée par un petit front bastionné dont les flancs sont casematés et couverts par un réduit dont le parapet est un mur crénelé : il s'élève derrière la gorge du mézalectre des cavaliers qui couvrent de vastes souterrains, etc.

La force de ce système, qui porte le caractère de la simplicité, est inférieure à celle du système de Cormontaigne : l'attaque peut être dirigée sur le mézalectre sans qu'on soit forcé de faire l'attaque des bastions et de leurs retranchemens.

On peut remarquer sur les systèmes que nous venons d'indiquer, qu'après Vauban et Coehorn, les auteurs ont eu, pour la plupart, l'idée de faire entrer dans leurs systèmes les batteries couvertes ou casematées, pour agir contre les batteries de brèche et contre les passages de fossé. Glasser et Auguste II ont fondé le succès de leurs systèmes sur l'emploi plus ou moins heureux qu'ils ont fait de ce genre de défense. Les compositions en fortification des tems postérieurs prennent de plus en plus ce caractère, à cause des effets toujours croissans des feux à ricochets et des feux courbes.

M. de la Chiche, en 1767, reconnut la nécessité de faire de grands changemens dans l'ordonnance de la fortification en projection horisontale : il adopta le système bastionné ; mais il le trace en donnant à la perpendiculaire le ¼ du front et en diminuant la longueur des faces des bastions pour se procurer des flancs plus grands. Il couvre la demi-lune par une flèche placée dans la place d'armes saillante : il donne des flancs à la tenaille ; met des réduits dans les places d'armes rentrantes dont il défile les faces ; et il renforce, par un retranchement, le terre-plein de la place d'armes saillante vis-à-vis du bastion. Par ces dispositions en projection horisontale, cet ingénieur met les bastions dans des rentrans très-prononcés que l'attaque ne peut atteindre qu'après avoir emporté tous les dehors, et il assure les communications par l'emploi des galeries en charpente blindées et terrassées. Mais quant à la composition de ses profils primitifs, l'auteur suit une marche nouvelle, et c'est sur cette ordonnance en projection verticale que son système diffère absolument des précédens et des systèmes généralement suivis jusqu'à ce jour. Ses revêtemens d'escarpe sont construits en casemates recouvertes d'un parapet en terre au travers duquel passent des soupiraux destinés à l'évacuation de la fumée ; le revêtement est percé d'embrasures larges de 7 décimètres à l'extérieur : au pied et derrière les revêtemens d'escarpe et de contrescarpe règnent des galeries crénelées avec des soupiraux qui débouchent ou dans les casemates supérieures ou dans les chemins couverts. La flèche, la demi-lune et son réduit, les faces des bastions et leurs flancs sont à revêtemens casematés ; les courtines sont aussi casematées ; mais elles sont ouvertes par la gorge et n'ont qu'une simple banquette supérieure. Le chemin couvert est élevé de manière à cacher toutes les maconneries des ouvrages dont le relief est ordonné d'après les règles du défilement.

On voit que ce système est ordonné pour avoir : 1°. des feux découverts et supérieurs qui agissent pendant la défense extérieure autant que les circonstances dépendantes de l'attaque peuvent le permettre ; 2°. des feux couverts en grande quantité, pour agir par des tirs courbes avant le couronnement du chemin couvert, et par des tirs directs pendant la défense rapprochée des chemins couverts, des fossés et des brèches. L'auteur a pensé que les soupiraux étoient suffisans pour faire évacuer la fumée.

L'analyse de ce système tient à la grande question sur l'action des batteries de l'attaque sur des casemates, même couvertes ; et sur la possibilité de construire des batteries de brèche et de contre-flancs dans le couronnement du chemin couvert, en face de batteries casematées qui sont inférieures à ce couronnement : dans ce système, aucune batterie casematée n'agit de flanc et de revers, et par un tir direct et plongeant, sur le couronnement du chemin couvert.

Parmi les auteurs modernes qui ont mis au jour des systèmes de fortification, le général Montalembert est celui qui a produit les idées les plus neuves et les plus variées sur l'emploi des feux casematés. Il a inventé ou

Du système de la Chiche (1767).

Des systèmes du général Montalembert. (Voyez les ouvrages de l'auteur.)

perfectionné plusieurs sortes de casemates et les a introduites dans la fortification, soit pour rectifier les anciens systêmes, soit pour entrer dans l'ordonnance des siens propres. Les travaux du général Montalembert lui ont acquis une gloire bien méritée et lui assurent à jamais les éloges et la reconnoissance de tous les militaires qui s'occupent des progrès de l'art. Non-seulement Montalembert s'est occupé de la fortification des places, mais il a encore concouru à perfectionner la fortification de campagne à laquelle on veut donner un certain degré de résistance : ses profils, pour les casemates en bois et pour les caponnières défensives, peuvent recevoir des applications fréquentes dans la guerre défensive et dans l'établissement des quartiers d'hiver, etc., ainsi que l'observe M. de Cessac, qui rend au général Montalembert toute la justice due au mérite.

L'auteur de la fortification perpendiculaire s'est frayé une route nouvelle dans ses recherches : il a senti que la foiblesse de la fortification actuelle tenoit au manquement de couverts dans les places pour abriter le personnel et le matériel de la défense : il a voulu, dans ses systêmes : 1°. créer en même tems le matériel de la défense et les accessoires ; 2°. soustraire toute son artillerie et ses moyens de défense à l'action terrible des feux courbes de l'attaque ; 3°. combattre, soit pendant la défense éloignée, soit pendant la défense rapprochée, l'artillerie assiégeante, par une artillerie plus nombreuse et capable de la contre-battre avec des avantages assurés.

Dans ses tracés, l'auteur abandonne la figure bastionnée ; il la remplace par la figure à tenaille dont les angles saillans sont de 60 degrés et les angles rentrans de 90 degrés. C'est ce tracé qui a fait donner à sa fortification la dénomination de *fortification perpendiculaire ;* parce qu'en effet les lignes de défense y sont rectangulaires sur les faces : il suit de cette disposition que les polygones réguliers qui doivent être fortifiés ne peuvent pas être au dessous du dodécagone : les longueurs du côté et du rayon se déduisent de la longueur de la ligne de défense, qui ne peut excéder 300 mètres.

Les tenailles sont séparées de l'enceinte capitale par des flancs casematés qui défendent les fossés ; la gorge est occupée par une casemate à plusieurs étages : les tenailles sont couvertes par une enveloppe générale en terre dont les rentrans sont occupés par des casemates : celles-ci sont couvertes elles-mêmes par une lunette à flancs casematés, placée dans le rentrant de la contrescarpe.

Les faces de l'enveloppe générale sont coupées par deux traverses casematées qui tirent sur la campagne et dans le terre-plein des ouvrages.

C'est dans l'ordonnance de ses profils que le général Montalembert diffère de ce qui avoit été proposé ou pratiqué jusqu'alors : il perfectionne les casemates existantes ; il les rend commodes pour le service ; il en varie les formes et les dimensions pour chaque circonstance particulière ; elles sont exemptes de tout reproche à l'égard de la fumée ; enfin il les fait entrer dans ses systêmes de la manière la plus diversifiée et la plus ingénieuse, et les regarde comme la base de son système défensif.

Les profils des tenailles et des remparts capitaux sont composés d'une escarpe casematée à deux étages, dont chaque casemate de 5o décimètres de largeur est destinée à recevoir une pièce d'artillerie : derrière cette escarpe est le massif des terres qui forme une contre-garde qui couvre le rempart capital : entre ces deux escarpes est un fossé sec qui est flanqué par les deux étages de feux casematés du rempart capital : ce dernier rempart ainsi que la tour dominent la campagne par un troisième étage de feux aussi casematés ; et derrière cette escarpe casematée est le massif du rempart en terre. Pour prendre une idée juste et exacte de l'ordonnance des systèmes du général Montalembert, il est nécessaire de consulter ses ouvrages ou au moins l'abrégé historique de Mandar, dans son Essai sur la fortification.

(Pl. I, fig. 7.)

(Voyez les ouvrages de l'auteur et l'Essai de fortification, par Mandar.)

L'analyse des systèmes du général Montalembert dépend, comme celui de M. de la Chiche, de la question sur l'action réciproque des batteries casematées et des batteries de l'attaque : les faits paroissent démontrer que toute la partie des systèmes à batteries casematées qui sera supérieure aux masses couvrantes en terre, sera démolie, ruinée et rasée en peu de tems par les batteries directes de l'attaque établies dès la seconde parallèle ; et quant aux batteries inférieures qui ne peuvent agir directement que sur les terre-pleins et dans les fossés, il n'est nullement prouvé qu'elles empêcheront l'établissement des contre-batteries qui les domineront de la crête des chemins couverts ou des terre-pleins des couvre-faces : il est vraisemblable qu'elles seront mises hors de service avant qu'elles aient pu détruire les épaulemens au moyen des obus, etc. : d'ailleurs l'attaque a le puissant moyen des bombes horisontales et des obus pour ouvrir les couvre-faces en terre et démasquer les embrasures des casemates. Les ingénieurs allèguent aussi l'énorme dépense de la construction et la quantité immense de bouches à feu qui seroit nécessaire pour armer les places fortes construites d'après ces systèmes.

Mais si la fortification terrestre ne doit pas employer dans leur intégrité les systèmes casematés à plusieurs étages, ils constituent la fortification la plus propre aux forts qui défendent les ports et les rades ; ils résistent parfaitement, en se servant du tir à boulets rouges, aux attaques de mer exécutées par des flottes et des batteries flottantes, etc. : sous ce point de vue, le général Montalembert a beaucoup contribué aux progrès de l'art et a rendu des services signalés à son pays.

C'est une vérité généralement adoptée aujourd'hui, et le général Montalembert a beaucoup contribué à l'établir, que les feux casematés sont d'une exécution facile ; qu'on doit les employer dans une infinité de circonstances ; et que leur combinaison avec les autres élémens de la fortification, est la seule manière de composer des systèmes susceptibles d'opposer une résistance proportionnée aux besoins de la guerre et à la violence des attaques qui semble tous les jours prendre de nouveaux accroissemens.

Réflexions sur les feux casematés directs et verticaux.

Pendant la période de la défense éloignée, les feux casematés ne peuvent être que des feux courbes ou verticaux, etc. ; mais aussitôt que l'assiégeant sera dans les limites de la défense rapprochée, ces mêmes feux doivent être en même tems directs et verticaux : et afin qu'ils jouissent d'une certaine efficacité il ·faut les disposer de manière que l'assiégeant ne puisse pas les contre-battre, ou qu'il ne le puisse qu'après avoir employé beaucoup de tems et éprouvé de grandes pertes, etc.

Systêmes de Virgin
(1781 à 1788).
(Voyez les ouvrages
de l'auteur et l'Abrégé
de Mandar.)

Virgin, célèbre ingénieur suédois, après avoir examiné dans plusieurs siéges de la guerre de 1740, à quoi tenoit la foiblesse des places fortes, reconnut que la violence des attaques étoit due aux perfectionnemens de l'artillerie, et à la manière dont l'assiégeant pouvoit l'employer pour forcer l'assiégé à abandonner ses défenses, et pour annuller la puissance de son artillerie. Pénétré de la nécessité de faire des changemens considérables dans la fortification, Virgin conçut des systêmes basés sur le grand et fécond principe des feux de revers et des feux casematés : il dispose ses casemates pour les feux courbes et les prodigue dans toutes les parties de ses systêmes : il adopte de préférence le systême bastionné, mais il le modifie de manière à réunir la défense de revers des ouvrages à la défense intérieure : il tâche de disposer tous ses ouvrages pour qu'ils se protègent et se soutiennent avec une telle efficacité que l'assiégeant soit forcé d'envelopper, par ses attaques, une grande partie du pourtour de l'enceinte. Les systêmes de Virgin sont compliqués et surchargés d'élémens : ils seroient d'une dépense considérable et exigeroient une énorme quantité de bouches à feu pour leur défense. Il est impossible de prendre une idée exacte de ces nouveaux systêmes ailleurs que dans l'ouvrage de l'auteur. Il mérite de fixer l'attention des officiers et des artistes qui cultivent particulièrement la science de la fortification, et on doit regretter que cet ouvrage soit si rare.

Systême de Reveroni
(1794).
(Voyez les mémoires
de l'auteur, intitulés :
Inventions militaires,
etc. et l'Essai sur la for-
tification, par Mandar.)

Reveroni, officier du génie, adopte les principes de Montalembert sur la nécessité de soustraire l'artillerie aux feux à ricochets et verticaux de l'assiégeant; mais il propose de couvrir les batteries casematées sans se priver de l'avantage d'agir sur les travaux de l'attaque : pour se procurer cet avantage, sur lequel repose la base de son système pendant la période de la défense éloignée, il a eu l'idée absolument neuve de faire des casemates à embrasures verticales : de ces embrasures sortent à volonté les pièces d'artillerie pour tirer à barbette, et pour être ramenées ensuite dans l'intérieur de la casemate afin de les charger et continuer le tir. Cette manœuvre s'exécute au moyen d'un affût à bascule extrêmement ingénieux qui tourne autour d'un axe de rotation par l'effet même du recul. Si l'expérience démontroit que le tir peut s'exécuter avec facilité et promptitude au moyen d'un affût de cette espèce, il suffiroit de donner aux escarpes casematées très-peu de commandement sur les couvre-faces en terre et de les faire à l'épreuve de la bombe. Les mêmes casemates contiennent des batteries basses pour agir sur le couronnement du chemin couvert, sur les terre-pleins et sur les fossés. Le système en projection verticale est fondé sur la composition du profil des batteries casematées : il consiste en projection horisontale dans une enveloppe bastionnée et casematée, derrière laquelle est un retranchement en terre aussi bastionné et élevé avec les déblais du fossé : le corps de place est couvert par des contre-gardes en terre aux extrémités desquelles aboutissent les faces de la demi-lune : cette demi-lune est à orillons et à flancs retirés casematés à deux étages, pour défendre le fossé et le terre-plein de la contre-garde et prendre à revers la face du bastion casematé : l'intérieur de la demi-lune est occupé par un réduit casematé, etc.

Le dernier système que nous citerons sera celui de Carnot. Après avoir donné des preuves du plus grand talent dans la conception et la formation des plans de campagne et leur direction générale, cet ancien officier du génie a jetté un coup d'œil savant sur la fortification, et a fait connoître par des idées justes et lumineuses, son opinion sur la nécessité de faire des changemens dans l'ordonnance actuelle de la fortification.

Système de Carnot (1797).

Carnot, en adoptant la plupart des idées de Montalembert sur les feux casematés, rend à cet officier-général la justice due à ses travaux et à ses talens : comme lui, il prend les feux casematés et couverts pour la base de la projection verticale de son système, et le tracé à tenaille pour celle de la projection horisontale ; mais sa méthode est essentiellement différente dans la disposition des batteries et dans la manière de les faire entrer dans la combinaison des élémens, pour obtenir l'ordonnance la moins complexe.

(Voyez la pl. VII.)

Des expériences faites à Saint-Omer ayant fait voir que les batteries blindées sont d'un usage facile et qu'elles résistent parfaitement aux commotions et au vent produits par l'artillerie de gros calibre, Carnot les emploie, mais seulement dans les parties des remparts où elles ne peuvent être que difficilement contre-battues.

Les principes d'après lesquels Carnot ordonnance les élémens de son système sont : 1°. qu'il ne faut pas s'attacher à la défense éloignée dont il est impossible d'arrêter jusqu'à un certain point la marche et les progrès : sous ce rapport tous les systèmes ont à-peu-près la même valeur, pourvu qu'ils procurent des feux croisés sur les capitales, et des feux verticaux ; ces feux ne peuvent jamais avoir une grande efficacité tant que l'assiégeant n'a pas atteint la troisième parallèle ; et en cela Carnot diffère totalement du général Montalembert ; 2°. qu'il faut soigneusement cacher toutes les batteries et constructions en maçonnerie, et approprier tous les moyens de défense principalement pour la défense rapprochée ; 3°. qu'il ne faut pas s'attacher à développer une quantité immense d'artillerie pour agir directement, mais une artillerie bien couverte et tellement disposée qu'en défendant les approches des ouvrages, elle ne puisse être contre-battue que du terrain étroit et resserré où l'assiégeant est pris en flanc et à revers. Voyons en deux mots comment l'auteur essaie de remplir des conditions aussi importantes et sans lesquelles la défense reste dans son état actuel de foiblesse.

L'enceinte capitale du système est un tracé à tenaille ; les angles rentrans en sont de 90 degrés et les angles saillans peuvent varier de 60 à 80 degrés : un fossé et une contrescarpe ordinaire enveloppent ce corps de place. Les rentrans sont occupés par des batteries casematées à deux étages ; l'inférieure est défendue par une caponnière en terre qui masque en même tems le débouché d'une large poterne ; cette même casemate se prolonge au-delà de la contrescarpe pour conserver deux pièces de canon qui prennent à revers les saillans des tenailles : la casemate supérieure ne s'étend que jusqu'au prolongement du chemin couvert pour pouvoir défendre les fossés des ouvrages extérieurs.

Sur chaque saillant des tenailles s'élève une tour bastionnée casematée à l'épreuve, ayant une embrasure en capitale et deux sur chaque flanc ; et à côté de chaque tour bastionnée est une batterie blindée de 3 à 4 pièces.

Le corps de place ainsi constitué et armé est absolument couvert : 1°. par deux contre-gardes ou couvre-faces terminés par deux flancs dont les profils sont placés sur la ligne qui va de l'extrémité du flanc de la tour bastionnée à l'angle flanqué de la contre-garde collatérale : la tour bastionnée est, par ce tracé, embrassée par le couvre-face dont le relief la couvre absolument de toute vue directe ; mais les flancs des couvre-faces ne masquent pas les feux des flancs des tours bastionnées qui voient à revers les faces de ces mêmes contre-gardes : les profils des contre-gardes sont unis par un chemin couvert qui forme la place d'armes rentrante et les contre-gardes sont aussi enveloppées par un chemin couvert dont le terre-plein est fort étroit et garni d'une seule banquette : le terre-plein des couvre-faces ne consiste aussi qu'en une seule banquette pour la mousqueterie, afin que l'assiégeant éprouve les plus grandes difficultés à y établir les batteries de brèche et les contre-batteries, etc. : les fossés des couvre-faces vont se fondre tangentiellement avec la surface du glacis de la place d'armes rentrante : les longues branches du chemin couvert sont enfilées et même prises à revers par les batteries blindées attenant aux tours bastionnées : enfin, on peut loger des casemates à feux de revers dans la contrescarpe de la place d'armes saillante ; mais cette disposition ne paroit pas nécessaire contre une attaque de vive force et elle est superflue contre l'attaque de pied à pied : cependant il est bon de remarquer que le fossé des contre-gardes n'est défendu que par des feux à ciel ouvert : et si on vouloit le flanquer par des feux couverts, il faudroit construire sur les faces des tenailles, non des batteries blindées ordinaires à larges embrasures, mais des batteries blindées enfoncées dans le massif du parapet et dont les merlons, de 14 décimètres d'épaisseur, seroient faits en pièces de bois de gros échantillon.

Si ce système, organisé principalement pour la défense rapprochée, paroissoit ne pas fournir assez de feux d'artillerie pendant l'époque de la défense éloignée, on pourroit s'en procurer en élevant des cavaliers sur les saillans des tenailles et en disposant l'angle flanqué des contre-gardes pour recevoir de l'artillerie.

Il faut remarquer la disposition heureuse des chemins couverts, sous le rapport des débouchés pour les sorties : des caponnières qui couvrent l'angle rentrant on monte par de larges rampes dans la place d'armes rentrante qui est couverte de toute part ; de cette place d'armes l'infanterie, et même la cavalerie, défilent dans les fossés et les chemins couverts des contre-gardes ; enfin les différentes colonnes sortent pour se former le long des branches du chemin couvert par le grand débouché compris entre leurs extrémités.

On trouve dans l'Essai de Carnot plusieurs propriétés remarquables qui doivent lui donner un degré de supériorité sur tous les systèmes modernes : il porte le caractère d'une grande simplicité dans toutes les dispositions ; les feux d'artillerie y sont couverts pendant l'époque principale de la défense ; il procure aux sorties la plus grande facilité pour leurs rassemblemens et pour leur débouché ; la défense y a lieu avec une artillerie médiocrement nombreuse et proportionnée aux facultés d'un état ; la dépense de la construction est modérée et ne s'élève pas au dessus de celle des systèmes exécutés jusqu'à ce jour ; enfin l'ordonnance du système est d'une application générale et peut se plier par l'art du défilement aux sites les plus irréguliers et les plus influencés par l'espace extérieur, etc.

Ce simple coup d'œil sur ce système, qu'il est réservé à l'auteur de perfectionner, suffit pour concevoir comment on peut introduire dans l'ordonnance de la fortification les feux casematés et blindés soit directs, soit de revers. Nous terminerons ici la simple énumération des principaux systèmes ; elle a uniquement pour but d'exciter la curiosité des élèves, de les engager à en faire un jour le sujet de leurs études approfondies ; et de les confirmer dans cette opinion, que dans les arts, comme dans toutes les branches des sciences exactes, il reste toujours à l'homme de génie des combinaisons à faire et l'espérance d'être utile à son pays.

L'exposition succincte des principaux systèmes de fortification, et les efforts que l'on fait journellement pour le retirer de l'état de foiblesse dans lequel elle a été plongée par suite de la violence de l'attaque, prouvent qu'il y a encore de grands pas à faire dans l'ordonnance et la composition de la fortification des places. La défense ne pourra reprendre une attitude capable de rassurer les défenseurs, que lorsque les feux verticaux, qui agissent dès les demi-places d'armes, n'auront plus que des effets modérés et que l'assiégé pourra lui-même employer ces mêmes feux pour arrêter les cheminemens et forcer l'assiégeant à se blinder dans toutes les parties de la troisième parallèle, etc.

Conclusion générale sur la valeur de la fortification dans son état actuel.

CHAPITRE VII.

Des ouvrages additionnels employés pour augmenter la force des fronts d'une place forte ; des inondations et manœuvres d'eau ; des avant-fossés et des avant-chemins couverts ; des tenaillons et des contre-gardes ; des ouvrages à corne et à couronne ; des lunettes considérées sous différens points de vue ; de la défense produite par les casemates et par les galeries crénelées ; considérations générales sur les ouvrages détachés et avancés.

Des ouvrages additionnels employés pour augmenter la force des fronts d'une place forte.

PLUSIEURS espèces d'ouvrages entrent dans l'ordonnance des systêmes de fortification appliqués aux différens sites, soit pour augmenter la valeur absolue d'une place forte, soit pour élever le degré de force de certains fronts partiels, soit pour modifier l'ensemble d'une fortification d'après des circonstances particulières, soit enfin pour occuper des positions particulières qui auroient une influence dangereuse sur le polygone défensif. Ainsi, par exemple, si une place est située sur une rivière, sur un ruisseau, il est palpable qu'il faut tirer parti des eaux pour donner à la fortification, toutes choses d'ailleurs égales, un nouvel accroissement de force : on y parviendra, 1°. en produisant des inondations qui rendront des parties inaccessibles ; 2°. en organisant des *manœuvres d'eau* pour porter des torrens dans les fossés, inonder le pied du glacis et même les terre-pleins des chemins couverts, lorsque l'assiégeant s'y sera établi.

Si la construction d'une place a nécessité de faire un *avant-fossé*, on pourra le soutenir par des *fleches*, des *lunettes*, par des *avant-chemins couverts*, etc. : on pourra encore employer ces ouvrages additionnels pour augmenter l'étendue d'une place trop petite pour sa garnison et le rôle qu'elle doit jouer dans l'organisation de la frontière : s'il est possible de mettre des eaux dans un avant-fossé, il sera susceptible d'une meilleure défense.

Enfin les autres ouvrages additionnels s'adaptent à l'enceinte, et font avec elle un même systême : on les emploie aussi extérieurement et de plusieurs manières selon leur destination ; ils consistent dans les *contre-gardes* ou *couvre-faces*, les *tenaillons*, les *ouvrages à corne*, ceux à *couronne* ; dans toutes les espèces de *lunettes* ; dans les *casemates à feux de revers*, les *galeries crénelées ;* enfin dans les *mines défensives* et *la guerre souterraine.*

155. De la manière d'employer les eaux pour élever la défense des ouvrages de fortification.

155. Nous avons fait voir dans la deuxième partie quelles ressources avantageuses on pouvoit retirer du bon emploi des eaux dans la fortification de campagne : ce moyen, offert souvent sur les sites militaires occupés par les

places fortes, devient entre les mains de l'ingénieur habile, le plus économique et le plus efficace pour augmenter la force des fronts de fortification : on peut former des inondations ou des flaques ; rendre par des irrigations un terrain impraticable pour des tranchées ; organiser des *manœuvres d'eau* pour remplir à volonté les fossés, ou pour y produire des courans qui renversent les ponts et les travaux de l'assiégeant. L'accroissement de défense obtenu par les eaux, est d'une dépense très-modérée, et ne nécessite aucune augmentation dans la force numérique de la garnison. L'établissement de ce genre de défense exige de la part des ingénieurs beaucoup de connoissances théoriques et pratiques dans la construction des travaux hydrauliques ; les élèves les acquièrent dans le cours théorique des travaux publics et dans les écoles d'application.

Le premier usage qu'on peut faire des eaux d'une rivière qui traverse le site, est de former des inondations pour couvrir des fronts plus ou moins étendus et les rendre inaccessibles : ces inondations tendues à la plus haute élévation, procurent deux autres avantages; 1°. de former un grand réservoir d'où on peut tirer des eaux pour les porter dans les autres parties qui sont susceptibles d'en recevoir; 2°. de pouvoir élever au milieu d'elles des *pièces en terre inaccessibles*, pour prendre à revers les fronts adjacens et abordables. *Des inondations supérieures et inférieures ; des pièces inaccessibles.*

Il est facile d'obtenir une inondation supérieure, parce qu'il suffit de construire un *réservoir* qui fasse refluer les eaux et les élève à la plus grande hauteur : mais une inondation inférieure comporte la construction d'une petite place ou d'un fort situé à l'aval, et qui renferme le barrage destiné à faire refluer les eaux jusques sous les glacis de la place : il est rare qu'on se décide au développement de si grands moyens.

Les ouvrages d'art par lesquels on se procure une défense par les eaux, consistent dans les *digues*, les *ponts éclusés*, les *écluses*, les *batardeaux*, les *réservoirs* et les *déversoirs* : l'emplacement de ces diverses constructions demande une grande attention de la part de l'ingénieur : elles doivent être établies de manière que le défenseur ne puisse en être privé à aucune époque du siége : il faut par conséquent qu'elles soient soustraites aux vues de l'assiégeant, lors même qu'il est établi dans les chemins couverts. *Des ouvrages d'art relatifs à la défense par les eaux.*

Ainsi, lorsque la place s'étend sur les deux rives, on peut soutenir l'inondation par un pont éclusé qui sert de communication aux deux quartiers de la ville, etc. ; mais si la place borde seulement une des rives, il est alors indispensable d'occuper l'autre rive par un ouvrage extérieur dont la fonction sera de couvrir le pont et toutes les dispositions relatives aux manœuvres des eaux, et d'ôter à l'ennemi tout désir d'attaquer par ce point : on laissera entre la place et la rivière un espace suffisant pour couvrir cette partie de l'enceinte par un chemin couvert et des glacis. Cette espèce d'esplanade sera de la plus grande utilité pendant le siége.

On acquiert la faculté de tendre une inondation ou par des ponts éclusés, ou par des digues garnies d'écluses, ou encore par un dispositif d'écluses *Des ponts éclusés ; des digues éclusées et des écluses placées sous*

le terre-plein d'un ou-
vrage.

(Voyez le second nu-
méro du Mémorial de
l'officier du génie.)

établies sous le terre-plein d'un ouvrage. Un pont éclusé est ordinairement fondé sur pilotis, ainsi que son radier; les piles sont construites en maçonnerie; et à 3 décimètres des avant-becs en amont et en aval de la rivière on pratique des rainures carrées de 2 décimètres, lesquelles sont destinées à recevoir des poutrelles garnies de leurs agraffes de fer: on fait glisser ces poutrelles horisontalement au moyen d'un équipage de treuils, etc. Ces dispositions, le plus généralement suivies, sont susceptibles de perfectionnemens. On lira, sur cette matière, avec le plus grand intérêt, le mémoire de M. Curel, directeur des fortifications, inséré dans le second numéro du Mémorial de l'officier du génie. Les écluses faites dans les digues ou barrages, se construisent de même et se manœuvrent par des poutrelles: ce moyen est simple et suffisant pour tendre et détendre les inondations: ces manœuvres ne se font que graduellement.

Souvent on enferme des écluses à vannes garnies de treuils de manœuvre dans des souterrains construits sous le terre-plein des bastions, afin de faire passer les eaux d'un front dans un autre et faire mouvoir des moulins.

Des batardeaux ou re-
versoirs.

Les batardeaux ou reversoirs sont des masses de maçonnerie d'environ 20 décimètres d'épaisseur qui traversent les fossés dans les points les plus convenables, à l'effet d'y introduire et soutenir les eaux tirées ou de l'inondation ou des fossés pleins inattaquables. On place les batardeaux ou vis-à-vis des courtines, ou sur les capitales des bastions, ou dans le prolongement de leurs faces; cela dépend des circonstances locales et de l'obligation de les soustraire aux vues de l'assiégeant lorsqu'il a couronné le chemin couvert. On fait dans les batardeaux des pertuis propres à recevoir des vannes qu'on manœuvre avec des crics ou autres moyens mécaniques: les pertuis que l'on pratique ordinairement dans les batardeaux, sont très-étroits et ne peuvent servir qu'à remplir ou évacuer les fossés par un mouvement lent et tranquille: lorsqu'il s'agit d'animer d'une grande vitesse une masse d'eau

Des écluses de chasse
et de fuite; des portes
tournantes.

(Voyez l'Essai de for-
tification, par Bous-
mard.)

considérable, il faut construire dans les batardeaux des écluses de chasse et de fuite qui, en formant dans l'instant de grandes ouvertures, produisent des courans rapides qui heurtent les travaux de l'assiégeant dans les fossés avec une telle violence qu'ils les renversent, entraînent souvent une partie des brèches et les rendent inaccessibles. Il est évident que ces dispositions par lesquelles on convertit à volonté un fossé sec en un fossé plein, et vice versâ, ne peuvent s'effectuer par des batardeaux garnis de pertuis ordinaires: il faut en amont et en aval, et souvent en quelque point intermédiaire, établir des écluses de chasse et des écluses de fuite: mais ces écluses ne peuvent pas être de poutrelles, parce que l'opération de la manœuvre doit être subite; il faut qu'elles soient garnies de vannes que l'on puisse lever instantanément.

On peut aux vannes à coulisses substituer les portes tournantes proposées par Bousmard, et dont l'idée est extrêmement ingénieuse; la porte tournante qui doit être manœuvrée dans chaque ouverture d'une écluse, est divisée dans sa largeur en deux parties inégales par un montant vertical garni d'un pivot inférieur et d'un tourillon supérieur. Cet axe vertical repose par son pivot sur une crapaudine scellée dans le seuil, et son tourillon est reçu dans le chapeau supérieur encastré dans les piles : la partie la plus large de la porte bat dans une feuillure placée à l'amont, pendant que l'autre partie bat dans la feuillure placée à l'aval. Une vantelle qui se manœuvre avec un cric, est construite dans la partie la plus large. Cela posé, il est facile de concevoir combien la manœuvre de ces portes est simple : la pression de l'eau plus forte du côté de la feuillure d'amont, tient la porte fermée ; mais si on ouvre la vantelle, la pression devient plus forte contre la partie qui est du côté de la feuillure d'aval, et la porte s'ouvre et se place dans une direction un peu oblique au courant : les choses étant en cet état, si on ferme la vantelle, la pression de l'eau refermera la porte.

En supposant que les manœuvres d'eau soient établies, on voit facilement comment il faut agir sur l'assiégeant : après avoir combattu contre lui par les moyens ordinaires dans des fossés secs, on attendra le moment où son pont et son épaulement seront à peu de distance de la brèche : alors ou fermera les écluses de fuite placées à l'aval, et on ouvrira les écluses de chasse placées à l'amont : les eaux agiront par le choc contre les travaux de l'assiégeant et s'accumuleront dans les fossés jusqu'à ce qu'elles soient parvenues à leur plus grande hauteur ; alors on ouvrira les écluses de fuite et l'écoulement rapide des eaux entraînera les travaux et une grande quantité de débris de la brèche. Cette manœuvre sera renouvellée jusqu'a ce que les fossés soient nettoyés, et on recommencera ensuite la guerre dans les fossés secs, etc.

De la manière d'agir sur l'assiégeant par les manœuvres d'eau.

Les déversoirs sont des constructions particulières qu'on fait dans les barrages et les batardeaux pour évacuer le superflu des eaux : la face d'amont est verticale et tangente à la courbe du sommet qui descend en aval par une pente douce pour se raccorder tangentiellement avec le radier sur lequel tombent les eaux. Les déversoirs ont environ de 70 à 80 décimètres d'épaisseur à leur base, selon leur hauteur, etc. La construction de ces ouvrages est délicate et demande une coupe soignée et rigoureusement exécutée, afin que les eaux ne dégradent pas promptement le dos du déversoir : on doit y employer des matériaux de fort échantillon, maçonnés avec le ciment de pozolane.

Des déversoirs.

M. de St.-Paul propose de donner assez d'épaisseur aux batardeaux placés vis-à-vis des courtines, pour qu'ils puissent servir de pont de communication pendant la défense éloignée, et de faire une galerie dans leur intérieur, qui seroit une excellente communication pendant la défense rapprochée : cette modification peu coûteuse seroit évidemment d'une très-grande utilité.

Des batardeaux perfectionnés.
(Voyez St.-Paul.)

Si la place est à cheval sur la rivière, les fossés d'amont, adjacens à l'inondation seront pleins d'eau et creusés pour avoir 20 à 25 décimètres de hauteur d'eau ; et si la place occupe seulement une rive, les fossés qui la borderont pourront de même être creusés pour contenir 20 à 25 décimètres de hauteur d'eau. A ce point seront établis le reversoir et les écluses pour la prise des eaux, et leur écoulement par torrens dans es fossés des fronts attaquables : ces derniers fossés seront conduits en pente réglée, ou par des ressauts successifs, si les circonstances les rendent nécessaires, de l'amont à

De la profondeur des fossés et de la pente générale qu'ils doivent avoir relativement à leur défense par les eaux.

l'aval ; c'est-à-dire depuis la prise des eaux jusqu'à leur sortie par les écluses de fuite qui devront avoir une hauteur convenablement calculée. Telles sont les idées générales que l'on doit se faire de ce qu'on entend par les *manœuvres d'eau* d'une place forte.

156. Des avant-fossés ; des glacis et des avant-chemins couverts.

156. Lorsque le site sur lequel sont assis un ou plusieurs fronts de fortification, ne permet pas de donner aux fossés la profondeur que comporte le balancement du déblai et du remblai, soit parce que le sol bas et humide ne permet pas de s'enfoncer, soit parce qu'on trouve des bancs d'un rocher très-dur, soit enfin parce que les fossés seroient trop profonds sous d'autres rapports, il faut alors prendre des terres à l'extérieur pour former les glacis, etc. Le moyen qui se présente le plus naturellement consiste à faire un avant-fossé au pied du glacis pour augmenter en même tems la valeur de la fortification.

De l'avant-fossé plein d'eau soutenu par des flèches et portions d'avant-chemin couvert.
(Pl. VIII, fig. 1.)

Lorsqu'il est possible d'introduire des eaux dans l'avant-fossé, et que l'ennemi ne peut pas le saigner, il est d'une bonne défense ; mais il faut le faire suffisamment large : son seul défaut sera de gêner les mouvemens offensifs et les manœuvres d'une défense active : pour remédier à ce vice considérable, on jette plusieurs ponts de bois d'une largeur convenable sur l'avant-fossé ; on les place de la manière la plus avantageuse aux retraites ; on les soutient par des flèches et on les couvre par un avant-chemin couvert ou par des portions d'avant-chemin couvert. Les flèches F, F doivent être placées intérieurement dans les rentrans pour n'être pas exposées à être enlevées de vive force et pour défendre les saillans et les branches : les ponts P, P, placés à droite et à gauche des flèches seront couverts ou par un avant-chemin couvert continu, ou mieux encore par de simples places d'armes Q, Q, qui recevront les sorties et les rassureront. Le terre-plein de ces places d'armes ou de l'avant-chemin couvert sera soumis au feu du chemin couvert de la place.

Du glacis coupé pour tenir lieu de l'avant-fossé sec.
(Fig. 2.)

Lorsqu'on ne peut pas avoir de l'eau dans l'avant-fossé F (fig. 2), il faut lui substituer le glacis coupé aMN ou le fossé en fond de cuve dRN : cette disposition, en procurant les terres nécessaires, est favorable à l'assiégé ; l'ennemi éprouve beaucoup de difficultés pour franchir le revers RN. Lorsqu'on veut faire un avant-chemin couvert devant le glacis coupé, on le dispose comme $txyzv$.

Des communications à travers les glacis et des vices de cette disposition.

Toutes les fois qu'on met des flèches ou autres ouvrages en avant des glacis, on est dans l'usage d'y communiquer par des doubles caponnières couvertes par des traverses en tambour et bien palissadées : mais ces communications à ciel ouvert sont très-défavorables à la défense ; elles facilitent les cheminemens de l'assiégeant et sillonnent le glacis de coupures nuisibles aux manœuvres de l'assiégé. En général tous ces ouvrages avancés et foibles par leur nature sont peu avantageux ; ils ne peuvent convenir qu'à des places considérables dont il convient de faire agir au dehors les garnisons nombreuses, etc.

157. Les *tenaillons* et les contre-gardes ou couvre-faces sont des ouvrages extérieurs dont les fonctions dans tous les systêmes, sont de couvrir un ouvrage principal que l'on trouve trop exposé aux batteries de brèche.

157. Des tenaillons; des contre - gardes ou couvre-faces.

Les tenaillons ont été employés le plus communément pour couvrir les faces des petites demi-lunes : on voit en effet que les tenaillons *T*, *T'* couvrent les faces de la demi-lune *O*; mais ils laissent à découvert son angle flanqué. Cette espèce d'ouvrage extérieur existe encore sur des fronts de certaines places, et on a raison de s'étonner qu'on ne les ait pas corrigés et convertis en véritables couvre-faces. Les anciens ingénieurs n'ont pas raisonné la valeur de cet accessoire : en effet l'intervalle compris entre les têtes des tenaillons forme une trouée, par laquelle les batteries du couronnement du chemin couvert battent en brèche en même tems le corps de place, les tenaillons et l'angle flanqué de la demi-lune; de sorte qu'on peut disposer un assaut général pour emporter tous ces ouvrages à-la-fois ; ce qui démontre que les tenaillons n'augmentent pas la défense probable de la place d'un seul instant. La place de Lille fut attaquée et prise en 1708 par un front couvert de tenaillons , etc.

Des tenaillons et de leurs défauts. (Pl. VIII, fig. 3.)

La *contre-garde* est évidemment supérieure aux tenaillons : elle est dans le systême moderne un élément essentiel à la demi-lune; elle en a pris le nom , et cette dernière a pris celui de *réduit*. Les anciens ingénieurs plaçoient ordinairement la contre-garde sur les bastions ; ils l'employoient toutes les fois qu'ils ne pouvoient pas parvenir à couvrir les faces du bastion, des vues de la campagne : dans ce cas la contre-garde étoit, à proprement parler , un couvre-face. Les dimensions de la contre-garde varient dans les divers systêmes; elle doit avoir , en général, une épaisseur qui n'excède pas 20 mètres, ainsi que la demi-lune qui en tient lieu dans le système ordinaire : c'est ainsi que Coëhorn et plusieurs autres auteurs l'introduisent dans leurs systêmes : mais Vauban , dans ses second et troisième systêmes en fait le terre-plein très-spacieux ; il ne le considère que comme de grands bastions détachés de l'enceinte. (152).

De la contre-garde; de son emplacement; de ses dimensions et de sa valeur.

La valeur de la contre - garde dépend de sa relation avec les autres élémens du système dans lequel elle est introduite : elle joue le plus grand rôle dans le système de Coëhorn , dans les deux derniers de Vauban et dans celui de Carnot: Cormontaigne, dans son système , la regarde comme l'élément constituant qui donne à son ordonnance les propriétés les plus remarquables; c'est pour lui la véritable demi-lune.

Nous avons vu , dans l'analyse du système de Cormontaigne (153), que les demi-lunes portoient un vice essentiel dans l'ordonnance et dans la manière dont les ouvrages extérieurs couvroient l'enceinte capitale. Il sembleroit nécessaire, d'après cette remarque, d'introduire la contre-garde dans le système : mais si, comme les anciens ingénieurs, on la place sur le bastion sans rien changer à la position de la demi-lune, de même qu'est placée la contre-garde *H* sur la demi-lune *E* , les avantages qu'on en retirera ne compenseront pas la dépense et elle n'augmentera pas sensiblement la durée probable du siége : en effet, la contre-garde ainsi disposée permet à l'assiégeant

De l'emplacement de la contre-garde dans le système ordinaire. (Pl. VIII , fig. 1.)

2.
23

de battre en brèche le corps de place du couronnement du saillant de la demi-lune ; de sorte qu'après avoir pris la demi-lune E et son réduit S, il pourra donner l'assaut au bastion sans attaquer la contre-garde. Si cependant on contestoit la possibilité de cette opération, on remarquera que la contre-garde diminue beaucoup le rentrant compris entre les deux demi-lunes et que deux ou trois jours au plus après le couronnement des saillans des demi-lunes, on pourra effectuer celui du chemin couvert de la contre-garde et la battre en brèche, etc. : dans la supposition d'une semblable attaque, la contre-garde n'aura retardé l'assaut du bastion que de 3 ou 4 jours.

Afin de faire évanouir toutes les trouées qui donnent des vues sur le corps de place et de le couvrir complettement, il faut faire déboucher la demi-lune D sur la contre-garde G et couvrir l'épaule du réduit R par une caponnière M : dans ce tracé, il faudra augmenter un peu les dimensions du réduit R, ainsi que la largeur de son fossé et du terre-plein de la demi-lune D, afin que son saillant soit porté assez en avant pour que le rentrant formé par les deux demi-lunes soit bien prononcé et que l'assiégeant ne puisse pas saisir de plusieurs jours le saillant de la contre-garde G.

Par cette disposition, les propriétés générales du système ne sont pas altérées ; le corps de place se trouve parfaitement couvert et l'assiégeant ne pourra le battre en brèche que lorsqu'il se sera emparé de la contre-garde et du réduit de la demi-lune ; ce qu'il fera par une seule opération : dans ce tracé la contre-garde allonge le siége d'environ 8 à 10 jours ; ce qui est un très-beau résultat.

On pourroit perfectionner le système moderne ainsi disposé, par deux modifications qui n'occasionneroient qu'une très-légère dépense. Il faudroit : 1°. que la partie de la contre-garde vis-à-vis de l'angle flanqué du bastion et jusqu'à la ligne menée de cet angle au saillant du chemin couvert de la demi-lune, fût élevée de manière à couvrir absolument une batterie blindée B construite dans l'angle flanqué du bastion ; 2°. que sous la partie K de la contre-garde on fît, vis-à-vis du fossé de la demi-lune, une batterie casematée pour défendre ce fossé et agir par des feux courbes sur le logement de la place d'armes saillante : ces deux batteries auroient entre elles une relation immédiate ; car la batterie blindée B, ne pouvant être contre-battue que très-difficilement, prendroit en flanc le logement dans le chemin couvert de la demi-lune, et à revers la brèche de la demi-lune : l'assiégeant éprouveroit donc la plus grande difficulté pour établir les batteries de brèche contre la demi-lune et les contre-batteries pour ruiner les casemates K, qui, conséquemment, rendroient le passage du fossé et l'assaut à la demi-lune bien difficiles à exécuter. Il n'est pas douteux que le système moderne, ainsi ordonnancé, n'acquît un nouveau degré de force qui, pour chaque polygone élevé, augmenteroit la durée probable du siége d'environ 15 jours.

158. Quoique l'usage d'employer les ouvrages à corne et à couronne, comme ouvrages extérieurs et additionnels à l'enceinte, soit abandonné

depuis longtems, nous dirons cependant un mot de ces ouvrages très-multipliés dans un grand nombre de places où ils ont été placés de la manière la plus contraire aux vrais principes.

L'ouvrage à corne est composé d'un front bastionné terminé latéralement par deux longues branches qui vont aboutir à l'enceinte lorsque l'ouvrage est extérieur, ou qui sont unies par une gorge convenablement préparée, si c'est un ouvrage avancé ou détaché : les ouvrages F, M, N sont des demi-ouvrages à corne. Le front d'un ouvrage à corne ne peut être moindre que 200 mètres, autrement les demi-bastions et la demi-lune seroient si petits qu'on ne pourrroit en espérer une défense, même médiocre ; et pour peu que le relief fût considérable, les flancs ne pourroient défendre les faces des bastions d'une manière efficace : les ailes de l'ouvrage ne doivent pas avoir une longueur au dessus de 160 mètres, afin que l'enceinte puisse fournir des feux de mousqueterie efficaces sur les capitales des demi-bastions et sur le couronnement du chemin couvert des places d'armes saillantes.

Le commencement du dix-septième siècle vit naître cette espèce d'ouvrage que les ingénieurs adoptèrent comme ouvrages extérieurs : ils les répandirent à profusion et sans discernement sur les fronts des enceintes ; de sorte que le caprice et le goût de la nouveauté paroissent seuls avoir présidé à leur ordonnance : et pour exemple, nous citerons Sedan où il existe sur le même front trois ouvrages à corne chacun de 150 mètres de front et distans les uns des autres d'environ 40 mètres.

Il n'y a que deux manières de disposer l'ouvrage à corne considéré comme ouvrage extérieur : la première consiste à appuyer les ailes sur les deux bastions d'un front en leur donnant la divergence nécessaire pour que le front soit au moins de 220 mètres ; c'est la disposition N de la figure. La demi-lune S occupe l'intérieur de l'ouvrage ; elle est supposée n'avoir pas de contre-garde : le chemin couvert des branches se raccorde avec celui des bastions et le rentrant est occupé par un réduit.

Il est facile de découvrir la foiblesse de cette disposition de l'ouvrage à corne : 1°. la tête de l'ouvrage étant très-étroite, il sera facilement embrassé par les attaques; sa petite demi-lune, peu avancée dans la campagne, sera prise en même temps que l'ouvrage même; 2°. dès que l'assiégeant aura couronné les saillans de l'ouvrage à corne, il pourra, par la trouée des fossés des branches, battre en brèche les faces des deux bastions de l'enceinte, pénétrer pendant ce tems dans le terre-plein et dans les fossés, et cheminer en sûreté jusqu'au couronnement du chemin couvert de la demi-lune. Il pourra communiquer par une coupure de sa troisième parallèle avec le cheminement dans les fossés et entrera sans résistance dans le chemin couvert du corps de place : dans cette situation, l'assiégeant pourra attaquer la demi-lune par la gorge et donner l'assaut au bastion. Si le bastion est bien retranché et que l'attaque de la demi-lune par la gorge ne soit pas jugée possible, on fera le couronnement de son chemin couvert, on la battra en brèche et l'assaut général sera donné.

On voit que dans ce cas l'ouvrage à corne, dont la dépense est très-considérable, ne donne aucun résultat satisfaisant et que sa résistance est inférieure à celle de la demi-lune à grandes dimensions, etc.

La seconde manière de disposer l'ouvrage à corne sur l'enceinte, est de le placer sur deux demi-lunes pour qu'il embrasse le bastion : c'est la disposition *F* de la figure. Cette disposition n'a pas d'aussi fâcheux inconvéniens que la première, parce que l'ennemi est obligé d'attaquer les deux demi-lunes avant de pouvoir pénétrer jusqu'au bastion : cependant les vices de cet ouvrage sont nombreux et sensibles : 1°. la tête du front est nécessairement étroite et abandonnée à ses propres forces, comme dans le premier cas ; 2°. dès le couronnement des saillans, les demi-lunes seront battues en brèche et prises d'assaut aussitôt que l'ouvrage même ; 3°. l'ennemi conduit ses tranchées dans le terre-plein de l'ouvrage avec la plus grande facilité et sans que des sorties puissent jamais inquiéter ses flancs ; il est épaulé par le relief des branches de tous les feux collatéraux, etc.

C'est en profitant de tous ces défauts inhérens à l'ouvrage à corne, que les Français s'emparèrent avec tant de facilité de la place de Tournai, en 1746.

Il résulte de ce que nous avons dit, que l'ouvrage à corne dont les ailes débouchent sur le corps de place, affoiblit plutôt un front de fortification qu'il ne le renforce ; et que lorsque ces ailes tombent sur les demi-lunes, il n'augmente sa défense que de 5 à 6 jours. C'est donc pour de bonnes raisons que cette espèce d'ouvrage est abandonné, même lorsqu'il s'agit d'augmenter l'espace intérieur d'une petite place, pour pouvoir développer une défense vigoureuse sous les rapport des manœuvres et de la force de la garnison.

De l'ouvrage à couronne considéré comme ouvrage extérieur placé sur un front ; de la manière de le disposer sur l'enceinte.

L'ouvrage à couronne qu'on peut placer sur un front, comme ouvrage extérieur, est composé d'un bastion central, de deux demi-bastions et de deux branches qui vont aboutir dans les fossés de l'enceinte ; et afin que ces branches, qui ont seulement 180 mètres de longueur, puissent comprendre l'étendue de deux fronts et environ 450 mètres, il faut qu'elles soient très-divergentes.

L'ouvrage à couronne peut, ainsi que l'ouvrage à corne, s'appuyer par ses branches ou sur deux bastions voisins ou sur deux demi-lunes : l'ouvrage à couronne simple, ainsi contracté, renferme les mêmes vices que l'ouvrage à corne ; il y a bien entre eux une différence par une légère augmentation dans la force du front ; mais cette amélioration dans la résistance est contrebalancée par la dépense énorme que ces ouvrages occasionnent.

Conclusion sur la valeur des ouvrages extérieurs appelés ouvrages à corne et à couronne.

Concluons de ce qui vient d'être exposé sur les ouvrages à corne et à couronne simple, qu'ils ne doivent pas être adaptés, comme ouvrages extérieurs, à l'enceinte d'une place.

Des mêmes ouvrages considérés comme ouvrages détachés en avant de l'enceinte.

(Pl. VIII, fig, 4.)

Mais puisque le vice principal de ces ouvrages réside dans la disposition qui les lie à l'enceinte, et que leur propriété principale consiste à procurer à la garnison des espaces intérieurs favorables à la défense, il suit qu'on doit les *détacher* absolument de l'enceinte, afin que leurs fossés respectifs n'aient plus de communication : par cette position, qui place ces ouvrages au-delà de la queue des glacis, il arrivera : 1°. que la prise de ces ouvrages ne portera aucun dommage immédiat au corps de place; 2°. que la défense rapprochée, qui est la plus importante, ne sera pas altérée; 3°. que les flancs des attaques ne seront épaulés que pendant le court espace de tems qu'elles mettent à parcourir le terre-plein; 4°. qu'on obtiendra entre l'ouvrage détaché et la place une partie de glacis qui sera couverte et très-favorable à la défense.

Lorsqu'on craint qu'un ouvrage détaché puisse être attaqué par la gorge et être emporté par une attaque de vive force, on peut user de plusieurs moyens pour rendre cette attaque impossible à exécuter : 1°. on peut, comme Vauban et Cormontaigne, prolonger les glacis jusqu'au pied de la gorge, pour qu'étant revêtue et surmontée d'une forte palissade, elle ait assez de hauteur pour rendre l'escalade impossible sous le feu du chemin couvert de la place; 2°. on peut joindre le chemin couvert des branches avec celui de la place; 3°. on peut employer les galeries crénelées et les batteries casematées à feux de revers dont nous parlerons dans la suite.

Observation sur la gorge des ouvrages détachés et sur les fossés des branches. (Fig. 4.)

Dans tous les cas il faut que les fossés des branches se confondent avec les glacis, afin que les feux de la place les enfilent et que l'ennemi n'y trouve aucun couvert : si cette condition ne pouvoit pas être remplie, il faudroit recourir à un autre moyen; on pourroit mettre dans le fossé une traverse T casematée et crénelée, qui défendroit le fossé jusqu'à ce que l'assiégeant l'eut détruite par la contre-batterie A du couronnement de la place d'armes saillante.

Lorsque l'ouvrage détaché se développe sur plusieurs fronts qui donnent lieu à deux, ou trois, ou quatre, etc. bastions centraux, et que les ailes sont aussi terminées par deux demi-bastions et par deux branches, on dit que c'est une double ou une triple couronne, ou enfin une couronne composée.

Des couronnes composées et des couronnés.

Mais si l'ouvrage contenant plusieurs bastions centraux, se termine par deux demi-bastions dont les fossés communiquent à ceux de la place, de sorte que la contrescarpe de l'enceinte et son chemin couvert soient la gorge de l'ouvrage; cette espèce d'ouvrage extérieur se nomme un *couronné*.

Un ouvrage à couronne composée et un couronné étant inattaquables par leurs ailes et par les rentrans qu'ils forment avec l'enceinte, doivent avoir la figure la moins convexe qu'il est possible et même tous leurs fronts développés sur une ligne droite, afin que ces ouvrages jouissent des belles propriétés qu'ont les fronts des enceintes ainsi disposées.

Du tracé des couronnes composées et des couronnés.

Les ouvrages détachés bien ordonnancés dans leur tracé et dans leur relief, doublent et au-delà la force des fronts qu'ils couvrent et des fronts adjacens, soit par leur valeur intrinsèque, soit par les avantages qu'ils procurent à la défense sous tous les autres rapports.

De la valeur que les ouvrages détachés procurent aux enceintes.

Les ouvrages à corne et à couronne sont particulièrement employés pour occuper devant certains fronts d'une place, des positions particulières qui

Des ouvrages avancés pour procurer des positions particulières.

seroient favorables à l'assiégeant, et pour le forcer à ouvrir la tranchée de beaucoup plus loin ; comme aussi pour former des têtes de ponts qui occupent la rive E et couvrent les manœuvres d'eau ; enfin elles enveloppent les faubourgs qu'il est important à l'assiégé de conserver et de ne pas livrer à la proie des flammes au moment où une place est menacée d'un siége. Dans toutes ces circonstances la gorge de ces ouvrages doit être préparée d'après les localités, et de manière qu'elle soit à l'abri d'une attaque de vive force et de toute entreprise hardie de la part de l'assiégeant.

Lorsque les positions occupées par des ouvrages avancés sont regardées comme des espèces de camps retranchés qui doivent être défendus par une garnison nombreuse ou par un corps d'armée, les bastions ou autres élémens qui composent l'enceinte peuvent être détachés les uns des autres ; afin de conserver des intervalles, de porter rapidement les troupes dans les ouvrages extérieurs, et de pouvoir exécuter avec facilité les mouvemens d'attaque et de retraite auxquels donne lieu une défense active et fondée sur la tactique.

Ces notions générales suffisent pour diriger le jeune officier dans l'examen des propriétés de ces grands ouvrages dont il trouvera des modèles sur dif-férens points des frontières, et lui faire sentir l'importance d'allier sans cesse l'étude de la fortification à celle de la tactique.

159. Parmi tous les ouvrages qu'on peut disposer sur les fronts d'une enceinte pour en augmenter la force, les lunettes ont eu la préférence ; et les ingénieurs modernes en ont fait et en font journellement de fré-quentes applications. Tantôt elles entrent dans les systèmes d'une manière régulière ; tantôt elles occupent des points particuliers et sont des espèces de points surveillans qui éclairent les premières démarches de l'assiégeant ; tantôt, enfin, une seule lunette couvre un front d'attaque. Les propriétés générales de ces ouvrages sont faciles à appercevoir : 1°. les lunettes avancées sont moins dispendieuses que les autres espèces d'ouvrages extérieurs ; 2°. elles obligent l'ennemi à ouvrir la tranchée à une grande distance ; 3°. le canon placé sur les lunettes a une position avantageuse pendant la défense éloignée ; 4°. ces ouvrages, s'ils sont bien disposés, ne masquent pas les feux de la place ; 5°. elles protègent les sorties et laissent entre elles et la place une esplanade très-favorable aux manœuvres, même de la cavalerie ; 6°. elles composent une première enceinte qui, lorsqu'elle est forcée, nuit à l'assiégeant et l'em-barrasse plutôt qu'elle ne lui est utile ; 7°. elles font commencer la guerre de chicane de beaucoup plus loin ; et cette espèce de guerre, dans les dis-positions bien ordonnancées, est toujours à l'avantage du défenseur.

Nous avons vu dans la seconde partie (91), qu'une lunette est un petit bastion détaché et fermé par sa gorge. Les lunettes adaptées à une enceinte varient dans leurs dimensions suivant le système et son ordonnance ; leurs faces doivent avoir au moins 40 mètres et peuvent aller jusqu'à 70, et leurs flancs être de 20 à 30 mètres : ces ouvrages sont destinés à contenir de 150 à 200 hommes. La grandeur des faces et des flancs se déduit de la position de la lunette au pied du glacis ; il faut que son terre-plein soit assez élevé pour que le relief de la gorge la mette à l'abri d'une attaque de vive force : lorsque la gorge des lunettes n'est pas suffisamment assurée, l'assiégeant ne manque pas de tenter un coup de main dès qu'il a fait sa troisième parallèle.

Les lunettes adaptées à une enceinte devant former avec elle le système le mieux ordonnancé, elles ont plusieurs conditions à remplir dans leur dispositif et leur tracé : 1°. il faut que l'assiégeant soit forcé de les attaquer avant que de pouvoir cheminer sur les glacis ; 2°. il faut que leur attaque soit une attaque de pied à pied ; qu'elles soient conséquemment à l'abri d'être enlevées de vive force ; 3°. leurs positions doivent être telles qu'on puisse leur donner les dimensions et le relief convenables ; 4°. enfin elles devront être sous la protection la plus immédiate de la place, afin que leurs glacis et leurs fossés soient flanqués par les feux des chemins couverts des fronts qu'elles couvrent.

Des conditions qu'il faut remplir dans le dispositif et le tracé des lunettes.

Il y a trois manières principales de disposer un rang de lunettes autour de l'enceinte bastionnée moderne : le premier dispositif consiste à les placer sur les capitales des rentrans. Mais dans cette position les lunettes ne peuvent remplir aucune des conditions générales qui viennent d'être énoncées : 1°. elles ne formeront point des saillans dans la campagne que l'assiégeant sera forcé d'attaquer avant les saillans des demi-lunes, à moins qu'on ne les lance fort en avant ; mais alors elles ne seront plus protégées et soutenues par l'enceinte ; 2°. elles masquent les feux de la place et leurs fossés n'en seront point défendus si l'on ne fait pas leur angle flanqué très-aigu ; mais dans ce cas il ne sera susceptible d'aucune défense : dans ce dispositif les lunettes peuvent être enlevées de vive force et liées rapidement les unes aux autres par une parallèle qui rase le saillant ou du bastion ou de la demi-lune, selon le front d'attaque auquel l'assiégeant s'adressera.

Premier dispositif de lunettes sur un seul rang; des vices de cette disposition.

La seconde disposition qu'on peut donner aux lunettes est de les placer en *A* sur les capitales des demi-lunes : elles jouissent dans ce tracé de quelques-unes des propriétés générales qui leur sont nécessaires pour être d'une bonne défense : 1°. elles forment des saillans *A* que l'assiégeant est forcé d'enlever avant d'établir sa troisième parallèle ; 2°. elles ne masquent pas les feux de la place : mais elles ont dans ce tracé plusieurs vices essentiels ; 1°. comme elles sont très-éloignées du chemin couvert des bastions, elles ne peuvent être défendues par la mousqueterie ; il faut donc qu'elles soient flanquées par les feux d'artillerie des bastions ; cette condition nécessaire produit des angles flanqués très-aigus dans tous les ordres de polygones ; 2°. l'écartement des lunettes sera si considérable, si le polygone n'est pas d'un ordre élevé, qu'elles ne seront pas en relation de défense ; l'attaque dirigée contre un front ordinaire n'aura en opposition qu'une seule lunette, foible par son tracé et par sa distance de l'enceinte qui est de plus de 300 mètres, à compter du chemin couvert des bastions. Si les lunettes sont disposées sur les capitales des demi-lunes d'un polygone élevé, l'ordonnance du dispositif sera améliorée : les capitales étant moins divergentes et tendant à devenir parallèles, l'écartement des lunettes diminue, leurs angles

Second dispositif de lunettes ; des vices de cette disposition.

(Pl. VIII, fig. 5.)

flanqués deviennent moins aigus et elles entrent en relation de défense ; les flancs de chaque lunette peuvent défendre les saillans des lunettes collatérales : si l'attaque se dirige contre un front ordinaire, elle aura en opposition trois lunettes qui se soutiendront réciproquement ; et si l'attaque marche contre le front compris entre deux demi-lunes, elle sera probablement forcée de détailler 4 lunettes, etc.; mais dans tous les cas cette disposition aura le défaut essentiel que les lunettes seront nécessairement lancées trop loin, qu'elles seront mal soutenues par le corps de place, et qu'elles seront attaquées et enlevées en même tems : cette dernière circonstance affoiblit beaucoup la protection réciproque que les lunettes se prêtent dans les polygones élevés.

Troisième dispositif de lunettes sur un seul rang; des avantages de cette disposition.

Enfin le troisième dispositif qu'on peut faire par un seul rang de lunettes, consiste à les placer sur les capitales des bastions et à la distance d'environ 250 mètres; dans cette disposition les lunettes D, D, etc. rempliront toutes les conditions que prescrit la défense : 1°. elles seront assez éloignées pour que leur relief puisse être bien ordonnancé et pour former des saillans que l'assiégeant ne pourra dépasser pour attaquer la demi-lune avant que de les avoir forcées; 2°. elles seront sous la protection immédiate de l'enceinte et des demi-lunes qui les flanqueront, même par des feux de mousqueterie; 3°. leurs angles flanqués seront toujours au dessus de 60 degrés et s'approcheront de l'angle droit dans les polygones élevés. Si le polygone étoit d'un ordre inférieur, les lunettes ne seroient pas en relation de défense; mais cette propriété se manifestera dès que le polygone sera d'un ordre supérieur. Lorsque l'attaque se développera contre un front ordinaire, comme dans les polygones inférieurs, elle aura en opposition deux lunettes; mais lorsqu'elle se dirigera contre deux demi-lunes pour arriver à un seul bastion, elle aura trois lunettes à embrasser et à forcer.

Dispositif complet de lunettes placées sur toutes les capitales.

(Pl. VIII, fig. 5.)

Pour faire un dispositif complet de lunettes qui forment une véritable enceinte dont les élémens se protègent réciproquement dans tous les polygones, il faut combiner ensemble les deux derniers dispositifs ; c'est-à-dire, placer des lunettes et sur les capitales des bastions et sur celles des demi-lunes : dans ce tracé les lunettes seront en relation de défense, et les flancs de chaque lunette défendront les saillans des lunettes collatérales. Ici il faut faire une remarque importante, c'est que dans les polygones élevés les lunettes A placées sur les capitales des demi-lunes pourront prendre une telle saillie sur les lunettes D des bastions, qu'il en résultera deux rangs de lunettes qui formeront deux ceintures défensives distinctes que l'assiégeant ne pourra forcer que l'une après l'autre; par conséquent les lunettes intérieures n'étant pas saisies en même tems que les extérieures, pourront flanquer efficacement celles-ci, en conséquence du principe énoncé dans la seconde partie (93); et ce tracé des lunettes de première ligne s'ordonnera sur celui des lunettes de seconde ligne, ainsi que le fait voir la planche VIII.

Des fossés des lunettes et de leur gorge.

Les fossés des lunettes qui ont de 12 à 15 mètres de largeur, se conduisent en glacis de l'angle flanqué à la gorge, de manière qu'ils soient parfaitement prolongés par les feux des ouvrages en arrière qui doivent les défendre.

La gorge des lunettes doit être préparée avec un tel soin que l'assiégeant ne puisse pas la forcer par un coup de main; pour cela il faut qu'après avoir prolongé les plans des glacis jusqu'à la rencontre de la gorge de chaque lunette, cette gorge ait environ 20 décimètres de haut : on la couronnera par une forte palissade garnie d'une banquette, et cette simple préparation en rend l'attaque de vive force impossible : mais lorsque le pied extérieur de la gorge ne se trouve pas assez bas pour lui donner le relief convenable, on se décide ou à faire plein l'intérieur de la lunette, ou à la fermer par un mur surmonté d'une forte palissade, qu'on garnit intérieurement d'une banquette en terre pour le mettre à l'abri des coups à ricochet qui le culbu- teroient immanquablement et occasionneroient des éclats dangereux. Enfin on peut employer d'autres moyens pour assurer la gorge des lunettes les plus avancées, tels que les galeries crénelées, les casemates à feux de revers, etc.

Chaque lunette, comme tout autre ouvrage permanent, doit être entourée par un chemin couvert; ce chemin couvert, lorsque les lunettes sont placées sur les capitales des bastions, peut être prolongé et se raccorder avec celui des demi-lunes, comme le montre la planche VIII. Mais lorsqu'on a dis- posé des lunettes sur toutes les capitales et qu'elles forment un système dont les élémens sont en relation de défense, le chemin couvert peut être général et se développer d'une manière continue sur toutes les lunettes; c'est alors un avant-chemin couvert soutenu par des lunettes composant un dehors susceptible d'une défense active et vigoureuse.

Des chemins couverts des lunettes.
(Pl. VIII , fig. 5.).

Au lieu d'unir ensemble les chemins couverts des lunettes ou de les rac- corder avec celui de l'enceinte principale, on préfère de les isoler pour conserver des intervalles précieux à la défense générale, et qui ne peuvent nuire à la défense particulière des lunettes : dans ce tracé les branches des chemins couverts de chaque lunette sont terminées par des places d'armes rentrantes garnies de réduits et terminées intérieurement par un profil dirigé sur le flanc. Ces profils pourroient être flanqués par des batteries casematées placées sous les flancs des lunettes, pour arrêter l'assaillant s'il vouloit tenter de tourner les places d'armes rentrantes.

La méthode la plus usitée pour communiquer de la place aux lunettes avancées, est d'employer des doubles caponnières dirigées sur les capitales et couvertes de distance à autre par des traverses en tambour : ces com- munications sont palissadées et conduisent à un pas de souris ou à une poterne qui donnent entrée dans le terre-plein de la lunette, etc. L'expé- rience a prouvé que ces communications à ciel ouvert sont sujettes à de grands inconvéniens; 1°. elles sont peu sûres et d'une foible ressource contre une attaque de vive force; 2°. elles peuvent servir de tranchées à l'assiégeant si on n'a pas le tems de les détruire; 3°. elles coupent les glacis et nuisent infiniment aux manœuvres des sorties, sur-tout à celles de la cavalerie. Si M. de Chamilly, au siége de Grave, avoit eu les glacis de sa place sillonnés par de profondes coupures, il n'auroit pas eu la possibilité de faire exécuter par sa cavalerie les belles manœuvres dont il obtint de si grands succès, et

Des communications qui lient les lunettes à la place.

la gloire d'être cité pour modèle aux gouverneurs de place. Au dernier siége. de Mayence, défendue par les Français, la cavalerie assiégée fit souvent des charges brillantes sur les glacis pour porter l'épouvante parmi les travailleurs, etc.

Les communications les plus avantageuses sont des galeries souterraines auxquelles on donne 3o décimètres de largeur pour y faire passer l'artillerie, et qui vont du fossé de l'enceinte à un souterrain adossé à la gorge de la lunette d'où on monte, par une rampe, sur son terre-plein. Si on craint que l'assiégé ne s'empare de ces communications souterraines et n'en profite pour sa guerre souterraine, on peut leur donner une autre direction que celle des capitales, et les disposer de façon qu'elles soient absolument à l'avantage de l'assiégé.

Du relief des lunettes ou de leur commandement.

Les lunettes devant être commandées par les bastions et par les demi-lunes, celles de première ligne pourront avoir de 3o à 35 décimètres de commandement au dessus du plan de site, et celles de seconde ligne auront de 35 à 4o. Lorsque les enceintes sont couvertes par de semblables dehors, il est convenable d'augmenter un peu leur relief.

De la valeur croissante des lunettes en raison de la plus ou moins grande ouverture des angles du polygone.

Tout ce qui a été dit sur les propriétés qu'acquièrent les grandes demi-lunes, en raison de l'ouverture plus ou moins grande des angles du polygone, s'applique directement aux lunettes disposées autour d'une enceinte : à mesure que les angles du polygone croissent, elles forment des rentrans plus considérables, se prêtent réciproquement une protection plus efficace, et il s'établit une relation de défense entre un plus grand nombre d'elles. Ainsi en supposant que le polygone ne soit qu'un octogone, l'assiégeant pourra attaquer un front ordinaire et n'avoir à prendre que 3 lunettes ; si le polygone s'élève au dodécagone, l'attaque devra se diriger contre un seul bastion, et l'assiégeant sera forcé d'attaquer 5 lunettes ; enfin si les fronts collatéraux ou fronts d'attaque étoient sur la même ligne droite que lui, l'attaque ne pourroit pas cheminer sur les glacis sans avoir pris préalablement 7 lunettes : ces vérités sont palpables par les simples procédés de l'opération du couronnement du chemin couvert, etc.

160. De la défense produite par les casemates et les galeries crénelées ; considérations générales.

160. Avant de traiter des lunettes avancées et absolument détachées de l'enceinte, nous décrirons quelques moyens ou accessoires de défense, dont la considération est des plus importantes pour procurer aux ouvrages détachés une valeur proportionnée à l'objet qu'ils doivent remplir dans un système défensif; ces accessoires consistent dans les *galeries crénelées ; les caponnières défensives* et les *casemates.*

Les anciens ingénieurs ont employé ces derniers moyens, comme nous l'avons remarqué dans la description des systèmes ; Coehorn sur-tout s'est distingué par la manière ingénieuse dont il les a combinés dans l'ordonnance de son système : les ingénieurs modernes ont reconnu la nécessité d'en faire usage dans plusieurs circonstances ; quelques-uns même ont fondé leur système sur cette base.

Le général Montalembert est de ce nombre, et de tous les auteurs en fortification il est celui qui s'est le plus occupé de perfectionner et varier les casemates, etc.; enfin les officiers du génie reconnoissent généralement que le seul moyen de relever la fortification de son état de foiblesse, par rapport à l'attaque, est d'introduire dans son ordonnance les feux couverts, mais d'une manière judicieuse et compatible avec la dépense que peut faire l'Etat et la quantité d'artillerie dont il peut disposer pour l'armement des frontières, etc.

161. On appelle *casemates défensives* tous les souterrains disposés pour donner des feux couverts destinés, soit à la *défense éloignée*, soit à la *défense rapprochée*, etc.

161. Des casemates et de la manière de les employer dans la fortification.

Nous avons déduit de la théorie de l'attaque et de a puissance de l'artillerie assiégeante ce fait incontestable, que les casemates découvertes et destinées à agir pendant la période de la défense éloignée, ne pouvoient être admises et soutenir le choc de l'artillerie assiégeante, etc. Nous avons encore conclu de la même théorie, que les casemates destinées à défendre les fossés, ne pouvoient remplir leur destination lorsque l'assiégeant pouvoit les plonger de ses logemens sur la crête du glacis, etc.

Mais toutes les fois que les feux casematés ne peuvent être contre-battus et qu'ils peuvent agir en flanc et de revers sur les logemens et sur les troupes de l'assiégeant, ils sont le moyen de défense le plus puissant, le plus efficace et le moins dispendieux.

Des casemates à feux de revers et de celles appropriées aux feux verticaux.

Les casemates sont encore très-utiles pour mettre en action les feux courbes qui procurent des tirs à ricochet pendant la défense éloignée, et des gerbes verticales de pierres et de grenades pendant la défense rapprochée : dans le système moderne qui nous sert d'objet de comparaison, on pourroit mettre de semblables casemates dans les courtines et dans les flancs; elles seroient couvertes par la tenaille : toutes les espèces de casemates se trouveroient presque construites dans la fortification qui auroit ses escarpes et contrescarpes profilées en voûtes de décharge.

On a reproché aux casemates anciennes de n'être pas disposées convenablement pour l'évacuation de la fumée produite par la combustion de la poudre, qui empoisonne les lieux fermés et les rend inhabitables si on ne peut pas y introduire des courans d'air; aussi s'est-on occupé de faire aux casemates des *évents* dans la partie supérieure des voûtes par lesquelles la fumée se dégage : sous ce rapport les casemates ouvertes par la gorge sont les plus avantageuses et les plus exemptes de ce vice. Montalembert, dans les derniers profils qu'il a composés, fait un fossé étroit derrière les casemates enfoncées dans des terre-pleins, afin que la gorge en soit ouverte : l'expérience prouve qu'il s'établit un courant d'air par les embrasures, qui entraîne la fumée assez rapidement pour que le service de l'artillerie puisse être vif et soutenu.

De l'évacuation de la fumée dans les casemates; des évents.

La forme de toutes les espèces de casemates se rapporte à celle d'un souterrain voûté à l'épreuve, dont le mur de face est percé d'embrasures, et

De la forme des casemates; de leurs di-

mensions ; de leurs em-
brasures.
(Voyez la pl. I,
fig. 8.)

ce mur ne doit jamais être un pied-droit de la voûte. Souvent un seul souterrain contient plusieurs pièces d'artillerie ; plus souvent ce sont des berceaux à plein-cintre séparés par les pieds-droits et contenant chacun une pièce d'artillerie ou 3 créneaux de grosse mousqueterie, ainsi que le fait voir la planche I, fig. 8.

Les dimensions des embrasures sont calculées d'après l'espèce d'artillerie qu'elles doivent recevoir ; et le choix de cette artillerie dépend des effets dont l'ingénieur a besoin pour établir sa défense : tantôt il n'a besoin que d'un simple feu de mousqueterie ; tantôt ce sont des gerbes de feu qui doivent balayer un espace en agissant contre des troupes ; tantôt il a à lutter contre une artillerie de gros calibre dont il faut retarder l'établissement ou détruire les épaulemens ; enfin , et le plus souvent il veut agir contre des sappes, des logemens , des passages de fossé, etc. Il suit de là que le système d'artillerie analogue à la défense des places doit être mis en rapport avec la défense, et qu'il est nécessairement subordonné à la fortification : ces deux branches de l'art militaire doivent marcher de concert pour perfectionner la défense; car telle disposition en fortification a été faite qui, quoique bonne en elle-même , ne peut cependant servir faute de pouvoir l'armer convenablement.

Il faudroit que dans toutes les espèces de casemates on pût remplir cette condition importante, que la bouche de la pièce mise en batterie affleurât le parement extérieur du mur de face ; deux résultats majeurs seroient obtenus par cette disposition : 1°. la plus grande partie de la fumée seroit chassée au dehors ; 2°. la forme des embrasures se rapprocheroit de celle des créneaux et seroit beaucoup plus avantageuse. Pour satisfaire au moins d'une manière approchée à cette condition , il faut combiner ensemble les trois élémens suivans , les affûts, la longueur de la volée des pièces d'artillerie et l'épaisseur nécessaire au mur de face.

Parmi les affûts en usage, l'affût marin et les affûts de Montalembert et de Meusnier conviennent parfaitement au service des casemates, en leur donnant les dimensions requises par chaque espèce de calibre. Les pièces d'artillerie nécessaires à l'armement de toutes les espèces de casemates , pourroient consister dans les canons de 8 et de 12 de place, dans les obusiers de 6 pouces et dans les mortiers et les pierriers. Voyons si les canons et l'obusier ordinaire ont les longueurs nécessaires pour que la bouche aille jusqu'au parement extérieur des merlons; pour cela il est nécessaire de fixer l'épaisseur du mur de face : nous admettrons deux épaisseurs ; l'une relative aux casemates qui peuvent être contre-battues ; elle peut être fixée de 2 à 3 décimètres (8 à 11 pouces); la seconde pour les batteries de revers , nous la fixerons à 80 centimètres. La première espèce de batterie sera armée de pièces de 12 et de 8, et lorsqu'on voudra tirer des bombes et des obus, on les adaptera sur la bouche des canons , etc.; mais les pièces de siége de 12 et de 8 n'ont que 5 pieds 2 pouces et 4 pieds 8 pouces depuis le devant des tourillons jusqu'à la bouche : si de cette longueur on ôte un pied pour la tête de l'affût, il restera 4 pieds 2 pouces et 3 pieds 8 pouces pour la partie de la volée qui, à la rigueur, pourroit entrer dans l'embrasure. Ainsi il n'est

(Voyez la pl. IV, et sa légende.)

pas possible que la volée des pièces de canons soit assez considérable pour que la bouche sorte hors de l'embrasure : mais pourvu que cette volée y pénètre de 4 à 5 pieds cela suffira pour que la plus grande partie de la fumée soit poussée en dehors : dans les murs de face de 20 décimètres d'épaisseur, en faisant les pièces plus longues de 2 pieds, on obtiendroit ce résultat.

Quant aux obusiers dont les casemates de la seconde espèce doivent être armées, ils n'ont que 10 pouces de volée, pendant qu'il seroit nécessaire qu'ils en eussent 36. L'obusier, ainsi alongé, seroit un gros et court canon, une espèce de *caronade* qui tireroit presque toujours à cartouches à balles ; et lorsqu'il lanceroit des obus on les adapteroit à la bouche dont le limbe auroit un cavet pour en faciliter l'application. On peut encore armer les casemates à feux de revers destinées à agir sur des troupes, avec de grosses *espingoles* montées sur des chandeliers à double mouvement de rotation, l'un dans le plan vertical, l'autre dans le plan horisontal ; cette arme chargée de 10 à 12 balles et de 3 pieds de longueur, produiroit de grands effets à de petites distances.

La figure et la grandeur des embrasures des casemates dépendent de l'objet que doivent remplir les batteries : si elles doivent battre des points fixes et déterminés sur lesquels l'ennemi doit s'établir, et balayer des fossés par des gerbes de feu, l'angle de tir horisontal doit être dans ce cas très-peu considérable ; et comme l'extrémité de la volée dépasse le parement extérieur du mur de face, qui n'est au plus que de 80 centim., l'ouverture extérieure sera seulement un peu plus considérable que le diamètre de la volée, et l'ouverture intérieure aura la largeur nécessaire pour la facilité de la manœuvre : les embrasures seront alors de véritables créneaux. — De la figure et de la grandeur des embrasures des casemates.

Mais lorsque les casemates sont destinées à lutter directement contre l'artillerie ennemie et à battre le terrain extérieur, elles doivent avoir un champ de tir aussi considérable que les batteries à embrasures ordinaires ; avoir la même forme, c'est-à-dire, être évasées de la même manière : elles auront donc les mêmes inconvéniens si toutes les circonstances sont les mêmes, et leur ouverture extérieure sera très-considérable, etc.

Le mur de face dans ces batteries étant de 27 à 37 décimètres, et l'angle de tir horisontal étant supposé de 15 à 20 degrés, pour que les lignes de tir extrêmes se coupent efficacement à la distance de 15 mètres, lorsque les directions sont distantes de 60 décimètres, l'ouverture extérieure sera de 210 à 266 centimètres, en supposant que le centre de rotation soit à 3 décimètres du mur intérieur. — (Voyez la pl. IX, fig. 1.)

Pour rendre la forme de ces embrasures plus avantageuse, et afin qu'elles ne soient pas des espèces de grands entonnoirs qui offrent une grande chance aux coups d'embrasure des contre-batteries, il faut chercher à les ramener à la forme des créneaux de mousqueterie. Si la bouche affleuroit le parement extérieur, et que le centre de rotation du chassis de l'affût pût être à ce même point, la manœuvre du canon seroit la même que celle du fusil; et l'embrasure seroit la plus petite possible et d'environ 6 décimètres : mais comme cette idée ne peut être exécutée, l'ingénieur Meusnier y a suppléé en partie d'une manière ingénieuse, en portant le centre de rotation à 10 décimètres en avant du parement intérieur. Une cheville ouvrière en fer est fixée dans le mur de genouillère ; elle est embrassée par un étrier en fer qui est attaché à la flèche de l'affût, dont la tête entre de 6 décimètres dans l'épaisseur du mur : par ce mouvement de rotation la pièce prend les positions comprises dans l'angle de tir, et l'ouverture extérieure est beaucoup plus petite. Il est aisé, d'après ces données, de faire le tracé de l'embrasure : en supposant une pièce de 12 dont la volée est de 5 pieds et entre de 4 dans l'embrasure, on voit que cette embrasure sera évasée en dehors et en dedans, que son ouverture extérieure sera de 130 à 178 centimètres, et l'intérieure de 65 centimètres ; que cette embrasure est bien plus avantageuse que l'embrasure ordinaire.

Les batteries des forts à la mer construits à Cherbourg, ont été tracées d'après la méthode de Meusnier : elles furent exécutées avec une précision et une rectitude dans les appareils qui ne laissent rien à desirer, et qui en font un modèle pour la coupe des pierres, que les jeunes ingénieurs doivent imiter dans toutes les constructions de ce genre.

Des embrasures des casemates masquées pour les mortiers et les pierriers.

Les embrasures des batteries casematées destinées aux feux courbes et à trajectoires élevées, sont masquées par des ouvrages avancés par-dessus lesquels elles tirent; par conséquent leurs embrasures peuvent avoir, sans inconvénient, la largeur nécessaire à la manœuvre; la partie supérieure de la voûte se relève de 6 à 8 décimètres pour ne pas gêner le tir sous l'angle de 45 degrés, et le devant de la batterie est un mur de genouillère de 6 décimètres de hauteur sur autant d'épaisseur. Dans les revêtemens construits en voûtes de décharge, on peut tout de suite convertir une voûte de premier ou de second étage en une casemate pour deux mortiers ou deux pierriers : il suffit d'abattre le mur de face compris dans le cintre et entre les pieds-droits jusqu'à 3 décimètres au dessus du sol de la batterie. Les casemates de cette espèce sont employées dans le système de Virgin.

162. Des galeries crénelées ; de leurs dimensions.

162. On appelle *galerie crénelée* un passage voûté exécuté dans l'épaisseur d'un mur soit d'escarpe, soit de contrescarpe, soit de gorge, dans lequel on fait un dispositif de créneaux. On défend ainsi par la mousqueterie un fossé ou les approches d'un mur. Les anciens ingénieurs employoient souvent les galeries crénelées pour la défense des fossés : il en existe une grande quantité dans les places de Berg-op-zoom, de Luxembourg : etc. Errard en fit construire au château de Sedan qui avoient de grandes dimensions et des embrasures vis-à-vis des faces des bastions. Les dimensions des galeries existantes dans la plupart des places ne sont que de 14 décimètres de largeur sur 20 de hauteur : elles sont évidemment trop foibles et insuffisantes aux manœuvres de la défense : il convient de porter la largeur à 24 décimètres et la hauteur à 22.

La galerie crénelée qu'on exécute souvent dans la contrescarpe d'un ouvrage a ses débouchés sur les paliers des pas de souris des places d'armes rentrantes; ses créneaux ont leurs lignes de milieu distantes de 10 décimètres. L'objet de cette galerie est de défendre le fossé par un feu couvert de mousqueterie que l'ennemi ne peut contre-battre; elle a aussi la propriété de favoriser la guerre souterraine; mais sous ce dernier rapport les opinions paroissent diverger, comme nous le dirons. La galerie crénelée, considérée uniquement comme moyen de défendre les fossés, ne peut remplir cet objet que dans les ouvrages susceptibles d'être enlevés de vive force, et d'une attaque subite et impétueuse de la part d'un assiégeant entreprenant et qui veut faire des sacrifices pour abréger le siége: mais dans les ouvrages dont les fossés sont bien flanqués et qu'il faut attaquer pied à pied et par industrie, la galerie crénelée ne peut être d'aucune utilité, et sous ce rapport seul elle est plus nuisible qu'utile par les avantages qu'elle procureroit à l'assiégeant lorsqu'il s'en seroit emparé.

De la galerie crénelée de contrescarpe; de son objet; de sa valeur.

163. Les casemates et les galeries crénelées peuvent entrer par toutes sortes de combinaisons dans les systêmes nouveaux ou modifiés: mais leur principal usage dans l'état actuel de la fortification, est de servir à compléter la défense des ouvrages détachés de l'enceinte, ainsi que nous l'avons dit (155). Si l'ouvrage à corne détaché *M* ne peut pas avoir sa gorge suffisamment élevée, il pourra être enlevé de vive force: il peut même arriver que la gorge n'ait aucun relief et qu'elle soit absolument ouverte de plein-pied avec les glacis: dans cette supposition il est indispensable d'envelopper cette gorge par un fossé dans lequel la place ne pourra pas voir, mais qu'on pourra défendre par des galeries crénelées *g, g* de contrescarpe, par des caponnières crénelées *p, p*, par des casemates à feux de revers *n, n* logées dans les rentrans, et qui prolongent les fossés des ailes et de la gorge: on communique des fossés de la place à la galerie de contrescarpe par une galerie souterraine en capitale. Au moyen de ces dispositions, l'assiégeant sera forcé de couronner le chemin couvert par les procédés ordinaires, etc. La double caponnière *p, p* qui traverse le milieu du fossé de la gorge pour communiquer aux escaliers ou aux rampes par lesquels on monte sur le terre-plein de l'ouvrage, peut consister en une seule caponnière voûtée de 30 décimètres de large, et crénelée des deux côtés, ou en une caponnière double à ciel ouvert, sous les glacis de laquelle on fait deux galeries crénelées et précédées d'un petit fossé, afin que l'ennemi ne puisse pas atteindre les créneaux: dans l'un et l'autre cas les petits fossés sont flanqués par deux créneaux de la galerie de contrescarpe.

Lorsqu'on veut faire la dépense d'une galerie de contrescarpe et d'une batterie de revers *n, n*, cette disposition suffit pour ôter à l'ennemi l'envie de tenter une attaque de vive force: mais lorsqu'on veut se réduire à une défense plus simple, et ordinairement suffisante pour les ouvrages extérieurs détachés, on se contente de la double caponnière *p, p* et des demi-caponnières *o* placées vers l'extrémité des branches; on y communique par les poternes *t*:

163. Du principal usage des casemates à feux de revers, et des galeries crénelées pour compléter la défense des ouvrages extérieurs et détachés de l'enceinte.

(Voyez la pl. VIII.)

ces demi-caponnières ne doivent pas être faites seulement à ciel ouvert ;
elles doivent avoir sous leur parapet une galerie crénelée qu'on pourroit faire
assez large pour contenir de petits obusiers : leur masse couvre l'escalier
qui communique au chemin couvert : il est pareillement convenable de faire
sous les parapets de la double caponnière des galeries crénelées pour un
obusier et de la mousqueterie.

164. De l'emploi des casemates, des galeries crénelées, etc., pour completter la défense des ouvrages avancés et détachés de l'enceinte.

164. Si les galeries crénelées, les caponnières, les casemates à feux de
revers, et en général les feux couverts sont quelquefois nécessaires pour
assurer la défense des ouvrages extérieurs détachés, ils sont indispensables
pour completter celle des ouvrages avancés qui ne peuvent être soutenus et
flanqués assez efficacement par les feux de l'enceinte, et qui n'ont de relation
avec la place que pour les alimenter en troupes et en munitions et pour en
être protégés immédiatement par des sorties qui agissent en masse sur les
travaux de l'attaque.

De l'importance des ouvrages avancés et de leurs propriétés.

Les ouvrages avancés dont nous avons dit un mot (155), ont plusieurs
propriétés qui méritent de fixer l'attention de l'ingénieur : lorsqu'ils sont
placés judicieusement sur les avenues des fronts attaquables d'une place,
ils éloignent l'ennemi de l'enceinte principale ; ils le forcent à ouvrir la
tranchée à une grande distance ; ils augmentent la capacité de la place ; enfin
ils forcent l'assiégeant à un siége en règle et lui ôtent l'espoir de réduire la
place par l'usage immodéré et barbare des batteries incendiaires. Le général
Darçon semble avoir pressenti, avant la déclaration de la dernière guerre,
cette nouvelle manière de faire les siéges : il proposa de lancer en avant des
enceintes des ouvrages détachés qui ne pouvant être pris que par une attaque
par industrie, forceroient l'assiégeant à ouvrir la tranchée de très-loin, et
le priveroient de la faculté de détruire de prime-abord les habitations et les
abris d'une place. Nous décrirons avec quelque soin les moyens qu'a proposés
ce général, et dont il a fait lui-même quelques applications ; mais avant de
nous livrer à cette discussion, énonçons en peu de mots les principes qui

Principes sur l'ordonnance des ouvrages avancés.

doivent présider à l'ordonnance des ouvrages avancés : 1°. il faut communiquer d'une manière sûre de la place à ces ouvrages ; 2°. il faut que leur
constitution soit telle que l'attaque de vive force y soit impossible ; 3°. la
gorge doit être préparée avec un art tel qu'en procurant une résistance suffisante, elle conserve à l'assiégé la faculté des retours offensifs ; 4°. les débouchés doivent favoriser l'action en masse des sorties qui doivent à tout
instant menacer les travaux de l'assiégeant. Il suit de ces conditions à remplir
que ce genre de défense, à l'exception de quelques cas particuliers, ne peut
convenir qu'aux places d'un ordre élevé et qui renferment une garnison
nombreuse ; il peut encore convenir aux places médiocres dont il est nécessaire
d'augmenter la capacité ; enfin, c'est le moyen de former sous le canon des
places des camps retranchés permanens, etc.

165. Des ouvrages à corne et à couronne considérés comme ou-

165. Lorsque l'ouvrage avancé est un ouvrage à corne ou à couronne et
distant de la place d'environ 4 ou 500 mètres, il éloigne tellement les pre-

mières batteries de l'assiégeant, que ce dernier ne peut espérer de s'emparer de la place qu'en faisant le siége en règle de l'ouvrage avancé : mais comme à cette distance l'ouvrage n'est protégé que par le canon de gros calibre de la place, et que la gorge peut être enveloppée la nuit par une attaque d'emblée et de vive force, il est indispensable que cette gorge soit pourvue de moyens de défense qui rendent cette attaque impossible à l'ennemi même le plus téméraire. Si la gorge a un développement d'environ 240 mètres et au dessus, on peut la bastionner à l'ordinaire, et même la couvrir par un chemin couvert; cette disposition fait de l'ouvrage un fort complet : mais la dépense qui en résulte est très-considérable, et la résistance est affoiblie, 1°. parce que les parapets masqueront le terre-plein aux vues de la place, et annulleront l'effet des batteries sur ce terre-plein; 2°. qu'on perdra la faculté des retours offensifs; 3°. que par cette seule disposition les branches ne seront point flanquées : il est donc plus avantageux d'employer les galeries crénelées et les casemates à feux de revers logées dans les rentrans de la contrescarpe, et de laisser la gorge et le terre-plein soumis à l'action des batteries de la place et sans couverts favorables à l'ennemi, principalement lorsqu'il entrera dans l'ouvrage par une attaque de pied à pied.

Si, cependant, ce genre de défense, soutenu par des feux couverts organisés dans les fossés, ne paroît pas assez rassurant, on peut élever la résistance en développant sur l'escarpe de la gorge une casemate crénelée dont le mur de face n'auroit que 6 décimètres d'épaisseur et dont les créneaux seroient presqu'au même niveau que la contrescarpe ou le terrain naturel : les feux de cette casemate seroient des plus efficaces contre une attaque de vive force et balaieroient les approches de la contrescarpe : cette disposition, en augmentant la difficulté de l'escalade, supplée aux feux d'un chemin couvert sans en avoir les inconvéniens. Comme cette casemate crénelée est couverte des vues directes de l'assiégeant, on peut la construire de manière à pouvoir la culbuter aisément par les batteries de la place ou par celles des ouvrages intermédiaires dont nous parlerons dans un instant.

Cette même casemate crénelée doit être fermée par la gorge pour couvrir des coups à ricochets l'intérieur des arceaux; mais au lieu d'un mur qui auroit la même épaisseur que le mur de face, on pourra employer des pièces de bois jointives que l'on percera de créneaux affleurés par un glacis en terre : ces créneaux intérieurs serviront à défendre le terre-plein de l'ouvrage jusqu'à ce que l'assiégeant s'y soit établi en force et ait conduit du canon sur les remparts pour faire crouler la casemate.

Pour qu'un ouvrage avancé puisse faire la défense la plus opiniâtre, et ne se rende que par les procédés d'une attaque régulière de pied à pied, il faut que son intérieur soit muni de traverses casematées, sous l'abri desquelles la garnison puisse braver les effets et la puissance des feux à ricochets et des feux courbes, par lesquels l'artillerie moderne tourmente sans relâche l'assiégé et rend les terre-pleins, pour ainsi dire, intenables dès que l'ennemi occupe les demi-places d'armes.

Lorsqu'un ouvrage occupe une position très-avancée il paroît nécessaire,

Marginal notes:

vrages avancés ; des dispositions auxquelles ils donnent lieu.

Des galeries crénelées et des casemates à feux de revers.

De la galerie ou casemate crénelée élevée sur l'escarpe de la gorge ; de sa construction.

Des traverses casematées pour servir d'abris à la garnison.

Des ouvrages intermédiaires pour soutenir les ouvrages avancés.

pour completter la disposition défensive, de le soutenir et de protéger les manœuvres des troupes par un ouvrage intermédiaire situé de la manière la plus avantageuse : cet ouvrage sera défendu et flanqué efficacement par les ouvrages de l'enceinte et par conséquent à l'abri d'une attaque de vive force, quand même il ne seroit construit qu'en terre ; il sera armé de batteries pour tirer à cartouches à balles, et de batteries de fort calibre pour culbuter la casemate crénelée de la gorge, lorsque cette opération sera devenue nécessaire ; enfin c'est de l'ouvrage intermédiaire que devra partir la communication, soit à ciel ouvert, soit souterraine, qui doit déboucher dans le fossé de la gorge de l'ouvrage avancé : cette communication sera une double caponnière, si elle est à ciel ouvert ; ou une galerie souterraine de 30 décimètres de large, comme celles des ouvrages extérieurs détachés.

166. Des positions avancées occupées par des lunettes ou par des bastions détachés, mis en relation de défense.

166. La grande dépense des ouvrages d'un développement continu et la grande quantité de troupes et d'artillerie nécessaires à leur défense, leur font préférer l'emploi des *lunettes* ou *bastions détachés* qui se prêtent à toutes les circonstances locales et aux manœuvres des sorties ; dont la construction n'exige qu'une dépense modérée et qu'on peut restreindre à volonté, et dont l'ordonnance enfin est telle que la perte d'un des ouvrages n'entraîne pas celle de tout le système. Si le front de la position qu'on veut tenir par un système de lunettes est très-étroit, une seule lunette pourra suffire ; mais si ce front est d'une étendue plus ou moins considérable et au-dessus de 600 mètres, il faudra plusieurs lunettes de premier rang et les soutenir par des lunettes intermédiaires ou de second rang : ces dernières lunettes doivent former avec celles de première ligne des rentrans assez prononcés pour que l'assiégeant ne puisse les envelopper en même tems ni dans une attaque brusque, ni dans une attaque régulière ; ce sont des ouvrages intermédiaires qui doivent être armés et disposés, ainsi qu'il a été dit plus haut (165).

Des lunettes avec casemates à feux de revers, réduits de sûreté et traverses casematées.
(Voyez la pl. IX.)

Les lunettes proposées par le général Darçon peuvent être considérées ou comme des ouvrages extérieurs détachés, ou comme des ouvrages avancés occupant des positions particulières et presqu'indépendans des ouvrages de la place : ces lunettes ont été employées d'après le premier point de vue à Metz et à Landau ; celles qui ont été construites autour de la place de Besançon occupent des positions particulières et les hauteurs dominantes d'où l'assiégeant peut écraser la ville par de simples batteries : les lunettes placées en avant du front extérieur de la citadelle, dont la prise entraîneroit celle de la ville, ont pour objet d'éloigner les premières batteries de l'assiégeant dont l'effet seroit terrible contre des ouvrages et des parapets construits en maçonnerie.

Le général Darçon, dans l'organisation de ses lunettes, s'est proposé d'obtenir un ouvrage d'une capacité médiocre, d'une dépense modérée et d'une prompte exécution ; qui fût à l'abri d'une attaque de vive force lorsqu'il seroit en avant d'ouvrages principaux ; qui pût se suffire à lui-même et résister aux attaques brusques et d'emblée lors même qu'il seroit très-avancé ou que sa gorge seroit appuyée à des obstacles naturels, tels qu'un escarpement, une rivière, etc.

Les accessoires par lesquels cet ingénieur espère obtenir ces divers avantages consistent :

1°. Dans des *casemates à feux de revers* C, C, construites et adossées au saillant de la contrescarpe et par le moyen desquelles on puisse enfiler les fossés dans toute leur étendue : ces casemates doivent être armées de petites pièces d'artillerie tirant à mitraille, ou de grosses espingoles chargées de plusieurs balles.

2°. Dans un *réduit de sûreté* R : ce réduit est une tour ronde bâtie en pierres de taille, de 15 mètres environ de diamètre extérieur et dont la hauteur, de 50 décimètres à-peu-près, est déterminée de manière que la corniche soit couverte par le relief de l'ouvrage. Ce réduit a deux étages voûtés; le premier est un rez-de-chaussée dont le sommet de la voûte est placé dans le plan de site : il renferme un escalier pour monter dans l'étage supérieur et peut contenir un magasin à poudre, un magasin à bois, une citerne et des latrines : on y entre par une porte de fer crénelée. L'étage supérieur est voûté à l'épreuve par une voûte d'arête engendrée par deux berceaux qui se croisent rectangulairement; quatre pieds-droits intérieurs supportent la poussée des voûtes. Ce genre de construction a d'abord été suivi, mais on a reconnu la nécessité de placer un pilier dans le milieu; ce qui produit une voûte annulaire pénétrée par quatre berceaux en plein cintre ou surbaissés. Les murs de la tour compris entre les pieds-droits des voûtes n'ont que 60 centimètres d'épaisseur, et 20 créneaux de mousqueterie sont disposés sur tout le périmètre. Les têtes des berceaux restent ouvertes dans la partie supérieure pour l'évacuation de la fumée, et des piliers en forme de corbeaux soutiennent la corniche dans cette partie et procurent des espèces de machicoulis dont le parapet est un fort madrier m, m, mobile et soutenu par des corbeaux en fer.

Du rez-de-chaussée du réduit on communique à la casemate de la contrescarpe par une galerie souterraine de 20 décimètres de largeur : elle passe sous l'ouvrage, et l'extrados de la voûte est à fleur du fossé, etc.

3°. Dans une traverse casematée placée en capitale, ayant environ 50 décimètres de largeur. Cette traverse est terminée circulairement du côté du réduit par les feux duquel elle est enfilée : elle en est séparée par un intervalle de 35 décimètres. Deux passages p, p (fig. 2), traversent la casemate pour communiquer d'une partie du terre-plein à l'autre : son objet est de mettre à couvert la garnison lorsqu'il n'est pas nécessaire qu'elle agisse.

Du sol S de la traverse on descend par un escalier en pierre de taille jusqu'à l'intrados K de la grande galerie : la communication s'achève par un escabot en bois KM qui peut tourner au moyen de deux tourillons et se loger dans un encastrement fait dans le pied-droit : par cette disposition, la communication peut être interrompue et la retraite dans le réduit est assurée.

Les principaux moyens de défense qui entrent dans l'organisation des lunettes font voir que leur forme générale est celle d'un redan auquel on

Des casemates à feux de revers adossées au saillant de la contrescarpe.

Du réduit de sûreté défensif.

(Pl. IX, fig. 3 et 4.)

De la galerie qui conduit du réduit à la casemate de la contrescarpe.

De la traverse casematée placée en capitale sur le terre-plein de l'ouvrage.

De la communication de la traverse avec les galeries et le réduit.

De la forme générale des lunettes; de leurs

dimensions; de celles des fossés.

fait des flancs intérieurs : l'ouverture de l'angle flanqué et la direction des flancs se déterminent d'après les circonstances locales et autres considérations : on peut donner aux faces des lunettes de 200 à 300 mètres de longueur à partir de la casemate; mais on ne peut excéder cette dernière dimension si on veut conserver de l'efficacité aux feux de revers de la casemate. Les fossés ont de 12 à 15 mètres de largeur; leur profondeur au saillant est au moins de 33 décimètres, afin que la casemate de la contrescarpe puisse être recouverte d'une couche de maçonnerie et de terre de 20 décimètres au moins d'épaisseur.

Dans les lunettes qui sont placées en avant d'ouvrages principaux et avec lesquels elles sont en relation immédiate, les fossés vont du saillant déboucher par une pente douce vers les glacis, de manière à ne produire aucun ressaut ou pli qui puisse nuire à la protection des feux, comme dans celles construites à Landau et à Metz. Mais lorsque les lunettes sont des ouvrages très-avancés et des pièces isolées, les fossés se font à-peu-près de la même profondeur sur toute leur longueur; ils débouchent soit dans les escarpemens, soit dans le terrain en arrière de la gorge, ainsi que cela a été pratiqué aux lunettes construites sur les hauteurs de Besançon et en avant du front du secours de la citadelle.

De la gorge des lunettes; des profils et des communications en arrière.
(Fig. 2.)

Les profils de la gorge des lunettes se construisent ou en gazons, ou en pierres sèches, ou en maçonnerie ordinaire; leur direction aboutit au centre du réduit, afin que ses feux se prolongent et se croisent avec ceux de la casemate de la contrescarpe.

La gorge des lunettes considérées comme ouvrages détachés extérieurs n'est assurée que par le réduit; on y communique des ouvrages principaux par une galerie souterraine qui se rend dans le rez-de-chaussée du réduit. Mais dans le cas où la lunette est un ouvrage avancé, le réduit est enveloppé par un glacis circulaire qui s'appuie sur les profils; on fait dans ce glacis une coupure qui conduit dans cette espèce de place d'armes, de laquelle on entre par une porte de fer dans le réduit; et à droite et à gauche sont des rampes pour monter sur le terre-plein de l'ouvrage.

De la palissade qui enveloppe l'ouvrage.
(Fig. 2.)

Les lunettes élevées en terre et dont les fossés sont peu profonds vers les épaules, sont enveloppées par une palissade droite plantée au pied de l'escarpe; et afin de la dérober aux vues de l'ennemi on fait, à partir du tiers de la face, un petit fossé à contre-pente du premier et dans lequel on plante la palissade : ce même petit fossé et la palissade tournent autour de l'angle d'épaule pour envelopper les profils et la gorge; elle vient se réunir à la barrière et à la palissade comprises entre le réduit et le profil de la rampe. Mais lorsque les lunettes sont isolées et que les fossés conservent à-peu-près la même profondeur dans toute leur longueur, il n'y a pas de petit fossé à contre-pente, et la palissade suit le pied de l'escarpe et celui des profils. Lorsque les fossés sont creusés dans le roc et la rocaille, la palissade devient inutile parce que le talus de l'escarpe peut être du cinquième de la hauteur : telles sont les lunettes détachées établies sur les hauteurs de Besançon.

Les lunettes n'ont pas de chemin couvert ; elles sont couvertes par un glacis rasant qui couvre le relief et qui augmente la profondeur du fossé.

Du glacis qui couvre l'ouvrage.

Lorsqu'on construit la casemate de la contrescarpe et la traverse du terre-plein, on lance en avant du saillant et sous le terre-plein des rameaux de mine construits en maçonnerie, afin de pouvoir faire jouer des fougasses lorsque l'ennemi veut s'établir sur le saillant pour essayer de détruire la casemate de la contrescarpe, et lorsqu'il pénètre dans le terre-plein pour faire l'attaque de la traverse, etc.

Des fougasses ou petites mines pour augmenter la force des lunettes.

Les lunettes dont on vient de faire la description ont, quant à leur forme générale, la simplicité des ouvrages de campagne ; mais les accessoires qui les caractérisent sont loin de jouir de cette propriété ; ils sont absolument du genre le plus recherché des constructions permanentes : leur exécution demande les attentions les plus minutieuses, un tems et une dépense considérables. L'expérience a prouvé qu'avec la plus grande activité et dans un terrain rocailleux, il falloit au moins 5 mois de travail pour construire une lunette de 100 mètres de face, et que sa dépense étoit d'environ 60,000 fr. Dans un terrain facile et qui n'exige pas l'emploi de la mine pour les déblais, 3 mois de travail peuvent suffire et la dépense n'est que de 50,000 francs au plus.

Réflexions sur la construction des lunettes et le tems nécessaire à leur exécution.

Les lunettes du général Darçon, employées comme ouvrages extérieurs qui sont sous la protection immédiate d'ouvrages principaux, remplacent les lunettes ordinaires : pour comparer leurs valeurs respectives, il faut se faire une idée de leurs degrés de résistance et de la dépense que leur construction occasionne. Les lunettes ordinaires bien revêtues et dont la gorge à un relief suffisant, ne peuvent être enlevées de vive force, et il faut que l'assiégeant en couronne le chemin couvert, qu'il batte en brèche leur escarpe, etc.

Examen de la valeur des lunettes considérées comme ouvrages extérieurs liés à une enceinte.

Les lunettes dont nous nous occupons procureront les mêmes résultats que les lunettes ordinaires pendant la période de l'attaque éloignée ; mais elles ont sur celles-ci l'avantage très-précieux d'offrir des abris sûrs aux défenseurs. Pendant la période de l'attaque éloignée, qui pourra durer environ 8 jours, l'assiégeant démontera toutes les batteries à ciel ouvert ; il jettera beaucoup de bombes pour écraser le réduit, et biaisera le tir des batteries à ricochet pour atteindre ce même réduit dont les murs peu épais seront percés facilement, et dont la voûte supérieure sera immanquablement ruinée en peu de tems : ainsi lorsque l'assiégeant arrivera à la troisième parallèle, le réduit sera sans défense : si l'assiégeant veut continuer ses attaques pied à pied, il poussera contre le saillant un rameau de mine au bout duquel il mettra un fourneau surchargé dont l'effet mettra la casemate à feux de revers hors de service : dans cet état de choses l'assiégeant ne doit plus balancer pour enlever la lunette de vive force. Mais si, sans employer les mines offensives, l'assiégeant veut enlever l'ouvrage de vive force, il pourra y réussir avec 2,000 hommes : 800 hommes conduits par les ingénieurs et les soldats du génie, se porteront sur le saillant et jetteront devant les embrasures de la casemate des sacs à terre qui feront un massif qui en masquera les feux : les soldats du génie, soutenus par 200 hommes, descendront dans le fossé pour empêcher l'ennemi de déranger le masque, pendant que les autres colonnes attaqueront l'escarpe de vive force, monteront sur le terre-plein et se porteront à la gorge, dans la traverse et dans le réduit : on fera aussitôt un logement dans l'ouvrage, lequel sera lié par des communications tracées à la sappe volante avec la troisième parallèle.

Il seroit même possible d'enlever l'ouvrage par la gorge, laquelle est très-accessible et n'est défendue que par un réduit déja ruiné.

Il suit de là que la résistance des lunettes ordinaires est supérieure aux lunettes dont nous nous occupons. Quant à la dépense, on voit clairement qu'elle diffère peu dans l'un et l'autre ouvrage.

De la valeur des lunettes considérées comme des ouvrages avancés et isolés.

Les lunettes qui sont trop avancées pour être sous la protection immédiate d'une enceinte, ou qui occupent des positions qui les livrent à leurs propres forces, sont jugées par l'auteur devoir être à l'abri d'une attaque de vive force et exiger les appareils et les procédés lents d'une attaque industrielle. Une attaque simulée de vive force pourra faire juger si elle est dans le cas de réussir : supposons d'abord la lunette construite sur un terrain ordinaire, elle sera accessible sur tout son périmètre, et les colonnes d'attaque pourront descendre sans difficulté dans les fossés : dès la distance de 4 à 500 mètres on fera pendant la nuit 3 batteries de campagne; l'une sur la direction de la capitale, les deux autres sur les prolongemens des faces; elles ricocheront les batteries à barbette; et en biaisant un peu la direction du tir, les boulets rencontreront de plein fouet la corniche et la voûte supérieure du réduit qui, à la fin du jour, sera en partie ruiné et mis hors de défense. Pendant le jour 800 sacs à terre seront préparés, et les 3,000 hommes de troupes destinés à faire l'attaque seront commandés et disposés en colonnes sur les directions convenables. Tout étant ainsi préparé et après un feu très-vif des batteries rapprochées à 300 mètres, les colonnes s'ébranleront : celle de 1,000 hommes qui se portera sur le saillant masquera la casemate de la contrescarpe par les sacs à terre, etc., et l'attaque sera réduite à celle d'un ouvrage de campagne. Les ouvriers du génie et les soldats d'artillerie feront promptement un passage et une rampe sur l'escarpe, pour monter sur le rempart du canon de 4 que l'on couvrira d'une simple gabionnade, et qui avancera la reddition du réduit. Si la gorge n'étoit pas mieux préparée et assurée que celle des lunettes élevées autour de Besançon, il faudroit pénétrer dans l'ouvrage par la gorge et les talus allongés des profils, et cette manœuvre auroit un succès presqu'assuré.

Enfin si l'escarpe étoit taillée dans le roc ou qu'elle fût revêtue, l'attaque se conduiroit à-peu-près de la même manière; elle seroit plus longue et plus difficile, mais non pas plus meurtrière : il faudroit porter les plus grands efforts sur la gorge et se pourvoir de petites échelles pour monter sur la berme, etc. : les colonnes pénétreroient dans les fossés par leurs débouchés dans le terrain de la gorge.

On voit par ce qui vient d'être dit, qu'une attaque par industrie se conduiroit avec la plus grande rapidité contre l'espèce de lunette que nous examinons :

il suffiroit de 7 à 8 pièces de canons, de 2 mortiers et de 2 obusiers pour ce petit siége, dont la durée ne pourroit se prolonger au-delà de 7 à 8 jours qu'on emploieroit à la conduite des approches et à la construction d'un globe de compression qui détruiroit la casemate de la contrescarpe, donneroit entrée dans le fossé, et forceroit l'ennemi à capituler.

Le général Darçon savoit apprécier cette nouvelle production en fortification; mais il pensoit que la force de ces lunettes tenoit plus à l'opinion qui grossit tout, qu'à la réalité; s'il en a exagéré la valeur réelle, il faut l'attribuer à des circonstances politiques, à la nécessité d'en imposer aux ennemis coalisés contre la France et à celle de calmer l'inquiétude générale.

L'Ecole Polytechnique s'honorera toujours d'avoir eu le général Darçon pour fondateur de la partie de l'instruction relative à la science de la fortification; son activité dévorante, ses travaux militaires et ses connoissances dans toutes les branches de l'art de la guerre, l'ont rendu célèbre dans l'Europe et recommandable à sa patrie : les fameuses *prames* qu'il fit construire dans la baie d'Algésiras suffiroient pour attacher à son nom une gloire immortelle.

M. de Reveroni, officier du génie, a proposé une manière ingénieuse d'employer les réduits de sûreté comme ouvrages extérieurs détachés : il fait à la queue des glacis de l'enceinte un glacis coupé à contre-pente du glacis ordinaire, dont le relief est de 25 décimètres, et qui forme les mêmes saillans et les mêmes rentrans que le chemin couvert : il ordonne le relief sur un plan de site artificiel qui passe au dessous de la crête du glacis coupé de 16 décimètres. Au pied cet escarpement, soit naturel, soit artificiel, et dans les saillans, il place des réduits de sûreté ouverts à la gorge et dont les flancs sont armés de créneaux pour des espingoles et de petites pièces à mitraille : ces feux couverts que l'ennemi ne peut contre-battre ni éteindre, balaient le revers du glacis coupé et prennent en flanc et à revers les approches du glacis de l'enceinte : les réduits sont couverts par des flèches en terre flanquées par l'enceinte de la manière la plus efficace : la partie du réduit qui regarde la place et qui est ouverte, est masquée par une petite cour formée par un mur de brique crénelé : on communique au réduit par une galerie souterraine.

Des réduits de sûreté et des glacis de revers proposés par M. de Reveroni.

Le général Darçon, en disposant ses lunettes avancées et isolées, n'a pas suffisamment considéré les relations qu'elles doivent conserver avec les ouvrages principaux qu'elles couvrent; il a laissé la gorge dans un état de foiblesse allarmant pour le défenseur; enfin il leur a donné de si petites dimensions que les moyens de défense sont trop concentrés pour en espérer de bons résultats. Les lunettes avancées doivent être organisées et disposées d'après les principes énoncés plus haut; elles doivent avoir de bons flancs pour y disposer de l'artillerie, et avoir assez de capacité pour y déployer les moyens de défense et les manœuvres. Leurs fossés doivent envelopper la gorge, être défendus par des batteries casematées logées dans la contrescarpe; l'escarpe doit être revêtue pour rendre l'escalade impossible sous le feu des casemates; les approches de la gorge doivent être balayées par le feu rasant

De la manière dont il convient d'organiser les lunettes détachées.

d'une casemate élevée sur l'escarpe de la gorge ; les terre-pleins seront occupés par des traverses casematées qui serviront d'abri à la garnison ; les lunettes de première ligne seront soutenues par des lunettes intermédiaires d'où partiront les sorties et qui renfermeront les débouchés des galeries de communication : de l'intérieur des traverses casematées on communiquera par dessous les fossés aux casemates à feu de revers de la contrescarpe ; enfin on pourra organiser une guerre souterraine sous les glacis des lunettes de première ligne : dans ce cas la galerie de contrescarpe établira la communication générale avec toutes les casemates à feux de revers. Au moyen d'une semblable ordonnance on bravera les batteries incendiaires de l'assiégeant, et on le forcera à assiéger en règle les lunettes, avant de rien entreprendre contre le corps de place : il résultera de là un autre avantage précieux, c'est que les troupes s'aguerriront pendant la défense des lunettes avancées, et que les habitans, accoutumés de longue main à un feu qui ne les incommode pas, le supporteront plus patiemment lorsque l'ennemi fera l'attaque du corps de place et qu'il pourra brûler les habitations.

Nous n'étendrons pas plus loin ces considérations générales sur les ouvrages avancés ; tous les militaires qui s'occupent de la fortification et de ses rapports avec la tactique en reconnoissent l'importance : tout fait présumer qu'à l'avenir l'ordonnance des ouvrages extérieurs et avancés sera plus rassurante pour le défenseur, et que la défense pourra reprendre les degrés de résistance que le perfectionnement successif des armes de l'artillerie et de la mine, et la manière de les employer, lui ont fait perdre depuis longtems.

CHAPITRE VIII.

Développemens sur l'art de la mine ; des principes et des faits sur lesquels il repose ; de l'art de la mine appliqué à l'attaque et à la défense des places ; de la guerre souterraine ; des systêmes de mine défensifs.

SECTION PREMIÈRE.

De la théorie expérimentale sur laquelle repose l'art de la mine.

167. De l'art de la mine appliqué à la défense et à l'attaque des places.

167. Nous avons dit (112 et 128) en faisant connoître l'origine de l'art de la mine, que cet art ingénieux ne fut employé pendant longtems que pour ouvrir des brèches et démolir des masses considérables de maçonnerie : avant Vauban on faisoit rarement quelques mines sous les brèches et sur-tout sous les travaux extérieurs de l'assiégeant; mais depuis que l'attaque a fait

de si grands progrès et acquis sur la défense de si grands avantages, on a vu que l'art de la mine pouvoit être d'une grande ressource à l'assiégé, et qu'il pouvoit devenir entre ses mains un moyen de défense puissant et redoutable. L'application de cet art à la défense et a l'attaque a donné lieu à *l'arme de la mine* qui fait partie de l'arme du génie, nous en avons fait connoître le personnel dans la première partie.

On appela d'abord du nom de *mines* tous les travaux de cette espèce faits par l'assiégeant, et on nommoit *contre-mines* les ouvrages correspondans de l'assiégé pour résister à l'assiégeant; mais depuis que l'art de la mine a été approprié à la défense par des dispositions permanentes, et en rapport avec les autres parties de la fortification, on auroit dû appeler les dispositions de l'assiégé, des *mines*, et celles de l'assiégeant des *contre-mines*. On désigne maintenant par *mines défensives* les travaux de l'assiégé, et par *mines offensives* ceux de l'assiégeant.

Définitions sur les mines et sur la guerre souterraine; de son objet.

La *guerre souterraine* consiste dans l'application de l'art de la mine à la défense et à l'attaque : d'abord cet art fut à l'avantage de l'assiégeant; mais les progrès qu'il a faits et la terreur que les premières mines défensives répandirent parmi les troupes de l'assiégeant ont convaincu les ingénieurs qu'elles étoient le moyen le plus efficace pour remettre la défense sur un pied respectable : les grands effets de la guerre souterraine tiennent peut-être plus à l'opinion qu'à la réalité; mais cette force d'opinion devient une chose réelle puisqu'elle dépend de l'organisation de l'homme qui craint beaucoup plus un danger qu'il ne peut apprécier, qu'un bien plus grand qu'il connoît. Par le moyen de la guerre souterraine l'assiégé transforme le combat à ciel ouvert en un combat souterrain, où l'assiégeant ne peut développer et employer ses forces, où il est forcé de marcher à tâtons et par des routes inconnues; où enfin il est à tout instant surpris et arrêté par un ennemi vigilant qui a prévu et tout disposé contre lui, etc.

Ce que nous avons exposé (128) suffit pour faire concevoir ce que c'est qu'une mine en général : on appelle *fourneau de la mine* un vide pratiqué dans une masse de terre ou de maçonnerie, que l'on remplit de poudre : on y communique au moyen de galeries et de rameaux que l'on bourre fortement, ainsi que nous le dirons plus en détail dans la suite; et on porte l'inflammation dans la charge ou par un saucisson, ou par d'autres moyens qui seront expliqués.

Idée générale d'une mine; du fourneau; des galeries et rameaux; du bourrage, etc.

168. La théorie-pratique de l'art de la mine et ses applications à la guerre souterraine reposent sur plusieurs faits que l'observation a fait découvrir et qu'il importe de bien connoître pour se faire une idée des moyens que l'arme de la mine emploie pour organiser cette espèce de guerre qui, en raison de sa bonne ou mauvaise ordonnance, augmente la valeur de la fortification à ciel ouvert.

168. Des faits sur lesquels repose la théorie-pratique de l'art de la mine appliqué à la défense et à l'attaque.

Lorsqu'une mine est bien préparée sous la surface d'un terrain, laquelle nous supposons horisontale; quelle est chargée d'une quantité suffisante de

Premier fait observé sur le jeu d'une mine.

2. 26

poudre et qu'on porte l'inflammation au centre de la charge, on observe ce premier effet général, que si du centre du fourneau on abaisse une perpendiculaire sur le plan du terrain qu'on nomme *axe d'explosion*, ou *ligne de moindre résistance*, il se fait une explosion qui forme un vide *ABCD* d'une certaine figure autour de l'axe *FG*, et les terres sont lancées en forme de gerbe : une partie des terres du déblai enlevé retombe dans l'excavation et forme autour de sa circonférence des *lèvres LL* qui ont un certain relief, ainsi que le représente la figure. Il faut remarquer que le relief des lèvres est très-favorable aux opérations de l'assiégeant.

De la charge d'une mine capable de produire une explosion extérieure.

Les premières expériences que firent les mineurs firent connoître sur-le-champ que la charge d'un fourneau de mine capable de produire une explosion, devoit varier : 1°. d'après la nature du terrain ; 2°. d'après la grandeur de la ligne de m°. r°. ; 3°. d'après la grandeur de l'excavation qu'on vouloit former.

De l'entonnoir et de sa figure.

On nomme *entonnoir* l'excavation produite par l'effet d'une mine, en supposant que toutes les terres enlevées n'y soient pas retombées : lorsqu'on veut connoître la forme de l'entonnoir il faut en déblayer avec soin toutes les terres. Il est difficile d'en déterminer au juste la figure, parce qu'il est très-difficile de faire exactement le déblai, et que cette figure varie selon la nature du terrain, très-variable lui-même : lorsque le terrain est homogène, l'entonnoir est un solide de révolution dont la courbe méridienne peut se déduire d'hypothèses faites sur l'inflammation de la poudre, sa manière d'agir, et sur la qualité du terrain.

De la figure de l'entonnoir dans des terrains ordinaires.
(Fig. 1.)

Dans les terrains ordinaires dont les molécules ont une certaine adhérence et sont susceptibles de compression, l'entonnoir est évasé sur le plan d'explosion ; il se rétrécit vers le centre des poudres pour se terminer un peu au dessous en forme de cul de four renversé.

Opinion de Vauban sur la figure de l'entonnoir.

Vauban a regardé l'entonnoir comme un cône renversé ayant son sommet au centre des poudres : il calculoit le volume du déblai d'après cette supposition, etc.

Sentiment du général Vallière et de Cormontaigne.

Le général Vallière, officier-général d'artillerie d'un mérite très-distingué, examina après Vauban et avec beaucoup de soin, la ligne génératrice de l'entonnoir de plusieurs mines soumises à l'expérience dans des terrains homogènes; il crut y découvrir quelques propriétés de la parabole et conclut de là que la figure de l'entonnoir étoit un paraboloïde dont le centre des poudres occupe le foyer. Cormontaigne a admis cette figure.

Opinion de Bélidor.

Bélidor est d'une opinion contraire au général Vallière ; il suit de sa théorie que l'entonnoir est un cône renversé dont la pointe, placée au dessous du centre des poudres est très-arrondie : dans les applications, il regarde cette figure comme un cône parfait.

Opinion des mineurs modernes.

On considère maintenant la figure de l'entonnoir d'une mine comme un objet peu important ; on atteint à une approximation suffisante en lui substituant celle d'un cône renversé et tronqué par un plan qui passe par le centre des poudres.

La figure de l'entonnoir se modifie suivant la qualité du terrain ; elle est telle que nous venons de la décrire dans les terres compressibles et adhérentes : mais il existe deux espèces de terres non compressibles, les sables et le roc; dans les premières, l'entonnoir est très-peu évasé au dehors, c'est une espèce de puits; dans le roc, cet entonnoir est très-irrégulier et il arrive souvent, sur-tout lorsque la charge n'est pas très-forte, qu'il ne se forme que des fissures plus ou moins larges par lesquelles le fluide élastique s'échappe.

De la figure de l'entonnoir dans des terrains non compressibles.

Dans les terres ordinaires adhérentes et compressibles, les dimensions de l'entonnoir, c'est-à-dire, la grandeur des cercles supérieurs et inférieurs dépendent de la charge : en supposant toujours que l'explosion a lieu, si la charge est petite, le diamètre supérieur aura un rayon moindre que l'axe d'explosion ; si la charge croît, le diamètre de l'entonnoir croîtra aussi et il arrivera un point où le diamètre de l'évasement sera double de la ligne de m°. r°., pendant que le diamètre du cercle inférieur est à-peu-près égal à cette même ligne; de sorte qu'au profil, la ligne menée par le bord supérieur de l'entonnoir et par le centre des poudres, est inclinée de 45 degrés sur la ligne de terre. Ce sont ces mines chargées modérément que les anciens mineurs ont uniquement considérées, et que l'on peut prendre pour terme de comparaison et pour fourneaux d'épreuve : leur usage convient à l'assiégé en ce qu'elles bouleversent une assez grande étendue de terrain sans produire des couverts trop considérables et consommer une grande quantité de poudre.

Des dimensions de l'entonnoir dans les mines chargées modérément pour obtenir des entonnoirs dont le diamètre est double de la ligne de me. re.

On peut, sans erreur très-sensible, estimer le volume des entonnoirs des mines ordinaires par celui d'un cylindre qui a pour base le cercle supérieur de l'entonnoir et pour hauteur la moitié de la ligne de m°. r°. ; et comme ces entonnoirs sont des solides semblables, les charges pour un même terrain sont dans le même rapport que les cubes des axes d'explosion, etc.

Du volume des entonnoirs; des rapports des charges.

On a, d'après ces principes, calculé des tables qui font connoître d'une manière approximative la charge des fourneaux modérés, établis dans des terrains de diverses qualités : mais toutes les fois qu'il faut travailler dans un terrain dont la nature n'est pas bien connue, il faut commencer par établir un ou plusieurs fourneaux d'épreuve pour constater les charges qui conviennent aux fourneaux.

Des tables relatives à la charge des fourneaux de mine.

TABLES

DES CHARGES DES FOURNEAUX

POUR PRODUIRE DANS DIFFÉRENS TERRAINS

DES ENTONNOIRS D'UN DIAMÈTRE SUPÉRIEUR DOUBLE DE L'AXE D'EXPLOSION.

Charges sous 10 *pieds de ligne de* m^e. r^e.

Terres communes mêlées de gravier . . . . 102 livres.
Sable fort ou tuf 136
Argiles fortes ou terres grasses 145
Sable mouvant 153
Vieille maçonnerie 161
Pierre de taille ou rocaille 177

Charges des fourneaux sous un mètre de ligne de m^e. r^e.

Terres mêlées de sable . . . . 12,5 hectogr.
Terres communes 15,0
Sable fort ou tuf 20,0
Terres argileuses ou grasses 21,2
Vieille maçonnerie 24,0
Roc 25,0

Quantité de poudre pour faire sauter un mètre cube.

Terres mêlées de sable 7   hectogr.
Terre commune 8
Sable fort ou tuf 10,6
Terre argileuse ou grasse 11,2
Vieille maçonnerie 12,6
Roc 13,5

Vauban est le premier qui ait observé que l'effet d'une mine n'étoit pas seulement extérieur, mais que l'explosion produisoit une action intérieure qui perçoit et détruisoit les parois des vides, tels que les galeries et les rameaux, lorsqu'ils étoient trop près des poudres : cet effet a lieu dans tous les sens, soit latéralement, soit dans le sens vertical au dessous du fourneau ; et la distance à laquelle il a lieu varie beaucoup suivant la nature du terrain. Vauban avoit adopté pour principe de ne jamais approcher les fourneaux les uns des autres plus près que la ligne de m*. r*. ; les expériences faites depuis Vauban ont prouvé que les fourneaux, rameaux et galeries devoient, pour être à l'abri de l'action d'un fourneau, en être éloignés de deux fois ou d'une fois et demie au moins la ligne de m*. r*. : la limite dépend de la nature du terrain qui sépare les fourneaux et d'autres circonstances qui tiennent à la disposition et au jeu des fourneaux.

Second fait observé par Vauban sur l'effet d'une mine ; principe sur la distance des fourneaux indépendans.

Bélidor, dont la mémoire est honorée par les savans et les artistes, s'est beaucoup occupé de l'art des mines : il a le premier proposé une théorie pour expliquer tous les phénomènes qui se présentent dans le jeu des mines, et a été plus loin que ses prédécesseurs sur-tout dans l'examen de l'action intérieure des fourneaux. Il pensa qu'en surchargeant les fourneaux ordinaires, il devoit se faire des commotions plus fortes, capables d'agir sur les vides à de plus grandes distances et qui produiroient des entonnoirs plus évasés que ceux des fourneaux chargés modérément : il nomma les fourneaux ainsi surchargés des *globes de compression*.

Faits observés par Bélidor ; des globes de compression ou fourneaux surchargés.

L'expérience devoit confirmer et confirma en effet les conjectures de Bélidor., il creva des galeries à une distance quadruple de la ligne de m*. r*., et obtint des entonnoirs dont le diamètre contenoit plus de 5 fois la ligne de m*. r*. : les charges furent portées jusqu'à 10 fois la charge ordinaire ; mais on remarqua que les évasemens des entonnoirs ne suivoient pas les mêmes rapports et qu'ils ne pouvoient aller au-delà du sextuple de la ligne de m*. r*. Ces expériences furent répétées par le célèbre Lefebvre, à Potsdam, par ordre du grand Frédéric ; elles donnèrent à-peu-près les mêmes résultats.

La découverte des globes de compression ou des fourneaux surchargés, et les expériences de Potsdam ont fait entrevoir que cette espèce de mine étoit plus favorable à l'attaque qu'à la défense : par leurs sphères d'action bien plus étendues elles atteignent les dispositions préparées de l'assiégé, culbutent les galeries, détruisent les fourneaux, et sont un moyen très-puissant pour attaquer les chemins couverts et renverser les contrescarpes dans les fossés. L'assiégé ne peut pas les employer avec le même succès parce qu'il détruiroit ses propres travaux et qu'il ne peut disposer de la grande quantité de poudre qu'exige leur emploi.

Des propriétés des globes de compression ou fourneaux surchargés ; des avantages que l'attaque en retire.

Bélidor a fait encore cette intéressante expérience, qu'en mettant des barils de poudre le long d'une galerie et à une certaine distance les uns des autres, on parvenoit à ouvrir le ciel de la galerie et à la convertir en une espèce de tranchée.

On savoit par expérience que lorsque dans un canon de fusil on laissoit

Des expériences du

généralMarescot sur les vides laissés autour des poudres placées dans les fourneaux.

(Voyez le mémoire inséré dans ceux de l'Institut, en l'an 8.)

entre la poudre et la balle un espace, il en résultoit un effort plus considérable et qui faisoit quelquefois crever l'arme. le général Marescot, ayant réfléchi sur ce fait, pensa que le même phénomène devoit se passer dans le jeu d'une mine et qu'on devoit obtenir de plus grands entonnoirs, toutes choses d'ailleurs égales, en laissant un certain vide autour de la caisse qui contient les poudres. Cet officier-général se proposa donc, en l'an 8, de déterminer par des expériences curieuses l'influence de l'air dans les effets des mines : après avoir fait disposer des fourneaux convenablement à ses vues, il reconnut qu'une certaine quantité d'air comprise entre la caisse et les parois du fourneau en augmentoit beaucoup l'effet ; mais qu'au-delà d'une certaine limite, cette augmentation non-seulement n'étoit plus progressive, mais même qu'elle décroissoit et finissoit par devenir nulle. Pour un fourneau chargé de 100 livres qui occupoit un pied cube et demi, et de 10 pieds de ligne de m^e. r^e., le plus grand effet a été procuré par une capacité de fourneau de 27 pieds cubes : l'effet fut le même que si le fourneau eut été chargé de 196 livres, ou le même que celui d'un fourneau ordinaire enfoncé de 13 pieds et chargé de 219 livres. Les détails de ces curieuses expériences sont consignés dans un mémoire inséré dans les Mémoires de l'Institut, de l'an 8.

Il reste encore à constater par des expériences bien faites jusqu'à quel point une augmentation dans la charge en donne une dans l'évasement de l'entonnoir et dans le rayon de rupture : il est vraisemblable que cette limite n'est pas éloignée d'une charge 12 fois plus forte que la charge ordinaire, que ce maximum dans la charge ne produiroit pas un entonnoir d'un diamètre 7 fois plus considérable que celui de l'entonnoir ordinaire et que le rayon de rupture ne s'étendroit pas à plus de 5 à 6 fois l'axe d'explosion.

Plusieurs expériences qui demanderoient à être répétées avec soin dans plusieurs espèces de terrain, font admettre comme principe que la moitié de l'effort de la charge est employée dans les terrains ordinaires à vaincre la résistance occasionnée par la ténacité des terres ; et que pour les terrains très-compactes et très-tenaces, les deux tiers de la charge sont consommés pour produire le même effet : ceci prouve qu'il ne faut que la moitié ou le tiers de la charge ordinaire pour former l'entonnoir dans un terrain remué et dont la ténacité des molécules a été détruite.

Dans les fourneaux établis dans les terrains ordinaires, il faut bourrer le rameau qui conduit à un fourneau sur une longueur égale à-peu-près à deux fois celle de la ligne de m^e. r^e., afin que l'effort se porte sur le plan d'explosion : mais souvent il n'est pas possible d'exécuter ce bourrage, soit parce qu'on est pressé de mettre le feu au fourneau, soit parce que ce fourneau est établi au fond d'un puits : il étoit extrêmement important de savoir quel parti il falloit prendre dans cette circonstance qui se présente fréquemment dans la guerre des siéges.

Les effets des globes de compression ont fait pressentir à M. Mouzé, ancien commandant de mineurs, dont les découvertes et les travaux dans l'art de la mine feront époque, qu'une surcharge devoit produire une diminution dans la longueur du bourrage exécuté verticalement ou dans la direction d'un rameau ordinaire : les belles expériences qu'il a faites sur cet objet et qu'il est extrêmement important de completter, prouvent qu'en effet on peut suppléer au bourrage par une augmentation dans la charge. Ces curieuses expériences dirigées avec l'habileté qui distingue M. Mouzé dans tous ses travaux relatifs à la pratique et à la théorie, feront un jour le sujet des méditations des élèves et du jeune officier : nous nous contenterons d'en présenter les résultats principaux dans le tableau suivant ; en remarquant que ces données déduites de l'expérience sont une conséquence de la théorie du général Marescot.

TABLEAU
DES ÉPREUVES QUI ÉTABLISSENT LA RELATION
ENTRE LE BOURRAGE ET LA CHARGE.

ÉPREUVES.	CHARGES.	BOURRAGE.
1ère	fixe ou $= 1$	entier ou $= 1$.
2e	augmentée ou $= 1 + \frac{1}{4}$ . . .	réduit au $\frac{2}{3}$ ou $= \frac{2}{3}$.
3e	augmentée ou $= 1 + \frac{1}{2}$ . . .	réduit au $\frac{1}{2}$ ou $= \frac{1}{2}$.
4e	double ou $= 2$	supprimé ou $= 0$.

L'expérience fait voir : 1°. qu'en fixant convenablement les dimensions du profil en travers d'un rameau ordinaire, on peut obtenir le même effet en diminuant le bourrage pourvu qu'on augmente la charge dans un certain rapport ; 2°. qu'il y a une augmentation de charge qui permet de supprimer totalement le bourrage et qu'elle est à-peu-près égale à la charge ordinaire relative au bourrage plein ; 3°. qu'on peut par ce moyen faire des fourneaux au fond des puits qui procureront les mêmes entonnoirs que si on employoit des rameaux pleins.

Les mineurs physiciens et les officiers du génie qui ont été témoins d'un grand nombre d'expériences sur les mines, ont été à portée d'examiner avec soin les diverses circonstances qui accompagnent le jeu ou l'explosion d'une mine : ces circonstances varient et se modifient suivant la nature des terrains ; nous en admettrons trois espèces principales auxquelles on peut rapporter et comparer les effets moyens qui ont lieu dans les espèces inter-

Examen des diverses circonstances qui accompagnent le jeu d'une mine établie dans différens terrains.

médiaires. Ces trois espèces de terrains sont le roc, le sable et les terres communes homogènes, tenaces et compressibles.

Dans le roc, aussitôt que l'énergie de la poudre est assez développée pour produire un effet et rompre le banc ou les bancs du rocher, il se fait des gerçures de toute part par lesquelles le fluide tend à s'échapper; et si la charge est assez forte pour faire explosion, elle a lieu à l'instant même de l'inflammation; les débris du roc sont lancés au loin et l'entonnoir est très-irrégulier et plus ou moins évasé.

Si le fourneau est pratiqué dans un terrain sablonneux dont les molécules ne sont point adhérentes; au moment de l'inflammation, le fluide pénètre au travers des molécules, et l'explosion, si la charge est modérée, ne forme qu'un entonnoir très-peu évasé et ressemblant à un puits: pour que l'effet de la mine embrasse un plus grand terrain, il faut augmenter la charge.

Enfin dans les terrains tenaces et compressibles trois circonstances remarquables s'observent avant l'effet total et qu'il est possible d'observer malgré la rapidité du phénomène: 1°. à l'instant même que l'inflammation est portée dans les poudres, on entend un bruit sourd et on sent un ébranlement souterrain ou plutôt une espèce de frémissement; 2°. on voit le terrain qui entoure l'axe d'explosion se soulever et former une calotte sphérique qui s'agrandit graduellement jusqu'à l'instant où on apperçoit une fumée sortir sur le périmètre de sa base; 3°. l'explosion suit de très-près ces deux circonstances et le terrain correspondant à la calotte est enlevé et lancé en forme de gerbe; une partie retombe dans l'entonnoir et l'autre en forme les lèvres: la forte *commotion* qui résulte de l'explosion donne aux molécules du terrain qui environne le foyer, un mouvement de vibration considérable qui s'étend plus ou moins loin en raison de la ténacité, de la densité et de l'élasticité du terrain, et comble les vides qui se trouvent dans cette sphère d'action.

Conséquences importantes déduites des faits précédens.

Des faits précédens on tire plusieurs conséquences importantes à l'attaque et à la défense: 1°. un fourneau de mine établi dans un terrain sablonneux doit être surchargé par rapport à celui établi dans une terre ordinaire, si on veut obtenir des entonnoirs évasés et qui ne ressemblent pas à un puits; 2°. dans les mines construites dans le roc il faut aussi surcharger les fourneaux et bourrer les rameaux plus fortement et dans une plus grande longueur; 3°. l'effet total d'une mine se compose de deux effets partiels, l'un extérieur et l'autre intérieur: le premier occasionne un entonnoir; le second produit une commotion qui agit contre les vides intérieurs, tels que les galeries, les rameaux, etc., et en renverse les parois. L'expérience confirme qu'on peut préserver les vides compris dans la sphère d'action, de la commotion intérieure des fourneaux, en les bourrant et en rendant la masse à-peu-près homogène.

169. De l'explication des phénomènes et des faits observés dans le jeu des mines.

169. L'explication théorique de tous les phénomènes que présentent les mines est encore loin d'avoir atteint ce degré de précision qui satisfait les esprits accoutumés à la rigueur des démonstrations d'un grand nombre de

vérités physico-mathématiques : elle repose sur la nature des forces qui se développent par l'inflammation de la poudre et sur la manière dont ces forces agissent sur les terres environnantes. La nature des forces de la poudre enflammée ne peut se déduire que d'hypothèses faites sur son inflammation ; et l'action de ces forces sur les terres dépend de la nature même de ces terres qui est variable à l'infini ; d'où il suit que les effets se diversifient aussi infiniment, et que chaque cas particulier demande une explication particulière : aussi l'expérience est-elle le guide le plus sûr que l'officier mineur puisse suivre lorsqu'il veut appliquer la théorie à l'art.

(Voyez Bélidor, le mémoire du général Marescot et les manuscrits de Mouzé.)

Nous savons par ce que nous avons dit dans la première partie (47) sur l'inflammation de la poudre, que son passage de l'état concret à l'état de fluides élastiques incandescens qui tendent à occuper un espace 15 à 20,000 fois plus grand que l'espace primitif, donne lieu au développement de forces répulsives qui se composent de forces de percussion et de forces de pression : ces forces croissent rapidement, et dans un instant très-court leur action combinée produit l'énergie totale.

Si le phénomène de la combustion se passoit dans le vide, le fluide élastique se répandroit rapidement et occuperoit l'espace que comporte sa nature : mais si des corps environnans contiennent le fluide et résistent fortement à son expansion, alors il agit contre eux en vertu des forces que nous avons définies : l'expérience le démontre par les coups de canon et l'explosion des magasins à poudre ; dans cette circonstance l'air seul résiste à l'action de la poudre ; elle lui communique un mouvement de translation capable de renverser et de briser de forts obstacles, et un mouvement de vibration qui fait résonner les instrumens à cordes placés à de grandes distances.

Pour juger de l'effet d'une mine dans un terrain ordinaire dont les molécules sont adhérentes et qui est compressible, on peut supposer d'abord que le terrain est indéfini dans tous les sens, et examiner ensuite ce qui doit arriver par suite de l'inflammation de la charge. La première couche des terres en contact avec le fourneau sera foulée et comprimée dans tous les sens, tant par les commotions successives que par la force de pression : le mouvement se communiquera de proche en proche aux différentes couches jusqu'à une certaine distance au-delà de laquelle il n'y aura plus de mouvement sensible ; mais il y aura encore un mouvement de vibration qui s'étendra plus loin en raison de l'élasticité du terrain ; c'est ce frémissement que les spectateurs sentent sous leurs pieds et qui inquiète les troupes qui y sont exposées. Ainsi il doit se former autour du fourneau : 1°. une sphère vide dont le petit diamètre, variable et difficile à déterminer, dépend de la compressibilité des terres ; 2°. une sphère dans laquelle les molécules sont remuées ; son diamètre est encore assez difficile à apprécier ; 3°. enfin, une grande sphère qui comprend le mouvement de vibration.

De l'effet d'une mine dans un terrain, indéfini tenace et compressible.

Le général Marescot distingue aussi trois sphères concentriques dans la masse du terrain où l'on a fait jouer un fourneau : 1°. la *sphère d'activité*, qui s'étend depuis le centre du fourneau jusqu'au point où tout effet cesse ; 2°. la *sphère de friabilité*, qui s'étend depuis les parois du fourneau jusqu'aux

(Voyez le mémoire du général Marescot inséré dans le n°. 11 du Journal de l'École Polytechnique.)

limites où les molécules cessent de recevoir un mouvement de translation, et où la ténacité n'est pas détruite ; 3°. la *sphère de rupture* : c'est la partie de la sphère de friabilité où les galeries peuvent être endommagées, les souterrains crevés, les revêtemens renversés, les vides remplis, etc. Les rayons de ces sphères sont difficiles à déterminer ; mais par des expériences bien dirigées .et faites dans divers terrains, on pourra parvenir à la connoissance de la sphère de rupture qui est la plus importante, etc.

Lorsque la ténacité et la compressibilité du terrain ne sont pas assez considérables pour que le rayon de la sphère vide prenne toute l'étendue que comporte l'énergie de la poudre, il se fait des crevasses, des interstices plus ou moins profonds dans lesquels le fluide pénètre et s'étend, etc.

De la supposition d'un plan coupant la sphère d'activité.

Si on suppose que la sphère d'activité soit coupée par un plan qui passe hors de la sphère de friabilité, il n'y aura sur ce plan d'autre effet que la simple vibration des molécules ; cet effet se fait sentir à de grandes distances. Un fourneau enfoncé de 3o décimètres et chargé de 100 livres de poudre, se fait sentir à plus de 200 mètres : on entend un mineur travailler sous terre à la distance de plus de 5o mètres : ces effets varient en raison de l'élasticité des terrains.

Si le plan coupant devient tangent à la sphère de friabilité, l'effet sera encore intérieur : il n'y a sur le plan qu'un ébranlement qui est d'autant plus fort qu'on approche plus près du point de contact ; et les particules qui avoisinent ce point sont seules sollicitées à prendre un peu de mouvement.

Du plan d'explosion et de l'axe d'explosion ; le phénomène est supposé se passer dans le vide.

(Pl. X , fig. 2.)

L'axe d'explosion = H.

Enfin si le plan PP coupe la sphère de friabilité, le phénomène ne se passe plus uniquement dans l'intérieur, il se manifeste au dehors par une explosion : ce plan se nomme alors *plan d'explosion* , et la perpendiculaire SO abaissée du centre des poudres se nomme *axe d'explosion* ou *ligne de m°. r°.* Les molécules placées sur la section ab de la sphère par le plan seront évidemment stationnaires pendant que celles placées dans son intérieur seront lancées hors du plan avec d'autant plus de force qu'elles seront plus voisines de l'axe ; il doit donc se former une gerbe et un entonnoir. Si par la circonférence de rupture ab on fait passer une surface conique qui enveloppe la sphère vide $Qt Ru$, qui est toujours d'un petit rayon, on aura à-peu-près la forme de l'entonnoir : mais à cause de la ténacité des terres et de la compression latérale du fluide élastique, les côtés rectilignes aQ, bR , prendront la figure courbe ayQ, bxR ; ce qui a fait dire que le profil de l'entonnoir étoit une parabole.

Remarque sur la forme de la sphère de friabilité.

Lorsque le terrain est indéfini et à-peu-près homogène, la sphère de friabilité est sphérique ; mais dans le cas d'une explosion le rayon vertical SM qui est au-dessous du fourneau, diminue nécessairement et devient SM' , c'est-à-dire, qu'on a une espèce d'ellipsoïde dont le petit axe est vertical : l'expérience confirme ce point de théorie, etc.

Du rayon de friabilité $Sb = M$; du rayon du cercle de friabilité

On nomme rayon de friabilité la ligne Sb menée du centre des poudres à la circonférence de rupture, et rayon du cercle de friabilité la ligne ob :

la relation de ces lignes et de l'axe d'explosion est donnée par l'équation $M^2 = H^2 + N^2 \ldots$ (1).

$ob = N$; de la relation qui lie ces élémens.

Il faut remarquer que la grandeur de l'entonnoir ne s'étend pas toujours jusqu'à la circonférence de rupture projettée en ab; pour que cela eût lieu, il faudroit que la tenacité et la compressibilité du terrain fussent telles que la calotte dfg, $a'f'b'$, etc. qui s'élève à mesure que l'inflammation se fait, pût atteindre la circonférence de rupture ab, avant qu'il ne se forme des crevasses latérales qui, partant des flancs de la sphère vide, aillent se rendre au plan d'explosion sur une autre circonférence de rupture projettée en dg ou $a'b'$: alors l'entonnoir est $dQuRg$ ou $a'QuRb'$. L'expérience prouve que cela arrive ainsi dans la plupart des terrains.

Réflexions sur la grandeur de l'entonnoir dans les terrains différemment compressibles.

Toutes les fois qu'une mine agit au dehors sur un plan d'explosion, la pression de l'atmosphère s'oppose à la formation de l'entonnoir et en modifie l'ouverture : en effet, aussitôt que le terrain commence à se soulever autour de l'axe et que la calotte se forme, l'atmosphère agit par son poids et s'oppose à la formation de l'entonnoir : cette même pression atmosphérique réagit et répercute avec violence le fluide élastique lorsqu'il tend à s'échapper par les interstices de la circonférence de rupture.

De la considération et de l'influence de la pression de l'atmosphère dans le jeu d'un fourneau de mine.

On considère le poids de l'atmosphère comme équivalant à celui d'une couche de terre ordinaire de 725 centimètres de haut; et pour ramener la question au cas d'une terre ordinaire tenace et compressible, on suppose que cette couche de terre est tenace, mais qu'elle n'a que 362 centimètres (11 pieds) $= \frac{b}{2}$.

La pression de l'atmosphère $= b =$ une couche de terre ordinaire de 725 centimètres de hauteur.

En supposant maintenant que l'explosion de la mine se fait dans l'atmosphère, on considérera le phénomène comme s'il se passoit dans le vide, en remplaçant toutefois la pression de l'air par une couche de terre de 362 centimètres de haut : c'est comme si un nouveau plan d'explosion $P'P'$ coupoit la sphère de friabilité à 362 centimètres au dessus du premier plan d'explosion; et dans ce cas l'entonnoir réel sera $rQRz$: donc l'entonnoir réel sera $rQRz$. La ligne sz menée du centre des poudres au bord de l'entonnoir se nomme, dans la théorie du général Marescot, *rayon d'explosion*.

Du phénomène d'une mine qui fait explosion lorsqu'il se passe dans l'air.

(Fig. 2.)

On voit par ce qui vient d'être exposé sur la formation de l'entonnoir réel, qu'il y a autour de sa surface un solide de révolution engendré par zRb dont les molécules sont fortement remuées, et que si un plan zX aboutit à un point de la couronne zb, il sera culbuté : c'est la raison pour laquelle il faut éloigner les fourneaux des objets qu'on veut conserver, de manière que le bord de l'entonnoir en soit distant d'une quantité suffisante. L'expérience prouve que pour les fourneaux ordinaires la largeur de la couronne peut aller de 20 à 30 décimètres.

Du rayon d'explosion $Sz = R$; du rayon de l'entonnoir $oz = T$.

Conséquence et résultat important.

Pour trouver la relation qui existe entre le rayon effectif, le rayon du cercle de friabilité et le rayon de friabilité, le général Marescot observe que dans le premier instant l'effet dans le vide est le même que dans l'air; par conséquent les masses doivent être égales; c'est-à-dire, que le déblai $aQRb$ est égal au déblai $rQRz$, plus à la pression de la couche fictive qui remplace l'atmosphère : ce qui donne $T^2(H+b) = N^2 H \ldots$ (2).

De la relation qui existe entre le rayon de l'entonnoir et celui du cercle de friabilité.

Cette équation combinée avec l'équation (1) donnera le rayon de friabilité quand on connoîtra le rayon du cercle de l'entonnoir et l'axe d'explosion.

Les rayons de rupture sont compris entre les rayons d'explosion et les rayons de friabilité : ils dépendent de la solidité des objets à détruire, etc. il reste à faire sur cet objet important beaucoup d'expériences : cependant le petit nombre de faits connus paroît indiquer que les rayons de rupture sont en raison directe du rayon d'explosion, de l'élasticité du milieu, et en raison inverse de la tenacité et de la résistance de l'objet, etc.

Les bases de la physique expérimentale des mines sont encore établies sur un trop petit nombre de faits; pour fixer rigoureusement les relations qui existent entre les charges et les élémens dont on vient de parler : le général Marescot, après avoir analysé le plus grand nombre des expériences qui offrent des résultats certains, a trouvé que pour un même milieu on obtenoit un quotient constant et à-peu-près égal à $\frac{1}{14}$, en divisant les charges par le produit du carré du rayon de l'entonnoir multiplié par le rayon d'explosion :

d'où il conclut cette importante relation $\dfrac{F}{T^2 R} = \dfrac{F'}{T'^2 R'} = \dfrac{1}{14}$; et pour l'étendre à tous les milieux, il y introduit en raison directe la tenacité combinée avec la densité et l'inertie, quantité désignée par P, et en raison inverse l'élasticité E : alors on a $\dfrac{F E}{T^2 R P} = \dfrac{F' E'}{T'^2 R' P'} \cdots$ (3).

L'expérience doit prononcer sur E et P relativement aux différens milieux, et ensuite par une seule épreuve bien faite sur un seul terrain, on connoîtra tous les élémens du second membre de cette équation fondamentale. En combinant l'équation (3) avec les équations (1) et (2), on parvient aisément à la solution des questions les plus importantes pour la guerre souterraine.

Nous joindrons ici le tableau des résultats assez bien constatés de 5 expériences très-intéressantes, dans lequel le général Marescot a déterminé par le calcul les élémens que l'expérience n'a pas encore fixés : ainsi, par exemple, tous les rayons de rupture, à l'exception des fourneaux 4 et 5, ne sont pas le produit immédiat des épreuves; ils ont été calculés d'après les hypothèses que les milieux et les objets à rompre étoient semblables : l'examen de ces expériences fera connoître combien il reste de points importans à établir et à fixer avant de pouvoir fonder les bases de la théorie-pratique de l'art de la mine.

Fourneaux.	Charges. F.	Axes d'explosion. H.	Rayons des entonnoirs. T.	Rayons d'explosion. R.	RAYONS DE RUPTURE			Rayons de friabilité. M.	Rayons des cercles friables autour des entonnoirs. N.
					dans le sens horisontal.	dans le sens vertical de haut en bas.	dans le sens vertical de bas en haut.		
Nos. 1	100 livres.	10 pieds.	10 pieds.	14,0 pieds.	17,6 pieds.	» pieds.	Ils sont à-peu-près égaux aux rayons d'explosion.	20,5 pieds.	18,0 pieds.
2	172	12	12	17,0	21,4	»		23,3	20,0
3	410	16	16	22,5	28,4	»		29,7	25,0
4	3600	12	36	38,0	48,0	38,0		62,2	61,0
5	3000	15	53	36,3	48,0	38,0		55,0	52,8

RAPPORTS

Donnés par quelques auteurs, d'après plusieurs expériences, sur la résistance provenant de la tenacité, de la pesanteur, de l'inertie, etc. des milieux vierges. C'est P et P'.

Rapports.

Nos. 1. Terres ordinaires un peu mêlées de gravier.... 1,00

2. Sable fort, tuf, terre mêlée de ces matières.... 1,30

3. Argile forte, terre grasse, maçonnerie récente... 1,40

Rapports.

Nos. 4. Sable mouvant................................ 1,50

5. Maçonnerie vieille et bien faite................ 1,58

6. Pierre de taille, roc......................... 1,75

Enoncés et solutions
de quelques questions
importantes déduites de
la théorie précédente.

La pratique des mines exige la solution de quelques questions importantes sur lesquelles la théorie du général Marescot prononce d'une manière plus satisfaisante et plus conforme aux loix de la nature, que la théorie imparfaite de Belidor, la seule connue jusqu'à présent.

Première question. La position d'un fourneau étant donnée, trouver la charge propre à faire sauter un point placé sur le plan d'explosion?

Le point sur lequel l'action du fourneau doit agir étant placé à l'extrémité du rayon d'explosion, la quantité R est connue ainsi que H; il s'agit donc uniquement de dégager F dans l'équation (3), ce qui donne

$$F = \frac{T^2 R}{14}$$: T et R seront exprimées en pieds, et le poids de la charge sera exprimé en livres.

Seconde question. Trouver le rayon de l'entonnoir que doit produire une charge donnée sous un axe d'explosion déterminé? On a pour cela les deux

équations $R^2 = T^2 + H^2$ et $R = \frac{14 \cdot F}{T^2}$ d'où on tire $\sqrt{T^2 + H^2} = \frac{14\,F}{T^2}$;

équation qui fera connoître T.

Conséquences déduites de la valeur de T et de F.

Il résulte de la valeur de T, que sous un même axe d'explosion les rayons des entonnoirs devroient augmenter ou diminuer indéfiniment comme les charges : ce résultat n'étoit pas connu avant Belidor : mais l'expérience ne peut vérifier ce fait important que jusqu'à une certaine limite variable pour chaque espèce de terrain : il est probable qu'on obtiendroit cette limite par une charge 15 à 20 fois plus forte que celle du fourneau simple. Lorsque la force de la poudre sera très-supérieure aux forces qui composent la résistance du terrain et la pression de l'atmosphère, l'effet sera si prompt, que l'action latérale de la poudre n'aura pas le tems de concourir à l'évasement supérieur de l'entonnoir, et il restera constamment le même quelle que soit l'augmentation de la charge.

Il résulte des valeurs de F, que les charges sont proportionnelles aux produits du carré du rayon de l'entonnoir par le rayon d'explosion : on avoit pensé jusqu'alors qu'elles étoient simplement comme les carrés des rayons de l'entonnoir.

Du rapport des charges lorsque $H = T$.

S'il s'agit de fourneaux simples, c'est-à-dire, si $H = T$, on aura

$$F = H^3 \times \frac{\sqrt{2}}{14}. \text{ Ou } F = \frac{H^3}{10}$$ à-peu-près : ainsi lorsque les rayons des entonnoirs sont égaux aux axes d'explosion, les charges sont proportionnelles aux cubes de ces mêmes lignes ou aux cubes des rayons d'explosion, les solides étant semblables.

Troisième question. Les charges étant égales, trouver pour un même terrain les rapports des rayons des entonnoirs : l'équation (3) donne $T : T' :: \sqrt{R'} : \sqrt{R}$. C'est-à-dire, que les rayons des entonnoirs sont en raison inverse des racines carrées des rayons d'explosion. Il suit de ce dernier rapport que lorsque les axes d'explosion augmentent, les rayons des entonnoirs diminuent ; mais il ne faut pas conclure de là qu'il se formera toujours un entonnoir; car lorsque la force expansive de la poudre ne pourra vaincre les forces résistantes, l'effet se réduira à une compression intérieure ou à la formation de la calotte extérieure autour de l'axe d'explosion : effet qui sera proportionnel à la charge.

Conséquence et remarque.

Il est vraisemblable que des expériences bien faites et assez diversifiées feront connoître que l'effort exercé par un fourneau sur un point placé dans la sphère d'activité, est en raison directe de la charge et de l'élasticité du milieu, et en raison inverse de la tenacité et du cube de la distance de ce point au centre des poudres, etc.

De l'effet exercé par l'action d'un fourneau sur un point placé dans la sphère d'activité.

Telles sont les bases principales sur lesquelles repose la théorie des mines; elle ne peut sortir de l'état d'imperfection où elle est encore, que par un système complet d'expériences proposées et dirigées par un habile officier de mineurs, qui, comme M. Mouzé, soit versé dans la théorie et consommé dans la pratique, et qui ait comme lui, des connoissances étendues en fortification et dans les autres parties de l'art militaire.

SECTION II.

Application de la théorie expérimentale de l'art de la mine à la défense et à l'attaque des places ; de la guerre souterraine.

170. L'art de la mine appliqué à la défense et à l'attaque des places repose sur les principes généraux qui ont été déduits de la théorie expérimentale que nous venons d'exposer. Cet art doit être pour l'assiégeant un moyen violent de renverser tous les obstacles que lui présentent les défenses de toute espèce; et pour l'assiégé un système combiné à l'avance, qui le porte à son gré sous les travaux à ciel ouvert de l'assiégeant, pour y établir des fourneaux qui les culbutent et les détruisent.

170. Considérations générales.

Les mines défensives consistent à faire sous les dehors d'une place, et dans l'intérieur des ouvrages de fortification, des dispositions telles que d'un moment à l'autre on puisse établir des fourneaux pour faire sauter les établissemens de l'assiégeant et le forcer à faire une guerre souterraine.

Des mines défensives et de leur objet.

Les mines offensives consistent dans tous les travaux souterrains et fourneaux que l'assiégeant fait pour détruire; 1°. les mines défensives; 2°. pour renverser les contrescarpes et les escarpes.

Des mines offensives et de leur objet.

Il suit de là que les mines défensives doivent en général produire des effets modérés et souvent peu sensibles à l'extérieur; pendant que les mines offensives doivent porter leurs effets le plus loin possible, soit pour détruire

Conséquences.

les mines défensives par de fortes commotions intérieures, et pour faire de grands entonnoirs ; soit pour exécuter les passages de fossé et les brèches.

171. Des galeries, des rameaux et des puits relatifs aux mines.
(Pl. X, fig. 9.)

171. C'est au moyen de communications souterraines que l'on se transporte aux différens points où on veut établir des fourneaux : elles portent les noms de *galeries*, de *rameaux* et de *puits*.

On distingue quatre espèces de galeries ou rameaux, eu égard à leurs dimensions.

1°. Les grandes galeries de 20 dt. de hauteur sur 12 dt. de largeur ;
2°. Les demi-galeries de 14 sur 10 ;
3°. Les grands rameaux de 10 sur 8 ;
4°. Les rameaux ordinaires de 8 sur 7.

De la construction des galeries, des rameaux et des puits.

Les galeries se construisent ou en maçonnerie ou en bois ; les rameaux et les puits se construisent toujours en bois ; à moins que les puits ne soient des espèces d'évents destinés à procurer des courans d'air dans les galeries permanentes.

Les constructions en bois nécessitent l'emploi de pièces de bois de divers échantillons ; ce sont de petites solives ou gros gîtes destinés aux cadres de puits et aux chassis, des madriers pour le ciel des galeries et rameaux, et des planches pour les coffrages des puits et des galeries : la grosseur de ces pièces de bois varie un peu à raison des dimensions des puits et des galeries, et même de la bonne ou mauvaise qualité du terrain. On distingue deux espèces de cadres de puits, celui à oreilles et le cadre ordinaire ; nous n'entrerons dans aucun détail sur la manière dont on exécute un puits et une galerie : ces procédés de construction sont simples et donnés avec la plus grande clarté dans les mémoires et ouvrages militaires de plusieurs officiers dont on ne sauroit trop recommander la lecture aux jeunes gens. Nous

(Consultez les Mémoires de Delorme, de Mouzé et les ouvrages d'Etienne et de Bousmard.)

dirons seulement que lorsque la profondeur du terrain n'est pas trop considérable, et qu'il est question sur-tout de galeries en maçonnerie, il est préférable de travailler à ciel ouvert pour s'épargner la construction des puits et des galeries en bois, dont l'établissement préalable est nécessaire avant de commencer les travaux en maçonnerie : il ne faut se décider à employer la marche souterraine que lorsque la profondeur exigeroit des déblais trop considérables.

On donne ordinairement aux pieds-droits des galeries en maçonnerie et voûtées à plein cintre, une épaisseur égale au rayon du cintre de l'intrados, c'est-à-dire, environ 7 décimètres, etc.

(Pl. X, fig. 9.)

On fait dans les galeries en maçonnerie des préparations relatives à leur défense pied à pied ; ce sont des retranchemens propres à recevoir des portes rembourrées et crénelées qui arrêtent le mineur ennemi ; des coulisses de 2 décimètres en carré pour barricader et isoler les parties que l'on veut abandonner ; enfin, on peut y faire des puits que l'on recouvre de madriers faciles à enlever, etc.

172. Lorsqu'on veut aller établir un fourneau sous un point donné et à une profondeur donnée, on part d'une galerie ou d'un puits pour diriger un rameau vers le point qui doit occuper le centre des poudres; mais au lieu de prendre rigoureusement cette direction, on biaise à droite ou à gauche, de façon que la ligne de milieu du rameau passe à 15 décimètres du point; puis on fait un retour d'équerre au bout duquel on construit la chambre de la mine : ce procédé s'exécute afin d'arc-bouter plus aisément et plus solidement la chambre de la mine.

La chambre de la mine est l'espace qu'on déblaie au bout du rameau pour y loger les poudres : on peut le faire plus spacieux que ne le comporte le volume des poudres, puisque la théorie enseigne que ce vide augmente l'effet. Lorsqu'on place les poudres dans la chambre sans les enfermer dans une caisse particulière, il faut faire le coffrage, le ciel et le plancher de la chambre avec beaucoup de soin, et entourer les poudres de paille ou de foin pour les préserver de l'humidité.

Le plus souvent on place dans la chambre de la mine une caisse ou un coffre dans lequel on vide les sacs de poudre : cette caisse devroit avoir la forme sphérique pour être le plus conforme à la loi de l'inflammation qui se propage du centre à la surface; mais dans la pratique elle a la forme cubique. Pour déterminer sa capacité et par conséquent son côté, il faut savoir que 10 décimètres cubes de poudre pèsent environ 100 hectogrammes, ou ce qui revient au même, que 75 livres de poudre occupent un pied cube : cela posé, si on divise la charge exprimée en hectogrammes par 10, et qu'on extraie la racine cubique, on aura le côté de la caisse.

Nous avons vu dans la théorie, que le bourrage du rameau de la mine est important, et qu'il doit être fait sur une longueur double, au moins, de la ligne de m°. r°.

Lorsque les poudres sont placées, on ferme la porte de la chambre avec de forts madriers arc-boutés contre les montans des chassis du rameau en retour; puis on bourre le rameau avec des sacs à terre fortement pressés les uns contre les autres, observant de traverser le bourrage de 2 mètres en 2 mètres par des pièces de bois appuyées et serrées contre les montans des chassis : quand on est à l'extrémité du bourrage on le ferme par des madriers arc-boutés fortement, soit contre le pied-droit d'une galerie, soit par des arc-boutans fichés en terre.

La communication avec les poudres se fait au moyen du *saucisson* : c'est un long sachet de toile rempli de poudre, dont un bout se fixe au centre des poudres et court le long du rameau; l'autre débouche dans la galerie dans laquelle il continue de régner si on le juge convenable. On donnoit autrefois au saucisson 7 à 8 centimètres de diamètre; mais il suffit qu'il ait 12 à 15 millimètres afin de diminuer les vapeurs suffocantes qui, en se répandant dans les galeries les empoisonnent pour longtems.

Pour conserver le saucisson et afin qu'il ne soit pas endommagé par le bourrage, on l'enferme dans un *auget* fait de planches de sapin et qu'on cloue contre les montans des chassis du rameau.

2.

28

De la manière dont on transmet le feu aux poudres d'un fourneau ; du moine et de la planchette.

Pour transmettre le feu aux poudres d'un fourneau , il suffiroit de prolonger suffisamment le saucisson ; mais comme ce moyen empoisonneroit les galeries , on termine le saucisson à l'extrémité du bourrage et on met le feu à ce point ; de cette manière il n'entre de fumée dans les galeries que celle qui est refoulée dans l'auget par l'effet de l'explosion. Comme il seroit très-dangereux pour un mineur d'appliquer le feu directement à l'extrémité du bourrage, on a recours à l'expédient du moine ou de la planchette : le moine est un morceau d'amadou de 2 à 3 centimètres de long sur un de large , dont une des extrémités , fixée sur la feuille de papier qui recouvre l'amorce de l'extrémité du saucisson , y met le feu. On connoît l'instant où le moine mettra le feu à la mine, par celui que le morceau d'amadou égal et semblable au moine , et allumé en même tems que lui, met à brûler ; ce dernier morceau d'amadou se nomme *témoin*.

La planchette est un moyen plus certain de mettre le feu aux poudres ; il consiste en une boîte sans fond ni couvercle : cette boîte est garnie de rainures horisontales dans lesquelles joue une tablette garnie d'un anneau et qui peut sortir librement des rainures sans entraîner la boîte. Pour faire usage de cette machine , le mineur allume une pelotte faite de bonne mèche et va la .placer sur le tiroir ; il couvre le pulverin avec la boîte sur laquelle il met un fort madrier pour lui donner de la fixité et empêcher la pelotte de sauter au dehors : il attache à l'anneau du tiroir une ficelle bien détordue et longue de trois ou quatre fois la ligne de m°. r°. : cette ficelle est soutenue par de petits supports ou des crochets attachés sur les montans du rameau : en tirant le cordeau , la planchette sort de la boîte et la mèche enflammée tombe sur le pulverin.

Du moyen de la souris pour porter le feu aux poudres et diminuer l'inconvénient de la fumée.

La plus grande difficulté qu'on rencontre dans la pratique des mines est occasionnée par la fumée qui , par l'effet de l'explosion, se tamise au travers du bourrage des rameaux , se répand dans les galeries , y asphyxie les mineurs. Il arrive que le mineur ennemi a le tems de fouiller l'entonnoir et le rameau et de parvenir à la galerie avant qu'elle soit devenue habitable. Plusieurs habiles mineurs ont cherché les moyens de se parer de cet inconvénient , et plusieurs expériences ont été faites à ce sujet : comme elles n'ont donné aucun résultat bien satisfaisant, on est réduit , quant à présent , à employer la *souris* ; moyen assez ingénieux de porter le feu aux poudres sans se servir de saucisson, dont la fumée se répand par l'auget dans les galeries.

La souris consiste dans une pelotte de mèche enflammée que l'on porte dans les poudres de la charge à travers le bourrage du rameau : cette pelotte de mèche est attachée à une chaînette d'une longueur très-petite ; cette chaînette est elle-même attachée à un cordeau bien détordu et très-flexible. Pour faire mouvoir la souris on place un auget bien uni intérieurement contre chaque montant du rameau , et ces deux augets sont réunis à la hauteur des poudres par une portion d'auget demi-circulaire : un bout de saucisson part du centre des poudres et entre dans l'auget demi-circulaire. Quand les augets sont placés et l'amorce mise , on met dans l'auget le cordeau de la souris qui s'applique contre les parois intérieures et on fait le bourrage : lorsqu'il est question de mettre le feu à la mine, on attache la chaînette de la souris au cordeau et on tire ce cordeau par l'autre extrémité ; la souris entre dans l'auget, le parcourt avec facilité et dans un instant arrive aux poudres : aussitôt que la mine a joué, le mineur va boucher les orifices de l'auget de peur qu'un peu de fumée ne soit répercutée, etc. Ce moyen n'a d'autre désavantage que d'obliger à se pourvoir d'augets assez bien préparés pour que la souris n'éprouve aucun obstacle dans sa marche.

173. L'exécution de la guerre souterraine repose sur l'art de disposer et de distribuer les fourneaux, pour agir par leurs effets extérieurs sur la surface du terrain où l'assiégeant doit cheminer et établir ses batteries, et le forcer par ce moyen à s'enfouir dans la terre et à cheminer souterrainement pour aller détruire les travaux de l'assiégé et combattre ses mineurs.

173. De la disposition et de la distribution des fourneaux pour l'exécution de la guerre souterraine.

Dans cette lutte où tout est disposé pour l'avantage de l'assiégé, les deux parties belligérantes peuvent employer les *fourneaux simples* et les *fourneaux surchargés* : les premiers sont l'arme qui convient à l'attitude défensive : 1°. parce que leurs effets extérieurs, suffisamment prononcés, ne produisent pas des entonnoirs trop profonds; 2°. parce qu'on peut les disposer de manière à ne pas nuire aux autres parties de la fortification; 3°. parce qu'ils consomment moins de poudre : mais les fourneaux surchargés sont l'arme de l'attitude offensive; ils atteignent de plus loin, font de vastes entonnoirs, et produisent de fortes commotions intérieures capables de renverser des pieds-droits de galerie, de rameaux, etc., à la distance de six fois l'axe d'explosion : c'est même par leurs effets qu'on renverse les contrescarpes dans les fossés, ainsi que les escarpes.

On distingue aussi dans l'art de la mine appliqué à la défense et à l'attaque, la *fougasse* et le *camouflet*, des fourneaux simples et des fourneaux surchargés. Les fougasses sont de petites mines peu enfoncées, dont la ligne de m. r. est de 18 à 20 décimètres seulement : on les emploie pour la défense des gros postes de guerre et en avant du front attaqué d'une place forte qui n'a pas de galeries défensives permanentes : mais il faut avoir le tems et les moyens de préparer ce genre de défense depuis l'ouverture de la tranchée jusqu'à l'arrivée de l'assiégeant au pied du glacis : les mines offensives exécutées par l'assiégeant ne sont que des espèces de fougasses plus ou moins surchargées.

Des fougasses et du camouflet.

(Voyez le Traité des mines, par le maréchal de Vauban, édition de Foissac.)

Pour établir une fougasse on s'enfonce par un puits ordinaire jusqu'à la profondeur nécessaire, et sur un des côtés du puits on pratique la chambre de la fougasse propre à recevoir la caisse des poudres : sur cette caisse on ajuste l'auget goudronné contenant le saucisson : cet auget va déboucher ou dans le chemin couvert, ou dans le fossé, ou dans l'intérieur de l'ouvrage par le moyen d'une rigole de 8 à 10 décimètres de profondeur au fond de laquelle il est établi. Comme la résistance du terrain est diminuée par la construction du puits, il faut arc-bouter, étrésillonner fortement la chambre de la fougasse et bourrer le rameau avec le plus grand soin.

Des fougasses à bom-
bes.

Les fougasses peuvent être chargées avec des bombes remplies de poudre , et ce moyen ingénieux peut se varier de beaucoup de manières : lorsqu'on ne met qu'une seule bombe pour charger la fougasse, la bombe est la meilleure des caisses ou boîtes; mais lorsqu'on veut combiner les effets simultanés de plusieurs bombes, il faut les enfermer dans une caisse à double fond : la case supérieure contient les bombes dont les fusées passent dans des trous pratiqués dans la séparation, la case inférieure contient l'amorce où débouche le saucisson; ou peut même la remplir de poudre pour obtenir une surcharge : souvent même cette case inférieure contient la charge complette , et les bombes ne contiennent que celle propre à les faire éclater.

Pour apprécier les effet des fougasses à bombes, l'arme de l'artillerie a constaté la quantité de poudre contenue dans chaque espèce de bombe.

Une bombe de 8 pouces pèse environ 43 livres; il faut 4 liv. de poudre pour la remplir, et une livre suffit pour la faire éclater.

Une bombe de 10 pouces pèse environ 100 livres, elle contient 10 liv. de poudre, et 3 liv. la font éclater.

Une bombe de 12 pouces pèse 148 liv.; elle contient 17 liv. de poudre, et 5 suffisent pour la faire éclater.

Enfin , la bombe de 18 pouces, appelée *comminge*, pèse à-peu-près 530 livres; elle contient 40 livres de poudre, et 13 la font éclater.

D'après ces données il est facile de calculer les effets d'une fougasse à bombes , soit simple soit composée. La fougasse chargée avec une seule comminge peut avoir pour ligne de m°. r°. 18 à 20 décimètres environ , et produire un entonnoir de 40 décimètres environ.

De l'usage du camou-
flet.

Le *camouflet* est une petite fougasse exécutée promptement pour agir contre le travail du mineur ennemi que l'on a entendu travailler, l'étouffer et empoisonner son rameau : on se sert aussi du camouflet pour agir contre les parois de l'entonnoir d'un fourneau qui a joué et que l'ennemi s'empresse de couronner et de fouiller : mais pour avoir le tems d'établir le camouflet , il est souvent nécessaire de faire une sortie pour aller jetter dans l'entonnoir des bombes chargées et dont les fusées doivent durer un certain tems.

Des dispositions de
fourneaux à plusieurs
étages.

Les dispositifs de fourneaux se font sur un, sur deux et même sur trois plans imaginés dans la masse du terrain parallélement à la surface d'explosion que l'on suppose plane : ces dispositions particulières sur chaque plan prennent le nom de premier , deuxième et troisième étages : on communique à chaque étage de fourneaux par des galeries ou grands rameaux convenablement disposés. La manière de tracer les centres des fourneaux sur chaque plan d'étage, dépend de l'objet qu'on veut remplir : tantôt c'est un grand espace de terrain qu'on veut bouleverser entièrement et tout d'un coup , comme, par exemple, le terrain occupé par une portion circulaire ou par une grande batterie; tantôt on ne veut culbuter le terrain que par parties et par des explosions successives , comme lorsqu'il s'agit de ruiner une batterie médiocre, un cavalier de tranchée, etc. ; souvent c'est un point qu'on veut culbuter plusieurs fois, comme un cavalier de tranchée, une tête de sappe, etc. , enfin, c'est une ligne occupée par une portion de parallèle, un couronnement de chemin couvert, etc., qu'on veut enlever.

On obtient ces divers résultats par les effets des *fourneaux accolés* et des *fourneaux isolés* disposés sur un même plan d'étage, et par leur combinaison dans les divers étages.

On appelle *fourneaux accolés* ceux qui étant placés sur un même plan sont à une distance telle que leurs entonnoirs se pénètrent; de sorte que ces fourneaux en jouant simultanément, enlèvent un onglet commun à leurs entonnoirs : ordinairement les fourneaux accolés sont distans les uns des autres d'une quantité égale à l'axe d'explosion; ainsi si les fourneaux accolés *F* et *F'* (fig. 3) jouent ensemble, ils enlèveront l'onglet commun *M o M'* et la surface projettée en *MP* : la configuration du terrain après l'explosion est profilée à-peu-près en *abcde*; mais si on fait jouer les fourneaux l'un après l'autre, *F'* après *F* (fig 4), on voit que la ligne de m°. r°. de *F'* sera *F'P* et non la perpendiculaire sur le plan d'explosion : son effet se dirigera donc latéralement contre le premier entonnoir, et le fourneau *F'* ne pourra être considéré que comme une espèce de fougasse ou de camouflet : l'effet, après la première explosion, est profilé à-peu-près suivant *abcdef*, et celui après les deux explosions l'est suivant *ghklmaf*.

Les fourneaux accolés à la distance de l'axe d'explosion ne peuvent pas agir séparément sans de grandes précautions dans la construction de leurs rameaux et de leur bourrage; il faudroit même, pour y réussir, diminuer la charge ordinaire : pour être certain que la commotion intérieure produite par l'explosion d'un fourneau, n'endommage pas les fourneaux voisins et leurs rameaux, il faut que leurs distances respectives soient au moins d'une fois et demie l'axe d'explosion; et pour être dans la pratique à l'abri de tout événement, on adopte pour règle générale que ces distances doivent être doubles de la ligne de m°. r°. On nomme *fourneaux isolés* ceux qui sont disposés d'après ce principe sur chaque plan d'étage.

On voit que tant que les fourneaux sont accolés, ils enlèvent en même tems un onglet commun qui résulte de la pénétration des deux entonnoirs que l'on suppose des cônes droits tronqués : si donc on chargeoit ces fourneaux comme s'ils n'étoient pas combinés, ils seroient inutilement surchargés : il convient par conséquent de diminuer leurs charges relativement au volume de l'onglet commun : on calcule, soit par les règles de la géométrie ordinaire, soit par la géométrie descriptive, le volume de l'onglet; et la moitié de la charge relative à ce volume fait connoître la quantité dont il faut diminuer la charge ordinaire. Lorsque les fourneaux sont isolés, il n'y a aucune réduction à faire dans les charges.

Les fourneaux accolés peuvent se disposer sur une figure quelconque tracée sur le plan de l'étage; la seule condition pour que leur jeu soit efficace, consiste dans le *compassement des feux*; c'est-à-dire, qu'il faut que le développement du saucisson qui va du foyer commun à chaque fourneau

Des fourneaux accolés et des fourneaux isolés disposés sur un seul plan d'étage. (Pl. X, fig. 3, 4 et 5.)

Remarque sur la difficulté de faire agir les fourneaux accolés séparément.

Remarque sur la charge des fourneaux accolés.

De la seule condition à remplir pour faire jouer une disposition quelconque de fourneaux accolés.

(Fig. 6.)

soit exactement le même. Ainsi, par exemple, si du foyer S (fig. 6) on veut porter le feu au même instant aux quatre fourneaux F, on peut employer un double auget $sxyz$ qui donnera un développement de saucisson égal à Sr.

Application des four-
neaux accolés pour faire
sauter une partie de sur-
face occupée par une
batterie ou un logement.
(Fig. 6.)

Pour faire une application de fourneaux accolés ; supposons que le point C soit le centre d'une batterie de l'assiégeant de quatre pièces : en enlevant le terrain autour du point C, à 45 décimètres de distance dans tous les sens, la batterie sera mise absolument hors de service, les pièces enterrées , etc. Cet effet peut être obtenu par les quatre fourneaux accolés F, mis aux angles d'un carré dont le côté est de 5o décimètres ; la ligne de m^c. r^c. est supposée de 5o décimètres : on voit par les projections des entonnoirs, que les deux pièces du centre seront enlevées et les deux extrêmes enterrées ; que le terrain compris dans la courbe $abcdefgha$ sera tellement remué que l'ennemi sera obligé d'y transporter de nouvelles terres pour reconstruire la batterie, etc.

Réflexion sur l'usage
des fourneaux accolés.

Autrefois on faisoit un grand usage des fourneaux accolés considérés comme mines défensives ; mais maintenant on les emploie seulement pour renverser des escarpes sur une grande longueur, et pour former des entonnoirs profonds et continus sur des points où il seroit dangereux d'attendre que l'assiégeant fût établi pour agir contre ses travaux à ciel ouvert.

De l'avantage des four-
neaux isolés sur les fourneaux accolés.

Pour faire sentir la supériorité des fourneaux isolés sur les fourneaux accolés , supposons que les quatre fourneaux F de la fig. 6 soient isolés : on pourra commencer par faire jouer une fougasse placée au centre C, puis on fera jouer chaque fourneau séparément ; et par les dommages que chaque fourneau fera essuyer à la batterie, elle sera mise hors de service pendant quatre fois de suite ; ce qui fait voir que l'assiégeant éprouvera une plus grande perte de tems que dans le premier cas.

De la disposition et
combinaison des four-
neaux isolés sur un
même plan d'étage.

On peut combiner d'une infinité de manières les fourneaux isolés sur un même plan , soit pour faire sauter plusieurs fois un même point de la surface d'explosion, soit pour enlever successivement toutes les différentes parties d'une ligne, soit enfin pour bouleverser un terrain sur lequel l'ennemi est forcé d'établir des batteries, etc.

De la disposition et
combinaison des four-
neaux isolés sur trois
plans d'étage.

La défense par le jeu de fourneaux situés et combinés dans différens plans d'étage se borne ordinairement à trois étages ; et la profondeur comprise entre le troisième plan et le plan d'explosion est d'environ 80 décimètres : souvent on se borne à deux plans et à une profondeur d'environ 5o décimètres.

De la manière de faire
sauter plusieurs fois
l'espace situé autour
d'un point considéré
comme le centre d'une
batterie ou d'un cava-
lier ou d'une portion de
parallèle, par des four-
neaux disposés sur trois
étages.

Après avoir indiqué comment on pouvoit placer convenablement des fourneaux sur un seul plan d'étage, pour agir plusieurs fois de suite sur le terrain placé autour d'un point C du plan d'explosion PP, nous allons faire voir comment, en disposant des fourneaux sur trois étages, on peut les isoler et les combiner de manière à faire autour du point C des explosions dont chacune suffira pour épouvanter les troupes et les travailleurs, et endommager les travaux extérieurs de l'attaque : nous supposerons qu'on peut s'enfoncer dans le terrain d'environ 80 décimètres. Le plan du premier étage passera à 3o décimètres au dessous du plan d'explosion PP, et sur ce plan on disposera les quatre fourneaux isolés M, M, M, M situés sur les arêtes d'une pyramide rectangulaire à son sommet C. Pour disposer les fourneaux du second étage, on les place sur les lignes de milieu CN des faces de la pyramide en isolant des fourneaux M du premier étage; et comme ils sont en contre-bas des premiers, il suffira de les éloigner d'une fois et demie la ligne de m^e. r^e. $SC = 3$o décimètres : pour avoir leurs projections verticale et horisontale, on rabattra sur le plan vertical de projection la face COO de la pyramide en la faisant tourner autour de sa projection verticale CO ; les fourneaux M prendront la position M' : de ces derniers points avec un rayon $= 45$ décimètres, ou une fois et demie la ligne de m^e. r^e., on coupera en N la ligne CO ; par le point N on menera $u'u'$ parallèle à uu et ce sera la trace du plan du second étage dont la ligne de m^e. r^e. SC sera égale à 5o,^{dt}4. Les fourneaux du second étage ainsi projettés en N, ceux du troisième seront placés sur les arêtes de la pyramide et éloignés d'eux d'une fois et demie leur ligne de m^e. r^e.; c'est-à-dire, de 75,^{dt}6 environ : pour en avoir les projections, on fait passer par les points C et M' du plan rabattu la droite CM' qui est la position de l'arête, et du point N on la recoupe en O'' par le rayon $NO' = 75$,^{dt}6 ; puis on relève le point O' en O et ce dernier point sera la projection verticale du fourneau du troisième étage ; la ligne $u''u''$ parallèle à la trace du plan d'explosion donne la trace du plan du troisième étage.

De la manière dont on procède au jeu des fourneaux.

Les fourneaux étant isolés sur chaque plan d'étage et par rapport aux divers étages, on doit les faire jouer successivement; et quand les fourneaux d'un étage sont épuisés on passe à ceux de l'étage inférieur et ainsi de suite. Il seroit bon de commencer par ébranler le terrain autour du point C par une fougasse qui n'endommageât pas les fourneaux M du premier étage. Après l'effet total de tous les fourneaux, composé de 12 explosions successives, le terrain autour du point C sera totalement bouleversé sur un carré d'environ 28 mètres de côté.

Remarque sur la charge des fourneaux des second et troisième étages.

Il est à remarquer que relativement à la charge des fourneaux des second et troisième étages, il ne faut pas calculer les charges d'après les lignes de m^e. r^e. données par le tracé ou le calcul ; il faut les diminuer d'une certaine quantité à cause du terrain bouleversé et de sa tenacité détruite par les fourneaux des étages supérieurs : ainsi les fourneaux N ne devront pas être chargés d'après la ligne de m^e. r^e. CQ, mais d'après une ligne de m^e. r^e. $= SQ + \frac{1}{2} CS = 20$,^{dt}4 $+ 15 = 35$,^{dt}4 à-peu-près : de même les fourneaux O seront chargés d'après une ligne de m^e. r^e. $= RQ + \frac{1}{2} CQ = 20$,^{dt}1 $+ 25$,^{dt}2 $= 45$,^{dt}3 à-peu-près.

De la disposition des fourneaux pour faire sauter plusieurs fois le terrain en avant de la crête d'un glacis sans endommager cette crête.

Lorsqu'il est question de faire sauter le terrain en avant de la crête P du glacis PP' sans l'endommager, il faut se rappeler que le terrain autour de la circonférence de l'entonnoir est fortement remué et qu'il faut par conséquent éloigner suffisamment de la crête P la ligne C qui doit limiter les effets de tous les fourneaux, et la tracer au moins à 5 ou 6 mètres :

(Fig. 7.)

(Fig. 8.)

par la ligne C on menera le plan CV faisant l'angle de 45 degrés avec le plan d'explosion CP; on rabattra ce dernier plan en CKV, et sur ce plan rabattu on fera la disposition sur les deux ou trois plans d'étage, comme dans le cas précédent.

Il faut remarquer sur les deux dispositions précédentes que la dernière est moins avantageuse que la première, en ce que les fourneaux qui doivent agir les derniers sont les plus avancés vers la campagne et plus en prise par conséquent aux mines offensives; pendant que le contraire a lieu dans la première disposition où les fourneaux du premier étage sont plus avancés que ceux du second, et ceux du second que ceux du troisième; ce qui est conforme aux règles de la défense.

Remarque sur la disposition et le tracé des fourneaux surchargés.

Lorsque les fourneaux surchargés entrent dans l'ordonnance d'un système défensif, il faut déterminer, d'après le rapport du rayon de l'entonnoir et de l'axe d'explosion, l'inclinaison du plan sur lequel on doit faire le tracé des centres des fourneaux : ces fourneaux, s'ils sont isolés, doivent être distans d'une quantité égale au rayon de friabilité, c'est-à-dire, de deux fois et demie au moins l'axe d'explosion : mais le plus souvent ces fourneaux sont accolés et destinés à jouer simultanément. Dans la disposition et la combinaison des fourneaux on doit avoir égard, dans la pratique, à la qualité du terrain et faire plusieurs essais pour constater la distance à laquelle on peut approcher les fourneaux et les rameaux les uns des autres; et la quantité de bourrage nécessaire pour assurer l'effet complet des fourneaux.

174. De la disposition et définition des communications souterraines relatives à l'exécution de la guerre souterraine.
(Pl. X, fig. 10.)

174. La guerre souterraine (170), en reposant sur l'exécution prompte et rapide des fourneaux convenablement disposés, requiert un établissement de galeries, de demi-galeries et de rameaux, dont les dispositions et le tracé composent ce qu'on nomme un *système de mines défensives*. Cette partie de la guerre souterraine a exercé depuis longtems la sagacité de plusieurs officiers distingués. Les galeries que nous avons décrites (171) et qui entrent dans l'ordonnance d'un système de mines défensives appelées autrefois *contre-mines*, prennent diverses dénominations selon leur objet, leur position à l'égard de la fortification et leur position respective.

Des galeries majeures ou d'escarpe.

Les galeries qui sont dans l'intérieur d'un ouvrage et sous son terre-plein portoient autrefois le nom de *galeries majeures*, on les nomme maintenant *galeries d'escarpe* : elles sont disposées ordinairement parallèlement aux faces, et relatives aux fourneaux portés sous les fossés et sous les brèches.

De la galerie magistrale ou de contrescarpe; de sa position, etc.

La *galerie magistrale* nommée actuellement *galerie de contrescarpe* est adossée au parement intérieur de la contrescarpe avec plusieurs débouchés dans le fossé : plusieurs auteurs ont proposé de la détacher de la contrescarpe et de la porter sous la banquette du chemin couvert, etc.

Des galeries d'enveloppe.

Les *galeries d'enveloppe* sont celles qui, dans plusieurs systèmes, courent sous les glacis parallèlement aux faces et aux branches du chemin couvert, à une certaine distance de la crête du glacis; elles sont quelquefois au nombre de deux.

Les *galeries de communication* sont celles qui vont de la magistrale aux enveloppes et d'une enveloppe à l'autre.

On appelle *galeries transversales* celles, qui lient entre elles les galeries longitudinales, qui remplacent les galeries de communication dans les systêmes où les enveloppes ne sont pas employées.

Les *galeries d'écoute* sont des galeries longitudinales qui vont de la magistrale, des transversales ou des enveloppes vers la campagne, suivant de certaines directions.

On nommoit autrefois *systêmes de contre-mines* ce qu'on nomme maintenant *systêmes de mines défensives :* ils consistent dans les combinaisons plus ou moins avantageuses que l'ingénieur-mineur peut faire des différentes espèces de galeries pour organiser la guerre souterraine d'un front d'attaque.

On a discuté longtems pour savoir s'il convenoit d'établir pendant la paix les galeries principales qui entrent dans l'ordonnance d'un systême : si cela se fait, ont dit les uns, les ennemis en auront connoissance et conduiront leurs attaques en conséquence, etc. ; ceux d'une opinion contraire ont allégué l'impossibilité de faire d'aussi grands travaux souterrains au moment où une place est menacée et même pendant la guerre : tous les militaires ingénieurs et mineurs sont d'accord maintenant sur la nécessité d'établir les principales galeries d'une manière permanente et de les construire dans les places neuves en même tems que les autres parties de la fortification.

La fortification souterraine est évidemment une dépendance de la fortification extérieure ; elle est un des principaux moyens accessoires qui peuvent l'élever à un haut degré de résistance : c'est un obstacle terrible que l'assiégeant doit vaincre avant de parvenir au couronnement et à la prise du chemin couvert.

L'organisation de la fortification souterraine se déduit, comme celle de la fortification extérieure, des moyens d'attaque que l'assiégeant peut employer : ces moyens consistent : 1°. dans les tranchées et les batteries dont la marche et le tracé peuvent se modifier jusqu'à un certain point ; 2°. dans l'usage des mines surchargées ou globes de compression qui sont de véritables contre-mines avec lesquelles l'assiégeant peut avec du tems et de la constance détruire les fourneaux, les rameaux et même les galeries défensives.

Les travaux relatifs à la guerre souterraine ne sont pas de nature à être trop éloignés de la fortification : 1°. parce qu'il seroit difficile d'établir dans des galeries d'un trop grand développement une circulation d'air nécessaire aux manœuvres de la tactique souterraine ; 2°. parce qu'au-delà de la troisième parallèle la position des travaux de l'attaque est si incertaine qu'on ne peut espérer de les atteindre par le jeu des fourneaux, et que l'assiégeant a toutes sortes de facilités pour les anéantir. Mais, il n'en est pas ainsi pendant la période de la défense rapprochée : alors les travaux de l'attaque sont resserrés ; sa marche est devenue plus lente et plus circonspecte ; les formes des ouvrages sont plus complexes, et leur position est préjugée d'une

Des galeries de communication.

Des galeries transversales.

Des galeries d'écoute.

Définition des systêmes de mines défensives.

De la nécessité des galeries permanentes pour organiser une guerre souterraine.

De la relation de la fortification souterraine avec la fortification extérieure.

De la considération des procédés de l'attaque dans l'organisation de la fortification souterraine.

De l'emplacement le plus propre à la guerre souterraine.

2.   29

manière assez certaine pour espérer de bien placer les fourneaux , etc. Il suit de ces considérations que l'action de la guerre souterraine ne doit pas se porter au-delà des glacis : c'est aussi le sentiment des plus habiles ingénieurs-mineurs.

Des conditions préalables que la fortification doit remplir pour être susceptible d'une guerre souterraine.

Pour que la fortification d'une place soit susceptible de recevoir les dispositions relatives à une guerre souterraine , elle doit remplir plusieurs conditions essentielles qui assurent à la fortification souterraine son efficacité : 1°. la place doit être assez forte par elle-même pour que l'ennemi ne soit pas tenté d'en brusquer l'attaque ; 2°. la nature des fortifications doit être telle que le tems qui doit s'écouler depuis l'ouverture de la tranchée jusqu'à la troisième parallèle soit suffisant pour exécuter tous les travaux qu'exigent la disposition des fourneaux , les écoutes et les manœuvres de la tactique souterraine : ces travaux ne peuvent commencer que lorsque le front d'attaque est connu et la marche des tranchées bien déterminée ; 3°. il faut que la couche du terrain traversée par les galeries et rameaux soit sèche et exempte de courans d'eau. Cette espèce de guerre n'est pas propre à toutes les places , à cause des approvisionnemens considérables en bois, en poudre et en outils , que son exécution requiert : mais elle est essentiellement applicable aux places du premier et second ordre ; principalement lorsqu'elles sont réduites à deux ou trois fronts d'attaque, ou lorsqu'il s'agit d'ouvrages détachés bien constitués et que l'ennemi est forcé de réduire par l'attaque de pied à pied.

Conséquences et réflexions importantes sur les chemins couverts.

Comme toutes les dispositions relatives à l'exécution de la guerre souterraine prennent naissance dans la galerie majeure ou de contrescarpe , il résulte que si le chemin couvert est susceptible d'une attaque de vive force , l'assiégeant pourra , dès la troisième parallèle , faire cette attaque brusquement et faire tomber tout le système des mines préparées sous les glacis. Dans l'état actuel de la fortification , les chemins couverts n'ont pas une consistance assez rassurante ; et toutes les fois que les fronts qu'ils couvrent sont ricochables , on peut les regarder comme pouvant être enlevés de vive force , par suite de la grande puissance que l'attaque actuelle exerce sur eux : aussi est-il devenu nécessaire de perfectionner cette partie essentielle de la fortification.

De la relation des systêmes de mines défensives avec les procédés de l'attaque.

Les systêmes de mines défensives résultent de la combinaison et de l'emploi des diverses espèces de galeries pour établir sous les glacis et dans l'intérieur des ouvrages une disposition permanente qui mette l'assiégé dans la position d'organiser , au moment même du siége, une guerre souterraine. Il en est à l'égard de cette espèce de défense comme de toute autre ; il faut déduire son ordonnance des procédés de l'attaque et par conséquent de la marche extérieure de l'assiégeant et de la connoissance des effets des mines offensives. Ces dernières mines sont les globes de compression avec lesquels l'assiégeant tâche de renverser les mines défensives avant que de cheminer sur le terrain sous lequel il sait qu'elles existent.

Des principaux siéges où les mines défensives ont été employées.

Parmi les siéges dont la défense a été le plus prolongée par les mines , on remarque celui de Berg-op-zoom , en 1747 ; le jeu des mines défensives et la tactique souterraine retinrent l'assiégeant pendant plus d'un mois sur les glacis sans qu'il pût en venir à couronner le chemin couvert et à battre en brèche l'escarpe du corps de place : mais dans ce siége, comme dans tous les précédens, on ne se servit que des fourneaux simples. Ce fut au siége de Schweidnitz, en 1762, que l'ingénieur prussien Lefebvre essaya, pour la première fois, les fourneaux surchargés ; espérant, d'après les épreuves faites par ordre du grand Frédéric, que leurs effets lui procureroient de grands avantages : il est heureux que la défense de cette place par les Autrichiens ait été conduite par le fameux Gribeauval : cette défense et cette attaque, dirigées par deux officiers aussi habiles dans la guerre des siéges, ont fourni des faits et des résultats qui ont beaucoup avancé la théorie-pratique de la guerre souterraine.

Trois principaux résultats sont déduits des expériences faites sur l'action environnante des fourneaux surchargés et de ce qui s'est passé au siége de Schweidnitz. *Principaux résultats tirés des épreuves et du siége de Schweidnitz.*

1°. Les fourneaux surchargés ou globes de compression agissent efficacement contre les galeries et rameaux qui prêtent le flanc à leur action ; ils peuvent les détruire à la distance de quatre ou cinq fois l'axe d'explosion : c'est donc une arme redoutable dans la main de l'assiégeant lorsque les systêmes de mines défensives sont ordonnancés d'après des dispositions qui prêtent le flanc à la marche extérieure de l'attaque ;

2°. L'action des fourneaux surchargés n'a pas un effet très-considérable contre les galeries et les rameaux qui se présentent directement ou d'une manière très-oblique ; lorsqu'on a sur-tout l'attention de bourrer sur une longueur convenable les parties les plus exposées : ce fait majeur est remarquable dans le siége de Schweidnitz ;

3°. Ce n'est pas une opération aisée pour l'assiégeant que d'établir des globes de compression dans un terrain surveillé par des écoutes bien disposées et qui le forcent à enfoncer très-bas ses puits et ses galeries d'attaque.

Dès le moment que l'assiégeant se voit forcé à une guerre souterraine, il faut qu'il fouille le dessous du terrain sur lequel il doit cheminer, et qu'il chasse l'assiégé de ses mines : pour cela il a deux moyens qu'il met en usage d'après la connoissance qu'il a de l'ordonnance des mines défensives : *Des procédés de l'attaque eu égard à la guerre souterraine.* s'il sait que le systême défensif souterrain est composé de galeries d'enveloppe, il tâche d'en connoître la position ; il porte dessus des portions de parallèles ou logemens, et il les enfonce avec des barils de poudre ; il se sert aussi de globes de compression qui prenant en flanc ces galeries, les ouvrent de toutes parts ; puis il pénètre dans les galeries et en chasse l'ennemi à force ouverte. Mais si l'assiégeant ne peut attaquer ainsi les mines défensives, il ne lui reste que le moyen de faire des puits et des galeries pour établir des globes de compression qui atteignent les fourneaux ennemis et désorganisent la guerre souterraine.

On voit par la relation qui existe entre l'attaque et la défense dans la *Des avantages de la* guerre souterraine en faveur de l'assiégé.

Des propriétés générales des différentes espèces de galeries.

De la galerie de contrescarpe et de sa position.

Remarque sur l'avantage de remplacer la galerie majeure par les revêtemens en décharge.

Des galeries longitudinales.

Des galeries d'enveloppe.

Des galeries transversales.

Principe de fait sur la distance à laquelle les galeries cessent d'être

guerre souterraine, que si les élémens en sont bien disposés, elle peut suspendre pendant plus ou moins de tems les efforts extérieurs et la marche nécessairement rapide de l'assiégeant, et que les effets des globes de compression, appréciés à leur juste valeur, ne sont pas de nature à devoir faire renoncer à ce puissant moyen de renforcer les fronts attaquables et les ouvrages détachés d'une place forte. Mais pour que ces résultats en faveur de la défense puissent être obtenus, il faut que les élémens relatifs à l'exécution de la guerre souterraine soient ordonnancés d'après une tactique souterraine fondée sur une théorie-pratique qui demande à être complettée par des expériences bien conduites.

Les galeries qui composent un système de mines défensives ont des propriétés dépendantes de leur position par rapport à la fortification et par rapport à la marche des attaques.

La galerie de contrescarpe est le débouché général de toutes les autres parties d'un système ; c'est par elle qu'on se porte dans toutes les parties, et que l'air nécessaire à la vie des défenseurs y pénètre et y circule : cela indique qu'elle doit avoir de fréquens débouchés dans les fossés.

Les auteurs militaires ont varié sur la position de la galerie majeure ; les uns la veulent placée sous la crête du glacis ou sous la banquette du chemin couvert, afin que lorsque l'ennemi s'en est emparé elle ne le favorise pas pour le passage du fossé ; les autres veulent qu'elle soit adossée à la contrescarpe afin de la conserver jusqu'au dernier moment, en faisant toutefois aux arrondissemens de la contrescarpe, des créneaux et une espèce de place d'armes pour y tenir un poste, etc. Comme il est évident que dans toute autre position la galerie seroit plus facilement atteinte par les mines offensives, et engageroit l'assiégeant à faire des attaques de vive force sur le chemin couvert, toutes les opinions se sont réunies sur ce point important.

L'idée du général Marescot de remplacer la galerie majeure par les voûtes de revêtement en décharge est des plus fécondes : ces voûtes serviront de galerie, de magasins, de places d'armes, etc., et elles offriront des abris précieux dans les manœuvres journalières de la défense.

Les galeries longitudinales qui comprennent les écoutes, sont par leur position les plus avantageuses, en ce qu'elles se présentent de pointe aux mines offensives ; mais il faut avoir soin de les disposer de manière que l'attaque ne puisse pas les prendre en flanc, etc.

Les galeries d'enveloppe sont généralement proscrites, parce que l'assiégeant peut les attaquer à ciel ouvert sur autant de points qu'il veut, et parce qu'elles prêtent le flanc aux mines offensives.

Les galeries transversales sont nécessaires pour établir des courans d'air dans les galeries longitudinales : elles ont le défaut essentiel de prêter le flanc à la marche de l'ennemi : aussi faut-il les protéger par des écoutes et les couvrir par des dispositifs de fourneaux dont les dernières explosions les renverseront et les rendront impraticables à l'assiégeant.

L'expérience prouve que dans la plupart des terrains les galeries cessent d'être habitables à la distance d'environ 35 à 40 mètres de leur débouché dans l'air libre, parce qu'alors l'air n'est plus propre à la respiration, que les lumières s'y éteignent, et que les hommes y sont asphyxiés en peu de tems. *habitables eu égard à la respiration.*

Il suit de ce fait, que dans les dispositions de galeries il faut souvent employer le ventilateur ou quelqu'autre moyen propre à renouveler l'air ; mais il est préférable de combiner les galeries longitudinales et transversales de manière à obtenir des courans d'air qui permettent aux mineurs de circuler et de travailler dans tous les points. *Conséquence importante sur la disposition des galeries.*

Les principes généraux qui doivent diriger l'officier dans l'ordonnance d'un système de mines défensives consistent : *Des règles générales pour ordonnancer un système de mines défensives.*

1°. A coordonner le système avec la fortification extérieure pour les mettre dans la relation la plus immédiate.

2°. A donner au tracé général des galeries une disposition qui conduise à une guerre souterraine dont l'exécution soit prompte et d'une grande simplicité.

3°. A ne jamais prêter le flanc à la marche de l'attaque, mais à placer les fourneaux de façon qu'ils forment des saillans et des rentrans où l'ennemi puisse être toujours prévenu et facilement coupé : par cet arrangement ses globes de compression auront le moins de succès possible.

4°. A combiner les galeries longitudinales et transversales dans la vue d'y produire des courans d'air, etc.

5°. A disposer les mêmes galeries de manière que celles qui conduisent à une disposition de fourneaux soient indépendantes de celles qui mènent à une autre disposition.

6°. A disposer les fourneaux de façon que l'ennemi ne puisse jamais pénétrer dans les galeries qui ne peuvent plus servir ; c'est-à-dire, qu'il faut que les dernières explosions d'une première disposition détruisent les galeries qui y conduisent, ou bien qu'elles soient détruites par les premières explosions de la disposition suivante et moins avancée.

7°. A embrasser assez d'espace sur les saillans pour être sûr que l'ennemi rencontrera les écoutes et les fourneaux quand bien même il porteroit ses cheminemens sur des directions autres que les capitales et différentes des directions suivies lorsqu'il n'existe pas de guerre souterraine.

8°. A opposer les plus grands obstacles à la construction des cavaliers, des contre-batteries, des batteries de brèches, des descentes de fossé, etc ;

9°. A disposer des fourneaux sous les brèches, pour les escarper, etc.

10°. Enfin à établir sous les fossés, des galeries de communication qui aillent se réunir à un vaste souterrain construit à la gorge des bastions, etc.

175. Les auteurs les plus célèbres qui ont écrit sur la guerre souterraine et qui ont proposé des systèmes de mines défensives sont, Goulon, le général Vallière, Belidor, Cormontaigne et Rugy : parmi les auteurs plus modernes on distingue Lefebvre, ingénieur prussien, Etienne, Mouzé et le général Marescot. Les nombreux mémoires de M. Mouzé et ceux du général Marescot renferment des découvertes nouvelles et des principes qui *175. Des systêmes de mines défensives proposés et exécutés jusqu'à ce jour.*

fondent la théorie-pratique de l'art sur des bases plus certaines et d'une application plus facile.

Système de Goulon. Goulon composoit son système uniquement avec une galerie de contrescarpe placée sous le terre-plein du chemin couvert, d'où partoient des écoutes prolongées jusqu'au pied du glacis : des galeries de communication passoient sous les fossés et communiquoient avec la galerie majeure. Goulon n'adoptoit pas, avec raison, les enveloppes; mais le vice de la position de sa galerie magistrale et la foiblesse de ses galeries d'écoute, où l'air même ne peut circuler, en font un système très-foible, sur-tout lorsque le front d'attaque est ricochable, etc.

Système de M. de Vallière. Le système attribué au général Vallière est composé d'une galerie magistrale placée sous le terre-plein du chemin couvert, de deux enveloppes distantes des saillans l'une de 30 mètres et l'autre de 100 ; enfin, de galeries de communication dont les unes sont dirigées sous les capitales des places d'armes rentrantes, et les autres sont menées parallélement et à 20 mètres des capitales des saillans : par cette disposition ce général forme sous les glacis des cases carrées dont le côté est d'environ 40 mètres, et sous lesquelles il établit des fourneaux à plusieurs étages. Ce que nous avons dit suffit pour faire apprécier la foiblesse de ce système dont les enveloppes sont facilement attaquées et ruinées par l'ennemi, et dont la prise entraîne la perte des fourneaux avant qu'il soit possible d'en faire usage.

Système de Bélidor. Belidor a proposé un autre système : il place la galerie majeure sous le terre-plein du chemin couvert et une enveloppe au pied du glacis : mais la première est de 33 décimètres au dessus de la deuxième : les galeries de communication vont de l'enveloppe déboucher dans le fossé en passant sous la galerie majeure : des écoutes partent de l'enveloppe et la couvrent. Ce système présente cet avantage au dessus des autres, que les écoutes qui couvrent l'enveloppe en rendent l'attaque plus longue et plus difficile ; mais une fois cette attaque réalisée, tout le reste ne présentera qu'une foible résistance.

Des Mémoires de Cormontaigne, sur les mines. Tous les mémoires de Cormontaigne sur les mines, supposent des galeries longitudinales et transversales qui forment des cases carrées ayant pour côté 40 à 50 mètres : il fait sous ces cases des dispositifs de fourneaux à plusieurs étages, qui bouleversent le terrain un si grand nombre de fois, que l'exécution de semblables projets rendroit la marche extérieure de l'assiégeant absolument impossible. L'attaque actuelle, armée des mines surchargées, ne respecte nullement ces appareils formidables en apparence, et enveloppés de galeries transversales que l'assiégeant rencontre et prend en flanc, avant qu'il ait été exposé à l'action des fourneaux combinés.

Du système de Delorme. De tous les systèmes dont nous venons de parler, aucun n'a été exécuté rigoureusement : mais M. Delorme, mineur français, a développé sous les glacis de la double couronne de Belle-Croix, à Metz, un immense système de galeries dont il n'a pas fait connoître l'usage et les propriétés : ces galeries forment des cases carrées de 60 mètres de côté, relatives sans doute à des dispositifs de fourneaux à plusieurs étages disposés d'après les idées de Cormontaigne. Tout cet échafaudage compliqué de galeries dispendieuses n'est nullement combiné d'après les règles de l'attaque; on pourroit lui donner des directions telles qu'il seroit difficile au mineur assiégé d'en retarder beaucoup les cheminemens : d'ailleurs les globes de compression auroient sur un pareil système les effets les plus efficaces.

M. de Rugy, commandant de mineurs, a fait exécuter à Verdun un système plus complet et mieux combiné : il abandonne les enveloppes employées par Vallière, Cormontaigne, Belidor et Delorme, et il suit la marche de Goulon. Son système, dont la composition est simple, consiste dans une galerie majeure adossée à la contrescarpe et dans des écoutes et des transversales qui conduisent à l'exécution des dispositions suivantes de fourneaux : 1°. Une disposition contre les batteries d'obusiers de la troisième parallèle; 2°. deux dispositions à trois étages chacune sous les capitales; 3°. une disposition sous les cavaliers de tranchée et sous les batteries de pierriers vis-à-vis des places d'armes rentrantes; 4°. Une disposition sous les batteries de brèches et de contre-flancs; 5°. enfin, une disposition sous les brèches pour en enlever les décombres. Ce système satisferoit assez bien à toutes les conditions de la défense, s'il ne supposoit pas rigoureusement que la marche de l'attaque est assujettie à des positions fixes et invariables; ce qui ne peut pas être, et fait que l'assiégé peut prendre en flanc les parties de ce système, les éviter ou les anéantir par les globes de compression.

Du système de M. de Rugy.

Dans les systèmes pratiqués jusqu'à ce jour et dans ceux que nous venons d'esquisser, on dispose des fourneaux contre le couronnement du chemin couvert, et pour agir contre les batteries de brèches et de contre-flancs; mais il est conforme à la marche de l'attaque actuelle de regarder cette opération comme ne pouvant avoir lieu, parce que l'assiégeant, par le moyen des mines offensives, aura détruit cette dernière ressource si on attend qu'il fasse le couronnement : il vaut donc mieux considérer ces fourneaux comme un moyen de bouleverser le terrain sans endommager la crête du glacis : l'assiégeant aura alors une peine infinie à faire ses logemens, ses batteries de brèches et de contre-flancs sur un terrain ainsi volcanisé, etc.

Remarque sur la nature et l'objet des fourneaux établis sous le couronnement du chemin couvert.

Après tous les systèmes dont nous venons de parler ont paru les savans mémoires de M. Mouzé, qui ont jetté sur cette partie de l'art de la fortification des principes plus certains et plus lumineux. Depuis longtems quelques-uns de ces mémoires manuscrits sont connus de plusieurs officiers; mais nous touchons au moment de les voir se répandre et devenir l'objet des études des jeunes officiers. M. Mouzé, dans les applications qu'il fait des principes généraux relatifs à l'établissement de la guerre souterraine, ne porte son action que jusqu'au pied du glacis : il emploie la galerie majeure adossée à la contrescarpe, les galeries longitudinales et transversales et celles de communication qu'il combine et dirige de manière que l'ennemi ne peut les prendre en flanc et les attaquer qu'après avoir essuyé les effets des dispositions de fourneaux. Sur chaque saillant que l'ennemi est forcé de couronner il fait trois dispositions, dont deux *A*, *A*, et *B*, *B*, avancées sont

Des systèmes de M. Mouzé.

(Pl. X, fig. 11.)

à deux ou trois étages de fourneaux isolés et indépendans; la troisième
disposition R, R, est destinée contre le couronnement du chemin couvert,
si l'ennemi le fait pied à pied, ou pour bouleverser le terrain à 6 mètres
de distance de la crête du glacis : lorsqu'on craint une attaque de vive force
sur le chemin couvert, on fait une disposition Q, Q, pour enlever le logement
de l'ennemi et défendre la galerie de contrescarpe. Chaque disposition avancée
A, A, B, B, a un front assez étendu pour que l'assiégeant ne puisse la
prendre en flanc, etc. Les deux premiers étages de fourneaux f et f' sont
indépendans; mais ceux f'' du troisième étage ne le sont pas : il faudroit
pour que cette dernière disposition eût lieu, que les fourneaux des deux
premiers étages fussent plus éloignés les uns des autres, ce qui produiroit
des quilles intactes trop considérables : si on tenoit à isoler les fourneaux f''
du troisième étage, il faudroit mettre des fourneaux accolés au premier et
au second étages.

M. Mouzé propose ingénieusement de diriger sous la capitale du saillant
une galerie $G G$ composée de deux galeries adossées l'une à l'autre, et ayant
un pied-droit commun : cette galerie en capitale se rend à un souterrain
qui sert de dépôt général pour la première disposition, et qui produit un
courant d'air sans lequel le service y seroit dangereux et difficile. Le souterrain a pourroit avoir sans inconvénient un puits qui déboucheroit à la
surface du glacis.

Dans les galeries transversales et vis-à-vis de celles de communication,
sont creusés des puits $x, x,$ etc. d'où partent de grands rameaux d'écoute
xc, qui vont par une pente assez douce gagner les points les plus bas que
l'ennemi peut atteindre, le tiennent en échec dès ses premiers travaux, le
forcent à de grands déblais pour établir ses globes de compression, et à les
tenir à une distance trop grande pour qu'ils puissent agir contre les fourneaux du premier étage. Les rameaux d'écoute xc pourroient être mis, en
leur donnant la pente convenable, dans le prolongement des galeries de
communication; mais il est préférable de les rendre indépendans par le
moyen des puits, etc.

Depuis le souterrain S construit à la gorge du bastion jusqu'au pied du
glacis, les galeries se communiquent et se combinent d'une manière simple
et facile; l'air y doit circuler librement : par-tout l'assiégé aux écoutes peut
prévenir l'ennemi, de sorte que ce dernier ne pourra avancer ses travaux
offensifs qu'après avoir, pour ainsi dire, pulvérisé le terrain sur lequel il
doit cheminer, et établir ses logemens et ses batteries, etc.

*Du système du géné-
ral Marescot.*
*(Voyez le n°. 11 du
Journal de l'Ecole Po-
lytechnique.)*
(Pl. X , fig. 12 et 13.)
Le général Marescot dans son dernier mémoire sur la guerre souterraine,
l'applique, par un système très-ingénieux, à la défense d'un front de fortification; il supprime la galerie de contrescarpe pour lui substituer un revêtement en décharge dont nous avons fait connoître les nombreux avantages.
Du sol M des voûtes en décharge il mène un plan MN qui, par une pente
douce, s'enfonce jusqu'à la distance du pied du glacis et à la plus grande
profondeur que le terrain puisse permettre, c'est-à-dire, de 11 à 13 mètres :

c'est sur ce plan ainsi disposé que l'auteur établit toutes les galeries permanentes et galeries d'écoute ; il supprime les enveloppes et même les transversales, et ne conserve que les galeries de communication et les écoutes : elles sont disposées en losanges, comme le fait voir la figure ; et par cette disposition elles se présentent de biais ou de pointe à l'action des mines offensives.

Les losanges sont tracées de manière que leurs angles soient suffisamment aigus et que les écoutes ne soient éloignées que de 20 à 25 mètres, afin que le mineur ennemi soit surveillé de près et toujours prévenu. Les galeries de communication se réunissent à des espèces de petits souterrains circulaires favorables à l'exécution de la guerre souterraine : les souterrains intermédiaires pourroient sans inconvénient avoir des soupiraux débouchant à la surface du glacis.

Dans le système que nous considérons on peut défendre les approches du glacis par trois dispositions de fourneaux : la première, à trois étages, seroit dirigée contre la troisième parallèle ; la seconde, aussi à trois étages, agiroit contre la quatrième parallèle, les cavaliers de tranchée, etc. ; la troisième, à un ou deux étages, seroit pour culbuter les batteries de brèche et de contre-flancs, ou pour bouleverser le terrain en avant de la crête du glacis. Les fourneaux, dans les première et seconde dispositions, sont arrangés par files parallèles sur les directions des écoutes et sur les lignes intermédiaires : les demi-galeries et rameaux de chaque étage sont indépendans les uns des autres ; et on peut prolonger suffisamment les écoutes pour surveiller les premiers travaux de l'ennemi et le prévenir dans l'établissement de ses globes de compression contre la première disposition : quant à la seconde, il faudroit faire des puits dans les galeries pour enfoncer les rameaux d'écoute et de surveillance le plus bas possible.

De la disposition générale des fourneaux dans le système.

Il sera très-instructif pour les élèves de rapprocher les deux systèmes que nous venons de décrire ; et de remarquer comment leurs auteurs, par des combinaisons bien différentes, sont parvenus à satisfaire aux principes les plus généraux, et à rendre la tactique souterraine de la défense bien supérieure à celle de l'attaque. Nous ne pouvions pas marcher sur des traces plus lumineuses pour introduire les élèves dans l'étude de cette intéressante branche de la fortification, sur laquelle il reste encore des doutes à éclaircir et par conséquent beaucoup de difficultés à vaincre et bien des travaux glorieux à terminer.

2. 3.

CHAPITRE IX.

Des principes sur lesquels doivent reposer les perfectionnemens des systémes de fortification.

176. Après avoir completté la description et l'analyse des élémens qui entrent dans la fortification et en font maintenant une ordonnance extrêmement complexe, nous jetterons un coup d'œil général sur cette ordonnance pour fixer le degré des connoissances où doit au moins arriver l'officier de troupes, et d'où doivent partir l'officier du génie et l'officier d'artillerie pour entrer dans les considérations plus approfondies et plus détaillées qui font le sujet de l'instruction des écoles d'application.

Tout ce que nous avons exposé dans les chapitres précédens nous a conduit à établir, que l'ordonnance d'un système complet de fortification comporte la combinaison de quatre élémens nécessaires ; ces élémens sont : 1°. les *masses couvrantes*, qui consistent en revêtemens, parapets et traverses ; 2°. les *casemates*, les *galeries crénelées* et les *blindages* pour obtenir les feux à ciel couvert ; 3°. les *galeries de mines défensives* ; 4°. les *bâtimens voûtés à l'épreuve*, y compris les magasins de toute espèce et les casernes défensives dont nous allons faire connoître l'objet.

Les casernes défensives sont celles que l'on place sur les fronts ; qui ferment, par exemple, la gorge des bastions et font en même tems fonction de retranchement intérieur et de logement pour les troupes. Il n'a encore paru rien de bien satisfaisant sur cet objet important de la défense ; mais les encouragemens offerts par le Gouvernement, et le zèle d'un grand nombre d'officiers éclairés qui travaillent aux progrès de l'art, ne tarderont pas, sans doute, à faire éclore des projets basés sur l'économie, la salubrité et la résistance.

Dans les anciens systèmes, on ne s'occupoit de la disposition des masses couvrantes que sous le rapport des feux directs : et parmi les modernes il en existe même dont toutes les parties du tracé sont exposées aux feux d'enfilade : celui de M. Carnot est dans ce cas ; mais le mérite de ce savant système repose principalement sur les feux couverts, les feux cachés de revers et les manœuvres relatives aux actions extérieures. Les autres systèmes modernes, si on en excepte ceux du général Montalembert et de M. Carnot, sont ordonnancés sous le rapport des feux à ricochets, et pour soustraire le corps de place aux effets terribles de ces feux dont le tir a

été si perfectionné dans la théorie et la pratique : en effet, des expériences ont confirmé ce que la théorie des projectiles indiquoit, qu'en faisant varier convenablement les charges et les petits angles d'inclinaison, on pouvoit, sur la longueur de 500 mètres, établir trois batteries d'enfilade dont les effets pouvoient être simultanés sans se nuire réciproquement : c'est-à-dire, qu'une face d'ouvrage peut être ricochée par trois batteries placées aux points où son prolongement coupe les trois parallèles de l'attaque.

On doit donc, dans le systême bastionné moderne, chercher : 1°. à disposer le tracé de manière que le corps de place soit à l'abri des feux à ricochets; 2°. à trouver le moyen de conserver de l'artillerie et des troupes sur les terre-pleins des ouvrages dont les faces sont enfilées.

Conséquence.

L'emploi prodigieux qu'on fait des feux verticaux rapprochés est encore un perfectionnement dans l'attaque qui oblige à faire, dans les terre-pleins des ouvrages, des *abris*, sans lesquels on ne peut y faire les manœuvres qu'exige la défense.

Des feux verticaux rapprochés ; des abris dans les terre-pleins, etc.

Deux dispositions faites sur les terre-pleins y rendront possibles les manœuvres de la défense : 1°. des traverses casematées y mettront les troupes à l'abri de tous les feux ; elles pourront s'y préparer aux combats et en sortir dans tous les instans où il faudra faire feu sur les tranchées, etc. : 2°. des batteries blindées y conserveront l'artillerie qui ne pourra être contre-battue que par des batteries directes, etc. On sait que ce n'est pas une grande quantité d'artillerie, mais une artillerie bien disposée qui produit de grands effets sur les travaux de l'attaque.

Des traverses casematées ou blindées et des batteries blindées placées sur tous les terre-pleins.

On a objecté que c'étoit diminuer le courage du soldat que de le tenir ainsi sans cesse blotti sous des traverses casematées ou blindées ; mais la fortification ne remplit son objet qu'autant qu'elle garantit les troupes, lorsqu'elles ne combattent pas, d'une destruction inévitable : et ne se présente-t-il pas des occasions assez fréquentes pour les aguerrir, en les faisant combattre au dehors, etc. ? N'est-il pas plus utile de perdre du monde dans des sorties pour raser les travaux de l'attaque, etc., que de faire estropier de braves soldats dans des ouvrages labourés par des feux à ricochets et écrasés par les feux verticaux ? Les troupes qui gardent un ouvrage attaqué agissant sur l'ennemi par leurs feux et quelquefois par l'arme blanche, ce feu doit se régler de manière que le tiers de la troupe tire pendant que les deux autres tiers se reposent et nettoient leurs armes. Il suit de là que les abris d'un ouvrage doivent contenir au moins les deux tiers de sa garnison convenablement calculée.

Réflexion sur les troupes abritées dans les terre-pleins; du service des troupes dans un ouvrage.

Nous avons souvent répété que les batteries casematées ne devoient être employées que lorsque le parapet en maçonnerie ne pouvoit être contre-battu; mais on peut s'en servir utilement en plaçant leurs voûtes derrière un massif de terre de 6 mètres d'épaisseur et dans lequel on percera les embrasures : les pieds-droits des voûtes seront prolongés jusqu'au talus des terres pour soutenir les bois du ciel des embrasures.

Des espèces de batteries casematées et blindées. (Voyez Mandar et Bousmard.)

Les batteries blindées que M. Carnot a fait éprouver à St.-Omer sont les mêmes que les précédentes, excepté qu'elles sont construites en bois : elles ont résisté aux commotions de l'artillerie. Les unes et les autres ont l'inconvénient d'avoir des embrasures très-évasées qui, en affoiblissant l'épaulement, augmentent le nombre des coups d'embrasure : on doit donc leur

(Voyez la pl. XI, fig. 1.)

préférer les batteries dont le devant de l'embrasure est un massif construit en grosses pièces de bois jointives : ce massif doit avoir 13 décimètres d'épaisseur ; on perce les embrasures en forme de créneaux pour que la volée de la pièce dépasse l'extérieur de l'épaulement. Lorsque la pièce est un obusier ou un mortier monté sur un affût, on donne à l'embrasure l'ouverture convenable. Si on veut se servir des affûts du général Meusnier pour les batteries d'un champ considérable, on met une cheville ouvrière éloignée d'environ 4 décimètres de la genouillère. Ces batteries ont l'avantage d'être enfoncées dans le parapet, de n'être point en prise aux batteries à ricochets et de n'offrir à l'extérieur qu'une ouverture d'une si petite surface que les coups d'embrasure peuvent être regardés comme nuls. A la vérité, ces batteries exigent beaucoup de bois de gros échantillon pour leur construction : les pièces de l'épaulement auront 50 décimètres de long et équarriront 40 sur 40 : ainsi pour une batterie, il faudra 812 décimètres de longueur de bois (250 pieds); et pour vingt batteries nécessaires pour un front d'attaque, il en faudra 16,240 décimètres (5,000 pieds) : ce qui n'est pas effrayant, puisque cette quantité de grosses pièces de bois pourra être tirée de 500 pieds d'arbres environ.

Si l'ennemi vouloit essayer de brûler avec des boulets rouges les parapets en bois des batteries, l'expérience prouve qu'il est facile d'empêcher cette combustion ; parce qu'en donnant 48 à 50 pouces d'épaisseur aux parapets en bois, ils ne seront jamais traversés par les boulets de gros calibre.

Résumé sur la valeur des systèmes de fortification en usage.

La relation établie entre l'attaque et la défense fait connoître : 1°. que la grande puissance des feux verticaux favorise beaucoup plus l'attaque que la défense, et qu'ils assurent à la première une marche rapide et impérieuse ; 2°. que tous les systèmes offrent à-peu-près le même degré de résistance pendant la première période du siége, pourvu qu'ils donnent des feux croisés sur les capitales, etc. : si, d'une part, les systèmes *à ciel ouvert* sont exposés aux feux à ricochets et verticaux ; de l'autre, les systèmes à *galeries casematées et construites en maçonnerie* sont promptement ruinées et leurs feux éteints dès la seconde parallèle, etc.

Conséquence importante.

Il suit de ces résultats que c'est principalement pour la période de la défense rapprochée qu'il faut constituer et organiser un système, etc.

Principes généraux sur l'organisation des systèmes de fortification.

On peut déduire de ce qui précède, les principes suivans ; ils sont propres à diriger celui qui ordonne un système :

1°. Si le système est à ciel ouvert, le corps de place doit être défilé le mieux possible des feux à ricochets qui agissent au premier moment du siége et continuent leur action jusqu'à la fin.

2°. Le système doit avoir des feux d'artillerie couverts pour agir pendant la période de la défense rapprochée : ces feux doivent être soustraits aux batteries directes de l'attaque et prendre en flanc et à revers les logemens sur la crête des glacis ; il faut qu'ils ne puissent être contre-battus que de l'emplacement même qu'ils battent, etc.

3°. Chaque partie du système doit avoir des abris convenablement disposés pour la troupe qui la défend., afin que cette troupe soit garantie des feux verticaux pendant le tems qu'elle n'agit pas.

4°. Tous les retranchemens qui entrent dans le système doivent être hors d'insulte, afin que l'assiégeant les attaque pied à pied : si cette condition ne peut être remplie à la rigueur, il faut que l'attaque de vive force oblige l'ennemi à de grands sacrifices.

5°. Toutes les parties qui ne seront pas efficacement flanquées par les parapets le seront par des galeries crénelées que l'assiégeant ne pourra contrebatire.

6°. La guerre souterraine sera employée comme élément nécessaire, et disposée avec un tel art qu'il ne soit possible à l'assiégeant d'établir des batteries de brèche et des contre-batteries, qu'après avoir passé par les longues et pénibles opérations de la guerre souterraine ; ou qu'il soit forcé d'y suppléer par l'usage des mines offensives.

7°. Le corps de place ne doit être découvert par l'assiégeant que lorsqu'il s'est rendu maître des ouvrages extérieurs.

8°. Les chemins couverts doivent faciliter, protéger les sorties et favoriser les manœuvres d'une défense active.

9°. Enfin, le commandement et le relief seront ordonnés de manière que toutes les parties soient couvertes le mieux possible, sans nuire au déploiement des feux, soit d'artillerie, soit de mousqueterie, jugés nécessaires pour défendre le terrain extérieur et l'intérieur des ouvrages.

En appliquant à la fortification bastionnée moderne les principes généraux que nous venons d'exposer, nous découvrirons les causes de son état de foiblesse :

Application des principes précédens à la fortification bastionnée moderne.

1°. Ce n'est que dans les polygones très-élevés et dans les fronts disposés en ligne droite, que la fortification acquiert la propriété d'avoir son corps de place à l'abri des ricochets et de former des rentrans considérables : il résulte alors qu'on peut prendre des vues de flanc et de revers sur les travaux rapprochés de l'attaque ; que tout le chemin couvert ne peut être saisi et insulté en totalité ; et que les manœuvres des sorties sont protégées efficacement.

2°. La fortification étant absolument à ciel ouvert, on ne peut y conserver des batteries intactes pour l'époque la plus critique du siége : les troupes y sont, dès le commencement, exposées aux feux à ricochets ; et pendant la défense rapprochée, à des feux verticaux qui en rendent les terre-pleins intenables, etc. La défense ne peut, conséquemment, qu'y être molle et languissante, puisqu'elle y est excessivement périlleuse : aussi les chemins couverts ne sont-ils pas à l'abri d'une attaque de vive force ; les troupes y sont rompues au moment où il faut combattre à l'arme blanche.

3°. Le corps de place est découvert et mis en brèche par les trouées des fossés de la demi-lune, de son réduit et de la tenaille, même avant la prise de ces ouvrages.

4°. Le flanquement est incomplet et mauvais devant la tenaille et dans les fossés de la demi-lune et de son réduit.

177. Pour se faire une idée générale des perfectionnemens dont est susceptible le système bastionné moderne, nous reprendrons la marche générale de l'attaque, et nous ferons entrevoir comment on peut y corriger les défauts que nous venons d'exposer, et lui faire acquérir les propriétés générales et essentielles à tout système bien ordonné. Puisque dès les premiers jours de l'attaque on peut saisir les prolongemens des faces de tous les ouvrages, et les ricocher par des batteries qui en labourent les terre-pleins, etc., il est nécessaire de masquer les prolongemens les plus importans, et par conséquent d'ordonner le tracé de la projection horisontale, de façon que les demi-lunes interceptent les directions des faces des bastions dans les polygones d'une étendue moyenne : et comme les demi-lunes et leurs chemins couverts sont nécessairement très-exposés aux ricochets, il faut y disposer des traverses voûtées à l'épreuve pour contenir les deux tiers de la garnison et épauler les flancs des batteries ; il faut aussi en occuper les saillans par des batteries blindées construites en bois.

Il y a deux méthodes pour parvenir à soustraire aux ricochets les faces des bastions ; l'une et l'autre sont fondées sur des idées heureuses : la première a été proposée par M. Bousmard ; elle consiste à détacher la demi-lune du corps de place pour la porter à 55 ou 60 mètres en avant de la crête du glacis ; en observant de démasquer les flancs du réduit pour qu'ils prennent à revers les approches des bastions et des demi-lunes collatérales. La demi-lune couvre tout le front, et le fond de ses fossés est dans le prolongement des glacis du corps de place : les angles flanqués des bastions sont curvilignes ; et les faces des bastions, convexes à l'extérieur, sont tracées comme si chacune étoit la développée du flanc opposé qui est conservé concave. La gorge de la demi-lune et celle de son réduit sont garnies de galeries crénelées qui communiquent avec le corps de place : ces galeries de contrescarpe ont plusieurs objets : 1°. elles font partie de la guerre souterraine ; 2°. elles donnent des communications assurées pendant toute la durée du siège ; 3°. elles donnent la faculté de renverser les terre-pleins de la demi-lune et de son réduit au moment où l'assiégeant s'en rend le maître, etc. La demi-lune elle-même est un ouvrage composé ; elle est, par rapport au réduit, deux tenaillons couverts par un redan : les faces de ce redan sont les seules parties que l'assiégeant puisse prolonger. De cette modification du système moderne, il résulte plusieurs autres avantages indépendans de la considération des feux à ricochets : les demi-lunes forment, même dans les polygones moyens, des saillies qui mettent le bastion dans un rentrant si considérable, que l'attaque est forcée de soutenir sa marche par six parallèles avant de pouvoir couronner le chemin couvert du corps de place. Mais remarquons : 1°. que la mousqueterie des bastions ne peut agir efficacement sur le couronnement du saillant de la demi-lune, parce que la longueur de la ligne de tir est de plus de 300 mètres ; 2°. que les faces des bastions ne prennent point à revers et n'enfilent même pas les branches du chemin couvert de la demi-lune ; observons cependant en même tems que ces parties sont prises à revers par les flancs des réduits des demi-lunes collatérales qui doivent être armées de batteries à cartouches ; 3°. que l'intérieur des terre-pleins n'est pas garni d'abris pour protéger les garnisons partielles et les manœuvres ; 4°. qu'il est possible, abstraction faite de la guerre souterraine, qu'un assiégeant hardi et entreprenant parte de sa quatrième parallèle pour enlever les demi-lunes de vive force : cette dernière considération rend indispensables les galeries de contrescarpe crénelées.

La seconde méthode pour dérober le corps de place du système bastionné aux ricochets est consignée dans les mémoires de M. Mouzé : elle consiste à procurer aux polygones d'une étendue moyenne, par exemple, à l'ennéagone, au décagone, etc., les propriétés des polygones très-élevés ; et à ces derniers celles des fronts disposés en ligne droite : pour arriver à ce résultat, il suffit d'augmenter le nombre des côtés du polygone et de diminuer l'étendue du côté extérieur sans troubler le flanquement et les autres rapports de l'ordonnance. Seconde méthode de rectification dans le tracé du système moderne. (Planche XI, fig. 3.)

Soit la ligne bd la base de la demi-lune qui ne doit pas excéder 200 mètres pour que la face du bastion donne des feux efficaces sur le couronnement du saillant de la demi-lune : sur bd on construira la demi-lune équilatérale bgd, bg étant la ligne couvrante : par les points b et d appartenant aux lignes couvrantes des faces des bastions on menera les lignes de défense bo, do en faisant les angles diminués comme dans le tracé ordinaire de 18° 30′ : en deçà du point b on prendra $bc = 30$ mètres pour avoir l'angle d'épaule et le flanc, etc. : au-delà du même point b on prendra une quantité ba qui ne peut être moindre que la distance comprise entre la ligne couvrante de la demi-lune et la crête du glacis ; nous supposerons cette distance de 40 mètres : par l'angle flanqué a et celui g de la demi-lune on menera la droite gam qui fera connoître l'angle flanqué du bastion et l'angle du polygone défensif. Le tracé et le calcul font connoître que le côté extérieur est égal à 282 mètres ; que l'angle flanqué est de 112 degrés ; et que l'angle du polygone est de 148 degrés. Ainsi il résulte de ce tracé un polygone de 11 côtés équivalant à-peu-près à l'ennéagone ordinaire, mais dont les bastions sont enfoncés dans des rentrans si considérables, que les faces des bastions sont interceptées par les saillans des demi-lunes. Plus le point g entrera dans l'intérieur de la demi-lune, plus le polygone sera élevé et mieux les faces des bastions seront défilées. Ce tracé se prête à toutes les circonstances locales ; l'ingénieur doit savoir les saisir habilement ; et s'il augmente le nombre des capitales, cet inconvénient s'évanouit devant les grands avantages qui le rendent supérieur au tracé ordinaire, etc.

A mesure que les attaques avancent vers la place, les ricochets deviennent plus efficaces et les feux verticaux plus nombreux ; mais les sorties deviennent aussi plus actives et plus fréquentes, etc. : il suit de là qu'il faut des *abris* convenablement disposés pour couvrir les troupes de service dans Des abris pour protéger les troupes et favoriser les sorties; de la grande galerie de contrescarpe ; des contrescarpes en voûtes de décharge.

les terre-pleins et pour les corps de réserve qui exécutent les sorties. Les abris destinés aux réserves et aux bivouacs peuvent être fournis par la galerie de contrescarpe, en lui donnant 25 à 30 décimètres de largeur et en pratiquant de nombreux débouchés dans les fossés; cette galerie serviroit en même tems à l'organisation de la guerre souterraine. Mais il est bien préférable, pour les raisons déja exposées, de construire les contrescarpes en voûtes de décharge qui donneront des abris plus spacieux et plus favorables aux manœuvres des troupes. Quant aux abris des terre-pleins des chemins couverts et des autres ouvrages, ils ne peuvent consister qu'en traverses voûtées à l'épreuve, terrassées du côté de l'artillerie ennemie : dans plusieurs circonstances, ces masses peuvent être organisées en traverses défensives, soit en les couronnant par des parapets, soit en perçant des créneaux dans les pieds-droits, soit en y faisant des galeries crénelées inférieures.

Des changemens à faire dans les chemins couverts et dans quelques autres parties du système; considérations sur les attaques à partir des demi-places d'armes.

Les demi-lunes dans le système bastionné et les branches qui forment les saillans dans les systèmes angulaires, sont inévitablement exposées aux ricochets : on ne peut y porter remède que par des traverses qui défilent en même tems qu'elles servent d'abri : le saillant de chaque demi-lune couvrira absolument par son relief le réduit et sera armé en batteries blindées : la partie des faces des demi-lunes correspondant à la ligne de feu de la face du réduit, aura moins de relief que le saillant; elle démasquera les batteries blindées du réduit qui prendront à revers les glacis et saillans des demi-lunes collatérales.

Pour marcher pas à pas dans le perfectionnement des divers élémens du système, suivons toujours les procédés de l'attaque dont la marche est impérieuse par sa nature. Aussitôt que l'assiégeant a tracé les demi-places d'armes, il établit des batteries d'obusiers et de mortiers qui ricochent plus puissamment les chemins couverts, etc. ; il tâche de saisir les prolongemens des flancs des bastions pour les ricocher en même tems : la proximité des ouvrages lui facilite cette opération, etc.

Rectification des flancs; de leur tracé en courbe concave.

Il suit de là qu'il vaut beaucoup mieux tracer les flancs en courbes concaves; qu'il faut les couvrir par une traverse située dans l'angle d'épaule, et les armer en batteries à ciel couvert : ces batteries devroient être casematées et leurs embrasures percées dans un parapet fait en terre et de 6 mètres d'épaisseur (176).

Après l'établissement de la troisième parallèle et des batteries multipliées, soit directes, soit d'enfilade, qui l'accompagnent, l'assiégé sera accablé par les feux verticaux; et les chemins couverts ricochés et sans abris protecteurs, ne pourront être défendus avec vigueur ni résister aux attaques de vive force.

De l'ordonnance des chemins couverts.

(Voyez le supplément de Bousmard et le second no. du Mémorial du Génie.)

Les chemins couverts ordonnancés jusqu'à présent sont, au jugement de tous les ingénieurs et des autres militaires, dans un état de foiblesse que nous avons sans cesse fait remarquer : malgré le perfectionnement que Cormontaigne a apporté dans les places d'armes rentrantes, ils ne peuvent protéger suffisamment le défenseur dans ses manœuvres, ni fournir des feux capables d'en imposer à ceux de l'attaque : aussi les chemins couverts sont-ils regardés comme un élément insuffisant, même pour assurer l'exécution de la guerre souterraine.

Il semble par les vains efforts qu'on a faits pour mieux organiser les chemins couverts, que leur imperfection tient à leur nature même, et que ce ne sera probablement qu'en les constituant sous le rapport de la tactique des troupes, qu'on parviendra à les ordonnancer de manière à ôter à l'assiégeant tout espoir de les enlever de vive force. Déja en adoptant pour les contrescarpes les revêtemens en décharge, nous donnons aux chemins couverts un premier degré de perfectionnement, puisque les corps de réserve seront abrités et toujours prêts à agir ; mais cela ne suffit pas parce que les débouchés ne sont pas suffisans et assurés : ce chemin couvert est si resserré, les défilés des traverses sont si étroits, qu'on ne peut y exécuter aucune manœuvre relative aux retours offensifs ; et si l'assiégé veut résister à la première impétuosité de l'ennemi, il courra les risques de ne pouvoir faire sa retraite : aussi Vauban recommande-t-il expressément d'abandonner le chemin couvert et de faire agir seulement les feux.

Ce qui est embarrassant dans l'ordonnance d'un chemin couvert, c'est qu'il est abordable immédiatement et dans un clin d'œil : il n'est donc qu'une espèce de retranchement de campagne d'une foible résistance : pour le faire sortir de cette classe de retranchement, il faut que les feux des ouvrages principaux qu'il couvre en battent le terre-plein avec violence ; il faut encore que les troupes puissent y rentrer, y attaquer l'ennemi et en chasser les travailleurs.

Pour qu'un chemin couvert fût ordonnancé convenablement, il faudroit qu'il pût contenir et mettre à couvert une assez grande quantité de mortiers et pierriers qu'on chargeroit avec des grenades, des pierres, etc., pour en inonder les travaux de l'assiégé dès la troisième parallèle : cette pensée de Coehorn est celle d'un grand militaire qui sentoit fortement la nécessité de défendre les approches du chemin couvert par des armes d'un tir facile et peu alongé, et qui consommassent peu de munitions : si cette idée pouvoit être exécutée, la défense emploieroit les mêmes moyens que l'attaque ; l'assiégeant seroit forcé de blinder ses batteries et ses autres principaux ouvrages, et il en résulteroit pour lui une grande perte d'hommes et de tems, et une plus grande consommation de matériaux.

Réflexion importante sur la défense des glacis.

On n'est pas encore d'accord sur la largeur qu'il faut donner au terre-plein du chemin couvert ; dans le système ordinaire il n'a que 10 mètres : un chemin couvert aussi étroit ne peut être avantageux que dans cette circonstance dépendante du relief, c'est-à-dire, lorsque l'assiégeant ne peut, du couronnement du chemin couvert, plonger assez bas l'escarpe pour y faire brèche ; alors il est forcé de descendre sa batterie dans le terre-plein, qui, se trouvant étroit, offre de plus grandes difficultés, sur-tout si la hauteur d'appui est construite en maçonnerie et si la fondation est plus basse que la banquette : mais hors ce seul cas, le chemin couvert étroit ne

De la largeur du terre-plein des chemins couverts ; de celle des fossés.

présente aucun avantage : en le faisant plus large, l'assiégeant sera toujours forcé à descendre ses batteries dans le terre-plein, les manœuvres relatives aux retours offensifs pourront s'y exécuter, et on pourra y disposer des abris assez spacieux pour contenir les troupes et renfermer les batteries de pierriers et de mortiers dont nous venons de faire connoître les avantages, et qui seroient trop éloignées si on les plaçoit dans les ouvrages principaux. D'après ces considérations et celles relatives à la formation des brèches, on peut réduire la largeur du fossé du corps de place à 18 ou 19 mètres devant les saillans, et celle du fossé de la demi-lune à 13 ou 14. Par conséquent on pourra donner au chemin couvert une largeur moyenne de 22 mètres, sans que la crête du glacis cesse d'être prolongée par la batterie couverte du saillant du bastion.

De la largeur des fossés du corps de place et de la demi-lune.

Pour organiser le chemin couvert, il faut remarquer que d'après le tracé et les rapports des dimensions des élémens du front, les deux places d'armes rentrantes et la saillante se confondent dans une seule T, formée par deux faces enfilées par les batteries blindées des réduits des demi-lunes; ces batteries sont elles-mêmes couvertes par la partie gu des faces des demi-lunes dont le relief est plus considérable que le restant uz : l'intérieur de cette place d'armes est occupé par un grand réduit P casematé et dont les casemates ouvertes à la gorge, sont armées de pierriers, d'obusiers, etc., qui tirent à cartouches et à petites charges, et lancent continuellement des grenades sur les travaux de l'attaque : comme les embrasures sont à 40 centimètres au-dessus du terre-plein du chemin couvert, les flancs le défendent par des feux courbes et directs : ces flancs qui ont 20 mètres, prennent à revers la brèche de la demi-lune : les logemens sur la crête du glacis et dans l'intérieur du chemin couvert, sont pris à revers et enfilés par les flancs des bastions et ceux de la tenaille. Les places d'armes saillantes sont occupées par un réduit R casematé, mais sans terre-plein supérieur; il est armé comme le réduit P, pour lancer, au moyen de 6 bouches à feu, des grenades, des obus et des pierres sur les cheminemens en capitale, les cavaliers de tranchée, etc. Quatre traverses K de 18 à 20 mètres de longueur et de 7 à 8 de largeur, occupent le terre-plein de chaque branche du chemin couvert; elles sont voûtées à l'épreuve, chargées de terre et terrassées du côté de la place d'armes saillante : dans la face qui regarde la crête du glacis, elles sont percées chacune de deux embrasures pour de petits mortiers ou pierriers qui multiplient beaucoup les feux courbes à petite portée : chaque traverse peut contenir de 50 à 60 hommes ; son sol est enfoncé de 6,^{dm}6. On monte dans les traverses par des rampes Vu, qui conduisent au pallier S, lequel communique aux deux compartimens de la traverse : on monte de cette traverse par deux portes r, dans les tambours T qui sont crénelés, garnis de deux portes, et flanquent la traverse; ils sont construits avec deux rangs de grosses pièces de bois et garnis de deux portes : ce pallier S, les tambours et la partie uo des rampes sont blindés; de sorte qu'on peut mettre plus de 108 hommes sous ces abris.

Organisation du chemin couvert; changement remarquable au saillant du bastion.

(Pl. XI, fig. 4.)

(Fig. 4 et 5.)

Comme la partie xyz (fig. 4) du saillant est la seule qui soit palissadée, il ne faudra pas autant de bois pour armer ce chemin couvert que le chemin couvert ordinaire. Nous supposons toujours que les revêtemens des escarpes et contrescarpes sont en décharge, et qu'on a pratiqué des casemates pour de grosse mousqueterie, ainsi que nous l'avons dit (115) : ces feux casemates agiront directement et avec la plus grande efficacité sur le terre-plein du chemin couvert, et leur feu sera combiné avec celui de toutes les autres parties du système.

Il paroît démontré que l'attaque de vive force ne peut réussir contre un chemin couvert ainsi protégé par des feux cachés et à ciel ouvert, qui se croisent dans le terre-plein et prennent à revers le couronnement de la crête du glacis, et dans lequel des troupes fraîches et abritées peuvent déboucher de toute part pour tomber sur l'ennemi et sur ses travailleurs, etc.; la cavalerie pourra même y manœuvrer.

De l'attaque du chemin couvert de vive force.

Lorsque l'assiégeant sera parvenu à s'établir dans les saillans du chemin couvert, il plongera l'escarpe des demi-lunes et celle des faces du bastion attaqué : il pourra donc mettre le tout en brèche en même tems, puis descendre dans le fossé de la demi-lune et y cheminer contre le bastion. Le système bastionné ordinaire laisse ce grand avantage à l'assiégeant; mais il est facile de le lui faire perdre en élevant une caponnière X dont le relief ne masque pas les feux flanquans du bastion et couvre son escarpe : une semblable caponnière Y masquera de la même manière la trouée du fossé du réduit de la demi-lune, par laquelle l'assiégeant peut appercevoir l'escarpe du bastion sur une hauteur assez considérable. Comme les ouvrages X et Y produisent par leur relief des couverts dont l'assiégeant pourroit profiter, on les défend par les galeries crénelées de la contrescarpe : l'escarpe de l'ouvrage X est d'ailleurs flanquée par le flanc du bastion opposé.

Des perfectionnemens indiqués par les opérations du siége qui suivent la prise des places d'armes saillantes, du saillant de la demi-lune et celle du réduit P de la place d'armes rentrante. (Fig. 4.)

Après la prise du réduit P, l'assiégeant battra en brèche les faces du bastion, et en contre-battra les flancs; si la tenaille fait une trouée vis-à-vis de la courtine, il y fera brèche avec une batterie placée à l'extrémité de la face de la demi-lune. Cette dernière brèche lui sera d'autant plus favorable que s'il peut la rendre praticable, il tournera par là le retranchement du bastion : mais pour forcer l'assiégeant à faire l'attaque du bastion pied à pied et à se loger sur le haut de la brèche après plusieurs assauts, il faut ne donner que 5 ou 6 mètres de largeur au passage entre l'angle d'épaule et la gorge de la tenaille, et faire cette gorge parallèle au flanc circulaire, mais seulement sur la longueur de 10 à 12 mètres : par cette seule modification l'assiégeant ne pourra plus découvrir la courtine qui sera, ainsi que les flancs, entièrement masquée par la tenaille.

La meilleure forme qu'on puisse donner à la tenaille est celle à flancs, adoptée d'abord par Vauban, abandonnée ensuite, et que Bousmard repropose d'adopter, en lui donnant des flancs casematés F dont les embrasures soient percées dans un parapet de terre de 6 mètres d'épaisseur : comme la gorge de la tenaille est revêtue en décharge, on peut la rapprocher à 6 à 8 mètres de l'enceinte pour donner aux flancs plus d'étendue et mieux

De la forme de la tenaille; de son relief. (Voyez le supplément de Bousmard.) (Fig. 4.)

couvrir la courtine sans trop baisser la tenaille. On peut prendre deux partis à l'égard du relief des flancs *F* de la tenaille : 1°. on peut les tenir aussi haut que les flancs *H* qu'ils masqueront absolument : les batteries *F* casematées seront, dans ce cas, les seuls feux de flanc qui agiront jusqu'à ce que l'assiégeant se soit emparé de la place d'armes rentrante *T* et du réduit *P*. Dans cette dernière position l'assiégé culbutera la partie supérieure des flancs de la tenaille pour plonger et découvrir le fond du fossé, le flanquer par les lignes de tir *HI*, et contre-battre les batteries de brèche et de contre-flancs établies dans le terre-plein du réduit *P*; 2°. la partie supérieure des flancs de la tenaille sera un peu inférieure à la ligne de tir *HI*, pour démasquer les feux des flancs du bastion, et dans ce second cas, les batteries casematées *F* seront au niveau du terre-plein *P* du réduit; leur action sera simultanée avec celle des batteries *H* du flanc : le terre-plein *P* du réduit et le passage du fossé seront défendus par deux étages de feux difficiles à combattre. Pour ôter à l'ennemi toute espérance de pouvoir déboucher du fossé de la demi-lune et se rassembler sous l'abri formé par le relief de la tenaille, son escarpe et la contrescarpe du réduit de la demi-lune seront garnies d'une galerie crénelée.

Du rempart du réduit de la demi-lune; réflexion sur les terre-pleins soutenus par les voûtes en décharge.

Le réduit de la demi-lune sera à centre vide et son rempart soutenu par un revêtement en décharge : par cette construction dont nous ne cessons de recommander l'usage, et qui sera répétée sous tous les terre-pleins depuis celui du chemin couvert jusqu'au retranchement du bastion, l'assiégé aura la faculté de faire crouler par de petites mines logées sous les pieds-droits, toutes les parties des terre-pleins sur lesquelles l'ennemi est forcé d'établir ses batteries de brèche et de contre-flancs : par cette manœuvre, si elle est habilement conduite, l'assiégeant sera réduit à faire toutes les brèches par les mines offensives; et l'assiégé conservera, jusqu'au dernier moment, l'usage des batteries couvertes qui prennent en flanc et à revers les travaux de l'attaque, à partir de la quatrième parallèle.

Des perfectionnemens à porter dans les profils d'escarpe, eu égard à la formation des brèches. (Pl. XI, fig. 6.)

Il nous reste quelques mots à dire sur le tracé et la construction des profils généraux, eu égard à la formation des brèches : dans les murs profilés à l'ordinaire, la brèche est bientôt praticable, les parapets sont promptement éboulés, et les feux qui défendent les fossés sont nécessairement éteints. Quoique cette opération soit plus difficile dans les revêtemens en décharge, on parvient néanmoins assez rapidement à faire crouler dans le fossé la partie supérieure du mur, et conséquemment le parapet. Pour que le tracé et de la construction d'un profil il puisse résulter une résistance supérieure à celle des tracés ordinaires, il faut remplir les deux conditions suivantes; il faut : 1°. qu'on ne puisse pas faire avec le canon une brèche praticable; 2°. qu'on ne puisse pas faire ébouler la masse couvrante dans le fossé. La première condition ne peut pas toujours être satisfaite, mais la seconde peut toujours l'être.

Soit un profil *P* dont l'escarpe est supposée être battue par la batterie *B* descendue dans le chemin couvert; le fossé a environ 18 mètres de largeur; et on demande de construire le profil en remplissant les deux conditions précédentes et celle relative au commandement. Supposons qu'on veuille que le commandement soit à son maximum, eu égard à la largeur du fossé : prenons sur la contrescarpe hk égale à 10 décimètres, et menons l'horisontale KY au dessus de laquelle nous ferons l'angle YKY dont la tangente soit le $\frac{1}{6}$ du rayon ; cette droite sera la trace de la plongée du parapet : si ensuite par le point b de la batterie on mène la ligne de tir extrême bo qui fasse avec l'horisontale un angle dont la tangente soit encore le $\frac{1}{6}$ du rayon, la partie de l'escarpe oa sera la seule qui pourra être ruinée ; et si par le point o on mène om faisant avec la verticale un angle de $45°$, cette ligne sera la limite de la masse qu'on pourra faire crouler dans le fossé : donc si à partir du point n on donne au parapet une sur-épaisseur nc de 6 mètres, elle restera intacte, et la fortification ne sera altérée . après la formation de la brèche que dans son escarpe. Si maintenant on suppose qu'on puisse creuser le fossé d'une quantité os égale à 7 mètres, hauteur suffisante pour rendre l'escalade impossible, on aura une escarpe qui ne pourra être ruinée que par la mine, et dont la partie supérieure oa pourra être remplacée par un talus en terre on : mais comme cette construction entraînera toujours un relief de 120 à 130 décimètres, il vaut mieux faire un revêtement en décharge sur toute la hauteur pour éviter l'escalade et se procurer les feux couverts si utiles pour défendre le terre-plein du chemin couvert. Il est bon de remarquer qu'en profilant le revêtement en voûtes de décharge, la ligne om ne pourra être inclinée de $45°$; elle prendra l'inclinaison om' de 50 à 55° : dans ce cas la brèche ne sera pas praticable, et la sur-épaisseur du parapet devra être moins considérable. On voit encore ici la démonstration que les fossés étroits et profonds sont les plus avantageux, pourvu que les lignes de tir directes soient efficaces sur le terre-plein du chemin couvert. Toutes ces considérations amènent à cette conclusion, qu'il faut ordonnancer la fortification, tant en projection horisontale qu'en projection verticale, de manière que les brèches ne puissent se pratiquer que par l'emploi des mines offensives.

Tous les moyens de perfectionnement et les modifications que nous avons fait subir aux formes et à la disposition des élémens du système bastionné, sont fondés sur les principes indiqués par M. Carnot dans l'esquisse du système qu'il a proposé : ces principes servent de base à l'art de combiner et de disposer les feux couverts pour résister avec une quantité modérée d'artillerie à la violence et à la multiplicité des feux de toute espèce qu'emploie l'assiégé, et dont les effets sont maintenant connus et appréciés par la théorie. Nous avons insisté sur la nécessité de faire des modifications et des additions relatives aux manœuvres des troupes, et à cette tactique qui est particulière à la guerre des siéges, si fort négligée et dont tous les bons esprits reconnoissent l'importance.

Concluons de tout ce que nous avons exposé, que le fortificateur ne peut élever la défense de ses ouvrages à quelque valeur, qu'en y combinant les feux couverts avec les mines défensives, et qu'en les supposant défendus par des troupes et des mineurs parfaitement exercés dans la pratique des

Conclusion.

siéges, dont le dévouement et la patience seroient sans bornes, et les officiers instruits dans la tactique particulière aux siéges si fertile en combinaisons.

CHAPITRE X.

Considérations générales sur la fortification irrégulière ; des causes qui y produisent l'irrégularité ; des principes du défilement ; applications des principes et des règles au défilement d'un front de fortification.

178. Considérations générales sur la fortification irrégulière ; des causes d'où provient l'irrégularité.

178. Nous avons fait connoître dans la seconde partie (106 et 107) les causes qui portent de l'irrégularité dans la fortification et les effets qui proviennent du *commandement*. Nous avons dit que le commandement prenoit un caractère particulier dans la fortification permanente ; et cela tient à la nature du combat qui se développe lentement et par des moyens d'industrie : il suit de là que si les défenseurs n'étoient pas soustraits dans les ouvrages à l'influence du commandement extérieur, les moyens de défense y seroient anéantis de prime abord, et les manœuvres tellement contrariées que l'attaque marcheroit avec une rapidité étonnante. Puisque le commandement dans la fortification horisontale procure de grands avantages à l'assiégé, à plus forte raison le commandement extérieur en procureroit-il à l'assiégeant si, comme à la naissance de l'art, les ingénieurs modernes ne possédoient pas les moyens de soustraire la fortification à son influence.

Nous savons que deux causes principales amènent l'irrégularité dans la fortification : la première est l'irrégularité du site sur lequel elle se développe ; la seconde résulte du commandement extérieur : c'est cette dernière cause qui donne lieu à l'art du défilement.

Nous ne nous proposons pas de traiter en détail la fortification irrégulière : elle ne peut être l'objet que d'une étude spéciale pendant laquelle l'élève va journellement et sous la direction d'un maître habile, étudier la nature et la topographie sous le rapport de la fortification : nous nous contenterons de quelques indications générales qui feront connoître comment on applique les principes généraux et les règles qui composent la théorie de la fortification régulière et horisontale, aux sites variés que l'on se propose d'occuper par une place forte ou par des ouvrages permanens. La fortification irrégulière n'est, à proprement parler, que l'art de fortifier ; et cet art repose sur la théorie que nous avons établie. Le tact et le coup d'œil, secondés par les opérations géométriques auxquelles le problème particulier donne lieu, décident de la perfection plus ou moins grande de l'ordonnance du système : c'est la variété des sites qui fait de l'art de la fortification un art si difficile et si long à apprendre ; un art qui demande une pratique consommée, et souvent un génie supérieur.

179. Lorsque l'officier-ingénieur se propose d'établir une place forte sur un site irrégulier, il en fait la reconnoissance la plus détaillée et en assied la topographie par des plans levés exactement, des nivellemens et des mémoires descriptifs qui complettent ce que le dessin ne peut rendre : il fait des sondes sur toute la surface pour connoître la nature des couches du terrain et la profondeur à laquelle on trouve l'eau : ces différens renseignemens étant bien constatés, il examine les ressources qu'il peut tirer des courans d'eau pour former des inondations, des flaques, des manœuvres d'eau ; il profite des escarpemens et autres accidens du terrain ; et détermine les points sur lesquels il est possible de créer une guerre souterraine extérieure .Après cette vue générale, il se proposera de rendre inattaquables le plus grand nombre de fronts possible, en mettant en relation de défense les fronts inaccessibles et les fronts abordables ; il ne perdra pas de vue que les parties accessibles doivent présenter des fronts tracés dans des courbes peu convexes ; et qu'il faut les développer en ligne droite et même dans des courbes concaves lorsque les circonstances le permettent.

Après ce coup d'œil général qui embrasse les rapports généraux de toutes les parties du système, qui saisit en même tems la relation particulière de l'attaque et de la défense, et constitue le génie du fortificateur, l'officier trace le polygone défensif dont le développement et l'espace intérieur doivent être proportionnés à la force de la garnison destinée à sa défense ; c'est-à-dire, au rang que la place doit occuper dans le système défensif de la frontière. Ce premier polygone reçoit ensuite des modifications : 1°. afin qu'en le pliant à la forme particulière du terrain, chaque partie soit assise de la manière la plus favorable et procure la meilleure défense individuelle ; 2°. sous le rapport de la dépense et de la construction, car il faut toujours balancer le déblai avec le remblai ; 3°. sous le rapport de la seconde cause d'irrégularité qui donne lieu au défilement dans le système. Après avoir ainsi esquissé son travail, le fortificateur examinera en détail les fronts accessibles et attaquables pour les fortifier non pas d'après un système uniforme, mais d'après des systèmes qu'il composera avec les élémens décrits et appropriés à chaque nature de terrain : tel front ou telle partie d'enceinte aura beaucoup de galeries crénelées, de casemates, etc., parce que les fossés seront peu profonds et le relief peu considérable ; tandis qu'une autre partie sera noyée et ne sera pas susceptible d'une guerre souterraine : telle autre n'en sera pas non plus susceptible parce que le dessous du glacis est composé de couches d'un roc dur dans lequel on ne peut creuser des tranchées : une autre partie admettra une guerre souterraine extérieure d'un plus ou moins grand développement : enfin il sera naturel et convenable d'équilibrer à-peu-près les forces des différens fronts attaquables.

179. De la fortification, eu égard seulement à l'irrégularité du site sur lequel elle est développée.

180. Nous avons représenté facilement la fortification horisontale par une projection horisontale sur le plan de site et par des profils généraux : la même méthode pourroit s'employer dans la fortification irrégulière ; mais elle seroit pénible par la multiplicité de profils et d'élévations qu'il faudroit

180. De la méthode de représenter la fortification irrégulière sans employer les profils et élévations ; du plan de

comparaison et des cotes
numériques.

construire. On a imaginé une méthode plus simple et très-ingénieuse de représenter le relief du terrain et de traiter celui de la fortification dans le silence du cabinet. Par ce moyen et avec les élémens topographiques bien établis, un ingénieur peut traiter un projet de fortification et en constituer l'ordonnance complette sans avoir jamais été sur les lieux.

La méthode en question est celle employée pour représenter la configuration du fond des rades. Après avoir fixé un corps mort dans une position quelconque, on lève ce point et on le construit en projection horizontale : à ce même point on jette la sonde qui fait connoître de combien le fond de la rade est au dessous de la surface de l'eau : cette cote numérique, qui est la valeur de la verticale abaissée du point considéré, est écrite à côté de sa projection horizontale. La même opération étant répétée sur un grand nombre de points, le système de toutes les cotes numériques donne une idée exacte de la surface du fond de la mer, puisqu'on a la projection horizontale de tous les points de la surface et la valeur de toutes les ordonnées verticales.

Il en est de même d'un site irrégulier sur lequel on veut construire une fortification : on imagine un plan horisontal passant au dessus du point le plus élevé ; et ce plan pris pour plan de projection, se nomme *plan de comparaison :* on construit ce plan par les procédés ordinaires des levés. On imagine ensuite, par les points principaux du terrain, des verticales qui vont faire des traces connues de position sur le plan de projection : on détermine par le nivellement la valeur numérique de ces verticales et on écrit les cotes à côté des points correspondans : le système de toutes ces cotes fait connoître la surface du terrain.

De l'usage du plan de
comparaison.

Il est aisé de concevoir l'usage qu'on peut faire d'un plan de comparaison : car, supposons qu'on ait tracé sur ce plan une fortification dont le relief soit connu : si aux différens points de la projection horizontale on accole des cotes numériques qui soient la valeur des verticales élevées de ces mêmes points sur le plan de projection, le système de ces cotes fera connoître le rapport du relief de la fortification avec le terrain : en mettant des cotes relatives aux fonds des fossés, aux lignes couvrantes et aux lignes magistrales, on complette le tableau de la fortification. Ainsi, toutes les fois que l'on veut établir l'ordonnance et le projet d'une fortification sur un site irrégulier, il faut commencer par construire le plan de comparaison ; tracer ensuite la projection horizontale des ouvrages d'après les principes déja connus et ceux que nous ferons connoître ; et fixer le relief au moyen des cotes numériques que l'on parvient à connoître par les méthodes du défilement que nous nous proposons d'exposer. En restant dans l'hypothèse que l'irrégularité dans la fortification ne provient point de l'influence du commandement extérieur, mais uniquement de celle du site même, le tracé et le relief s'ordonnent assez facilement : on partage le terrain occupé par la fortification en parties sensiblement uniformes ; et pour chacune de ces portions on adopte un plan de site artificiel qui se rapproche du terrain le plus possible, soit parce qu'il est tangent à sa surface, soit parce qu'il le coupe dans la vue de le rendre plus régulier :

en passant du plan de site artificiel d'une partie à celui de la partie adjacente, on raccorde ces plans de la manière la plus avantageuse afin que
les fronts conservent la relation de défense la plus efficace. Quand on a
établi ainsi le système de tous les plans de site artificiels, on les rapporte
par les cotes de trois points sur le plan de comparaison, pour ensuite ordonner le relief de chaque front par rapport à son plan de site ; comme
nous l'avons décrit pour la fortification horisontale et comme nous ache-
verons de le développer dans l'hypothèse générale où nous allons entrer.

181. La seconde cause d'irrégularité est une considération des plus importantes; elle donne lieu à des applications curieuses de la géométrie descriptive,
sans le secours de laquelle l'ingénieur ne pourroit parvenir à déterminer les
formes et les proportions qu'il convient de donner aux ouvrages, pour
qu'ils procurent dans la défense des résultats analogues à ceux d'un système
développé sur un site horisontal. La plupart des places frontières sont
situées sur les bords des rivières et des fleuves où elles sont dominées par
les hauteurs des rives ; d'autres le sont sur des pentes de montagnes qui les
plongent de leurs parties supérieures ; enfin il en est qui sont situées partie
dans la plaine et partie sur les hauteurs, etc. Si sur de semblables sites on
développoit une fortification à-peu-près régulière, en mettant toutes les
lignes couvrantes dans des plans horisontaux, il est évident que ces plans
iroient rencontrer les hauteurs dominantes, et que de toute leur partie supérieure l'ennemi plongeroit dans les terre-pleins et dans l'intérieur du
champ de bataille ; il y découvriroit même une partie plus ou moins grande
de la hauteur des escarpes : une fortification ainsi ordonnancée seroit absurde
et la défense y seroit presque nulle.

181. De la fortifica-
tion irrégulière eu égard
à l'influence du com-
mandement de l'espace
extérieur.

Chez les anciens les hauteurs dominantes favorisoient et augmentoient les
portées et les effets des armes de jet : les distances auxquelles ces armes
pouvoient agir étant peu considérables, il arrivoit que l'assiégé pouvoit
en être atteint sans qu'il pût riposter, parce qu'il tiroit de bas en haut.
Mais ce qui est vrai pour les effets des anciennes armes de jet, ne l'est pas
pour l'artillerie moderne, parce que cette dernière porte ses coups à des
distances très-grandes : cependant au-delà d'une limite fixée par l'expérience,
ses effets deviennent incertains et il ne faut pas y compter, à moins que
ce ne soit pour incendier. Cette distance au-delà de laquelle les effets de
l'artillerie ne sont plus assurés, peut être fixée à 1000 ou 1200 mètres ;
or à cette distance, pourvu que l'inclinaison de la ligne de tir ne soit pas
trop grande, les coups de bas en haut ont une force destructive et une
efficacité qui peuvent contre-balancer celles des coups tirés de haut en bas :
on peut même ajouter que dans le cas qu'on considère, les tranchées de
l'assiégeant marchant à contre-pente, seront très-exposées, que leurs parapets devront être plus élevés, et que leur ordonnance en sera plus difficile
à régler.

Réflexions sur les ef-
fets des armes de jet qui
agissent de haut en bas
sur une fortification do-
minée et de bas en haut
sur les travaux de l'as-
siégeant.

En résumant ce qui vient d'être exposé, il suit: 1°. que les hauteurs
dominantes ont peu d'influence à 1500 mètres ; 2°. que les hauteurs à cette

Conséquences.

2.   32

même distance et en-deçà ne seront pas nuisibles à la défense, pourvu qu'on conduise le tracé et le relief de la fortification de façon à ce que le tout y soit ordonnancé comme dans la fortification établie sur des sites horisontaux.

De l'objet du défilement.

C'est par l'art du défilement qu'on obtient ce résultat; il consiste: 1°. à disposer le tracé et le relief de manière à soustraire les manœuvres de l'assiégé aux vues de l'assiégeant; 2°. à lui dérober la vue de toutes les parties du champ de bataille, excepté de celles relatives à l'usage des armes de jet; 3°. à ordonner ces dernières parties de manière que l'action des armes de jet soit aussi efficace que dans la fortification horisontale.

Idée générale d'une fortification défilée.

Il est facile de se représenter une fortification défilée et qui remplisse les conditions que nous venons d'exposer : si on imagine que dans une fortification horisontale le plan de site vienne à tourner autour d'une charnière pour devenir tangent à une hauteur dominante; si on suppose de plus que tous les plans de défilement horisontaux deviennent parallèles au plan de site en conservant les mêmes commandemens respectifs, on aura une fortification dont tous les élémens seront défilés, et qui conservera à-peu-près toutes les propriétés de la fortification horisontale : le plan de site devient alors

Du plan de site artificiel et des plans de défilement inclinés à l'horison.

un plan dont la position est connue, et sur lequel on ordonne tout le relief d'après les commandemens, qu'on connoît aussi, de tous les plans de défilement.

Du choix du plan de site artificiel.

Le principal mérite de la méthode consiste dans le choix du plan de site et dans celui de la ligne choisie pour lui servir de charnière; car une fois que ce plan est connu de position, celle des plans de défilement, qui lui sont parallèles, se déduit des règles enseignées dans la fortification horisontale pour fixer leur relation.

De la manière de trouver les cotes numériques des plans rampans au moyen des échelles de défilement.
(Pl. XII, fig. 1.)

Soit A un terrain sur lequel on veuille établir une fortification $S'S$ qui se trouvera dominée; et soit SB la charnière du plan rampant ou du plan de défilement artificiel : on fera tourner ce plan jusqu'à ce qu'il touche le terrain; et supposons le point de contact en C : comme le terrain est représenté par des courbes horisontales (ce moyen d'établir la topographie d'un site particulier est très-ingénieux), on aura les cotes des trois points S, B et C, et par conséquent le plan de site sera déterminé. Pour trouver maintenant d'une manière facile les cotes de tous les points appartenant au plan rampant, on peut y parvenir au moyen d'une *échelle de défilement* tracée sur le plan et dont il faut déterminer la projection horisontale. Cette échelle se construit le plus ordinairement sur la projection de la ligne de plus grande pente.

On appelle ainsi la ligne perpendiculaire à l'horisontale tracée sur le plan rampant. La projection sur le plan de comparaison de la ligne horisontale se trouve, ou par un simple calcul au moyen des cotes des trois points connus, ou par une projection verticale : soit en effet, un plan vertical passant par la ligne SB regardée comme la commune intersection des deux plans de projection; on construira sur ce plan les projections verticales SC', SB'

des deux droites SC et SB ; par le point B' on menera une horisontale $B'K$ qui donnera en E la projection verticale du point de la droite SC qui est à même hauteur ou qui a même cote que le point B : donc ce point ramené en E' au plan horizontal donnera le moyen de tracer la projection BE' de l'horisontale : si à un point quelconque de cette horisontale on élève une perpendiculaire XY, elle sera la ligne de plus grande pente sur laquelle on construira l'échelle de pente ou de défilement. Pour cela, par les points C, B et S on abaissera sur XY des perpendiculaires qui donneront les points b, g et a que l'on cotera 31, 45 et 55. Si on divise l'intervalle ba en 24 parties égales, le point g se trouvera à la 14e. division et aura pour cote 45 : on aura donc une échelle graduée par laquelle on trouvera sur-le-champ la cote d'un point quelconque pris sur le plan rampant : ainsi, par exemple, si on veut connoître la cote de l'angle d'épaule Q, en tant qu'il est dans le plan rampant, on menera l'horisontale QT, et la cote indiquée par l'échelle de site sera celle du point Q.

Le choix du plan de site est une opération délicate qui tient au coup d'œil, parce qu'elle dépend de circonstances relatives à l'ordonnance et à la construction, et desquelles on déduit les données qui font que la question est déterminée ou indéterminée : il résulte de cette considération plusieurs problèmes préliminaires dont il est nécessaire de dire un mot avant que de traiter des questions générales sur le défilement.

Suite des considérations sur le choix du plan de site artificiel.

La première question préliminaire dont il convient de s'occuper est celle où il s'agit de trouver la position du plan rampant assujetti à passer par un point donné A : si par ce point on imagine des tangentes à la surface du terrain, qui est connue par la formation du plan de comparaison, on engendrera une surface conique dont les points de contact seront la ligne de contour apparent : il sera facile de projetter cette courbe sur le plan horisontal et sur un plan vertical quelconque : en effet, soit AP la projection horisontale d'une arête ; si par cette ligne on fait passer un plan vertical, il coupera le terrain suivant la courbe mno à laquelle on menera la tangente An pour projetter en n' le point de contact n : on déterminera de la même manière une suite de points par lesquels on fera passer une courbe ; cette courbe sera la projection horisontale du contour apparent. Pour connoître maintenant la forme de la surface conique, il faut la couper par un plan vertical dont la trace est XY ; et sur lequel il est facile de construire son intersection avec la surface conique : construisons un point, par exemple, celui qui appartient à l'arête projettée en AM : construisons, comme tout-à-l'heure la coupe du terrain qst et menons la tangente As ; par le point e élevons la verticale ef dans le plan vertical passant par AM ; en portant cette grandeur ef sur la verticale eg considérée dans le plan vertical dont XY est la trace, on aura un point de la section verticale aaa : ses autres points se trouveront par des constructions semblables. Si, maintenant, on mène à la section verticale aaa des tangentes xy, elles seront les traces d'autant de plans rampans passant par le point A : ce qui fait voir que le problème est susceptible de plusieurs solutions ; mais parmi toutes ces tangentes, il faut

Première question. De la détermination du plan de site assujetti à passer par un point donné ; de la surface conique ; de la ligne de contour apparent. (Pl. XII, fig. 2.)

choisir celle qui donne le plan rampant le plus convenable sous les autres rapports indépendans du défilement. Si on vouloit assujettir le plan de site artificiel à toucher la surface du terrain en deux points, le problème seroit déterminé, puisque la tangente uv est unique : lorsqu'on connoît le point de la section verticale par lequel doit passer le plan de site, on peut trouver sur le plan de comparaison le point du terrain qui lui correspond : pour cela on tracera la projection horisontale AK de l'arête qui passe par le point b ; on construira la coupe du terrain, et la projection K du point de contact G sera celle du point cherché.

Du cas où il faut choisir un plan rampant qui coupe le terrain.

Lorsque les tangentes menées à la section verticale ne donnent par un plan rampant qui puisse convenir, on se décide à choisir un plan qui ne soit pas tangent à la surface du terrain extérieur et qui la coupe à une certaine hauteur : supposons que hl soit la trace de ce plan ; il est évident qu'alors il faudra enlever et déblayer toute la partie du terrain qui dominera le plan de site ; elle est indiquée par les arêtes extrêmes qui passent par les points g et g' et par la partie de la section verticale comprise entre ces deux points : pour rapporter sur le terrain son intersection par le plan rampant, il faut faire la projection de cette courbe sur le plan de comparaison : cette projection est tangente aux deux arêtes extrêmes AM, AM'; et les points de contact se trouvent par leurs constructions S au plan vertical passant par l'arête. Construisons encore les deux points placés sur la droite projettée en AP : en portant la hauteur dc de d en d' on aura sur le plan vertical la trace Am' du plan rampant ; et les deux points m' et o' projettés en m'' et o'' seront les deux points cherchés ; et ainsi des autres : on obtiendra aussi sur le plan de comparaison la courbe $m''p's'q'o''$ qui, rapportée sur le terrain, fera connoître le déblai à effectuer.

Seconde question.

On suppose que le plan de site est assujetti à passer par une droite donnée de position.

(Fig. 2.)

Le cas où le plan rampant est assujetti à passer par une droite donnée de position, se considère fréquemment dans la pratique : il a lieu toutes les fois qu'on se donne la charnière soit du plan de site, soit d'un plan de défilement.

Dans cette question le problème est déterminé, et il se traite comme le précédent. Soit la droite GE donnée de position ; on cherche sa trace R sur le plan vertical et par ce point on mène à la section verticale la tangente RR' qui donne la position du plan rampant qui est unique : en cherchant la cote du point du terrain placé dans l'arête qui passe par le point de contact, le plan rampant se trouve déterminé sur le plan de comparaison.

Des solutions des deux questions précédentes par MM. Monge et Meusnier.

Dès 1775, M. Monge et le général Meusnier enseignoient aux élèves de l'Ecole du génie les méthodes pour déterminer les plans de site artificiels assujettis à passer soit par un point donné, soit par une droite. Meusnier fit à ce sujet un mémoire manuscrit pour guider les élèves : il le traita avec cette sagacité pénétrante qui fut le principal caractère de son génie ; et qui, jointe à une activité dévorante, l'a fait parvenir dans les sciences mathématiques, et dans leur application aux arts et aux découvertes de plusieurs genres, à une célébrité justement méritée.

Meusnier, dans son mémoire manuscrit, définit le terrain par des sections horisontales faites par des plans qui s'élèvent graduellement des points les plus bas aux sommets des hauteurs dominantes ; il trace ces sections sur le plan de comparaison en faisant passer des courbes par les points qui portent la même cote : ensuite il coupe la surface conique par un plan horisontal placé à une hauteur fixée à volonté ; et il construit la section sur le plan de comparaison ; il mène à cette courbe une ligne qui la touche en deux points, et les arêtes qui passent par les deux points de contact font connoître les deux points du terrain par lesquels le plan rampant doit passer.

Première question où le plan de site est assujetti à passer par un seul point.

Le cas où le plan rampant est assujetti à passer par une droite prise pour charnière, et dont la pente est assez forte pour être appréciée, est traité dans le mémoire par une méthode particulière et des plus ingénieuses, qui s'applique facilement à la pratique.

Seconde question où le plan rampant est assujetti à passer par une droite plus ou moins inclinée à l'horison.

(Pl. XII, fig. 3.)

Soit A et B les deux saillans du chemin couvert d'un front de fortification ; par ces points cotés 100 décimètres et 60 doit passer le plan de site ; et supposons qu'on ait tracé le plus correctement possible sur le plan de comparaison les courbes horisontales dont nous avons parlé. Cela posé, la droite AB qui est la charnière du plan rampant sera considérée comme une échelle divisée en raison de la pente, c'est-à-dire, en 40 parties égales de A en B ; ces divisions seront prolongées jusqu'à la distance où la cote sera égale à celle de la courbe horisontale la plus élevée ; dans l'exemple présent, ce sera jusqu'à la cote (10) : cette première opération étant exécutée avec soin ; par chaque point de division de l'échelle MN, on menera des tangentes aux courbes de même cote, et parmi toutes ces tangentes on ne conservera que celle qui fait avec la droite AB le plus petit angle. Ainsi, par exemple, pour le point de l'échelle coté (20) on aura les droites as, $a's$, etc., mais on ne conservera que la tangente as qui fait le plus petit angle. De même pour le point coté (50) on ne conservera que la tangente horisontale bp, et ainsi de suite : après toutes ces opérations successives, on a une suite de tangentes horisontales, oq, bp, as, etc., parmi lesquelles on choisira celle qui fait avec la ligne AB le plus petit angle ; elle fera connoître le point b du terrain par lequel le plan rampant doit passer : en effet, toutes les autres tangentes, faisant avec AB des angles plus grands, seront placées sous le plan ; donc il ne touchera le terrain qu'au point b placé sur la tangente qui fait le plus petit angle avec la charnière.

Si on suppose que la droite MN, qui doit être la charnière du plan, est horisontale, la méthode n'est plus praticable : il faut alors mener à toutes les courbes horisontales des tangentes mn, etc. qui lui soient parallèles ; faire passer une courbe par les points de contact et construire cette courbe sur un plan vertical perpendiculaire à la charnière : de la trace de cette même droite sur le plan vertical on mène une tangente à la courbe ; et le point de contact fera connoître le point du terrain sur lequel doit reposer le plan rampant.

Du cas où la droite qui sert de charnière au plan rampant est horisontale.

182. De l'objet du dé-
filement; de sa défini-
tion.

182. Le défilement consiste dans l'art d'ordonnancer les ouvrages de fortification de manière : 1°. que toutes les manœuvres soient soustraites aux vues de l'assiégeant; 2°. qu'il n'apperçoive du champ de bataille que les parties qu'on ne peut absolument lui dérober et qui sont le moins destructibles; 3°. que toutes les armes de jet aient des effets aussi efficaces sur les travaux de l'attaque que si la fortification étoit horisontale. Or nous voyons, par ce qui a été dit (181), que toutes ces conditions seront remplies en établissant bien exactement la topographie du site par la formation du plan de comparaison, et en choisissant avec habileté des plans de site artificiels sur lesquels seront ordonnés les fronts et autres ouvrages qui doivent entrer dans la composition d'une place forte.

Des trois données qui
entrent dans les ques-
tions générales sur le
défilement.

Dans toutes les questions sur le défilement on considère trois données : 1°. l'*espace extérieur* d'où partent les lignes de tir de l'ennemi; cet espace est renfermé dans un cercle d'environ 1500 mètres de rayon; 2°. l'*espace intérieur* qui est l'espace à défiler; 3°. les masses couvrantes consistant en parapets, traverses, parados, etc. ; elles sont employées pour intercepter les lignes de tir de l'ennemi. Parmi ces trois données l'espace extérieur est connu par le plan de comparaison; et comme on suppose que les lignes de tir sont droites, les questions sur le défilement se traitent comme celles sur les ombres : l'espace extérieur est le corps lumineux; les rayons sont les lignes de tir; les masses couvrantes sont le corps opaque; enfin, l'espace défilé est celui compris dans l'ombre portée par les masses couvrantes.

Des deux questions
générales sur le défile-
ment.

Toutes les questions particulières sur le défilement sont comprises dans deux énoncés généraux.

1°. L'espace extérieur et les lignes couvrantes étant donnés, déterminer la forme des terre-pleins pour qu'ils soient défilés.

2°. Etant donnés l'espace extérieur et les principaux points de la projection horisontale, déterminer la position des lignes couvrantes de manière que toutes les conditions de la défense soient remplies et qu'on ait le minimum de la dépense.

De la première ques-
tion :
Les lignes couvrantes
sont données.

La solution de la première question s'obtient en imaginant un plan qui se balance sur l'espace extérieur et sur les lignes couvrantes en restant toujours tangent aux deux systèmes : les intersections successives de ce plan qui change sans cesse de position, seront les arêtes ou lignes génératrices de la *surface de défilement* : et si, par le pied des parapets, on fait passer une surface courbe qui lui soit parallèle, elle contiendra le terre-plein de l'ouvrage, etc. Il faut remarquer que l'espace extérieur est une surface parallèle à celle du terrain, mais plus élevée d'environ 20 décimètres.

Dans les questions particulières la surface de défilement est ordinairement composée d'un ou plusieurs plans connus de position; et les constructions graphiques par lesquelles on détermine les projections de la surface défilée deviennent plus ou moins faciles.

De la seconde ques-
tion :

Dans la seconde question générale, on suppose qu'on a rapporté sur le plan de comparaison les principaux points du tracé, et que les points correspondans du terrain naturel appartiennent à la surface de défilement : par ces derniers points on fera passer une surface qui enveloppe l'espace extérieur naturel ; elle sera la *surface de site artificielle* qui devra contenir les terre-pleins des ouvrages les plus avancés : et si on met les lignes couvrantes des mêmes ouvrages dans une surface de défilement qui lui soit parallèle et supérieure de 25 décimètres, on aura le relief, etc.

On ne connoît que les principaux points de la projection horisontale.

Dans les cas particuliers on substitue à la surface du site un ou plusieurs plans tangens à cette surface et convenablement choisis. Les surfaces de défilement deviennent alors des plans de défilement que l'on met en relation avec les plans de site, d'après les règles indiquées dans la fortification horisontale, relativement à ce qui concerne la défense et la dépense de la construction.

Lorsqu'on a déterminé les plans de site artificiels et la relation qui exprime le commandement des élémens, on trace les échelles de défilement par lesquelles on obtient les cotes qui font connoître le relief, etc.

Il est rare, lorsqu'une fortification est développée sur un site irrégulier et influencé par des hauteurs dominantes, qu'un seul plan de site puisse satisfaire à toutes les conditions ; on en adopte alors plusieurs qui ont les uns à l'égard des autres des positions connues : quelquefois on passe de l'un à l'autre par un ressaut qui peut être supérieur ou inférieur par rapport au premier plan : dans le premier cas, la partie basse est couverte sur son flanc et il n'y a aucune modification à faire ; dans le second cas, il est indispensable de mettre dans la direction du ressaut une traverse à l'épreuve et assez élevée pour couvrir le flanc de la fortification supérieure : on fait dans l'épaisseur des traverses des passages avec des rampes pour communiquer d'une partie à une autre.

De la position respective des différens plans de site qui appartiennent à une même fortification.

Lorsqu'on passe d'un plan rampant à un autre par l'intersection de ces deux plans, il peut arriver, ou que cette intersection soit une gouttière ou qu'elle soit une arête : si c'est une gouttière il faudra interposer dans sa direction une traverse suffisamment élevée ; mais si c'est une arête, les deux parties seront défilées comme si on ne changeoit pas de plan. Il est facile de reconnoître sur le plan de comparaison si les plans rampans se coupent en gouttières ou en arêtes : il suffit pour cela de tracer les projections des lignes de plus grande pente ; et si ces lignes convergent du dedans au dehors ce sera une arête ; si elles divergent ce sera une gouttière ; enfin, si les lignes de plus grande pente sont parallèles les plans rampans se confondront ou seront parallèles.

183. Nous allons appliquer les règles générales que nous venons d'exposer, à deux cas particuliers que les élèves pourront varier à leur gré.

183. Application des principes généraux à deux cas particuliers.

On suppose que la gorge du saillant est une ligne droite, que les projections horisontales et verticales sont QMR et qmr : on suppose encore que la commune intersection XY des deux plans de projection est perpendiculaire à la capitale et qu'elle passe par l'angle saillant : cela posé, il

Premier cas de la question :

Il est question de défiler un saillant dont les lignes couvrantes sont connues de position, des hauteurs placées en avant, mais embrassées par les prolongemens des faces.

(Pl. XII, fig. 4.)

faut construire par les procédés déja indiqués, la section de la surface conique par le plan vertical : cette courbe est *abcde* ; elle est supposée ne pas s'étendre au-delà des prolongemens des deux faces : si sur le plan vertical on construit la trace *fh* du plan passant par les lignes couvrantes, et que cette trace passe au dessus de la section de la surface du défilement, cela indiquera que l'ouvrage est défilé et qu'il suffit de mettre son terreplein dans un plan parallèle : mais si, comme dans le cas considéré, la trace du plan de défilement coupe la section *ace*, l'ouvrage ne sera pas défilé et sera plongé par la hauteur *B* : il s'agit de construire son terre-plein de manière à ne plus être sous l'influence de la hauteur dominante. Pour cela on imagine que la surface conique de défilement dont toutes les arêtes passent par le sommet *M*, soit prolongée dans l'intérieur du saillant : elle y produira une surface conique concave facile à construire ; et si par le pied des parapets on lui mène une surface parallèle, elle devra contenir le terreplein : pour simplifier la construction et la forme du terre-plein, on substitue à la surface conique irrégulière les deux plans tangens dont les traces sont *fc'* et *hc'* ; ou bien la surface dont la trace est la ligne mixte *fbcdh*: dans cette supposition la surface du terre-plein sera composée de deux plans formant une gouttière, ou d'une surface conique concave terminée par deux plans qui lui sont tangens : il ne s'agit plus maintenant que de faire les projections des arêtes des deux points de contact *b* et *d*, et de celles de la courbe *bcd*, pour obtenir la section *qzvur* de la surface intérieure par le plan vertical passant par la gorge : on menera à 25 décimètres au dessous de cette ligne la parallèle *sotxp* qui sera la limite verticale du terre-plein, etc.

Second cas de la question :
On suppose qu'il y a des hauteurs collatérales qui prennent à revers les faces des saillans.

Lorsque les prolongemens des faces ne comprennent pas toutes les hauteurs dominantes et qu'il y a des hauteurs collatérales *A* et *C*, ces hauteurs prennent à revers les défenseurs et l'artillerie disposés le long des faces : on ne peut alors se couvrir de ces feux de revers qu'en interposant dans le terre-plein de l'ouvrage une masse appelée *traverse* qui intercepte les lignes de tir de droite et de gauche. Pour déterminer la direction et la hauteur de cette traverse, il faut commencer par exécuter toutes les opérations relatives au cas précédent, puis on fera la projection verticale *q'm'*, *r'm'* de deux droites supérieures aux lignes couvrantes d'environ 10 décimètres ; par les traces *f'*, *h'* de ces droites on menera des tangentes aux parties collatérales *a'b'd'*, *a''b''d''* de la section de la surface de défilement, et elles seront les traces des deux plans tangens et de défilement passant par les droites *q'm'* et *r'm'* : il est évident que ces deux plans tangens se couperont dans une droite dont la direction et la hauteur au dessus du plan horisontal seront celles qu'on doit donner à la traverse. Cette ligne terminée au plan vertical passant par la gorge, pourra donc être considérée comme la sommité de la traverse à laquelle on donnera l'épaisseur convenable, suivant la nature des matériaux dont on la construira et la résistance qu'elle doit opposer. Si cette traverse est construite en terre, on fera en gazon la face correspondante à la gorge; les deux autres faces auront le talus des terres coulantes : on fera sous la traverse une ou deux communications pour passer d'une partie dans l'autre : on construira aussi dans son épaisseur un magasin à poudre. Lorsque la direction de la traverse fait avec la capitale un angle tellement ouvert qu'elle serre de trop près une des faces de l'ouvrage, il faut pour que les manœuvres puissent s'y exécuter, changer sa direction et en augmenter la hauteur jusqu'au plan de défilement latéral qui s'appuie sur la face dont il a été nécessaire d'éloigner le pied de la traverse pour se procurer un terre-plein suffisant. Cette remarque fait voir que lorsqu'il n'y a qu'une hauteur latérale, on peut donner à la traverse en capitale la direction que l'on juge la plus avantageuse sous le rapport des manœuvres, et que sa hauteur se détermine par la seule considération d'un plan rampant latéral.

Dans les deux cas que l'on vient de considérer il faut, pour pouvoir remplir toutes les conditions du défilement, que les faces prolongées ne fichent pas dans le terrain ; si cela étoit ainsi, le terre-plein seroit défilé, mais les défenseurs placés sur les banquettes seroient plongés et pris en flanc par les feux d'enfilade de l'ennemi.

Nous avons fait pressentir (178) en peu de mots comment un ouvrage influencé par des hauteurs dominantes pouvoit satisfaire aux conditions prescrites par les règles de la défense : cette première notion peut maintenant être rendue complette par l'application des méthodes dont nous avons fait la description, et qu'il est facile d'ordonner dans un seul et même système d'opérations pour parvenir à la solution de tous les cas particuliers. Après avoir établi la topographie du site par la formation du plan de comparaison et tracé sur ce plan la projection horisontale du polygone défensif, on fera le choix des différens points du terrain qui doivent appartenir aux plans de site artificiels, et on déterminera la position respective de ces divers plans rampans : si ces plans sont tangens à la surface extérieure, tous les terre-pleins seront mis dans des plans parallèles, etc. ; mais si quelques-uns d'eux coupent l'espace extérieur, il faudra ou enlever la partie du terrain qui leur seroit supérieure, ou il faudra creuser les terre-pleins convenablement et employer des traverses pour se couvrir des vues de revers. Chaque plan de site étant déterminé et coté sur le plan de comparaison, on examinera les intersections ou les ressauts qu'ils forment (179), et on déterminera les directions et les hauteurs des traverses et même des parados que le passage d'un plan de site à son adjacent rend nécessaires : ces opérations étant construites sur le plan de comparaison, ou exécutées sur le terrain par les procédés connus dans la pratique, on construira les échelles de défilement pour s'occuper ensuite du relief de chaque front en particulier : ce relief s'ordonnera en déterminant la relation de tous les plans de défilement, ainsi qu'il a été enseigné (146) pour la fortification horisontale : la crête du glacis sera mise dans un plan de défilement supérieur au plan de site de 25 à 30 décimètres ; on réglera ensuite la pente du glacis ainsi qu'il a été dit ; ensuite on fera le tracé de la troisième parallèle, et par des profils particuliers on déterminera les commandemens de la demi-lune du corps de place et des autres élémens, etc. Cette indication générale suffit

Application des principes précédens à l'ordonnance des ouvrages de fortification dont le tracé est connu, eu égard au défilement.

dans ce moment pour faire voir comment les principes de la fortification régulière s'appliquent aux différens cas de la fortification irrégulière : mais il arrive souvent que les plans rampans qu'on a choisis conduisent à des reliefs ou trop élevés, ou trop bas, et qui contrarient les règles de la défense. Cette considération amène à traiter sous un autre point de vue la question relative au choix d'un plan de défilement.

184. Du défilement des ouvrages en y faisant entrer la considération d'un maximum et minimum attribués au relief.

184. Le relief d'un ouvrage de fortification devant s'ordonner par les règles relatives au défilement, celles que prescrit la tactique de la défense, et celles qui dépendent de la construction et de la dépense ; il suit que tant de conditions à remplir rendent la question bien compliquée et difficile à traiter dans la pratique : aussi lorsqu'un officier du génie est parvenu à ordonnancer tous les élémens d'une place de manière à obtenir le maximum de force et le minimum de dépense, il laisse à la postérité un témoignage durable de ses connoissances et de ses talens.

Avant de procéder au choix des plans de site artificiels, l'ingénieur doit donc fixer les limites du maximum et du minimum dans lesquelles il peut tenir le relief, indépendamment de la circonstance du défilement : ces limites posées, il ne pourra choisir parmi les plans rampans que ceux qui procureront pour le corps de place des plans de défilement qui passeront entre les limites déterminées.

Les questions traitées précédemment se représentent donc avec la condition que chaque plan de site doit se déduire d'un plan de défilement qui satisfasse à cette condition, que le relief ne doit pas dépasser des limites fixées.

Remarque sur la surface de défilement.

Lorsque le relief se règle d'après le plan de défilement du corps de place, il faut que l'espace extérieur soit une surface parallèle à celle du terrain, mais supérieure d'environ 5o à 6o décimètres, afin que le plan de site qui en résultera soit tangent à-peu-près à la surface du terrain.

Première question : Le plan de défilement doit passer par un point donné et entre les limites fixées pour le relief.
(Pl. XII, fig. 5.)

Dans la première question où le plan de défilement des ouvrages principaux est assujetti à passer entre les limites m'' et m' du maximum et du minimum du relief, on choisit intérieurement un point A que l'on se donne de position, et par lequel le plan de défilement doit nécessairement passer : le choix de ce point doit être fait avec cette justesse de coup d'œil que doit posséder tout officier chargé de diriger de semblables tracés.

Par ce point A, choisi le plus convenablement possible, on fera passer les arêtes de la surface conique de défilement, laquelle sera coupée par un plan vertical dont XY est la ligne de terre ; les points du maximum et du minimum du relief seront projettés sur les deux plans en m, m' et m'' : cela posé, on construira la section verticale ooo de la surface de défilement ; par les projections du point A, et par celles des points qui fixent les maximum et minimum du relief, on fera passer des droites qui détermineront leurs traces t et t' sur le plan vertical. Il est évident maintenant que parmi les tangentes à la courbe ooo, on ne peut choisir que celles telles que VV, qui passent entre les limites t et t'.

Si le plan de défilement est astreint à passer par une droite AF donnée de position, le problème sera déterminé, mais il ne sera pas toujours possible. En effet, il faudra chercher la trace K de la droite sur le plan vertical, et par ce point mener une tangente KP à la courbe ooo ; et comme cette tangente est la seule par laquelle on puisse mener le plan de défilement, il en résulte que si elle ne passe pas entre les limites t et t', le problème ne sera pas possible ; il sera nécessaire alors de changer la position de la droite AF, etc.

Seconde question :

Le plan de défilement est assujetti à passer par une droite donnée de position.

Enfin nous supposerons que le plan de défilement, toujours astreint à passer entre les points du maximum et du minimum du relief, doit de plus être parallèle à une ligne donnée de position ; ce cas reçoit souvent des applications dans la pratique lorsqu'il est question de défiler une partie d'enceinte qui a peu d'étendue en largeur, et qui en a beaucoup en longueur : il importe dans ce cas que le plan de défilement soit parallèle à la direction du terrain, suivant laquelle le tracé de la fortification doit être dirigé.

Troisième question :

Le plan de défilement est assujetti à être parallèle à une droite donnée de position.

La solution de ce cas particulier n'est pas plus embarrassante que les deux précédentes ; seulement il faut observer de donner à la surface de défilement une génération différente, en enveloppant l'espace extérieur par une surface cilindrique dont toutes les arêtes soient parallèles à la ligne AF à laquelle le plan de défilement doit être parallèle : la section ooo de cette surface par le plan vertical passant par XY, n'est pas plus difficile à construire que celle de la section de la surface conique, et se déduit des coupes du terrain par des plans verticaux contenant les arêtes : cela posé, par les points m du maximum et minimum du relief, on menera des parallèles à la droite AF dont on construira les traces sur le plan vertical : nous supposerons que ces traces sont les points t et t' : ces opérations graphiques étant exécutées, toutes les tangentes menées à la courbe ooo qui, comme VV, passeront entre les traces t et t' des systèmes du maximum et du minimum du relief, satisferont aux conditions du problème et pourront être prises pour la trace du plan de défilement : on choisira ensuite parmi toutes ces tangentes celle qui donnera le plan de site artificiel le plus avantageux sous les rapports qui sont indépendans du défilement. La trace du plan de défilement sur le plan vertical étant connue, on aura facilement celle sur le plan horisontal ; pour cela, on prendra sur la trace au plan vertical deux points par lesquels on menera deux droites parallèles à la ligne donnée de position, et on cherchera les points où ces droites, qui sont dans le plan de défilement, percent le plan horisontal : la ligne menée par ces deux points sera l'intersection cherchée.

L'art de conduire le tracé des boyaux de tranchée devant un front d'attaque, est fondé sur le défilement ; il consiste en effet à diriger les boyaux de manière que le plan rampant qui passe par le sommet du profil de la tranchée et à 20 décimètres au dessus du pied de son revers, rase les points les plus dominans de la fortification et laisse au dessous de lui les parties les plus saillantes. Il seroit possible de construire un instrument qui faciliteroit l'ingénieur dans le tracé de la direction des boyaux ; il pourroit

Application du défilement au tracé des boyaux de tranchée.

consister en un cône tronqué dont le côté auroit la même inclinaison que le plan rampant, et qui est connue par le profil de la tranchée : ce cône d'environ 3 décimètres de hauteur, tourneroit autour d'un axe vertical, et porteroit une alidade attachée à sa surface qui tourneroit dans le plan tangent. L'usage de cet instrument seroit bien simple ; l'ingénieur, au point de départ du boyau et couvert par une amorce, poseroit le pied de l'instrument bien verticalement, puis il feroit tourner le cône et l'alidade jusqu'à ce qu'il appercevroit que le rayon visuel est dirigé sur le point le plus dominant ; ensuite il fixeroit le corps de l'instrument, et dirigeant l'alidade sur le terrain même, le rayon visuel y traceroit la direction du boyau, qui sera toujours bonne si le rayon visuel dirigé vers les parties de la fortification les plus avancées les laisse en dedans.

185. De la combinaison des deux causes d'irrégularité ou, de l'influence des hauteurs dominantes sur le tracé. (Voyez la seconde partie, n°. 104.)

185. Nous avons indiqué dans la seconde partie (104), que l'influence des hauteurs dominantes porte des modifications dans le tracé; cette vérité est devenue maintenant des plus frappantes par l'exposition que nous venons de faire des règles générales du défilement. Les deux causes qui produisent l'irrégularité de la fortification se combinent dans son ordonnance comme elles le font dans celle des ordres de bataille généraux : dans ceux-ci le général qui est doué d'un coup d'œil habile, éloigne les parties foibles des points avantageux à l'ennemi, pendant qu'il s'avance hardiment sur les parties du site qui sont favorables à l'action et au déploiement de ses forces mobiles : on peut dire avec vérité qu'il trace une fortification mouvante et variable de forme pendant tous les instans du combat.

De l'ordonnance du tracé d'une fortification, eu égard au défilement.

Quand on ne considère dans le tracé d'une fortification que l'irrégularité du site même (179), on plie le tracé à la forme particulière du terrain dans la vue d'avoir le plus petit relief sans nuire à l'efficacité du commandement : mais lorsqu'à cette première difficulté il faut encore joindre la considération du défilement, la question devient beaucoup plus compliquée, et il faut alors se proposer de conduire le tracé de manière à éprouver le moins de difficultés qu'il est possible dans les opérations du défilement, sans cependant déroger aux autres conditions générales : un léger changement dans la direction d'une partie d'enceinte ou dans celle d'une branche d'ouvrage, quoique souvent indifférent quant aux autres conditions à remplir, peut conduire à des opérations de défilement extrêmement simples et faciles ; lesquelles, sans cette modification dans le tracé, auroient pu être impossibles.

Conséquences et règles déduites des questions sur le défilement.

Les questions de défilement qui ont été traitées conduisent à des conséquences importantes qui fournissent quelques règles propres à diriger dans le tracé des ouvrages de fortification, en ayant égard au défilement.

Première conséquence.

On se défile avec autant de facilité d'une grande hauteur qui est éloignée que d'une petite qui seroit proche : c'est-à-dire, que l'influence des hauteurs dominantes est en raison directe de leur élévation verticale au dessus du site sur lequel le tracé doit être développé, et en raison inverse de leur éloignement.

Cette conséquence évidente (181) donne pour première règle ; qu'*il faut éloigner les parties de la fortification le plus qu'il est possible, des hauteurs auxquelles elles sont exposées.*

Première règle.

Les questions traitées (182) conduisent encore à la conséquence suivante : les faces et branches qui forment les saillans des ouvrages doivent embrasser par leurs prolongemens, autant que cela est possible, toute l'étendue de la hauteur dominante qui exerce une influence sur elles ; elles ne doivent jamais ficher dans le terrain. Lorsque cette condition ne peut être remplie, il faut diriger les faces et les branches de manière que leurs prolongemens tombent dans des parties basses, sur des cours d'eau, dans des anfractuosités, etc. ; il faut aussi employer avec adresse les traverses pour se couvrir des hauteurs latérales.

Seconde conséquence.

De là suit cette règle importante, qu'*il faut faire les angles saillans les plus obtus possible :* cette seconde règle est comprise dans la première.

Seconde règle.

Ces règles générales souffrent des exceptions dans les applications : nous verrons dans la suite qu'il est des cas où les parties d'une fortification doivent converger vers les points dominans au lieu de s'en éloigner.

Remarque sur les applications des règles.

186. De même qu'on peut donner aux faces et aux branches qui composent les élémens d'une fortification, des directions par rapport aux hauteurs dominantes, qui en facilitent le défilement; on peut aussi faire varier dans de certaines limites les directrices du tracé d'une enceinte ou partie d'enceinte, dans la vue de faciliter le défilement de toutes les parties, et avec la condition que le relief soit ordonnancé d'après les règles qui lui sont propres sous le rapport de la défense et de la construction. Mais cette question prise dans toute sa généralité, est si complexe qu'il est nécessaire, pour parvenir à quelques résultats, d'en simplifier les données. On suppose : 1°. que l'enceinte est simple; 2°. que les systèmes du maximum et du minimum du relief sont donnés et situés dans des plans parallèles au plan du terrain sur lequel le tracé doit être effectué; 5°. qu'on ne considère sur l'espace extérieur qu'un point dominant ou une ligne dominante. Cela posé, si on suppose qu'un plan de défilement ait été choisi convenablement, il coupera les plans contenant les systèmes du maximum et du minimum en deux lignes dont les projections sur le terrain comprendront une *zone* que M. Say appelle *bandeau de défilement*, dans son intéressant mémoire sur le défilement : cette zone est évidemment la seule partie du terrain sur laquelle on puisse développer la fortification : plus le tracé s'approchera d'une des limites de cette zone, plus le relief s'approchera aussi de la limite correspondante, etc. D'où il suit que plus ce bandeau sera étroit, plus on sera gêné pour développer le tracé ; et que plus il sera large, plus on aura de facilité dans cette opération : il est donc important de rechercher les causes qui font augmenter ou diminuer la largeur de la zone de défilement.

186. Considérations générales sur la direction que doivent prendre les directrices du tracé des enceintes par rapport aux hauteurs dominantes dont il faut défiler la fortification.

Conséquence.

Nous supposerons d'abord qu'on ne considère sur l'espace extérieur qu'un seul point dominant; et on voit tout de suite que deux causes font varier la largeur de la zone de défilement : 1°. la distance du point dominant

De la grandeur de la zone de défilement lorsqu'il est question d'un seul point dominant.

qui, selon qu'elle est plus ou moins considérable, produit évidemment une zone plus ou moins large ; 2°. la direction de la zone par rapport au point dominant : en effet, si on projette sur le plan horisontal la ligne menée du point dominant au point de départ de la zone, on voit que sa largeur devient nulle lorsqu'elle se dirige sur le point dominant, et qu'elle augmente

Premier cas de la question :
De la direction d'une ligne directrice du tracé à l'égard d'un point dominant.

jusqu'à ce que l'angle devienne droit. Ceci démontre encore la première règle et fait comprendre que toutes les fois qu'un point dominant par lequel doit passer le plan de défilement, influence une portion d'enceinte, il faut en éloigner toutes les parties autant qu'il est possible ; et que, s'il s'agit d'une direction en ligne droite, il faut la mener perpendiculairement à la projection de la ligne menée du point dominant à celui d'où doit partir la directrice. Cependant si le terrain a une pente ascendante dans le sens de la direction générale de la directrice, on peut incliner cette dernière vers le point dominant ; et si au contraire la pente du terrain est descendante, il faut faire l'angle de départ obtus ; c'est-à-dire, faire diverger plus ou moins fortement la directrice du tracé.

Second cas de la question :
On suppose que la directrice du tracé est développée en face d'une ligne dominante par laquelle doit passer le plan de défilement.

Lorsqu'au lieu d'un point dominant on a à considérer une ligne dominante par laquelle on veut que le plan de défilement passe, on doit imaginer que le prolongement de cette ligne perce les plans du maximum et du minimum du relief : ce qui fait voir que les zones de défilement passent par la projection horisontale de la partie du prolongement de la ligne dominante comprise entre ces plans ; que la largeur de ces zones est d'autant plus grande que la ligne dominante est moins inclinée sur le plan du terrain, et que leurs directions tendent de plus en plus à devenir perpendiculaires à la projection horisontale de la ligne dominante ; et que, par conséquent, le défilement et le tracé s'ordonnancent avec d'autant plus de facilité que ces circonstances sont plus prononcées.

Résultats généraux déduits des considérations précédentes.

Les considérations précédentes fournissent quelques préceptes généraux propres à guider dans les applications : 1°. les ouvrages dont les saillans sont obtus ont en général une disposition favorable au défilement ; et comme cette même disposition concourt à élever leurs valeurs intrinsèque et relative, il s'en suit qu'elle est conforme à tous les principes ; 2°. lorsqu'une partie d'enceinte doit être développée devant une chaîne de hauteurs dont la crête s'incline vers le terrain sur lequel le tracé doit se faire, il faut que la directrice de ce tracé converge vers le point où cette crête vient rencontrer le plan du terrain : mais si cette crête n'est pas inclinée d'une manière sensible sur le plan du terrain, la directrice du tracé devra tendre à lui être parallèle, etc. ; 3°. enfin, et pour completter ce que nous avons dit dans la seconde partie (104), lorsqu'une partie d'enceinte ou une autre disposition défensive traverse un vallon dominé par des hauteurs collatérales, il faut reculer en arrière, et le plus possible, les ouvrages développés dans le fond du vallon ; il faut faire leurs angles saillans assez obtus pour que les faces et les branches convergent vers les ouvrages les plus avancés qui occupent les hauteurs ; il faut aussi tracer à crémaillère les lignes qui descendent transversalement les flancs des collines, etc.

187. Pour mieux fixer les idées, nous allons faire une application des principes, que nous venons d'exposer, au défilement particulier du front de fortification ordinaire, en comptant au nombre de ses élémens la lunette avancée et placée sur la capitale du bastion.

Comme l'ordonnance du relief doit se déduire des opérations mêmes du défilement, il faut, évidemment, commencer par les élémens les plus avancés, parce qu'ils deviennent autant de points dominans dont il faut défiler les ouvrages en arrière : cela indique qu'il faut traiter d'abord la lunette, puis les demi-lunes et leurs réduits, et enfin le bastion.

Pour défiler la lunette, il faut, d'après les circonstances locales, fixer la position de la charnière du plan de site artificiel pour en déterminer ensuite la position par la méthode enseignée par MM. Monge et Meusnier et indiquée précédemment (181) : cette charnière doit occuper la partie la plus basse du plan de site pour ne pas être obligé de creuser le terrain, ou pour le creuser le moins possible et donner à l'ouvrage le plus de commandement. A cet effet par les points c et d des branches du chemin couvert, donnés par les perpendiculaires ac et bd, on menera une droite indéfinie GG qui limitera le terrain qui influence latéralement ; et par cette droite prolongée de 7 à 800 mètres de droite et de gauche, on fera passer un plan vertical sur lequel on construira la section ttt du terrain qui est rabattue : cette section fera connoître la direction générale OO du terrain. Si la droite mn est parallèle à la ligne OO, on la prendra pour la charnière ; si elle ne l'est pas, on la fera osciller dans le plan vertical autour du point x de la capitale, jusqu'à ce que le parallélisme ait lieu. Si ce changement de position dans la charnière fait enfoncer un des points n ou m de plus de $0,^{m}5$, il faudra la relever jusqu'à cet enfoncement, afin que les demi-lunes puissent bien enfiler les fossés : dans tout autre cas l'enfoncement pourroit aller à $1,^{m}5$ pour conserver 10 décimètres de commandement : le plan de site ainsi fixé, on tracera l'échelle de pente ; et si la cote qu'elle donnera pour le point du saillant diffère de plus de 2 mètres de celle du point correspondant du terrain, on pourra relever le plan jusqu'à cette différence et augmenter ainsi le relief de l'ouvrage. Pour déterminer maintenant le plan de défilement de la lunette, il faudra par le point M, qu'on suppose être le plus bas de la face, mener par la trace perpendiculaire AB un plan vertical sur lequel on construira le profil : par la crête C du chemin couvert on menera la parallèle CO à la trace du plan de site, ce qui déterminera le sommet O de l'escarpe ; par ce sommet on menera la ligne on inclinée à l'horison de 45 degrés, et par le point K, élevé de 10 décimètres au dessus de la contrescarpe, on menera la ligne Kr faisant l'angle de $9^{°}30'$ avec l'horisontale ; ces deux lignes se couperont en m, et mo sera le talus extérieur du parapet : menant une verticale à 60 décimètres du point m, elle coupera la ligne de tir ou la plongée en r ; et ce point sera la trace de la ligne couvrante : par ce point on fera passer la ligne VV parallèle à AB et elle sera la trace du plan de défilement de la lunette qui aura le minimum de relief.

Défilement de la demi-
lune. On suppose que
la ligne couvrante est
donnée en projection
horisontale.

(Fig. 6.)

Le défilement de la demi-lune D se réduit encore à faire un choix convenable pour la position de la charnière de son plan de site : par les extrémités
des faces, on élevera deux perpendiculaires sur lesquelles on portera environ
40 mètres pour avoir à-peu-près les points de la crête du chemin couvert :
par ces points E on fera passer un plan vertical qui coupera le terrain et
sur lequel on construira la section jusqu'à la distance de 800 mètres de
part et d'autre : on aura donc la direction générale du terrain et on fera
osciller la droite EE jusqu'à ce qu'elle lui soit parallèle : cette dernière ligne,
qui sera la charnière cherchée, doit toucher le terrain en un des points E,
ou s'enfoncer au plus de $1,^{mt}5$.

Le plan de site et son échelle de pente étant déterminés comme précédemment, il reste à fixer la hauteur du plan de défilement, la position de
la crête du glacis et celles de la contrescarpe et de l'escarpe : ces projections
ne peuvent s'obtenir que par la formation d'un profil ordonnancé d'après

Construction du pro-
fil de la face gauche.

(Fig. 8.)

les règles de l'attaque et de la défense : par le point E', le plus bas, et
perpendiculairement à la direction de la face gauche de la demi-lune, on fera
passer un plan vertical $E'F$ qui ira couper la capitale du bastion adjacent en
un point qui sera le *point à battre* : sur ce plan on construira et la section
du terrain et la trace du plan de site. Cela posé, les lignes de tir d'artillerie
qui doivent passer par le point à battre et à 10 décimètres au dessous de la
ligne couvrante, doivent passer aussi à 13 décimètres au dessus de la crête du
glacis ; outre cette première condition, il faut encore que ces mêmes lignes
de tir, lorsqu'elles sont inclinées au sixième, passent à 10 décimètres au
dessus du sommet de la contrescarpe : il résulte de là qu'en supposant la
largeur du terre-plein du chemin couvert de 10 mètres, les lignes de tir
d'artillerie inclinées au sixième vont rencontrer la verticale de la crête du
glacis à $31,^{dt}6$ au dessous de cette crête ; et comme les lignes de tir de
mousqueterie passent à 23 décimètres au dessus de cette même crête, la
partie de la verticale comprise entre ces deux lignes de tir est de $54,^{dt}6$. Il
faut maintenant tracer la courbe qui est le lieu des pieds de la crête du glacis :
pour cela on prendra sur la verticale oo qui contient la trace de la ligne
couvrante, plusieurs points très-rapprochés m, m, etc. qu'on regardera
comme les traces de la ligne couvrante ; par ces points on menera les lignes
de tir mt qui passent à 10 décimètres au-dessus du point à battre ; à toutes
ces lignes on menera en menera des parallèles pn, pn, etc. inférieures de $54,^{dt}6$;
enfin par les points m, etc. on menera les lignes de tir mq, mq, etc. inclinées au sixième. Aux points d'intersection q, q, etc. on élevera les verticales qr, qr, etc. de $o^{dt},66$, et les points r, r, etc. seront les points de
la courbe cherchée : cette courbe coupera le plan de site au point T qui
sera le pied de la crête S du glacis SS'. Si on porte de T en Q la largeur
du terre-plein, on aura la contrescarpe. Elevons la verticale Qx de 10
décimètres, et menons xM inclinée au sixième, le point M sera la trace
de la ligne couvrante par lequel on menera la trace ZZ du plan de défilement.

Il reste à trouver la position de l'escarpe : elle doit être fixée de manière qu'après la formation de la brèche il reste 40 décimètres d'épaisseur au parapet : par le sommet Q de la contrescarpe on menera la ligne de tir Qg inclinée au sixième qui rencontrera en g la ligne inclinée à 45° menée par le point de la plongée distant de 40 décimètres de la verticale OO : par ce point g on menera une verticale qui donnera la position de l'escarpe; et le point d'intersection γ avec la ligne inclinée à 45° et menée par le point de la plongée distant de 60 décimètres de la ligne OO en sera le sommet. Mais par la construction précédente il pourra arriver que le fossé n'ait pas la largeur convenable fixée à 20 mètres : il faudra alors une seconde opération pour placer l'escarpe, la contrescarpe et la crête du glacis : cette nouvelle construction se fait en prenant sur le plan de site plusieurs points successifs et très-rapprochés que l'on considère comme des sommets de contrescarpe et comme appartenant à autant de profils dont on déterminera l'escarpe, ainsi qu'il vient d'être expliqué. Par tous ces derniers points on fera passer une courbe agc qui sera le lieu de toutes les escarpes; puis sur toutes les lignes inclinées au sixième et passant par les sommets des contrescarpes, on portera la longueur de l'hypothénuse d'un triangle rectangle dont un des côtés est de 20 mètres, et dont l'hypothénuse est inclinée du sixième sur ce côté : par tous les points ainsi trouvés on fera passer la courbe hef; elle sera parallèle à la première et sera le lieu des contrescarpes pour un fossé de 20 mètres de largeur: l'intersection e de cette courbe avec le plan de site sera le sommet de la contrescarpe; on en construira le profil particulier.

Si la largeur au lieu d'être trop petite étoit trop grande, il faudroit la diminuer en rapprochant la contrescarpe et en baissant convenablement la ligne couvrante.

Le profil de la face gauche étant construit, on procède à la construction de celui de la face droite : il seroit le même que le premier si la capitale du bastion de droite étoit placée par rapport à la face droite, comme la capitale du bastion de gauche l'est par rapport à la face gauche, et si de plus l'échelle de pente étoit parallèle à la capitale : ceci n'ayant pas lieu généralement, le profil de la face droite est différent de celui de l'autre face, puisque la ligne couvrante est déterminée : pour le construire, il faut par l'extrémité de la face mener le plan vertical par EF perpendiculaire à la direction de la face, et construire sur ce plan la trace du plan de site, la section du terrain et la trace de la ligne couvrante.

Construction du profil de la face droite. (Fig. 6 et 9.)

Par la trace de la ligne couvrante on menera une ligne de tir qui passe à 10 décimètres audessus du point à battre placé sur la capitale du bastion collatéral; cette ligne de tir doit être élevée de 48 décimètres au dessus du pied de la crête du glacis : si donc on mène le parallèle Kl élevée de 48 décimètres au dessus de PP, la verticale yv menée par son point d'intersection avec la ligne de tir Mt, sera la limite extérieure du pied de la crête du glacis. Par la trace M de la ligne couvrante on menera la ligne de tir Me inclinée au sixième; on la coupera par la parallèle nr élevée de 10 décimètres au dessus de PP, et la verticale xz élevée par le point q, sera la limite des contrescarpes : si donc on mène la verticale $y'v'$ à 10 mètres

2. 34

de xz, elle sera la limite inférieure de la crête du glacis : aipsi l'étendue TT' est la seule sur laquelle puisse se trouver le pied de la crête du glacis. Pour trouver ce point, on construira comme précédemment la courbe hef qui est le lieu des sommets des contrescarpes pour un fossé de 20 mètres de largeur ; et le point d'intersection e avec le plan de site donnera le sommet de la contrescarpe, puis en portant 10 mètres de e en e' on aura le pied de la crête du glacis.

Si par cette opération le point e ne tomboit pas entre les limites, mais en-deçà de la limite $y'v'$, il faudroit élargir le fossé et relever le parapet ; ensuite faire sur ce profil une opération pour trouver le profil convenable à la vraie largeur du fossé, et de laquelle on conclueroit la quantité exacte dont il faut relever la ligne couvrante.

Le défilement du réduit de la demi-lune se trouve en mettant le terre-plein dans un plan parallèle à celui qui contient le terre-plein de la demi-lune et supérieur à ce dernier de 10 décimètres.

Dans le défilement des bastions il faut considérer non-seulement le terrain dominant qui est en avant, mais encore le terre-plein des réduits des demi-lunes qui sont deux points dominans collatéraux dont il faut se défiler. La charnière du plan rampant qui devra contenir le terre-plein sera celle qui passera par le point le plus dominant de chaque réduit. Mais on supposera d'abord que ces deux points sont rabaissés dans le plan de site du chemin couvert de la demi-lune ; et c'est par ces deux nouveaux points qu'on fera passer le plan rampant tangent au terrain. On relevera ensuite le plan parallélement à lui-même jusqu'à ce que la charnière s'applique sur les points dominans du terre-plein du réduit dans leur véritable position, et ce plan ainsi relevé devra contenir le terre-plein du bastion. Pour trouver les points les plus dominans de chaque réduit par rapport au bastion, on considérera donc ces réduits rabaissés dans le plan de site, et l'on tracera l'échelle de pente du plan de site du chemin couvert de chaque demi-lune ; si ces échelles de pente divergent vers la campagne, l'intersection des deux plans sera une gouttière, et le point que l'échelle abandonnera le dernier en s'éloignant parallélement à elle même de l'intersection, sera le point le plus dominant : mais si les échelles de pente convergent vers la campagne, l'intersection des deux plans de site sera une arête saillante, et le point le plus dominant de chaque réduit sera celui par lequel passera la ligne parallèle à l'échelle de pente et la plus voisine de l'intersection. Ces deux points de la charnière ainsi connus et cotés, on menera le plan rampant tangent au terrain, et ensuite on le relevera parallélement à lui-même jusqu'à ce que la charnière ait pris sa véritable position : c'est dans ce plan relevé qu'on mettra le terre-plein du bastion.

Les deux places d'armes rentrantes P, P et la place d'armes saillante S auront le même plan de défilement : elles seront défilées du terrain en avant compris entre les deux perpendiculaires xv menées sur les faces des bastions par les rencontres des branches du chemin couvert avec la contrescarpe : par ces perpendiculaires on menera des plans verticaux sur

lesquels on construira les traces γ de la ligne couvrante du bastion : à
10 décimètres au dessous de ces points on menera la ligne de tir d'artillerie
inclinée au sixième, laquelle fixera la hauteur de la contrescarpe en x : par
celui de ces deux points qui se rapprochera le plus du plan du terre-plein
du bastion on menera dans le plan vertical, dont xx est la trace, une
parallèle au plan du terre-plein du bastion, et cette ligne sera la charnière
par laquelle on menera le plan de site tangent au terrain, ou un plan
parallèle au plan de défilement du bastion, si ce dernier laisse au dessous de
lui tous les points dominans extérieurs.

Il faut remarquer que pour le bastion B qui a devant lui une lunette L,
il faut que les places d'armes soient défilées du terre-plein de cette pièce ;
si elles ne le sont pas, il faudra relever le plan rampant d'une quantité
suffisante, etc.

Il faut encore remarquer que le terre-plein du chemin couvert des demi-
lunes étant déterminé par des opérations antérieures, il faudra le raccorder
avec celui du chemin couvert du bastion : or il pourra arriver deux cas :
1°. que le plan de la place d'armes soit plus élevé que l'autre ; et dans ce cas,
si le ressaut est de plus de 5 décimètres, il faudra baisser le plan jusqu'à cette
différence ; en observant toutefois que la ligne de tir extrême la plus élevée ne
doit pas passer à plus de 10 décimètres au dessus du sommet de la contrescarpe ;
2°. que le terre-plein de la place d'armes soit inférieur à celui du chemin
couvert de la demi-lune ; alors il faudra relever le premier plan au niveau
de l'autre.

Pour trouver le plan du terre-plein des réduits des places d'armes rentrantes, il faut remarquer que leur ligne couvrante doit être inférieure au
plan de feu du bastion de 23 décimètres, ou, ce qui revient au même, que
le plan du terre-plein lui soit inférieur de 48 décimètres : ainsi dans le plan
vertical passant par yy, on tracera la ligne de feu du bastion inclinée au
sixième, et on lui menera une parallèle qui lui soit inférieure de 48 décimètres : cette dernière ligne sera regardée comme la charnière d'un plan que
l'on fera passer par le point le plus dominant de la partie de la crête du
glacis comprise entre les capitales du bastion et de la demi-lune. Il est évident
que ce plan sera déterminé en le faisant passer par l'horisontale qui fera le
plus grand angle avec la charnière, puisque cette charnière va en descendant
vers le sommet de l'angle. Ce plan étant ainsi déterminé, on construira son
échelle de pente qui fera connoître les cotes des traces des verticales élevées
par les angles du réduit : on prendra la différence de ces cotes avec celles
des traces des mêmes verticales sur le plan du terre-plein de la place d'armes,
et on aura la hauteur des verticales comprises entre les deux plans : par le
sommet de la plus petite de ces verticales on menera un plan parallèle au
plan du terrein-plein de la place d'armes ; et ce dernier plan devra contenir
le terre-plein du réduit pour qu'il soit défilé et que son point le plus élevé
soit inférieur de 48 décimètres au plan de feu du bastion.

Nous n'ajouterons rien à ce nous avons dit sur le défilement de la ténaille
dans le chapitre V (146) où il se trouve complettement décrit.

Défilement des réduits
des places d'armes ren-
trantes.
(Fig. 6.)

Défilement de la té-
naille.

Défilement du cavalier du bastion.

Le plan de défilement du cavalier du bastion, lorsqu'il y en a, est parallèle à celui du bastion, et sa hauteur au dessus de celui-ci dépend du commandement et des vues qu'on veut prendre sur la campagne.

Les méthodes particulières que nous venons d'esquisser donnent une idée de la manière dont les élèves de l'artillerie et du génie appliquent les règles générales du défilement sous la direction de M. Dobenheim : cet ancien officier du génie, du plus grand talent, est généralement reconnu pour le plus habile professeur de fortification et l'homme le plus capable de diriger les jeunes officiers dans l'étude de l'art de la fortification.

Réflexions générales.
(Voyez les ouvrages de St.-Paul, de Bousmard et le mémoire de Say.)

L'exposition générale que nous venons de faire suffit pour introduire les élèves dans les applications qui constituent l'art proprement dit de la fortification. Les élèves et les jeunes officiers qui desireront étendre leurs connoissances dans cette partie sous le rapport de la pratique, consulteront les ouvrages de St.-Paul et de Bousmard ; ils liront avec intérêt le mémoire de Say inséré dans le n°. 5 du journal de l'Ecole Polytechnique.

Nous croirions manquer à un devoir qui nous est cher, si nous ne saisissions pas cette occasion de payer à ce jeune officier du génie le tribut d'éloges que méritent son talent et son dévouement à la patrie. Say est mort au siège de St.-Jean-d'Acre couvert de blessures et de gloire ; il y est mort ainsi que son général, le vertueux Cafarelli-Dufalga, dont le nom rappelle toutes les idées libérales, et dont la mémoire ne cessera d'être précieuse aux lettres, aux arts et à l'amitié.

CHAPITRE XI.

Des objets nécessaires à la défense d'une place ; des bases d'après lesquelles on évalue la quantité d'artillerie, la force des services qui composent la garnison, la quantité des approvisionnemens, etc. ; des emplacemens relatifs aux divers dépôts et aux gîtes des troupes.

188. Considérations générales sur les élémens nécessaires à la défense d'une place forte.

188. Nous avons supposé, dans le chap. IV (124 et 135), où nous avons établi la relation contre l'attaque et la défense, que la place forte étoit convenablement armée et munie d'une garnison proportionnée à tous les besoins de la défense et aux manœuvres de la tactique ; qu'elle étoit pourvue de toutes les munitions de guerre et de bouche ainsi que de tous les approvisionnemens que la conduite d'un siége en règle rend indispensables. Nous ne pouvions pas encore faire connoître les bases sur lesquelles repose l'évaluation de la quantité de tous ces objets : nous nous proposons dans ce chapitre de suppléer à cette omission ; mais seulement par quelques indications générales et sans entrer dans des détails qui sont consignés dans plusieurs excellens ouvrages et que les élèves et le jeune officier pourront consulter, lorsque pendant leur séjour dans les places fortes la vue des

belles productions de l'art de la fortification leur inspirera le desir et la noble ambition d'étendre leurs connoissances dans cette partie.

189. L'armement en bouches à feu, la force de la garnison, les approvisionnemens en armes, en munitions de toute espèce, etc., sont le résultat d'une reconnoissance immédiate que fait l'officier général ou supérieur chargé de la défense d'une place menacée d'un siége. Lorsqu'un général d'armée est sur la défensive et qu'il occupe une position, ses murailles sont ses soldats et son artillerie; il couvre la ligne d'opérations par laquelle il se procure sans cesse, et des renforts en hommes et en artillerie, et les subsistances dont il a besoin chaque jour : mais, il n'en est pas ainsi d'un général enfermé dans une place; il doit la pourvoir de tous les objets relatifs à une défense vigoureuse; les y établir d'une manière sûre; et en faire la dispensation la mieux calculée.

Le gouverneur chargé de la défense d'une place menacée s'occupera d'abord de reconnoître la nature, la force et l'ordonnance de ses fortifications : mais, cette reconnoissance ne peut pas être le résultat de ce coup d'œil prompt et rapide avec lequel ce général d'armée saisit les propriétés d'une position de bataille et y dispose son armée : elle est celui d'un long travail médité dans le silence du cabinet par l'officier du génie et exécuté en simulacres sur le terrain; elle est aussi celui du travail de l'officier d'artillerie pour ce qui concerne son arme. Ainsi, l'officier du génie et l'officier d'artillerie, qui sont l'ame du conseil du gouverneur, lui fourniront les plans et les mémoires d'après lesquels il sera constaté : 1°. quels sont les fronts attaquables et à quoi peut s'élever la durée probable du siége; 2°. combien il faut d'artillerie pour défendre la place, soit pendant l'opération de l'investissement, soit pendant le cours des opérations d'un siége en forme : cela posé, le gouverneur fixera le service de la garnison d'après les règles de la tactique des siéges : il considérera le développement des fortifications extérieures pour statuer sur la quantité de troupes nécessaires pour éviter toute espèce de surprise; et descendant ensuite aux opérations détaillées du siége, il partagera sa garnison en trois corps : l'un sera chargé de tous les travaux; le second sera attaché à l'artillerie et au service des mines; et le troisième sera le corps agissant sur l'ennemi par les armes à feu et l'arme blanche : ce dernier corps fera un feu continu et réglé sur les tranchées; il repoussera l'assiégeant dans toutes les attaques de vive force qu'il voudra entreprendre; il exécutera toutes les sorties dirigées contre les travailleurs; enfin il soutiendra tous les assauts. Le service général sera monté de manière que tout travailleur se repose au moins 10 heures sur 24; et que tout soldat puisse jouir d'un repos absolu de 12 heures sur 36. Il faut compter, dans l'estimation de la force de la garnison, que le nombre des défenseurs sera réduit aux deux tiers à la fin du siége; parce que les maladies et les blessures occasionnent de grandes pertes. Il suit de là que la moitié de la garnison doit être suffisante pour repousser l'assiégeant dans les attaques du chemin couvert et dans les assauts.

189. De la reconnoissance d'une place forte sous le rapport d'une défense prochaine.

Il faut aussi, dans l'estimation de la quantité d'artillerie et dans celle de la force de la garnison, ne pas perdre de vue ce fait important, qu'une armée assiégeante, quelque forte qu'elle soit, de 80 mille hommes, par exemple, ne peut pas fournir à la conduite de plus de deux attaques : et si cette armée ne s'élevoit pas au dessus de 45 à 50 mille hommes, elle ne pourroit former qu'une seule attaque.

Lorsque le gouverneur d'une place est parvenu à établir les principaux élémens dont nous venons de parler ; savoir, la quantité d'artillerie, la force de la garnison, le nombre présumé des attaques, et la durée probable du siége ; il en déduit les quantités de munitions de guerre et de bouche, et tous les autres approvisionnemens nécessaires à la défense de la place : il connoît aussi par là l'espace des couverts ou abris qui lui seront nécessaires pour renfermer tous ces objets et pour la partie de la garnison qui se repose. Cette dernière réflexion fait voir combien, toutes choses d'ailleurs égales, les grandes places sont supérieures aux médiocres et aux petites, par la facilité avec laquelle on peut y faire tout le dispositif de la défense et le dérober à la connoissance de l'ennemi et aux effets de son artillerie.

190. De la règle d'après laquelle on estime la quantité d'artillerie dont on doit armer une place forte, la force de la garnison, etc.

190. C'est une question encore bien indéterminée que celle qui est relative à la quantité d'artillerie dont une place doit être munie pour faire la plus grande résistance : mais si on considère que cette quantité doit être proportionnée à la faculté d'armer toutes les frontières d'un état, à la proportion nécessairement limitée des munitions de guerre qu'il est possible de mettre dans chaque place menacée : si on considère que l'expérience est d'accord avec le raisonnement pour établir en principe que ce n'est pas la grande quantité d'artillerie qui peut allonger la durée d'un siége, mais une artillerie bien disposée et soustraite à la fureur de celle de l'ennemi ; on concevra qu'il a été possible, d'après cette longue expérience, d'assigner à chaque place la quantité d'artillerie nécessaire à sa défense ; en basant l'évaluation sur l'étendue attaquable du périmètre et sur ce principe, qu'une place n'est jamais dans le cas de soutenir plus de deux attaques simultanées. Dans cette question d'application, comme dans toutes celles relatives aux arts, les principes généraux admis doivent se plier aux cas particuliers ; ils ne sont qu'une espèce de boussole propre à diriger le coup d'œil réfléchi de l'officier du génie et de l'officier d'artillerie : en conséquence on a imaginé de diviser toutes les places en 8 classes, eu égard à leur étendue et à la durée probable de leurs siéges.

Armement en artillerie des huit classes de places.

Les quantités de canons affectées aux différentes classes de places ne peuvent donc être, comme nous venons de le dire, que des approximations qui se modifient pour chaque cas particulier et qui présentent la possibilité d'un armement et d'un approvisionnement général sur une frontière.

Les places d'armes et de dépôts, qui composent les trois premières classes, peuvent être regardées comme des polygones de 18 à 25 côtés ; celles de la quatrième et de la cinquième classes descendent aux dodécagones et aux décagones ; celles de la sixième classe comprennent l'hexagone et l'octogone ; enfin , dans les septième et huitième classes sont comprises celles qui sont équivalentes au pentagone et au carré.

TABLEAU
DES QUANTITÉS MOYENNES D'ARTILLERIE
NÉCESSAIRES A L'ARMEMENT DES PLACES.

Pièces de Canons, Mortiers , Obusiers , Pierriers.		1re. 2e. et 3e. classes.	4e. et 5e. classes.	6e. classe.	7e. et 8e. classes.
CANONS de place...	de 24	10	6	3	2
	de 16	40	30	13	6
	de 12	45	33	18	7
	de 8	20	15	12	6
	de 4	10 }140.	6 }100.	8 }61.	6 }33.
de bataille.	de 12	3	2	»	»
	de 8	6	4	3	2
	de 4	6	4	4	4
Mortiers.	de 12 pouces	6	4	2	1
	de 10	10 }36.	7 }26.	5 }17.	2 }9.
	de 8	20	15	10	6
Obusiers.	de 8 pouces	14 }34.	10 }26.	6 }16.	1 }4.
	de 6	20	16	10	3
Pierriers		... 10.	... 8.	... 6.	... 4.
Totaux des bouches à feu		220.	160.	100.	50.

Outre les espèces d'artillerie portées dans ce tableau , nous avons fait connoitre l'importance et même la nécessité de fabriquer pour la défense des places une grande quantité de petits pierriers à la Coehorn pour lancer une immensité de grenades : il faut aussi remplacer les arquebuses à croc que l'on ne fabrique plus , par les pièces de 4 de bataille ou celles à la

Observation sur le tableau précédent.

Rostaing ; le transport s'en fait à bras dans les ouvrages les plus avancés et les plus exposés. Voyons maintenant si ce projet général d'armement pourra satisfaire aux conditions prescrites par les règles de la défense.

Disposition de l'artillerie aux diverses époques du siége dans une place de premier ordre.

Dès le moment qu'une place est menacée , il faut disposer l'artillerie sur les remparts et dans les ouvrages avancés pour le double objet d'empêcher toute espèce d'attaque de vive force , de surprise et d'escalade ; et pour agir contre toutes les opérations de l'investissement : il est donc nécessaire que toute l'artillerie soit dans ce premier moment disséminée sur toute la partie abordable du périmètre pour agir et dans les fossés et sur tous les points de la campagne. Supposons une place de première classe accessible sur tout son développement et dont toutes les barbettes et les embrasures des flancs soient exécutées ; on pourra distribuer de la manière suivante les 200 bouches à feu qui doivent composer son armement : les pièces de 24 seront montées sur les points les plus dominans de l'enceinte afin de tire au loin dans la campagne ; chaque bastion sera armé de deux pièces de 16 , d'une de 12 , d'une pièce de 4 ou d'un obusier , et d'un mortier pour lancer des balles ardentes : les barbettes des demi-lunes des portes seront armées de pièces de 12 et de 8 ; chaque place d'armes saillante de demi-lune sera garnie d'un mortier de 8 pouces pour lancer des pots-à-feu : les 60 pièces qui restent et consistent en pièces de 12 , de 8 , de 4 , en pièces de bataille et en obusiers , seront tenues en réserve , soit pour armer les flancs dans le cas d'un escalade , soit pour armer les ouvrages avancés ; ou enfin pour agir au dehors dans les attaques contre les troupes d'investissement.

Lorsque l'assiégeant , après ses reconnoissances , aura fait le choix de ses fronts d'attaque , l'armement sera changé : les deux tiers au moins de l'artillerie seront disposés sur ces fronts et sur les fronts collatéraux dont les ouvrages avancés peuvent prendre eu flanc et écharper les dispositions de l'ennemi : or , il est évident que 120 pièces d'artillerie bien disposées formeront un armement redoutable dont les effets seront aussi efficaces que si on avoit à sa disposition une quantité illimitée d'artillerie : les pièces de bataille seront toujours en réserve pour suivre les sorties ou pour être employées dans les postes avancés : les mortiers seront établis sur les courtines et dans les terre-pleins des demi-lunes pour tirer par dessus les parapets et lancer pendant la nuit les balles ardentes.

Lorsque les batteries de l'assiégeant seront en activité , on retirera l'artillerie la plus exposée pour la mettre en réserve et la transporter sur les ouvrages collatéraux; on changera souvent les batteries de position pour tromper l'ennemi ; et on ne montrera qu'une artillerie bien servie et soustraite aux effets des ricochets.

Enfin , lorsque l'ennemi établira sa troisième parallèle, on fera reparoître la plus grande quantité possible d'artillerie et on ne la ménagera plus autant; on luttera au contraire jusqu'au dernier moment contre l'artillerie ennemie. Il est évident que la quantité d'artillerie que nous venons d'assigner sera suffisante pour armer les flancs ainsi que les batteries couvertes et cascmatées, s'il en existe dans les fronts d'attaque. A cette époque du siége où les mortiers, les obusiers, les pierriers et les pièces de 4 sont l'artillerie la plus utile, il pourra arriver que, d'après le mode d'armement indiqué, ces bouches à feu fussent en trop petit nombre, pendant qu'il y auroit un superflu en pièces de gros calibre : aussi sommes-nous de l'avis de diminuer de 15 le nombre des grosses pièces et de leur substituer 4 mortiers, 6 obusiers et 5 pierriers.

On peut appliquer les mêmes raisonnemens à une place d'une autre classe, par exemple à un octogone dont le projet d'armement est de 100 pièces d'artillerie. On voit que 33 pièces de canon seront montées sur les barbettes des huit bastions et des deux demi-lunes des portes, et qu'il restera 28 pièces en réserve pour armer, ou les flancs, ou les ouvrages avancés, ou pour agir au dehors. Nous observerons encore qu'il seroit convenable, dans ce projet d'armement, de diminuer de 10 le nombre des canons de gros calibre, pour y substituer 6 obusiers et 4 pierriers au moins. *Disposition de l'artillerie dans une place du troisième ordre.*

Il ne sera pas inutile de dire un mot sur la manière dont le gouverneur d'une place doit employer son artillerie pendant la durée du siége. Il n'emploiera le tir de plein fouet et de charge complette que dans les cas où il faudra tirer sur des camps, des parcs, des dépôts, etc., pendant la période qui précède l'ouverture de la tranchée : après cette ouverture, il ne se servira du tir de plein fouet que pour percer les parapets imparfaits de l'assiégeant, retarder la construction des batteries à ricochets et autres ouvrages en tirant les bombes et obus horisontalement, et pour lutter pendant les premiers instans contre l'artillerie formidable de l'assiégeant. Mais dès que ce dernier aura démasqué ses feux à ricochets et directs, il ne faudra conserver que peu d'artillerie sur les faces et branches enfilées, et il faudra l'y couvrir par des traverses, des parados, etc.; on fera de tems à autre, et pour quelques instans seulement, paroître quelques pièces qui tireront à plein fouet et par salves contre les tranchées, les sapes, etc. Cependant, quoique le tir de plein fouet ne soit plus employé régulièrement après les cinq premiers jours de tranchée ouverte, les feux d'artillerie ne cesseront pas pour cela ; cette espèce de tir sera remplacée par le tir à ricochets dont l'assiégé doit faire, à l'exemple de l'assiégeant, un usage habituel. Ce tir a ce triple avantage : 1°. que les bouches à feu ne sont jamais en prise à l'artillerie assiégeante, parce qu'elles peuvent être placées sur les courtines et autres parties non enfilées et même dans les chemins couverts; 2°. que ce tir n'incommode point les ouvrages placés devant, parce que les trajectoires passent par dessus les parapets; 3°. que par cette méthode, on consomme beaucoup moins de poudre, parce que la charge n'est au plus que la moitié de la charge ordinaire : enfin de tous les avantages procurés par le tir à ricochets, lorsqu'il est bien entendu et bien dirigé, le plus grand est de conserver les canonniers et l'artillerie pour la fin du siége. Il seroit superflu d'insister sur cette importante partie relative à l'arme de l'artillerie, puisque tous les militaires sont d'accord sur ce point; et c'est principalement sur ces considérations qu'est fondée la possibilité *Réflexion sur la manière d'employer l'artillerie.*

2.   55

de défendre avec vigueur une place , au moyen d'une médiocre quantité d'artillerie.

Des bases sur lesquelles repose l'estimation de la force de la garnison.

Après l'armement de la place en artillerie , l'élément qu'il importe au gouverneur de déterminer , est *la force de la garnison*. Cette fixation n'est pas une chose facile , et les différens auteurs qui en parlent n'ont pas de règles invariables. Les données les plus certaines sur lesquelles on puisse s'appuyer pour arriver à cette estimation , doivent se tirer des services relatifs à la défense : or, on doit distinguer trois espèces de *services ;* et même quatre, lorsqu'il doit y avoir une guerre souterraine : 1°. le service de l'artillerie; 2°. le service de la mousqueterie ; 3°. le service intérieur et extérieur des travaux; 4°. le service des mines. Les services ainsi classés , il faut penser que les manœuvres varient aux diverses époques du siége et que c'est la connoissance de ces manœuvres qui conduit en partie à celle de la force de la garnison. Le développement du périmètre qu'il faut garder , est encore une donnée essentielle qu'il faut considérer : il faut aussi tenir compte de la durée probable du siége ; car plus le siége est long plus on fait de pertes ; et cependant , malgré ces pertes , la force de la garnison doit suffire jusqu'au dernier moment pour repousser les assauts de l'assiégeant.

Le mémoire de la défense établi sous la direction du commandant de la place , par les officiers du génie et de l'artillerie, fera connoître à chaque époque principale et même à chaque jour du siége , le nombre d'hommes nécessaire à chaque service ; car ce mémoire constatera : 1°. les mouvemens d'artillerie , les travaux d'artillerie et la manière dont le tir s'exécutera chaque jour et chaque nuit; 2°. les travaux de fortification à exécuter ; 3°. les manœuvres de l'infanterie qui ont pour objet les feux de mousqueterie et les sorties pour raser les travaux de l'attaque. Dans tout ce que nous allons dire , nous supposerons que ce mémoire de défense est rédigé avec les talens convenables, et qu'il s'agit d'un octogone ordinaire dont les fronts sont ordonnancés comme celui que nous avons pris pour terme de comparaison : nous supposerons encore : 1°. ou que la place est seulement sur ses gardes et dans l'attente d'un investissement ; 2°. ou que l'investissement est opéré et que le siége en règle se poursuit.

De l'estimation de la force de la garnison dans la crainte d'une surprise et d'un investissement.

Si la place n'étoit menacée que d'une attaque brusque et de vive force et même d'un blocus, ce qui est le cas de toutes les places qui se trouvent dans le voisinage d'un corps de l'armée ennemie , l'estimation de la force de la garnison devroit être relative à cette circonstance particulière et seroit inférieure à son état sur le pied d'un siége en forme. Cette estimation doit se faire d'après les efforts que la garnison doit développer pour repousser un ennemi audacieux et entreprenant.

De la manière dont les troupes des différentes armes doivent faire le service dans une place menacée et assiégée.

L'usage , jusqu'à présent , a été de ne relever les troupes de service que toutes les 24 heures ; mais depuis longtems les officiers de l'artillerie et du génie sont d'accord sur la convenance, pour ne pas dire la nécessité , de changer une disposition qui fatigue les troupes, fait languir les services et contrarie l'organisation physique de l'homme. Ils proposent avec raison de relever les corps employés à un service réel, toutes les 12 heures, et de les faire passer aux bivouacs pendant 6 heures seulement : c'est-à-dire, qu'un soldat aura, sur 36 heures, 12 heures de service réel, 6 heures de bivouac et 18 heures de repos absolu : par cet arrangement, les bivouacs seront de la moitié des troupes de service réel, les soldats seront fatigués le moins possible et l'ennemi les trouvera toujours frais et prêts à combattre vigoureusement. C'est d'après ce principe que nous allons estimer la quantité d'hommes nécessaire aux services de l'artillerie, de l'infanterie et de la cavalerie.

Pour estimer en général la force du personnel de l'artillerie, il faut savoir que, dans 24 heures, les canonniers attachés au service d'une pièce peuvent tirer de 100 à 120 coups dont 30 ou 40 seront tirés pendant la nuit. Il suit de là que lorsqu'une batterie ou barbette est occupée par plusieurs pièces, elles peuvent être toutes servies par un seul atelier, si toutes ensemble ne doivent pas tirer plus de 120 coups dans 24 heures. Or, c'est le cas où nous nous trouvons, puisque toutes les batteries à barbettes ne sont qu'en station surveillante : ainsi il suffira qu'il y ait, pour le service de nuit et de jour, à chaque bastion et aux demi-lunes des deux portes, un canonnier et 4 servans : il y aura de plus pendant la nuit, à chaque bastion, un bombardier de service : ce qui compose un relais de 18 canonniers-bombardiers et de 64 servans : les deux autres relais composeront une partie de la réserve et les bivouacs, si on veut en établir ; cette réserve sera forte de 42 canonniers-bombardiers et de 240 servans. Ces servans doivent être assez nombreux pour transporter sur les flancs, à l'instant d'une alarme, les pièces de 8 et de 4 de la réserve. Chaque flanc doit être armé de deux pièces pour tirer à mitraille dans les fossés. Comme dans la supposition d'une attaque brusque, toute l'artillerie des flancs doit entrer en action en même tems ; cette manœuvre exigera 34 canonniers, 16 bombardiers et 150 servans : les 12 canonniers restans et les 50 servans seront mis en réserve pour les remplacemens : les autres 100 servans seront rendus à la mousqueterie. Ces détails de défense font voir que le service de surveillance de l'artillerie exigera au moins 60 canonniers-bombardiers et 300 hommes d'infanterie.

Estimation de la force du personnel de l'artillerie ; principe à ce sujet.

Nous savons que pour bien garder une place il faut : 1°. établir au dehors des patrouilles et des éclaireurs de cavalerie et d'infanterie ; ce qui, pour l'octogone, exige au moins 100 dragons et 100 chasseurs à pied ; on aura donc pour les trois relais 300 chevaux et 300 chasseurs.

Estimation de la force de l'infanterie.

2°. Garder les chemins couverts pour soutenir et protéger les éclaireurs ainsi que les bombardiers placés dans les places d'armes saillantes : à cet effet on enverra un détachement de 20 hommes dans chaque place d'armes rentrante, qui surveilleront tout le chemin couvert, etc. L'ensemble de ces détachemens composera une force d'environ 300 hommes, et pour les trois relais on aura 900 hommes.

3°. Garnir d'infanterie les flancs des bastions sur deux rangs pour faire un feu vif dans les fossés; ce service se fera par 5o hommes qui seront de garde journalière dans chaque bastion : les trois relais donnant 15o hommes, le tout sera de 1200 hommes.

4°. Avoir une réserve de 5oo hommes pour repousser l'ennemi qui monteroit sur les remparts ou s'établiroit dans quelque ouvrage extérieur.

En récapitulant les forces des diverses armes on aura :

> Artillerie . . . . 6o canonniers-bombardiers.
> Infanterie. . . . . 2800 hom.⎫
> Dragons . . . . 3oo.   ⎬ 346o hommes.
> Chasseurs à pied. . . . . 3oo. ⎭

Cet exposé fait voir qu'une place du moyen ordre est parfaitement à l'abri d'un coup de main avec une garnison de 35oo hommes : cette garnison pourroit même soutenir un siége en forme pendant plus de 15 jours.

De l'estimation de la force de la garnison dans le cas d'un siége en régle.
Il ne suffit pas qu'une place menacée soit à l'abri d'une attaque de vive force, il faut de plus qu'une fois cernée et investie, l'assiégeant soit forcé d'ouvrir la tranchée de loin, et que la garnison le force à développer tous les moyens lents et industriels qui concernent la tactique de l'attaque des places : or cette garnison sur le pied de surveillance que nous venons de considérer, seroit bientôt aux abois ; elle ne pourroit fournir aux manœuvres de la tactique de la défense et atteindre au maximtm de la durée probable du siége : il faut donc, comme dans le cas précédent, consulter le mémoire de la défense, et déduire des manœuvres qu'il prescrit les forces des différens services.

Estimation de la force du personnel de l'artillerie sur le pied de siége.
Dans la supposition d'un investissement réel de la part de l'ennemi, les barbettes des huit bastions et des huit demi-lunes seront garnies chacune de 3 pièces de canons : elles seront servies par 20 canonniers et 9o servans. En ajoutant 3o bombardiers pour les 16 mortiers et 6o servans, le tout composera une brigade ou un relais de 4o canonniers-bombardiers et de 15o servans.

A la réserve des 12 pièces il y aura 15 canonniers et 15o servans pour les transporter où besoin sera, dès qu'on soupçonnera que l'ennemi ouvre la tranchée devant quelque front ; ou pour être employées dans les sorties contre le cordon nocturne.

D'après ces bases, les trois brigades ou relais et la réserve donneroient une force de 135 canonniers-bombardiers et 6oo servans.

Voyons si cette force est suffisante pendant les autres périodes du siége : il en est deux sur lesquelles le mémoire de défense insiste principalement ; celle qui commence à l'ouverture de la tranchée, et celle qui commence à l'époque du tracé de la troisième parallèle : à ces deux instans l'assiégé doit mettre en action le plus d'artillerie qu'il peut, etc., ainsi que nous l'avons dit dans le chapitre IV : aussitôt donc que l'ouverture de la tranchée est reconnue, la réserve se porte et se met en batterie sur le front d'attaque; on retire des fronts non attaqués la plus grande partie de l'artillerie de gros calibre, pour la transporter sur le front d'attaque; on retire aussi les mortiers de 8 pouces dont un grand nombre sera monté sur des affûts de canons, pour lancer des bombes horisontales : les demi-lunes et même les bastions des fronts collatéraux seront armés de pièces de 12 et de 8 pour écharper et ricocher les travaux de l'attaque. Les mortiers de 8 pouces, les obusiers et les pièces de 4 seront transportés dans les chemins couverts pour tirer à ricochets sur les boyaux de tranchée, etc. Il y aura donc 76 bouches à feu en batterie sur le front d'attaque et les deux fronts collatéraux, dont 43 pièces de canon. La disposition et distribution de cette artillerie est relative à l'ordonnance de la fortification et au choix que l'ennemi fait du front d'attaque. Nous remarquerons maintenant que chaque pièce ne tirant dans 24 heures que 50 coups au plus, une brigade pourra servir deux pièces : le service exigera donc 38 brigades et par conséquent 38 canonniers-bombardiers et 150 servans.

Et pour les trois relais on comptera 120 canonniers-bombardiers et 450 servans; mais si on réfléchit que dès l'ouverture de la tranchée les travaux de l'artillerie en embrasures, épaulemens, traverses, parados, etc., sont très-considérables, on verra qu'il faut nécessairement augmenter ce nombre de trois brigades ou relais composés de 90 canonniers-bombardiers et de 900 servans.

Comme pendant la dernière période du siége, le service de l'artillerie pourra se faire avec un tiers de moins de canonniers, l'estimation précédente assurera le service pendant toute la durée du siége : ainsi la force du personnel de ce service peut être évaluée à 210 canonniers-bombardiers et 1300 servans ou travailleurs. Mais lorsque les principaux travaux seront achevés, 700 travailleurs seront rendus à la mousqueterie, et il restera seulement 600 hommes attachés au service de l'artillerie.

Après le quatrième jour de tranchée ouverte, l'artillerie à ricochets de l'assiégeant prendra un tel ascendant sur celle de la place, lors même qu'elle sera rabaissée sous la ligne couvrante et mise dans des embrasures, qu'il faudra absolument en changer l'emploi : il faudra la placer sur tous les points où l'ennemi ne pourra l'endommager, et où on pourra la faire agir à ricochets qui se croiseront sur les tranchées, etc. : seulement on fera reparoître quelques pièces de tems à autre, pour tirer de plein fouet sur les têtes des sapes avec boulets et bombes horisontales, et ces pièces seront blindées ou couvertes par des traverses. En employant ainsi l'artillerie, on la conservera pour la fin du siége, on économisera les munitions et on tourmentera sans cesse l'assiégeant dans tous ses travaux : les mortiers pourront être placés dans les fossés, s'ils sont secs, etc.

Remarque sur l'emploi de l'artillerie après l'établissement des batteries de l'attaque.

Après l'artillerie, le moyen de défense le plus efficace consiste dans les mines; ce service fait partie de celui des troupes du génie : la force de ce

Du service des troupes du génie, y compris les-

mineurs; estimation de cette force.

service s'estime par la nature des travaux qu'il doit exécuter pendant l'investissement et après l'ouverture de la tranchée : 40 mineurs seront suffisans soit pour organiser une grande guerre souterraine s'il existe des galeries permanentes sous les fronts attaquables., soit pour faire sur tous ces fronts les puits, les amorces de galeries et les rameaux propres à une petite guerre. Dès que l'ouverture de la tranchée est connue, on part des premières dispositions générales pour faire les dispositifs des fourneaux et des fougasses : le nombre en est proportionné à la nature du terrain et à la quantité du travail qui peut être exécuté pendant le tems qui s'écoule depuis l'ouverture de la tranchée jusqu'à l'établissement de la troisième parallèle. Aux 40 mineurs il faudra adjoindre au moins 160 servans tirés de l'infanterie.

Pour exécuter les travaux ordinaires qui doivent commencer dès que l'ouverture de la tranchée est connue, il faut : 1°. une compagnie de 100 ouvriers dont les trois quarts soient charpentiers et l'autre quart forgerons ; 2°. une compagnie de terrassiers de 200 hommes : à ces 300 ouvriers-soldats du génie on adjoindra chaque jour et chaque nuit le nombre des travailleurs fournis par l'infanterie, et nécessaires pour exécuter avec activité les flèches, les lignes de contre-approches, les retranchemens des bastions et des demi-lunes, les tambours en charpente des places d'armes, les ponts de communication et de rampes, etc. Ces travailleurs ordinaires seront conduits et dirigés par les soldats du génie : leur nombre pendant les six premiers jours sera d'environ 500; ils seront relevés toutes les 12 heures : mais après ce tems, les grands travaux étant achevés, ces ouvriers seront rendus à la mousqueterie, etc.

On peut donc évaluer la force du service du génie à 500 hommes dont 40 seront des mineurs.

Estimation de la force de l'infanterie pendant le tems de l'investissement.

La force de l'infanterie pendant le tems de l'investissement doit être assez considérable pour résister à un ennemi entreprenant et pour agir au dehors contre les troupes disséminées autour de la place pour connoître le fort et le foible des fortifications : il faut donc nuit et jour un service intérieur de surveillance et un service extérieur.

Le service intérieur de surveillance se fera : 1°. par des détachemens de 50 hommes envoyés dans chaque place d'armes rentrante, dont 25 hommes occuperont les places d'armes saillantes ; 2°. par des détachemens de 20 hommes envoyés dans chaque bastion pour garnir les flancs et surveiller les fossés ; 3°. par un détachement de 150 hommes pour maintenir l'ordre dans l'intérieur : ce service sera donc fait de nuit et de jour par un relais ou une brigade de 900 hommes ; et pour les trois brigades on aura 2700 hommes.

Le service extérieur se fera par 8 détachemens dont chacun se portera en avant de chaque front et à la distance de 5 à 600 mètres, pour se lier entre eux et faire une espèce de cordon qui empêche les troupes d'investissement de s'avancer et de reconnoître la place de près : chaque détachement sera composé : 1°. de 15 chasseurs-carabiniers et éclaireurs ; 2°. de

10 dragons ou chasseurs à cheval ; 3°. de 100 hommes d'infanterie ; en tout de 125 hommes : le cordon extérieur sera donc formé par 1000 hommes composant un relais ou une brigade ; et pour les trois relais on aura 3000 hommes.

En récapitulant les forces partielles dont nous venons de faire l'estimation nous aurons :

Artillerie.	210 canonn.-bombard.	600 servans.
Génie. . . . . {	40 mineurs.	160 servans.
	300 ouvriers.	
Chasseurs-carabiniers.		300.
Dragons et chasseurs à cheval		350.
Infanterie de ligne.		5100.
	550.	6510.

7060 hommes.

Mais nous avons vu plus haut que le corps d'infanterie devoit fournir au moment de l'ouverture de la tranchée, à l'artillerie et au génie, deux détachemens qui ne doivent être rendus à la mousqueterie qu'au huitième jour environ de tranchée ouverte : ces deux détachemens sont de 700 hommes pour l'artillerie et de 1500 hommes pour le génie ; en tout de 2200 hommes : ce qui fera qu'après l'ouverture de la tranchée il ne restera pour faire le service propre à l'infanterie que 2800 hommes : cette masse partagée en trois brigades ou relais donnera 933 hommes. Or cette force est suffisante pour le service après l'ouverture de la tranchée et pendant les 6 premiers jours ; car n'y ayant plus de surveillance extérieure, il suffira de se tenir sur ses gardes dans les chemins couverts et sur les remparts : 400 hommes occuperont le chemin couvert du front attaqué ; 150 hommes seront en surveillance dans les saillans du reste du périmètre ; 200 hommes seront en observation sur les remparts ; enfin 150 hommes seront de garde aux portes et dans l'intérieur de la place. Ce détail fait voir que 700 hommes pourroient suffire à ce service.

Il faut observer que pendant les six premiers jours la mousqueterie n'a, pour ainsi dire, aucun service à faire ; et qu'après cette période, la plus grande partie des troupes détachées pour les travaux de l'artillerie et du génie rentre journellement dans ce service : de sorte qu'au huitième jour, le service de l'infanterie sera renforcé d'environ 1800 hommes, qui produiront un relais de 600. A cette époque où la mousqueterie fait de l'effet, on pourra avoir 1000 hommes de garde dans les chemins couverts du front d'attaque, dont 300 feront un feu continuel sur les tranchées. Lorsqu'il s'agira de faire des sorties, soit fortes, soit foibles, on fera marcher les bivouacs, les réserves et une partie des troupes de la garde ordinaire.

Il résulte de ce qui précède que la garnison de l'octogone est de 7 mille hommes au plus et qu'elle peut être réduite à 6 mille.

De la force de la gar-
nison dans les polygones
supérieurs à l'octogone.

L'estimation de la force de la garnison pour les polygones supérieurs à l'octogone se fait d'après les mêmes principes et en cherchant à chaque époque du siége, quelles doivent être les forces partielles des divers services pour faire une vigoureuse résistance. Mais il est à remarquer que les forces des garnisons n'augmentent pas en raison du nombre des fronts : ainsi la force d'un dodécagone ne sera pas de 14 mille hommes mais seulement de 9 mille ; celle d'un polygone de 24 côtés ne sera pas même de 18 mille hommes, elle sera seulement de 12 mille. Cela tient à ce qu'une place ne pouvant être attaquée par plus de deux côtés à-la-fois, il ne faut guère plus de monde pour la défense des fronts d'attaque d'une grande place, que pour celui d'une place médiocre. Cette remarque importante fait voir combien est erronée l'opinion qu'il faut une petite armée de 18 à 20 mille hommes pour défendre une place du premier ordre, telle que Strasbourg, Lille, Mayence, etc. : il n'y a point de place, quelle que soit l'élévation de son polygone, qui ne puisse être vigoureusement défendue et atteindre le maximum de la durée du siége, par une garnison de 12 mille hommes : cette garnison pourra tenir tête, pendant 5 à 6 mois, à une armée de 80 mille hommes dont l'attirail d'artillerie seroit composé de 200 bouches à feu.

191. De l'estimation
des approvisionnemens
de toute espèce dont la
place doit être munie.

191. La durée probable du siége, la force de la garnison, la quantité d'artillerie et de mousqueterie qui doit agir pendant tout le cours du siége, sont consignés dans le mémoire de la défense et sont les élémens d'après lesquels on estime tous les principaux approvisionnemens de guerre et de bouche dont la place doit être munie. Nous supposerons que dans l'octogone la durée probable du siége est de 50 jours de tranchée ouverte, parce que nous supposons que les 40 mineurs feront une guerre souterraine qui alongera le siége de 15 jours.

De la quantité de pou-
dre nécessaire à la dé-
fense de l'octogone.

La quantité de poudre nécessaire au service de l'artillerie peut s'estimer ainsi :

Pendant les dix jours d'investissement.

	kilogr.
Pour les 60 bouches à feu qui tireront ensemble 300 coups par jour, à raison d'un kilogr. ¼ par coup, ci	4,500
Pour les sorties et actions de vigueur, ci	300

Première nuit et premier jour de tranchée ouverte.

Pour les 60 bouches à feu, à 20 coups chacune, et à 1 kil. ½ par coup, ci.	1,800
Pour les sept nuits et jours suivans, à raison de 25 coups par pièce, et de 2 kilogr. par coup, ci	21,000
Pour les dix-sept nuits et jours suivans, à raison de 40 coups par pièce, et d'un kilogr. ¼ par coup, ci	61,500
	88,800

kilog.

Ci-contre 88,800

Au vingt-sixième jour, époque où l'ennemi fait sa troisième parallèle, les mortiers tireront 25 coups par jour ; les pierriers et les obusiers en tireront 100 ; plusieurs batteries tireront à plein fouet contre les sapes, les nouvelles batteries, les cavaliers, etc.

Pendant les dix nuits et jours suivans.

50 pièces de canon à 50 coups chaque, et à 2 kilogr. par coup, ci. 50,000

20 mortiers à 20 coups chaque, et chaque coup estimé à 4 kil., ci. 16,000

20 pierriers et obusiers à 80 coups chacun, chaque coup à 1 kilogr., ci 16,000

Au trente-sixième jour de tranchée ouverte, le couronnement du chemin couvert est fait ; on lutte contre les batteries de brèches et de contre-flancs ; contre les passages de fossé, etc : la consommation est alors jusqu'à la fin du siége d'un quart plus forte que pendant les jours précédens.

Ainsi on aura pour les 15 derniers jours du siége, ci. . . . 100,000
                                                           ————
Total pour la consommation de l'artillerie . . . 250,800

La quantité de poudre nécessaire au service de la mousqueterie peut être évaluée de la manière suivante : il faut poser en fait qu'un fusilier peut tirer 50 coups dans une garde de 12 heures, et qu'il faut 1 kilogr. de poudre pour 80 coups.

Pour les 1000 hommes de garde extérieure pendant les dix jours d'investissement, à 20 coups chacun par garde de nuit, ci . . . kilog.
                                                                    2,500

Pour les actions de vigueur, ci 500

Pour le service des 100 chasseurs-carabiniers, à raison de 50 coups par jour pendant les 50 jours de tranchée ouverte, ci 3,500

On peut estimer que le feu roulant des chemins couverts et autres ouvrages se faisant par 500 fusiliers qui, pendant quarante jours, tireront 80 coups par jour, consommera pour cette défense vigoureuse, ci 20,000

Pour les bivouacs, ci 4,000

Pour les sorties et actions de vigueur, ci 5,000
                                                           ————
Total de la consommation par la mousqueterie . . . 35,500

La quantité de poudre nécessaire au service des mines ne peut s'évaluer qu'en détaillant les opérations de la guerre souterraine que les 40 mineurs

2.   36

seront dans le cas d'organiser et exécuter : ces opérations successives feront connoître la quantité et l'espèce de fourneaux, fougasses et camouflets que l'on espère pouvoir faire jouer sous les glacis, sous les fossés et sous les brèches : le nombre de ces fourneaux principaux ne peut pas s'élever au dessus de 40 : 10 de ces fourneaux seront placés sous les brèches, et les 30 autres, dont le tiers sera des fourneaux surchargés, le seront sous les glacis, sous le couronnement du chemin couvert, etc. : nous supposerons la ligne de m°. r°. des fourneaux placés sous les brèches d'environ 5o décimètres, et celle des autres fourneaux, de 40. D'après ces suppositions, on aura :

Pour les 20 fourneaux ordinaires placés sous les glacis, et dont　kilog.
la charge est pour chacun de 80 kilogr., ci 1,600

Pour les 10 fourneaux surchargés, à raison de 15o kil. chacun, ci 1,5oo

Pour les 10 fourneaux placés sous les brèches, à raison d'une charge de 160 kilogr., ci 1,600

Pour les fougasses, les camouflets, ci. 1,5oo

Le dixième pour les saucissons, etc., ci. 600

Total pour les mines, ci . . . 6,800

Ainsi, pour une défense de deux mois, y compris la consommation de la petite guerre souterraine créée au moment même que la place est menacée, l'octogone devra être muni de 290 mille kilogrammes de poudre. Si la place étoit minée, la consommation des poudres pour le service des mines augmenteroit de beaucoup et s'éleveroit au moins à 20 mille kilogrammes.

De la quantité de poudre nécessaire à la défense d'une place de première classe.

On voit, par l'application que nous venons de faire à l'octogone, que s'il s'agissoit d'une place du premier ordre de 20 à 25 fronts, l'approvisionnement des poudres iroit à environ 600 mille kilogrammes pour un siége de 5 mois.

Approvisionnemens en projectiles.

Le mémoire de la défense faisant connoître jour par jour le service de l'artillerie, il est facile d'estimer l'approvisionnement en projectiles de toute espèce. Pour l'octogone dont nous nous servons pour exemple, cet approvisionnement pourra être fait ainsi qu'il suit :

16,000 boulets pour chaque calibre ; et pour les 5 calibres, ci. . . 80,000

Bombes de 12 po., à raison de 800 par mortier, 1,600 ⎫
Bombes de 10 po., à raison de 900 par mortier, 5,400 ⎬ci . . . 19,000
Bombes de 8 po., à raison de 1000 par mortier, 12,000 ⎭

Obus de 8 po., à raison de 4,500 par obusier, 24,000 ⎫ci . . . 74,000
Obus de 6 po., à raison de 5000 par obusier, 50,000 ⎭

Balles ardentes, carcasses, pots-à-feu, ci 4,000

Tombereaux de pierres pour 20 mille coups de pierriers, et à raison d'un tombereau pour 15 coups, ci.   125

Quant aux grenades, il en faut une grande quantité soit pour lancer à la main, soit pour charger les obusiers, les mortiers et les pierriers : ce n'est pas trop que d'en avoir 80 mille, dont 10 mille grosses pour faire rouler sur les brèches, ci   80,000

Les approvisionnemens relatifs aux travaux de la défense consistent : *Des approvisionne-mens relatifs aux tra-vaux de la défense.* 1°. dans les bois propres à faire les palissademens, les barrières, les portes, les fraisemens, les tambours, les ponts de communication, les blindages, les batteries couvertes, les petits magasins à poudre construits dans les ouvrages, enfin dans les bois nécessaires au service des mines et au service de l'artillerie : il faut au moins 4 mille pieds d'arbres de 60 décimètres de long sur 130 centimètres de tour ; 2°. dans les gabions, fascines, piquets, harts : il faut compter sur 4000 gabions de toutes les dimensions, 20 mille fascines de 2 mètres de long, et 150 mille piquets ; 3°. dans les sacs à terre pour garnir les parapets, etc. : il en faut au moins 12 mille ; 4°. dans les outils et machines nécessaires à l'exécution des travaux, aux manœuvres des écluses, etc. ; 5°. dans les différentes armes employées à la défense ; savoir :

Approvisionnement en armes à feu et d'escrime; et en armes défensives.

Fusils de rechange ; autant que de fantassins ; ci   7000
Carabines ; le dixième des fusils de rechange ; ci   700
Mousquetons ; moitié du nombre des cavaliers ; ci   200
Paires de pistolets ; idem, ci   200
Pistolets de mineurs ; ci   100
Mousquetons de mineurs ou fusils à vent ; ci.   100
Bayonnettes de réserve ; le tiers des fusils ; ci.   2000
Sabres d'infanterie ; pour un quart de l'infanterie; ci   1700
Sabres de cavalerie ; autant que de cavaliers ; ci.   400
Hallebardes ou piques ; ci   1500
Faulx emmanchées à revers ; ci.   1000
Couteaux de brèche ; ci   250
Plastrons et calottes ; moitié du nombre des cavaliers, ci . . .   200
Cuirasses et pots-en-tête ; pour les assauts, etc. ; ci   250

L'artillerie s'approvisionne d'une manière convenable en affûts, voitures, machines et en objets d'armement pour les pièces d'artillerie : il faut pour les canons et obusiers autant d'affûts de rechange que de pièces ; pour les mortiers et les pierriers, la moitié en sus du nombre des pièces. *Approvisionnemens d'artillerie en affûts, voitures et objets d'ar-mement des pièces.*

Il faut au moins douze charrettes attelées de trois chevaux pour transporter les munitions, et trois attelages de dix chevaux chacun pour mener les grosses pièces à leurs différentes positions ; ce qui fait cinquante-six chevaux d'attelage. *Attelages de chevaux pour transporter les mu-nitions et les pièces d'ar-tillerie.*

Les artifices sont un objet très-important dans la défense des places; ils consistent : *Approvisionnement en artifices.*

En tourteaux goudronnés, dont il faut environ . .   30,000

En *fascines goudronnées*, dont il faut au moins . .   7,000
En *copeaux secs goudronnés*, dont il faut . . . .   3 chariots.
En *petites balles à feu de main*, dont il faut . . .   3 à 4,000
En *fusées de bombes*, ci   20,000
En *fusées de grenades*, ci   80,000
En *barils foudroyans*, pour les brèches, ci   55
En *roches à feu*, pour allumer les artifices, ci . .   20

Approvisionnement en munitions de bouche, etc.

Lorsqu'on connoît la force de la garnison et la durée probable du siége, on a tout ce qu'il faut pour calculer la quantité de vivres dont une place menacée d'un siége doit être munie : mais on doit la calculer comme si la garnison étoit complette pendant tout le tems du siége, afin d'avoir un excédant pour fournir à ce qu'on nomme *la plus tenue de la place*. La nourriture du soldat dans une ville assiégée se compose : 1°. d'une ration de pain de munition, pesant 1 kilogramme; 2°. d'une ration de lard salé, pesant $\frac{1}{16}$ de kilogramme; 3°. d'une ration de bœuf salé, pesant $\frac{1}{4}$ de kilogramme; 4°. d'une ration de vin consistant dans $\frac{1}{8}$ de litre, ou dans un litre de bierre; 5°. enfin, d'une ration d'eau-de-vie, qui est de $\frac{1}{12}$ de litre.

Le sac de blé de munition composé avec $\frac{2}{3}$ de froment et $\frac{1}{3}$ de seigle, pèse 100 kilogrammes et fournit 99 kilogrammes de farine y compris le son; cette quantité de farine produit 135 rations de pain cuit.

La quantité de rations pour le cas de l'octogone qui nous sert d'exemple, se composera :

1°. De . . . .   7,000 rations.
2°. Du cinquième en sus pour les officiers, sergens, employés, etc., ci   1,400
3°. Du dixième pour le déchet, ci   840

Total pour un jour   9,240

Et pour 60 jours 554,400

Ainsi il faudra en farines un approvisionnement d'environ 4 mille sacs.
En *lard salé*; à-peu-près . . . .   26,000 kilogr.
En *bœuf salé*; ci   105,000

Environ 400 bœufs sont nécessaires à cette salaison : mais on en conservera au moins 50 en vie pour fournir de la viande fraîche aux malades, dont le nombre à la fin du siége pourra s'élever à 1,200.

En *vin*; on peut compter sur . . . .   70,000 litres ou . .   250 muids.
En *eau-de-vie*; sur   28,000   . .   100

Outre les objets de nourriture dont nous venons de parler, on distribue chaque jour aux troupes des légumes secs, comme pois, fèves et lentilles, à raison de $\frac{1}{8}$ de kilogramme par ration; on donne aussi 35 grammes de ris et 20 grammes de sel.

On ajoute aux approvisionnemens, des moutons, des volailles et des veaux, que l'on conserve pour les malades.

Le vinaigre est une substance d'une très-grande utilité ; il faudra s'en approvisionner en quantité suffisante pour en délivrer $\frac{1}{15}$ de litre par chambrée de cinq hommes ; cette quantité peut être évaluée à environ 25 muids.

Enfin on se procurera toutes les épiceries nécessaires et on ne négligera pas de fournir la pharmacie de médicamens et de linge.

Combien peuvent être utiles dans un siége les nouveaux procédés pour désinfecter l'air ! Cette découverte si utile à l'humanité assure à son illustre auteur la reconnoissance de tous les hommes chargés de veiller à la conservation de leurs semblables ; et personne, sous ce rapport, n'en peut mieux sentir l'importance que les officiers du génie et de l'artillerie : il conviendra de faire des fumigations deux fois par jour dans l'hôpital et dans tous les lieux où les hommes seront accumulés.

Les fours de munitions sont dans un bâtiment militaire qui contient tout ce qui concerne la boulangerie : il faut que ce bâtiment soit voûté à l'épreuve et placé loin des attaques : il doit contenir assez de fours pour cuire chaque jour le nombre des rations qu'il faut distribuer ; c'est-à-dire, environ 9 mille rations. Un four de 40 sur 44 décimètres peut cuire 400 rations et fournir huit fournées en 24 heures ; il faudra donc quatre fours pour faire le service, dont un sera de relais. *Des fours de munitions.*

La boulangerie doit être garnie de tous les ustensiles propres à la manutention, ainsi que de la quantité de bois nécessaire qu'on peut estimer à 500 cordes et 20 mille fagots.

Les approvisionnemens en fourrages consistent dans le foin, la paille et l'avoine. *Approvisionnemens en fourrages et avoine.*

Les rations de foin et de paille sont chacune de 5 kilogrammes ; celle d'avoine est de 3 litres.

Ainsi pour 500 chevaux à nourrir pendant 80 jours, il faudra :

En *foin*; ci . . . . 40,000 rations ou . . . 200,000 kilogr.
En *paille*; ci . . . . 40,000 *idem* 200,000
En *avoine*; ci . . . . . . 40,000 *idem* . . . . . 120,000 litres.

192. Nous ne ferons qu'éveiller l'attention des élèves sur la manière de placer, de distribuer les approvisionnemens dans l'intérieur de la place, et de gîter les troupes qui ne sont pas de service. Ce que nous avons dit (135, 141 et 145) fait suffisamment connoître l'importance de cet objet et combien le gouverneur d'une place doit y apporter d'attention : car, si l'ennemi parvient à faire sauter les magasins à poudre, s'il peut brûler et incendier les autres approvisionnemens, tourmenter sans cesse la garnison et ne lui laisser prendre aucun repos, bientôt la place sera forcée de se rendre, quand bien même les fortifications ne seroient pas assez ruinées pour être emportées d'assaut. *192. Des emplacemens relatifs aux approvisionnemens et aux gîtes des troupes.*

On doit donc compter sur des souterrains construits sous les bastions, sur des magasins à poudre voûtés à l'épreuve, des magasins aux vivres, des fours, enfin sur un hôpital. La capacité intérieure de tout polygone contient l'espace nécessaire à tous ces établissemens et aux abris en blindage destinés à gîter les troupes. Lorsque tous les souterrains, bâtimens, hangards, etc. ne sont pas suffisans et appropriés aux différentes espèces d'approvisionnemens, il faut y suppléer : ainsi, dans le cas où l'on n'auroit pas assez de magasins à poudre, il faudroit, à l'exemple de M. de Chamilly, à Grave, y suppléer par une galerie construite sous le parapet de la courtine d'un front : si le gouverneur ne trouvoit pas d'hôpital dans la place, on blinderoit le rez-de-chaussée de plusieurs maisons pour les affecter à cet objet. Les denrées liquides seront disposées dans les souterrains les plus humides ; les denrées sèches le seront dans les souterrains les plus secs et les mieux aérés, et sous les blindages de quelques bâtimens solides et éloignés du front d'attaque, s'il est possible. Dans les grandes places, le bois de chauffage se place dans des lieux couverts qui sont à l'abri des feux de l'attaque, mais dans les places médiocres, il faut mettre cette denrée de première nécessité ou dans des souterrains, ou dans les caves des maisons, etc. Quant aux fourrages, il conviendra de les botteler et ficeler fortement, afin de réduire le volume de 1000 kilogrammes de foin à n'occuper qu'un mètre cube : les fourrages ainsi préparés seront mis dans des souterrains ou sous des blindages.

Enfin la moitié de la garnison qui n'est pas de service doit être gîtée de manière à ne pas être tourmentée pendant le tems qui lui est accordé pour réparer ses forces : ainsi, dans l'octogone, il faudroit des abris environ pour 3 mille hommes, dont 100 officiers ; mais si l'espace manque, la moitié des bivouacs n'aura pas d'abri ; et il suffira alors de gîter 2500 hommes et 80 officiers. Il faut au moins 4 mètres carrés pour coucher 3 soldats et le même espace doit être accordé à chaque officier ; ce qui exigera au moins une superficie de 3500 mètres carrés. Il faut bien éviter de blottir les troupes dans des souterrains où l'humidité et la stagnation de l'air causent des maladies qui font souvent périr plus de monde que le feu et le fer de l'ennemi : si l'on manque de casernes voûtées on blinde des bâtimens ; et si la place ne fournit pas assez de ressources sous ce rapport, on a recours à des blindages élevés contre des pans de mur, contre les revêtemens intérieurs des remparts, et dans les fossés qui sont secs et opposés aux attaques : on peut dans les grandes places faire camper ou barraquer les troupes sur des esplanades et dans des fossés secs éloignés des attaques : l'air doit circuler sous les abris et y rafraîchir les hommes destinés à s'y reposer, etc.

Quoique la quantité d'objets à loger et à abriter soit considérable au point d'effrayer l'imagination de celui qui ne connoît pas les ressources d'une place forte, quoique médiocre, mais bien construite ; il est facile de se convaincre de cette possibilité par des applications aux places de différens ordres. Lorsque ces places ont été construites par des ingénieurs habiles dans l'art de la défense, le gouverneur y trouve toutes les dispositions permanentes nécessaires et les localités propres aux dispositions passagères et relatives à l'état de siége : et si ce gouverneur est secondé par des officiers du génie actifs et connoissant bien les ressources et toutes les localités de la place, en peu de jours les subsistances en seront assurées et la garnison aura des abris sains. C'est avec tous ces moyens protecteurs que le commandant d'une place peut braver les terribles effets de l'artillerie et faire, s'il sait inspirer à ses troupes la confiance et l'amour de la gloire, la défense la plus opiniâtre et la plus brillante.

Nous terminerons ici ce que nous avions à dire sur une matière qui complette la série des idées que nous nous étions proposés d'exposer et de développer : nous ne sommes pas entrés dans tous les détails, quelque importans qu'ils soient, parce que nous serions sortis des bornes que nous nous sommes prescrites : mais comme les élèves et les officiers de toutes les armes peuvent un jour mériter l'honneur de défendre une place, nous avons cru qu'il convenoit de leur offrir le tableau des points principaux de la défense afin de les engager à lire et à méditer les auteurs qui ont écrit sur ce sujet : un excellent Mémoire de Cormontaigne, digne sous tous les rapports de ce savant ingénieur ; la Défense des places, par Vauban ; l'ouvrage de Bousmard ; l'Aide-mémoire d'artillerie ; le Manuel de l'artilleur, etc., sont des sources où ils pourront puiser le complément de leur instruction.

(Voyez la Défense des places, par Vauban, édition de Foissac; le Mémoire de Cormontaigne ; l'ouvrage de Bousmard; l'Aide-mémoire d'artillerie ; le Manuel de l'artilleur, etc.)

CHAPITRE XII ET DERNIER.

Des portes des villes de guerre ; de leur emplacement ; de leur architecture ; des ponts et profils qui les accompagnent.

Nous donnerons dans ce dernier chapitre quelques developpemens sur les portes des villes de guerre, sur les différentes espèces de ponts et sur les profils qui accompagnent ces constructions. Il est convenable que des élèves et de jeunes officiers qui ont suivi un cours de fortification, et voient souvent pour la première fois une place forte, puissent juger de l'aspect sous lequel elle se présente et sachent par quels ouvrages on communique de l'extérieur à l'intérieur.

193. Il est évident, et c'est une suite nécessaire de la théorie de l'attaque, qu'il faut placer les portes avec discernement et le moins possible sur les fronts abordables : nous avons vu que lorsque ces grandes communications étoient disposées sur les flancs des attaques, on pouvoit en faire déboucher de la cavalerie et même de l'infanterie pour prendre à revers les travaux de l'assiégeant, etc. Si les fronts qui contiennent les portes sont susceptibles d'être attaqués, il convient qu'ils soient flanqués par des pièces inaccessibles :

193. De l'emplacement des portes dans une ville de guerre, sous le rapport de la défense.

le canon des ouvrages doit rigoureusement enfiler les grandes routes qui aboutissent aux portes, afin que l'ennemi n'en retire aucun avantage.

Lorsqu'on a décidé quels sont les fronts sur lesquels on veut percer des portes et faire des passages de sortie, on doit placer l'ouverture du corps de place sur le milieu de la courtine, comme étant la partie la mieux couverte et la moins exposée aux batteries de brèche.

De la porte construite au corps de place; de l'ordonnance et du caractère de l'architecture de ses façades.
(Pl. XIII, fig. 1 et 4.)

On sort d'une place forte par un passage voûté qui a deux façades, l'une intérieure, l'autre extérieure; l'architecture de la première est ordinairement soignée et chargée plus ou moins d'ornemens. L'extrados de la voûte est inférieur de 10 décimètres au terre-plein; il est construit et disposé de manière à procurer un écoulement aux eaux pluviales et empêcher les filtrations. L'ouverture extérieure est le plus ordinairement à plein cintre; mais on peut lui donner la forme surbaissée d'une anse à panier : elle a 40 décimètres de hauteur sous clef et 31,^{dt}7 de largeur entre les deux tableaux. On pratique dans la partie supérieure deux rainures verticales pour loger les flèches du tablier du pont-levis, dont il sera parlé ci-après. Le caractère architectonique de la façade de la porte doit être la solidité et la force; les profils délicats et les ornemens inutiles doivent en être bannis; ils occasionneroient une dépense mal placée et sans but raisonnable : deux simples pilastres latéraux chargés de trophées d'armes, une corniche d'une belle forme, enfin une devise analogue au sujet sont les seules constructions et ornemens que l'ingénieur-architecte doive se permettre. La maçonnerie des portes doit s'élever très-peu au dessus de la ligne couvrante, afin de ne pas servir de point de mire aux batteries de l'ennemi, etc. : ce seroit encore un plus grand défaut de construire et élever des bâtimens au dessus des portes, comme cela existe dans plusieurs places.

194. Des ponts dormans et des ponts-levis, etc.

194. Du seuil de la porte d'une ville de guerre, on passe par un *pont-levis* sur un *pont dormant* qui traverse le grand fossé et s'appuie à la gorge de la demi-lune.

De la porte construite sur une des faces de la demi-lune.

Les portes des demi-lunes se font à ciel ouvert : ce sont deux simples pilastres couronnés ordinairement par une comminge : le passage au travers du rempart se fait par deux simples profils qui en soutiennent le relief. On

Du passage à travers le glacis.

traverse le fossé de la demi-lune par un autre pont-levis et un autre pont dormant qui s'appuie à la contrescarpe : enfin on gagne le plan de site ou la campagne par un passage au travers du glacis et formé par deux profils qui soutiennent leur relief : on a le soin de contourner la direction de ces profils de manière que la barrière placée dans la direction de la ligne couvrante ne soit pas apperçue de l'extérieur.

De la construction des ponts dormans.

Les ponts dormans peuvent être construits en maçonnerie et cette méthode est économique et bonne, lorsque les fronts ne sont pas attaquables et trop exposés aux bombes : dans ce cas on pratique quelques fourneaux dans deux piles du milieu pour faire sauter le pont promptement si les événemens de la guerre rendent cette opération nécessaire. Mais il est préférable, dans tous les cas, d'adopter une construction telle qu'on puisse démonter promptement un pont, sans que les décombres embarrassent le fossé. On remplit ces conditions, essentielles pour la défense, par des ponts en bois établis sur de simples piles de maçonnerie distantes de 5 mètres de milieu en milieu : les principales pièces qui entrent dans la construction d'un pont dormant sont : les *semelles*, les *corbeaux*, les *longerons*, les *madriers*, les *garde-pavés*, les *montans d'appui*, les *lisses* et *sous-lisses*, les *liens*, etc.

L'objet d'un *pont-levis* est d'établir ou d'interrompre à volonté la communication entre un pont dormant et l'ouverture de la porte soit du corps de place, soit d'un ouvrage extérieur : ainsi le pont-levis est une machine qui sert de pont lorsqu'elle est mise dans sa position horisontale, et de fermeture lorsqu'elle est verticale. *Des ponts-levis, de leur usage; description de cette machine.* (Voyez la Mécanique de Bossut.)

Le tablier d'un pont-levis est l'espèce de plancher mobile T qui sert de pont pour franchir l'intervalle laissé entre le pont dormant et l'escarpe de l'ouvrage, et qui masque l'ouverture lorsqu'il est relevé. Il a ordinairement 4 mètres de long sur 3,^{m}58 de large (12 pieds sur 11) : on distingue dans le tablier : 1°. le *talon* et la *tête* : ces deux pièces principales ont pour longueur la largeur du tablier : elles équarrissent 9 pouces et 9 : on pratique dans ces pièces une rainure intérieure de 2 pouces pour recevoir le plancher de madriers; 2°. les 7 gîtes qui équarrissent 6 pouces et 7 et s'assemblent dans le talon et la tête en affleurant la feuillure ; 3°. le plancher en madriers qui est cloué sur les gîtes; 4°. les deux tourillons encastrés dans la face supérieure du talon à 3 pouces de l'arête et fixés solidement par des frettes et des boulons à vis et à écroux : on place ainsi les tourillons du tablier, afin que, lorsqu'il est vertical, son centre de gravité soit extérieur à leur axe et qu'il soit toujours sollicité au mouvement; 5°. le plancher de recouvrement fait en madriers de bois de sapin. *Du tablier du pont-levis et des autres pièces qui le composent.* (Pl. XIII, fig. 2 et 4.)

Les tourillons reposent sur des crapaudines logées dans la partie latérale de la battée du pont levis. *Des crapaudines des tourillons du tablier.*

On arme les extrémités de la tête de *gâches d'attache* ou de *boulons à tête*, placés à la face inférieure; et ces pièces de fer s'accrochent aux chaînes des flèches : elles sont ainsi disposées afin que le tablier puisse se loger en entier dans l'avant-corps de la porte. *Des gâches d'attache du tablier.*

Le tablier étant solidement construit et garni de frettes et d'étriers pour soulager les tenons des gîtes, il est mis en place et repose d'une part sur la première pile du pont dormant, et de l'autre sur les crapaudines qui reçoivent les tourillons. Pour soulager ces tourillons et les assemblages, on met sous le talon une *pièce de chevet* portée sur des corbeaux en pierres de taille.

Le moyen le plus usité pour donner au tablier le mouvement nécessaire à sa manœuvre, consiste dans une bascule B, composée de plusieurs pièces assemblées et disposées comme le font voir les figures 3 et 4. Deux longues pièces de bois d'environ 25 pieds de long et équarrissant 12 et 13 pouces, sont traversées dans le milieu par deux tourillons, et sont assemblées dans la partie postérieure par trois *entretoises*, deux *potelles* et quatre *guettes* ; *De la bascule pour donner du mouvement au tablier et en faire la manœuvre.* (Fig. 3 et 4.)

leur partie antérieure se nomme les *flèches*, et l'autre partie les branches de la bascule : les flèches à 6 pouces des tourillons diminuent de grosseur et se réduisent à l'extrémité à 9 pouces d'équarrissage : on en abat les angles pour leur donner la forme d'une pyramide tronquée à base octogonale, etc. Les tourillons qui traversent les branches dans leur axe s'appliquent contre la première entretoise : leur distance à l'extrémité des flèches doit être parfaitement égale à la distance qu'il y a de l'axe des tourillons du tablier aux gâches d'attache : la distance des axes des flèches est égale à la distance des deux crochets d'attache de la tête.

Les extrémités des flèches sont armées de *crochets à col de cicogne*, pour recevoir les chaînes; et les extrémités des branches le sont de deux frettes et deux arganeaux garnis de chaînes de manœuvre.

Quand la bascule est construite, on la monte dans la partie supérieure de la porte en faisant passer les flèches par les trous et rainures verticales qu'on a pratiquées pour les recevoir : deux crapaudines scellées dans les pieds-droits à la hauteur convenable et placées dans une ligne horisontale, reçoivent les tourillons de la bascule. Lorsque les flèches sont horisontales, elles reposent sur la couverture de la battée du pont-levis. Le plan qui passe par l'axe des tourillons de la bascule et celui des tourillons du tablier, est toujours incliné à l'horison, mais plus ou moins selon la construction de la porte.

De la manœuvre du pont-levis.

Lorsque la bascule est montée et placée horisontalement, on attache deux chaînes, d'une part aux armures des flèches et de l'autre aux gâches d'attache de la tête du tablier : alors la bascule ne fait plus qu'un système avec le tablier et ne peut se mouvoir autour de ses tourillons sans que le tablier ne soit entraîné autour des siens. Une force étant donc appliquée aux chaînes de manœuvre de la bascule, elle descendra pendant que le tablier se levera et viendra fermer l'ouverture de la porte, en se logeant dans la battée destinée à le recevoir.

Autre manière de placer la bascule.

Autrefois les ingénieurs plaçoient souvent la bascule des ponts-levis d'une autre manière; ils pratiquoient sous le passage une cave où ils disposoient cette bascule de manière que les flèches s'appliquoient sur la face inférieure du pont-levis : la bascule, en passant de la position horisontale à la position verticale, faisoit tourner le tablier, etc. Cette méthode a l'avantage de soustraire les flèches à l'artillerie ennemie : mais elle est sujette à plusieurs inconvéniens qui lui ont fait préférer le pont-levis à flèches.

195. Du calcul d'un pont-levis à flèches pour satisfaire à la condition de l'équilibre.

(Voyez la Mécanique de Bossut et la Statique de M. Francœur.)

195. On calcule un pont-levis de manière que la machine soit en équilibre; et que la puissance n'ayant à vaincre que le frottement, deux ou quatre soldats au plus puissent le manœuvrer. Nous supposerons que le pont-levis a 11 pieds de large sur 12 pieds de long, et que la longueur des flèches est égale à celle du tablier : dans ce cas, le seul applicable à la pratique, la figure du pont-levis est un parallélogramme. Cela posé, nous avons la

formule $\dfrac{b}{2}\left(\pi + B \right) = \dfrac{f}{2}\left(F + T + 2\,C \right)$, (Statique du cours, pag. 133.) dont il faut faire une application particulière : ici, la quantité B n'est pas toute la bascule, mais seulement les branches garnies de leurs ferremens ; π est le poids indéterminé des pièces d'assemblage de la bascule qui consistent dans les trois entretoises, les deux potilles et les quatre guettes : nous supposons que $\dfrac{b}{2} = 78$ pouces est le bras de levier du système formé par les pièces de la bascule ; et que cette distance est égale à la moitié de la longueur des branches : cet à-peu-près est suffisant dans la pratique. L'équation deviendra donc :

$$78 \text{ po. } \times \pi = T \times \frac{f}{2} + F \times \frac{f}{2} + C \times f - B \times \frac{b}{2}$$ dans laquelle f est la longueur du tablier et b celle de la bascule : comme chaque terme du second membre résulte de la somme de plusieurs momens partiels faciles à déterminer, il résulte qu'on pourra connoître π. En effet, en admettant que le pied cube de bois de chêne pèse 70 livres, on aura :

1°. $T \times \dfrac{f}{2} = $ le moment du talon, plus le moment des planchers, plus celui de la tête $= 453$ livres (poids du talon et des 2 frettes) $\times$ 1 po. $\frac{1}{2}$ $+ 3610$ livres (c'est le poids des planchers et des 7 gîtes auquel on a ajouté 40 livres pour les clous et les goujons) $\times$ 69 po. $+ 475$ livres (c'est le poids de la tête auquel on a ajouté 70 livres pour les deux frettes et les gâches d'attache), $\times$ 137 po. $= $ (après avoir fait tous les produits partiels) $679 + 249090 + 65075 = 314844.$

2°. Pour avoir le terme $F \times \dfrac{f}{2}$, nous remarquerons que les flèches sont des pyramides tronquées qui donnent un volume de 6 solives et un poids de 1260 livres : nous y ajouterons 100 livres pour les frettes et les cols de cicogne ; et parce que ce poids est placé à l'extrémité, nous supposerons sans erreur sensible que le centre de gravité est placé au milieu des flèches ; ainsi, on aura : $F \times \dfrac{f}{2} = 1360$ livres $\times$ 72 po. $= 98920.$

3°. Le terme $C \times f$, qui est le moment des chaînes, $= 105$ livres $\times$ 144 po. $= 15120.$

4°. Le terme $B \times \dfrac{b}{2}$ exprime le moment des branches de la bascule ; plus le moment des ferremens des extrémités qui consistent dans les frettes, les arganeaux et les petites chaînes de manœuvre ; plus le moment des deux verroux, des quatre crampons et des deux serrures à bosses : nous aurons donc :

$$B \times \frac{b}{2} = 1972 \text{ li. } \times 78 + 86 \text{ li. } \times 156 + 56 \text{ li. } \times 220 = 171552.$$

D'après les évaluations précédentes, on aura :

$$\pi \times \frac{b}{2} = 428884 - 171552 = 257332 \text{ ou } \pi = \frac{257332}{78} = 3299 \text{ livres.}$$

Ainsi, pour que la machine soit en équilibre, il est nécessaire que les pièces d'assemblage pèsent environ 3300 livres.

En donnant aux trois entretoises, aux deux potilles et aux quatre guettes 11 et 12 pouces d'équarrissage, leur volume sera d'environ 16 solives qui pèseront 3360 livres, et établiront l'équilibre demandé dans le cas particulier que nous venons de traiter. Pour mettre la machine en mouvement, il ne s'agira plus que d'appliquer aux chaînes de la bascule une force suffisante pour vaincre les frottemens : cette force ne sera pas supérieure à celle de deux hommes.

196. Desinconvéniens du pont-levis à flèches et bascules.

196. La manœuvre d'un pont-levis à bascule est sujette à de grands inconvéniens : 1°. le desséchement de cette bascule et les variations qui arrivent journellement dans le poids du tablier par la pluie, la sécheresse, la boue, etc. rompent continuellement l'équilibre et en rendent souvent la manœuvre très-difficile ; 2°. il faut renouveller les flèches tous les 10 ans et y faire fréquemment des réparations ; 3°. le logement des flèches dans la façade de la porte y cause une grande difformité ; 4°. enfin, les flèches sont très-exposées à l'artillerie et sujettes à être brisées dès les premiers jours du siége : ce défaut est sur-tout d'une grande conséquence dans les gros postes de guerre qui peuvent être surpris et attaqués de vive force. Plusieurs moyens ont été proposés pour remplacer les flèches et la bascule ; on peut en voir la description dans Bélidor : nous devons faire connoître celui par lequel M. Dobenheim obvie aux inconvéniens les plus majeurs : on y trouve la sûreté et la facilité de la manœuvre réunies à la faculté de rétablir l'équilibre dans tous les instans, et l'avantage inappréciable d'avoir une manœuvre peu en prise à l'artillerie ennemie.

197. Des moyens employés par M. Dobenheim pour remplacer les flèches et la bascule dans un pont-levis.

(Pl. XIII, fig. 4.)

197. Dans l'épaisseur des deux tableaux de la porte et à 6 pieds du mur de face, est construite une niche carrée de 3 pieds 6 pouces de côté et de 13 pouces de profondeur : chaque niche *bd* est destinée à recevoir une poulie de fer coulé ayant 30 pouces de diamètre, 5 d'épaisseur et 4 de gorge. Les centres des deux poulies sont placés dans une ligne horisontale et élevée d'environ 12 pieds au dessus du tablier : les plans verticaux perpendiculaires à cette horisontale et qui passent par les centres des poulies, doivent passer aussi par les gâches d'attache du tablier ; ils se nomment *plans de manœuvre*. Les poulies tournent autour d'un axe de 2 pouces de diamètre, dont une des extrémités porte sur une crapaudine logée dans le fond de la niche, et dont l'autre porte sur un œil pratiqué dans une forte plaque de fer solidement fixée et scellée sur le devant de la niche.

Le pont-levis se manœuvre avec deux chaînes composées d'anneaux de 10 lignes de grosseur et de 2 pouces et demi de long sur 1 et demi de large en dedans : ces chaînes attachées au tablier à la manière ordinaire, passent par un créneau au travers du tableau de la porte pour se rendre dans la niche et sur la poulie dont il vient d'être parlé. Les chaînes tirent le tablier par les procédés suivans.

Une barre de fer de même longueur que le tablier et de 2 pouces de largeur sur un d'épaisseur, s'attache par un guinguerlot au bout de la chaîne distant de la poulie de 5 à 6 pouces : l'autre extrémité G de la barre porte un œil qui est traversé par un boulon scellé dans le mur et autour duquel elle peut tourner librement en se tenant constamment dans le plan de la manœuvre : le point de rotation G est placé de manière que dans la position initiale FG, la barre soit un peu inclinée et fasse un angle presque droit avec le bout de la chaîne. *De la première barre de fer pour la manœuvre.*

A 12 pouces du point G est un autre boulon I fixé comme le premier dans le mur, et autour duquel tourne une seconde barre de fer semblable et égale en longueur à la première. Une chaîne FH unit les deux barres : elle a pour longueur la corde d'un arc de 45°. dont le rayon est égal à la longueur des barres. *De la seconde barre de fer pour la manœuvre.*

Les barres sont percées de trous horisontaux qui reçoivent des clavettes ; elles sont chargées avec des blocs cubiques de fer coulé, d'environ 10 pouces de côté : ces blocs pèsent environ 300 livres et sont percés de trous rectangulaires. *Des poids qui chargent les barres.*

Les barres étant dans leur position initiale, on les charge chacune depuis un bloc jusqu'à quatre ; mais ces barres sont placées de manière qu'il y ait équilibre dans la machine lorsque la seconde barre est verticale. *Du chargement des barres.*

Le pont-levis se manœuvre en appliquant à la seconde barre une puissance capable de surmonter les frottemens : celle d'un homme appliquée de chaque côté est suffisante, etc. Comme à mesure que le tablier tourne son moment diminue ; de même les momens des forces qui proviennent de la pesanteur des blocs diminuent graduellement : ainsi lorsque le tablier s'est élevé à la hauteur de 45°., la barre IH est devenue verticale, et alors l'effort de la barre FG est suffisant pour achever le mouvement. *De la manœuvre du pont-levis.*

Le système des barres et des blocs qui remplacent les flèches et la bascule, se loge dans un enfoncement d'environ 15 pouces, pratiqué dans les profils du passage de la porte : on établit une barre RS sur laquelle glissent les barres de manœuvre, afin d'empêcher le frottement des blocs contre le mur. On place aussi deux lisses ML, NO pour faciliter la manœuvre. *De l'emplacement des barres et des blocs dans les profils du passage de la porte.*

Poids des tabliers.   *Nombre des blocs sur chaque barre.* *Du nombre des blocs nécessaires pour charger les barres.*

De 1430 livres et au dessous . . . . 1 bloc par barre.
De 1430 à 2750 . . . . 2.
De 2750 à 4060 . . . . 3.
De 4060 à 5250 . . . . 4.

La manœuvre d'un pont-levis de dimensions ordinaires, et d'après les principes précédens, monteroit au moins à la somme de 1100 francs, pendant que la dépense d'une bascule à flèches ne va qu'à 600 francs au plus ; mais sous le rapport de la durée et des autres avantages, les moyens proposés par M. Dobenheim sont bien supérieurs.

Nous aurions desiré completter cette troisième partie comme les deux autres, par l'exposé et le développement de quelques siéges célèbres et instructifs ; mais ce travail auroit rendu l'ouvrage trop volumineux. D'ailleurs il faut remarquer qu'il n'en est pas de la description d'un siége comme de celle d'une bataille : dans celle-ci l'action se passe rapidement ; l'imagination soutenue et échauffée en dévore tous les détails avec plaisir : dans un siége , au contraire , tout se passe lentement et les détails en sont minutieux et innombrables : la description qui se compose de deux longs mémoires, dont l'un de défense et l'autre d'attaque , entraîne tant de longueurs que le mémoire d'un siége considérable fourniroit assez de matière pour un volume ; et dans les opérations et les combats de cette nature , les cas particuliers ressemblent si fort à la description qui a fait le sujet du chap. IV , qu'il nous paroît superflu d'étendre ce Traité élémentaire.

198. Conclusion et fin du Traité.

198. Nous terminerons ici l'exposition théorique et descriptive des principales parties de la science militaire qui doivent entrer dans un Traité purement élémentaire , et basé sur la géométrie descriptive. Nous espérons que cette ébauche, où nous avons tâché de dérouler aux yeux de nos jeunes lecteurs le vaste et immense tableau de la science ; leur servira de guide dans l'étude approfondie des diverses branches de l'art ; et que les principes que nous y avons énoncés leur paroîtront encore plus sûrs à mesure que la pratique les leur rendra plus familiers, et qu'ils liront les excellens ouvrages que nous possédons.

Nos jeunes lecteurs peuvent sur ce point important consulter la notice judicieuse et instructive contenue dans le second numéro du Mémorial topographique , et celle de l'ouvrage de M. Mandar. Ils trouveront aussi dans le troisième numéro du Mémorial topographique le catalogue des meilleurs cartes qu'un militaire puisse consulter.

Il ne nous reste plus qu'à rappeler aux élèves qu'ils doivent honorer l'étude des sciences et des arts par un dévouement sans bornes à la patrie , et par une moralité digne de l'éducation qu'ils ont reçue. Si le Gouvernement leur prodigue tant de moyens d'instruction , c'est afin qu'ils portent dans les services publics les talens les plus distingués réunis au caractère moral le plus pur. Ils répondront sans doute à ses vues paternelles et seront constamment dirigés par la reconnoissance , le sentiment du devoir et l'amour de la gloire.

FIN DE LA TROISIÈME ET DERNIÈRE PARTIE.

TABLE DES MATIÈRES.

TROISIÈME PARTIE.

DE LA FORTIFICATION PERMANENTE OU DES PLACES.

CHAPITRE PREMIER.

CHAP. II.

2.   38

CHAP. VII.

CHAP. VIII.

SECTION PREMIÈRE.

SECT. II.

CHAP. IX.

ERRATA

Pl. 1.re

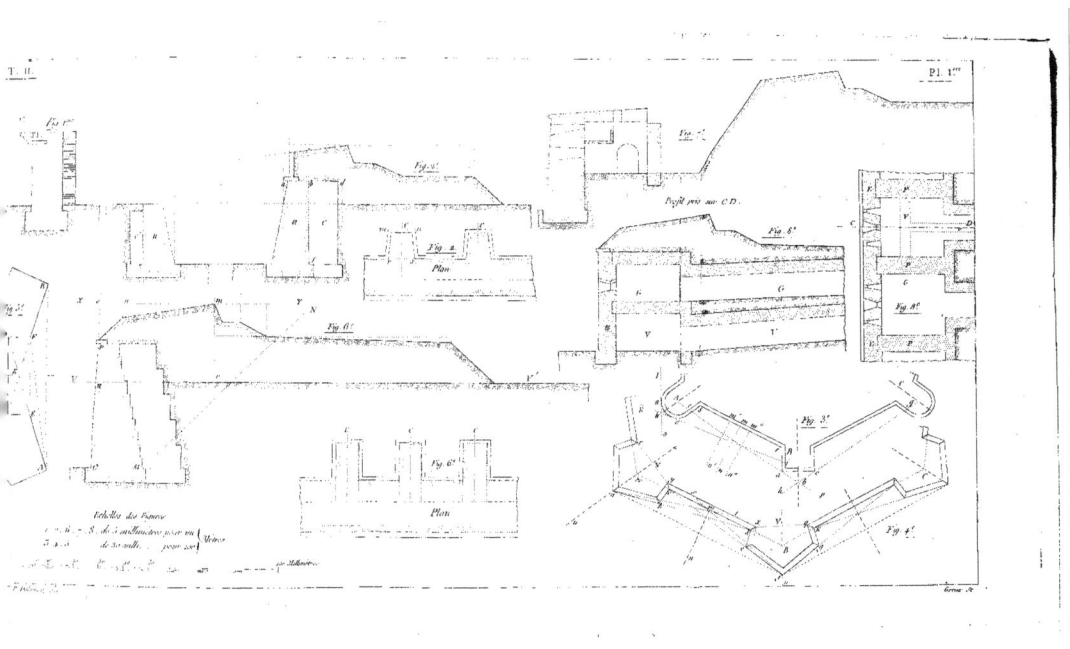

Profil pris sur CD.

Fig. 5.e

Fig. 7.e

Plan

Fig. 8.e

Fig. a

Plan

Fig. 6.e

Fig. 6.e

Plan

Fig. 3.e

Fig. 4.e

Échelles des Figures

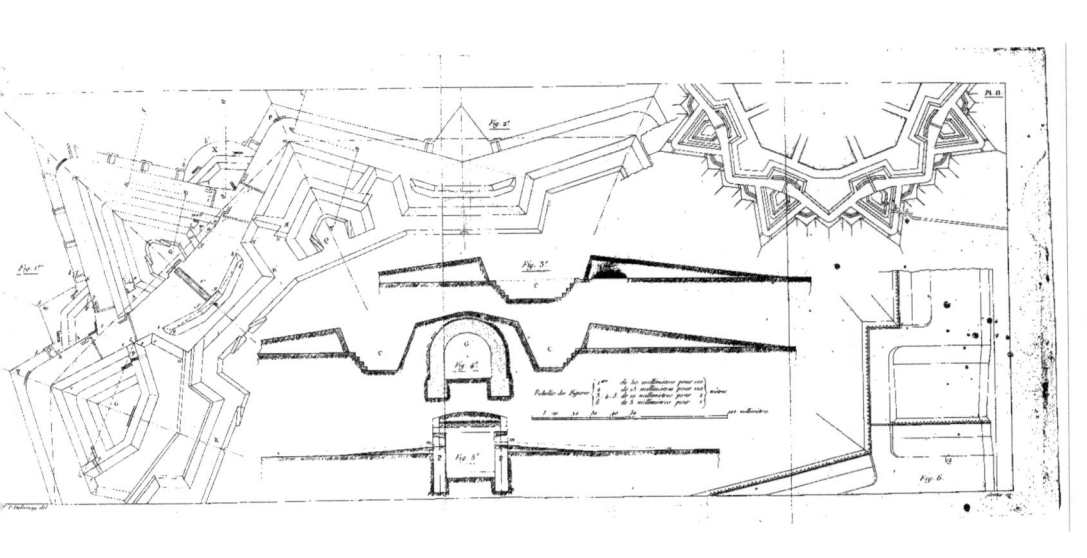

Fig. 1ᵉ.

Fig. 2ᵉ.

Fig. 3ᵉ.

Fig. 4ᵉ.

Fig. 5ᵉ.

Fig. 6.

Echelle des figures

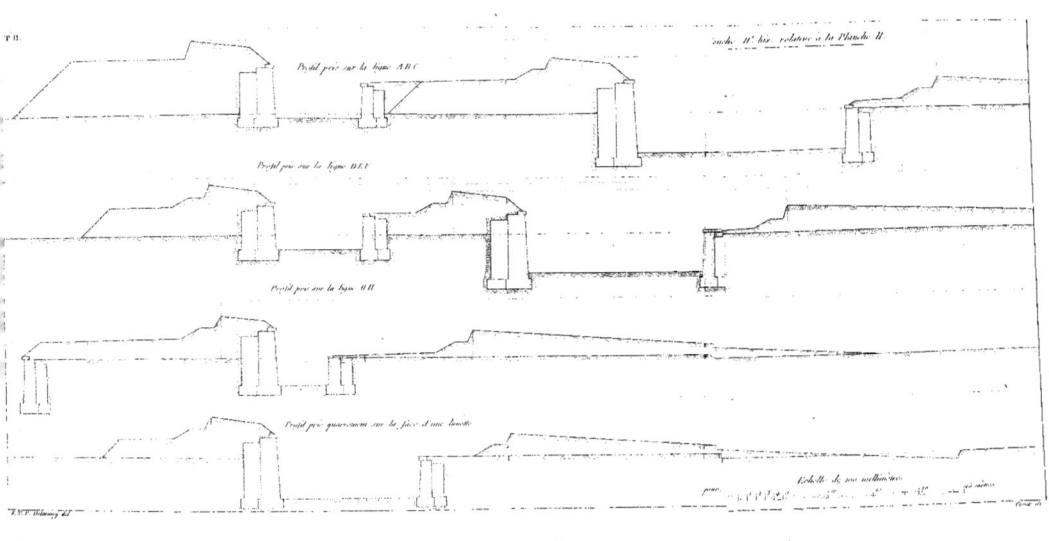

Planche II bis, relative à la Planche II.

Profil pris sur la ligne ABC

Profil pris sur la ligne DEF

Profil pris sur la ligne HH

Profil pris perpendiculairement sur la face d'une lunette

Echelle de cinq millimètres pour...

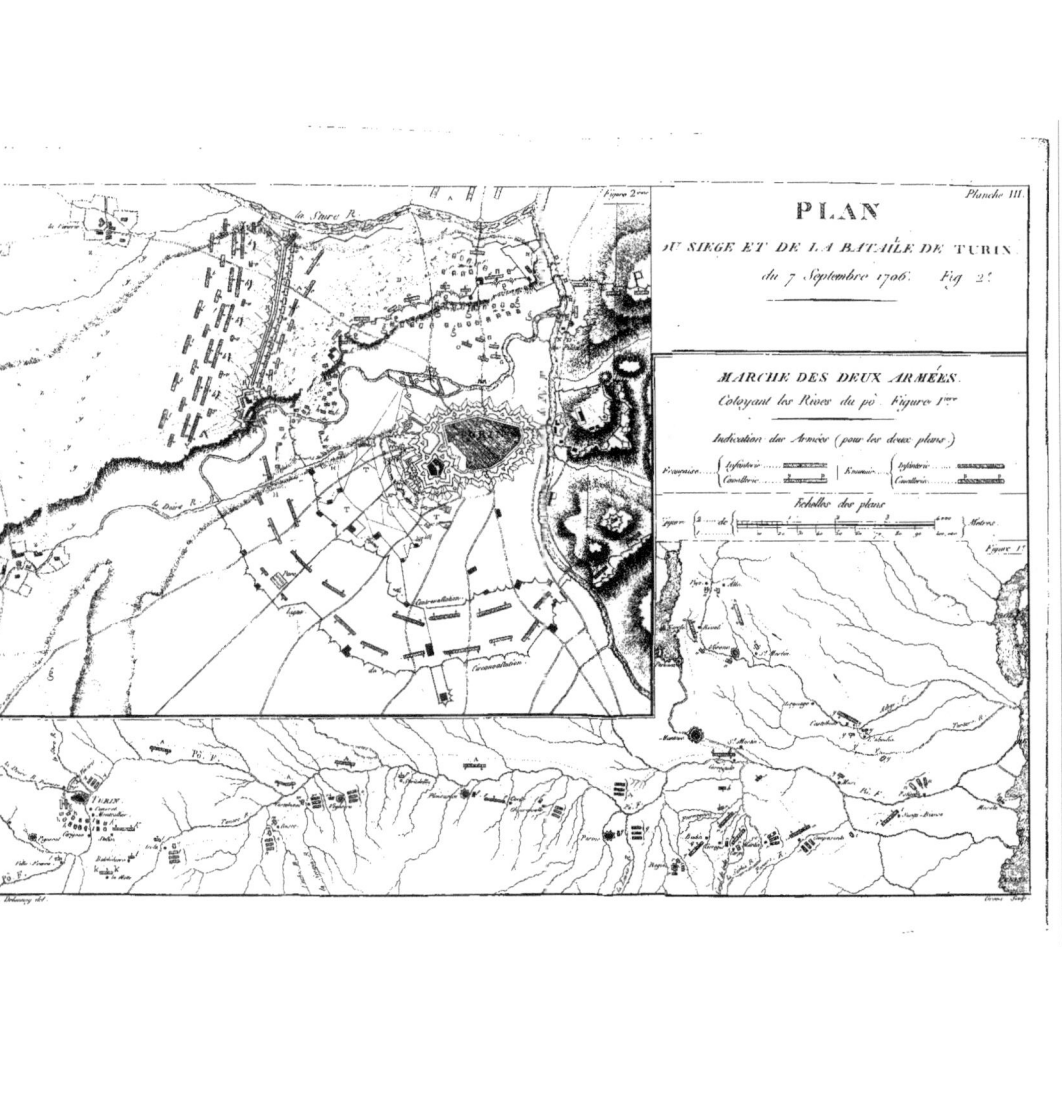

PLAN
DU SIEGE ET DE LA BATAILE DE TURIN
du 7 Septembre 1706.   Fig 2.

MARCHE DES DEUX ARMÉES.
Côtoyant les Rives du pô Figure 1.re

Indication des Armées (pour les deux plans)

Française	{ Infanterie		Ennemie	{ Infanterie	
	Cavallerie			Cavallerie	

Echelles des plans

Figure 1.re

LÉGENDE

DE LA PLANCHE III,

Relative à la bataille de Turin, livrée le 7 septembre 1706.

FIGURE 1ere.

a, a, a. . . . Position de l'armée française, en observation à Rivoli sur la rive droite de l'Adige, pendant l'investissement de Turin, le 13 mai.

z, z, z. . . . Position de l'armée ennemie se rassemblant à la rive gauche de l'Adige, entre Alla et St.-Martin.

y, y, y. . . . Position offensive de Castelbade prise le 5 juillet par le prince Eugène : passage de l'Adige : attaques des postes de Masi et de l'Abadia.

Y, Y. . . . Passage du Tartaro par l'armée ennemie, le 13 juillet.

u, u, u. . . . Marche de l'armée sur Policella ; elle y passe le grand Pô, le 18 juillet, et s'empare du poste de Mesola.

t, t, t. . . . Camp de Santa Bianca.

s, s, s. . . . Camp de Camposanto occupé par le prince Eugène, le 28 juillet, après avoir passé le Panaro.

b, b, b. . . Position de Corregiole occupée par le duc d'Orléans, le 22 juillet, pour arrêter le prince Eugène dans sa marche.

r, r, r. . . . Camp derrière le canal de Ledo, qu'occupèrent les ennemis le 29 juillet, après avoir passé la Sechia.

r', r', r' . . Position de bataille prise le 8 août par le prince Eugène derrière la Parmegiana, en face de la position de Corregiole : son retour en r, r, r. Il fait attaquer Carpi, Corregio et Regio, qui se rendit le 14 août.

q, q, q. . . . Camp de Radia ; passage de la Lenza, le 13 août, et occupation de Parme.

p, p, p . . Camp de Cade occupé le 19 août : prise de Plaisance : l'avant-garde p' se saisit du poste important de Stradella.

o, o. . . . . Occupation de Voghera, le 24 août.

m, m, m. . Passage de la Scrivia à Castelnovo, le 25 août : l'avant-garde se porte sur Bosco.

n, n, n. . . L'armée passe l'Orba et se dirige sur Isola pour passer le Tanaro.

l, l, l . . . Le prince Eugène passe le Tanaro à Isola, le 28 août, et occupe Baldichiero et Villa-Franca.

K, K, K . . Réunion à Stellon, de toutes les troupes du prince Eugène et de celles du duc de Savoie : leur quartier général est à la Motte.

I, I. . . . . Ponts jettés sur le Pô, entre Carignan et Moncalier.

$h, h, h,$ et g, g. Passage du Pô, le 4 septembre, par l'armée ennemie : elle tourne autour des camps français et se porte en gg sur la Doire ; deux détachemens la passent au dessus et au dessous de Pianesse.

f, f . . . . Position de bataille prise le 6 septembre par l'armée ennemie, entre la Doire et la Sture : la droite est à Pianesse et la gauche à la Vénerie.

A, A, A. Armée d'observation du duc d'Orléans côtoyant la rive gauche du Pô et entrant dans les lignes de Turin, le premier septembre.

FIGURE 2ème.

z, z, z . . Marche du prince Eugène : il prend, le 6 septembre, la position de bataille ZZ, entre Pianesse et la Vénerie.

y, y, y . . Marche de l'armée du prince Eugène, le 7 septembre à la pointe du jour, pour prendre l'ordre d'attaque YYY.

v, v, v . . Six corps de grenadiers précèdent les colonnes d'attaque et soutiennent les batteries b, b, b, b.

u, u, u . . Infanterie sur deux lignes avec intervalles entre les colonnes d'attaque.

t, t, t . . Cavalerie sur deux lignes soutenant l'infanterie.

R, R, R . . Ligne des Français coupant l'intervalle entre la Doire et la Sture.

a, a, a, a. Infanterie française en bataille derrière les retranchemens, et garnissant les parapets.

$c . c, c$ . . Cavalerie soutenant l'infanterie.

A, A . . . Partie de la droite de l'armée française forcée dans ses retranchemens par les Prussiens et les Impériaux.

Q, Q, Q . . Contrevallation défendue par les troupes e, e, e, e.

d, d, d . . Seconde position de bataille prise par l'armée française, lorsque la circonvallation eut été abandonnée à l'exception du château de Lucento (K) qui assuroit la gauche.

s, s, s, s . . Seconde disposition du prince Eugène pour culbuter l'armée française au-delà de la contrevallation Q, Q.

D, D . . . Centre de l'armée française enfoncé par le centre de l'armée ennemie.

f, f, f . . . Retraite de la droite de l'armée française : elle se retire dans le vieux parc en F.

g, g, g . . . Retraite du centre de l'armée française qui passe le Pô sur le pont de Notre-Dame de Pilon.

G, G, G. Partie de la garnison de Turin qui sort par la porte de la Victoire pour prendre en flanc les troupes françaises g, g, g.

h, h, h . . Retraite d'une partie du centre et de la gauche de l'armée française, par les ponts de communication P, P, P. Ces troupes prennent les positions H, H.

T, T, T . . Attaques développées contre la citadelle et l'ouvrage à corne depuis le 6 mai.

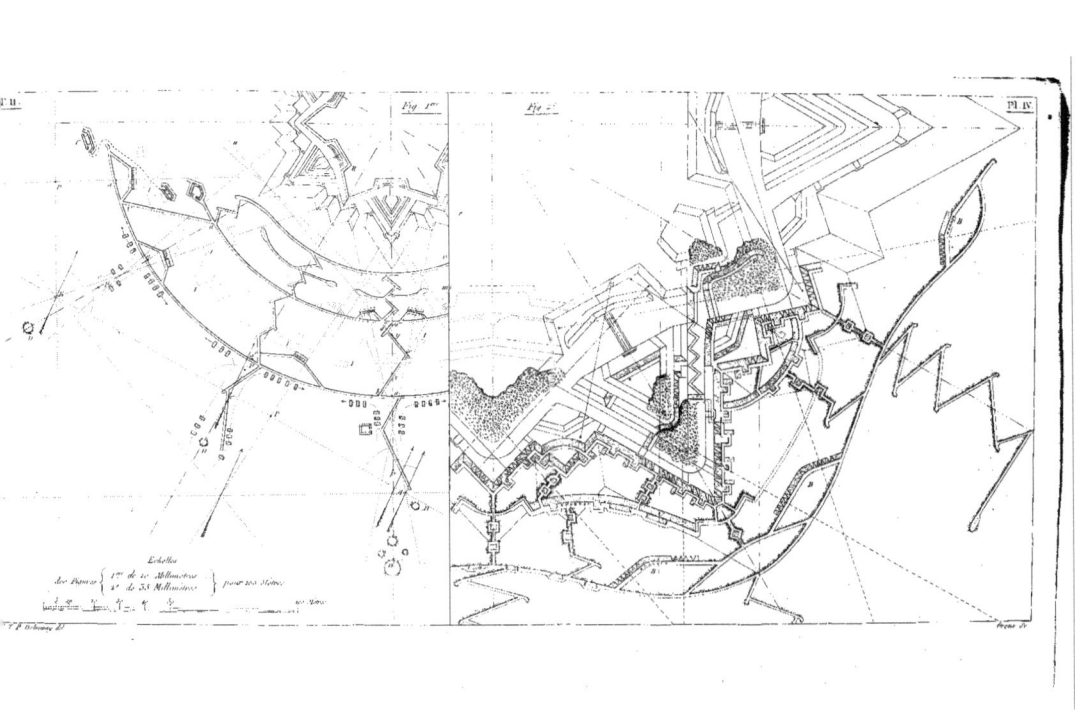

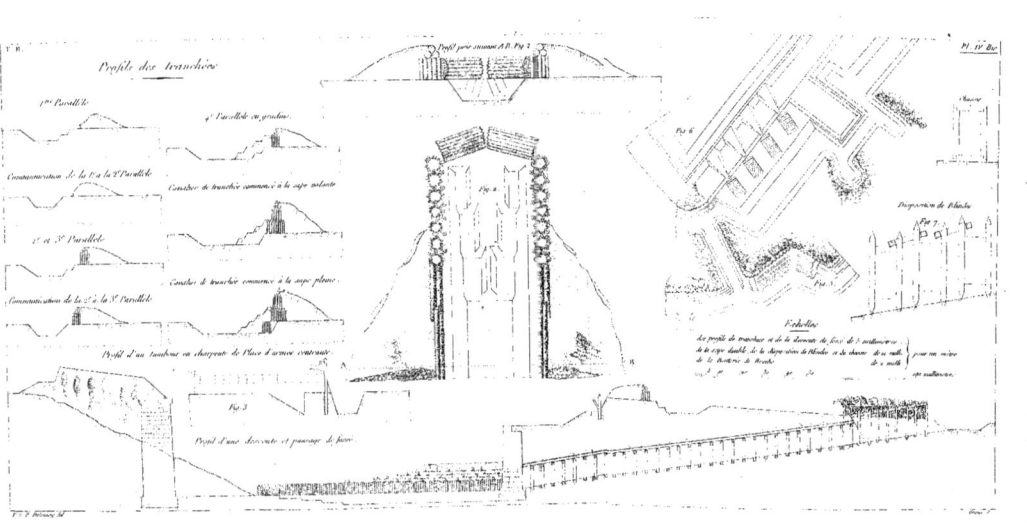

Profils des tranchées

Pl. IV bis

Pl. V.

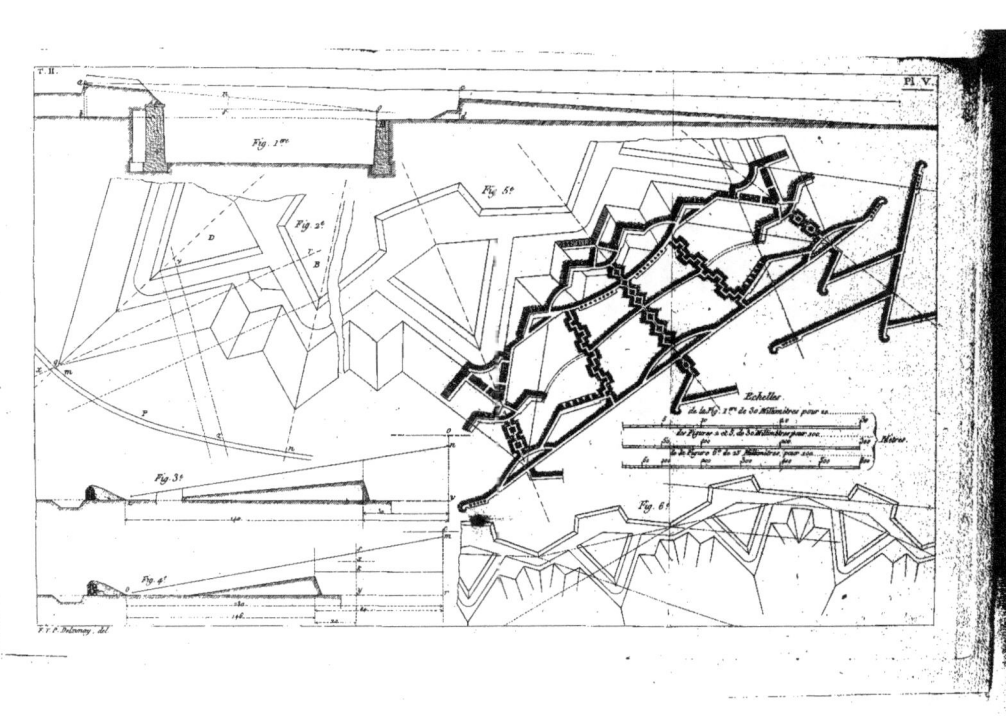

Fig. 1er

Fig. 2e

Fig. 5e

D

B

Fig. 3e

Fig. 4e

Echelles

Fig. 6e

F. V. F. Delannoy del.

Pl. VI.

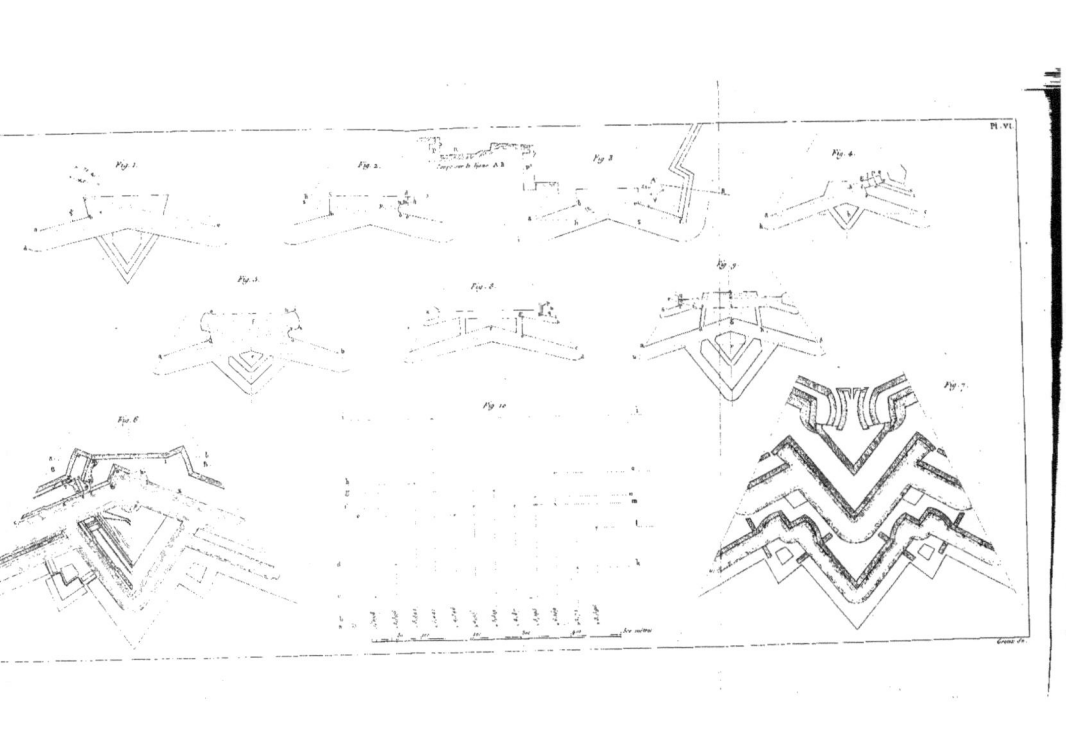

Fig. 1.   Fig. 2.   Fig. 3.   Fig. 4.

Fig. 5.   Fig. 6.   Fig. 9.

Fig. 8.   Fig. 10.   Fig. 7.

Gravé far.

LÉGENDE

RELATIVE A LA PLANCHE VI.

SYSTÉMES BASTIONNÉS

d'ERRARD, de Bar-le-Duc. Fig. 1ère.	de DEVILLE. Fig. 2.	de MAROLOIS. Fig. 3.	de PAGAN. Fig. 4.	de COEHORN. Fig. 6.	de COEHORN. Fig. 10.		de VAUBAN. Fig. 5.	de VAUBAN. Fig. 8.	de VAUBAN. Fig. 9.
$ac = fa$	$hi = \dots 255,5$	$fe = \dots 95,5$	$ac = \dots 509,0$	$ab = \dots 297,5$	a Niveau de l'eau.		$ab = \dots 550,0$	$ab = \dots 254,0$	$ab = \dots 550,0$
$ad = cb$	$he = \dots 59,0$	$gh = \dots 124,7$	$bd = \dots 58,0$	$ac = bd = \dots 146,0$	b Fond des fossés secs.		$fc = \dots 58,0$	$bd = \dots 12,0$	$cg = \dots 58,0$
	$ch = hc \dots$	$ai = \dots 48,4$	$ce = \dots 117,0$	$am = ak = ib \dots \frac{}{4}$	c Terrain naturel.		$ad = ob = \dots 97,5$	angle $blk = 90°,0$	$ad = \dots 117,0$
	$as = bt \dots$	$ah = fg \dots$	$gf = \frac{ge}{2}$	$ci = ch = dm = de$	d Chemin couvert.		$oe = od \dots$	$lh = \dots 12,0$	$dc = \dots 43,0$
	$aq = cb \dots$	$hb = eg \dots$		$ch = cl = da = dg = 272,3$	e Demi-lune basse à son milieu.		$dh = do \dots$	$lo = \dots 8,0$	$ho = hd \dots$
	$dm = \frac{do}{3}$		$gl = \dots 10,0$	$xy = \dots 42,7$	f Demi-lune basse à l'extrémité des faces.		$ro = \dots 18,0$	angle $opb = 90°,0$	$ki = \dots 18,0$
	$mn = dm \dots$		$lp = \dots 14,0$	$uv = \dots 50,0$	g Demi-lune basse à l'angle flanqué.		$rk = \dots 14,0$	angle $kgi = 90°,0$	$op = \dots 20,0$
	$po = pn \dots$		$po = \dots 28,0$	$ts = \dots 10,0$	h Demi-lune capitale.		$hi = \dots 10,0$	$qi = bq \dots$	$ro = \dots 14,0$
	$ml = \dots 14,0$		$pq = \dots 14,0$	$sq = \dots 16,0$	i Courtines, bastions capitaux et orillons.		$hd = hm \dots$	$ih = \dots 12,0$	$og = \dots 8,0$
			$qr = \dots 28,5$	$rs = \dots 8,0$	k Flancs de la tenaille.			$ic = \dots 76,0$	$fe = \dots 20,0$
			$ri = \dots 8,0$	$qp = \dots 24,0$	l Faces de la tenaille.			$ce = \dots 115,0$	$bl = \dots 20,0$
			$ak = \dots 51,0$	$ef = \dots 16,0$	m Caponière à la gorge de la demi-lune capitale.			$fg = \dots 64,0$	$lr = \dots 14,0$
					n Partie de la face du bastion contre l'orillon, et contre-garde du bastion.			$cd = \dots 24,0$	$au = \dots 50,0$
					o Partie de la face du bastion contre l'angle flanqué.				

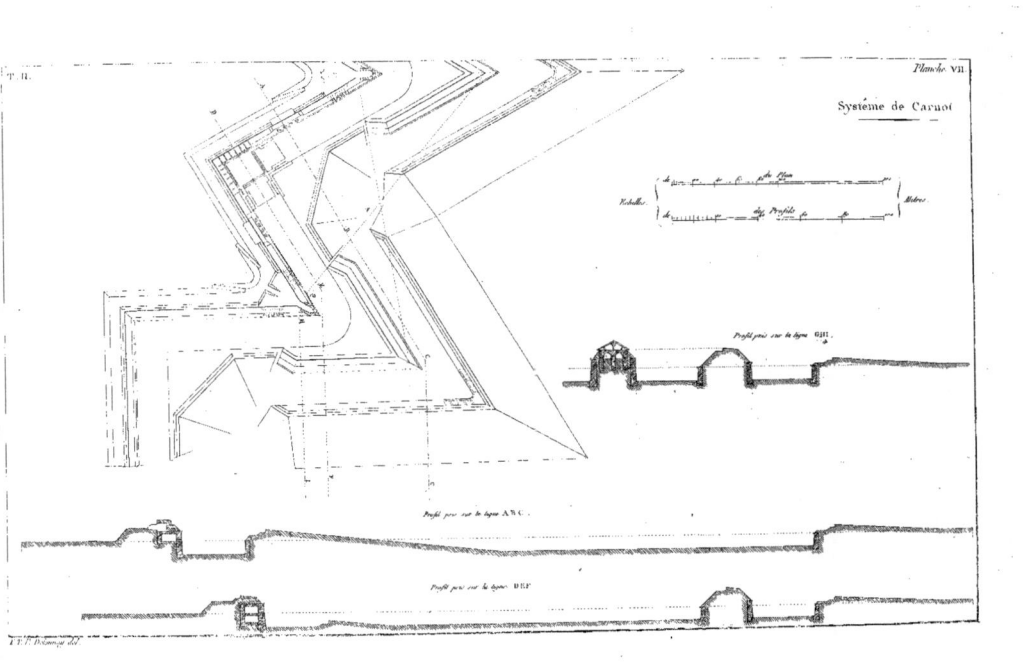

Système de Carnot

Échelle.

Profil pris sur le ligne GHI.

Profil pris sur le ligne ABC.

Profil pris sur le ligne DEF.

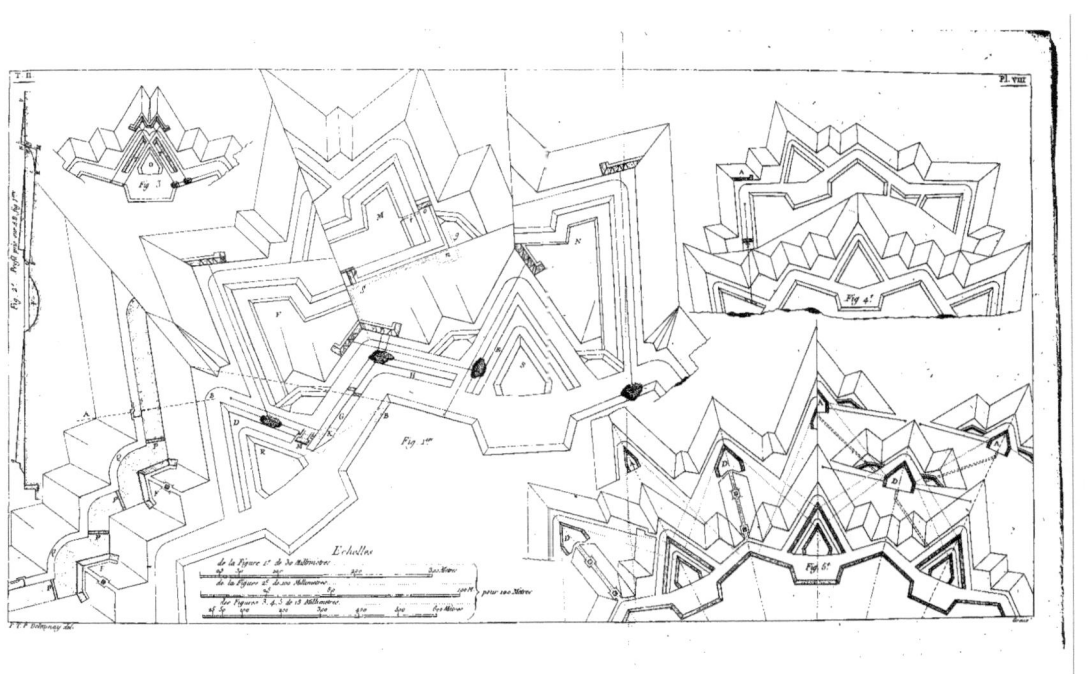

Pl. VIII

Fig. 3.

Fig. 2. Profil pris sur la fig. 1.

Fig. 4.

Fig. 1er.

Fig. 5.

Echelles
de la Figure 1er et de Millimètres.
de la Figure 2 et de 200 Millimètres.
des Figures 3, 4, 5 de 18 Millimètres.

J. V. F. Volozenay del.

Pl. IX.

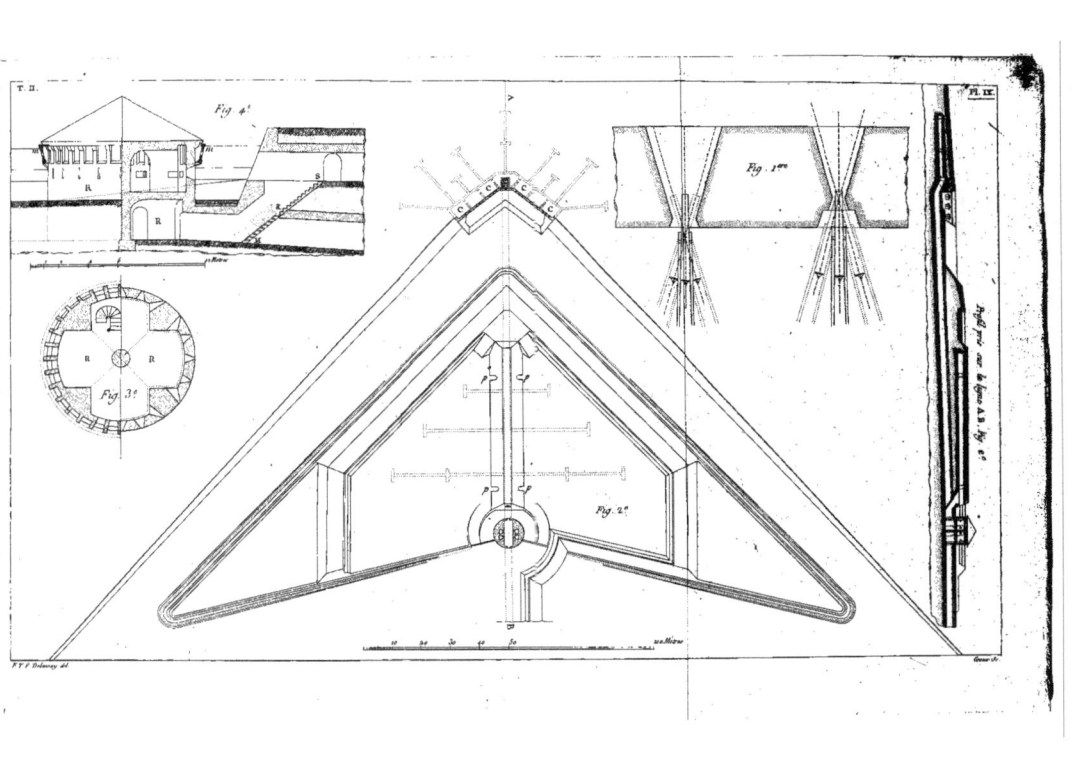

Fig. 4.

Fig. 3.

Fig. 1ere.

Fig. 2.

F.V.J. Delacroix del.

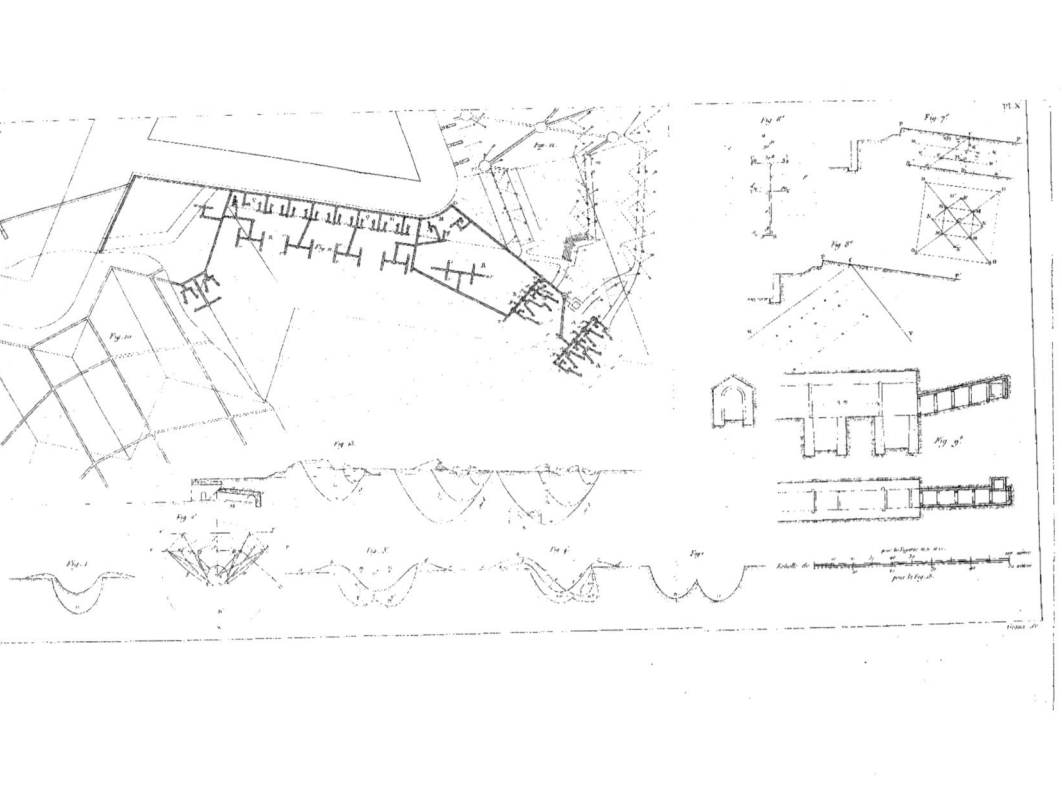

Pl. X

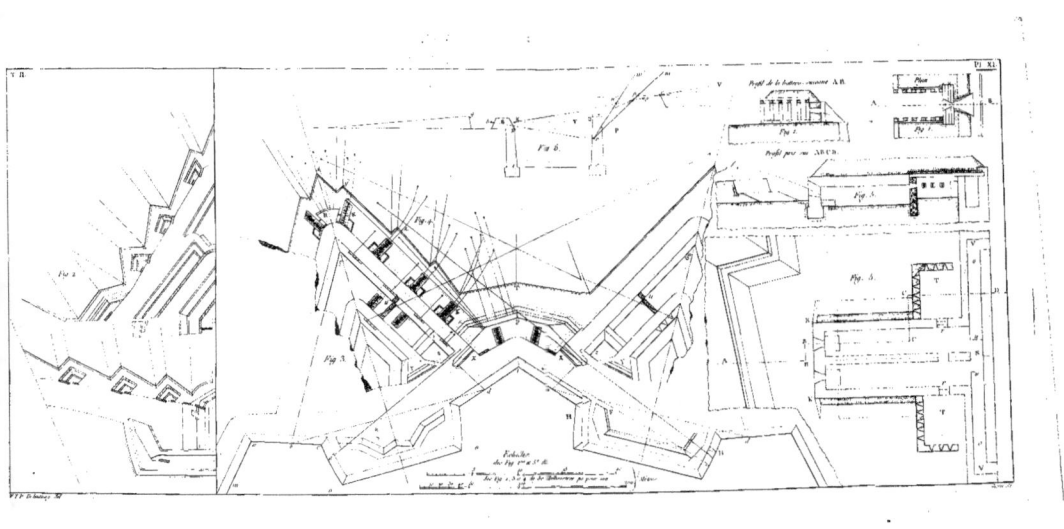

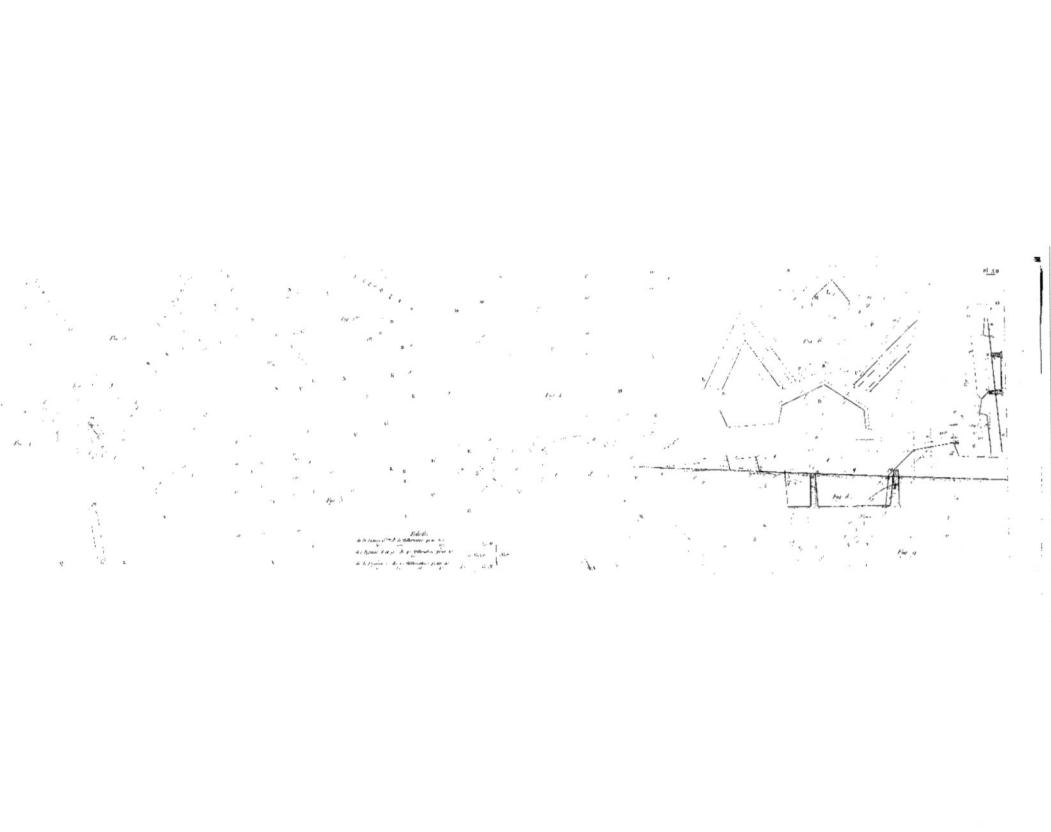

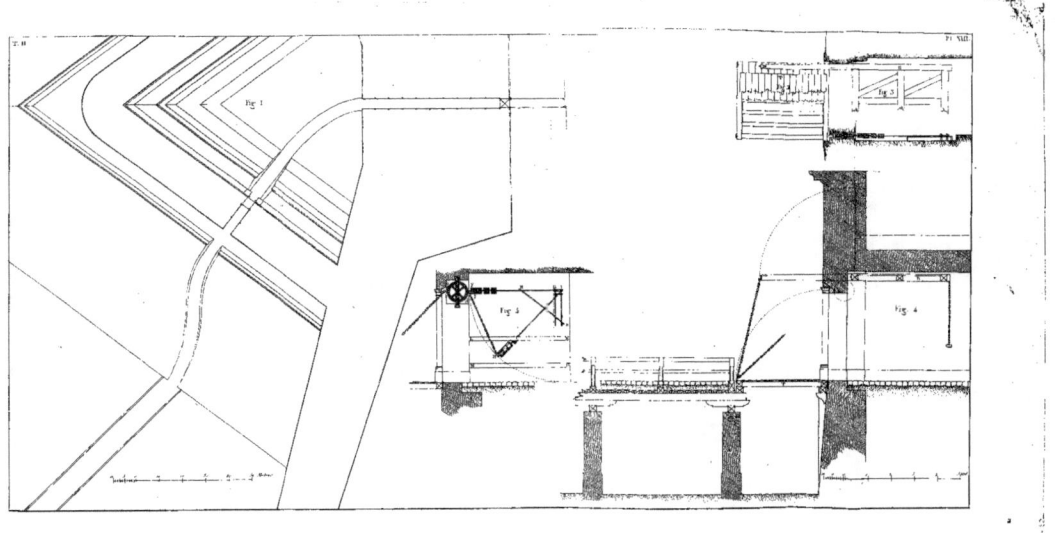

Pl. VIII.

Fig. 1.

Fig. 3.

Fig. 2.

Fig. 4.

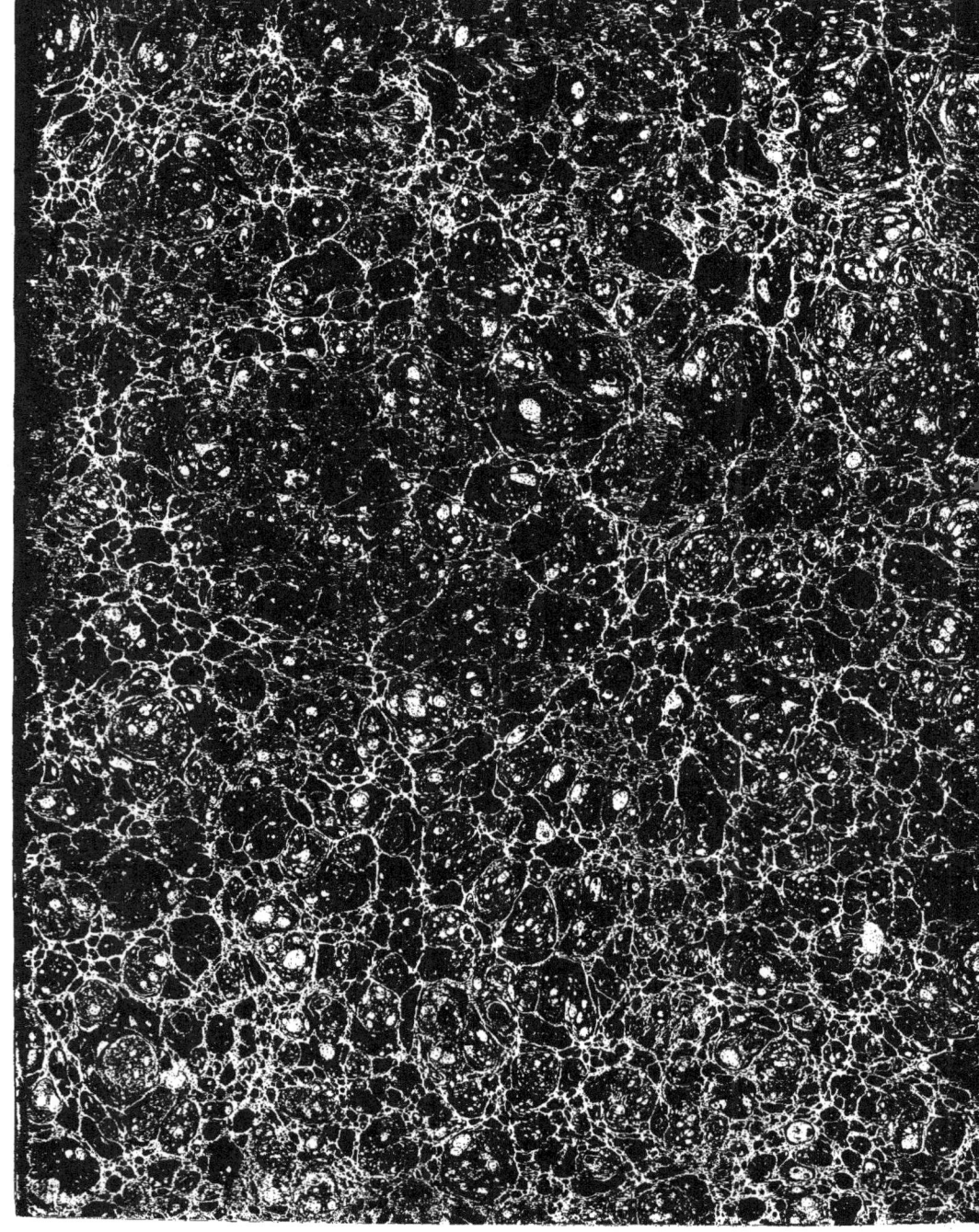

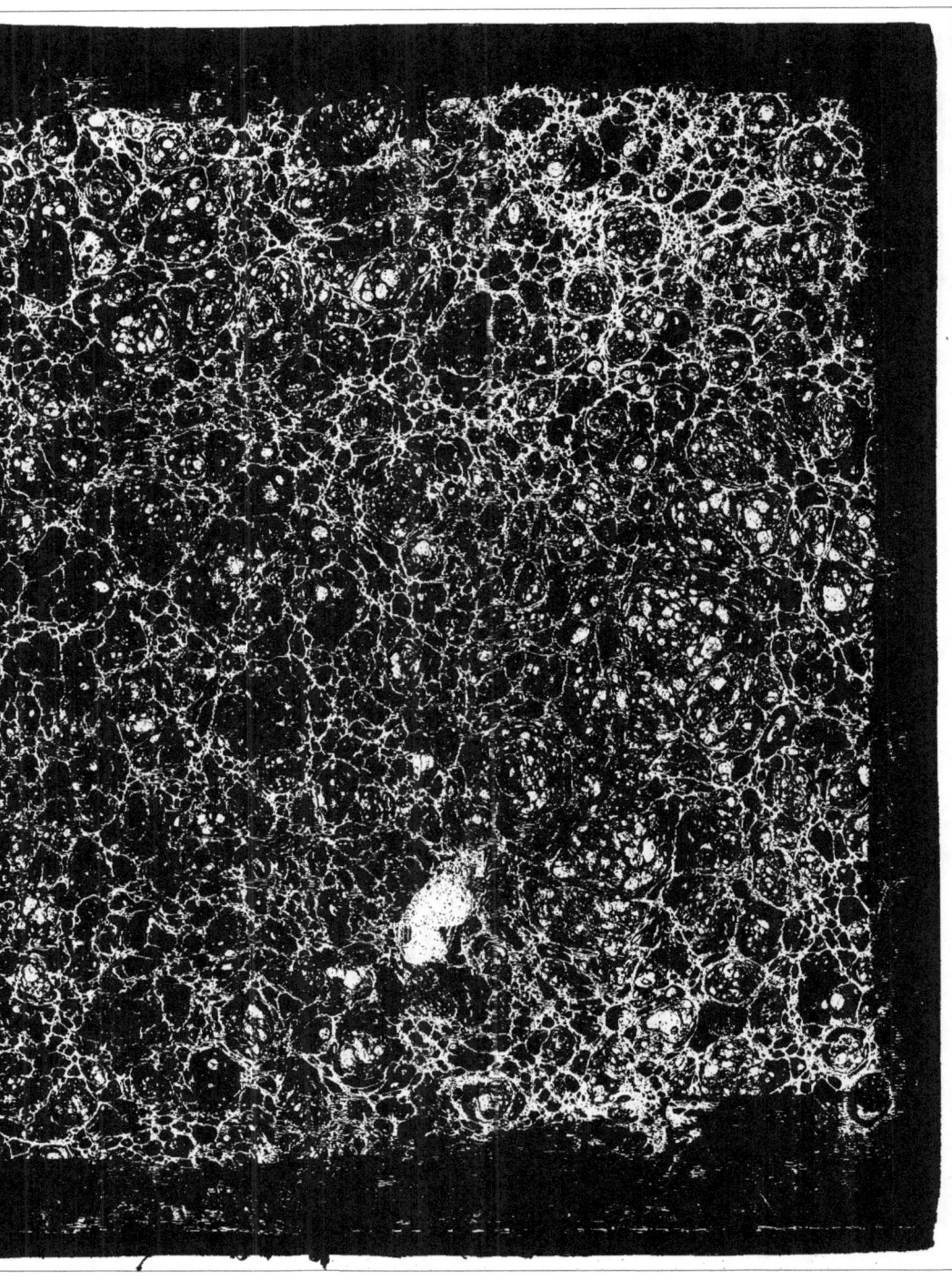

www.ingramcontent.com/pod-product-compliance
Lightning Source LLC
Chambersburg PA
CBHW050142030726
47505CB00005B/1195